Castigo divino

Castigo divino

Primera edición bajo el sello Alfaguara: septiembre de 2015
Primera reimpresión: enero de 2018

D. R. © 1988, Sergio Ramírez

D. R. © 2018, derechos de edición mundiales en lengua castellana:
Penguin Random House Grupo Editorial, S. A. de C. V.
Blvd. Miguel de Cervantes Saavedra núm. 301, 1er piso,
colonia Granada, delegación Miguel Hidalgo, C. P. 11520,
Ciudad de México

www.megustaleer.com.mx

ISBN: 978-607-313-433-0

Impreso en México – *Printed in Mexico*

El papel utilizado para la impresión de este libro ha sido fabricado a partir de madera procedente
de bosques y plantaciones gestionadas con los más altos estándares ambientales, garantizando
una explotación de los recursos sostenible con el medio ambiente y beneficiosa para las personas.

Penguin
Random House
Grupo Editorial

ALFAGUARA

Castigo divino

Sergio Ramírez

A los combatientes,
en todos los frentes de guerra,
que han hecho posible este libro.

A Gertrudis, que inventó las
horas para escribirlo.

A carne humana
me huele aquí.
Como no me la des,
te como a ti.

FEDERICO GARCÍA LORCA,
Los títeres de cachiporra

I. Por cuanto ha lugar, instrúyase la causa:

Olvidad a quien olvida,
no queráys a quien no os quiere;
que quien esto no hiziere,
en peligro está su vida.
Y del mal de más cuydado
   no curéys,
coraçón, que moriréys.

Canción, JUAN DE TAPIA
(Cancionero de Stúñiga)

1. Una algarabía de perros en la noche

Siendo aproximadamente las nueve de la noche del 18 de julio de 1932, Rosalío Usulután, de cuarenta y dos años de edad, divorciado, de oficio periodista y en tal calidad empleado como redactor principal del diario «El Cronista», deja su asiento de luneta en el Teatro González al concluir la exhibición de estreno de la película de la Metro Goldwyn Mayer «Castigo Divino», protagonizada en los roles estelares por Charles Laughton y Maureen O'Sullivan.

Avanza entre el público hacia la puerta del foyer y cuando pasa debajo de la cortina de felpa roja que el polvo acumulado hace aún más pesada, siente que le tocan de manera juguetona el hombro; al volverse, se encuentra con su amigo Cosme Manzo, de cincuenta años de edad, soltero y comerciante en abarrotes, quien le sonríe con toda su dentura en la que relumbran, bajo el espeso bigote de guías engomadas, las chapas de oro macizo.

Manzo, llevándolo ahora abrazado, le abre paso con su sombrero de ancha badana roja y lo invita a dirigirse hacia la Casa Prío, situada a una cuadra de distancia del Teatro González, y también frente a la Plaza Jerez, a fin de tomar juntos una cerveza Xolotlán, la primera cerveza de fabricación nacional, que acaba de ser puesta a la venta y de la cual Manzo es distribuidor exclusivo para la ciudad; así como es distribuidor exclusivo de la Emulsión de Scott. El periodista, calándose su propio sombrero, acepta complacido la invitación.

Ya en el establecimiento, que recibe a esas horas su clientela habitual después de la función de cine, se encaminan hacia una mesa ubicada en un rincón cercano al mostrador, donde son atendidos personalmente por el propietario, el joven de veintinueve años Agustín Prío, cariñosamente apodado por sus parroquianos «El Capitán». Esa mesa, sumamente temida, es el principal mentidero de León y se la conoce como «la mesa maldita»: allí sesiona regularmente la cofradía de la cual forman parte los dos recién llegados y que preside el Doctor Atanasio Salmerón, médico y cirujano, ausente esa

noche pero a quien ya tendremos oportunidad de conocer ampliamente más tarde.

En la mesa maldita se examinan y certifican en cuanto a su
autenticidad toda clase de historias de carácter escabroso, vr. y gr.
adulterios, noviazgos burlados, abortos forzosos, preñeces arregladas
a punta de pistola y amancebamientos clandestinos; se lleva cuenta
puntual de los hijos nacidos de dañado ayuntamiento, de las viudas
que abren sus puertas al filo de la medianoche y de las hazañas de
sacristía de los curas barraganes; así como se registran de manera
meticulosa otros escándalos en que también se ven envueltas las familias más importantes de la ciudad, entre ellos despojos de here-
deros, estafas, deudas remisas, falsificaciones, estelionatos y quiebras
fraudulentas.

El Capitán Prío saca las cervezas Xolotlán del refrigerador
marca Kelvinator que funciona con quemadores de kerosene, y entrecerrando los ojos debido a la molestia del humo del cigarrillo que
pende de sus labios, las destapa junto al mostrador con gesto enérgico,
utilizando el abridor que lleva permanentemente consigo prendido a
su llavero. Y, como si buscara compensar la desventaja de su exigua
estatura, se empina al caminar cuando trae las botellas a la mesa.

Se sienta, acomodando holgadamente los pies en el travesaño
de la silleta, y comienza por felicitar a Rosalío Usulutlán debido a
sus gacetillas de «El Cronista» de esa tarde, las cuales tocan temas
de candente actualidad.

La primera de esas gacetillas ocupa el espacio principal de la
primera página del periódico de cuatro hojas tamaño standard y se
refiere a los debates en curso en el seno de la Junta Municipal sobre
la firma de un nuevo contrato con la Compañía Aguadora Metropolitana, que suministra el agua potable a la ciudad. Los dueños de
la compañía están presionando el cambio de contratos movidos por
el solo objeto de elevar las tarifas domiciliares, las cuales se volverían de esta manera prohibitivas para muchos bolsillos, privando a
los hogares más pobres del vital líquido. Rosalío apoya con extre-
mado ardor al bando de munícipes encabezado por el Alcalde, Doctor Onesífero Rizo, renuente a autorizar semejante aumento por
caprichoso y extemporáneo, amén de ser leonino; y fustiga a los
otros representantes edilicios, cuya inexplicable vacilación se torna
repugnante a los intereses de la comuna.

Las otras dos gacetillas ocupan también la primera página.
Una tiene que ver con la proliferación de zancudos anofeles en esta

época de intensas lluvias, pues el invierno se ha presentado excepcionalmente copioso; y se denuncia la incuria de las autoridades sanitarias, culpables de la alegre reproducción de los nocivos insectos, los cuales se sienten a sus anchas en las charcas putrefactas y corrientes de aguas sucias provenientes de cocinas y lavaderos que desembocan sin ningún estorbo en las calles, aun en las más transitadas, a tal grado que de ser pollos los coleópteros, no faltarían los huevos; y de ser vacas, no habría escasez de leche. Semejante anomalía representa un grave peligro para los ciudadanos, pues a la picadura de los zancudos se debe la epidemia de fiebre perniciosa, grado agudo de la enfermedad palúdica, que ha cobrado ya varias víctimas fatales, especialmente entre niños y adolescentes.

La última de las gacetillas se refiere a la excesiva cantidad de perros vagabundos deambulando libremente por las vías públicas y otros parajes concurridos, tales como mercados, atrios y plazas; importunan en puertas de boticas y mercerías a la clientela, así como a los pasajeros de trenes en los mismos andenes de la estación del Ferrocarril del Pacífico, y constituyen molestia especial para aurigas y automovilistas. Los polvos amarillos de Bayer importados por la Droguería Argüello han probado ser ineficaces, pese a lo cual los vecinos persisten en regarlos en los dinteles de las puertas y aceras, vanamente esperanzados en ahuyentar a los molestos animales y haciendo más bien un flaco servicio al ornato público.

Y por si fuera poco, se han presentado ya casos comprobados de rabia, debido a la mordedura de los susodichos canes. Se pide por lo tanto al Jefe de Policía, Capitán Edward Wayne USMC, que autorice, tal como ya los superiores de la Marina de Guerra de los Estados Unidos lo han hecho loablemente en el pasado, la adquisición de venenos en las boticas por parte de ciudadanos responsables; siendo la estricnina la más eficaz para estos fines entre los alcaloides letales.

Cuando el reloj del Sagrario da las diez de la noche, los amigos se despiden y el periodista Rosalío Usulutlán toma el rumbo de la Calle Real para dirigirse hacia su domicilio en la Calle la Españolita del Barrio del Laborío. Vestido de blanco y en mangas de camisa, pues considera el saco una prenda más enojosa que práctica, el cuello cerrado por un botón de cobre, silba por lo bajo mientras camina por la acera desierta y piensa otra vez en la película «Castigo Divino».

«Debe prohibirse película a todas luces inconveniente» es el título de la gacetilla que va a escribir mañana con el objeto de prevenir a los lectores de los riesgos que entraña el argumento de la cinta, ya que con sólo concurrir al cine, personas sin escrúpulos pueden aleccionarse en el arte de la preparación de tósigos mortales; el joven aristocrático interpretado magistralmente por Charles Laughton se vale de refinados ardides para envenenar una tras otra a las más bellas jóvenes de la alta sociedad de Boston, mientras registra en un diario secreto, que más tarde cae en manos de la policía, la lista de sus inocentes víctimas. Pero es ya tarde, el cianuro ha hecho su mortal trabajo y el ejemplo está dado en la pantalla. Y expresará también su repugnancia por el desenlace; el asesino Charles Laughton, antes de morir ejecutado en la silla eléctrica, se niega a recibir el auxilio espiritual del capellán del penal, riéndose por el contrario del sacerdote con carcajada siniestra.

Los relámpagos iluminan el cielo cargado de nubes negras en la lejanía. A lo largo de la Calle Real, las bujías brillan bajo los sombreretes de latón en lo alto de los rieles, sin que su luz macilenta alcance a dispersar las sombras en la extensa cuadra de portones, zaguanes y balcones cerrados, que se extiende desde la Casa Prío hasta la Iglesia de San Francisco: alumbrado público deficiente, que no pone a los ciudadanos honrados a salvo de los maleantes en las principales arterias de la ciudad. ¿A dónde va a parar, señores Munícipes, el dinero de los contribuyentes?

Sus reflexiones son interrumpidas por una algarabía de perros. El alboroto ocurre en la Calle Real, pero los ladridos también resuenan detrás de las puertas y zaguanes, como si todos los animales se hubieran despertado al mismo tiempo dentro de las casas cerradas, presas de un mismo temor. Unos pasos más adelante encuentra a un perro tendido sobre la acera, que vomita y se debate entre convulsiones; y más allá descubre otro que se pega al dintel de una puerta, arrastrándose penosamente, con las patas traseras tiesas.

Cuando se acerca a la esquina de la Iglesia de San Francisco, alcanza a distinguir frente al consultorio del Doctor Juan de Dios Darbishire dos siluetas que riñen. Se arrima a la pared de la casa del Doctor Francisco Juárez Ayón, que hace esquina con el consultorio frente al atrio de la iglesia, y reconoce en uno de los contendientes al propio Doctor Darbishire, a quien una hora antes había visto salir de la función de cine. La capa negra de ribetes rojos revoloteando a sus espaldas, agrede bastón en mano a un hombre de gruesa contextura, mientras jadeante lo llena de injurias. Dada la proverbial urbanidad y afabilidad de trato del viejo galeno, Rosalío Usulutlán se sorprende de oír por primera vez semejantes expresiones de su boca.

El gordo, que con ademanes juguetones trata de arrebatarle el bastón al anciano, resbala accidentalmente y cae de rodillas; al ponerse en cuatro pies queriendo incorporarse, el Doctor Darbishire aprovecha la ocasión y le descarga sobre la espalda contundentes bastonazos que le arrancan quejas verdaderas. Es entonces cuando el periodista asegura haber escuchado venir desde las sombras una risa de burla; y al volverse lleno de sorpresa, advierte junto a uno de los cipreses del atrio de la iglesia a un hombre vestido de luto riguroso, que, apoyándose con ambas manos en el pomo de su bastón, vigila la escena de la golpiza con gestos inquietos y divertidos.

El Doctor Darbishire desvía por un momento su bastón, señalando, airado, a un perro que trabajosamente intenta subir las gradas en busca de la puerta del consultorio; momento que el gordo aprovecha para zafarse y correr a gatas con asombrosa agilidad, pese a su corpulencia; recoge del suelo su canotier y se incorpora emprendiendo la huida en dirección a un coche de caballos que con las riendas sueltas se ha ido alejando calle abajo.

El gordo logra dar alcance al carruaje, y sofrenando los caballos sube apresuradamente; y ya en el pescante, hace desde lejos señales al hombre de luto, quien tras abandonar sin ninguna prisa su puesto de observación, camina con paso reposado hacia el coche. Al pasar delante del Doctor Darbishire, lo saluda con el bastón que blande con toda soltura.

El ya dicho Doctor Juan de Dios Darbishire, mayor de sesenta y tres años de edad, viudo de sus segundas nupcias y médico de profesión, manifiesta ante el Juez Primero del Distrito del Crimen, el 19 de octubre de 1933, que no vio pasar a la persona indicada ni reparó en su saludo, pues se hallaba inclinado sobre el perro de su propiedad, de nombre Esculapio, al cual envolvía en su capa para introducirlo al consultorio y practicarle allí diligencias urgentes que neutralizaran la acción del veneno ingerido; diligencias que fracasaron, pues el perro falleció de todas maneras.

Por su parte, el testigo Rosalío Usulutlán, de edad, profesión y demás generales antes descritas, en su declaración judicial del 17 de octubre de 1933, en la que relata de manera pormenorizada los hechos de esa noche, a preguntas del Juez, afirma: que según su leal saber y entender, el hombre de contextura robusta que recibió los bastonazos en la calle es el Doctor Octavio Oviedo y Reyes, oriundo de esta ciudad de León, entonces pasante de derecho y ahora abogado y notario; a quien conoce y con quien tiene trato social. Y siempre a preguntas del Juez, manifiesta: que la persona que vigilaba el incidente desde el atrio de la iglesia; y después saludó al pasar al Doctor Darbishire, es el Doctor Oliverio Castañeda Palacios, natural de Guatemala, entonces también pasante de derecho y ahora abogado y notario, y a quien igualmente conoce y ha tratado.

Y para dar mayor seguridad a sus afirmaciones, sostiene el testigo que todos estos incidentes tuvo la oportunidad de relatárselos esa misma noche al Bachiller Alí Vanegas, quien se encontraba estudiando a puertas abiertas en su pieza de la Calle Real, una cuadra más abajo, contiguo a la casa donde vivió Rubén Darío y donde tienen encadenado ahora al poeta loco Alfonso Cortés; y que al Bachiller Vanegas se le puede preguntar si es cierto que él le manifestó esa noche, como en verdad se lo manifestó, que los envenenadores de perros eran los susodichos Oviedo y Castañeda.

El Bachiller Alí Vanegas, presente en el recinto del Juzgado en su calidad de secretario del Juez, sin hacer ningún comentario por encontrarse inhibido de intervenir, se limita a escribir la declaración en los pliegos de papel de oficio que después, debidamente cosidos con hilo, se agregarán al expediente; pero cuando le toca, a su turno, ser interrogado en calidad de testigo, el día 18 de octubre de 1933, habrá de confirmar en todas sus partes el dicho de Rosalío Usulutlán.

Apremiado por el Juez para que abunde en su información sobre la identidad del hombre de luto que vigilaba la escena de los bastonazos desde el atrio de la iglesia, el testigo Rosalío Usulutlán se afirma en su convencimiento de que se trataba, sin ningún género de dudas, de Oliverio Castañeda; pues aunque ciertamente reinaba la oscuridad y la luz de las bujías del alumbrado público era insuficiente, pudo comprobar sus facciones a la claridad de uno de los relámpagos que se sucedían de continuo esa noche en que amenazaba lluvia. Y que por su porte y catadura le resultaron de igual manera inconfundibles cuando lo vio alejarse por la Calle Real y saludar de paso al Doctor Darbishire, utilizando para ello el bastón con pomo de conchanácar que lleva siempre consigo.

2. En busca del veneno mortal

El perro Esculapio del Doctor Juan de Dios Darbishire fue la última víctima de la cacería desatada desde el atardecer del 18 de junio de 1932 por los pasantes de abogacía Oliverio Castañeda y Octavio Oviedo y Reyes, quienes utilizaron para tal propósito raciones de carne cocida, envenenadas con estricnina. Así resulta comprobado plenamente a través de diversas declaraciones testificales rendidas ante la autoridad del Juez Primero del Distrito del Crimen de León.

La primera de esas declaraciones corresponde al Señor Alejandro Pereyra, de sesenta y dos años de edad, casado y militar en retiro, para aquella fecha secretario de la Jefatura de Policía de León a cargo del Capitán Morris Wayne, de los Cuerpos de Marina de los Estados Unidos. Postrado a consecuencia de un ataque de hemiplejia, testifica el 14 de octubre de 1933 en su lecho de enfermo:

Que siendo alrededor de las diez de la mañana de un día que cree recordar fue en el mes de junio de 1932, se presentaron al despacho del Capitán Wayne los pasantes de abogacía Oliverio Castañeda Palacios y Octavio Oviedo y Reyes, a quienes el deponente conocía como personas de carácter chusco y muy inclinados a la broma y al barullo; pero que, sin embargo, sabían comportarse en el trámite de los diferentes asuntos legales y de policía que los hacían acudir a menudo a la Jefatura.

Que encontrándose ausente del despacho el Capitán Wayne, y mientras lo aguardaban, los visitantes trabaron conversación con el declarante; y que entre distintos temas tocaron el de las alzas en las tarifas domiciliares del agua potable, asunto que tenía agitada a la ciudadanía; así como el que se refiere a la proliferación de perros vagabundos, dando la razón el declarante al reclamo del diario «El Cronista» sobre la necesidad de autorizar el uso de venenos a ciudadanos responsables; y fue en este punto de la conversación que aprovecharon para revelarle el motivo de su visita, que era solicitar del Capitán Wayne una orden a fin de que se les vendiera, en una de las boticas de la ciudad, un frasco de estricnina que utilizarían para eliminar perros por su cuenta.

Que por tratarse de personas de reconocida probidad y confianza, el declarante se creyó autorizado a acceder a la petición sin tener que esperar la llegada del Capitán Wayne; y procedió, por tanto, a entregarles un frasco de estricnina casi lleno que su superior guardaba en la gaveta de su escritorio, de tamaño y presentación igual a los que se expenden en las boticas; por lo que no hubo necesidad de extenderles ninguna orden.

El Doctor David Argüello, de profesión farmacéutico, casado y de cincuenta y dos años de edad, propietario y regente de la Droguería Argüello establecida en la Calle del Comercio; y quien tiene su domicilio en los interiores de la ya dicha droguería, afirma en su declaración del 19 de octubre de 1933 que, a la vista de una autorización suscrita por el Jefe de Policía, que conserva en sus archivos y puede mostrar, vendió a Oviedo y Castañeda un frasquito de 1/8 de onza, lleno y sellado, conteniendo 30 gramos de estricnina, suficientes para la preparación de veinte raciones mortales para igual número de perros, de 1 1/2 gramos cada una; y describe el frasquito como igual a los tubos de envase de las píldoras rosadas del Doctor Ross, de propiedades laxantes.

El Juez de la causa, intrigado por la dualidad de estos datos, y determinado a averiguar si efectivamente la pareja de envenenadores de perros recibió estricnina en dos fechas diferentes, procede a interrogar sobre el particular al propio Octavio Oviedo y Reyes, casado, de veintisiete años de edad, de profesión abogado, y con domicilio en el Barrio San Juan del cuadro central de la ciudad.

El testigo, conocido popularmente como «el Globo Oviedo», responde al Juez en el curso de su extensa declaración testifical rendida el 17 de octubre de 1933, que fue solamente en esa fecha, el 18 de junio de 1932, cuando Pereyra los remitió a la Droguería Argüello con la orden una vez que el Capitán Wayne la hubo firmado a su regreso al despacho, la única vez que obtuvieron estricnina de parte de las autoridades de policía; no existiendo ninguna otra oportunidad en que se les entregara directamente veneno de la gaveta de un escritorio; por lo cual estima que la afirmación de Pereyra, con la que es confrontado, se debe a una confusión de memoria de aquél. Por otra parte, la orden escrita entregada posteriormente al Juez por el Doctor David Argüello, y que fue agregada al expediente, muestra la fecha 18 de junio de 1932.

La noche del 26 de septiembre de 1933, cuando aún no se ha iniciado el proceso judicial en el que llegaría a figurar como testigo, el Globo Oviedo es citado por Cosme Manzo a comparecer delante los concurrentes de la mesa maldita; y se presenta a la Casa Prío apenas sale de la función de cine en el Teatro González, adonde asiste por regla, cualquiera sea la película, salvo razones de fuerza mayor.

El propósito del Doctor Atanasio Salmerón, quien como ya hemos explicado preside la mesa, es interrogar concienzudamente al Globo Oviedo sobre los hechos de aquel día de la cacería de perros en las calles; información que por razones que ya se nos darán a conocer más tarde se dispone a anotar en su libreta cortesía de la Casa Squibb. Y el Globo Oviedo, bajo el efecto de los tragos de Ron Campeón que liga con Kola Shaler, la bebida tonificante de los convalecientes, relata con grandes alardes los pormenores de la aventura, sin sospechar las intenciones del interrogatorio.

Aquella mañana del 18 de junio de 1932, vistiendo solamente camisola y calzoncillos, apoyado sobre la mesa sin mantel donde quedan los restos de su copioso desayuno, el Globo Oviedo lee «El Cronista» de la tarde anterior, que según la costumbre establecida por la dirección circula con la fecha del día siguiente. Yelba, su esposa, como todas las mañanas, lo está recriminando desde lejos por haber comido demasiado, mientras riega las plantas del patio.

El Globo Oviedo, también como todas las mañanas, toma su vaso de sal de uvas Picot para alivio de los malestares gástricos que ya empiezan a castigarlo; y poniendo el vaso, vuelve a la gacetilla que trata de los perros vagabundos. Sólo piensa en la jauría del Doctor Darbishire, el anciano médico graduado en la Sorbona, que desde la muerte de su segunda esposa vive sin más compañía que su tropa de alsacianos en su consultorio de la Calle Real. Y la idea de envenenarlos se clava como una espina juguetona en su cabeza.

Al llegar las nueve de la mañana, en su traje de cáñamo carmelita, corbata de lazo pintas verdes y canotier en sesgo sobre los abundantes rizos embadurnados de brillantina, el Globo Oviedo sale de su casa en el Barrio San Juan para dirigirse al Hotel Metropolitano en busca de Oliverio Castañeda, con quien debe iniciar ese día el repaso para el examen final de la carrera.

El Hotel Metropolitano dista unas cuantas cuadras desde su domicilio, y esta mañana se siente con ánimos para hacer el trayecto a pie. En el camino, se sorprende de no encontrar tantos perros como la noticia alarmante de «El Cronista» señala; pero no deja de acariciar su proyecto de diezmar la familia canina del Doctor Darbishire.

Oliverio Castañeda, de negro riguroso y bastón en mano, lo espera ya en la puerta de la pieza que desde su llegada a la ciudad habita junto con su esposa en el Hotel Metropolitano, y juntos atraviesan la calle para andar la cuadra hasta la Universidad, a fin de buscar allí en la Biblioteca algunos códigos y libros de consulta necesarios para iniciar el repaso; lo cual les hace pasar frente a la casa de la familia Contreras.

En ese momento Don Carmen Contreras sale a la puerta esquinera que da acceso a la sala de su casa, sosteniendo «El Cronista» en su mano. Sin intención de detenerse, lo saludan; pero es él, Don Carmen, quien con un ademán del periódico, los llama.

Cruzan la calle y en la acera de la Tienda «La Fama» esperan a que se les acerque, reuniéndose los tres a conversar debajo de la gran botella de agua medicinal Vichy-Celestins recortada en madera y sujeta por dos cadenas al alero.

—Estos polvos —Oliverio Castañeda apunta con el bastón la suela de su zapato que se ha impregnado de amarillo—, ¿sirven para algo?

—No sirven para nada, amigo —Don Carmen mueve la cabeza con desconsuelo.

—No hay como el veneno, como dice allí —se apresura el Globo Oviedo a señalar con los labios el periódico que Don Carmen tiene en la mano.

—¿Este periódico? Este periódico sólo de mentiras habla —Don Carmen les muestra el periódico, suspirando impotente—; ahora la han agarrado conmigo. ¿Acaso quieren que la Aguadora quiebre y nos muramos de sed? Las tarifas ya no me ajustan.

—Yo lo voy a ayudar en eso, no se preocupe —Oliverio Castañeda cambia de mano el bastón y rodea por los hombros a Don Carmen—. Yo voy a hablar con Rosalío, ya se lo prometí a Usted. Rosalío es buena gente.

El Globo Oviedo no ha leído el artículo contra las tarifas de la Compañía Aguadora, y no opina. Sólo piensa en los perros, y en la forma más eficaz de eliminarlos, dadas las molestias constantes que causan a los indefensos ciudadanos, quienes estorbados por las díscolas manadas en plena vía pública se ven expuestos a la mordedura imprevista de tales canes.

—En lugar de estos polvos, Don Carmen —el Globo Oviedo raspa las suelas de sus zapatos contra la cuneta—, Usted, que es persona de respeto, debería solicitar autorización para el uso de venenos. Así los perros no importunarían a la clientela de su tienda.

—Tiene razón, amigo —suspira Don Carmen—; viera cómo joden también cuando voy en mi carro con el Ingeniero a las pilas de agua a revisar las bombas.

—Joden más que Chalío Usulutlán en «El Cronista» —ríe Castañeda chocando las manos para celebrarse, el bastón prensado bajo la axila.

Don Carmen ríe también, pero sin entusiasmo; el periódico parece estorbarle en la mano.

—Nosotros podríamos hacernos cargo de los perros de la pila de agua —el Globo Oviedo se sopla la cara con el canotier—. Si conseguimos el veneno, claro está.

Don Carmen lo miró con sumo interés. El Globo Oviedo recuerda el falso brillo de ironía en sus ojos saltones bajo las cejas despeinadas; la nariz aguileña distendiéndose inquieta, como si olfateara antes de responder con un sarcasmo; los labios delgados que parecían prepararse para deslizar una finura, pero que sólo iban a soltar frases temerosas, de manera atropellada. Un hombre apocado, a pesar de sus reales, les dirá el Globo Oviedo a las circunstantes de la mesa maldita; y su boca se llena de desprecio como si retuviera una buchada de Ron Campeón.

—Si ustedes consiguen el veneno, yo pongo la carne —Don Carmen baja la vista, apenado—. Aquí en mi casa se cocinarían las raciones.

—No tienen que ser cocinadas las raciones —Oliverio Castañeda, que parecía empezar a aburrirse, sacó del bolsillo su reloj de leontina para aflicción del Globo Oviedo—. En Guatemala llamamos bocados a la carne envenenada para perros. Pero se les pone cruda.

—Aquí se acostumbra dárselas cocida —tartamudeó Don Carmen, atribulado por no poder alcanzar a explicarles la razón de aquella diferencia tan sustancial de costumbres.

—La carne es la carne, cruda o cocida —Oliverio Castañeda bajó la voz, invitándolos a acercarse para compartir su picardía—. ¿Cómo le gusta a Usted la carne, Don Carmen? La celeste carne, que decía Rubén Darío.

—Vayan donde el yanki, que les den la orden para comprar el veneno. Aquí está, aquí está —Don Carmen, aparentando no haber oído, buscó su cartera y lleno de azoramiento extrajo un billete de cinco córdobas—. Díganle a Wayne que van de parte mía.

El Globo Oviedo no vaciló en agarrar el billete, casi se lo quitó de la mano. Y su papada tiembla de risa al recordar la cara de disgusto que puso Oliverio Castañeda, ofendido porque él hubiera aceptado el dinero.

—Cuando consigan la estricnina, yo quiero ir con ustedes a matar los perros de la pila de agua —se guardó la cartera Don Carmen.

Oliverio Castañeda hizo una reverencia, y se tocó con los dedos el ala del sombrero en señal de despedida. Siguieron su camino sin hablar, temeroso el Globo Oviedo de que Castañeda no quisiera interesarse más en el asunto de la adquisición del veneno; pero, al llegar a la esquina, fue él quien le señaló con el bastón el rumbo de la Plaza Jerez. Y se dirigieron a la Jefatura de Policía.

Como ya vimos, el Globo Oviedo hubo de comparecer el 17 de octubre de 1933 al Juzgado del Distrito del Crimen para rendir su declaración, la cual abarca diferentes hechos a los que ya iremos refiriéndonos en adelante; por el momento, cabe sólo ocuparnos de la cacería de perros del 18 de junio de 1932. Los curiosos que llenan completamente el recinto se empujan contra la silleta que ocupa frente al escritorio del Juez, y pasan la voz a quienes se han quedado forzadamente en los corredores y no pueden escuchar los pormenores de su relato. Suda copiosamente como si lo acabaran de bañar con todo y ropa; y, presa de intenso nerviosismo, no muestra nada del alegre apolo de que hiciera gala semanas antes en la mesa maldita.

A las preguntas del Juez, y mientras bebe constantemente de un vaso de agua que los mismos curiosos se encargan de llenarle, responde:

Afirma el declarante que una vez obtenido el veneno en la Droguería Argüello ya no se dedicaron al repaso del examen de grado como tenían previsto, sino que regresaron a su casa de habitación en el Barrio San Juan, a fin de preparar las raciones envenenadas; ausentándose Castañeda el tiempo suficiente para ir hasta la casa de la familia Contreras en busca de la carne prometida por Don Carmen.

Que una vez vaciado el contenido del frasco sobre un vidrio quitado a una retratera de la sala, el declarante separó con una navaja las porciones, resultando un total de veinte; las cuales fueron untadas con la misma navaja a los bocados de carne, operación que se hizo en el fondo del patio, lejos de la cocina, para que no resultara ningún alimento contaminado. Cada uno de los bocados fue amarrado con hilo, para que pudieran ser manipulados sin temor de llenarse de veneno las manos; y que el hilo para esa finalidad lo tomó de una garrucha que halló en la gaveta de la máquina de coser de su esposa. Que una vez listas las veinte raciones envenenadas, puede afirmar, sin lugar a equivocarse, que no sobró absolutamente nada de la estricnina contenida en el tubo, el cual lanzó ya vacío al excusado, con su propia mano, para evitar que sus niños se apoderaran del mismo ya que son muy traviesos.

Que su intención era empezar temprano la cacería, pero Castañeda lo retuvo bajo el alegato de que no era conveniente que la gente de la sociedad los vieran envenenando perros a plena luz del día, pues los iban a tomar por vagos, por mucho que «El Cronista» reservara esa tarea para personas respetables; siendo de esta misma opinión su señora esposa, quien constantemente estuvo dirigiéndole cuchufletas mientras se procedía a la preparación de las raciones, y se negó a colaborar en nada.

Agrega, por otra parte, que Castañeda había vuelto con la razón de que Don Carmen insistía en acompañarlos, noticia que le extrañó y le molestó, pues no había tomado en serio sus palabras de la mañana; y el hecho de que fuera a andar con ellos, no dejaba de ser una perturbación para sus planes.

Afirma que Castañeda lo tranquilizó en cuanto a la presencia de Don Carmen, asegurándole que sólo iba a acompañarlos a matar los perros del vecindario de la pila de agua, tal como les había manifestado en la mañana. Y le expresó, además, a manera de chanza, que si «El Cronista» reclamaba confiar el uso del veneno a personas de reconocida honorabilidad, nada mejor que la compañía de Don Carmen en esa primera etapa para certificar la moralidad de la cacería; interviniendo en ese punto, otra vez, su señora esposa para decir que no era a Don Carmen a quien iban a aplazar si los examinadores los veían de mequetrefes en la calle, en lugar de estar estudiando.

Continúa relatando el declarante que a eso de las seis de la tarde Don Carmen llegó a bordo de su automóvil, un Packard color negro, y los tres juntos se dirigieron a depositar el veneno en los alrededores de la pila de agua. Don Carmen iba personalmente al volante y se mostró en esa ocasión excepcionalmente contento y dicharachero; y cuando a cada bocado que lanzaban veía que algún perro atrapaba el pedacito de carne envenenada entre las fauces, soltaba la rueda, se restregaba las manos y se reía sabrosamente por lo bajo.

Que cuando terminaron la operación de la pila de agua, y antes de dejarlos otra vez en la puerta de la casa del declarante, Don Carmen les pidió que no se olvidaran de echarle una ración al perro de Don Macario Carrillo, un filarmónico que vivía a cuatro puertas de su casa de habitación hacia el oriente, pues se cagaba a menudo en la acera de la Tienda «La Fama» y siempre había que estar echándole aserrín a los excrementos. Que a ese perro se le dio efectivamente veneno de primero, como a las ocho y cuarto de la noche, llamándolo con morisquetas desde el zaguán hasta el fondo del corredor donde se encontraba tranquilamente sentado.

Que fue como a las ocho de la noche que abordaron el coche de caballos del padre del dicente para llevar a cabo su correría final, el cual ellos mismos uncieron en la cochera, transportando las raciones restantes, que a esa hora eran unas quince, en un cajoncito de pino de los que sirven para embalar jabón «La Estrella», y trotando por distintas calles, como si dieran un paseo, se dedicaron a lanzar con mano subrepticia los bocados de carne envenenada a los perros que se encontraban por el camino, provocando la mortandad mayor en la Calle Real, ya al final. Que dejaron el consultorio del Doctor Darbishire de último calculando arrimar a la Iglesia de San Francisco a las diez de la noche, hora en que el Doctor Darbishire ya estaría acostado. Que sólo les quedaba para entonces una ración disponible, la cual administraron al único perro alsaciano que encontraron en la puerta del consultorio; aunque, por lo general, eran varios los perros que hacían guardia en la puerta durante toda la noche, de los muchos de que es propietario el mencionado Doctor Darbishire.

Que el declarante se bajó del coche llevando el trozo de carne envenenada suspendido del hilo; y con las debidas precauciones se acercó a la acera, no fuera el perro a tratar de morderlo pues es de una raza muy brava; y haciendo uso de miles de mimos y melosidades logró al fin que se acercara a recoger el bocado fatal, el cual se comió pacíficamente.

Y ya se preparaba a regresar al coche, cuando de improviso apareció en la calle el Doctor Darbishire, al que creían hacía rato dormido en su aposento; y todo fue ver al declarante en actitud sospechosa, y notar que su perro se estaba comiendo el bocado, para colegir que se trataba de un envenenamiento; razón por la cual reaccionó con tan desacostumbrada violencia.

—Me resbalé, y el viejo hijueputa me agarró duro a bastonazos —el Globo Oviedo blande el aire como si golpeara con un bastón. Después, se tira al piso, protegiéndose con grandes alardes la cabeza.

—¿Y Oliverio Castañeda, te defendió? —el Doctor Salmerón hace tronar, despacio, los dedos de cada mano.

—Se bajó a toda carrera del coche, y se fue a refugiar detrás de un ciprés en el atrio de la iglesia, el muy cochón —el Globo Oviedo sigue recogido en el suelo, aguantando el castigo de los bastonazos.

—Y decís que fueron veinte perros los envenenados —el Doctor Salmerón moja el dedo en saliva y vuelve las páginas de la libreta de la Casa Squibb.

—Veinte, ya le di la lista —el Globo Oviedo resuella, como si estuviera recuperándose de la carrera que emprendió hasta el coche huyendo de los bastonazos—; malbaratamos las raciones antes de llegar al consultorio. Pero de todos modos, sólo estaba un perro. Se comió la última que quedaba.

—Del veneno no sobró nada, entonces —el Doctor Salmerón deja a un lado el lápiz y desenrosca su pluma fuente. Escribe ahora con premura, como si extendiera una receta.

—Ni para un remedio. Veinte dosis, veinte perros out en home —el Globo Oviedo lanza un aullido; y al imitar los estertores de un perro envenenado, hace traquetear la silla.

3. ¡Soy inocente!, clama desde las ergástulas

Interview exclusiva concedida por el Doctor Oliverio
Castañeda a nuestro reportero Rosalío Usulutlán

Las puertas de la XXI se abren gentilmente para «El Cronista»*.
Retrato físico y sucinta biográfica *. Lo que piensa el reo de su situación *. El caso de la muerte súbita del joven Rafael Ubico acaecida en Costa Rica *. Asegura que su esposa siempre fue muy
enferma *. Sus relaciones con la familia Contreras *. «Yo no di jamás
alimentos ni medicinas a Don Carmen, tampoco a Matilde» *. Los
exámenes de laboratorio practicados en la Universidad no le merecen crédito *. Lo que piensa de la posible exhumación de los cadáveres *. Razones que tuvo para regresar a Nicaragua *. Habla de
envidia y persecución política *. Se defenderá él mismo *.

El día declina. Son las seis de la tarde del 15 de octubre de 1933;
la noble ciudad que todavía reza de rodillas el ángelus, está conmo-
vida. Al compás de las seis tenues campanadas que da el reloj de la
Basílica, subo las gradas del presidio. El Capitán Anastasio Ortiz me
conduce gentilmente hacia el interior y al llegar al extremo oriental
del oscuro y húmedo corredor de piedra, me dice: «Esta es la celda».
Hay aquí un silencio sobrecogedor, como el que sólo se siente en los
templos desiertos, y en los cementerios. Me detengo unos segundos y
miro, en el fondo, una ventana donde la luz crepuscular entra a cuadros; un camastro modestamente arreglado, un reo pensativo, sentado, con los brazos cruzados, apoyado en una mesita de pino sin
cepillar que hace de escritorio y comedor; unos libros, unos periódicos, un pocillo enlozado y una botella de agua. Nada más.

Súbitamente, una mirada. Un hombre de regular estatura,
blanco, barba y bigotes rasurados; cara ovalada con pronunciamiento
en la base del maxilar inferior; pelo negro y liso, mirada apacible y
vaga tras los lentes; boca pequeña y labios delgados, senos frontales
hundidos, frente mediana, base de la nariz también hundida, nariz
recta. Un conjunto fisonómico que acusa determinación, astucia y
cálculo y en el que los criminalistas podrían ensayar, en base a la me-

dición del cráneo y la correcta determinación de rasgos y proporciones morfológicas, sus tan sonadas tesis de la herencia y la predeterminación al delito. Pero más allá de esas consideraciones científicas, tampoco podríamos negarnos a reconocer que se trata de un espécimen masculino atractivo, al que el bello sexo de la alta sociedad de León llegó a considerar, de manera poco menos que unánime, como irresistible. ¿Irresistible, cruel? ¿Esconde una cosa la otra?

Viste de casimir negro, corbata negra. Aun en la soledad de su celda, no abandona el atuendo de riguroso luto que siempre lo ha distinguido, y que para conocidos y extraños ha puesto un tinte de misterio en su personalidad de joven extranjero; y que, según hay noticias, persiste en usar como constante tributo de duelo por la muerte de su madre, acaecida cuando todavía era él un imberbe. Según esas mismas noticias, tal acontecimiento de trágica factura, pues murió la señora entre inenarrables dolores presenciados por el niño, decidió no solamente el color fúnebre de sus ropas, sino que llegó a calar hondo, con el paso del tiempo, en los avatares de su conducta.

Cuando me ve en la puerta de la celda, me escudriña con un movimiento peculiar de las cejas y con palabra suave me invita a entrar. Lo saludo. Lo agradece, conmovido. ¿Es este reo solitario y entristecido el gentleman que tanto brillara en los salones de la mejor sociedad de León, como el preferido de las bellas? ¿Es éste aquel joven de fácil y despierto decir, de la broma a flor de labios, de inteligencia privilegiada y ademanes tan seductores? Es él, no hay duda, sólo que hoy abatido por el rayo del infortunio.

La entrevista comienza.

—Doctor Castañeda: la prensa nacional y extranjera da diversos coloridos a una tragedia que conmueve a León; su persona es objeto de vivos comentarios y alrededor suyo se tejen múltiples conjeturas. ¿Quisiera Ud. responder algunas preguntas para los ávidos lectores de «El Cronista»?

Medita unos segundos. Interroga con movimientos lentos de la cabeza, y contestá:

—Con gusto, Señor Usulután. (Una pausa.)

Se toma la frente con ambas manos; se reclina con visible angustia en la mesa, me mira nuevamente; noto en sus ojos fatiga y desesperanza. Se quita las lentes.

—¿Su edad? ¿Su familia?

—Nací en Zacapa, República de Guatemala, el 18 de enero de 1908 (ligera arruga se dibuja en su frente). Mi padre se llama Ricardo Castañeda Paz, militar en retiro, y quien desde hace seis meses padece de reumatismo. Mi hermano Gustavo, joven de diecinueve años, está preparándose para sus exámenes, en el tercer curso de la Facultad de Medicina y Cirugía de Guatemala. Mi otro hermano, Ricardo Castañeda, está terminando su carrera de Médico Cirujano, en la Universidad de Munich, Alemania.

—¿Sus estudios?

—Cursé la primaria en el Colegio de Infantes de Guatemala. Me bachilleré en el Instituto Nacional de Oriente, de Chiquimula; comencé mis estudios de Derecho en la Universidad de San Carlos Borromeo, y los terminé aquí en León, donde me gradué de abogado el 21 de febrero de este mismo año de 1933.

—¿Su vida pública?

—Desempeñé el cargo de Oficial Mayor de la Secretaría de Educación Pública, en Guatemala, en el año de 1926; y seguidamente ocupé, ese mismo año, la subsecretaría de esa misma cartera.

—¿Quiere decir que formó Ud. parte del gabinete del Supremo Gobierno de Guatemala, a los dieciocho años de edad?

Me mira sorprendido, como si mi pregunta fuera una necedad. Pero al poco rato sonríe con benevolencia, y responde:

—Sí, efectivamente. Y pocos años después entré en el servicio diplomático. En 1929 fui enviado como attaché de la Legación de Guatemala en Costa Rica; y a finales del mismo año pasé a ocupar el cargo de Secretario de la Legación en Nicaragua. Desde entonces comencé a sentir especial afecto por este país.

—¿Conoció en Costa Rica al joven Rafael Ubico?

La severidad y la desconfianza aparecen a la vez en su rostro. Tamborilea con los dedos sobre la superficie burda de la mesa.

—Perfectamente. Falleció el 22 de noviembre de 1929 en San José, siendo él entonces Secretario de la Legación, de la cual era yo, como ya le dije, attaché. Fuimos íntimos amigos.

—¿La causa de su muerte?

Mayor inquietud en su mirada; mayor irritación e impaciencia en sus gestos.

—El dictamen unánime de los médicos que lo asistieron fue «ataque renal a consecuencia de intoxicación alcohólica». Mi amigo, el joven Ubico, vivía en la Pensión Alemana, cerca del Correo Central, Plaza de la Artillería; yo vivía en otra, llamada Pensión Niza, en el costado oriental del Edificio Metálico, cerca del Parque Morazán.

La noche anterior a la muerte de Ubico se había efectuado en San José el enlace matrimonial de la Señorita Lilly Rohrmoser (de manera gentil, el Doctor Castañeda me ayuda a escribir este apellido en mi cuaderno) con el Caballero Don Guillermo Vargas Facio, habiendo sido esta boda un acontecimiento social sin precedentes en la alta sociedad josefina, por su esplendor.

—¿Asistió Ud. a esa fiesta?

—No, pero Ubico sí lo hizo; libó allí abundantes copas, como desgraciadamente acostumbraba hacerlo. Cerca de las tres de la mañana, un grupo de amigos lo llevó a acostar a su pieza de la Pensión Alemana, después de haberlo hecho reposar por espacio de una hora en uno de los salones de la casa de la novia, donde se celebraba la fiesta. Hubo de administrársele allí mismo medicamentos varios para tratar de rebajarle la embriaguez.

—¿Lo asistió Ud. después?

Una sombra atraviesa su mirada, y con un gesto de la mano procura apartarla, como si de un molesto moscardón se tratara.

—Acudí en su auxilio como amigo que era suyo, a eso de las nueve de la mañana. Fui llamado telefónicamente por una sirvienta de la Pensión Alemana, en nombre del joven Ubico, quien reclamaba mi presencia a su lado; vi su estado de postración, y después de llamar por teléfono al médico guatemalteco Doctor Pedro Hurtado Peña, me dirigí a la Legación en busca del Embajador, Licenciado Alfredo Skinner Klee. Llegó éste, y en su presencia el médico dictaminó que el caso era de extrema gravedad, dado el estado de debilidad del enfermo. Se presentó otro médico llamado por la propietaria de la pensión, el Doctor Mariano Figueres, y opinó lo mismo.

—Perdone la pregunta. ¿Pero le dio Ud. a tomar algún medicamento?

—Ubico acostumbraba tomar, cuando el alcohol perturbaba su organismo, una medicina de patente llamada Licor Zeller, que es una sal. Como no sintiera alivio ninguno, y tardaba en llegar el Doctor Hurtado Peña, me pidió que fuera a la botica a comprarle bicarbonato de sodio. Por recomendación del farmacéutico le llevé Bromo-Seltzer. Tampoco le hizo ningún efecto. Los médicos le aplicaron inyecciones y lavativas. Todo fue inútil.

—¿Y después de fallecido Ubico?

—El Señor Embajador Skinner Klee dispuso que le practicaran la autopsia, así como el examen de los líquidos provenientes de las vísceras; y que se hiciera un examen de las medicinas que le habían sido administradas al fallecido.

—¿Por qué todas esas previsiones? ¿Se sospechaba acaso de mano criminal en su muerte?

El joven abogado ha vuelto a ponerse parsimoniosamente los lentes, y pareciera escrutarme con algo de piedad en su mirada triste.

—Porque es de rigor conforme el Reglamento Diplomático de Guatemala, que obliga a proceder así en tales casos.

—¿Y cuál fue el resultado de la investigación científica?

—El Jefe del Laboratorio Nacional de Costa Rica, Monsieur Gaston Michaud, rindió el informe oficial que corre en el expediente de las investigaciones levantadas: después de ser sometidas vísceras y líquidos al más escrupuloso análisis, se encontró que dichas materias no contenían ninguna sustancia tóxica. Lo mismo debe decirse de los medicamentos.

Ya han caído las sombras de la noche. Una bujía solitaria brilla en el techo de la celda, pendiendo del cordón eléctrico. Hace unos momentos el reo se ha puesto de pie para encenderla.

—¿Es ésta la primera interview que Ud. concede a la prensa?

—Sí. Hasta ahora puedo hablar, pues tengo una semana de estar por completo incomunicado, mientras en los periódicos se ha dicho de mí lo que se ha querido, sin prueba alguna. Agradezco a Ud., Señor Usulután, la oportunidad que me presenta para hacer estas declaraciones que pueden llevar un poco de tranquilidad a mis numerosos amigos, quienes deben saber que tengo mi conciencia transparente como el cristal.

—¿Sabe Ud. los motivos de su prisión?

Enérgico, mostrando indignación, el reo se pasea por la reducida estancia.

—He estado detenido a la orden del Señor Jefe Director de la Guardia Nacional, General Anastasio Somoza. Pero no es sino hasta hoy que se me ha notificado auto de detención por parte de la autoridad judicial competente, lo cual sólo viene a confirmar la ilegalidad de los procedimientos.

Mi entrevistado no responde directamente a mi pregunta. No quisiera forzarlo, pero el deber periodístico se impone, y procedo.

—¿Han llegado a Ud. las versiones que circulan sobre la muerte de su esposa Marta?

Dejando su paseo, vuelve a su asiento, y parece desplomarse, abatido por una inmensa pesadumbre.

—Sí, por desgracia las conozco. Mi esposa era de una salud muy frágil, padeciendo a menudo de hemorragias catameniales, y aquí, desgraciadamente, contrajo severa afección palúdica. Ya he pedido al Señor Juez de lo Criminal, que me haga el favor de disponer la exhumación del cadáver de mi esposa, por muy doloroso que resulte para mí, con el objeto de que se compruebe de una vez por todas que no murió envenenada, sino que, como los médicos que la asistieron lo confirmaron a su tiempo, falleció debido a un ataque de fiebre perniciosa. Tales rumores hieren mis sentimientos de una manera que Ud. no puede imaginarse; y lo mismo puedo decirle de las versiones que con tanta crueldad y malintención se han hecho rodar sobre el deceso, para mí nunca lamentado suficientemente, de la Señorita Matilde Contreras. El cadáver de la Señorita Contreras debe ser asimismo exhumado.

Ahora el reo cruza los brazos sobre el pecho, alza la barbilla como queriendo desafiarme no sólo a mí, sino a todo el mundo social. El mundo brillante que antes lo celebraba y ahora se ha puesto en su contra.

—Usted mismo ha traído a colación la muerte de la Señorita Matilde Contreras. Las autoridades judiciales también están determinando si ella murió envenenada, dadas las circunstancias violentas de su fallecimiento. ¿Qué tiene Ud. que decir?

Las lágrimas asoman a los ojos del reo. Las enjuga con el gonce de un dedo, a falta inmediata de un pañuelo.

—Tenga Ud. por seguro que si yo estuviera en libertad, ya me hubiera ocupado con toda valentía en defenderme de esas calumnias infames. Matildita fue para mí un crisol de virtudes, un venero de bondades y encantos. Le tocó por desgracia fallecer, igual que mi esposa, en la plenitud de su juventud, atacadas las dos por el mismo mal, la fiebre perniciosa. Dado el cariño y la estima que me dispensaba, debe sufrir desde el más allá viéndome en la situación que me encuentro, por culpa de la insidia y la calumnia vil.

Nueva pausa. El reo parece turbado por sus recuerdos, como si las sombras de su vida pasada se pasearan de la mano por la triste celda, haciendo ronda a su soledad. Presiente lo que voy a preguntarle ahora y me mira con abatimiento.

—Ud. se encuentra prisionero a raíz del fallecimiento violento del caballero Don Carmen Contreras, cuyo techo Ud. compartía como huésped de la hoy adolorida familia. ¿Qué tiene que responder a nuestros lectores?

—La muerte inesperada de Don Carmen ha sido para mí motivo de profundo y sincero dolor. Fue un gran amigo mío, y me honro en contarme entre quienes pudieron llamarse en vida suya sus amigos, ya que siempre los seleccionó con criterios muy estrictos.

—¿Dio Ud. alimento o medicinas a Don Carmen el día de su muerte?

—Jamás. Que digan sus familiares si tienen la sospecha más mínima sobre la rectitud de mi conducta. Apelo a Doña Flora, su inconsolable viuda, para corroborar mis afirmaciones. En el comedor servían los familiares y los sirvientes. Don Carmen se administraba sus medicinas él mismo, y él las guardaba. ¿Por qué iba yo a ocuparme de darle medicamentos? Tampoco di nunca alimentos a Matilde, como mis acusadores gratuitos se empeñan en afirmar. Imagínese, dicen que le di a comer una pata de pollo, envenenada con estricnina. Los desafío a acercar sus lenguas viperinas a una pata de pollo así envenenada para que comprueben su falacidad e ignorancia.

—Las pruebas practicadas con las vísceras del cadáver de Don Carmen, en el laboratorio de la Facultad de Farmacia de la Universidad, demostraron que murió envenenado. Los animales inyectados con sustancias provenientes de esos jugos y órganos, fallecieron tras violentas convulsiones. ¿Considera Ud. válidos esos resultados?

Una débil sonrisa, de la cual no está ausente el sarcasmo, se dibuja en los labios descoloridos del reo.

—Los reparos a semejantes procedimientos son muchos; y, aunque yo no soy ningún científico, las debilidades saltan a la vista. Esas pruebas son irrisorias, aun para cualquier profano en la materia. En el laboratorio de la Facultad de Farmacia los estudiantes fabrican bajo la dirección de sus profesores, siropes y brillantinas perfumadas. Ese es el grado científico que allí se ha alcanzado. ¿Y cómo espera Ud. que yo acepte como prueba judicial, aunque no fueran pruebas contra mí, el asesinato de un perro callejero, de un gato de patio, o de una triste rana, que es lo que con tanto escándalo se ha practicado en ese laboratorio?

—Ud. ha hablado de la exhumación de los cadáveres de su esposa, y de la Señorita Matilde Contreras; y se muestra favorable a tal procedimiento. Una vez desenterrados los cuerpos, y practicada la autopsia, ¿cree que los exámenes científicos deben hacerse en León? ¿O sugiere Ud. acaso que sean llevadas las vísceras a laboratorios de la capital?

—Esa determinación no me corresponde tomarla a mí, sino al Juez de la causa. Pero anótela Ud., señor reportero, como una idea no despreciable. Es obvio que en la capital se cuenta con medios más adecuados y serios; y al menos se ahorra así la vida de otros pobres animales, que de seguro morirían si se les inyecta con sustancias provenientes de un cadáver putrefacto.

Pese a la mordacidad de sus señalamientos, parece extenuado, sin fuerzas. Sin embargo, es necesario tocar otros temas; se lo propongo, acepta.

—Perdone Ud.: después de la muerte de su esposa Marta, Ud. abandonó Nicaragua, supuestamente para siempre. ¿A qué se debió entonces su regreso, si ya nada lo retenía aquí?

Sonríe, melancólico.

—Regresé con la intención de preparar los materiales del libro «Nicaragua, 1934», tarea emprendida en sociedad con el Señor Miguel Barnet, de nacionalidad cubana, y experto en materia editorial. Se trata de un anuario con datos sociales y económicos, estadísticas diversas y fotografías; y para reunir la información necesaria nos proponíamos recorrer las distintas poblaciones del país. Los proyectos de contratos y la escritura social correspondiente, así como las cartas comerciales del caso, se encuentran entre mis pertenencias decomisadas.

—¿Y por qué tuvo que volver Ud. a alojarse en casa de la familia Contreras?

—Para atender a la extremada cortesía de la misma familia. Doña Flora me lo suplicó así, cuando tuve la dicha de acompañarla, a ella y a su hija María del Pilar, al regresar ambas de Costa Rica a finales de septiembre de este año, pues coincidimos en el mismo vapor.

—¿Y qué hacía Ud. en Costa Rica? ¿Tenía algún motivo particular su estancia en ese país?

El joven prisionero parece reaccionar frente al estímulo de una leve corriente interna, que estremece su cuerpo. Pero sabe contener bien sus emociones.

—Debo decírselo, para que quede bien claro, que llegué allí porque se me expulsó de Guatemala por razones políticas, y no se me quiso conceder pasaporte más que para ese lugar. Y mi encuentro con Doña Flora y su hija en San José, donde ellas pasaban una temporada, fue absolutamente casual. Una muy agradable casualidad. Salgo así al paso de interpretaciones antojadizas que tratan de establecer motivaciones de otro tipo. Absurdas chismerías.

—Y ya en León, ¿qué lo detuvo para iniciar sus visitas a las diferentes poblaciones, tal como era su plan?

—La solicitud del propio Don Carmen, quien se encontraba muy interesado en llevar a feliz término al nuevo contrato de la Compañía Aguadora Metropolitana, el cual le venía dando desde hacía tiempos muchos dolores de cabeza. Delante de sus familiares me pidió que no abandonara León y que me ocupara yo de la gestión, dadas mis buenas relaciones con los munícipes que debían aprobarlo.

Al Municipio de León y al pueblo le constan la lealtad de mis gestiones como abogado y como amigo del Señor Contreras, para lograr la firma de un contrato que no a todo el público parecía conveniente. Y seguí sin poder ausentarme de León, porque al sobrevenir la desgracia de la muerte de su hija Matilde, Don Carmen volvió a reclamarme que no me fuera, pues ahora que él se encontraba tan afectado y tan triste, menos que pudiera ocuparse del asunto de la Aguadora; el cual deseaba dejar, con mucha más razón que antes, exclusivamente en mis manos.

El tiempo avanza raudo; y este servidor de sus lectores, que ya casi ha logrado su difícil cometido, se ve precisado a plantear sus últimas preguntas.

—¿A qué atribuye Ud. la desgraciada situación en que se encuentra ahora? Ud. siempre gozó de gran estima en esta ciudad.

—A la malicia y a la habilidad de quienes, por envidia, se empeñan en deshonrar mi nombre, prestándose a las maquinaciones perversas del tirano que sojuzga a mi patria, Guatemala. Su mano es larga, yo soy su enemigo; y sabe premiar con largueza a quienes bien le sirven para consumar sus infamias. Ellos resienten que yo, un extranjero, brillara en Nicaragua más de lo que ellos han alcanzado a brillar. No pueden aceptar que yo haya recibido tantas muestras de aprecio y de simpatía en los mejores círculos sociales de esta noble ciudad, sin haber tenido la honra de nacer aquí. Y afilan gustosos el cuchillo del autócrata.

La pregunta que debo ahora hacerle es difícil, espinosa. Y sin esperar más, se la lanzo a quemarropa.

—¿Se ha dado cuenta Ud. que se está jugando la vida en este proceso?

El reo me mira con altivez. Se compone con gesto firme y seguro los anteojos.

—No es que se esté jugando sólo con mi vida. Se está jugando con la justicia, a golpes de escándalo. Se me encarcela primero, sin razón legal, y se me notifica tardíamente el auto de detención; después se me priva de mi inalienable derecho a defenderme, pues se siguen procedimientos en los que yo, como reo, debería estar presente; y se toman declaraciones a mis espaldas. Tampoco nadie me ha acusado formalmente por los supuestos delitos que se me imputan.

Pero sepa Ud. que no tiemblo, en lo más mínimo, al pensar que como consecuencia de esta confabulación, pueda subir al cadalso. De ser así, lo haré con mi conciencia tranquila, derramando bendiciones para Doña Flora y su familia, a quienes sólo guardo motivos de gratitud. Ella y María del Pilar han tratado de aligerar con sus atenciones las molestias de mi reclusión en esta celda; y sólo porque lo han impedido las autoridades del penal, han cesado de enviarme hasta aquí mis alimentos y otras cosas necesarias a mi aseo y confort. Créame que lo verdaderamente triste para mí es verme acosado por la calumnia; y que esa calumnia y mal proceder vengan de mis propios amigos de antaño, de mis propios compañeros de estudio.

—¿Cuenta Ud. al Juez de la causa entre esos antiguos amigos que ahora proceden de esa manera?

—El Señor Juez, Doctor Mariano Fiallos, fue mi compañero de estudios en la Facultad de Derecho. Pero perdóneme que prefiera dejar sin responder esa pregunta, en lo que a él toca. O más bien, es la propia conciencia del Juez la que debe responder.

—¿Cómo va Ud. a proceder a su defensa?

El Doctor Castañeda, al escuchar la palabra «defensa» no puede evitar una esquiva sonrisa.

—Ya le he dicho que hasta ahora se me ha negado mi derecho a la defensa. Pero estoy esperando que se me acuse formalmente, si es que alguien va a hacerlo, para reclamar con toda energía que se me admita como mi propio defensor. Y lo haré personalmente, si es que al fin se me da la oportunidad, aunque muchos abogados de prestigio, incluso de Managua, me han hecho llegar ya ofrecimientos de auxilio legal hasta esta celda.

Desde las sombras del corredor, el Capitán Ortiz me hace señales de que me he excedido ya en mucho en el tiempo que se me había concedido; y por tanto, la interview debe concluir. Se lo comunico así a mi infortunado interlocutor, y me preparo a despedirme.

—¿Algo que Ud. quiera agregar, Doctor Castañeda?

—Recomiendo por su medio a la prensa del país, Señor Usulutlán, que se trate este asunto con toda la serenidad y ponderación posible. Y que se tome en cuenta mi calidad sagrada de reo.

—Cuente con ello, y hasta la vista, Doctor Castañeda.

Y atrás, envuelta en las tinieblas de la noche, queda la tétrica prisión de la XXI; tras cuyos muros, ni Ud. ni yo quisiéramos nunca llegar a permanecer encerrados, querido lector.

4. El amor sólo aparece una vez en la vida

Mediante auto dictado por el Juez Primero del Distrito del Crimen de León, a las once de la mañana del 11 de octubre de 1933, el equipaje de Oliverio Castañeda fue requisado del aposento que compartía con Don Carmen Contreras. El acta de inventario levantada allí mismo, antes de que el equipaje fuera trasladado en depósito al Juzgado, revela el contenido de sus diferentes piezas:

a) Un cofre de viaje, de tamaño grande y de factura metálica, que al ser abierto muestra en su interior: periódicos de diversas fechas, de Guatemala, Costa Rica y Nicaragua; libros de abogacía, fajos de correspondencia personal, contratos, recibos, vales cancelados y cuentas diferentes; poesías copiadas a máquina, calzadas con la firma del reo, referentes a varios temas; un trabajo inconcluso, también a máquina, titulado «La enfermedad económica de Centroamérica y sus remedios», cuyo autor es siempre el reo, y materiales listos para dar a la imprenta, igualmente mecanografiados, dentro de una carpeta rotulada a mano en letras góticas que dicen: «Corona Fúnebre de la Srta. Matilde Contreras, homenaje de quienes la lloran.»

b) Una valija grande de cartón comprimido, conteniendo ropa de uso personal: pantalones, sacos y chalecos de casimir inglés, todas las prendas de color negro; lo mismo que un «smoking» del mismo color, con su respectivo fajín de seda.

c) Una valija mediana de fibra, conteniendo ropa interior de uso personal, así como camisas, cuellos y puños postizos de baquelita para las mismas; corbatines y tirantes de goma.

d) Una máquina de escribir portátil, marca Remington, en su respectivo estuche, que tiene la cerradura de la tapa dañada.

e) Una victrola de manubrio, marca Victor, también en su estuche.

f) Un baúl de madera, la tapa pintada a mano con motivos de volcanes y un lago, conteniendo sombreros de fieltro, de color negro;

bastones y calzado, así como útiles de tocador diversos, tales como potes de talco, pomos de brillantina y frascos de agua de colonia.

Dentro de ese mismo baúl se encontró un cilindro de hojalata, y dentro del cilindro los títulos profesionales de abogado y notario del indiciado; un ejemplar del libro «Manual de etiqueta y ceremonial diplomático» sin nombre de autor, impreso en Madrid, en 1912; y un Código de Instrucción Criminal, con el sello de la Biblioteca Central de la Universidad de León, el cual, una vez examinado, se manda a devolver a la misma.

También se encontraron en el mencionado baúl dos discos de gramófono marca «Pearless», uno con las siguientes piezas musicales: «El amor sólo aparece una vez en la vida» (Vals) y «Ridge Moon» (Blues); y el otro con las siguientes composiciones: «Dulce Jenny Lee» (Blues) y «Sing you Sinners» (Fox-trot).

Entre las páginas del código fue encontrada una carta, sin firma ni destinatario, escrita a lápiz en dos hojas de papel común, del que se utiliza para envolver mercancías, la parte superior del primer pliego mutilada por la acción de las polillas. Una vez concluido el examen del equipaje, el Juez ordenó agregar la carta a los legajos del proceso. Allí podemos leerla:

…donde llega la que ha sido tan orgullosa. Le confieso que yo hace dos meses creí que era M. P. la que le interesaba. Algo en su modo de ella con Ud. me hacía temer (digo temer porque sentía que yo comprendía que lo quería) que debía haber habido algo entre Uds., porque ella con todas las personas es orgullosa y altanera y Ud. ha sido una excepción. No vaya a disgustarse amorcito, pero dígame lo que yo quería saber. ¿Le gustó a Ud. M. P. y si era ella la que le gustaba, por qué cambió de idea? ¿Dígame qué le hizo cambiar de idea? No sabe las dudas que me mortifican a veces, amorcito, tengo que decirle esto porque a veces me siento muy sola y quisiera abrazarme a ti y sentirte muy cerca. ¿Desde cuándo me quiere Ud.? ¿Y por qué? Me aflige pensar que tal vez no lo pensó lo suficiente y vaya a arrepentirse pronto. Eso me da cavanga pues mi mayor ilusión es que podamos vivir siempre juntos, te comprendo poco, amor, pero es que tú no te quieres dar a comprender. Me parece que como ya te di todo lo que podía darte no tendrás ilusión conmigo. Perdóname, pero es necesario que sepas todo lo que siento, mis temores y lo mucho que te quiero. ¿Es a mí a la que quieres? Yo sé que a los hombres les gustan muchas mujeres. Si algún día estás seguro que me quieres menos que a otra dímelo, será duro pero preferible a estar engañada. Amor mío, te quiero, quisiera que sintieras todo el amor que te tengo. Amorcito, tengo miedo (aquí cuatro palabras que no se entienden). Me afligen muchas cosas que quiero que me las digas con sinceridad, hay ratos que sufro mucho, mucho con las ideas que se me vienen a la cabeza. Te quiero mucho, más que a nadie, nunca había sentido cosa igual. ¿Para qué viniste a mí? ¿Para qué apareciste aquí? Y tú que no me das confianza. Nunca sé lo que sientes, lo que te pasa. No puedo consolarte ni (aquí una palabra que no se entiende). ¿Será que soy muy tonta y fea y no te merezco? Fíjate, hasta (aquí cinco palabras que no se entienden). Ya sé tocar en el piano tu disco que me gusta, el amor sólo aparece una vez en la vida. ¿Será así? ¿O ese amor es M. P.? Me muero de angustia, amorcito.

Oliverio Castañeda, ya indiciado formalmente por los delitos de parricidio y asesinato atroz, según el auto de prisión decretado en su contra el 28 de noviembre de 1933, compareció el 1 de diciembre a rendir su declaración con cargos. En el curso del largo interrogatorio, que tomó casi todo el día, se produjo el siguiente diálogo entre el Juez y el acusado:

JUEZ: Se le presenta una carta escrita a lápiz, en papel de mala calidad, del mismo que sirve para envolver, sin firma ni dirección de ninguna especie, encontrada dentro de un libro en un baúl parte de su equipaje, y que por consiguiente debo presumir fue dirigida a Ud. En esa carta, una mujer se muestra celosa de una tercera persona identificada con las iniciales M. P.

Dado que la citada carta menciona en su último párrafo el vals «El amor sólo aparece una vez en la vida»; dado que entre los discos de su propiedad requisados en el mismo equipaje figura uno que contiene esa misma pieza musical; y dado que la Srta. Matilde Contreras tocaba el piano, debo presumir que fue ella la autora del mensaje anónimo, recibido por Ud. en una fecha seguramente no muy lejana y posterior al fallecimiento de su esposa, Marta Jerez de Castañeda; pues no se hace en el mismo ninguna alusión a ella.

Por otra parte, de algunas de las declaraciones que constan en el proceso se desprende que Ud. pretendía a las dos hermanas Contreras. La propia Srta. María del Pilar Contreras, en su declaración del 12 de noviembre de 1933 afirma que Ud. tenía para con ella «atenciones especiales»; pero sobre todo, la declaración del 17 de octubre de 1933 rendida por el Doctor Octavio Oviedo y Reyes, íntimo amigo suyo, y a quien, por tanto, puedo tener como su confidente, revela que Ud. le mostró alrededor del mes de enero de 1933, en los días anteriores a la muerte de su esposa, otro mensaje, escrito por María del Pilar Contreras y dirigido también a Ud., en términos que sólo se estilan entre enamorados.

Por todo lo anterior debo concluir, y Ud. debe aceptarlo, que la carta que pongo frente a sus ojos para que la examine y confirme mi dicho, fue escrita a Ud. por Matilde Contreras; y que la persona a quien ella menciona bajo las iniciales M. P. no es otra que su hermana María del Pilar, de quien siente celos. Ambas escribían a Ud. cartas de amor, y Ud. atizaba esta dualidad conforme a sus fines.

REO: Se trata, en el primer caso, de una carta sin dirección ni firma alguna, como Ud. mismo señala, y escrita en sentido completamente vago. Las iniciales M. P. nada significan, pues con ellas puede coincidir el nombre de infinidad de personas. ¿Por qué debían corresponder entonces a las de la Srta. María del Pilar Contreras? ¿Y en base a qué atribuye Ud. que la autora de esa carta, escrita en papel que sólo sirve para envolver, y carece de toda autenticidad y mérito probatorio, pues es informal, viene de ninguno y va dirigida a nadie, haya sido la gentil Srta. Matilde Contreras, cuya memoria merece toda mi reverencia?

Es cierto que entre las múltiples cualidades que la adornaron, estaba la de ser una exquisita intérprete del piano; pero yo he conocido durante mi vida, aquí y en muchos otros lugares, a infinidad de mujeres de igual educación. Y si alguna vez alguien la oyó interpretar en el teclado el vals «El amor sólo aparece una vez en la vida», y en esto me adelanto, Señor Juez, a la maledicencia que se ha dado a la tarea de perseguirme, es porque debió haberlo aprendido en la radio, ya que la estación «Le Franc» pone esa grabación muy a menudo.

Y en lo que se refiere a la afirmación de mi amigo y fiel compañero de estudios, el Doctor Octavio Oviedo y Reyes, debo presumir por mi parte que se trata de una equivocación de recuerdos suya, y que no tiene intención de dañarme, ni dañar la reputación de María del Pilar.

JUEZ: De acuerdo con todas las evidencias reunidas por mi autoridad a lo largo del sumario, Ud. tenía un plan preconcebido, de carácter criminal, que no concluiría hasta que la menor de las hijas del matrimonio Contreras Guardia, María del Pilar, quedara a su merced; y Ud. pudiera, sin ningún tropiezo, tomarla por esposa. Así se apoderaría de la fortuna de Don Carmen, que es lo que Ud. ambicionaba. Por esta razón es que eliminó primero a su esposa, Marta Jerez, el día 13 de febrero de 1933, para quedar en libertad de casarse de nuevo; eliminó después a Matilde Contreras, el 2 de octubre de 1933, porque representaba un estorbo sentimental en sus planes. Y su cadena de crímenes fue detenida por la justicia al acaecer la muerte de Don Carmen, el 9 de octubre de 1933. Tenía que eliminar a Don Carmen, porque, como Ud. mismo ha afirmado, no era hombre capaz de confiar a nadie sus negocios; y así precipitaba, además, la apertura de la sucesión de sus bienes. Su siguiente víctima era sin duda Doña Flora, ya que al hijo varón de la familia, Carmen Contreras Guardia, Ud. había logrado alejarlo a Costa Rica, mediante hábiles maquinaciones.

REO: Ese supuesto plan no resiste un análisis sereno e imparcial en presencia de los hechos. Si es ambición económica la que Ud. me atribuye, sepan todos que sólo la herencia de mi esposa, con quien no alcancé a procrear hijos debido a su muerte tan prematura en la flor de la edad, es superior cinco veces a todo lo que pueda tener la familia Contreras junta, incluyendo los bienes del padre de Don Carmen y los de todos sus hermanos y demás parentela. Doña Cristina vda. de Jerez, madre de mi esposa, es propietaria, en Guatemala, de las siguientes haciendas cafetaleras, cuya lista no agoto, porque estoy citando de memoria: Chojojá, Salajeché, La Trinidad, Argentina, todas en Mazatenango, y que producen más de seis mil fanegas de café; cuatro casas de las mejores del radio central de Mazatenango, y la mansión situada en la Tercera Avenida Sur de la ciudad de Guatemala; fuera de fuertes cuentas bancarias y otros valores y acciones. Por manera que, de ser yo ambicioso, y estando casado con una mujer de fortuna, y además santa y abnegada, dueña de tantos atractivos físicos, ¿para qué iba a quitarle la vida?

Además, siendo yo el bandido que se quiere fabricar de mí con tantas artimañas, sin detenerse nadie a pensar en mi posición social, en mi formación familiar, así como en mis sentimientos de hombre honrado a carta cabal y en mi cultura; siendo yo ese criminal a quien suponen capaz de comerciar con la vida humana, la justicia debería concederme al menos el grado de inteligencia indispensable para haber preparado un negocio sin peligros de ninguna especie, como hubiera sido el asegurar la vida de mi cónyuge con una jugosa póliza en dollars, y retirarme después de cometer tan salvaje crimen a cualquier lugar de Centroamérica, donde sólo Dios me quedara por testigo de tan brutal canallada.

Juez: El Doctor Octavio Oviedo y Reyes, en su declaración testifical que ya le he dicho, expresa que el papel que Ud. le mostró firmado por María del Pilar Contreras, decía en uno de sus párrafos, según su memoria:

«Amor mío: el amor sólo aparece una vez en la vida. Acordate de mí cuando estés solito y pongás en tu victrola esta canción de los dos. O aunque esté la otra, y ella sepa tocártela en el piano, y yo no.»

Pese a que la fecha en que Ud. le mostró el papelito a su íntimo amigo el Doctor Oviedo, su esposa Marta Jerez aún estaba con vida, debo entender que «esa otra» que sabía tocar el piano era Matilde Contreras. ¿O estaba María del Pilar refiriéndose a su esposa?

Reo: Y yo debo dominar la repugnancia de tener que referirme, bajo las presentes circunstancias, a dos seres puros como lo fueron mi esposa y la Srta. Matilde Contreras, que gozan ya de la paz de los elegidos, sólo para rechazar con todas las fuerzas de que como hombre soy capaz, semejantes necedades.

Esa cita falsa, de un papelito que nunca existió, se debe, repito, a una traición de la memoria del Doctor Oviedo y Reyes, porque no me atrevo a pensar en una traición deliberada de su parte en contra de nuestra amistad.

Y en lo que se refiere a las dos estimables Srtas. Contreras, debo decirle que siempre fueron para mí igualmente diáfanas, e igualmente sagradas en mi estimación. Y sólo por la necesidad en que me veo, sujeto a un proceso injusto, debo poner en la balanza del juicio de Ud. un criterio que también me repugna: ¿No sería lógico atribuirme al menos, ya que se me juzga capaz de portentosas maquinaciones, un espíritu de selección práctica? Si yo fuera ese criminal que se imaginan quienes como Ud. me acusan; si yo hubiera pretendido al mismo tiempo a las dos hermanas, y decidido, gracias a mis inclinaciones enfermizas, quedarme con una de ellas, ¿no hubiera sido mejor para mi conveniencia eliminar a María del Pilar, apenas una quinceañera, y quedarme con Matilde, una de las damitas más cultas e ilustradas de Nicaragua, educada en los Estados Unidos, que hablaba inglés a la perfección y era una artista consumada tocando el piano? Así mi ambición de hacerme rico a costas de un crimen se hubiera visto recompensada con mayores seguridades, a través del matrimonio con una joven de poco menos que mi propia edad, seria y formal, y no con una chiquilla, por muchos que fueran sus atractivos físicos.

Sólo pocos días después, el 6 de diciembre de 1933, Oliverio Castañeda presentó un extenso y sorpresivo escrito en el que, entre otras cosas, contradecía rotundamente las reiteradas negaciones sobre sus amores con las hermanas Contreras contenidas en sus respuestas al interrogatorio judicial antes citado; en ese escrito, decisivo para el curso del juicio y para su propia suerte, aceptaba que la carta sin fecha ni firma encontrada entre las páginas del código le había sido dirigida por Matilde Contreras; y solicitó su examen por peritos calígrafos.

El Juez se vio precisado a cumplir con el trámite, y el 12 de diciembre los peritos Pedro Alvarado y Rafael Icaza hicieron constar que tras el estudio de los rasgos caligráficos, debidamente comparados con otras piezas escritas por la misma Matilde Contreras, se podía concluir que era ella la autora de la carta.

También en ese mismo escrito, el reo aceptó la existencia del papelito atribuido a María del Pilar Contreras y mencionado por el Globo Oviedo en su declaración. Pero ya tendremos ocasión de volver más tarde sobre éstas y otras muchas cartas y misivas sentimentales.

Para cerrar este capítulo, adelantemos que el 25 de octubre de 1933 se practicó la exhumación de los cadáveres de Marta Castañeda y Matilde Contreras, enterrados en el Cementerio de Guadalupe. Sobre este episodio también volveremos después. Sólo digamos ahora que el Doctor Juan de Dios Darbishire, quien concurrió al cementerio para atestiguar la autopsia del cadáver de Matilde Contreras en su calidad de médico de la familia, practicó de su propia iniciativa un examen facultativo de los órganos genitales de la occisa; y solicitó agregar al acta la constancia de que habían sido hallados intactos. Así se hizo.

5. El joven de luto que baila fox-trot

Al atardecer del 27 de marzo de 1931, las hermanas Contreras han sacado, como de costumbre, las mecedoras de mimbre a la puerta esquinera de su casa; y, como de costumbre, se han vestido y arreglado largo rato frente al espejo aunque sea sólo para sentarse a la acera hasta que caiga la noche y venga la hora de cenar, igual a otras muchachas en otras puertas de la vecindad, que se mecen también con indolencia, mirando alejarse a los transeúntes. El bochorno es todavía intenso en este día de verano, y mientras imprevistas bocanadas de viento tibio levantan briznas y polvo en las esquinas, bandadas de zanates clarineros pasan volando hacia los árboles de los patios vecinos.

Pero este día la rutina de su tertulia vespertina en la acera ha sido rota por un suceso imprevisto, mientras aparentan repasar con las cabezas muy juntas las páginas del figurín «El Ideal Parisién» que su madre les acaba de traer de la capital con otras revistas de modas, vigilan curiosas la actividad al otro lado de la calle. Una de las piezas del Hotel Metropolitano está siendo ocupada por una pareja de nuevos inquilinos.

Frente a la acera del hotel, los mozos de cuerda bajan de un carretón de caballos el equipaje: baúles, valijas, cajas de cartón y un gramófono Victor en su estuche portátil. Un joven de maneras alegres y desenvueltas, vestido de luto, viene a quitar delicadamente el estuche de manos de uno de los cargadores para ir a ponerlo, con igual cuidado, en una mesita esquinera.

Desde sus mecedoras lo ven separar la tapa del estuche; da manubrio a la victrola, y siguiendo los pasos dictados por una música que todavía no suena, coloca un disco, el fox-trot «Sing you Sinners», que ellas ya han oído; y sin dejar de bailar va hasta el fondo de la pieza donde su pareja, una muchacha regordeta y menuda de estatura, se ocupa de vaciar la ropa de los baúles.

Las hermanas se cubren de rubor sin saber por qué, cuando el joven de luto, una mano en alto y la otra extendida hacia ella como si fuera un espadachín, la apremia a bailar. La muchacha, vestida aún como se bajó del tren, casquete de fieltro que esconde todo su pelo y vestido suelto de percalina un cuarto arriba de sus zapatillas de medio tacón, se resiste divertida al principio; pero ante sus pases y gestos provocativos, suelta la brazada de prendas y se le une al fin, dejándoles oír su risa cantarina.

Esta es la tarde en que Oliverio Castañeda y su esposa Marta Jerez llegan a León, pocos días antes del terremoto del 31 de marzo, que destruyó la ciudad de Managua, y en plena ocupación del país por las tropas de la Marina de Guerra de los Estados Unidos. Sus nombres aparecen registrados en la lista de pasajeros que procedentes de Guatemala habían arribado al aeropuerto Xolotlán el día anterior en el vuelo de la Panaire, publicada como de costumbre por el diario «La Noticia» en su sección «Pasajeros van, pasajeros vienen».

Habían contraído matrimonio el 5 de marzo de 1930, en ceremonia religiosa celebrada a las ocho de la noche en la Iglesia de la Merced, de la ciudad de Guatemala. Marta, nacida en Mazatenango el 1 de diciembre de 1913, no había cumplido el día de su boda los diecisiete años.

Oliverio Castañeda diría al Juez, en su declaración testifical rendida el 11 de octubre de 1933, que decidió regresar a Nicaragua para continuar sus estudios de derecho, estimulado por el recuerdo de las múltiples amistades cosechadas durante su primera estancia en el país, entre diciembre de 1929 y febrero de 1930. Pero se trata de un argumento poco convincente, como señalaría luego el Doctor Atanasio Salmerón en la mesa maldita, porque esas amistades las habría hecho en todo caso en Managua, y no en León, donde nunca antes había estado.

La verdadera razón de su salida forzada de Guatemala parece relacionada más bien con un hecho de sangre. La noche del 25 de diciembre de 1930, mientras se celebraba la fiesta de Navidad en el Club Social de Mazatenango, hirió de un balazo a un finquero de San Francisco Zapotitlán, llamado Alfonso Ricci, quien ya borracho, se puso a orinar en el salón de baile a mitad del danzón «Ojitos relumbrones», interpretado por la orquesta de marimba «Ilusión Chapina».

Marta, escandalizada, dio un grito; y frente al reclamo enérgico de Castañeda, la respuesta de Ricci fue dirigir el chorro de orines sobre los pantalones del esposo ofendido. El finquero se desplomó en medio salón con la bragueta todavía abierta, y Castañeda, en lugar de huir, se mantuvo sereno, con el arma en la mano, en espera del Jefe de Policía de Mazatenango, quien se encontraba en la fiesta, para entregarse. No estuvo mucho tiempo en la cárcel, porque intervino en su favor el General Lázaro Chacón, para entonces Presidente de Guatemala, originario de Zacapa y familiar suyo; pero la enemistad con Ricci se volvió peligrosa para él.

Las dos hermanas que sentadas a la puerta de su casa se ruborizan al ver bailar a la pareja entre cajas abiertas y baúles a medio vaciar, ignoran quiénes son aquellos nuevos inquilinos de la pieza del hotel ni qué los trae a León. Sólo se enteran de que han llegado de la capital en el tren de las cuatro, en el vagón de primera clase donde viajaba su madre, porque así se lo informa ella; atraída por la música, ha salido unos momentos a la puerta y sonríe tras reconocerlos desde lejos.

Por la interview concedida al periodista Rosalío Usulutlán en su celda de las cárceles de la XXI, publicada en «El Cronista» del 15 de octubre de 1933, ya sabemos que Oliverio Castañeda nació en Zacapa el 21 de enero de 1908, el mayor de tres hijos varones. Sin embargo, no menciona en la entrevista su condición de hijo ilegítimo; y Rosalío no se atrevió a preguntarle nada acerca de su madre, Luz Palacios, a la que perdió cuando sólo tenía catorce años de edad. Los padecimientos de su larga agonía no dejarían nunca de atormentarlo en sueños.

A la muerte de la madre, Oliverio y sus hermanos pasaron a vivir bajo el techo de su abuela, Doña Luz Urzúa vda. de Palacios, extraños al hogar de su padre, quien se había casado con otra mujer. Solía visitarlo al mediodía al salir de la escuela, le confesó alguna vez al Globo Oviedo, y lo encontraba siempre almorzando en la penumbra de un comedor de ventanales cerrados mientras afuera resplandecía el mediodía. Arrastraba tímidamente los botines al entrar para dejar saber su presencia, pero el viejo militar jamás se dignaba alzar la cabeza del plato de sopa; y debía permanecer de pie junto a la mesa, sin atreverse a sentar.

El padre tomaba el largo cucharón para volver a servirse sopa de la fuente de porcelana humeante y continuaba su plática con la esposa, escarbándose de cuando en cuando los dientes con la uña en busca de hilachas de carne que examinaba después a trasluz. Por último, sin darle nunca la cara, terminaba poniendo una moneda sobre el mantel. El niño la recogía, y se iba.

Pero en su declaración testifical del 11 de octubre de 1933, Castañeda afirma que se pudo mantener en León como estudiante, llevando una modesta vida de casado, gracias al giro de cien dólares mensuales que su padre le remitía generosamente desde Guatemala, el cual le sería rebajado a treinta dólares cuando quedó en estado de viudez. Y conocemos también una carta que en demanda de auxilio le dirige desde la cárcel el 21 de octubre de ese mismo año, a su domicilio de la 3ª Calle Oriente número 46 de la ciudad de Guatemala:

Querido papá:

Después de trece días de estar preso, incomunicado y acusado de haber envenenado a nuestra Marta —¡qué infames!—, a Don Carmen Contreras y a su hija Matilde —en cuya casa me hospedaba yo—, por lo cual el acusador está pidiendo en escrito del día de hoy que se me aplique la pena de muerte; después de infinitas calumnias originadas en la maldita política, logro mandarle esta carta a través de un amigo, mi socio cubano en una empresa que íbamos a hacer aquí, para que se la despache a Ud. desde Costa Rica, pues él sale de este país para siempre y no lo culpo.

Sí, papá, la maldita política. Ardido por mi expulsión de Guatemala escribí en Costa Rica a solicitud de los emigrados un artículo contra Ubico en «La República», que titulé «Napoleón de opereta»; para qué me metí en eso, ahora me arrepiento. Y recién llegado aquí, apareció el Gral. Correa, enviado de Ubico, a ofrecer la construcción de un asilo de caridad para los ancianos pobres de León, siempre que ese asilo llevara el nombre del «benefactor». Yo me opuse en artículo aparecido en «El Cronista», el cual titulé «¿Caridad o chantaje?», vea ahora cuáles son las consecuencias; Ubico me hunde bajo un expediente malévolo, hacer que se me acuse de envenenador. Él sale limpio y yo quedo embarrado, reconózcase que sus agentes, que pululan por todo Centroamérica persiguiendo a sus enemigos, son sagaces.

Mi vida peligra, papá. Imagíneme a mí quitándole la vida a Marta, mi ángel custodio. Su médico de cabecera, que la trataba por frecuentes hemorragias catameniales, diagnosticó junto a su lecho de muerte ataque fulminante de fiebre perniciosa, una infección maligna subterciana propia del trópico —«laverania malariae»—, producida por huevos de protozoarios que el zancudo anofeles deposita en el plasma sanguíneo. Del mismo mal, muy común en estas tierras bajas expuestas a las lluvias frecuentes que sirven de caldo de cultivo a esta clase de insectos, falleció la Srta. Contreras; también en este caso la causa de la muerte fue establecida por el dictamen médico y así aparece anotado en el acta de defunción que quisiera poder enviarle pero no tengo acceso a nada, ya conseguir papel para escribirle ha sido un triunfo.

Dice el acusador en su escrito que yo le di a la Srta. Contreras estricnina en una pata de pollo a las 8 p.m. y ella falleció a la 1 a.m., hágase cargo del dislate, cómo va una persona a retener estricnina en el estómago por tantas horas y, tras haberla ingerido, conversar tranquilamente, como ella hizo conmigo. Y más ilógico que todo eso, cómo va a morder con apetito una pata de pollo espolvoreada con estricnina, masticarla y deglutirla sin rechazarla al primer bocado por su característico sabor a almendras amargas.

Lo mismo es el caso de Don Carmen, el que me cambiaba en córdobas los giros que Ud. me mandaba, murió también de fiebre perniciosa. Yo lo vi morir, murió en mis brazos, y no tuvo los principales síntomas premonitores que causa la estricnina: inquietud, agitación, sacudidas musculares, sensación de angustia, hipersensibilidad hacia la luz, impresionabilidad eléctrica ante los ruidos y contactos. Y sucedió la desgracia de no ser atendido por un médico serio sino por un charlatán de apellido Salmerón que se limitó a extraerle los jugos del estómago, prejuzgando que había sido envenenado; pero no tuvo la decencia, si así lo creía, de utilizar los expedientes elementales de la ciencia médica en tales casos, como son los eméticos (agua caliente, ipecacuana, apomorfina) o cualquier otro medicamento como el carbón, el éter, el cloroformo o las inyecciones de alcanfor en solución aceitosa. Y este individuo es hoy uno de mis peores acusadores, fíjese en lo burdo de toda la trama y dese cuenta de mi inocencia.

Quieren agarrarse en todos los casos de una coincidencia, cierto síntoma común a la fiebre perniciosa y al envenenamiento por estricnina, como son las crisis convulsivas tetánicas; pero eso es lo único, también da convulsiones la intoxicación por uremia y de eso no dicen nada. Véame en la que estoy metido, hasta de medicina toxicológica he tenido que aprender.

Usted tiene que hacer un sacrificio por mí, papá. Entre Ud., tío Chema, mamá Luz y el Dr. Delgadillo y Pancho pueden reunir 1.000 (mil) dollars que son los que cobra el gran penalista Dr. Ramón Romero por mi defensa, me los puede traer mi hermano Gustavo personalmente, pues si me los giran a mi nombre los confiscan; el Juez, que nunca me quiso cuando fuimos compañeros de estudio, tiene intervenida mi correspondencia. Póngale un cable al Dr. Romero, Managua, diciéndole que acepta defensa y va pago. Si Uds. me fallan sólo me queda defenderme yo mismo y que sea lo que Dios quiera, cómo es posible que me dejen morir tan lejos. Sálveme, papá, y haga todo lo que le digo pronto, pronto. Adiós.

El Doctor Atanasio Salmerón, de cuya tenacidad como investigador tendremos adelante suficientes noticias, se propuso averiguar de manera exhaustiva el pasado de Oliverio Castañeda; y a este fin encontró en la ciudad de Guatemala a un cumplido corresponsal, el Licenciado Carlos Enrique Larrave, Director de «El Liberal Progresista», órgano oficial del partido del General Jorge Ubico, quien le suministró numerosos informes. El lance sangriento con Ricci aparece descrito en la primera de sus cartas.

Esas cartas, debidamente ordenadas en el expediente que el Doctor Salmerón levantó por su cuenta sobre el caso, nos confirman también que Castañeda hizo, efectivamente, sus estudios de bachillerato en el Instituto Nacional de Oriente, de Chiquimula, tal como él mismo lo menciona a Rosalío Usulután en la interview publicada en «El Cronista»; pero hay allí un dato nuevo, y se refiere a su expulsión del centro en el año de 1925.

Castañeda habría organizado, junto con otros estudiantes, un «club secreto ubiquista» para respaldar un golpe de estado que entonces se fraguaba en Chiquimula con el propósito de llevar al poder al General Jorge Ubico. Poco después traicionaría el movimiento, denunciando a sus compañeros; pero no pudo evitar la expulsión.

Larrave agrega que él mismo, entonces profesor de Trigonometría del centro, fue el mentor del club ubiquista; no obstante, de su periódico provendrían años después los más feroces ataques lanzados en Guatemala contra Castañeda, cuando se encontraba sometido a proceso criminal en Nicaragua; y es en sus cartas dirigidas al Doctor Salmerón, en las cuales lo trata con igual inquina, donde podemos encontrar las razones de semejante cambio. He aquí párrafos de una de ellas:

Castañeda tenía desde adolescente una naturaleza acondicionada a la traición y a la burla, y consumía su ingenio en preparar las bromas más atroces con el solo propósito de solazarse él mismo con sus trampas. Recuerdo un caso: en el Instituto de Chiquimula la sala de profesores estaba ubicada en el segundo piso y el reglamento nos obligaba a concentrarnos allí antes del comienzo de la jornada y durante los recreos, mientras no sonara la campana, debiendo dirigirnos entonces a nuestras respectivas aulas de clase.

Las aulas se encontraban en la primera planta y debíamos bajar una escalera que tenía un pasamanos barnizado en negro. La profesora de Geometría y Perspectiva, de nombre Margarita Carrera, tenía la costumbre de apoyarse en el mismo mientras bajaba, sin apartar la mano hasta llegar al último de los escalones. Hubo de notarlo Castañeda, y se dio entonces a practicar la infame gracia de embadurnar de excrementos el pasamanos, con arte suficiente para que no se notara a simple vista.

Debido a este ardid, la mano de Margarita siempre olía mal, sin saber ella la causa; daba en lavársela constantemente, pero el olor no cesaba, y mientras estaba en clases, se la llevaba constantemente a la nariz, acusando desesperación en su rostro. Llegó a caer enferma, sometida a un estado anímico de verdadera locura; y al fin, hubo de irse del colegio.

No le extrañe entonces que hoy sea este individuo responsable de la comisión de crímenes arteros para los cuales ha usado el arma silenciosa del veneno. En el envenenador vemos reunida la personalidad del traidor, y este hombre lo fue desde que tuvo uso de razón; del torturador, pues los tales se complacen en los sufrimientos ajenos, como puede Ud. ver por la anécdota que le dejo relatada; y del fantasioso impenitente, ya que siendo él un pobre diablo en la política, gusta darse ínfulas de perseguido del nuevo régimen de paz y orden establecido en Guatemala bajo la sabia y prudente mano del General Jorge Ubico. Había fundado un «partido» aquí, pomposamente llamado de «Salvación Democrática», cuya acta constitutiva menciona la «adhesión consciente de campesinos, obreros, jóvenes, mujeres…», y hasta niños de pecho, diría yo; no existiendo más que dos miembros de este partido: el envenenador Castañeda y otro agitador de su misma calaña, el «periodista» Clemente Marroquín Rojas. ¿A quién se proponían salvar? Según parece, este «partido» no tiene más que víctimas, la primera de ellas el caballero Don Rafael Ubico Zebadúa, asesinado en Costa Rica por Castañeda bajo el mismo procedimiento: la estricnina.

Sin duda, Castañeda se volvió contra Ubico, suficiente para que Larrave se mostrara ahora su enemigo; los artículos mencionados en la carta a su padre fueron realmente publicados, y según afirma él mismo en su declaración «ad inquirendum» evacuada el 28 de octubre de 1933, al regresar a Guatemala procedente de Nicaragua en marzo de 1933, tras la muerte de su esposa, se dedicó a participar en actividades conspirativas, incluyendo el tráfico de armas. Así se lo había confiado también a Don Fernando Guardia Oreamuno, bajo promesa de secreto, en ocasión de un viaje en tren al puerto de Puntarenas, acerca del cual ya se nos informará.

Por esta causa, sigue diciendo en su declaración, fue expulsado de Guatemala, mención que como recordamos, hace en la interview. En el mes de junio recibió la orden perentoria de desalojar el país en un plazo de diez días, el cual fue luego acortado a sólo cuarenta y ocho horas. No hay evidencias de que la conspiración existiera, pero sí fundó junto con Clemente Marroquín Rojas, Director del periódico «La Hora», el Partido Salvación Democrática, adverso a la dictadura.

El último párrafo de la carta de Larrave puede ayudar también a explicar su cambio de actitud respecto al antiguo discípulo y compañero de conspiración. El joven Rafael Ubico Zebadúa, muerto de manera repentina en San José de Costa Rica el 22 de noviembre de 1929, era sobrino carnal de quien pocos años después sería dictador de Guatemala. Rosalío Usulután, en su interview de la cárcel, adelantándose a documentos que llegarían más tarde desde Costa Rica, sobre las circunstancias de esta muerte, recoge en una de sus preguntas la versión de que Oliverio Castañeda lo había envenenado; pregunta que hizo obedeciendo a motivaciones que ya conoceremos. Por distintas razones, el caso estaba siendo revivido.

Si Castañeda fue expulsado del Instituto de Chiquimula, al año siguiente ya había sido readmitido, pues en diciembre de 1926 presentó allí su examen de bachillerato, trasladándose el mismo mes a la ciudad de Guatemala, donde no tardó en ser nombrado Oficial Mayor de la Secretaría de Instrucción Pública. Era aún Presidente de Guatemala Don José María Orellana, enemigo de Ubico, y quien, según Larrave, había ordenado personalmente desbaratar el «club ubiquista».

Fungía entonces como Subsecretario de Instrucción Pública el Licenciado Hugo Cerezo Dardón, tras cuya muerte repentina hubo de sucederle en el cargo el propio Castañeda a la edad de dieciocho años, como ya sabemos también por la interview. Larrave asegura al Doctor Salmerón, en otra de sus cartas, que tanto el título de bachiller, que apresuradamente le otorgaron, como el puesto de Oficial Mayor y su ascenso fulminante a Subsecretario, era el precio que al fin le pagaba Orellana por su traición.

Si creemos en uno de los testimonios vertidos durante el proceso, a Castañeda le gustaba plantear con socarronería los misterios que habían rodeado el súbito deceso de su superior, el Subsecretario Cerezo Dardón. En ocasión de un paseo al balneario de Poneloya, organizado por la familia Contreras en el año de 1932, y ya muerta su esposa, le tocó a Castañeda compartir el dormitorio en la casa de veraneo con Luis Gonzaga Contreras, hermano de Don Carmen, y quien residía en la ciudad de Granada.

En su declaración judicial rendida por la vía del exhorto ante el Juez del Distrito para lo Criminal de Granada el día 21 de octubre de 1933, el testigo relata lo que, aquella noche en Poneloya, Castañeda le habría revelado sobre la extraña muerta de Cerezo:

Afirma el declarante que en ocasión del paseo que ya deja relatado, Oliverio Castañeda le hizo confidencias sobre una muerte ocurrida en Guatemala años atrás, la de un señor de apellido Cerezo, superior suyo en la Secretaría de Instrucción Pública. De acuerdo a tales confidencias, era Cerezo un hombre metódico y fiel trabajador que se desayunaba temprano de la mañana todos los días para salir después solo, en dirección a su despacho, adonde llegaba a las 6 a.m., hora en que aún no había concurrido ninguno de los empleados de su dependencia; abría la puerta con su llavín, pues ni siquiera estaba el portero, se sentaba en su escritorio y se ponía a puerta cerrada a trabajar; una hora después se abría la puerta; los subalternos recibían de su mano el memorándum del día y comenzaban a despachar.

Que un día de tantos, al no abrirse a la hora de costumbre la puerta, y sabiéndose que estaba en su despacho, pues su bastón y sombrero colgaban como siempre de la capotera del recibidor, se procedió a romper la cerradura y lo encontraron muerto, con la cabeza doblada sobre sus papeles y el tintero derramado junto a la sien, empapando la tinta carpetas y documentos como si fuera sangre. Pero el cadáver no tenía lesión alguna, ni a Cerezo se le conocía dolencia, nadie estaba con él… «¿De qué moriría? ¿Cómo se explica Ud. semejante caso?», preguntaba insistentemente Castañeda, con ojos en los que el declarante afirma, brillaba la burla. Y como el declarante no se mostraba interesado en descifrar el misterio y más bien se sentía presa de gran repugnancia, callaba; pero aquél volvía a insistir, adornando el relato con prolijos detalles y agregando nuevas interrogantes y puntos suspensivos.

Continúa deponiendo el declarante; y dice que solamente cuando regresaron a León, después del paseo, se enteró por boca de su hermano de las circunstancias que habían rodeado la muerte de la esposa de Castañeda, hecho ocurrido algunas semanas atrás; razón por la cual su aprehensión respecto a este individuo subió de grado, aunque tales circunstancias no parecían extrañar a nadie, excepto al declarante; así como nadie parecía tampoco dispuesto a compartir su aprehensión; y fue debido a esa desconfianza que se negó a aceptarlo como compañero de su nuevo viaje de Chichigalpa para visitar a Don Enrique Gil, amigo de la familia, no obstante venir la proposición del propio Don Carmen, quien lejos de estar persuadido de que en Castañeda hubiera una personalidad dolosa y maligna, siempre le hacía llegar por correspondencia hasta Granada, referencias amenas y simpáticas sobre él.

Al parecer, el joven de negro que baila con tanta picardía el fox-trot frente al admirado gesto de dos hermanas que no pueden esconder su rubor, es amigo de los misterios; así consta también en otras informaciones recogidas en el expediente judicial. Cuando inicia su estancia en Costa Rica como diplomático, y antes de que ocurra la muerte de su amigo el joven Rafael Ubico Zebadúa, los periódicos de San José se ocupan con escándalo de «los espantos de la Legación de Guatemala».

Según leemos en las crónicas del diario «La República», publicadas entre el 18 y el 27 de julio de 1929 y agregadas al expediente, todas las noches se oían ruidos provenientes del segundo piso de la casa-quinta de madera de estilo Victoriano, situada en el Barrio Amón, cuya fotografía ilustra las crónicas. Caían piedras sobre los techos de las casas aledañas, las llaves de agua se abrían solas, se descargaban los inodoros en los retretes donde no había nadie; se apagaban las luces y volvían a encenderse. La alarma hace que la Policía Nacional se ocupe del caso; y en el informe que el Coronel Alberto Cañas Escalante, Jefe del Cuerpo de Investigación Nacional, presenta al Ministro de Gobernación con fecha del 2 de agosto de 1929, es Oliverio Castañeda quien aparece como responsable de la maquinación:

> De acuerdo a las instrucciones recibidas de Ud., envié al lugar indicado a varios de mis subalternos, los que efectivamente observaron y sintieron que arrojaban piedras. Habiendo sido enterado de todo esto, me dirigí a la Legación a fin de conducir personalmente las investigaciones, reuniendo como primera providencia a todos los miembros del personal diplomático y empleados del servicio en la planta baja.
>
> Fue así que tuve la oportunidad de observar detenidamente al jovencito Oliverio Castañeda, cuyo aspecto sombrío y extraño, cuya mirada profunda y poco fija, bajando con frecuencia la frente al dirigirse a uno, me impresionaron hondamente, produciéndome, debo decirlo con franqueza, pésima impresión, que no pudieron borrar, por otra parte, su exquisita educación ni la aparente forma gentil de su trato. Conversé con él mismo y con el Sr. Ubico, Primer Secretario de la Legación, sobre el asunto de los «espantos», manifestándoles mis dudas y haciéndoles ver que se trataba con toda seguridad de actos provocados por personas anormales.
>
> Situé a varios de mis hombres alrededor de la casa, en plan de observación, y al escaso rato se produjo una lluvia de piedras. Al buscar a Castañeda noté que había desaparecido y poco después oímos ruidos como de lucha en el segundo piso. Iba yo a subir cuando bajó él por la escalera muy nervioso y con el cabello en completo desorden, la camisa desgarrada y mostrando arañazos en todo el cuerpo, los ojos extremadamente abiertos y con un aspecto francamente de loco. Manifestó que había sido atacado por un individuo corpulento, del que se defendió a golpes, haciéndolo huir finalmente. A mi interrogatorio no supo responder categóricamente, y por el contrario, cayó en marcadas contradicciones; pero con una sangre fría y una serenidad sorprendentes, sostuvo su falsedad. Huelga decir que los ruidos y pedreas en la Legación, nunca volvieron a producirse. Puede darse por cerrado el caso, con mi certeza de que el responsable era el mencionado Sr. Castañeda.

Tras la muerte de su amigo Rafael Ubico, fue trasladado a Managua como attaché de la Legación de Guatemala por pocos meses, partiendo de regreso a Guatemala en febrero de 1930, como se ha dicho; Larrave asegura que se le dio un nuevo destino de corta duración, solamente para desembarazarse de él, dadas las fuertes sospechas que pesaban en su contra; pero Castañeda afirma en su declaración «ad inquirendum», ya citada, que si hubo de dejar Nicaragua era porque estaba pendiente su compromiso matrimonial y debía casarse.

Al llegar a Managua en diciembre de 1929, tomó hospedaje en la pensión «Petit Trianon» de la Calle Candelaria, propiedad de

Doña Roxana Lacayo, donde vivían también el Embajador de Honduras, Licenciado Roberto Suazo Tomé; el joven periodista redactor de «La Prensa» Luis Armando Rocha Urtecho; y el ilusionista Reginaldo Moncriffe. He aquí parte de la declaración rendida ante el Juez Primero del Distrito del Crimen de Managua el día 7 de noviembre de 1933 por la propietaria:

A Castañeda le gustaba mucho jugar bromas a sus compañeros de vivienda, escondiéndoles la ropa y los zapatos, motivo por el cual el Embajador Suazo no pudo concurrir una noche a una fiesta de gala en el Club Managua, pues su smoking recién alistado desapareció como por encanto, insistiendo Castañeda que quien podía hacer aparecer las prendas era Moncriffe, por ser esa su habilidad. El smoking fue encontrado varios días después por unos hombres que limpiaban el cielo raso, con una nota prendida de una gacilla a la solapa, que rezaba más o menos: «Saludos de la mano cortada», refiriéndose a una mano cortada de una película de misterio que estaban dando en los cines de Managua.

Yo trataba de aconsejarlo, haciéndole ver la poca seriedad de su comportamiento; pero él me respondía: «Soy joven, señora, y los jóvenes nos divertimos haciendo picardías inocentes. Ya sabré comportarme cuando las nieves del tiempo plateen mi sien», diciendo esto último con la entonación del tango «Volver».

A Moncriffe solía esconderle sus muñecos parlantes y otros instrumentos de magia con que se ganaba la vida, pero la cosa ya no me gustó un día que desapareció la cartera del Lic. Suazo conteniendo dinero en dollars. La cartera vacía apareció debajo de la cama de Moncriffe, que andaba en ese momento trabajando en el colegio de Doña Chepita Toledo de Aguerrí con sus muñecos. Me vi precisada a llamar a la policía americana, llegando los oficiales de la ocupación quienes culparon a Moncriffe, como era lógico, saliendo en su búsqueda. Lo capturaron en el propio colegio, en presencia de las niñas internas y profesoras, sin encontrarle ni un solo dollar encima; y aunque fue puesto en libertad posteriormente, aquella captura lo perjudicó en su honrado trabajo de ventriloquia e ilusiones de mano. Me daba mucha lástima, porque se sentaba después en su cama con su muñeco Don Roque, preguntándole al muñeco con gran tristeza: «¿Verdad, compañero, que no somos ladrones?» Y el muñeco le contestaba: «De ninguna manera, compañero, somos pobres pero honrados.»

En los días en que sucedió este penoso asunto, Castañeda y Rocha se distanciaron hasta el grado de no volverse a pasar palabra, echándole este último la culpa del robo a Castañeda, y yo me incliné a creer en la verdad de tal acusación, sin tener las pruebas del caso, porque lo veía gastar mucho en mandar flores a señoritas de la capital, no ajustándole su sueldo en la Legación de Guatemala para larguezas tan costosas, ya que siempre se retrasaba en pagarme las quincenas de su hospedaje y alimentación.

Rocha Urtecho admite su enemistad con Castañeda, cuando declara el 8 de noviembre de 1933 ante el mismo Juez Primero del Distrito del Crimen de Managua; ocasión que aprovecha para emitir otros juicios poco favorables sobre su persona:

Que el declarante no quisiera contestar a la pregunta que le hace el Juez, pero ya que tiene que cumplir con el mandato de la ley, debe reconocer que hubo de cortar su amistad con Castañeda a pocas semanas de que éste volviera a Guatemala, ruptura que si bien no fue provocada por el robo del dinero atribuido falsamente al ilusionista Moncriffe, tal hecho sirvió para confirmarle la catadura moral del sujeto, pues no dudaba de que era él quien había colocado la cartera vacía debajo de la cama de Moncriffe después de disponer del dinero. Que actitud semejante tenía para con las domésticas, ya que a una de ellas de nombre Auristela Benavides la acusó una vez, mientras estaban almorzando, de haberle servido sopa con pulgas, por lo cual la Sra. Lacayo la despidió de inmediato, siendo el mismo Castañeda quien le había echado las pulgas al plato de sopa, no importándole que la pobre mujer perdiera su empleo.

Que el distanciamiento se produjo porque había notado en Castañeda una marcada inclinación a la intriga y a la calumnia, haciéndole en repetidas ocasiones comentarios deshonrosos sobre personas del sexo femenino que dispensaban al referido Castañeda verdadera estimación, para no decir idolatría, y con quienes ambos alternaban socialmente. Que el mismo declarante fue víctima de esa clase de fantasías perversas de Castañeda, pese a la aparente amistad que hasta entonces los unía; calumnia que no puede revelar en cuanto a nombres, pero en la que lo involucraba a él con una joven dama recién casada.

Que también lo hizo víctima de una calumnia peor, la cual quiere citar a manera de ejemplo, y es la siguiente: una noche, mientras cenaban los dos en el «Café Florido», entonces muy en boga en la capital, Castañeda se cubrió de improviso el rostro con las manos; le pidió que se levantaran de la mesa, y llevándolo a un rincón, le suplicó con voz muy alterada que se retiraran de inmediato; ya en la calle, le confesó que una dama, con relaciones clandestinas con él, acababa de entrar al restaurante en compañía de su marido; y que el marido, sabedor de tales relaciones, lo había amenazado de muerte en una carta.

Que al día siguiente, cuál no sería su sorpresa al escuchar de labios del Embajador Suazo la versión que Castañeda le había dado sobre el incidente. Según esta versión falaz, se había visto precisado a retirarse abruptamente del «Café Florido», no por miedo a ningún marido celoso; sino porque el declarante era un espía de los marinos americanos, con el número en clave 22, siendo su tarea informar sobre todo lo que le confiaran en privado los políticos a quienes le tocaba entrevistar en su calidad de periodista; y como en ese momento entraban al sitio personas que conocían la condición de espía del declarante, Castañeda se había avergonzado de que le vieran en compañía suya.

Que entonces, el declarante, herido en lo más profundo de su honor, se dirigió de inmediato a la Legación de Guatemala a fin de elevar una protesta formal y enérgica contra Castañeda ante el Embajador, Doctor José Luis Balcárcel; pero al llegar a la Legación, salió a recibirlo el propio Castañeda, quien le manifestó que «el pobre Balcárcel no estaba en esta vida, sino en la otra», pues se hallaba bajo la influencia de una tremenda dosis de cocaína; y de insistir en pasar adelante, sólo conseguiría verlo desnudo y revolcado en el suelo, como un pobre imbécil. Que si el asunto era urgente, bien podría regresar por la noche, ya cuando los efectos de la droga hubieran pasado.

Que asustado y confundido, ya ni siquiera se acordó de retar a Castañeda por su calumnia, regresándose en dirección a la calle; y no había caminado ni cincuenta varas cuando vio aparecer al Embajador Balcárcel manejando su automóvil, en perfecto estado de normalidad; con lo cual queda demostrado que nadie se escapaba de caer en las redes de la infatigable perversidad de aquel ser a quien el declarante no duda en calificar como depravado.

Que tal juicio se lo confirma el hecho de que, en varias ocasiones, oyó cómo Castañeda creaba historias fantásticas y asumía actitudes extrañas, fingiéndose víctima de grandes tormentos anímicos, en los cuales solía poner de por medio a su madre difunta; todo con el objeto de obtener compasión de sus interlocutores, sobre todo si los tales interlocutores eran mujeres jóvenes.

La victrola termina de tocar «Sing you Sinners» y el joven de luto sale a la puerta, abanicándose con el sombrero de fieltro. Su mirada se posa sonriente en las dos hermanas que encendidas ahora de más rubor aparentan no verlo y concentran su atención en las páginas del figurín de modas. Pero él, sin dejar de abanicarse, cruza la calle de manera imprevista y llega hasta la acera donde están sentadas en sus mecedoras de mimbre, para presentarse.

María del Pilar, la menor de las hermanas, que entonces va a cumplir apenas catorce años, comete una grave inconveniencia social al ponerse de pie para extender la mano al visitante en lugar de haberse quedado sentada, como habrá de reprochárselo después Matilde, cuando la familia está reunida en el comedor a la hora de la cena y todos dedican sus comentarios a los huéspedes recién llegados al hotel.

El visitante transpiraba copiosamente y tenía el rostro encendido como consecuencia de sus agitados pasos de fox-trot, les cuenta Matilde. Pero no les dice que mientras, azoradas, cruzaban con él algunas palabras de cortesía, la joven esposa había salido a la puerta a mirar la escena desde lejos, adusta, sin sonreír.

Adusta, sin sonreír, Marta Jerez se lleva a los dientes una pequeña medallita del Santo Cristo de Esquipulas que cuelga de su cuello y la muerde, su mirada reconcentrada puesta al otro lado de la calle.

6. Desaparece un Niño Dios de Praga

Fuera de algunas pensiones familiares, donde además de estudiantes provenientes de otras poblaciones del país se hospedan por lo general viajantes de comercio, en la ciudad de León existen muy pocos albergues decentes; dos o tres de ellos están situados en las vecindades de la estación de Ferrocarril del Pacífico, muy útiles para pasajeros que deben aguardar los trenes cuando se dirigen hacia el puerto de Corinto por el norte, o hacia Managua, la capital, por el sur; o cuando, con menos frecuencia, deben usar el ramal que lleva a la región ganadera de El Sauce, cuya inauguración en 1932, último acto de gobierno del Presidente José María Moncada, se vio entorpecida por la incursión de una columna sandinista al mando del General Juan Pablo Umanzor.

La Casa Prío, que abre sus balcones hacia la Plaza Jerez, frente a la Catedral, conserva en el segundo piso unas pocas piezas en funcionamiento, las cuales se alquilan de manera circunstancial, sobre todo a pacientes foráneos que vienen a ponerse en manos del numeroso y bien recomendado cuerpo médico de la ciudad. Como hospedaje, debemos decir que conoció mejores tiempos: Rubén Darío ocupó la mejor y más ventilada de las piezas durante su viaje triunfal a Nicaragua en 1907, y bajo el balcón respectivo le fueron ofrecidas noche a noche entusiastas serenatas, hasta que el poeta, desvelado, las mandó callar.

El Capitán Prío, al heredar de su padre el negocio, abandonó prácticamente la segunda planta y se concentró en la atención de la primera; allí operan la sorbetería, la cantina, los billares, y el servicio de restaurante que también se presta a domicilio, siendo en este último sentido el Doctor Juan de Dios Darbishire, padrino de pila del Capitán, uno de los comensales de mayor nota.

La noche del 18 de junio de 1932, ya vimos entrar a la Casa Prío al periodista Rosalío Usulutlán en compañía del comerciante Cosme Manzo, al terminar la función de cine; y ya sabemos que los amigos de la mesa maldita, presididos por el Doctor Atanasio Salmerón, se dan cita regularmente en ese lugar.

El Hotel Metropolitano, situado en la Primera Avenida y la Tercera Calle Norte, a una cuadra de la Universidad, pasa a ser el único que funciona propiamente como tal. Se trata de una construcción de taquezal de dos pisos, de principios de siglo, que se abre en dos alas hacia el norte y hacia el oriente a partir de la esquina ocupada por el restaurante-cantina, donde ese mismo año tan memorable de 1907 tuvo lugar el banquete de gala ofrecido por el Ateneo de León a Rubén Darío; con lo cual, en el registro histórico de aquella estancia del príncipe de las letras castellanas en la ciudad, el Hotel Metropolitano aparece dividiendo honores con la Casa Prío; si olvidamos el desafortunado detalle de que el poeta, excedido de copas, nunca se presentó al banquete.

En el corredor interior del primer piso, que da al patio principal, está situado el comedor reservado a los huéspedes, rodeado por una malla de cedazo; y la sala de estar, donde se amontonan en círculos distintas clases de mecedoras y butacos. La cocina, los baños y los excusados, se ubican al fondo del segundo patio. Hacia la calle, hay algunas piezas amplias, dotadas de un biombo de madera que divide el dormitorio de la sala, y que cuentan con servicios higiénicos propios. Estas piezas se alquilan a huéspedes de largo plazo, y una de ellas fue tomada en marzo de 1931 por Oliverio Castañeda y su esposa, como ya vimos.

En el segundo piso, al cual se llega por una escalera de madera con barandales calados en forma de flores de lis, están los cuartos de los huéspedes de paso; son doce en total, y se asoman a la calle a través de ventanas pares, rematadas en arcos ojivales simulados sobre la pared, y que un arco más grande, también ojival, cubre arriba. Los triples arcos pintados de rojo, constituyen la gracia principal de la fachada.

Diagonal al Hotel Metropolitano, está la casa de la familia Contreras. Es una construcción de adobes y techo de tejas de barro, de una sola planta. La puerta de la esquina, donde un atardecer de marzo de 1931 hemos visto sentadas a las hermanas Contreras, da entrada a la sala de la casa; el día de la cacería de perros, también vimos salir por esa misma puerta a Don Carmen, periódico en mano.

Se trata de una alta puerta de doble batiente, coronada por un capitel triangular que sostienen dos columnas estriadas, sugeridas en cemento sobre la superficie encalada de la pared. En la esquina, la pared se corta en chaflán para repartirse a ambos lados en una galería de puertas, también de doble batiente, flanqueadas otra vez por columnas y coronadas igualmente por capiteles, pintados, como las columnas, en azul de prusia. Estamos hablando, como puede apreciarse, de una casa sin ventanas.

Hacia el occidente, el ala de la casa está ocupada por los dormitorios de la familia, y las puertas aparecen defendidas hasta arriba de la mitad por celosías de madera barnizadas de verde. A medida que se alejan de la esquina, las puertas dan, por su orden, al aposento de Don Carmen y su esposa, Doña Flora; al que comparten las dos hermanas, Matilde y María del Pilar; y al de Carmen hijo. No tardarán en sobrevenir, sin embargo, cambios en este acomodo.

En la sala hay un piano de cola Marshall & Wendell, un juego de sillones estilo Luis XV, tapizados en damasco rojo, y un espejo de moldura dorada, de cuerpo entero, así como un aparato de radio marca Philco, cuya caja de madera, de remate oval, se asemeja al portal de una catedral gótica. La lista del mobiliario aparecerá en un aviso de liquidación por motivo de viaje, publicado el 3 de noviembre de 1933 en los periódicos de la localidad, con la firma de Doña Flora vda. de Contreras.

A lo interno, todas las puertas de los aposentos, defendidas también por celosías, dan al corredor abierto al jardín, cuyo denso follaje comunica un ambiente de penumbra a toda la casa. En el mismo corredor hay un juego de vienesas maqueadas en negro y algunas mecedoras de mimbre, sobre las cuales tenemos ya noticia; y al lado de la puerta de acceso a la sala, podemos apreciar un camerino donde se guarda, bajo llave, una imagen de bulto del Niño Dios de Praga, en cuya cabeza refulge una corona de latón incrustada de falsa pedrería. De la desaparición de esta imagen empezamos a ocuparnos en el presente capítulo.

Unos pocos pasos más allá, en pleno corredor, vemos la mesa de comer, cubierta por un mantel ahulado de flores azules; y contra la pared, el correspondiente bufete de puertas de vidrio. Solamente nos resta mencionar, al fondo, la cocina de fogones de leña, los servicios higiénicos; el bajareque donde duermen las empleadas domésticas, y el baño y los lavaderos, escondidos tras las plantas del jardín.

Por el ala sur, ya hemos visto antes que las puertas de la calle dan paso a la clientela de la Tienda «La Fama», propiedad de Don Carmen y atendida personalmente por su esposa. Es uno de los comercios mejor surtidos en la ciudad en cuanto a telas: casimires,

jergas, linos y gabardinas para hombres; chifones, percales, tafeta-
nes y sedas para mujeres; y ofrece a los mejores precios de plaza per-
fumería y artículos de tocador, así como loza y cristalería, vinos
moscateles, cordiales, y anises. La tienda tiene también la distribución exclusiva del agua medicina Vichy-Celestins, cuyo anuncio en
forma de botella se balancea en el alero, sujeto por dos cadenas.

En el sector del corredor detrás de la tienda, funcionan los
escritorios de la firma C. Contreras & Cía. Ltda., dedicada a distintos giros comerciales, incluida la importación de mercancías al
por mayor y la exportación de cueros salados, melaza, madera de
ñambar y mangle; y sus empleados llevan también allí la contabilidad y cobros de la Compañía Aguadora Metropolitana.

Las oficinas están separadas de los dominios domésticos de
la casa por un barandal de madera, cuya puerta, cerrada por un
picaporte, sólo puede usar Don Carmen; y cuando necesita ir a
los servicios, su hermano Evenor, jefe de contabilidad. Los ofici-
nistas y contadores tienen prohibido penetrar en los recintos familiares; aunque en ocasiones les sea dado atisbar a través del
enrejillado algunas de las cosas que ocurren al otro lado, como
ya llegaremos a ver.

La casa, por su arquitectura y distribución, no se diferencia
en mucho de otras, pertenecientes a familias adineradas de León;
sus dependencias se reparten por igual entre las habitaciones familiares y los locales de negocio. Nada extraordinario ha ocurrido
nunca bajo este techo, hasta la entrada de Oliverio Castañeda y su
esposa, quienes se trasladan a vivir allí el 18 de noviembre de 1932.

Don Carmen es el accionista mayoritario, tanto de C. Contreras & Cía. Ltda. como de la Empresa Aguadora Metropolitana,
compañías de las que también son socios sus hermanos y su padre,
Don Carmen Contreras Largaespada, este último, el impresor más
importante de León; y además de su casa, y de la Tienda «La Fama»,
posee él solo una quinta de veraneo en el balneario de Poneloya; y
la finca lechera «Nuestro Amo», de 200 manzanas de extensión,
situada en el camino de Macadam que lleva al mismo balneario.

En la finca hay una modesta quinta de madera de dos plantas, utilizada anteriormente como lugar de recreo y ahora en completo abandono, pues la hermana mayor de Don Carmen, Matilde
Contreras Reyes, murió allí de tuberculosis en 1929, tras larga reclusión. Sin embargo, esta quinta, cuyo único balcón mira hacia
el mar que se adivina desde allí en la lejanía como una tenue línea

iluminada, más allá de los pastizales, de las lomas y de los manglares, llegará a tener no poca importancia en los finales de esta historia.

Aunque Don Carmen pasa en León por hombre rico, es tema de conversación en la mesa maldita que sus negocios no andan bien; debe una fuerte suma de dinero a su amigo íntimo Don Esteban Duquestrada; tiene problemas por falta de pagos con sus proveedores del extranjero; y la finca «Nuestro Amo» está hipotecada al Banco Nacional. Se comenta allí mismo que quizás se deba a eso su interés en conseguir a toda costa un nuevo contrato para la Compañía Aguadora, en términos mucho más ventajosos; y que, por igual razón, hay ciertos asuntos ocultos en sus libros de contabilidad, como habría de llegar a denunciarse públicamente en las postrimerías del proceso.

Oliverio Castañeda y su esposa, Marta Jerez, dejaron la pieza del Hotel Metropolitano el 18 de noviembre de 1932, como queda dicho; y cruzaron la calle con sus baúles, valijas y cajas de cartón, llevando también consigo el gramófono Victor. ¿Por qué abandonaron el hotel? ¿De quién fue la iniciativa? En su declaración testifical del 11 de octubre de 1933, el propio Castañeda afirma:

Que muy poco después de instalarse en el apartamento que tomaron en el Hotel Metropolitano, la fortuita vecindad les permitió consolidar en poco tiempo una amistad franca y cordial con la familia Contreras, recibiendo invitaciones para almorzar los días domingo, lo cual se volvió pronto una costumbre; soliendo participar igualmente, tanto el declarante como su esposa, en convivios familiares de la casa, como por ejemplo onomásticos y cumpleaños; y eran convidados también a alternar en reuniones sociales celebradas en otros hogares de amigos y parientes de la familia.

Que en una de las visitas con que a su vez los solía distinguir Doña Flora, les hizo ver la necesidad de cultivar con mayor constancia las relaciones sociales en León, tal como su posición lo requería; y dado que la permanencia de los dos en la habitación de un hotel no favorecía este intercambio, les ofreció una habitación en su propia casa, para lo cual contaba ella con la anuencia de toda la familia; habitación por la que pagarían solamente la mitad del precio que les cobraban en el hotel. Y que la generosidad y la cultura de la familia Contreras fueron motivo suficiente para aceptar el gentil ofrecimiento, al cabo de no pocas insistencias.

Evenor Contreras Reyes, hermano de Don Carmen, de cuarenta y cinco años de edad, oficinista y jefe de contabilidad de C. Contreras & Cía. Ltda., afirma por su parte al comparecer a declarar ante el Juez, el 16 de octubre de 1933.

Considera el testigo que mentiría al decir que el traslado del matrimonio Castañeda a la casa de habitación de su hermano, no se haya hecho con el gusto de todos, pues los nuevos huéspedes eran agasajados espléndidamente, tratándoseles con la intimidad que solamente se reserva a miembros de una misma familia; actitud encabezada por su mismo hermano, quien pese a su carácter retraído y huraño, le tomó inusitada confianza a Castañeda, al grado de enterarlo de asuntos delicados referentes a sus negocios; y siendo muy celoso para abrir la caja de hierro en presencia de nadie, ni siquiera del declarante, a Castañeda no dudaba en concederle tal privilegio, permitiéndole, incluso, revisar los libros contables. Que en una ocasión el declarante dejó ver a su hermano la imprudencia de tal proceder, obteniendo por respuesta un fuerte regaño.

Agrega también el testigo que su hermano gustaba sentarse a conversar con Castañeda en la sala, o en el corredor, después de las comidas; lo invitaba a ir con él al Club Social, y el propio Castañeda invitaba por su parte a su hermano a tomar cervezas en la cantina del Hotel Metropolitano y en la Casa Prío, y aun en otros sitios menos recomendables frecuentados por los estudiantes; invitaciones que su hermano aceptaba de buen grado, cosa extraña en él, poco amigo de andar en cantinas. Que semejantes salidas le merecieron varias veces las recriminaciones de Doña Flora; recriminaciones que también dirigía a Castañeda, advirtiéndole no ser de su gusto que llevara a su marido a tales lugares; y como Castañeda respondía siempre con alguna broma ingeniosa, Doña Flora se olvidaba de su enojo y terminaba riéndose.

Que alentado por este cambio, el declarante se atrevió a invitar a su hermano, cierto mediodía que terminaban de trabajar en la oficina, a ir juntos a la cantina de la Micaela Peluda a tomarse un trago almuercero; a lo cual le respondió muy secamente que se sentía con dolor de cabeza, lo cual no era cierto; pues vio desde su escritorio que Castañeda lo esperaba en el comedor con cervezas heladas y bocas que él mismo había estado friendo en la cocina, poniéndose los dos a beber y a chilear; y por mucho que su hermano podía divisar que el declarante todavía estaba allí, no se molestó en invitarlo.

El joven Carmen Contreras Guardia, soltero, estudiante y de veinte años de edad, al rendir su declaración judicial el 1 de diciembre de 1933, contradice las afirmaciones de su tío en cuanto a la unanimidad familiar para aceptar como huésped al matrimonio:

JUEZ: ¿Vivía Oliverio Castañeda en casa de sus padres con el beneplácito de todos?

TESTIGO: Yo siempre vi con malos ojos la permanencia de Castañeda y de su esposa en nuestra casa de habitación; ese desagrado se lo manifesté no una vez a mis padres, advirtiéndoles que no me parecía la permanencia de un hombre extraño en el seno de la familia; y aunque su esposa era simpática, tanto yo como mis demás familiares nos alegramos cuando ellos resolvieron cambiar de domicilio.

Juez: ¿En qué fundaba Ud. tal desagrado contra Castañeda?

Testigo: En que siempre me pareció un hombre peligroso, poco digno de confianza, y capaz de usar todas sus artes para engañar, seducir y convencer. Ahora me doy cuenta por qué se empeñó tanto en que yo me fuera a estudiar a Costa Rica: alejarme de los míos era parte de sus planes. Castañeda instigó a mis padres para que me enviaran a San José, apenas entró él en nuestra casa, seguramente con la mira preconcebida de no tenerme de estorbo a la hora de ejecutar sus designios criminales.

Juez: ¿Por qué circunstancias Oliverio Castañeda aparece viviendo en su casa de habitación?

Testigo: Unos días antes de que se trasladaran a vivir a nuestra casa, Castañeda y su esposa llegaron muy agitados a informarnos a mí y a mis hermanas que el Tnte. Fonseca, oficial de la Guardia Nacional que vivía también en el Hotel Metropolitano, amenazaba con registrarlos por sospechosos de comunismo y sandinismo; rogándonos que les guardáramos unos libros y folletos de lectura peligrosa. Nosotros accedimos al ruego, sin que esto fuera del conocimiento de nuestros padres.

Unos días después, y alegando Castañeda que los oficiales de la Guardia Nacional podrían cometer alguna clase de abuso contra su esposa cuando él estuviera ausente, rogó a mi mamá con mucha insistencia que los alojara en nuestra casa; mi mamá le contestó que no podríamos brindarles ningún confort; que tendrían que pasar las dificultades que nosotros mismos pasábamos, agregando que ni aposentos suficientes había para que ellos pudieran alojarse con la debida comodidad. Pero como él la siguió hostigando, mi mamá al fin hubo de acceder.

Juez: ¿Notó Ud. durante la permanencia de los huéspedes en su casa, alguna conducta de parte de Oliverio Castañeda que se pueda calificar como extraña?

Testigo: Sí, noté esa conducta. Viviendo ya ellos con nosotros, se fue acentuando en mí la desconfianza que él me inspiraba, basada en hechos aparentemente insignificantes entonces, pero que hoy cobran gran trascendencia. Recuerdo, por ejemplo, que una vez, al poco tiempo de llegar ellos, a plena luz del día desapareció de su camerino, en el corredor, una imagen del Niño Dios de Praga. Esta desaparición fue un misterio para todos, pues el camerino se mantenía bajo llave y solamente mi mamá guardaba la llave; sin embargo, yo, por pura corazonada, le eché en cara a Castañeda que él debía ser el culpable; y al día siguiente, de una manera inesperada, el Niño Dios de Praga apareció en el mismo camerino donde estaba antes, otra vez con llave. No me cabe la menor duda que él había decidido robárselo, y lo devolvió al advertir mis sospechas.

Juez: ¿Por qué, entonces, si todos se alegraron al ver partir a Castañeda, se le admitió de nuevo en la casa?

Testigo: Porque el mismo día de la muerte de su esposa, empezó a molestar a mi mamá, cuando estábamos todos en la vela, con el cuento de que se sentía tristísimo, y no aguantaría dormir una sola noche en aquella casa abandonada; gracias a sus constantes insinuaciones, mi mamá no tuvo más remedio que aceptarlo de nuevo.

Yo estoy seguro de que no quería a su esposa y por eso la envenenó, pero necesitaba estar solo con ella a la hora de darle la estricnina, razón por la cual alquiló casa aparte; y su plan preconcebido era volver de inmediato a nuestro hogar, a fin de continuar sus crímenes, eliminando a todos, hasta que ya sin obstáculos, pudiera casarse con María del Pilar y hacerse dueño así de la fortuna de mi familia. Ya nadie iba a poder sacarlo entonces de la casa.

JUEZ: ¿Es del conocimiento de Ud. si Castañeda tenía relación de noviazgo con su hermana María del Pilar?

TESTIGO: No puedo afirmarlo. Pero si sé que aún en vida de su esposa Marta, y en presencia de ella, tenía con María del Pilar actitudes y atenciones que no eran de mi agrado.

JUEZ: ¿Puede Ud. describir esas situaciones?

TESTIGO: Miradas furtivas, cuando estábamos comiendo; el hecho de partir a María del Pilar la carne en su propio plato, guardarle la mejor porción, si se atrasaba en llegar a la mesa. Cosas así.

JUEZ: ¿Y notó Ud. alguna vez que estas atenciones molestaran especialmente a su hermana Matilde?

TESTIGO: Matilde tenía un carácter melindroso, y siempre estaba en actitud bastante triste. De modo que no le podría decir a Ud. si al notar tales atenciones, se molestara. Aunque ahora, cuando sé que ese canalla pretendía el amor de mis dos hermanas, aun en vida de su esposa, le digo que no me extrañaría que Matilde sufriera por su culpa.

JUEZ: ¿Sabe Ud. si su hermana Matilde solía acompañar a Oliverio Castañeda a visitar la tumba de su esposa Marta en el Cementerio de Guadalupe?

TESTIGO: Me consta, Señor Juez, que sí lo acompañaba, porque él se lo pedía. Iban en el carro de mi papá y le llevaban flores que cortaban del jardín de la casa.

Estas afirmaciones, parte de una declaración mucho más extensa que ya usaremos en otras oportunidades, fueron vertidas por el joven Contreras en presencia del reo Oliverio Castañeda, quien se encontraba en el recinto del Juzgado esperando continuar su confesión con cargos, después de haber sido formalmente indiciado.

Se produjo entonces entre los dos un incidente, que el poeta y periodista Manolo Cuadra, destacado de manera permanente en León por el diario «La Nueva Prensa» de Managua, para cubrir las incidencias del juicio, describe en la edición del 3 de diciembre de 1933. El despacho se titula «Comparecencia al rojo vivo»:

El reo no fue retirado del despacho del Juez cuando el joven Contreras hubo de iniciar su deposición; y tal imprudencia, la cual le señalamos aquí con toda cortesía a nuestro amigo Mariano Fiallos, fue el origen de una desavenencia, que dada la lógica tensión existente entre acusado y testigo, era de esperarse. Comenzó Castañeda por tratar de interrumpir la declaración para objetarla en aquellas partes en las cuales el joven Contreras señalaba aspectos oscuros de la conducta del indiciado. El Juez Fiallos optó por llamarlo al orden, recordándole que de acuerdo al Código de Instrucción Criminal, no tenía derecho a intervenir; sin embargo, cuando el joven declaró que Castañeda lo había inducido en una ocasión al uso de la cocaína como medio de seducir a las mujeres y hacer que se rindieran a su voluntad, el reo estalló en sonora carcajada, suficiente para que el testigo se levantara de su asiento y quisiera retarlo a los golpes.

Al fin Castañeda fue desalojado, ordenándosele esperar en el corredor hasta no concluir la declaración; pero al retirarse, no pudo el Juez Fiallos impedirle que a grandes voces dijera: «Si soy tan maligno, corruptor y perverso, ¿por qué pediste mi libertad en radiograma dirigido al General Somoza?» Tal salida provocó atronadores aplausos entre la multitud de partidarios del reo, a diario congregada en el Juzgado.

Ya en el corredor, Castañeda fue rodeado por sus simpatizantes, quienes lo felicitaron por lo que uno de ellos llamó entusiásticamente «el tapabocas» dado al joven Contreras; y como siempre, le obsequiaron con refrescos y alimentos, pues se acercaba la hora del almuerzo.

La observación hecha al testigo por Oliverio Castañeda al momento de ser desalojado, recogida por Manolo Cuadra en su despacho periodístico, era válida. Carmen Contreras Guardia, quien se encontraba estudiando el primer año de la carrera de derecho en la Universidad de Costa Rica, regresó a Nicaragua por la vía aérea de 11 de octubre de 1933 en compañía de su tío, Don Fernando Guardia, al producirse la muerte de su padre; pero antes, había dirigido desde San José un radiograma al Jefe Director de la Guardia Nacional, General Anastasio Somoza, el cual dice así:

JUZGO INJUSTA PRISION ESTIMABLE JOVEN OLIVERIO CASTAÑEDA, ENTRAÑABLE AMIGO MI FAMILIA. RUEGO A UD. ACOGER PETICION MI SEÑORA MADRE Y ORDENAR SU PRONTA LIBERTAD PARA TRANQUILIDAD TODOS LOS MIOS. AFFMO.

CARMEN CONTRERAS GUARDIA.

Este radiograma, publicado en «La Nueva Prensa», había sido ya objeto de comentarios por parte de los circunstantes de la mesa maldita, reunidos la noche del 13 de octubre de 1933 en la Casa Prío; fue durante esa misma sesión, cabe notarlo de paso, cuando Rosalío Usulután recibiera de parte del Doctor Salmerón el visto bueno para aceptar la propuesta de entrevistar a Oliverio Castañeda en la cárcel; la interview ya la conocemos, pero el episodio que le dio origen hemos prometido explicarlo luego.

—Vea este ejemplo de devoción de parte del cuñado —Cosme Manzo le alcanza al Doctor Salmerón el ejemplar del periódico, donde aparece publicado el radiograma—. Y de sagacidad periodística. Rosalío no le ve ni las vueltas a Manolo Cuadra.

—Parece un asunto de hipnotismo —el Doctor Salmerón se puso detrás de la oreja el lápiz azul y rojo de dos cabos—. Hipnotismo colectivo para ambos sexos. Telegrama de la madre, telegrama del hijo.

—Alí Vanegas le pasa información a Manolo porque los dos son poetas. Así quién no —Rosalío Usulután, con aire de molestia, se lleva la mano al botón de cobre del cuello—. Pero con la entrevista, me le voy a ir arriba.

—El telegrama de Doña Flora, pidiendo también que le dejen libre al pichón, es más que asunto de hipnotismo —Cosme Manzo abrió los dedos frente a la cara de Rosalío Usulután, haciéndole un pase de hipnotizador—. Y los ramos de flores que le manda a la cárcel. Y los perfumes. Cuidado se te adelante el poeta, y entrevista primero a Castañeda. Fue guardia, lo pueden dejar entrar a la celda antes que a vos.

—Para ser justos, también María del Pilar le manda flores y perfumes —Rosalío aparenta cerrar los ojos y cabecea, como si se hubiera quedado dormido bajo el efecto de los pases—. Allí empatan las dos. Y por la entrevista no se preocupen. El Capitán Ortiz me ha prometido una exclusiva.

—Por eso digo que es colectivo —el Doctor Salmerón, divertido, seguía el juego hipnótico de sus dos contertulios—. Muchas artes debe tener el Houdini ése, para que no despierten todavía del trance después que acabó con media familia. Y esa entrevista me huele a trampa, Rosalío. No te la ofrecen por gusto.

—Qué hipnotismo ni qué siete cuartos. El arte de la bragueta —Cosme Manzo da una sonora palmada para que Rosalío se despierte—. Trampa o no, esta es la oportunidad de nuestro reportero estrella. Y la de usted, Doctor, para meter ciertas preguntas que le interesen.

—A la gran puta con ustedes. Aquí nos va a llover fuego —se quejó el Capitán Prío desde la caja registradora.

7. Tormenta de celos en el cielo de enero

Oliverio Castañeda sufría de tal manera aquella mañana del 10 de enero de 1933, a la hora del desayuno, que todos los miembros de la familia, tras advertir cómo su mano temblorosa hacía derramar la esencia de café fuera de la taza de la leche, se alarmaron. Y fue mayor su alarma al verlo abandonar entre sollozos la mesa para ir a refugiarse al fondo del corredor, adonde acudió Doña Flora con el objeto de averiguar el motivo de su pena, y consolarlo.

Los padecimientos menstruales de Marta, constantes a lo largo de su vida de casada, lo desesperaban, le informó a Doña Flora; y en esa ocasión, la hemorragia que se le había presentado desde las horas de la madrugada, era abundante como nunca. Doña Flora supo calmarlo con palabras enérgicas y envió de inmediato a Carmen, el menor de sus hijos, en busca del médico de la familia, el Doctor Juan de Dios Darbishire, ordenando al mismo tiempo a la cocinera hervir agua para preparar una infusión; acto seguido, se dirigió al aposento del matrimonio a fin de encargarse personalmente de atender a la enferma.

Mientras aguardaban al Doctor Darbishire, Oliverio Castañeda entraría al cuarto, ya un poco más tranquilo, llevando una bandeja con naranjas peladas, pan y mantequilla; y la infusión de hojas de naranjagria que Doña Flora había ordenado preparar. Pero sus ruegos, sumados a los de Doña Flora, para hacer que Marta probara algo, resultaron inútiles.

El Doctor Darbishire apareció poco después de las ocho de la mañana, envuelto en su capa de seda. Don Carmen lo recibió en la puerta de la sala, y tras conducirlo hasta la entrada del aposento, se retiró prudentemente. El médico interrogó y auscultó a la enferma en presencia de Doña Flora y del propio Oliverio, quien víctima otra vez de intenso nerviosismo, se dio a importunarlo con preguntas angustiadas.

El Doctor Darbishire, en su declaración judicial del 17 de octubre de 1933, manifiesta acerca de esta visita médica:

Al concluir el examen facultativo llamé aparte al esposo, comunicándole que no veía nada preocupante, pues se trataba de un desorden natural propio de ciertas mujeres durante el período de regla; le mandé reposo absoluto por varios días, baños de asiento con agua boricada, a temperatura tibia, y unas pilulas de Apiolina Chapoteaut, para lo cual extendí receta. Pero como al leer el termómetro había encontrado algunos grados de fiebre, no correspondientes al cuadro de desarreglo menstrual, recomendé al mismo esposo efectuar a la enferma un examen de sangre, ya que abrigaba la sospecha de que pudiera estar padeciendo de paludismo, algo común en la ciudad; sospecha efectivamente confirmada por la prueba de laboratorio, por lo que puse luego a la paciente bajo el tratamiento habitual.

Al ser inquirido por el Juez de la causa sobre alguna actitud de la enferma capaz de llamarle particularmente la atención, el declarante responde: no recuerdo nada notable, salvo que ella aprovechó un momento en que tanto Castañeda como Doña Flora se habían ausentado del aposento, para preguntarme si no conocía alguna casa vacía que estuviera puesta en alquiler. A lo cual, reprimiendo mi sorpresa por lo imprevisto de la pregunta, dada la poca o ninguna confianza existente entre nosotros, le respondí que Doña Ercilia González, quien también era mi paciente, tenía en las vecindades de la Universidad una casa recién desocupada por sus antiguos inquilinos.

Cuando esa mañana el Doctor Darbishire se despide de su nueva paciente y sale envuelto, otra vez, en su capa de seda, en su mano el pesado maletín de cuero que lo obliga a inclinarse hacia un lado, no alcanza a sospechar por qué Marta Jerez ha esperado estar sola para preguntarle por una vivienda desocupada; y se va sin preocuparse, creyendo dejar atrás un simple desarreglo menstrual y los síntomas de otro de los tantos casos de fiebre palúdica. Lo sabe, sin embargo, a la fecha de su declaración; pero por motivos que ya serán de nuestro conocimiento, calla, mostrándose igualmente reluctante frente a otras preguntas del Juez relativas a los esposos.

A fin de ayudarnos a dilucidar este punto, haremos uso del revelador testimonio de una niña de trece años, Leticia Osorio. El 19 de octubre de 1933, en el recinto del Juzgado lleno como siempre de curiosos, periodistas y litigantes, que asombrados de su frescura de memoria siguen su declaración, la niña informa:

Llegó la declarante a trabajar como doméstica de la familia en noviembre de 1932, contratada por la Niña Matilde con el salario de un córdoba al mes, para que ayudara a las otras sirvientas en los oficios de barrer, lampacear y sacar bacines, pues unos forasteros iban a trasladarse a vivir muy pronto a la casa.

Que esos forasteros eran Don Oliverio y Doña Marta, su esposa, del país de Guatemala ambos, quienes ocuparon el aposento de Don Carmito, el cual tuvo que pasarse a dormir en la sala, donde se le abría una tijera de lona todas las noches, pues ya no había más cuartos en la casa.

Que en las mañanas, el primero en levantarse cuando apenas las mujeres del servicio estaban encendiendo el fogón en la cocina, era Don Oliverio, quien cogía unas tijeras y se ponía a cortar en el jardín del patio jazmines del cabo, magnolias y gladiolas, entregándole las flores en grandes manojos a la Niña María del Pilar al salir del baño con la toalla enrollada en la cabeza.

Según afirma también la declarante, a Don Oliverio le gustaba mucho escribirle poesías a la Niña María del Pilar en un álbum forrado de seda con cerradura en la tapa, que sólo ella abría con una llavecita que guardaba en el seno, amarrada de una cinta; apenas terminaban de cenar, la Niña María del Pilar le pasaba el álbum a Don Oliverio, y él se dedicaba a apuntar los versos, llevándose ella el álbum a su aposento para leerlos sola en su cama, sin querer enseñárselos a nadie; siendo por eso que se peleaba a cada rato con la Niña Matilde, pues ella también quería darse cuenta de los versos.

Que el día del cumpleaños de Don Oliverio, la Niña María del Pilar sacó de la vitrina de la tienda un vaso de perfume para regalárselo; y en la tarde, cuando estaban en la fiestecita que hizo Doña Flora con una copa de vino y torta para celebrar el cumpleaños, Doña Marta acabó llorando, pues Don Oliverio se puso a oler un pañuelo empapado de aquel perfume, cerrando los ojos al llevárselo a la nariz; motivo por el cual Doña Marta le arrebató furiosa el pañuelo y partida en llanto se fue a su cuarto a encerrarse.

Y cuando el Juez la interrumpe para preguntarle si recuerda los hechos del día en que Marta Jerez amaneció enferma, la niña asegura acordarse muy bien, porque estuvo sacando del aposento bacinillas con sangre; esa mañana, aunque Don Oliverio se levantó temprano según su costumbre, no cortó flores en el jardín para obsequiárselas a la Niña María del Pilar, sino que se detuvo paseando afligido en el corredor, como un animal enjaulado.

Los episodios relatados en la declaración de la niña, incluyendo la hemorragia de Marta ya precisada en cuanto a fecha, se dieron entre los meses de noviembre de 1932 y febrero de 1933, período de estancia del matrimonio Castañeda en la casa de la familia Contreras; y el último de ellos, relativo al incidente provocado por el arreglo del vaso de perfume, tiene que haber ocurrido el 18 de enero de 1933, día del cumpleaños de Oliverio Castañeda.

La noche del 20 de octubre de 1933, el Globo Oviedo, quien se ha vuelto asiduo a las sesiones de la mesa maldita, a pesar de que allí se ayuda como en ninguna otra parte a levantar el cadalso de su amigo, confiesa, y el Doctor Salmerón lo anota en su cuaderno, que fue en esos mismos días del mes de enero de 1932, mientras repasaban en uno de los corredores de la Universidad el examen final ya próximo, cuando Castañeda habría de sacar de un libro la misiva amorosa firmada por María del Pilar Contreras, para mostrársela. Pero el Doctor Salmerón ya tiene registro de ese dato, copiado de la propia declaración del Globo Oviedo, rendida ante el Juez el 17 de octubre de 1933.

—«Cuidado, estás jugando con fuego», le advertí cuando me enseñó el papelito —el Globo Oviedo levanta sentenciosamente el dedo, como aquella vez.

—El diablo no le tiene miedo al fuego, más bien goza entre las llamaradas —Cosme Manzo recrimina al Globo Oviedo con un fulgor de socarronería en la mirada.

—«El fuego es para quemarse», fue su contestación; y se pasó el papelito por la lengua, como si fuera una paleta de dulce —el Globo Oviedo devuelve la mirada socarrona a Manzo—. Qué miedo iba a tener Oliverio.

—¿Y la carta de Matilde, la que hallaron entre las pertenencias de Castañeda tras su captura? —el Doctor Salmerón se impacienta. No quiere saber del fuego ni del diablo, sino de los amores de Oliverio Castañeda.

—Esa carta yo no la conocía —agita los cachetes el Globo Oviedo al negar con toda vehemencia—; pero como la encontraron en un código que ocupábamos para estudiar el examen de Doctoramiento, calculo que debe ser de aquellas fechas.

—En todos los libros andaban cartas de las Contreras, por lo que se ve —Cosme Manzo mira la libreta del Doctor Salmerón, como si faltara apuntar ese dato.

—Sobre las cartas es que te quiere preguntar el Juez mañana —Rosalío Usulután sacude la silleta de Cosme Manzo—. Quiere saber todo lo que le contaste a tu amigo Rodemiro, el florista.

—Ya sabe que no va a declarar nada, tiene que negarlo todo —el Doctor Salmerón hace rodar el lápiz de dos cabos sobre la mesa, en dirección a Cosme Manzo—. Lo que quiera oír el Juez, se lo voy a decir yo.

—Ni que fuera pendejo, Doctor —Cosme Manzo puja al hacer la gatusa con las dos manos—; y a ese mamplora de Rodemiro Herdocia, le voy a meter sus flores en el culo, por zafado.

—Volviendo a la carta de Matilde —el Doctor Salmerón recoge el lápiz y se lo coloca detrás de la oreja—: Castañeda la tenía guardada en un código; y el código estaba en un baúl que se llevó cargando a Guatemala; ¿quiere decir que anduvo paseando el baúl por Costa Rica, y lo trajo de vuelta?

—El baúl no se lo llevó —el Globo Oviedo sonríe con todo candor—; me lo dejó guardado a mí. Yo se lo entregué a su regreso, junto con sus otras cosas; su victrola, la máquina de escribir. Eso ya se lo había dicho. ¿Pero qué es lo que declaró Rodemiro?

—Cosas que Manzo le contó sobre las cartas y otros asuntos secretos que nosotros conocemos —el Doctor Salmerón se quita el lápiz de la oreja y busca una página en su libreta—; el zafado es Usted, amigo Manzo, no Rodemiro.

—Ya viejo le ha dado por andar en intimidades con cochones— Rosalío se levanta apresuradamente de la mesa para ponerse a resguardo de Manzo, sabiendo que tras sus palabras va a saltar de la silla.

—Entonces, si te dejó el baúl, tenía intenciones de regresar —el Doctor Salmerón subraya las líneas donde consta la confesión anterior del Globo Oviedo, repetida ahora de nuevo—. Y dejen de estar hablando de cochones. Así se empieza.

Leticia Osorio, la sirvientita de trece años, nos dice también en su declaración que durante las noches, mientras Marta debía guardar cama por prescripción del Doctor Darbishire, Matilde la sustituía en la tarea de leerle los códigos y libros de derecho en voz alta a Castañeda, quien tenía prohibido forzar su vista.

Sentados los dos hasta altas horas de la madrugada en la soledad del corredor perfumado por los jazmineros del patio, en las mismas mecedoras de mimbre que las hermanas solían sacar a la puerta en las tardes calurosas de León, Matilde leía a la luz de una lámpara de flecos y Oliverio escuchaba, empujándose lentamente con los pies para mecerse. La niña Leticia Osorio les llevaba una cafetera con dos tazas y se retiraba a dormir al cuarto de servicio al fondo del corredor, más allá de la cocina, dejando atrás la voz de Matilde que recitaba los códigos con la entonación de quien lee una novela de amor.

Y afirma la niña ante el Juez, que iba a acostarse una noche después de dejarles el café, cuando al pasar frente al aposento donde permanecía recluida Marta, la vio espiando ávida hacia el corredor, oculta tras la celosía. Y que al sentirse descubierta, había vuelto rápidamente a su cama, arrastrando su camisón de popelina blanca como si fuera un ánima en pena.

—Según nuestro gran periodista aquí presente —el Doctor Salmerón sonríe para sus adentros porque le tienen preparada una trampa a Rosalío—, en esos mismos días Don Carmen anduvo averiguando quién era el autor de un cuento contra el honor de su hija Matilde. ¿Cómo era el cuento?

—Ese cuento era que Matilde se perdía de su casa en las noches, dejando muchas veces de llegar a dormir del todo —se toca Rosalío el botón de cobre del cuello para comprobar si está dentro del ojal—; cogía camino para el Cementerio de Guadalupe, en compañía de Noel Robelo. Y si las tumbas conversaran, cuántas cosas te dirían…

Y a instancias del Doctor Salmerón, Rosalío Usulután les repite de muy buena gana su versión sobre las averiguaciones de Don Carmen, ya relatada otras veces:

Una mañana del mes de enero de 1933, recogía junto a las cajas unas pruebas de galera, cuando descubrió en el vano de la puerta la figura de Don Carmen Contreras, quien llegaba acompañado de su íntimo amigo Don Esteban Duquestrada. Asustado, pensó que venía a reclamarle por lo de las papeletas.

Varios días atrás había mandado a imprimir unas volantes bajo el seudónimo de Presentación Armas, que todavía no había retirado de la imprenta de los Hermanos Cristianos, en las cuales atacaba fuertemente el nuevo contrato de la Compañía Aguadora y acusaba a sus dueños de preparar un soborno para obtener los votos de los regidores remisos; expediente que se vio obligado a usar tras prohibirle el dueño de «El Cronista» seguir hablando del asunto en el periódico.

Su miedo fue mayor al darse cuenta que Don Carmen venía armado; cuando se le acercó para solicitarle hablar a solas, mientras Don Esteban se quedaba vigilando la puerta, notó en un movimiento del faldón de su saco el revólver, metido debajo de la faja.

Pero confundido, casi sin palabras, escuchó la manera humilde en que aquel hombre altivo, de calva tersa y cuello espolvoreado de talco, con quien apenas había cruzado alguna vez un saludo lejano en la calle, le suplicaba descubrirle la procedencia del rumor en contra del nombre de su hija.

Negó al principio con vehemencia; no sabía absolutamente nada de ningún rumor. Aunque a la larga, ante sus súplicas insistentes, hubo de aceptar haber oído algo en los pasillos de los Juzgados; pero sinceramente, le aseguró, ignoraba quién pudiera ser el autor de la calumnia, podía jurárselo. Y eso había sido todo. Don Carmen salió del periódico tan abatido como había entrado.

El Doctor Salmerón, que está esperando con divertida impaciencia a que termine, le pregunta si ya terminó; y procede entonces a leerle la declaración de Don Esteban Duquestrada, agricultor, casado y de cuarenta y siete años de edad, rendida ante el Juez dos días antes, el 18 de octubre de 1933.

El declarante sostiene que a mediados del mes de enero del corriente año, llegó hasta los oídos de Don Carmen una calumnia espantosa, difundida libremente entre los estudiantes universitarios y en los corrillos de los Juzgados, así como en los medios del Club Social de León, el cual frecuentaban ambos como socios; calumnia cuyo contenido no cree apropiado revelar, pero que hería el honor de la Srta. Matilde Contreras (q.e.p.d.).

Que Don Carmen, afectado por la gravedad del tremendo rumor, invitó al declarante a acompañarlo en las averiguaciones que se proponía hacer hasta dar con el autor de la infamia; y de esta manera se dedicaron durante varios días a visitar la Universidad, donde interrogaron a varios estudiantes, así como los Juzgados y otros lugares públicos, sin obtener nada en concreto. Hasta que alguien les mencionó al periodista Rosalío Usulutlán, redactor principal del diario «El Cronista», como sabedor; por lo cual lo fueron a buscar al periódico con el fin de ponerlo en confesión.

Que el periodista se negaba al principio a revelarles la procedencia del cuento; pero viéndose perdido, hubo de acceder a darles el nombre del autor del mismo; resultando de esta confidencia que el responsable del infundio era Oliverio Castañeda, quien lo había relatado con todo lujo de detalles al susodicho Usulutlán y al poeta Alí Vanegas, secretario de este Juzgado, en una mesa de tragos en la cantina del Hotel Metropolitano, un mediodía del mismo mes de enero de 1932.

A preguntas del Juez, afirma el declarante que, efectivamente, le extrañó mucho el proceder de Don Carmen, pues una vez averiguada la fuente de la especie calumniosa, no tomó ninguna acción en contra de aquel miserable, alojado bajo su propio techo; y más bien, al día siguiente, le solicitó al mismo declarante el favor de comparecer ante la Junta Directiva de la Facultad de Derecho a emitir un testimonio de buena conducta en beneficio del referido individuo, requisito previo a su examen de Doctoramiento; con lo cual hubo de cumplir el declarante, sin más remedio.

Y para no dejar dudas, el Doctor Salmerón también lee a Rosalío párrafos del testimonio del Bachiller Alí Vanegas, soltero, de veinticinco años de edad, y pasante de derecho, rendido también el

18 de octubre de 1933, previo el nombramiento de un secretario sustituto «ad hoc»:

Confrontado el testigo con la declaración de Rosalío Usulutlán, la cual tiene a la vista, acepta ser cierto que el mencionado Usulutlán pasó contándole la noche del 18 de junio de 1932 que había identificado a Oliverio Castañeda y a Octavio Oviedo y Reyes como las personas responsables de haber envenenado a varios perros en la Calle Real, entre ellos un perro del Doctor Darbishire; motivo por el cual, éste último la había emprendido a bastonazos contra Oviedo; pudiendo deducir el declarante de todo lo anterior que estos dos son los mismos a quienes había divisado poco antes, alejándose calle abajo a toda rienda, a bordo de un coche de caballos.

Preguntado en otra parte por el Juez si es de su conocimiento que hace algún tiempo una persona propalaba rumores contra el honor de la Srta. Matilde Contreras, acepta que efectivamente es de su conocimiento. Se le insta entonces a revelar quién era esa persona y en qué lugar y circunstancias fueron propalados esos rumores; y el declarante contesta:

Que el rumor se le había comunicado privadamente Oliverio Castañeda en presencia del ya mencionado Rosalío Usulutlán, en el curso de una tarde de liberaciones en la cantina del Hotel Metropolitano, prometiendo los dos que no repetirían a nadie los detalles de su revelación; pues por el hecho de habitar él con su esposa en la casa de la familia Contreras, el asunto entrañaba un grave peligro para su persona.

El testigo afirma sentirse desligado de su promesa de silencio, por ser la justicia del Estado quien lo inquiere; y por ello no duda en declarar que Oliverio Castañeda les aseguró esa tarde del mes de enero de 1933 que la Srta. Matilde Contreras acostumbraba pernoctar fuera de la casa, aprovechando la alta noche para ausentarse en secreto. Que amparada en la oscuridad salía sin hacer ruido por la puerta de su aposento, que daba a la calle, la cual dejaba sin traba, para entrar por la misma puerta antes de las luces del amanecer.

Que ya en la calle caminaba la distancia de una cuadra hasta el lugar donde le esperaba Noel Robelo a bordo de su automóvil, dirigiéndose entonces los dos al Cementerio de Guadalupe, y que una vez puestos en el cementerio, convertían en tálamo las tumbas.

—Estás quedando como mentiroso —el Doctor Salmerón miró con fingido reproche a Rosalío Usulutlán; y enseguida soltó la risa, sin poderse ya contener—; como periodista deberías ser el primero en saber lo que pasa en el Juzgado. Por eso te la gana Manolo Cuadra.

—Conque tuviste miedo —saltó triunfalmente Cosme Manzo—. ¿Por qué, jodido, nos has estado mintiendo?

—Les mentí —Rosalío se golpeó repetidamente el pecho con el puño, como en misa a la hora de la elevación—; no tuve más remedio que confesarle la verdad a Don Carmen. ¿Qué otra cosa me quedaba? Pero no fue por miedo, sino por lástima. Me dio pesar ver a aquel hombre tan orgulloso, desbaratado por la pena.

—¿Y qué te comentó cuando le confesaste? —el Globo Oviedo entrecerró los ojos y alejó la cabeza, midiéndolo. No acaba de creer esa historia de la calumnia.

—Sólo cabeceó en silencio —Rosalío se mantenía contricto, con el puño apretado sobre el pecho—. Se mordió el labio y miró a Don Esteban que permanecía alejado, esperándolo en la puerta. Y sin decir ya más palabra, se fueron.

—Esa debe haber sido una broma de Oliverio, él es muy bromista —se reía ahora el Globo Oviedo; a la legua, se notaba que su risa era fingida.

—Qué clase de broma, no jodás —se rió también Cosme Manzo, pero en son de burla.

—Apenas salieron, agarré un papel —se apresuró Rosalío Usulutlán, en la esperanza de que se olvidaran de seguirle restregando su mentira—; le escribí a Castañeda unas palabras de prevención, y mandé a uno de los cajistas a buscarlo con el recado.

—Se debe haber limpiado las nalgas con ese papel —Cosme Manzo entonó de nuevo su carcajada burlona.

—Le importó un bledo —Rosalío se pone de pie como si fuera a irse; pero sólo quiere acentuar lo inútil que había resultado su empeño de prevenir a Castañeda—. A los dos días, más o menos, me lo encontré de casualidad en la calle, y cuando le recordé el asunto, se rió: «Vea, Don Chalío, olvídese de ese cuento del cementerio. No es más que una broma mía, de las que yo le doy muy a menudo a los Contreras; ellos gozan con esas ocurrencias. Arreglemos mejor el asunto de la papeleta contra la Aguadora.»

—¿Ven? —los mira con aire de triunfo el Globo Oviedo—. ¿No les dije? Era una broma.

—Todas las bromas de ese tu amigo acaban en las tumbas del cementerio —Cosme Manzo se abraza al Gordo Oviedo, como si le diera un pésame muy sentido.

—Ajá, entonces ya sabía Castañeda lo de la papeleta. Y por lo tanto, lo sabía Don Carmen —anota el Doctor Salmerón, exigiéndole silencio a Cosme Manzo.

—Por lo menos, Castañeda lo sabía —Rosalío se coloca las manos en el cuadril, y da una vuelta alrededor de la mesa—; «No tenga pena por lo alto que puedan parecer las nuevas tarifas, que yo me preocuparé de que se vayan suavizando después», me dijo; «esa cláusula leonina a mí también me molesta. ¿Pero quién convence a Don Carmen cuando se trata de reales? No reparta esa papeleta.»

—Claro que Don Carmen sabía de las papeletas —Cosme Manzo sigue burlonamente con la mirada el paseo de Rosalío, que parece medir la distancia entre los ladrillos—; y sabía del trato que te iba a proponer Castañeda.

—Acepté por amistad —Rosalío se detiene lejos de la mesa, temeroso de acercarse a Cosme Manzo—; «si las reparte me hunde, porque pierdo el pisto que me voy a ganar con el contrato. Entréguemelas a mí», me suplicó.

—Vení, papito, acercate —lo llama Cosme Manzo con el índice—; decí de una vez que agarraste los reales que te ofreció.

—Ideay, sí. Le agarré el pago de la imprenta, cuando fuimos a sacar las papeletas —Rosalío Usulután hace amagos de aproximarse, pero retrocede—. Yo no iba a perder mi dinero.

—No, señor. Las papeletas le costaron veinte pesos. Y te entregó ochenta —los colmillos de oro de Cosme Manzo parecen dispuestos a morder a Rosalío—. Y no era plata de Castañeda, sino de Don Carmen, al mismo que habías estado atacando en el periódico.

—Ya está, hombre —el Globo Oviedo levanta los brazos como un juez de boxeo que canta nocaut—, ¿para qué van a seguir discutiendo esa babosada?

—Para vos todas son bromas y babosadas —Cosme Manzo esconde de mala gana los colmillos, y Rosalío Usulután vuelve con paso cauteloso a la mesa.

Y para terminar ya con lo que fueron aquellos tormentosos días de comienzos de 1933, oigamos de nuevo a la sirvienta de trece años de edad, Leticia Osorio, en su declaración testifical ya citada:

> Que a principios del mes de febrero, entraba muy temprano una mañana al aposento de los esposos Castañeda para sacar la bacinilla, cuando oyó el llanto de Doña Marta, quien exigía a su esposo salir de inmediato de esa casa maldita. Don Oliverio trataba de consolarla, suplicándole que se callara porque podían oírla, y le ponía la mano en la boca; pero ella lloraba entonces más fuerte, repitiendo: «que me oigan, que me oigan, no me importa que me oigan»; hasta que él le dijo que estaba bien, que entonces se iban a ir, si eso la contentaba. Y cuando la declarante se arrimó a la cama para levantar la bacinilla, la vio reírse bien alegre, como si nunca hubiera estado llorando.

Así, el día 8 de febrero de 1933, los jóvenes esposos dejaron la casa de la familia Contreras para trasladarse a la modesta vivienda que el Doctor Darbishire había mencionado a Marta, muy cerca de la Universidad. La partida llenó a todos de gran congoja, patrones y sirvientes, declara el día 14 de octubre de 1933, desde su celda en las cárceles de la XXI, la cocinera Salvadora Carvajal, soltera y de sesenta años de edad, bajo prisión preventiva por ser ella quien preparaba los alimentos de la familia:

> Sostiene la declarante que hubo verdadera aflicción el día que los esposos Castañeda abandonaron la casa, sintiéndose algo así como si hubiera salido un entierro, por el gran silencio, ya que nadie hablaba y hasta los oficios de la cocina se hacían de manera callada. En la mesa solamente se presentó Don Carmen a la hora del almuerzo, quedándose en su cuarto Matilde y María del Pilar, quienes no quisieron probar bocado; y tampoco se comió en la cocina.
>
> Que todavía en la mañana, Doña Flora estuvo enamorándolos para que se quedaran, por lo menos hasta que pasara el Doctoramiento de Don Oliverio; pero Doña Marta se mostraba muy empecinada en irse, alistando desde muy temprano sus baúles para desocupar el aposento, el cual ella misma barrió, sin permitirle a ninguna del servicio tocar la escoba.
>
> Y cuando ya le fue imposible a Doña Flora convencerlos, muy llorosa se puso a alistarles ropa de cama y toallas sacadas de la tienda; y así mismo platos, tazas, vasos, cacerolas de cocina y una infinidad más de cosas para que se instalaran en la casa adonde se iban a pasar, pues era una casa vacía; consiguiéndoles también Doña Flora una sirvienta traída de la finca «Nuestro Amo», de nombre Dolores Lorente.

Cinco días más tarde, al ser la una de la tarde del 13 de febrero de 1933, moría Marta Jerez tras terribles ataques convulsivos, en el aposento de su nuevo y único hogar en Nicaragua.

8. Si todos brillaran con tal intensidad

Salvadora Carvajal no quiso revelar al Juez su edad, o no la sabía, cuando fue interrogada en su celda de las cárceles de la XXI; pero en el expediente se le anotan sesenta años, un cálculo hecho al aire por Alí Vanegas. Fuerte y maciza, acostumbrada a cargar las brazadas de leña hasta el fogón, hacía a pie todas las madrugadas el camino desde Subtiava, para estar en la cocina antes de que nadie se hubiera levantado en la casa. No tenía una sola cana en su pelo de brillantes hebras negras que adornaba siempre, después de bañarse, con un ramo de reseda.

Todos los hombres de su vida los tuvo antes de los dieciocho años. Hastiada de aguantar a borrachos y pendencieros desobligados, decidió no volver a prestar oído a ninguno; y fue para el tiempo de la última de sus decepciones amorosas, habiendo parido ya a sus cuatro hijos, que entró al servicio de la madre de Don Carmen, Doña Migdalia Reyes de Contreras.

Al llegar Doña Flora casada a León, la cocinera la esperaba en la casa a medio amoblar, a título de pertenencia cedida en préstamo por la suegra: inconforme con el matrimonio, y resuelta a demostrar desde el principio su desconfianza en la apropiada marcha del hogar de su hijo, entregaba a la nuera extranjera la mejor de sus prendas; pero al reclamarla de regreso, tras un tiempo prudencial, ella no quiso abandonar ya a Doña Flora, provocando así una de tantas pendencias familiares.

Cuando se presentaron a capturarla la mañana del 10 de octubre, se negó a moverse del lado del fogón mientras su patrona no le diera permiso, conteniendo a los soldados con un tizón encendido en la mano. Abrigaba la esperanza de verla correr a su lado para oponerse al ultraje, como se había opuesto dos veces el día anterior al prendimiento de Oliverio Castañeda; pero Doña Flora no apareció en la cocina y envió a decir desde su aposento que la autoridad actuara como mejor quisiera. Se limpió entonces las lágrimas con el ruedo del delantal, y muy erguida caminó todo el trayecto hasta la XXI, rehusando abordar la plataforma del camioncito del Comando Departamental, adonde pretendían subirla. Así, ofendida más por la ingratitud que por la deshonra de ser encarcelada como una cualquiera, salió para siempre de la casa.

Ya le hemos oído hablar de la tristeza provocada por la partida del matrimonio de forasteros, en su declaración del día 17 de octubre de 1933, rendida en su celda; ahora, escuchemos sus opiniones sobre Oliverio Castañeda, vertidas en esa misma declaración:

A juicio de la declarante, Oliverio Castañeda es la persona más alegre y donosa que ha conocido en su vida; cuando pasaba por la cocina, camino de los retretes, con sólo verlo acercarse, las domésticas estallaban en carcajadas aunque aún no les hubiera dirigido la palabra, imaginándose ya sus ocurrencias de doble sentido, que eran muy coloradas pero muy graciosas, siempre con la palabra chusca en la boca, arremedando también por medio de muecas y cambios de voz a los de la casa, principalmente a Don Carmen, a quien imitaba en su hablar tartamudo.

Relata que a ella se le iba por detrás para asustarla, si era ya de noche, envuelto en una sábana; o la agarraba a la fuerza cuando estaba picando carne para hacerla bailar con él unas danzas divertidas de su tierra; o le quitaba con mucho modo el cuchillo de la mano para enseñarle cómo se aliñaban ensaladas guatemaltecas, principalmente un tal chojín. Hacía entonces que se sentara y empezaba a contarle historias de crímenes misteriosos sucedidos en Guatemala; y cuando ella se persignaba, asustada, Castañeda se reía de su susto, sin soltar el cuchillo con el que abría en forma de flores los tomates, fabricando también conejos con los huevos cocidos, a los que ponía granos de pimienta por ojos y pedacitos de chiltoma por boca.

Pero agrega que se volvía muy sentimental a veces, sobre todo al platicarle de su madre, fallecida tras mucho sufrimiento en la cama de un hospital cuando él tenía catorce años, atenazada semanas de semanas por unos horribles dolores que no le desaparecieron ni en la hora misma de su muerte, y que Castañeda aseguraba sentir en carne propia cuando soñaba con ella, despertándose entonces envuelto en un sudor de hielo, aguijoneado por aquel padecimiento que lo doblaba en el lecho. Y que en varias ocasiones le preguntó a la declarante, con lágrimas en los ojos: «Yoyita, ¿Ud. hubiera dejado a su madre sufrir así?»

Expresa también la declarante que Castañeda demostraba especial cariño por la menor Leticia Osorio, empleada doméstica de la casa, a la cual divertía con pases mágicos aprendidos de sajurines que eran sus amigos, entre ellos el Gran Moncriffe, que hace hablar a los muñecos. Recuerda una ocasión en que se puso a explicarle a la niña que el córdoba al mes que le pagaban era un sueldo de hambre, y que en aquella casa estaban explotando su trabajo infantil; y como la niña no entendía, le cogió la cabecita y se quedó mirándola, muy triste.

No era extraño entonces que en la mesa le sirvieran siempre de primero, le exprimieran las mejores naranjas a la hora del desayuno y le plancharan con esmero sus camisas blancas, almidonándole con paciencia los puños y los cuellos, pues en eso era él muy exigente; mientras Don Carmen seguía quejándose de que su leche siempre estaba fría.

Salvadora Carvajal fue puesta en libertad por orden del Juez el 18 de octubre de 1933, el mismo día en que Oliverio Castañeda comparecía a rendir su declaración «ad inquirendum». Al poco tiempo, Rosalío Usulutlán llega a buscarla hasta su humilde vivienda del Barrio de Subtiava. Comisionado por el Doctor Atanasio Salmerón, el periodista va en busca de algunas informaciones necesarias para el reportaje que bajo su propia firma habría de publicarse en la edición de «El Cronista» del 25 de octubre de 1933.

Del formidable escándalo provocado por el reportaje, ya nos ocuparemos después. Para el interés de este capítulo dedicado a examinar principalmente los sentimientos despertados por Oliverio Castañeda en León, de manifiesta simpatía entre la servidumbre, y bastante contradictorios en lo que toca a sus relaciones sociales, anotemos algunas de las impresiones transmitidas por la cocinera al periodista, y copiadas de puño y letra del Doctor Salmerón en su libreta de la casa Squibb:

No cree nada de las acusaciones contra Oliverio. Asegura que si lo tienen preso es por envidia, mucho lo envidiaron siempre, y ahora, en el suelo, se dan gusto pegándole. Todos murieron de fiebre perniciosa, una niñita suya murió de lo mismo hace años y le agarraron las mismas convulsiones. Le da risa que la hayan echado presa, el Juez sólo guanacadas le preguntó. Están locos si creen que ella le puso estricnina a la comida por petición de Castañeda, o porque a ella se le ocurrió. Los Doctores dicen que la estricnina es amarga. Cómo iban entonces a comerse una comida envenenada, ni que fueran perros.

Todos estos días, desde que está en libertad, ha estado yendo al portón de la cárcel a pedir que le entreguen la ropa de Oliverio porque quiere alistársela, pero no ha sido posible que el centinela le haga caso. Cuando salga va a ofrecérsele para irse con él de cocinera. Si quiere llevársela a Guatemala, también lo sigue. Por eso es que no acepta entrar en ningún servicio, aunque ya han venido a buscarla de infinidad de casas.

Donde los Contreras jamás volverá, la traicionaron. Allí dejó el lomo, se desveló chineando a las criaturas que iban naciendo y le pagan con semejante moneda, no movieron un dedo por ella. Así traicionan también a Oliverio ahora; ya supo por los periódicos que Doña Flora se devolvió de su petición anterior y mandó otro telegrama a Somoza pidiendo que no lo saquen libre, que lo hundan. Antes lo celebraba, ahora quiere verlo hecho cadáver; así son los ricos con los pobres y con los caídos. Entre todas las de la casa lo agasajaban, se lo peleaban. Ella vio escenas prohibidas, vio besos, oyó los suspiros de amor y también los llantos celosos, supo de trifulcas de fustanes. Pero no hablará nada; solamente si Oliverio se lo pide, dirá todo. Y entonces, que se alisten.

Estas anotaciones aparecen transcritas en la libreta del Doctor Salmerón bajo la fecha correspondiente a la entrevista, octubre 20, 1933. Allí mismo se leen también las revelaciones que ella hace a Rosalío sobre el robo del Niño Dios de Praga que, como sabemos, será mencionado por Carmen Contreras Guardia en su declaración del 1 de diciembre de 1933.

Quiere dar un ejemplo de lo bueno y servicial que era Oliverio. Ella celebra todos los años el novenario del Niño Dios, es su devoción. Nunca ha tenido en su altar imagen de bulto, apenas una estampa del calendario de la Mejoral, ni siquiera bendita. El año pasado en diciembre, lo supo Oliverio, ya empezados los rezos, diciéndole: «No se preocupe, Yoyita, alístese bastante pólvora y una buena repartición, que vamos a tener un final de novenario muy rumboso, con Niño Dios de verdad.»

Ella se quedó intrigada. ¿Cómo iba a ser eso? El misterio se aclaró en la mañanita del 23 de diciembre. Entró él a la cocina, llamó a todas las domésticas, les explicó su plan. Iban a secuestrar por un día al Niño Dios de Praga de los Contreras, uno que está en un camerino, en el corredor. Y así fue. Mientras una de las empleadas barría y levantaba polvo para que nadie se acercara, las otras vigilaban. Oliverio abrió la puerta del camerino con procedimientos mágicos que le enseñó el Gran Moncriffe, sin tocar la llave. Envolvió la imagen en una toalla y la metió en el baúl del automóvil de Don Carmen, para traerla a Subtiava. Eso último no le costaba nada, en el chunche de Don Carmen andaba de arriba para abajo todo el día.

Se celebró como nunca el fin del novenario del Niño Dios. Primera vez que una imagen de bulto, ataviada con manto de brocado y corona de pedrería entraba en una humilde vivienda. Se la entronizó solemnemente en el altar de los rezos, adornado con flores de madroño y festones de papel de china. La reventazón de cohetes fue hermosura. Oliverio estuvo presente. Al otro día, el Niño Dios de Praga volvió a entrar en su camerino, sin necesidad de tocar la cerradura. Él sabía abrir las puertas con oraciones mágicas, porque el Gran Moncriffe lo había instruido.

Pero los atractivos de Oliverio Castañeda resplandecían más allá del dominio familiar de aquella casa sin ventanas, donde un mediodía de febrero su partida afligía por igual a dueños y sirvientes.

Algunas semanas antes, se dio en el Club Social de León un baile de gala en homenaje al Doctor Juan Bautista Sacasa, quien había asumido la presidencia de la república el 1 de enero, fecha en que también las fuerzas norteamericanas de ocupación salieron del país.

La extensa crónica social del diario «El Centroamericano» del 12 de enero de 1933, firmada por Pimpinela Escarlata, y detrás de la cual se adivina una mano femenina, dice en un significado párrafo:

> Brilló especialmente entre los invitados el joven de la mejor sociedad guatemalteca, residente desde hace algún tiempo entre nosotros, Doctor (Inf.) Oliverio Castañeda. Adornado de su proverbial gentileza y bonhomía hizo gala de innatas maneras de gentleman, agotando él solo los carnets de las más escogidas damitas, quienes se lo disputaron en justa galante; y él, apuesto y glamoroso, satisfizo a todas. Inició la orquesta del maestro Filiberto Núñez el primer set bailable de los «soirée danzante» con el vals «Amores de Abraham», fruto de la inspiración de nuestro malogrado genio del pentagrama José de la Cruz Mena; y fue objeto de complacidos murmullos que el joven Castañeda lo abriera con la Srta. María Casaca, hija dilecta del Sr. Presidente y una de las más perfumadas rosas del bouquet femenino de nuestra «haute». Ojalá todos los extranjeros llegados a este pródigo suelo brillaran con tal intensidad en nuestros salones. Los del Club Social de León estaban esa regia noche iluminados «a giorno»; pero en este simpatiquísimo joven sus luces encontraron, ¡ay de ellas!, injusta competencia.

La crónica ignora por completo a Marta Jerez; es posible que todavía guardara cama, según la prescripción del Doctor Darbishire, y no haya asistido por tanto a la fiesta. Pero tampoco se la menciona en las páginas sociales de los dos periódicos de la ciudad cuando se hace continua referencia a la participación de su esposo en fiestas de cumpleaños, paseos al mar y otros ágapes y tertulias danzantes.

Carmen Contreras Guardia, en la misma declaración del 1 de diciembre de 1933 donde relata el robo del Niño Dios de Praga, recuerda uno de estos paseos, bajo una luz poco favorable para Castañeda. Fue esta parte de su testimonio la que dio pie al incidente entre reo y testigo, mencionado por Manolo Cuadra en «La Nueva Prensa».

> Viviendo aún Marta, mi mamá organizó un paseo a Poneloya, en el cual participaron el matrimonio Castañeda y otros amigos de mi familia; y en esa ocasión, en un momento en que nos encontrábamos solos, me refirió cómo por medio de drogas excitantes, como la morfina y la cocaína, un hombre podía dominar a cualquier mujer, y hacer que ésta se entregara a sus apetitos; para ello bastaba untarle la droga en los labios, o en la mano, o ponérsela en la copa de vino u otra bebida. Por la exactitud

con que me hablaba, tratando de mal aconsejarme, presumí que él había hecho lo mismo, a saber cuántas veces, y con cuántas jóvenes desprevenidas, durante los paseos a fincas y al mar, en que siempre se colaba sin que lo invitaran.

El hermano mayor de Doña Flora, Fernando Guardia Oreamuno, casado, comerciante en vinos de ultramar, del domicilio de San José de Costa Rica, de cuarenta y cinco años de edad, y de paso por la ciudad de León, adonde ha llegado a raíz de la súbita muerte de su cuñado, y quien jura decir verdad, pese a sus nexos familiares con la parte ofendida, ofrece en su declaración del 20 octubre de 1933 algunas informaciones que, según afirma, le transmitiera sobre esos paseos Oliverio Castañeda:

Cuando en el mes de septiembre del presente año, mi hermana y su hija María del Pilar emprendieron viaje de regreso a Nicaragua, después de pasar una temporada en mi casa, y les acompañaba en ese viaje Oliverio Castañeda, fui a dejarlas al puerto de Puntarenas, donde debían tomar el vapor Acajutla, hacia Corinto. En esa ocasión, Castañeda se acercó a mi asiento, en el tren, y entabló conmigo una plática, en el curso de la cual se expresó de esta manera: que yo no me imaginaba la corrupción de costumbres existente en la sociedad de León; que hombres y mujeres a quienes se tiene por honorables y sin tacha, se entregaban a licencias nada recomendables; por ejemplo, la esposa del Doctor Octavio Oviedo y Reyes, cuando vivía soltera en Nueva York, acudía a casas de cita; Doña Margarita Debayle de Pallais, cantada por Rubén Darío en su poesía «Margarita, está linda la mar», durante la ocupación norteamericana se reunía en las horas nocturnas con miembros de la oficialidad de marina, en presencia de su esposo, Noel Ernesto Pallais, y después de entregarse todos a libaciones de licor, este último recibía de los oficiales préstamos en dollars, momento en que se retiraba para dejarla sola con los marinos, lo cual se explica por sí solo.

En cuanto a los jóvenes de ambos sexos, éstos hacían paseos al mar y a fincas cercanas, en grupos aparentemente custodiados por honorables matronas, quienes se hacían de la vista gorda, dejándolos repartirse sin rienda por prados y boscajes, o por las arenas de la costa, al amparo de la oscuridad, escenificándose allí fenomenales orgías al estilo de la decadencia romana.

Me aseguró, asimismo, que en el Hotel Lacayo de Poneloya existe un cuarto conocido como «el destazadero», pues allí las jovencitas de las mejores familias metropolitanas que aún conservan la virginidad, la pierden, porque vienen sedientas de hombres; y si el Juez me perdona la palabra, pero he jurado decir verdad, hambrientas de miembros masculinos. Cualquier forastero, con gastar cinco dollars, obtenía de ellas deleites y favores; de tal manera que un agente viajero hondureño, amigo suyo, de apellido Reyna, encerró varias veces en su cuarto del Hotel Metropolitano a una joven de apellido Deshon, cosa que él constató porque vivía en el mismo hotel.

Ante semejantes informes, me levanté muy alarmado para ir en busca de mi hermana, quien viajaba con María del Pilar en el mismo vagón, a fin de prevenirla, aunque de manera rápida, de tener cuidado en no permitir a sus hijas asistir a paseos o fiestas sin ir acompañadas de sus padres, extrañándose mucho mi hermana de tales afirmaciones de Castañeda.

Carmen Contreras Guardia, al declarar el 1 de diciembre, puso a disposición del Juez, depositados en una caja de cartón para envases de Tricófero de Barry, los libros que en noviembre de 1932 Oliverio Castañeda pidió a él y a sus hermanas ocultar. Se trata de unos cuantos volúmenes en rústica y folletos, entre ellos el Plan Quinquenal de Stalin; la Memoria del Congreso Antimperialista de Frankfurt; «Sandino ante el coloso», de Emigdio Maraboto; «El asiento de la Teosofía» por Joaquín Trincado; y un panfleto del Comité Manos Fuera de Nicaragua (MAFUENIC), de México, en el que se reclama la salida de suelo nicaragüense de las tropas de ocupación.

Su nombre aparece también entre los suscriptores de un virulento manifiesto estudiantil, que hemos tenido a la vista, llamando a la población de León a concurrir a un desfile de protesta en contra de la intervención norteamericana, realizado el 19 de julio de 1931. De acuerdo a la crónica de «El Centroamericano», los estudiantes, luciendo brazaletes negros y mordazas, pasearon por las calles un ataúd, delante del cual desplegaron una manta en cuya inscripción se leía: «Aquí yace Nicaragua asesinada por la bayoneta yanki».

El desfile concluyó en el frontispicio del Paraninfo de la Universidad. Acababa de ser quemado un muñeco, representando al Presidente José María Moncada, y ya iba a tomar la palabra el Presidente de la Asociación de Estudiantes de Derecho, Mariano Fiallos, más tarde Juez de la causa contra Castañeda, cuando apareció un pelotón de marinos, procediendo a disolver a culatazos a los concurrentes. Hubo un fuerte saldo de golpeados y varios detenidos, entre ellos el poeta Alí Vanegas.

El Capitán G. N. Anastasio J. Ortiz, designado Jefe de Policía de León al retirarse los marinos, y a quien tocaría capturar a Castañeda en la propia casa de la familia Contreras, el día del fallecimiento de Don Carmen, dice en una parte de su declaración del 21 de octubre de 1933, sobre la que ya volveremos después, como volveremos sobre el mismo Capitán Ortiz, personaje clave del proceso:

Para la agitación de los estudiantes, hace más de un año, cuando se pedía, con grave irrespeto, la salida de las tropas norteamericanas, Castañeda andaba dedicado a azuzar a los alumnos de la Universidad: fue él quien redactó el manifiesto belicoso que se imprimió en hojas volantes, y también fue de él la idea de alquilar un ataúd en la Funeraria Rosales, para pasearlo por las calles; el muñeco que quemaron para burlarse del General Moncada, lo hicieron en su pieza del Hotel Metropolitano, como consta en los informes. Su esposa confeccionó el vestido de payaso que le pusieron; y como ella iba a colocarle un peluquín, Castañeda afirmó: «no le pongan cabellos a ese viejo traidor, pues es calvo. Mejor rellenémosle bien las nalgas, pues es culón».

A la hora de disolver la manifestación, ya que se habían cometido muchos abusos e insolencias, a Castañeda no se le pudo capturar; se corrió, saltándose por el muro de la Iglesia de la Merced. Yo insistí en que se le castigara, pues además, era extranjero; pero el Tnte. Wallace Stevens, responsable de los servicios de inteligencia de los Cuerpos de Marina en León, me dijo: «Tranquilícese. En este pueblo tan pequeño, no se conocen los unos a los otros. Este señor Castañeda es una de las fuentes de información nuestras aquí, en todo asunto que se refiere a estudiantes y bandolerismo. Y si no, vea.» Y me enseñó un expediente secreto donde aparecía la filiación de Castañeda, su fotografía, y la relación, por orden de fechas, de sus informes confidenciales.

La noche del 28 de octubre de 1933, el mismo día en que el Doctor Atanasio Salmerón ha comparecido a declarar ante el Juez, el Globo Oviedo se atreve a llegar de manera subrepticia a la trastienda del establecimiento comercial «El Esfuerzo», de Cosme Manzo, quien permanece allí escondido. Pesan sobre la cabeza de los circunstantes de la mesa maldita amenazas de cárcel, a raíz de la publicación del reportaje de Rosalío Usulután en «El Cronista», el cual ha dejado una secuela escandalosa: esa tarde ha tenido lugar una solemne procesión del Santísimo Sacramento, en desagravio a la familia Contreras.

—¿Y cómo sabe tu hermano el Canónigo que nos van a echar presos? —Cosme Manzo, oculto tras una arpilla de sacos de arroz, asoma la cabeza. Tiene puesto el sombrero de ancha cinta roja, dispuesto a huir en cualquier momento—. A lo mejor sólo te quería asustar.

—Porque el mismo Capitán Ortiz se lo tiene que haber dicho. Mi hermano con esas cosas no juega —el Globo Oviedo trata de afirmar bajo su nalgatorio el banquito pata de gallina en que se ha sentado—. La advertencia que me hizo anoche en la puerta del cine es seria. Por eso les mandé a avisar.

—Tanta alharaca que anda haciendo en las calles con las beatas, y sabe que todo lo que dice el reportaje es cierto —Cosme Manzo prueba a encender el foco de pilas que tiene consigo y pasea el haz de luz por la pared, alumbrando la cola del bacalao de cartón, utilizado en los paseos de propaganda de la Emulsión de Scott—. No me vas a decir que tu hermano cree que la Matilde era virgen, como certificó Darbishire.

—Y quién jodido va a convencerlo. Hasta mi firma puso, el muy abusivo, en el acta de desagravio —el Globo Oviedo coloca bajo sus nalgas al banquito que ha cedido otra vez, renuente a soportar su peso—. Pero ustedes se propasaron. Ese reportaje no se los perdonan en León así no más.

—¿Y no te propasaste vos cuando le contaste al Juez lo de la carta de la María del Pilar? Esa no es una carta de hermanitos —Cosme Manzo apaga el foco y vuelve a ocultarse detrás de los sacos. Su voz suena ronca en la penumbra, como si viniera de un viejo altoparlante—. Tanto que lo querés, y lo hundiste. Porque si él sigue negando sus amores con las Contreras, es por algo.

—Por pendejo. La carta existe, me la enseñó —el Globo Oviedo cae a plan en el suelo y el banquito rueda a su lado—; pero él cree que eso es de caballeros. Y va a seguir negando, aunque lo fusilen.

—Qué caballero más galante. ¿No leíste la declaración del tico Guardia? Hasta tu esposa sale a bailar allí —Cosme Manzo deja su escondite y da unos pasos, arrimándose cautelosamente a la arpilla de sacos.

—Todas esas son mentiras que ponen en su boca. A la legua se ve que quieren hundirlo, presentarlo como calumniador —el Globo Oviedo puja al apoyar las palmas de la mano en el piso, buscando incorporarse—. Jamás se iba a expresar así de la Yelbita.

—¿Me vas a decir que tampoco es cierto que le pasaba informes a los marinos americanos, como dice el Capitán Ortiz? —Cosme Manzo volvió a esconderse rápidamente al escuchar golpes en una puerta; pero no llamaban a la tienda, sino más lejos.

—Eso menos. Nunca iba un hombre como él a servir de espía. Ahora sólo falta que digan que era salteador de caminos —el Globo Oviedo había logrado ponerse de pie y se limpiaba el polvo de las manos.

—¿Y qué le escribe ahora la María del Pilar en las cartas que le ha mandado a la cárcel? ¿Se siente triste? —Cosme Manzo se acercó a gatas, el foco de pilas metido en la pretina del pantalón—.

La sirvientita Leticia Osorio dice en su declaración que con las flores y perfumes le mandaba cartas.

—A mí no me lo ha contado —el Globo Oviedo se agachó para sacudirse el pantalón por las rodillas—. Cuando lo visito en la reja, solamente hablamos de su defensa. No tiene ni con qué pagar un abogado.

—A vos te dejó su baúl, allí tienen que haber estado todas las demás cartas de amor. Ahora esas cartas no aparecen —Cosme Manzo llegó hasta los pies del Globo Oviedo y tiró del ruedo de su pantalón—. Te compro esas cartas por la deuda de juego.

—¿Cuáles cartas? Estás viendo que te pueden echar preso, y seguís en las mismas —el Globo Oviedo estiró el pescuezo para mirarlo, estorbado por la prominencia de su barriga—. Y poné que las tuviera. De todos modos no iba a venderlas. Vea qué propuesta.

—Te dejo la parada —Cosme Manzo sacó el foco de pilas y se acarició la mejilla con el vidrio—. Y por las cartas de Doña Flora, te la doblo.

9. Retratos olvidados

Rosalío Usulutlán ofrece un breve apunte sobre los rasgos físicos de Oliverio Castañeda al inicio de la interview publicada en «El Cronista» del 15 de octubre de 1933. Pero si el lector nos hace el favor de volver unas páginas atrás, encontrará en ese retrato, aunque el periodista reconozca en el reo atractivos masculinos, un obvio empeño de calzar su fisonomía en los patrones morfológicos de Lombroso. Su mentor y amigo, el Doctor Salmerón, lo había aficionado en esos días a las teorías de la escuela italiana de Criminología; y por ende, a la clasificación del criminal nato en prototipos según dimensiones del cráneo, estrechez de la frente, longitud de los huesos maxilares, etc.

El periodista también procura, aunque no se extienda suficientemente sobre ello, abonar una tesis, patrocinada también por el Doctor Salmerón y ampliamente debatida en los periódicos de la época, por la cual se pretendía encontrar una dualidad misteriosa en la personalidad del reo, dualidad característica del criminal sociópata. No pocos de los testigos llamados a declarar en el juicio coinciden en señalar que detrás de las seductoras maneras del acusado, realzadas aún más por su invariable y extraño atuendo de luto, se escondía un ser maligno cuyos instrumentos para atraer y engañar eran, precisamente, su don de gentes, su facilidad de palabra, y, en fin, el conjunto de sus encantos naturales. Citaremos en este mismo capítulo las apreciaciones de Manolo Cuadra sobre el particular.

Su filiación judicial, anotada en el expediente el 28 de noviembre de 1933, una vez indiciado formalmente bajo los cargos de parricidio y asesinato atroz, con uso premeditado de venenos mortales, nos ofrece también algunos datos básicos sobre su físico:

FILIACION DEL REO OLIVERIO CASTAÑEDA PALACIOS.
Estatura: 6 pies, 4 ½ pulgadas españolas.
Complexión: Regular.

Color: Blanco.
Pelo: Negro, liso, abundante.
Cejas: Pobladas.
Nariz: Regular.
Boca: Pequeña.
Barba: Cerrada, rasurada.
Frente: Estrecha.
Ojos: Pardos. (Usa anteojos de marco de carey, por defecto de astigmatismo pronunciado.)
Indumentaria: Usa traje negro, con saco y chaleco; corbatín de mariposa. Bastón, sombrero.
Señales particulares: Leves huellas de viruela en la mejilla y el mentón.
Impresiones digitales: Se dejan asentadas con tinta indeleble las marcas del pulgar izquierdo y el pulgar derecho de las manos del reo. Se hace constar que se agregan al expediente tres fotografías del reo, tomadas en distintas posiciones.

Las tres fotografías fueron pegadas con almidón en el reverso del folio respectivo del voluminoso expediente levantado día tras día a partir del 9 de octubre de 1933, fecha del fallecimiento de Don Carmen Contreras; allí se acumulan incontables declaraciones de testigos, exámenes forenses, actas de exhumación, resultados de pruebas de laboratorio, dictámenes periciales, recortes de periódicos, cartas y muchas otras piezas probatorias y documentos que el Juez consideró de mérito agregar. El 24 de diciembre de 1933, cuando fue suspendido abruptamente el proceso, el expediente constaba ya de mil ochocientos noventa y dos folios útiles.

Ninguna de las fotografías nos muestra, sin embargo, al galán legendario, tan celebrado por sus artes de seductor implacable, al que las hermanas Contreras vieron asomarse a la puerta de la pieza del Hotel Metropolitano, agotado aún por el baile, la tarde del 27 de marzo de 1931.

Los anteojos de carey, de montura redonda, dan una seriedad impostada a su rostro juvenil, pues no debemos olvidar que a esa fecha no había cumplido los veintiséis años. La nariz ancha, achatada, se abre sin gracia debajo del caballete de los lentes, para bajar hacia la boca, descrita como pequeña en la filiación judicial, pero más bien turgente en las fotos, aunque firme, y apretada.

Tras los cristales de los lentes, la mirada se dirige hosca hacia la cámara del fotógrafo policial, los ojos algo encapotados bajo las cejas juntas y pobladas; mientras la frente, que muchos aseguran se afeitaba para hacerla aparecer menos estrecha, sube hacia el pelo negro y abundante, peinado hacia atrás.

Manolo Cuadra, en su despacho para «La Nueva Prensa» del 20 de octubre de 1933, titulado «Gigoló en desgracia», nos ayuda a completar este retrato:

Camino del Juzgado, adonde se le lleva a rendir su declaración «ad inquirendum», Oliverio Castañeda marcha por la acera sin abatir un instante el mentón afeitado con esmero de mejores días, evitando parpadear aunque lo hicieran los rayos solares del inclemente mediodía, fresco el rostro, pues no escatima el baño diario en el patio de la prisión. Precede, con paso elástico, militar, a los celosos custodios que alzan tras él sus rifles en posición de porten; y de no saberlo reo, lo creeríamos en camino a presentar cartas credenciales de Embajador Plenipotenciario, la carpeta de documentos firmemente asida entre sus manos.

Una palabra del periodista desde la calle, una sonrisa displicente en sus desdeñosos labios por respuesta, una caricia en la cabeza a un niño que se topa en el camino, manera gentil de apartarlo. Otra pregunta del periodista, alejado de mala manera por los custodios, y un relámpago breve, cordial, en sus ojos, sin perder el talante, sin asomo de fatiga. Desbocados por verlo salen muchos a las puertas y él saluda, ahora sí, inclinando levemente la cabeza. Estupor, cuchicheos a su paso, algunos le siguen por un trecho. Expresión de asombroso, ¿fatal, dichoso? se congela en los rostros de las mujeres; «galán», comenta una cuando ya el gigoló de otros días no puede oírla; «yo me casaría con él», otra, sin poner burla en sus palabras, es serio lo que dice, entornando los ojos soñadores.

¿Quién puede desentrañar la personalidad de aristas tan encontradas de Oliverio Castañeda? Muchos ensayan a hacerlo hoy en día; la admiración reprimida, el temor a lo desconocido, el vituperio fácil, la opinión presumida, se confunden en los juicios que tan constantemente se vierten sobre él; se le trata de encasillar en una u otra clasificación patológica del criminal, de acuerdo a las tesis más en boga de la psiquiatría forense; y en tal afán, se acude al auxilio de tratadistas extranjeros: la herencia patológica, la influencia del medio... la nature, y por tanto la creencia en la predestinación genotípica, y la nurture, y por ende la creencia en la omnipotencia, positiva o negativa, de los influjos ambientales.

De la revista capitalina «Caras y Caretas» tomo esta descripción que el eminente psiquiatra de la Universidad de Chile, el Profesor Ariel Dorfman, hace del criminal sociopático —el enemigo de la sociedad—, pues muchos creen ver en ella, nature más nurture, simbiosis del pathos homicida, el retrato de Oliverio Castañeda:

«Tiene el victimario que prefiere el veneno silente como su arma, amor por las banalidades de la vida, finura en el trato, maneras compuestas y don de agradar a primera vista; aunque sometido a la dualidad de conducta, llega a ser brutal cuando menos se espera, despiadado en zaherir, y destructivo al hablar de otros a sus espaldas. Suya es, entonces, la tendencia a la conducta fantástica y repugnante, y el afán por la calumnia, extremo del cuadro de sus fantasías, sobre todo cuando tales fantasías tienen un color sexual. Y su propia vida sexual carece de objetividad y es muy superficial.

De sana y despierta inteligencia, es perspicaz su grado de discernimiento mientras no trastoque su raciocinio el desvarío de sus quimeras, que suele dar por reales; aunque no presenta, en ningún caso, trastornos delirantes ni otras perturbaciones mentales permanentes, ni se le descubren síntomas psiconeuróticos. Son características de su personalidad la inconstancia, la insinceridad, y el no sentir vergüenza ni remordimientos. Los motivos de su conducta social son inadecuados, le falta ponderación y no dispone de aptitud para aprovechar la experiencia. Lo consumen el egocentrismo y la indiferencia afectiva, pues dice querer a todos y no quiere a nadie; y su inquina contra quienes le rodean la resuelve de manera inadvertida, subrepticia y calculada; de allí que no le veremos nunca envuelto en actos de violencia frontal, la daga o el arma de fuego en la mano, pues, rechaza la vista de la sangre; por lo que los tóxicos, disfrazados, son la respuesta a su necesidad de aniquilar, lejos de la confrontación que nunca busca. El veneno es así el mejor disfraz, de los muchos que utiliza, para dar pábulo a la inconstancia en la irresponsabilidad de sus relaciones interpersonales.»

¿Psicópata social bajo la catadura de John Barrymore, Maurice Chevalier, Charles Laughton? La última pregunta al embajador, al caballero de negro, al artista de cine que no transpira siquiera en el bochorno ardiente de la hora, lozanía de celuloide, pues no transpiran tampoco los astros de la pantalla bajo los focos voltaicos de los estudios, bodegas convertidas en fábrica de sueños en la babilonia de Hollywood: ¿Ha visto «Castigo Divino»? ¿Su opinión?

Y no muere la grácil sonrisa, al fin una palabra: «Nunca voy al cine. Para farsa, suficiente con ésta.» Y a mitad de la calle, donde queda el rumor de sus pasos y el rumor de los asombros, el periodista anota en su cuaderno. La huella sudorosa de su mano queda en el papel, antes que el lacónico mensaje del gigoló penitente.

¿Y Marta Jerez, su esposa? Había nacido en 1913 y ya sabemos que era muy joven cuando se casó una noche de marzo de 1930 en Guatemala, en un altar lateral de la Iglesia de la Merced, porque el ábside de la nave mayor, destruido por el terremoto de 1917, aún no tenía techo; y muy joven cuando murió de manera tan violenta como imprevista en León.

Oliverio Castañeda, en una carta escrita desde la cárcel el 23 de noviembre de 1933 a Federico Hernández de León, amigo suyo de Guatemala, recuerda esa noche de su boda:

En la soledad de esta mi celda, Federico, me acompañan cual fieles amigos, recuerdos nostálgicos, pesares y dichas lejanas… Ud., mi padrino de bodas, ¿se acuerda, por ejemplo, de los apuros de aquella noche? Todavía le culpo a Ud., que fue quien había arreglado «todo» con el cura párroco del templo de La Merced… el cortejo nupcial, muy íntimo, pues Marta no quería gran pompa, mamá Luz estaba enferma y no sabíamos si se nos moría, esperando en el atrio oscuro, las puertas cerradas. Apareció al fin el sacerdote, quien hubo de ser buscado en la Casa Cural por Ud. mismo; ya dormía. Nada, que se habían fundido los fusibles a la hora del santo rosario de las 7 p.m. y no había luz eléctrica, el muy cretino, como si estuviéramos en la obligación de saberlo. Sólo nos faltaba otro terremoto para que nos cayera la iglesia encima… entramos al fin por la sacristía, tropezando. Marta cuida de no arruinar su vestido, cajones de albañil, baldes, arena, mezcla, por doquiera, no me diga que Ud. no sabía de las obras de reparación del altar mayor cuando fue a escoger esa iglesia. Se buscan velas, todo el mundo a encender los cirios… y al fin, casándonos en la oscurana; al curita con sueño, yo hubiera querido pegarle una trompada a cada bostezo. Marta riéndose de mi molestia, así era ella, no la entristecía la peor de las desgracias. ¿Qué me dice, Federico? ¿Soy exacto con Ud. en lo que le recuerdo?

Apenas salga de este trance, porque tengo fe en que todo va a aclararse, no me iré de Nicaragua sin llevarme a Marta. Habré de desenterrarla, aunque sea con mis manos, para darle el gusto de dormir su sueño en su propia patria y no aquí, donde han dejado de querernos. Ud. estará junto a mí, Federico, al ponerla en su fosa allá en su tierra, bajo los indómitos cielos del quetzal.

La única foto de Marta Jerez de la cual disponemos es su foto de bodas, tomada un mes después de la ceremonia en el Estudio Müller de la ciudad de Guatemala. Volvió a vestirse de novia, entonces, detrás de las bambalinas de cartón, decoradas para simular un colorido jardín de fantasía en plena primavera.

El tijeretazo de alguna mano impulsiva sacó de escena a su desposado, dejando apenas en la cartulina un recorte negro del traje, una oreja, parte del hombro; y sobre el hombro mutilado abandona ella la cabeza, el cabello metido en un casquete bordado de perlas del que penden las gasas del velo nupcial.

El mayor atractivo de Marta Jerez en esa foto es su juventud, quizá porque el tiempo ya no la pudo marchitar. Sus ojos negros, vivos, fulguran en el rostro lleno y pálido, apenas iluminado por el candor de su serena sonrisa; y embriagada para siempre por la perdida fragancia de los azahares, la vemos acercar ingenuamente su nariz respingona al bouquet de novia, en desorden entre sus manos el haz de cintas de seda del ramo, mientras atrás estallan los tonos grises y oscuros del florido jardín de utilería.

Y están también las fotografías de las hermanas Contreras, a cuya vista tampoco podemos atrevernos a decir que sean dueñas de ninguna hermosura singular.

Según consta en la partida de nacimiento agregada al proceso, Matilde Contreras había nacido el 28 de diciembre de 1911 y tenía, por tanto, poco menos de veintidós años al momento de su muerte, el 2 de octubre de 1933.

Estuvo interna durante dos años en la Mission Catholic High School de las monjas benedictinas, en San Francisco de California, donde tomó un curso de contabilidad y taquigrafía; y en diciembre de 1930 regresó por barco a Nicaragua, según la gacetilla de «El Centroamericano» que saluda su arribo.

Fue presentada oficialmente en sociedad el 31 de diciembre de 1930, en el tradicional baile de Año Nuevo del Club Social de León, y su fotograbado, junto con el de todas las debutantes de esa fecha, aparece en la página de «El Centroamericano», dedicada a anunciar el acontecimiento social. El mismo retrato en óvalo del Estudio Cisneros, esfuminado hacia los bordes, seguiría publicándose después para ilustrar las numerosas crónicas a lo largo del proceso judicial; y lo encontramos también en la portada de la Corona Fúnebre impresa en la tipografía de su abuelo, con motivo del primer aniversario de su muerte. Allí se publica una elegía en homenaje suyo escrita por el poeta bohemio Lino de Luna, quien fue impedido por la lluvia de dar lectura a su composición en el cementerio, la tarde del funeral. Las siguientes estrofas pertenecen a la elegía:

Matilde murió en octubre, cuando en el cementerio
hay olores de puertos: aceites y pinturas…
El aguarrás sutil ofendió su dilecta
pasión por los perfumes, con su caricia brusca.
¿Cómo oiría, la pobre, caer sobre su fosa,
aquel rudo, incesante, azotar de la lluvia?…
¿Acaso parecióle que crueles se obstinaban
en afirmar los clavos de su alba caja mustia?…

El mejor atractivo de Matilde puede ser su mirada lánguida bajo las cejas espesas, aunque el rostro no logra resolverse de manera armoniosa, sobre todo por lo estrecho de los pómulos y porque la boca se desgaja, pequeña, en una pincelada poco sensual. El peinado, que recoge el cabello en un moño, elevándolo en dos grandes bucles laterales, anticuado aun para la época, le quita juventud; y la blusa, cerrada en el cuello por un camafeo, le da más bien un aire de maestra de párvulos. Sin afeites ni carmín en las mejillas, parece extrañada y como sorprendida en falta en la página llena de debutantes de sonrisas insinuantes, airosas bajo sus diademas de fantasía.

El retrato que conocemos de María del Pilar Contreras le fue tomado en septiembre de 1933 en el Estudio Clausseul, vecino al Teatro Palace de San José de Costa Rica, poco antes de regresar a Nicaragua tras el viaje que realizó en compañía de su madre.

Había nacido el 18 de agosto de 1918, y acababa, por tanto, de cumplir los diecisiete años. A esa estadía en Costa Rica, feliz y fatal al mismo tiempo, ya ha hecho referencia en su declaración judicial del 22 de octubre de 1933, su tío Don Fernando Guardia Oreamuno. Luego la oiremos a ella hablar de esa temporada, como oiremos a Oliverio Castañeda.

En la fotografía, una de sus manos se acerca cautelosamente a una columna de madera pintada con jaspes de mármol, como si temiera romper el jarrón lleno de calas blancas colocado en el capitel; mientras que con la otra, de la cual pende un pequeño carriel de lentejuelas, cierra el cuello de su largo abrigo de pieles, visibles debajo del ruedo del vestido unas delicadas zapatillas de raso, todo como si estuviera a punto de entrar en un baile; porque detrás de ella, el telón del estudio simula una balaustrada y más allá los altos ventanales de un palacio iluminado con luces de fiesta.

Los rizos de su pelo se encrespan en apretadas virutas, y en sus labios, abundantes y carnosos, reconcentra toda la sensualidad ausente en Matilde. Disfrazada de dama mundana, parece jugar con su atuendo como la niña que todavía es, y hay sorpresa y diversión en sus ojos saltones; es imposible dejar de fijarse en ellos porque son demasiado saltones, realzados aún más por el contorno negro del lápiz; y quizá por eso, no los abandona esa marcada expresión de susto que ella trata de borrar con picardía.

Y, finalmente, está la fotografía de Doña Flora Guardia de Contreras, hecha por el Estudio Cisneros de León en 1929 cuando tiene exactamente cuarenta años, porque nació en San José de Costa Rica en 1889. En 1933 no había perdido nada de la plena hermosura patente en el retrato; y si hemos de creer en la admiración de Rosalío Usulutlán, compartida por el Doctor Salmerón y demás fieles de la mesa maldita, era más bella que sus dos hijas juntas.

Todo su aspecto revela modernidad; por la forma de llevar el cabello, cortado a navaja y untado sobre el cráneo, y por la poca solemnidad de su vestido de croché, corto y suelto, adornado con una rosa de terciopelo en el escote. Sentada en una silla sin brazos, la pierna cruzada, se coge la rodilla con los dedos entrelazados, y hay un aire de desdén en su forma de entreabrir los labios, por los que asoman unos dientes graciosamente desiguales.

Don Carmen Contreras Largespada, el impresor más importante de León, había enviado a su hijo Carmen a Costa Rica en 1909 para enterarse de las novedades de una nueva prensa Chandler movida con electricidad, recientemente importada de Estados Unidos por la Imprenta Lehmann. Allí la conoció, y no tardó el viajero en dar aviso de su inminente matrimonio, disgustándose su madre al grado de coger cama por un mes.

Prima de su propio esposo, Doña Migdalia no aceptaba violaciones a la regla secular de que los Contreras, descendientes remotos del Cid Campeador y emparentados con la Virgen María, según se establece en «Tiempo de Fulgor», se casaran solamente entre ellos, según fue ordenado por Belisario Contreras Mariño, el primero de los Contreras llegado desde España a tierras americanas. Y aunque convencida de su derecho a intervenir en los asuntos del hogar de su hijo, decidiendo sobre muebles y servidumbre, Doña Migdalia murió sin haber puesto nunca los pies en la casa.

Llegada Doña Flora a León a finales de 1909 para establecerse con su marido, la suegra, todavía convaleciente de su disgusto, proclamó triunfante que había tenido razón en rechazar la boda de su hijo con una desconocida. Desde la entrada, su comportamiento fue considerado demasiado libertino para el gusto de las mejores familias leonesas; desenvuelta, fumaba con boquilla y aun siendo casada no le parecía inconveniente bailar con otros hombres en las fiestas, ni asistir sola a cualquier clase de espectáculo nocturno si su marido no quería acompañarla. Comenzaron a llamarla, de manera despectiva, «la tica»; y a lo largo de los años no dejaron nunca de verla como extranjera, pese a la alcurnia de sus apellidos.

Esas reservas pecaminosas volverían a recrudecer, aunque embozadas en manifestaciones de desagravio, a raíz del reportaje escandaloso publicado por Rosalío Usulután en «El Cronista» del 25 de octubre de 1933. Era una extranjera, al fin y al cabo, quien había abierto las puertas de su hogar a otro extranjero.

«Mucho más hermosa que sus dos hijas juntas», exclama admirado el Doctor Atanasio Salmerón a la vista de la foto, precisamente esa noche del 25 de octubre en la mesa maldita; y a fin de guardarla en su expediente la arranca de la primera página de «El Cronista», única ilustración del reportaje escandaloso. No se preocupa de conservar el texto, porque ya tiene una copia al carbón del original a máquina entregado a las cajas.

Repetimos que la frase sobre la hermosura de la dama es de la cosecha de Rosalío, y le ha gustado al Doctor Salmerón desde que se la oyó por primera vez, la noche del 26 de septiembre de 1933. «El Cronista» publicó entonces el mismo fotograbado, también en primera página, para saludar el regreso de Doña Flora a León, tras larga temporada de negocios y descanso en Costa Rica. Rosalío había dicho, además, en aquella ocasión, que la foto le recordaba a una artista de cine, sin poder precisar a cuál.

María del Pilar Contreras no salió nunca fotografiada en los periódicos de la época, durante los meses en que la atención pública se ocupó del proceso; ninguno de los periodistas llegados desde Managua, al contrario de los de León, armados de cámaras, consiguió retratarla; y a no ser sus más íntimos familiares y los sirvientes, y algunas veces las dependientas de la Tienda «La Fama», nadie pudo verla en adelante en el infranqueable encierro de su casa, sobre todo después del escándalo provocado por el reportaje. Empezaron entonces a correr rumores de que había envejecido prematuramente, derrotada por la amargura de sus remordimientos, y que antes de la Navidad se iría a Costa Rica para recluirse en un convento, donde expiaría de por vida el fatal descarrío de sus amores con un asesino. De esto nos hablará más tarde Manolo Cuadra.

De manera que su declaración judicial, rendida el 12 de noviembre de 1933, y de la cual vamos a ocuparnos más adelante, le fue tomada a solicitud de la familia, a puerta cerrada en su propia casa, en el mismo corredor donde Matilde leía los códigos a Oliverio Castañeda, hasta altas horas de la madrugada. Se la alejaba así de la bulliciosa presencia de curiosos, periodistas y litigantes que solían llenar el Juzgado, ansiosos en conocer de primera mano las revelaciones de los testigos.

10. Oli, Oli, ¿qué me has dado?

Ayer, a las dos de la tarde, falleció en esta ciudad, después de violento ataque de perniciosa, la distinguida joven dama guatemalteca Doña Manuelita María de Castañeda, esposa del distinguido caballero Dr. (Inf.) Don Oliverio Castañeda, ex Secretario de la Legación de Guatemala en Nicaragua. La enfermedad le duró apenas tres horas. La extinta, hasta el día de ayer, hallábase en perfecto estado de salud. Por tan sensible fallecimiento enviamos nuestro más sentido pésame a su adolorido cónyuge, quien goza de especiales simpatías en esta metrópoli.

(«El Centroamericano», 14 de febrero de 1933.)

Marta, cuyo nombre no se cita siquiera correctamente en la esquela fúnebre transcrita arriba, murió a la una de la tarde del miércoles 13 de febrero de 1933, y el entierro fue celebrado de manera apresurada la mañana siguiente. En los días posteriores no volvió a hablarse de ella, salvo por un breve artículo publicado en el semanario «Los Hechos» de la Curia Metropolitana (No. 7, cuarta semana de febrero de 1933) y suscrito por el Canónigo Pbro. Isidro Augusto Oviedo y Reyes, hermano del Globo Oviedo.

En ese artículo titulado «Revisad bien vuestras cuentas», el sacerdote exalta la fortaleza espiritual mostrada por la joven al momento de su muerte, y llama a los feligreses católicos a imitar su ejemplo:

¿Pretendes tú, feligrés estólido, huir sin entereza de este valle de lágrimas? ¿Dedicas acaso, aunque sea en cuaresmas, algún pensamiento de contrición a tus actos? ¿Olvidas que habrás de rendir detalladas cuentas de ellos en el examen postrero? ¡Desdichado de ti y mil veces desdichado si no sabes preparar, desde ahora, tus libros contables, pues llegará tu hora de ajustar ante Él tu debe y haber!

Si, como yo, hubieras tenido el privilegio de estar junto al lecho de Martita, cuando ella iba a mostrarle al Auditor Supremo su contabilidad, habrías sacado la más útil de las lecciones. Lejos de su familia, de su hogar, de la tierra que la vio nacer, supo presentarse serena, todos sus libros en la mano: el de caja, el mayor, al día sus cuentas ya finiquitadas, y claramente pasadas en limpio sus cuentas por pagar. El Gran Cobrador no le dio aviso del cuándo y, no obstante, estaba tan preparada... y, pues, al buen pagador no le duelen prendas, al batir los ángeles guardianes de su temprana juventud las alas para tomar su envoltura terrena y volar con ella hacia los prados celestes donde toda sed se abreva y nada ya se debe, sonreía feliz.

¡Cuánta enseñanza nos dejó esa criatura! Oremos por ella, pero oremos mejor por ti, y por tu mezquina falta de prevención, si crees poder engañarle a Él. Rechazará tus libros dobles, tus facturas falsificadas, las raspaduras dolosas en tus anotaciones. Y te enviará directo a las cárceles del infierno, como vil ladrón y burdo defraudador.

Requiescat in pace. Amén.

La decisión de celebrar el entierro en horas tan tempranas de la mañana, algo no muy acostumbrado en una ciudad que gusta de prolongar las ceremonias fúnebres, es defendida como propia por Doña Flora en su primera declaración testifical del 14 de octubre de 1933; pues según sus palabras, Oliverio debía retirarse a descansar lo más pronto posible a la casa de la familia, donde aún se conservaba libre el aposento ocupado hasta hacía pocos días por la pareja.

La misma Doña Flora nos dice también en esa primera declaración que fue ya de vuelta del entierro, y no antes, cuando se recibió un radiograma de la familia Jerez, firmado por el hermano de la extinta, Belisario Jerez, pidiendo a Oliverio repatriar el cadáver lo más pronto posible en avión a Guatemala, para ser enterrado en Mazatenango:

Afirma la declarante que resultaría a todas luces injusto culpar a Oliverio por no haber cumplido con aquel lógico deseo de la familia, pues cuando el radio llegó, el funeral había pasado; y lejos de querer contrariar a sus deudos, se preocupó en averiguar con los presentes si una exhumación no sería posible al otro día, desaconsejándole todos semejante paso, ya que los trámites eran harto complicados. Que tampoco hubo en el ánimo de Oliverio ninguna intención de apresurar el entierro, pues como ya ella misma ha dicho, fue una decisión cuya responsabilidad asumió y asume, porque él, abatido por la tragedia, no se encontraba en situación de resolver nada por sí mismo.

Hay diversos testimonios a través de los cuales es posible reconstruir lo acontecido ese día, aun tomando en cuenta que fueron rendidos varios meses después. Nadie, excepto el Doctor Atanasio Salmerón, dio importancia en su hora a los hechos. En la memoria de algunos testigos hay una explicable confusión de datos y momentos; otros, tienden a perder objetividad porque existía ya una marcada predisposición de ánimos contra el reo. Y uno de ellos, la sirvienta Dolores Lorente, al declarar el 17 de octubre de 1933, calla sobre asuntos esenciales, como ya veremos en otro capítulo.

El testimonio de Oliverio Castañeda es el más completo de todos, aunque, por razones obvias, resulte poco confiable para el Juez. Podríamos atenernos, entonces, al de Doña Flora, quien estuvo al lado de Marta, casi desde el principio; pero entre su primera declaración, rendida el 14 de octubre de 1933, y la segunda, evacuada a su propia solicitud el 31 del mismo mes, cuando afirma encontrarse menos ofuscada y con el espíritu más sereno, hay ya un abismo de diferencia: si antes trataba a toda costa de salvar a su huésped, ahora pretende hundirlo.

Médicos, vecinos, amigos íntimos de la pareja, una empleada doméstica, concurren a atestiguar al llamado del Juez; y aunque no pocas contradicciones surgen de esas numerosas declaraciones, en base a ellas trataremos de ordenar una secuencia:

1. Mediante la declaración de Yelba de Oviedo, esposa del Globo Oviedo, rendida el 16 de octubre de 1933, sabemos que la noche anterior a su muerte Marta estuvo en el cine; y que se sentía bien, salvo por una ligera jaqueca:

> En la tarde quedamos de acuerdo en ir juntas al Teatro González, pues teníamos antojo de ver la película «Vidas Íntimas», protagonizada por Robert Montgomery y Norma Shearer, de la cual nos habían hablado varias amigas; y aunque mi esposo estaba estudiando su próximo examen de Doctoramiento, se decidió a última hora a acompañarnos, debido a que le gusta mucho el cine. Pero Oliverio no quiso, pues para su examen ya faltaban solamente dos días.
>
> Antes de salir, Marta se quejó de fuerte jaqueca, por lo cual le di una aspirina Bayer, de un vasito que manejo en mi cartera. En el camino, nos fuimos platicando de la tenida que ella iba a ofrecer para celebrar el Doctoramiento de Oliverio. Estaba muy ilusionada con la fiestecita y como la casa era pequeña, pensaba sacar los muebles del dormitorio para usarlo también como sala, guardando la cama y otras cosas en la casa del Doctor Ulises Terán.
>
> Hablamos de la lista de invitados, que se le estaba haciendo muy larga, pues no se podía dejar de fuera a los examinadores, a los profesores de Oliverio y a los compañeros. Yo le prometí prepararle en mi casa unos platones de ensalada rusa y compraríamos donde Cosme Manzo carne del diablo y choricitos de Viena que es muy práctico, diciendo mi esposo que Doña Flora muy seguro mandaría bocas y licores, lo mismo otras amistades. Marta pensaba sorprender con platos guatemaltecos que pre-

pararía, arreglando la mesa como se acostumbra en Guatemala, las bebidas y comidas colocadas en la mesa y uno se sirve; diciendo no quería poner mucho licor, pues la gente se pica y después nadie la saca. Vimos bien la película; ya no le dolía a Marta la cabeza, aunque le disgustó el argumento, que trata sobre un divorcio. A la salida, mi marido nos invitó a tomar sorbete de tutti frutti donde Prío, aceptando ella. Después la pasamos dejando por la puerta y ya no vimos a Oliverio, que se encontraba adentro estudiando.

2. Después de una noche tranquila y sin ninguna clase de sobresaltos, según relata Oliverio Castañeda en su declaración testifical del 11 de octubre de 1933, Marta despertó quejándose de dolores menstruales y, otra vez, fue víctima de una copiosa hemorragia catamenial que empapó sus ropas de noche, las sábanas y el cubrecama. Como se quejaba también de malestares digestivos, él salió a la puerta del dormitorio a pedir a la empleada doméstica el frasco de bicarbonato de sodio que se guardaba en el bufete del comedor. Marta misma disolvió el bicarbonato en un vaso, revolviéndolo con una cuchara. Iban a ser las ocho de la mañana.

Doña Flora, en su declaración del 14 de octubre, asegura haber visto el vaso ya vacío, con la cuchara dentro, en la mesita del aposento donde estaba colocada una estampa del Corazón de Jesús.

La doméstica Dolores Lorente, soltera y de treinta y dos años de edad, quien no dormía en la casa y se presentaba al servicio en horas muy tempranas de la mañana, afirma otra cosa en su declaración del 17 de octubre de 1933:

JUEZ: Diga si llevó Ud. bicarbonato al aposento, junto con un vaso de agua y cuchara para disolver la medicina.

TESTIGO: Yo no llevé bicarbonato y no sé si lo tenían adentro. Lo que Don Oliverio me pidió fue el vasito de las cápsulas que estaba tomando Doña Marta, sacándolo yo del bufete del comedor, como él me lo ordenó desde la puerta del aposento. Yo se lo entregué junto con un vaso de agua tapado con una escudilla; pero cuchara no, porque él no habló nada de cuchara.

JUEZ: ¿Recuerda Ud. cuántas cápsulas quedaban en el vaso?

TESTIGO: Ya sólo quedaban las tres de la última toma. Don Oliverio las sacó, devolviéndome el frasco vacío, que yo puse en la cocina, o lo boté. No me acuerdo.

JUEZ: ¿Recuerda Ud. la hora en que entregó Ud. las cápsulas a Castañeda?

TESTIGO: Calculo que sería antes de las ocho. Yo entraba de servicio a las siete, y ya tenía una hora de estar en mis oficios.

3. De acuerdo a la misma declaración de Castañeda, mientras la sirvienta Dolores Lorente les preparaba el desayuno, él aprovechó para salir unos momentos en busca de su compañero de estudios, el Br. Edgardo Buitrago, quien debía prestarle unos libros para el repaso de su examen al día siguiente. Afirma que tras aguardar largos minutos en la acera, la empleada salió de nuevo para informarle que Buitrago no se encontraba, por lo cual regresó a su casa cerca de las nueve:

> Ya de vuelta, se enteró de que Marta había recogido las ropas manchadas de sangre y las había lavado ella misma, colgándolas después en el alambre del patio; todo lo cual lo enojó mucho, pues consideraba una verdadera temeridad aquel ejercicio, estando tan delicada. Y más grande fue su enojo cuando, al llamarla, le contestó desde el baño; juzgando en ese momento, como lo juzga ahora, un acto de extrema imprudencia que se estuviera bañando después de haber lavado las ropas, por ser bien sabido que en los casos de hemorragias cataneniales, tanto la agitación como el agua fría pueden llegar a producir consecuencias de muerte.

La doméstica Dolores Lorente, al referirse a este asunto, contradice una vez más a Castañeda:

> JUEZ: ¿Vio Ud. a Doña Marta sacar del aposento piezas de ropa manchadas de sangre para lavarlas, tales como sábanas y cobertor?
> TESTIGO: Fácilmente me hubiera dado cuenta si se ha puesto a lavar ropa, pero no lo hizo. El lavadero estaba en el patio, a la orilla de la cocina, donde yo les hacía en ese momento el desayuno. Además la ropa de cama es muy tequiosa y uno se tarda bastante en lavarla, sobre todo si tiene sangre. Y en el alambre, yo no vi colgada ninguna sábana ni nada parecido.
> JUEZ: ¿Es cierto que Doña Marta se bañó esa mañana?
> TESTIGO: Es verdad que se metió a bañarse. El baño estaba también pegado a la cocina y yo oí las panadas de agua. Después llegó Don Oliverio y le golpeó la puerta, diciéndole que se apurara para sentarse a desayunar, pues él tenía que dedicarse al estudio de sus libros.
> JUEZ: Cuando Ud. entró al aposento para proceder al aseo del mismo, ¿encontró en el lecho o en la bacinilla rastros de sangre?
> TESTIGO: En la bacinilla había solamente orines, que yo fui a botar al excusado. En la cama no vi nada de sangre, aunque yo no la arreglaba; eso lo hacía personalmente Doña Marta. Ya estaba arreglada cuando yo entré. Unos tres días antes sí había recogido en el mismo aposento algunas prendas íntimas donde se notaban huellas de menstruación. Yo las lavé.

4. Oliverio Castañeda manifiesta al Juez que se dirigió a la puerta del baño para exigir a Marta salir de inmediato, protestándole ella, desde el otro lado del tabique, sentirse perfectamente bien.

Pero conociendo cómo era de despreocupada por su propia salud, y el peligro que corría, hubo de insistir en su reclamo, hasta hacerla suspender el baño. La envolvió en una toalla y la condujo al dormitorio, notándola aún encendida de color, como consecuencia del ejercicio de lavar tantas piezas de ropa:

> Afirma el declarante que mientras Marta se vestía, se sentó en el comedor a aguardarla para desayunar juntos, todavía molesto por aquella conducta imprudente; y cuando ella acudió a la mesa aún no se le había pasado el resentimiento. Durante el desayuno, la conversación giró alrededor de la hemorragia, haciéndole ver el declarante su preocupación por el hecho de que esas crisis se le estuvieran presentando mes a mes; planteándole que saldría de nuevo en busca de Doña Flora y de Yelbita de Oviedo para que se vinieran a acompañarla, a lo cual ella se opuso. Pero el declarante hubo de mostrarse enérgico; y sin hacer caso de sus protestas de que no tenía nada y se sentía perfectamente bien, apenas terminó el desayuno se fue a llamar a las ya dichas señoras.

Contrariando la afirmación de Dolores Lorente en cuanto a la existencia de la hemorragia, Doña Flora asegura en su declaración del 14 de octubre que, cuando se presentó a la casa en compañía de sus dos hijas, en atención al llamado urgente de Castañeda, la propia Marta le confirmó haber sangrado abundantemente otra vez; se quejaba, además, de excitación nerviosa, por lo cual le dio a tomar un licor sedante de la casa Parker & Davis, llamado Cuadralina. El frasco estaba sellado y la declarante lo abrió con sus propias manos.

5. El estudiante de abogacía Bachiller Edgardo Buitrago, al ser interrogado por el Juez el 18 de octubre de 1933, declara que, efectivamente, Castañeda se presentó a buscarlo a su casa para solicitarle en préstamo un libro; al no encontrarlo, le dejó razón con su mamá acerca de la urgencia que tenía del mencionado libro, un texto de Derecho Romano, de Eugéne Petit. Pero esa visita no ocurrió la mañana del 13 de febrero, según afirma el testigo, sino tres días antes, el domingo; pudiendo precisarlo así, porque su ausencia se debía a que a esas horas andaba en misa.

Si Oliverio Castañeda no iba en busca de un libro cuando salió de su casa entre ocho y nueve de la mañana, la sirvienta Dolores Lorente sí sabía su verdadero destino, pero no lo reveló al Juez; como tampoco dijo que ella misma había abandonado la casa a esa misma hora. Ya se nos enterará de este misterio, develado gracias a las pesquisas emprendidas por el comerciante Cosme Manzo aun antes del inicio del proceso.

6. Una vez concluido el desayuno, cerca de las nueve y treinta de la mañana, Oliverio Castañeda fue, verdaderamente, en busca de sus amistades más cercanas para que acudieran a la casa. Así afirma recordarlo Dolores Lorente:

> Juez: Diga Ud. si al terminar el desayuno, Oliverio Castañeda salió a la calle por segunda vez; y en tal caso, si Doña Marta quedó en cama.
> Testigo: Sí salió, diciendo iba para donde Doña Flora. Pero Doña Marta ya no se volvió a meter al aposento; cogió una porra de la cocina, llenándola de agua en la paja del patio, y se puso a regar las plantas del corredor. Mientras le echaba agua a los tiestos estuvo cantando una canción de su tierra que le gustaba mucho, pues yo se la había oído antes; era algo así como «luna, gardenia de plata, que en mi serenata, te vuelves canción...»; imitando con la boca el sonido de una marimba para acompañar su canción.

El Doctor Ulises Terán, abogado, casado, de cuarenta y tres años de edad, propietario de la Imprenta «La Antorcha» y vecino, pared de por medio, con la casa, dice en su declaración del 14 de octubre de 1933:

> Sería un poco después de las nueve y media de la mañana. Me encontraba en la puerta entregando a un mandadero de la Empresa González unos paquetes de papeletas de cine, cuando vi pasar a Castañeda muy agitado, con paso urgido; lo detuve, preguntándole si había alguna novedad, y me respondió que su esposa estaba gravísima, porque había amanecido menstruando copiosamente.
> Traté de tranquilizarlo, diciéndole que esos eran desarreglos normales de las mujeres, y que de una hemorragia vaginal no se moría nadie. Pero él, negando desconsoladamente con la cabeza, insistió en que se trataba de un asunto de vida o muerte, y siguió su camino, siempre muy urgido.
> Yo me quedé en estado de tal inquietud ante la alarma mostrada por Castañeda que, al poco rato, como se acercara por la calle la procesión de propaganda de la Emulsión de Scott, detuve al hombre que manipula el bacalao para suplicarle no hicieran bulla en esa cuadra, pues había una enferma grave; muy gustoso atendió mi petición, alejándose en silencio junto con los filarmónicos de la banda de música que suele acompañarlo; y seguidos de la chiquillería, fueron a reiniciar su propaganda unas cuadras más adelante.

7. En su declaración del 14 de octubre, Doña Flora afirma que se hallaba en el mostrador de la tienda, a eso de las diez de la mañana, cuando se apareció Castañeda. Venía a solicitarle el favor de acudir al lado de Marta, quien se encontraba otra vez mal, con

una copiosa hemorragia, y no quería acostarse; expresándole que solamente ella, dada su ascendencia sobre la enferma, era capaz de persuadirla a dejar los oficios y reposar; y así podría él dedicarse en tranquilidad al estudio de su muy próximo examen. En aquella petición, agrega, no vio nada alarmante, dada la amistad tan estrecha existente entre ambas familias; y no encontró tampoco ninguna alteración ni en sus gestos ni en su voz.

Pero en su segunda declaración del 31 de octubre, sus afirmaciones varían radicalmente:

> La declarante puede recordar ahora que Castañeda anduvo regando por distintas partes, de manera deliberada, noticias de alarma acerca de la gravedad de su esposa; y a este efecto, desea ampliar su relato anterior de la siguiente manera: al salir él de la tienda, para ir en busca de Yelbita de Oviedo, la declarante se trasladó a la casa a fin de alistarse y avisar a sus hijas; y estando todavía en el aposento, se presentó su esposo, muy asustado, pues Castañeda le acababa de manifestar, al encontrárselo en la acera, que esta vez Marta no se salvaría, y sin duda ese día iba a morir; enterándose con posterioridad de frases parecidas dichas por él mismo a otras amistades, por cuyas puertas pasó anunciando de manera anticipada el fallecimiento de Marta.
>
> Que inocente de todo lo que habría de ocurrir después, ella no dio importancia en aquel momento a esas frases, las cuales atribuyó al nerviosismo de Castañeda, habitual en él en casos semejantes; expresando tal opinión a su marido a fin de tranquilizarlo.
>
> Manifiesta, además, que tampoco tuvo motivos de inquietud al presentarse en la casa, en compañía de sus hijas, unos veinte minutos más tarde, pues encontraron a Marta sentada muy tranquila en el corredor, dando órdenes a la sirvienta sobre la preparación del almuerzo; y muy apenada, sus primeras palabras para Castañeda, quien acababa de entrar también a la casa, fueron: «Ay, Oli, ¿para qué fuiste a molestar a Doña Flora? Si ya te lo dije, no es nada.» Y que sólo tras muchas súplicas, la declarante la logró convencer de la conveniencia de acostarse.

8. También, en su declaración del 14 de octubre de 1933, Doña Flora niega enfáticamente, ante preguntas del Juez, que la moribunda hubiera dirigido en presencia de ella palabras recriminatorias de ninguna especie a Castañeda, tal como el rumor popular se encargó de propalar. Según este rumor, Marta habría exclamado varias veces en su lecho de muerte: «Oli, Oli, ¿qué me has dado?»

Pero su hermano, Fernando Guardia Oreamuno, sostiene en su declaración del 22 de octubre de 1933 que no se trata de ningún rumor; pues ella misma le refirió haber escuchado esas palabras de labios de Marta, antes de sobrevenirle el último de los tres ataques convulsivos, cerca de la una de la tarde.

Doña Flora no vuelve a ocuparse de este asunto en su segunda declaración, ni el Juez la inquiere ya más sobre el mismo. Pero el Doctor Ulises Terán asevera en la suya del 14 de octubre de 1933 que las únicas palabras pronunciadas por Marta poco antes del ataque final, y dirigidas a su esposo, fueron textualmente las siguientes: «Oli, Oli, mi ilusión, mi vida, por ti lo dejé todo, mi madre, mi familia, mi país…»

A continuación fue víctima del paroxismo de las convulsiones, esta vez más violentas y prolongadas. Y expiró.

11. Llora en brazos de su amigo

El Globo Oviedo ensayaba a examinarse la mañana del 13 de febrero de 1933, paseándose en calzoncillos frente a cinco mecedoras vacías colocadas en el corredor, una por cada miembro del tribunal. Las preguntas se las hacía Yelba desde la máquina de coser, el libro abierto a su lado, dejando de pedalear para corregirlo de manera intransigente cada vez que equivocaba una palabra. Disgustado, el Globo Oviedo interrumpía entonces sus gestos declamatorios y protestaba haber respondido lo correcto, con lo cual se enzarzaban los dos en una agria discusión.

En una de esas disputas estaban, expresa ella en su declaración del 16 de octubre de 1933, cuando entró Oliverio Castañeda a avisarles de la gravedad de Marta. No quiso esperarlos, tan apurado como andaba, y ellos tardaron en salir a la esquina en busca de un coche justo el tiempo que les tomó vestirse; pero al no pasar ninguno, Yelba se decidió a caminar, y el Globo Oviedo hubo de seguirle los pasos sin más remedio, perdido el resuello. Eran cerca de las diez y treinta de la mañana:

> Al cruzar la calle frente al atrio de la Iglesia de la Recolección, y cuando faltaba media cuadra para llegar, oí en el silencio de la mañana, como traído por el viento, un grito desgarrador en el que reconocí el timbre de voz de Marta. Me creí, al principio, víctima de un engaño de mi imaginación, pero mi marido, al alcanzarme por fin, me aseguró haber oído también el grito, por lo cual apuré más el paso, hasta casi correr; y penetrando en la casa me dirigí de una vez al aposento, donde encontré a Marta retorciéndose en la cama, en medio de severas convulsiones.

Este grito tuvo que haber causado alarma en las casas vecinas. Sin embargo, el Doctor Ulises Terán, quien se encontraba a esa hora corrigiendo pruebas de imprenta en su despacho, pared de por medio al aposento, nada escuchó:

La mañana siguió discurriendo tranquila, y yo olvidé casi por completo la conversación con Castañeda; al grado de que, al llegar mi esposa a dejarme el refresco a mi despacho, donde yo corregía pruebas del libro «Semana Santa en León», prosa y verso del Doctor Juan de Dios Vanegas, me olvidé de comentarle el asunto. Al otro lado de la pared no se oía ningún ruido ni señal extraordinaria. Pasadas las diez y media salí otra vez, con el objeto de desentumirme, notando entonces tráfico de muchas personas en la puerta de los Castañeda, y vi el coche del Doctor Darbishire amarrado a la argolla de la pared, por lo cual decidí cruzarme a indagar.

Encontré en la sala gran confusión, y antes que nadie me pudiera dar noticia, Doña Flora de Contreras salió muy preocupada del aposento, y dirigiéndose a mí, me mostró el frasco de un jarabe llamado Cuadralina, diciéndome: «Parece que Martita se ha intoxicado con este remedio»; sin precisarme hora en que la medicina hubiera sido administrada a la enferma, ni por mano de quién.

Por su parte, el Doctor Juan de Dios Darbishire manifiesta, en su declaración del 17 de octubre de 1933, que atendiendo solicitud de Doña Flora se presentó a la casa como a las doce y cuarto, en compañía de su discípulo y colega el Doctor Atanasio Salmerón, de visita en su consultorio por casualidad. En consecuencia, el Doctor Ulises Terán no pudo haber visto el coche del Doctor Darbishire en la puerta, pasadas las diez y media, sino la yegua del Doctor Filiberto Herdocia Adams, quien ya había acudido al lado de la enferma al llamado del Globo Oviedo.

El Doctor Herdocia Adams, casado, de treinta y seis años, explica en su declaración del 15 de octubre de 1933:

Montado en mi yegua salía del zaguán de mi casa de habitación con el objeto de iniciar las visitas de mis pacientes regulares, cuando escuché unos gritos desde la esquina, llamándome. Se acercó el Doctor Octavio Oviedo y Reyes, quien me había dado las voces, urgiéndome a acompañarle para atender un caso grave, acerca del cual no me ofreció muchas explicaciones, salvo que se trataba de la Sra. Castañeda, afectada por un cuadro convulsivo. Yo le seguí por la calle en mi yegua, marchando él a pie, y así llegamos a la casa.

Encontré a la paciente acostada en su lecho, conversando normalmente, aunque se quejaba de un leve dolor de cabeza y dejadez en las extremidades inferiores; por lo que manifesté, tanto al esposo como a Doña Flora de Contreras, allí presente, que se trataba con toda posibilidad de una crisis nerviosa; y expliqué también a Doña Flora, a fin de tranquilizarla, que el medicamento contenido en un frasco que ella me mostraba, un licor sedante de la casa Parker & Davis patentado bajo el nombre Cuadralina, no era capaz de producir intoxicación alguna, aun mezclado con otros medicamentos o drogas.

No obstante, como veinte minutos después, la paciente empezó a prevenirnos de la inminencia de un nuevo ataque, pidiendo le sujetaran las piernas pues se le estaban poniendo tiesas. En efecto, empezó a manifestar rigidez en las extremidades (epístinos), y luego en la quijada (trismus), hasta generalizarse esta rigidez en todo el cuerpo; convulsionó luego violentamente, elevando en arco el cuerpo sobre la mesa y acusando propulsión de los globos oculares (estrabismo). La parálisis respiratoria, por tetanificación de los músculos del tórax, se evidenció en el tinte oscuro de la cara (cianosis).

Pasado este segundo ataque recuperó otra vez la normalidad, pudiendo contestar todas las preguntas hasta el grado de informar la ubicación de ciertos objetos que se necesitaban. Pero cuando se presentó al aposento el Pbro. Isidro Oviedo y Reyes, su estado empezó a preocuparme más, pues la enferma aseguraba no verlo, aunque oía su voz; por lo cual corregí mi dictamen anterior, y expresé al esposo mi creencia de que se trataba de una intoxicación por uremia.

El Doctor Sequeira Rivas, quien pudo observar el siguiente ataque, se plegó a mi diagnóstico; mas al llegar después el Doctor Darbishire, acompañado del Doctor Atanasio Salmerón, tras auscultar a la paciente fue terminante en dictaminar fiebre perniciosa en grado agudo; y yo me plegué a su conclusión, como se plegaron los otros colegas que ya estaban allí, o aparecieron después.

En su declaración del 20 de octubre de 1933, el Doctor Alejandro Sequeira Rivas, soltero, de veintisiete años de edad, describe los ataques como una sucesión ascendente de crisis convulsivas con intervalos cada vez más largos; y calcula en media hora el lapso entre las dos últimas, ya cuando la paciente daba señales de extenuación y la temperatura en la axila había subido a 38 grados.

Recuerda, por otro lado, que se administró a la paciente, según el consejo de los médicos allí reunidos: sulfato de quinina en dosis concentradas, éter sulfúrico y aceite alcanforado en inyecciones intramusculares; dándosele también un purgante por vía oral, y un enema también purgante, por la vía rectal, este último ordenado por el Doctor Darbishire. Y concluye expresando:

> Cerca de la una del día, y ya agotados todos los medios que la farmacopea moderna ponía a nuestro alcance, sobrevino la crisis final. Yo había ido un momento a los servicios higiénicos y me encontraba allí ocupado, cuando el Doctor Ulises Terán, vecino de la casa, llegó corriendo a golpearme la puerta de la letrina para decirme: «¡Apúrese, Doctor, que la niña se nos muere!». Al presentarme a su lado, su cara había tomado un intenso tinte violáceo, dado el extremo de la asfixia. Y expiró.

Según explica el Doctor Darbishire en su declaración ya citada, no vaciló en diagnosticar que se trataba de un ataque fulminante de fiebre perniciosa, no sólo por los síntomas, sino porque conocía la afección palúdica de la enferma, descubierta por él mismo un mes atrás. A este criterio se plegaron los demás médicos, como ya sabemos; pero el Doctor Salmerón nunca lo compartió.

Cuando a la una del día, Marta muere tras la última convulsión, Oliverio Castañeda se retira en silencio del lado de la cama; y el Globo Oviedo, en sus manos temblorosas el pañuelo ya mojado de lágrimas, lo sigue hasta el corredor con el afán de abrazarlo y llorar con él. Nota entonces que se ha arrimado a un costurero y, lleno de susto, lo ve buscar algo entre tiras y pedazos de trapo.

—Corrí donde él, temeroso de que fuera a cometer una locura —el Globo Oviedo saca su pañuelo como si fuera a llorar de nuevo, rodeado por los circunstantes de la mesa maldita en la Casa Prío, la noche del 20 de octubre de 1933.

—¿Andaba buscando alguna pistola? —Cosme Manzo vigila divertido al Globo Oviedo, esperando ver brotar de verdad sus lágrimas.

—Sí —muerde el pañuelo el Globo Oviedo—, alcancé a quitársela, y le supliqué que me la entregara.

—¿Opuso resistencia? —el Doctor Salmerón alisa la hoja de la libreta con el puño, preparándose a escribir.

—Ninguna —el Globo Oviedo no oculta su desencanto—. Además, me dijo algo que me sorprendió.

—¿Qué cosa? —el Doctor Salmerón aguarda calmadamente para anotar.

—Quería esconder la pistola para que no se la robaran —el Globo Oviedo estruja el pañuelo y se lo mete en la manga del saco—. Había un ladrón en la casa.

—¿Un robo a esas horas? —el Doctor Salmerón se ríe, sin aspavientos—. Para comediante de cine mudo nació tu amigo. ¿Y quién era ese ladrón desalmado, si se puede saber?

—Noel Pallais, que allí andaba —el Globo Oviedo busca reírse también, pero su risa suena apesarada—. Se había presentado antes del desenlace, con su esposa, igual que muchos otros amigos.

—Sí, yo recuerdo haber visto entre la gente a Noel Pallais —reconoce tras un momento el Doctor Salmerón.

—Pero ¿por qué creía que Noel Pallais le iba a robar la pistola? —Rosalío Usulutlán urge al Globo Oviedo a responder, dándole en el codo.

—Porque ya se había aprovechado de la confusión para robarle trescientos dollars —el Globo Oviedo va a elevar los brazos, incrédulo de su propio relato, pero al fin desiste—. La sirvienta presenció el robo, según me dijo.

—¿Trescientos dollars? —Rosalío Usulutlán se pone el sombrero, como si después de eso ya no hubiera nada que oír.

—Yo sólo repito —cabecea sin ánimo el Globo Oviedo—; del ropero abierto, donde estaban sacando toallas y sábanas para la enferma, cogió la carterita. Y jugando con ella, haciendo que la tiraba para arriba, se la embolsó.

—¿Podrá ser verdad eso? —la voz asombrada del Capitán Prío llega desde la caja registradora—. Si fue el mismo Noel Pallais el que propuso que todos los presentes firmaran el radiograma.

—No sé, ahora sí que no sé —el Globo Oviedo vuelve la cabeza hacia el Capitán Prío, confuso y preocupado—; en aquel momento le creí. No era momento de que me estuviera diciendo mentiras.

El Capitán Prío se refiere al radiograma mediante el cual se dio aviso a la familia Jerez de la muerte de Marta, despachado a Mazatenango vía Tropical Radio a las dos y media de la tarde del día del deceso, según la copia requisada de la Oficina de Telégrafos Nacionales de León, y que aparece agregada al expediente.

En su declaración del 17 de octubre de 1933, el Globo Oviedo afirma haberse acercado a su amigo, papel y lápiz en mano, a fin de recibir el dictado del radiograma:

> Sostiene el declarante que Castañeda intentó varias veces dictarle la redacción del mensaje, pero desistió al fin, manifestándole, con voz quebrada, no hallar las palabras necesarias ni sentirse en ánimo de acometer empresa tan difícil; por lo cual rogaba al declarante escribirlo él mismo. Que sentado a su lado, procedió a dar cumplimiento a tales deseos de su amigo, recibiendo de él una sola recomendación, la cual consistía en mencionar que Marta había muerto tras aguda hemorragia, rodeada hasta el último momento de sus atenciones y cuidados de esposo. Y que después de leérselo, lo firmó.

Según consta en la declaración rendida por el Doctor Ulises Terán el 14 de octubre de 1933, fue efectivamente Noel Pallais quien propuso, y así fue aceptado, que todos los presentes en la casa firmaran también el radiograma, a fin de no dejar dudas ante la familia Jerez acerca del comportamiento amoroso y gentil observado por Castañeda para con su esposa hasta el último momento. Esto lo corrobora en su propia declaración el Globo Oviedo, absteniéndose, no obstante, de mencionar nada referente al supuesto robo del dinero por parte del autor de la iniciativa.

—Dejando de lado el robo —Rosalío Usulutlán se quitó el sombrero para rascarse la cabeza—. ¿Estaba o no estaba adolorido? No como para pegarse un tiro, pues. Pero ¿se le notaba dolor?

—Sí —el Globo Oviedo inclinó con toda solemnidad la cabeza—, se le notaba. Y cuando yo me había guardado ya la pistola en la bolsa del saco, al fin nos abrazamos, y sollozó.

—¿Y se arrimó alguien más a consolarlo? —Cosme Manzo se acercó mañosamente al oído del Globo Oviedo.

—Claro, todo el mundo le daba el pésame —el Globo Oviedo tenía tan cerca la boca de Cosme Manzo, que cuando lo miró de reojo pudo contar sus calzaduras de oro macizo.

—No. Me refiero a las hermanas Contreras. ¿Qué hicieron? ¿Qué le dijeron? —Cosme Manzo lo envolvió otra vez con su soplo ladino.

—No recuerdo haberlas visto salir del aposento, se quedaron allí con su mamá, junto al cadáver —el Globo Oviedo se apartó, molesto por la proximidad del resuello agrio de Cosme Manzo.

—Cuánto no daría por saber lo que decía la carta —suspiró el Doctor Salmerón, tirando el lápiz de dos cabos sobre la mesa, en dirección al Globo Oviedo.

—¿Qué carta? —respingó el Globo Oviedo; y su papada se estremeció en un tenue temblor.

—La que esa mañana Oliverio Castañeda le envió a María del Pilar Contreras, antes del desayuno, con la sirvienta Dolores Lorente —el Doctor Salmerón recogió su lápiz, muy cerca de la barriga del Globo Oviedo.

—Yo nada sé de cartas —el Globo Oviedo sacó su pañuelo de la manga del saco para secarse con toques cuidadosos los cachetes, ahora que, de pronto, había comenzado a sudar copiosamente.

12. Los enamorados vuelven a encontrarse

Oliverio Castañeda rindió el 21 de febrero de 1933, con una semana de retraso, su examen para obtener el título de abogado y notario. El tribunal, presidido por el Decano de la Facultad de Derecho, Doctor Juan de Dios Vanegas, más tarde acusador en el juicio, aprobó al sustentante por unanimidad de sufragios, haciéndose constar en el acta que hemos tenido a la vista, la mención de «maxima cum laude». La tesis de grado, impresa en papel lustrillo por la Tipografía Contreras, se titula «Ensayo sobre la paternidad de los Derechos del Hombre».

En la casa de la familia, donde ocupaba otra vez desde el día del entierro de su esposa el mismo dormitorio, el acontecimiento fue celebrado esa noche tras la puerta cerrada de la sala; y también tras la puerta cerrada, Matilde tocó el piano a insistencia de Oliverio, quien se mostró locuaz al principio, y de nuevo bromista y dicharachero, para caer después en una profunda tristeza. Así lo recuerda la cocinera Salvadora Carvajal en su declaración del 14 de octubre de 1933:

> Según expresa la declarante, se brindó con botellas de vino Moscatel mandadas a sacar de la Tienda «La Fama» por órdenes de Don Carmen, sentándose todos a oír piezas que interpretó la Niña Matilde en el piano; y ya más tarde pasaron a la mesa para una cena especial, pues se puso mantel de encaje por disposición de la Niña María del Pilar, y un florero de china. Don Oliverio bebió muchas copas de Moscatel, recuerda la dicente, y también de un cognac especial que Don Carmen manejaba con llave en su ropero, con lo cual se emborrachó completamente, agarrándole el llanto; y debido a esta razón tuvieron que ir a acostarlo entre Don Carmen viejo y Carmito.
>
> Que ese suceso terminó con el ágape, aunque de todos modos ya todos estaban tristes, pues la Niña Matilde y la Niña María del Pilar habían llorado también, muy desoladas, al oírlo decir que se regresaba a su tierra y no pensaba volver a Nicaragua nunca más, porque aquí había perdido a quien lo consolaba en la vida, su Martita adorada; palabras que

de igual manera impresionaron a Doña Flora; y no se libró la dicente de ser afectada por todas aquellas escenas de tristeza, cogiéndole gran torozón en la garganta.

Si nos atenemos al testimonio de Carmen Contreras Guardia, esa noche Oliverio Castañeda habría hablado mientras dormía, torturado por sus sueños. Cuando el 1 de diciembre de 1933 el Juez sigue inquiriendo al testigo sobre otros aspectos extraños de la conducta del reo, responde:

Muerta su esposa y ya viviendo de nuevo con nosotros, mi mamá me ordenó trasladarme a su aposento, pues le daba miedo dormir solo. La noche de su Doctoramiento, y debo decir que los examinadores le regalaron el título por lástima de verlo viudo, bebió más de la cuenta, costumbre nada extraña en él; ante lo cual mi papá y yo, disgustados del espectáculo de verlo doblado sobre la mesa, completamente ebrio, lo llevamos a acostar.

A eso de la medianoche comenzó a agitarse en su lecho, y al poco lo oí repetir frases confusas y angustiadas, como si lleno de remordimientos pidiera perdón en sueños a alguien, y al no obtener ese perdón se viera precisado a defenderse, pues alzaba las manos cubriéndose el rostro. Yo me incorporé, acercándomele con mucha cautela para tratar de escuchar mejor lo que decía. Al principio creí oírle algo relacionado con su esposa muerta, porque me pareció entender que llamaba a grandes voces: «¡Marta, Marta!» Pero después, poniendo mejor atención, sus gritos me sonaron más bien como: «¡Madre, madre!»

Mis hermanas, que dormían en el cuarto del lado, encendieron la luz a los gritos y golpearon el tabique, pidiéndome despertarlo de su pesadilla. Así me vi obligado a hacerlo, y Castañeda se recordó entonces, bañado en sudor frío; y una vez serenado, empezó a preguntarme con extraña insistencia: «Mito, Mito, ¿qué he dicho?, ¿qué he dicho?»

Yo lo tranquilicé, asegurándole no haber oído nada, con la intención de que volviera a dormirse para ver si seguía gritando, pues yo abrigaba ya la sospecha de que él había envenenado a su esposa. Y si era a su madre a quien nombraba con tanto temor, mayor razón para sentirme intrigado. Pero ya no ocurrió nada más en el resto de la noche.

Al día siguiente, reclamé a mis hermanas por haberme obligado a despertarlo; de no haber sido por eso, a lo mejor se aclara todo de una vez, y ya no hubiera tenido la oportunidad de seguir asesinando a nadie.

Oliverio Castañeda cumplió con el anuncio hecho a la familia Contreras la noche en que se celebraba a puertas cerradas su examen profesional. Tramitó su título, y tras liquidar otros asuntos pendientes en León partió a Managua donde tomó el 17 de marzo de 1933 el vuelo semanal de la Panaire con destino a Guatemala. Pero el Globo Oviedo sabía que no se iba para siempre; según sus confesiones en la mesa maldita, ya registradas de previo, le dejó en custodia algunas pertenencias: un baúl, su máquina de escribir y el gramófono Victor.

Se trasladó a Mazatenango y permaneció en la finca La Trinidad de su suegra por espacio de tres meses, un retiro acerca del cual no tenemos muchas noticias. Fue entonces, expresa en su declaración testifical, cuando las autoridades de policía de la dictadura del General Ubico le conminaron a desalojar el país. Así lo menciona a Rosalío Usulutlán en la interview de la cárcel; y así se lo contó también a Don Fernando Guardia, en ocasión del viaje en tren a Puntarenas, aludido en anterior capítulo.

En su declaración del 22 de octubre de 1933, Don Fernando Guardia ofrece su versión sobre este particular:

> Después de despacharse a su gusto en contra de la sociedad de León, me confió, pidiéndome guardar el secreto, que un grupo de amigos suyos, opositores al gobierno del General Don Jorge Ubico, alistaba armas para un levantamiento, a estallar en el mes de diciembre del año en curso, con gran derramamiento de sangre; siendo parte de los planes de los conjurados atentar contra la vida del Señor Presidente. Por la factura de tales planes, y la descripción que me hizo de los participantes, sin revelarme sus nombres, fácilmente se deducía una revolución despiadada, del tipo bolcheviquista.
>
> Varios de los cabecillas habían llegado en secreto hasta la finca La Trinidad, donde él satisfacía su molicie, a pedirle que se uniera a la conspiración, dándoles él su anuencia, sin ninguna tardanza; y les entregó cartas dirigidas a algunos contactos suyos en Zacapa, antiguos partidarios del General Chacón, invitándoles a sumarse a las filas sediciosas. Les hizo, además, la promesa de viajar personalmente a Chiquimula a fin de facilitar la introducción de los armamentos a través de la frontera con Honduras, pues habiendo estudiado allí, conocía a famosos contrabandistas; con lo cual cumplió.
>
> De estos manejos, me dijo, se enteró muy seguramente la policía secreta del General Ubico, pues a mediados de julio se presentó a la hacienda un tal Capitán Arburola, venido expresamente de la capital, a advertirle que en plazo de diez días debía salir del país, o se las vería negras. Mas, al siguiente, fue citado a la Prefectura de Mazatenango, y allí se le notificó, por orden telegráfica recibida esa madrugada, su viaje tenía que ser en cuarenta y ocho horas, obligándosele a irse en esa misma fecha a ciudad Guatemala, custodiado por un soldado. Puesto allá, pidió pasaporte para regresar a Nicaragua, pero sin explicarle razones, se le negó, dándosele Costa Rica por único destino.
>
> Deduzco de lo anterior, y es su boca quien habla, que estamos frente a un individuo peligroso en todo sentido, capaz de asesinar a mansalva, y capaz de involucrarse, asimismo, en actividades ilícitas contra la auto-

ridad; y no descarto que su insistencia de recibir pasaporte para Nicaragua esté relacionada con planes en contra del gobierno de este país, pues es bien conocida su oposición al Doctor Sacasa, por considerarlo un pelele sin criterio ni pantalones, según me expresó también en el tren.

Llegó a Puntarenas el 22 de julio de 1933 a bordo del vapor «Usumacinta» y lo recibió en el puerto Carmen Contreras Guardia, quien se encontraba en San José desde el mes de mayo. En una carta dirigida al Globo Oviedo con fecha del siguiente día, le cuenta:

Vientos alisios me trajeron sin novedad hasta estas playas, mi querido Montgolfier; novedades, las que me propongo contarle. El cuñado, como es su obligación, me da la bienvenida en el puerto. La interfecta, aquí con la señora. ¿Lo sabía yo, o no lo sabía? Dejo librada la interrogante a tu insaciable curiosidad, tan insaciable como tu apetito; creamos en las palomas mensajeras, y punto. Desde la entrevista de anoche mismo, que pasaré luego a esbozar a Ud., puedo garantizarle que soy verdaderamente feliz. La oportunidad de rehacer mi vida, formalizar mi «flirt» y volver a Nicaragua a sentar cabeza, se pinta con colores de arrebol en la lontananza. ¿Qué dice Ud., Montgolfier? ¿Será mi padrino de bodas? Prevenga a Yelbita, a lo mejor tenemos fiesta pronto, y confiemos en que no será tan agudo el dolor de bolsillo del suegro, pues solamente toleraré «que se les ponga» con champaña de la «Veuve de Clicquot». Nada de licores pobretones de destilación nacional.

Tomé hospedaje en la Pensión Barcelona, cerca de La Sabana. Barata, limpia; su propietaria, Doña Carmen Naranjo, muy educada, escribe versos que gusta leer a sus comensales; y como yo también soy poeta, ando armado y también le leo mis producciones; a como se dice en León: si me leés, te leo. Si me tirás, te tiro.

Apenas estoy desempacando, llamada telefónica urgente. La señora me invita a cenar, conminándome a trasladarme a casa de su hermano en el término de la distancia. Por razones obvias, el caballero no se hace rogar. Se ha ido ya el servicio, pero Doña Carmen se ofrece a plancharme ella misma el traje. Para ella, mis más sinceros agradecimientos.

Lo invito a trasladarse a mi lado, volando por los aires en el «globo» aerostático de su invención. Use el catalejo y desde su puesto de vigilancia en las nubes, véame atravesando la calle. Ansioso de alcanzar la parada de tranvías frente al aeropuerto de La Sabana, golpeo las lajas del pavimento con la contera del paraguas, como un ciego dichoso que lleva los bolsillos repletos de limosnas de amores; y véame acercarme al vagón desierto aún de pasajeros. Alegres farolas tiñen de amarillo los cuadros de sus ventanucos. Subo, soy el dueño del tranvía. ¿Por qué no arranca ya, haciendo rechinar sus bielas? ¿Quién más hace falta, señor maquinista?

Suben ahora otros ciudadanos, protegidos con atuendos para el frío. Novios, matrimonios, no tan venturosos con su amigo de Ud. Me vienen deseos de preguntarle a esas parejas que se acomodan en los lustrosos escaños de las últimas filas: señores, señoras, señoritas: ¿qué cosa es la dicha? ¿pueden decirme Uds.? ¿Adónde se dirigen, en apariencia tan contentos? ¿Hay otros sitios mejores, circos, espectáculos de variedades, cines, sorbeterías, etc., donde la esquiva felicidad les espere, como me espera a mí? Pero la piedad detiene mi impulso. No, esa felicidad solamente existe en mi pecho.

Y marcha el tranvía, recorre el Paseo Colón, pasa raudo repicando su campana a lo largo de los comercios cerrados de la Avenida Central. Saludo las luces de sus vitrinas, doy mis albricias a los maniquíes, los adornos de la moda me parecen excelentes, ¡viva la moda femenina! que se inventó para realzar los encantos de mi interfecta. Y ya subes, tranvía, por Cuesta de Moras para dejarme, al fin, entre los elegantes chalets del Barrio Amón.

Quite lastre a su «globo» y muévase un poco a estribor, a fin de que no tenga dificultades en seguirme. Véame abrir el paraguas antes de empezar a caminar bajo los cipreses empapados de la vereda. Su fidelísimo compañero de siempre llega hasta el chalet de madera de dos plantas que oculta su silueta tras las acacias del jardín. Ya empujo la portezuela de hierro del muro cubierto de buganvillas y penetro por el sendero de pedruscos sueltos que me lleva hasta las gradas del porche. Las láminas de cinc de la techumbre del chalet se estremecen bajo el ventarrón de lluvia como si fueran a soltarse y volar por los aires. ¡Cuidado la cabeza, Montgolfier!

Cierro el paraguas, y toco el timbre atornillado al lado de la puerta de cristales coloridos. Escucho unos pasos presurosos que vienen avanzando desde dentro, resonando sobre el piso de tablas, tal si resonaran sobre mi propio corazón; y cuando la puerta se abre; la interfecta en cuerpo y alma. Paso a describírsela: suéter rosa, falda de paletones, de un rosa más tenue aún; preciosa cinta celeste cruza su frente, adorno gentil de sus rizos perfumados; lo moreno de su tez ha recibido las saludables caricias del frío josefino, y sus ojos, ¡ay, sus ojos! me buscan despiertos, encendidos. ¡La he visto, Montgolfier, me ha mirado, hoy creo en Dios!

Sonríe, y hay un no sé qué de melancólico en su timidez; incrédula, me estudia antes de lanzarse a mis brazos. Cierra los ojos de negro azabache porque va a besarme, empinándose en sus tacones altos, pues más mujer que nunca, lleva tacones, y yo... yo daré a sus antojos todito mi amor, yo daría la vida.

Sí, se empina, apretando los párpados sombreados de azul. Quiere y no quiere despertar del sueño en que siempre ha visto llegar al amigo de Ud. hasta esa puerta bajo la llovizna necia y eterna. Pero él retrocede cauteloso, Montgolfier, ¿no lo ves desde las nubes? Pues he aquí que otros pasos se acercaron, urgidos y alegres, del fondo de la casa que huele, hasta entonces reparo en ello, a manteca frita y a desinfectante de pisos. Y ya no hay beso; esos brazos, morena, que son mi dogal, se quedan impávidos, porque aparece... la señora.

Vuelta a babor, Montgolfier, debajo del techo no puedes ver nada, por más que te empeñes. Una cena íntima, una plática galante y señales inequívocas de parte del visitante, hábilmente dirigidas a demostrar que sentados a la mesa solamente hay dos seres dispuestos a atraparse si están a punto de caer... los demás, el tío, el cuñado... la señora: comparsas. Los obligo a desempeñar su papel; que conversen, que digan, que comenten, sus palabras están escritas en mi libreto. No quiero equívocos, ni presunciones, ni vanas esperanzas en ninguna. Óigaseme bien, Montgolfier, en ninguna, presente, o ausente.

Concluye la cena. Un momento a solas que me deparan las circunstancias y yo deslizo mi anillo de graduación en el dedo de la interfecta. Me aprieta ella la mano. Misión cumplida. Su amigo va a despedirse, se despide. Mañana, hoy para Ud., volverá, pues esta carta se la escribo antes de abordar otra vez el tranvía; el programa es nutrido e intenso y no despreciaré oportunidad de permanecer al lado de la interfecta, mientras no llegue el día de partir, también juntos, hacia Nicaragua.

En su declaración «ad inquirendum» del 18 de octubre de 1933, Oliverio Castañeda se refiere también a su estancia en Costa Rica. He aquí sus respuestas al Juez sobre el particular:

Juez: Si afirma Ud. que el joven Carmen Contreras Guardia lo estaba esperando en el puerto de Puntarenas, ¿significa esto que Ud. le dio aviso previo de su llegada?

Reo: Yo le avisé telegráficamente que partía para Costa Rica, pero sin explicarle las circunstancias que me obligaban a un viaje tan imprevisto. Él tuvo la fineza de viajar hasta el puerto para recibirme y acompañarme en el tren hasta la capital.

Juez: ¿Quiere decir que mantenía Ud. correspondencia con el joven Contreras, y conocía, por tanto, su dirección postal?

Reo: Sin duda alguna. Habíamos estrechado una sincera amistad en León; y si él había podido ver realizados sus deseos de seguir la carrera de Derecho en San José, en una Facultad que hasta profesores europeos tiene, y dotada, como está, de una excelente biblioteca, fue gracias a mis pacientes trabajos en el ánimo de Don Carmen, no muy decidido a incurrir en aquel gasto.

Juez: Por tanto, no ignoraba Ud. que desde varias semanas atrás Doña Flora de Contreras se encontraba en Costa Rica, acompañada de María del Pilar, su hija.

Reo: Lo ignoraba por completo. El hecho de conocer la dirección postal de Carmen, no me autorizaba a importunarlo con mis cartas y a distraerlo, así, de los estudios que recién comenzaba. Para mí fue una gratísima sorpresa saber de sus labios, después de cambiar saludos en el puerto, que Doña Flora se había trasladado a San José por una temporada, en viaje familiar y de negocios; y que la menor de sus hijas la acompañaba.

Juez: La Srta. Rosaura Aguiluz, encargada de la Estafeta de Correos, afirma en su declaración del 17 de octubre de 1933, que mientras permaneció Ud. en Guatemala, sostuvo un intenso intercambio de correspondencia con la Srta. Matilde Contreras. Cito: «En muchas ocasiones se presentó ella personalmente al correo a retirar cartas aéreas con matasello de Mazatenango, que tenían por remitente al Doctor Oliverio Castañeda; y en esas ocasiones depositaba cartas suyas dirigidas al mismo Doctor Castañeda, las cuales, por su peso en gramos, la declarante calcula debían contener muchos pliegos; habiéndole advertido de previo la Srta. Contreras, no enviar jamás las cartas a su casa, con el cartero, como es la costumbre; pues ella pasaría siempre recogiéndolas.» Cierro la cita, y ahora le pregunto: ¿no es lógico que se enterara Ud. del mencionado viaje a través de esas cartas?

REO: Debe Ud. tomar en cuenta, Señor Juez, que la Srta. Aguiluz compareció a declarar por su propia iniciativa, y por tanto, sus afirmaciones oficiosas, cuando se esmera en detallar las «muchas ocasiones» y los «muchos pliegos», no pueden atribuirse sino a su «mucha» chismería. Hubo entre nosotros, es cierto, el intercambio de unas pocas cartas, corteses y escritas con la urbanidad propia de dos amigos afectuosos; y Matilde no tenía ninguna razón para rodear de secreto tal intercambio, como la Srta. Aguiluz maliciosamente sostiene. Tampoco me dio Matilde, en ninguna de esas pocas cartas, noticias del viaje de su madre y hermana, quizá por la simple razón de que sus fechas no coincidieron con la oportunidad del referido viaje.

JUEZ: Una vez en la capital, ¿se hospedó Ud. en casa de Don Fernando Guardia, donde estaban alojadas Doña Flora y su hija?

REO: De ninguna manera. Tomé una habitación en la Pensión Barcelona de Doña Carmen Naranjo, ubicada frente a la parada de tranvías del parque de La Sabana. Al llegar a San José, yo me despedí del hijo de Doña Flora en la estación ferroviaria.

JUEZ: ¿Cuándo fue que vio a Doña Flora y a su hija por primera vez, después de su arribo a San José?

REO: Esa misma noche. Un poco después de haber llegado, recibí en la pensión llamada telefónica de Doña Flora, invitándome a cenar a casa de su hermano. Apenas tuve el tiempo para sacar de mi equipaje lo necesario a fin de cambiarme de ropa y atender la cortesía de la invitación.

Las respuestas de Oliverio Castañeda, arriba copiadas, fueron objeto de riguroso análisis por parte de los circunstantes de la mesa maldita, reunidos la noche del 20 de octubre de 1933, en la Casa Prío.

—Todo eso no se lo creen ni en la corte celestial —Cosme Manzo le devolvió al Doctor Salmerón el ejemplar de «El Cronista» donde aparecía transcrita la declaración.

—¿Qué cosa? —el Capitán Prío vino desde el mostrador, secándose las manos después de enjuagar unos vasos.

—Varias cosas —el Doctor Salmerón abrió el periódico sacudiéndolo con energía y se lo acercó a los ojos—. Primero, que lo expulsaron de Guatemala por conspirador; y segundo, que no sabía nada de la llegada de las Contreras a San José. Iba buscando a una de ellas. O a las dos.

—¿Y eso qué tiene de malo? —el Globo Oviedo, hasta entonces adormilado, reaccionó con desgano—. Él ya era un hombre libre, sin compromisos.

—Los enamorados vuelven a encontrarse —Rosalío Usulutlán hizo el ademán de pasar el arco por las cuerdas de un violín.

—Conformes, mi estimado —el Doctor Salmerón sacaba punta con su navaja de bolsillo al lápiz de dos cabos—; supo del viaje por las cartas de Matilde, y salió corriendo detrás de las otras dos.

—Tenía prisa en saludarlas personalmente, por eso hizo semejante viaje en barco —Cosme Manzo saboreaba las palabras, como si tuviera un confite en la boca—; un verdadero caballero, no pierde tiempo.

—Acuérdense de «Castigo Divino» —el Capitán Prío vuelve al mostrador para ordenar los vasos lavados—; Maureen O'Sullivan le mandaba cartas al envenenador Charles Laughton. Y esas cartas nunca las agarró la policía de Boston. Las buscaron como aguja, y no aparecieron.

—Correcto —Rosalío Usulutlán mueve el dedo con mucha animación—. Se las tenía guardadas su íntimo amigo Ray Milland. Eso lo sabemos al final, cuando hablan los dos en la celda, después que el sacerdote se retira burlado. El envenenador, lleno de soberbia, no quiso recibir los auxilios espirituales.

—A Charles Laughton nunca le probaron nada —el Globo Oviedo, inclinado sobre la mesa, apoya la barbilla en los brazos—. ¿De qué iba a arrepentirse si no era culpable?

—Qué Charles Laughton ni qué nada. Lo que hicieron con la pobre Matilde, que en paz descanse, fue ocuparla de correo —empurra la boca Cosme Manzo, como si el confite se le hubiera vuelto amargo.

—No es tan sencillo, amigo Manzo —el Doctor Salmerón eleva profesoralmente el lápiz recién afilado—; el corazón humano es insondable.

Y esas cartas, jamás las leeremos.

—Suenan los compases de la obertura de la ópera «Coriolano». Beethoven: opus sesenta y dos —el Capitán Prío examina a trasluz un vaso y luego lo empaña con el aliento—. Los dos amigos se despiden. Como quien dice, nos vemos en la eternidad.

—De ópera, solamente Usted sabe en este pueblo de mierda, Capitán —el Doctor Salmerón acerca la boca a la mesa para soplar las virutas del lápiz—. ¿Qué me dice de todas esas cartas, mi estimado jurisconsulto? ¿Las leeremos algún día?

—A lo mejor, algún día —el Globo Oviedo se muerde cautelosamente las uñas, la vista fija en la plaza—. No pierdan la esperanza. La vista fija en la plaza, mira tristemente hacia las masas oscuras de los laureles de la India que los focos eléctricos alineados en las veredas no alcanzan a penetrar. Ha presenciado tres veces la proyección de «Castigo Divino». Mientras en la celda de los condenados a muerte se desarrolla el último diálogo entre Charles Laughton y su fiel confidente, Ray Milland, la silla eléctrica es mostrada en la pantalla de manera intermitente, bajo una luz intensamente blanca. Muy parecida a un taburete de barbería, su única diferencia está en las correas de cuero que sirven para amarrar al prisionero.

Ya va a amanecer. La hora de la ejecución se acerca y Ray Milland le recuerda las cartas. Charles Laughton da unos pasos y luego se vuelve. Que las conserve para siempre le pide, en prueba de eterna amistad. Y una vez más, le jura su inocencia. Se abrazan.

En todas las casas del Condado de Payne, cercanas a la prisión, las luces bajan de voltaje, hasta casi apagarse: Charles Laughton está siendo electrocutado. Y entonces, mientras los granjeros del condado se arrodillan a rezar, Ray Milland se aleja, enfundado en su impermeable, volviéndose apenas un punto en la luz grisácea de la madrugada.

13. ¿Argumentos de cinematógrafo?

Entre los médicos congregados el 13 de febrero de 1933 en el aposento de Marta Jerez, el único que no había sido llamado por nadie era el Doctor Atanasio Salmerón. Ese mediodía, por casualidad, estaba de visita en el consultorio de su viejo maestro el Doctor Darbishire; y cuando una de las sirvientas de la familia Contreras llegó a buscar de urgencia al anciano, para que acudiera a asistir a la enferma, no sin reluctancia aceptó su invitación a acompañarlo.

El Doctor Salmerón se mantuvo todo el tiempo a prudente distancia del lecho, sin atreverse a intervenir en las apresuradas consultas de sus colegas; y a pesar de su total desacuerdo, tampoco opinó cuando el Doctor Darbishire impuso su diagnóstico.

Una vez producido el desenlace, el anciano le ofreció llevarlo en el coche a su casa del Barrio de San Sebastián, donde también tenía instalado su consultorio; y fue durante ese trayecto cuando se animó a comentarle, por primera vez, sus puntos de vista contrarios al diagnóstico, basándose en la ausencia de algunos signos propios de los estados comatosos causados por la fiebre perniciosa: vómitos frecuentes, sensación de frío, calambres y, sobre todo, una temperatura sumamente alta, que en el caso de la recién fallecida nunca llegó a ser mayor de 38 grados; y según su criterio, esa fiebre sólo había sido provocada por el esfuerzo muscular de los espasmos convulsivos.

El Doctor Darbishire, llevando las riendas del tiro, lo escuchó con atención y cortesía; y ya frente a la casa, cuando arrendaba para que su discípulo y colega descendiera, lo invitó a visitarle en su consultorio por la noche, a fin de permitirle exponer con más tranquilidad los razonamientos apenas esbozados; así podrían sacar algunas conclusiones de valor científico para los dos, como solían hacer frente a casos clínicos semejantes.

—¿Piensa Usted en algún tipo de trastorno fisiológico? ¿Intoxicación por uremia, por ejemplo, como creía el Doctor Herdocia

Adams? —el Doctor Darbishire tensaba las riendas, mientras el Doctor Salmerón, ya en la calle, tomaba un valijín del asiento trasero.

—Quiero discutir en calma con Usted mis sospechas, maestro. Nos vemos a la noche —el Doctor Salmerón, entrecerrando los ojos debido al fuerte reflejo solar, lo miró sonriente.

—No me diga que sospecha de algo criminal —le devolvió la sonrisa el Doctor Darbishire, inclinando la cabeza hacia un lado.

Pero el Doctor Salmerón sólo se tocó el ala del sombrero con el dedo, en señal de despedida.

Al ponerse de nuevo en marcha, el Doctor Darbishire levantó un tanto las nalgas del asiento del pescante, para prensar los pliegues de su capa. Los fuertes vientos, característicos del mes de febrero, empezaban a soplar de pronto, arremolinando polvo y basura contra su rostro. Y ya al trote, movió la cabeza con desdén: su aventajado alumno de antaño se caracterizaba por su excelente ojo clínico, pero mucho lo perjudicaba su febril imaginación, lista todo el tiempo a encender de colores inconvenientes su cabeza.

Sabía que el Doctor Salmerón era aficionado a la toxicología desde sus días de estudiante, así como era aficionado a la lectura de toda clase de opúsculos médicos concernientes a la personalidad morbosa de los criminales, dedicando especial atención a aquellos casos en que el veneno se encontraba de por medio. Sobre tales materias, traía siempre algún tópico nuevo de discusión las veces que lo visitaba.

Las circunstancias para haber emitido un diagnóstico sereno no se habían conjugado ese mediodía en el aposento de la enferma, debía reconocerlo; la presencia simultánea de tantos médicos en la cabecera de un paciente grave obedecía a una mala costumbre de las familias pudientes de la ciudad, nunca confiadas en la certeza de un solo criterio profesional; y mientras más acaudaladas eran, más médicos querían tener rodeando el lecho.

A aquella niña extranjera se le habían concedido esos mismos honores inútiles a la hora de su muerte, tres o cuatro médicos llamados sin ningún acuerdo previo; y él, que había contribuido al desorden, llevando a su antiguo discípulo, quien por lo visto, se proponía complicar más las cosas, contradiciendo su diagnóstico. Pero a pesar de todas esas circunstancias reprobables seguía considerando justo su juicio clínico, fundamentado además en los antecedentes palúdicos de la enferma.

Como era su costumbre, el Doctor Darbishire cenó esa noche sin más compañía que la de sus perros alsacianos. Un tabique pintado de celeste pálido cerraba su refectorio al fondo del corredor. Las ramas de los árboles frutales del jardín, convertido ahora en un verdadero matorral por falta de cuido durante años, metían sus ramas por entre los portillos de las tablas desgajadas; y a través de la ventana corrediza, las hojas de un limonero alcanzaban el espaldar de su silleta en la cabecera de la mesa.

El Doctor Darbishire comía poco, con tedio y con disgusto. Usando el tenedor ponía en las fauces de los perros los bocados equitativamente divididos, mientras les reclamaba orden y calma, pues de las distintas viandas sobraba en abundancia; y los postres, que nunca tocaba, eran para ellos, dándoselos directamente de la escudilla. Los perros habían terminado por adquirir afición al dulce, sobre todo Esculapio, envenenado de manera tan alevosa meses antes en la acera.

Los tres tiempos de comida se los enviaba bajo encargo su ahijado el Capitán Prío en una bandeja de madera cubierta con un mantel; desde la muerte de su segunda esposa no tenía domésticas, y jamás se encendía fuego en la cocina abandonada. Su único sirviente era Teodosio, un mudito sacado del orfelinato del Padre Mariano Dubón, a cargo del aseo del consultorio.

Su primera esposa había sido una enfermera del Hospital de la Salpetrière, con la que se casó al terminar sus estudios de medicina en París. Tras apenas dos meses en León, se volvió a Francia sin haber sacado su ajuar de los baúles, porque no soportó el martirio de dormir bajo mosquitero en el calor del horno del aposento, ni el horror de verse condenada a destripar por el resto de su vida a los zancudos gordos de sangre que zumbaban a todas horas a su alrededor. La segunda, prima hermana suya, había muerto a los pocos meses de casada, en estado de embarazo, víctima de la fiebre perniciosa.

Aunque diferentes en muchas otras cosas, la vida en soledad lo asemejaba a su discípulo, los dos inquilinos solitarios de sus consultorios; él, porque había enviudado dos veces, pues a su esposa francesa la declaró difunta el mismo día de su partida, y su discípulo, porque llegado ya a la edad madura había renunciado a casarse tras huir a última hora de prolongados noviazgos, temeroso de la perspectiva de verse inscrito en sus propias listas de maridos engañados.

Al oír los golpes del aldabón se levantó a abrir, olvidando quitarse la servilleta del cuello; la jauría, que aullaba inconforme por la interrupción de la cena, lo siguió hasta la puerta. El Doctor Salmerón acudía muy puntual. El brazo entrelazado al de su discípulo, lo condujo al corredor en busca de las mecedoras donde solían sentarse. Iban a ser las siete de la noche, pero todavía quedaban en el cielo tonalidades rojas. Con impaciencia apenas disimulada, el Doctor Salmerón se sentó a esperar a que su maestro encendiera los restantes quinqués de petróleo adosados a los pilares del corredor, operación para la cual utilizaba siempre un solo palillo de fósforo, arriesgando a quemarse los dedos.

Mientras el Doctor Salmerón se ocupaba de poner en orden sus argumentos, no podía dejar de pensar, al observarlo, que sería más fácil recurrir a la bujía eléctrica pendiente de un rosetón del cielo raso, en lugar de dar lumbre, uno por uno, a los quinqués alimentados con kerosene. Y para colmo, con un solo palillo de fósforos.

Desde los días de la Universidad, cuando le permitía quedarse a estudiar en el corredor, y muchas veces dormir allí mismo, había aprendido a conocer sus costumbres extravagantes. Algunas no lo eran para él, aunque sí para la generalidad de sus colegas y discípulos en la Facultad de Medicina: exageraba las erres al pronunciarlas, y a la hora de impartir sus lecciones de clínica se soltaba a hablar en francés al calor del entusiasmo, lo cual solía provocar risas a sus espaldas.

Su costumbre de salir a la calle envuelto en una capa cordobesa, sujeta al cuello por una cadena de oro, tampoco le parecía tan excéntrica; pero sí la eterna compañía de sus perros, a los que también hablaba en francés. Los sacaba a pasear en coche los sábados; les consentía seguirlo hasta la letrina, y sin cerrar la puerta, satisfacía las necesidades fisiológicas frente a sus hocicos. Cuando se portaban mal, se disgustaba con ellos al grado de quitarles el habla por días.

Y, en este último juicio se quedaba solo, consideraba ridículo que el anciano, en su función de Presidente «ad perpetuam» de la Cofradía del Santo Sepulcro, marchara todos los años a la cabeza del Santo Entierro con un estandarte en sus manos, aguantando sol y fatiga por gusto. No obstante, aquellas rarezas en nada invalidaban para él, como no lo invalidaban para nadie, el respeto dispensado a su capacidad científica, un verdadero maestro de la clínica, y el mejor cirujano de la ciudad.

El Doctor Salmerón frisaba en los cuarenta años, pero ya su pelo lucía entreverado de canas; las cerdas hirsutas, rebeldes al peine, los ojos pequeños y rasgados y el color cetrino de la piel, hacían patente su fisonomía aindiada. Hijo de una planchadora del Barrio de

San Sebastián, a su reumatismo y desvelos, alistando ropa hasta pasada la medianoche, debía el título de médico. La clientela rica de la ciudad no ignoraba su origen humilde, ni su papel de mentor de la mesa maldita, por lo cual se había ido quedando como un médico de barriadas y de enfermos comarcanos que venían a buscarlo a su consultorio en bestias de silla y carretas. Tampoco disponía de coche de caballos, o al menos de una buena yegua para realizar sus visitas, como la mayoría de sus colegas.

Sentado en el borde de la mecedora mientras aguardaba, mantenía con su peso los balancines al aire, temeroso de acomodarse a gusto, según se comportaba al entrar en casas como aquélla. Y así se tratara de su maestro, en tales circunstancias miraba siempre a su interlocutor con ojos preocupados, mostrando al mismo tiempo sumisión y hurañez.

Cuando el Doctor Darbishire estuvo ya dispuesto a escucharlo, sacó de la bolsa de su saco de dril, ajado por el trajín de todo el día y manchado con pálidos pringues de merteolato, la libreta de tapas duras jaspeadas de azul, cortesía de la Casa Squibb; y sin atreverse aún a abandonarse hasta el fondo de la mecedora, apoyó los brazos en las rodillas.

—Son preguntas para Usted, maestro —el Doctor Salmerón mojó en saliva el dedo para pasar las páginas rayadas de la libreta.

—A ver, a ver, un interrogatorio judicial —el Doctor Darbishire restregó suavemente los quevedos en la solapa de su saco de lino, como si él mismo fuera a leer las anotaciones de la libreta.

—Usted trató a esa señora Castañeda en una primera ocasión hace un mes, según me dijo —el Doctor Salmerón alzó los ojos de la libreta—; fue llamado por un desarreglo menstrual, no por fiebre palúdica. ¿Es correcto?

—Hemorragia catamenial. Derrame prolongado y dolor persistente en los ovarios —el Doctor Darbishire dibujó un gesto pausado con la mano en que sostenía los quevedos—. Receté pilulas de Apiolina. Me llamó la atención el cuadro febril, y mandé un examen de sangre. Sospechaba paludismo.

—Y el examen confirmó sus sospechas —el Doctor Salmerón se alisa el pelo con los dedos antes de retornar a la libreta.

—La lente mostró protozoarios del tipo malárico —el Doctor Darbishire devuelve los quevedos al bolsillo del saco; deja reposar sus manos sobre la ligera comba del vientre, y se mece—. Es lo que todo el mundo tiene en la sangre en León.

—Le mandó píldoras de Pelletier, y el marido le pidió cambiarle la receta —el Doctor Salmerón busca en el bolsillo de su camisa, y escoge el lápiz de dos cabos, rojo y azul—. Es lo que Usted me informó camino de la casa, esta mañana.

—Vino a verme después, y me manifestó su desconfianza en las medicinas de patente —el Doctor Darbishire descubre un grano de arroz en su botín, y se agacha para quitarlo con un toquecito de los dedos—; prefería un compuesto de mi botica. Yo le preparé entonces mis cápsulas: un gramo de sulfato de quinina, un gramo de antipirina, dos gramos de benzoato de sodio. Tratamiento para un mes.

—Que estaría terminando hoy, cuando la enferma falleció —el Doctor Salmerón subraya con el cabo rojo del lápiz—; si tomó regularmente las cápsulas, los síntomas palúdicos debían haber desaparecido ya. En todo caso, la concentración de quinina hace imposible un cuadro mortal de fiebre perniciosa.

El Doctor Darbishire detiene su balanceo, y deja de sonreír de la manera condescendiente en que había estado haciéndolo desde el inicio del interrogatorio.

—¿Qué me dice, maestro? —lo apremió el Doctor Salmerón golpeando el lápiz contra la libreta.

—Es probable —el Doctor Darbishire asintió con lentos movimientos de cabeza—. Pero no sé si ella tomaría todos los días las dosis prescritas por mí. Como le dije, nunca volví a tratarla, hasta hoy.

—Ahora, maestro, cuando hoy recibe una nueva llamada para atender a esta señora, no es porque hubiera recrudecido la fiebre palúdica —el Doctor Salmerón era quien se mecía ahora, sentado ya a sus anchas—. El origen de la alarma es otra vez un desorden menstrual, como el de hace un mes.

—Así es —el Doctor Darbishire se agarró a los brazos de la mecedora con aire perturbado.

—Si revisamos el calendario, la regla le estaría tocando en estos días —el Doctor Salmerón, al mecerse, golpeaba levemente la cabeza contra el tejido del espaldar—; no hay nada extraño entonces en el apuro del marido. Pero, ¿la paciente alcanzó a decirle a Ud. que estaba padeciendo otra vez de intensa hemorragia vaginal?

—No. Cuando llegué ya estaba bajo el efecto de las convulsiones, y me dediqué sólo a eso —el Doctor Darbishire sobaba los brazos de la mecedora, con impaciencia—. Bueno, Usted estaba allí.

—Sí, por supuesto que estaba allí —el Doctor Salmerón volvió rápidamente a las páginas de la libreta—. Y escuché al marido insistir en que su esposa se había expuesto a un peligro mortal al tomar un baño de agua fría.

—No es la primera opinión profana que oye Usted en su vida —el Doctor Darbishire golpea los brazos de la mecedora antes de retirar las manos—. Son las necedades que nos toca aguantar frente a la ignorancia de familiares desesperados.

—Maestro —el Doctor Salmerón saca otra vez las nalgas hasta el borde de la mecedora, más por la agitación que lo domina que por cortedad—, Usted oyó a todos los amigos del matrimonio comentando, y yo también los oí, que Castañeda había ido personalmente a llamarlos, porque su mujer se moría. De hemorragia.

—Él parece ser un jovencito muy nervioso —el Doctor Darbishire imprime un leve temblor a sus manos—. Cuando traté a la esposa por primera vez, también lo noté muy agitado, y sus nervios lo hacían exagerar la situación.

—Pero la esposa de ese joven nervioso no murió de hemorragia, sino en medio de horribles convulsiones —el Doctor Salmerón, con el cuerpo casi fuera de la mecedora, va a acentuar sus palabras con un golpe de la libreta sobre la rodilla del anciano, pero se contiene.

El Doctor Darbishire guarda silencio mientras hace girar en su dedo la alianza de oro blanco de su segunda boda.

—Y si alguien pusiera en duda que esta señora tuvo el día de hoy una crisis menstrual —el Doctor Salmerón, levantándose apenas, arrastra de un envión la mecedora para acercarse más—, ¿quién es el testigo que mejor puede confirmarlo? Usted, maestro.

—¿Y eso qué importancia tiene? —el Doctor Darbishire sigue ocupado en hacer girar el anillo, y apenas alza la vista—. Imagínese qué impertinencia, salir a averiguar eso.

—Pero supongamos una averiguación. Sin el aval suyo, la alharaca del jovencito nervioso no vale nada —el Doctor Salmerón cierra la libreta cuando la huella sudorosa de su mano empieza a desleír la tinta—. Se volvería una alarma falsa. Una mentira.

—¿Para dónde me lleva, colega? —el Doctor Darbishire, meditabundo, deja en paz su anillo—. Perdone mi falta de perspicacia.

—Primero, déjeme que lo moleste con otras cositas —el Doctor Salmerón se seca el dorso de la mano en el pantalón, antes de volver a abrir la libreta—. Si la hemorragia le parecía tan grave al joven Castañeda, ¿no hubiera sido más sensato correr en busca suya, ya que Usted había tratado antes a su esposa? La crisis se presenta desde las ocho de la mañana, según se nos informó, y a Usted se le llama al mediodía.

El Doctor Darbishire lo mira sin pestañear, y mordiéndose las suaves cerdas de su bigote blanco, asiente gravemente.

—Sale en busca de Doña Flora, y confía en que en algún momento, no demasiado pronto, ella enviará por Usted, como en efecto ocurrió —el Doctor Salmerón busca los ojos del anciano pero no los encuentra—. Y también confía en que otros amigos enviarán por otros médicos, como también en efecto ocurrió. Mientras más médicos, mejor. Pero eso dejémoslo para después. Ahora, la clave sigue estando en Usted mismo.

—¿En mí? —el Doctor Darbishire, que no ha dejado de morderse el bigote, reacciona con molestia ante la insistencia de su discípulo en colocarlo como la clave de todo el asunto.

—Sí, en Usted —el Doctor Salmerón, impaciente, pareciera dispuesto a tirar la libreta, como si ya no necesitara de ella—. Porque Usted ya había tratado a la enferma; puede pasar por su médico de cabecera. Y su diagnóstico, cualquiera que sea el mal, tiene más autoridad. Uremia, había dicho antes el Doctor Herdocia Adams; y cuando Usted llega y dice: perniciosa, él se pliega de inmediato. A partir de entonces, cualquier opinión contradictoria se vuelve secundaria.

Uno de los perros alsacianos trota en dirección a la mecedora del Doctor Darbishire. Con la mano extendida espera a que se acerque para acariciarle la cabeza, y los demás perros vienen también desde distintos rincones de la penumbra.

—Aceptemos todo eso. Pero todavía sigo en ayunas —el Doctor Darbishire se reacomoda en la silla. Ahora que está rodeado de su jauría, parece más seguro.

—El marido toca a alarma, y con lágrimas en los ojos, corre a advertir a sus íntimos que su esposa está gravísima otra vez —el Doctor Salmerón manipula enérgicamente el lápiz, mostrándoselo al anciano—. De eso no se muere nadie, le dirán. De todos modos, acuden a la casa; y la enferma sí se muere, pero por efecto de una serie de ataques convulsivos. Y como Usted la ha estado tratando también por paludismo, a nadie le extraña que su diagnóstico atribuya el cuadro a fiebre perniciosa.

—Pero es que realmente padecía de fiebres palúdicas. Los exámenes de laboratorio lo pueden probar —el Doctor Darbishire agita las manos a ambos lados del rostro, con gran excitación.

—Aceptemos que su tratamiento radical de quinina no la curó del paludismo —el Doctor Salmerón se coloca el lápiz detrás de la oreja y apacigua al anciano con las manos—; pero recuerde, la alarma del marido no se debe a eso. Aceptemos la hemorragia. ¿Vio Usted las sábanas ensangrentadas?

—¿Acaso soy yo detective? —el Doctor Darbishire se pone de pie súbitamente, y sin querer pisa la cola de uno de sus perros, que aúlla lastimeramente—. Si se me dice que mi paciente ha sangrado de manera copiosa, mi papel no es buscar las sábanas ensangrentadas, sino combatir el mal.

—Con perdón suyo, maestro; cuando entramos al aposento, no es ese el mal que Usted debe combatir —el Doctor Salmerón intenta acariciar la cabeza del perro lastimado; pero aparta la mano rápidamente cuando el perro, poco agradecido, le gruñe—. ¿Cómo la encuentra? La encuentra en el paroxismo de un ataque convulsivo. Y no era el primero que sufría esa mañana.

El Doctor Darbishire, pese a su disgusto, torna a sentarse, obligado por la cortesía. Y los perros, que miran de manera hostil al Doctor Salmerón, cierran filas otra vez a su alrededor.

—Conclusiones, maestro. Si es que quiere oírlas —el Doctor Salmerón guardó la libreta en la bolsa del saco.

—Ya era hora —el Doctor Darbishire se ajustó los quevedos, y sonrió a la fuerza—. Dele viaje, nada se pierde con oír.

—El jovencito nervioso envenenó a su esposa. Y calculó hacerlo en la fecha de un probable desarreglo menstrual —el Doctor Salmerón llevó la mano a la bolsa del saco para extraer otra vez la libreta, pero la dejó allí, argumentando de memoria—. Así tenía la excusa para lanzarse a la calle en busca de sus amistades, que ya conocían de este mal.

—Veneno. Ya salió lo que yo esperaba —el Doctor Darbishire negó con tristeza—. Su mal es incurable, colega.

—Sí, maestro, veneno —el Doctor Salmerón no se apartaba de su discurso, aunque le doliera la pulla—. Trismus, cara cianótica, asfixia, convulsiones. Un cuadro similar al de la fiebre perniciosa. Y exactamente como él esperaba, llega usted y sentencia: fiebre perniciosa.

—¿Qué clase de veneno, si se puede saber? —el Doctor Darbishire, tratando de demostrar el más absoluto desdén, contuvo un bostezo.

—Estricnina, maestro, ese es el cuadro —el Doctor Salmerón, molesto, pugnaba en no darse por ofendido—. La misma estricnina que sirvió hace meses para envenenar a Esculapio.

Los perros se agitaron en medio de quejidos lúgubres, pegándose aún más a las piernas de su dueño.

—¿Cómo lo sabe Usted? —el Doctor Darbishire se agarró a los brazos de la mecedora, como si el piso acabara de ser sacudido por un temblor.

—Porque Castañeda acompañaba esa noche a su compinche Oviedo —el Doctor Salmerón disfrutaba del susto del anciano—; juntos vinieron a envenenar a su perro, y juntos se fueron. Y si no lo cree, le puedo traer aquí a Rosalío Usulutlán, que los vio.

El Doctor Darbishire, ofuscado, dio una palmada para dispersar a los perros, que se resistieron a obedecer. Los regañó, y al fin lo hicieron de mala gana.

—Lo que Usted está elucubrando es muy grave —el Doctor Darbishire volvía a mecerse, imprimiendo a la silla un movimiento que no tenía nada de sosegado—. Sólo una autopsia podría decirnos la verdad.

—Pídala, entonces. Usted es el médico de cabecera —ahora era el Doctor Salmerón quien se ponía de pie, con tal urgencia que la mecedora quedó balanceándose sola.

—No tengo ningún derecho. Sería un escándalo —el Doctor Darbishire se incorporó también, sombrío. Maestro y discípulo quedaron frente a frente—. Y además, ya oyó usted a Doña Flora: el entierro es muy temprano.

El viento caluroso comenzó a soplar con gran ímpetu entre las hojas y la maleza del jardín en abandono. El Doctor Salmerón, frustrado, buscó con la mirada su sombrero en la percha de la pared. Al lado colgaba el retrato de la segunda esposa del Doctor Darbishire, enmarcado en una pesada moldura ovalada.

—Si el jovencito permanece aquí en León, prepárese para otras muertes maestro —el Doctor Salmerón se caló de mala manera el sombrero.

—¿Cómo es eso, colega? —se rió con gusto el Doctor Darbishire mientras lo encaminaba hasta la puerta. Los alsacianos habían venido otra vez desde todos los rincones y se atropellaban entre las piernas del anciano.

—No me haga caso —el Doctor Salmerón, adelantándose por el pasadizo oscuro, ni siquiera volvió la vista.

—No se llene la cabeza de esos argumentos de cinematógrafo —el Doctor Darbishire lo rodeó cálidamente con el brazo al despedirlo—; se ve que se contagió Usted con el suspense de «Castigo

Divino». Pero la realidad es diferente, colega. En este pueblo nunca pasa nada.

—Pase Usted buenas noches —el Doctor Salmerón bajó las gradas, y en el último momento se volvió para extenderle la mano al anciano, secamente.

II. Establézcase el cuerpo del delito:

Dentro en el vergel, moriré,
dentro, en el rosal, matarme han.
Yo me iba, mi madre,
las rosas coger.
Hallé mis amores dentro
en el vergel.
Dentro, en el vergel, moriré,
dentro, en el rosal, matarme han.

Romancero español

14. El hombre del bacalao baila frente a la casa de los hechos

Al atardecer del 26 de septiembre de 1933, el periodista Rosalío Usulutlán, vestido solamente con sus largos calzoncillos de manta cruda, yace inmóvil en la camilla del consultorio del Doctor Atanasio Salmerón, la vista fija en los lamparones oscuros que la lluvia deja en el cielo rosa al filtrarse por las tejas, mientras afuera suena de manera sorda el aguacero.

El médico hunde profundamente los dedos en distintas partes del vientre, y cuando palpa la vesícula, el periodista exhala un prolongado quejido. El Doctor Salmerón le dice que puede vestirse, y se retira a un extremo del cuarto donde hay un aguamanil enlozado; vierte agua del pichel y se enjabona detenidamente las manos con una pastilla roja de jabón germicida Lifebuoy.

—No me has hecho caso, seguís comiendo picante, seguís con las grasas —el Doctor Salmerón descuelga de un clavo en el tabique una toalla, muy magra por el uso—; ya te dije que si no disolvemos esas piedras, te voy a tener que rajar.

—Doctor, su amigo Charles Laughton ya está de vuelta —Rosalío se incorpora para meterse las mangas de la camisola. La luz de la lámpara de extensión, colocada sobre la camilla, hace brillar el sudor en su torso huesudo.

—¿Oliverio Castañeda? —el Doctor Salmerón, la toalla en sus manos, se vuelve con expresión complacida y, a la vez, extrañada.

—El mismo que viste y calza —Rosalío resbala por el borde de la alta camilla para caer directamente en sus zapatos.

—¿Cuándo vino? —el Doctor Salmerón camina hasta su escritorio sin quitarle los ojos. Se sienta, y los resortes del sillón rechinan bajo su peso.

—Cosme Manzo, que andaba sacando mercadería de la aduana, se lo encontró hoy en la mañana en Corinto —Rosalío abotonándose la portañuela, mira sonriente al Doctor Salmerón—. Acababa de bajar del vapor y estaba desayunando en el Hotel Lupone. ¿Adivine con quiénes?

—¿Con las Contreras? —el Doctor Salmerón se echa para atrás, y el sillón vuelve a rechinar.

—Venían juntos en el mismo vapor, él, Doña Flora, y María del Pilar —Rosalío termina de vestirse, calándose el sombrero como si estuviera frente a un espejo.

—Por qué, jodido, no me lo habías dicho antes —el Doctor Salmerón estruja una hoja de papel y lanza el proyectil a la cabeza de Rosalío.

—Porque si no, me desbarata la vesícula con los dedos —Rosalío retrocede muy ufano, las manos en el cuadril.

—¿Viste, pues? —el Doctor Salmerón se restriega las manos lleno de contento—. Ya sabía yo que todavía no había terminado aquí su tarea. Hoy en la noche nos bebemos esa botella de cognac.

Es necesario, en este punto, explicar al lector el origen de la referencia a la botella de cognac:

Después que el Doctor Salmerón expusiera, sin éxito, su tesis sobre la verdadera causa de la muerte de Marta Jerez a su maestro, el Doctor Darbishire, los amigos de la mesa maldita adoptaron el caso por varias semanas, como tema de discusión permanente. Pero sin más información nueva para agregar, y Oliverio Castañeda lejos ya de León, supuestamente para siempre, las discusiones languidecieron, aunque el Doctor Salmerón siguiera empeñándose en asegurarles que regresaría. Y en una de esas sesiones, había llegado al extremo de apostar con Cosme Manzo una botella de cognac, pagadera el día que Castañeda apareciera de nuevo en León. En el plazo de un año después de su partida, sería el Doctor Salmerón quien perdería la apuesta.

Ahora, su pronóstico se cumplía, tal como Rosalío Usulutlán se lo acababa de informar. Oliverio Castañeda había arribado al puerto de Corinto el amanecer de ese 26 de septiembre, a bordo del vapor «Acajutla»; y en el mismo vapor, también era cierto, regresaban a Nicaragua Doña Flora de Contreras y su hija María del Pilar.

De nuevo, una simple coincidencia, según responde el propio Castañeda al Juez, en su declaración testifical del 11 de octubre de 1933:

Decidí volver a León, porque en Costa Rica conocí en una reunión social al caballero de nacionalidad cubana Don Miguel Barnet, quien me propuso la preparación, entre los dos, de un anuario con información diversa sobre cada uno de los países de Centroamérica; y dado el conocimiento que yo tenía de Nicaragua, y mis relaciones con los círculos gubernamentales, así como en el mundo de la industria y el comercio, vimos lógico acometer la empresa a partir de este país.

Dio la casualidad de que en esos mismos días estuvieran alistando su viaje de regreso Doña Flora de Contreras y su hija, por lo que, a la hora de arreglar los pasajes, coincidimos en tomarlos en el mismo vapor; una coincidencia que yo calificaría de casi obligada, pues la motonave hace la ruta entre Puntarenas y Corinto, solamente una vez cada mes.

Mi socio viajaba conmigo, y habíamos decidido alquilar uno de los apartamentos del Hotel Metropolitano; pero durante la travesía Doña Flora se dio a la tarea de convencerme de que me quedara en su casa, pues mi aposento seguía libre, según me argumentó, y sólo tendría que pagar a la familia una módica suma; además de que todos iban a mostrarse encantados de recibirme. Ante sus amables requerimientos hube al fin de doblegarme, y acepté volver a habitar bajo aquel techo donde antes tantas y tan exquisitas cortesías había recibido.

El ofrecimiento fue rubricado en la misma estación del ferrocarril por Don Carmen, quien me expresó su deseo de tenerme cerca para ultimar el contrato de la Compañía Aguadora, el cual continuaba sufriendo trabas en la Municipalidad. Mi socio, no muy satisfecho por las distracciones que podía sufrir nuestro proyecto, tomó habitación en el Hotel Metropolitano.

Pero si creemos en el testimonio de la Señorita Alicia Duquestrada, soltera, de veintitrés años de edad, de oficios del hogar, el hospedaje no fue convenido durante la travesía, sino antes. Y en esa declaración, rendida el 19 de octubre de 1933 en su propio domicilio y en presencia de su padre, Don Esteban Duquestrada, también nos revela que habría de surgir una oposición inesperada contra el retorno de Oliverio Castañeda en calidad de huésped a la casa: la de la propia Matilde Contreras:

JUEZ: ¿Le comunicó a Ud. Matilde, como amigas de mucha confianza que eran, alguna opinión acerca del hecho de que Oliverio Castañeda volviera a vivir en la casa? Y de ser así, ¿cuándo le manifestó tal opinión?
TESTIGO: Sí, me lo manifestó. Cuando Don Carmen recibió carta de Doña Flora, avisándole la fecha del regreso, y dándole a la vez la noticia de que Oliverio Castañeda volvía con ellas, por lo que solicitaba alistar su misma habitación, puedo afirmar que tal cosa disgustó sobremanera a Matilde. Así me lo dejó saber la misma tarde en que llegó la carta, al salir de La Merced de un rezo de nueve días por el alma de Doña Chanita vda. de Pallais.
JUEZ: ¿Puedo asumir, por lo que Ud. me dice, que la familia ya conocía los arreglos para dar hospedaje a Castañeda? El reo ha declarado ante mi autoridad que esos arreglos se consumaron durante el viaje, y no antes.

TESTIGO: Repito a Ud. lo que Matilde me informó, según la carta enviada por su mamá desde San José.

JUEZ: ¿Y en qué basaba Matilde su oposición a que se recibiera de nuevo a Castañeda como huésped?

TESTIGO: Me dijo que con semejante imprudencia de su mamá, iban a darse muchas habladurías en León sobre las relaciones de Castañeda con su hermana, pues todo el mundo iba a pensar que como ya andaban juntos desde en Costa Rica, juntos volvían; y que para evitar esa situación iba a hacer todo lo necesario a fin de buscar cómo alejarlo; mostrándose dispuesta a hablar muy claro con su papá, esa misma noche.

JUEZ: ¿Le confió a Ud. Matilde si era del conocimiento de ella que Oliverio Castañeda tenía bastante tiempo de estar ya en Costa Rica, y que visitaba regularmente a su hermana María del Pilar?

TESTIGO: Matilde no ignoraba nada de esto. Por medio de cartas muy dichosas que María del Pilar le escribía, y que ella me enseñó, sabía que Castañeda visitaba diariamente la casa de su tío, donde su hermana y mamá estaban hospedadas. En esas cartas también le contaba que había ido con él a paseos al volcán Irazú y a fincas en Aserrí y en Curridabat; a fiestas en el Club Unión, y a funciones de gala en el Teatro Nacional, donde oyeron cantar «Ríe Payaso» al gran tenor Mélico Salazar, vestido de payaso.

JUEZ: ¿Se mostraba María del Pilar muy enamorada en estas cartas que Ud. tuvo a la vista?

TESTIGO: Ella se mostraba dichosa en las cartas que yo vi, pero no hablaba de jalencia, aunque siempre estaba mentando a Castañeda, al que ponía por las nubes; que era atentísimo, divertido, y otras tantas alabanzas.

Matilde no cumplió sus amenazas de hacer todo lo posible por evitar que Oliverio Castañeda volviera a habitar en la casa, y lo más probable es que tampoco le habló a Don Carmen del asunto; porque la sirvienta Salvadora Carvajal nos dice, en su declaración del 14 de octubre de 1933, que el día en que estaba anunciado el regreso, se mostró desde la hora de levantarse muy contenta y llena de entusiasmo:

La declarante expresa que el día del regreso, la Niña Matilde amaneció alegre, aunque le estaban dando calenturas y fríos, por lo cual le había recetado quinina el Doctor Darbishire; estuvo apurando a todas las del servicio a barrer y lampacear bien la casa, y en especial el aposento de Don Oliverio, que según las noticias, venía también en el tren; y ella misma salió al jardín a cortar flores con las tijeras, aunque Don Carmen le regañaba por estarse mojando, pues había llovido la noche anterior y las plantas chorreaban agua; pero ella le tiraba besos desde largo, sin hacer caso. Que ya cortados los manojos de flores, los puso en jarrones que colocó en las cómodas de la sala, encima del piano y en las mesitas del corredor; y cuando todo estuvo arreglado y listo se sentó a ensayar piezas en el piano hasta como a las cinco, cuando ya iba a llegar el tren, yéndose entonces a la estación con su papá, en el automóvil, a esperar a los viajeros.

Cerca de las ocho de la noche están todos sentados a la mesa del comedor, adornado por Matilde con un florero lleno de gladiolas; todos, a excepción de María del Pilar, quien bajo el pretexto de sentirse aún mareada por el viaje en barco, se ha ido a la cama. Don Carmen tartamudea un brindis alzando su copa de Moscatel, ya sabemos cuánto le gusta el vino Moscatel; y Oliverio Castañeda, poniéndose de pie, responde con un largo y florido discurso, interrumpido varias veces por los aplausos y las risas de los presentes, según el testimonio de Salvadora Carvajal.

Dejándolos allí, trasladémonos a la Casa Prío. A esa misma hora, se brinda también en la mesa maldita; el cognac, en pago de la apuesta, sustituye al Moscatel. Una vez pasado el primer brindis, el Doctor Salmerón procede a reabrir el caso del cual no habían vuelto a ocuparse. Recapitula los argumentos esgrimidos frente al Doctor Darbishire; y para concluir el informe, los pone al tanto del último descubrimiento anotado en su libreta de la Casa Squibb, que hasta ese instante solamente él y Cosme Manzo conocen.

El Doctor Salmerón se proponía detallar el episodio en la declaración que rindió ante el Juez el 28 de octubre de 1933, junto con otras muchas evidencias; pero la declaración resultó frustrada, por las razones que ya veremos en su oportunidad. El propio Oliverio Castañeda, como también lo sabremos luego, se decidió al fin a mencionarlo en su último escrito de defensa presentado el 6 de diciembre de 1933, el cual contenía otras sensacionales e imprevistas revelaciones. Fue así que, finalmente, trascendió a la luz pública.

Pero, por el momento, se trata de un secreto. Cosme Manzo, fuerte comerciante de abarrotes establecido en las vecindades del Mercado Municipal, distribuye de manera exclusiva para la ciudad de León la Emulsión de Scott, según recordará el lector; y como recurso de propaganda del producto, utiliza el paseo semanal del bacalao, que ya oímos mencionar al Doctor Ulises Terán en su declaración del 14 de octubre de 1933, cuando se refiere a las circunstancias de la muerte de Marta Jerez.

El bacalao, de unos cinco metros de largo, tiene una armazón de varillas de paraguas, forrada en cartón de color plateado. El hombre que lo manipula va metido en un hueco provisto en la barriga, mientras baila al son de la música ejecutada por una banda que lo sigue por las calles, junto con parvadas de niños y curiosos. Al terminar el paseo, el bacalao se guarda en la trastienda de «El Esfuerzo», el establecimiento de Manzo. Allí lo hemos visto antes, cabeza abajo contra la pared.

El episodio del cual nos ocupamos se lo relató a Cosme Manzo el hombre del bacalao, Luis Felipe Pérez, varios meses después de ocurrido. La mañana del 17 de agosto de 1933, cuando se presentó a traer el pescado a la tienda, para iniciar el paseo, se encontró allí a su antigua conocida Dolores Lorente, quien compraba unas yardas de manta. Al verla, se le vino el recuerdo del asunto. Sería la última vez que bailó el pescado, porque a los pocos días habría de morir víctima de la cuchillada que le dio un zapatero, en una reyerta de cantina en el Barrio de Zaragoza.

Manzo copió el relato en el mismo momento, y el Doctor Salmerón lo transcribió en su libreta de la Casa Squibb, donde podemos leerlo bajo el encabezado «Lo que Oliverio Castañeda salió a hacer el día de la muerte de su esposa, antes del desayuno»:

Yo esperaba a los músicos para empezar el paseo en el atrio de la Iglesia de la Recolección. De allí salimos siempre para agarrar la calle que coge para la Universidad, seguimos hasta la esquina del Instituto, y doblamos entonces por la Iglesia de San Francisco hasta la Calle Real, pasando por la Catedral. Nos disolvemos aquí frente a la tienda.

Ya estaba algo alto el sol, serían las ocho de la mañana. Un hombre de aspecto jovencito, que andaba de saco y pantalón negro, llegó caminando, muy apurado, hasta el atrio de la iglesia, y se paró a esperar debajo del portal. Yo creí que venía a alguna misa de muerto, pero no. Al poco rato una mujer. La reconocí, no la saludé. Una vez vivió en el Barrio de Zaragoza, fuimos vecinos. Nos enemistamos por el asunto de un gallo mío de pelea, que como se pasó a su solar me le dio tortol y se me lo comió. Era la Dolores Lorente, cocinera. Se acercó al enlutado, le recibió un papel, o carta, que él le entregó. Ella se fue, cogiendo para el lado norte, y al rato él se fue también, por el mismo lado, como quien camina para la Universidad.

Los músicos de la banda de viento se habían picado la noche antes, en el toque de un rezo en Chacra Seca. No llegaban. El paseo empezó tarde, como después de las nueve de la mañana. Cuando bajábamos ya por la calle con la música, vi salir de la puerta de una casa al mismo jovencito enlutado. La casa al lado de esa imprenta donde está pintada en la pared una gran antorcha. El dueño de la imprenta me dijo que en esa casa había un enfermo, que no siguiera bailando el bacalao en esa cuadra. Hice caso, paré de bailar, paró la música. Nos fuimos un trecho sin alegrar.

—Pero ése que te bailaba el bacalao ya murió, ¿no lo mataron hace como un mes en una cantina de Zaragoza? —Rosalío Usulutlán le da un sombrerazo a Cosme Manzo—. ¿Cómo me probás que es cierto ese cuento?

—¿Acaso me conocés por mentiroso? —Cosme Manzo le arrebata el sombrero a Rosalío.

—Hombre de poca fe, ¿por qué dudáis? —el Doctor Salmerón quita el sombrero de manos de Cosme Manzo y se lo devuelve a Rosalío—. El hombre murió apuñalado. Pero la portadora de la misiva de amor, vive.

—Yo sé de Dolores Lorente —el Capitán Prío estruja el paquete de cigarrillos Esfinge, después de encender el último que quedaba—; el mundo de las cocineras no me es extraño. Prestaba sus servicios culinarios a los Castañeda.

—Y ahora la tengo empleada yo, te la puedo traer —Cosme Manzo le enseña las muelas de oro a Rosalío, con aire de triunfo—. ¿Querés más masa, loritá?

—Lo hubieras dicho desde un principio —Rosalío Usulutlán arrima su silleta a la de Cosme Manzo, arrastrándola ruidosamente—. Le pido mil perdones, Don Cosme.

—Y ahora dejame en paz a Manzo para que explique —el Doctor Salmerón da una palmada, reclamando silencio.

—Convencí a Luis Felipe de que se olvidara del gallo, yo se lo pagaba —Cosme Manzo se despereza, estirando los brazos, como si su hazaña no tuviera importancia—; y que me trajera a esa tal Dolores Lorente, para que viniera a hablar conmigo. Ella me entregó los hilos que faltaban.

—¿Para quién era la carta? —Rosalío Usulutlán acerca humildemente la mano al brazo de Cosme Manzo, temeroso de que al final no vaya a revelarle el misterioso destino de la carta entregada en el atrio de la iglesia.

—Para otro hombre, seguro que no era —el Capitán Prío tiró al piso el cigarrillo casi entero, apagándolo con la suela del zapato—; si Castañeda se citó con su sirvienta en el atrio, a media cuadra de su casa, era porque no quería que la esposa se diera cuenta de la carta.

—Esa otra mujer, ¿era Doña Flora? —Rosalío Usulutlán estira cautelosamente el pescuezo.

—Frío, caliente —Cosme Manzo cruzó los brazos, disfrutando de la ansiedad de Rosalío—; te vas acercando. La Dolores

Lorente agarró la carta y se fue a buscar a la mujer equis a la Iglesia de la Merced. La mujer equis esperaba arrodillada en una banca. Como otras veces.

—Entonces, una de sus hijas —Rosalío Usulutlán dirigió una mirada suplicante al Doctor Salmerón.

—Una de las dos —el Doctor Salmerón se rió, haciendo señas con el lápiz a Cosme Manzo para que siguiera.

—Desde que Castañeda se había pasado a vivir a esa casa, le mandaba cartas a la mujer equis con la sirvienta, todas las mañanas. Siempre a la iglesia. Y ella le contestaba con el mismo correo —Cosme Manzo abrió los botones de su camisa y acarició la medalla que pendía de una gruesa cadena de oro—. Esa fue la última. Después, ya sabemos que volvió a su antiguo aposento. ¿Para qué más cartas?

—Matilde Contreras —el Capitán Prío se palpó inútilmente el bolsillo de la camisa, en busca de cigarrillos—. Ella va siempre a rezar a la Iglesia de la Merced.

—Tampoco. Y como solamente queda una, ésa es la mujer equis —el Doctor Salmerón miró a trasluz la botella de cognac, antes de servirse—. Y ahora, amigo Manzo, apostemos otra botella de cognac.

—María del Pilar Contreras —Rosalío Usulutlán se volvió hacia el Capitán Prío, con expresión derrotada—. Cómo me iba a imaginar. Si todavía ayer jugaba con muñecas en la puerta de su casa.

—Tomá tu muñeca —Cosme Manzo le hizo festivamente la señal de la guatusa—. Engañado vas a morir, por pendejo. ¿Qué es lo que quiere apostar ahora, Doctor?

—Que pronto vamos a tener en León otro caso de muerte repentina, por culpa de la epidemia de fiebre perniciosa —el Doctor Salmerón se puso de pie para brindar—. Si no hay otro muerto, yo pago. ¡Salud!

—¿Qué están celebrando? —se oyó desde la puerta la voz del Globo Oviedo, que venía saliendo de la función de cine en el Teatro González.

15. Apreciable dama en viaje de negocios y placer

Según se ha hecho ya referencia, la fotografía de Doña Flora de Contreras tomada por el Estudio Cisneros apareció en la edición de «El Cronista» que circuló el atardecer del 26 de septiembre de 1933, ilustrando la gacetilla de primera página, en la cual se anuncia su regreso de Costa Rica:

> Tras una merecida temporada de descanso al lado de sus familiares en la capital josefina, regresa hoy a León la virtuosa y apreciable dama Doña Flora Guardia de Contreras, acompañada de su agraciada hija la Srta. María del Pilar Contreras Guardia. Según se nos da noticia, durante su permanencia en Costa Rica se ocupó, además, de ultimar nuevas remesas de importaciones para la bien prestigiada Tienda «La Fama», por lo que estamos seguros de que en las vitrinas de la misma, dado el exquisito gusto que distingue a la viajera, veremos pronto en exhibición los últimos alardes de la moda femenina. En la Estación del Ferrocarril del Pacífico se congregará a recibirla un selecto grupo de sus familiares y amistades.

Ni en el cuerpo de la nota ni en ninguna otra parte del diario se menciona que con ellas llega Oliverio Castañeda; como tampoco lo registra «El Centroamericano», el otro periódico de la ciudad, en su respectiva gacetilla de bienvenida.

El fotograbado despierta el entusiasmo de Rosalío Usulután. Esa noche, cuando se brinda con la botella de cognac de la apuesta, los viajeros ya de regreso, alcanza el diario a los asiduos de la mesa maldita, a fin de que admiren el retrato y le den la razón. Y tanto le gusta que lo utilizara más tarde, con pésima fortuna, para acompañar su escandaloso reportaje del 25 de octubre de 1933.

—¿Qué les parecen esos cuarenta años? —el Doctor Salmerón pasa suavemente los dedos sobre el fotograbado.

—Cuarenta y pico, Doctor —lo corrige Cosme Manzo con insidioso despliegue de su dentadura de oro.

—Más bella que sus dos hijas juntas —se lleva entonces las manos al cuadril Rosalío Usulutlán, a ver quién desafía su lapidaria afirmación.

—Tiene razón, tiene razón —se apresura a repetir con gran condescendencia el Doctor Salmerón.

—Se parece a una artista de la pantalla, pero no recuerdo a cuál —cavila muy preocupado Rosalío, con la vista fija en el periódico.

Y vuelve a contemplar, una y otra vez, los altivos rasgos de belleza que la edad madura no ha desmejorado. Ya nos han descrito esa fotografía. Pero recurramos al enfoque que sobre la misma haría más tarde Manolo Cuadra en su despacho «Dramatis Personae» del 28 de octubre de 1933, no muy del gusto de Rosalío, quien llegará a mostrarse poco benévolo al juzgar el estilo de su colega, influido por las rivalidades del oficio:

Cuello blanco y desnudo, atractivo fulgor de los ojos claros, aceitunados; las cejas tenues, dibujadas hacia abajo con lápiz, fijan un límite a la comba tersa de la frente. Y sentada en la silla sin brazos, hay majestad pero también desdén en su porte descuidado, juvenil, notable porque la dama remonta ya la línea crucial de los cuarenta abriles.

Pidámosle levantarse del butaco del fotógrafo y veámosla así caminar, esbelta y alta sobre los tacones, cuando va hacia los estantes de su tienda —porque es dueña de tienda— en busca de una pieza de tela. Sabe extenderlas seguramente con gracia sobre el mostrador, y al palpar la seda con movimientos suaves de las manos enjoyadas se cuidará de guardar esa distancia tan extranjera que las damas leonesas, se nos dice, admiran y resienten. Así resentirán su estilo glamoroso de vestirse, aun para despachar en la tienda, y agraviadas se sentirán también por la sutil estela de su perfume —de marca ignorada— porque celosa de ser singular en todo, no lo ofrece en las vitrinas.

Los lectores de «La Nueva Prensa» deberán conformarse con estas disquisiciones basadas en la vista de un fotograbado, pues hasta hoy no hemos tenido la oportunidad de ver a la dama frente a frente, por mucha vigilancia que hemos puesto a su casa; sin embargo, opiniones autorizadas, recogidas en León, dan un razonable margen de certidumbre a nuestras apreciaciones. ¿Es bella realmente? Lo es. ¿Despierta inquinas femeninas su belleza? Cierto, muy cierto. Su altivez ¿es causa de rencores? Cierto también. ¿Influye en inquina y rencor su condición de extranjera? No caben dudas.

Pero los asiduos de la mesa maldita no han sido convocados esta noche para admirar el fotograbado de la dama que ha vuelto de su viaje de negocios y placer. Agotado el asunto del hombre del bacalao y escanciada ya la botella de cognac de la apuesta, se preparan para pasar a la segunda parte de la agenda. El Capitán Prío sirve una ronda de Ron Campeón, el ron de los campeones, embotellado y destilado en Chichigalpa por Don Enrique Gil, cuya etiqueta tiene la efigie en sepia del célebre boxeador Kid Tamariz.

Ya sabemos que el Globo Oviedo es aficionado al cine, y sólo por circunstancias muy especiales, como una cacería de perros o una jugadera de dados en la trastienda de Cosme Manzo, se pierde una película; y esa noche, después de asistir en el Teatro González a la exhibición de «Emma», drama de amor sublime hasta el sacrificio, protagonizado por Marie Dressler, se presenta a la Casa Prío. Manzo, que tiene sobrada influencia sobre él porque le presta dinero para jugar, lo ha citado a juntarse con ellos al final de la tanda. El Doctor Salmerón necesita interrogarlo.

El interrogatorio resulta un éxito. Gracias a la prolijidad con que el Globo Oviedo suele relatar sus aventuras jocosas, para lo cual se precia de tener una excelente memoria, el Doctor Salmerón logra completar, cerca ya de la medianoche una lista exhaustiva de los perros envenenados durante la jornada del 18 de julio de 1932, con el nombre y dirección de sus respectivos dueños, incluyendo, por supuesto, a Esculapio, el alsaciano del Doctor Darbishire. A este último envenenamiento el Globo Oviedo da un énfasis especial en su relato, poniéndose de pie y tirándose al piso del salón clausurado a esas horas al público, generoso en repetir los ademanes con que se defendía de los bastonazos.

El Globo Oviedo, achispado por los tragos de Ron Campeón que gusta tomar ligados con Kola Shaler, les hace también alegres reminiscencias de otras aventuras vividas en compañía de Oliverio Castañeda. Ya ha ido a saludarlo a la casa de los Contreras esa misma tarde, apenas se enteró de que estaba de regreso en León, seguro de que iba a volver; porque si no, no le hubiera dejado en custodia un baúl con sus libros; y además, su máquina de escribir y su victrola. Y el Doctor Salmerón, ante estas últimas observaciones, anota de manera disimulada en su libreta: «Dejó pertenencias. Nunca pensó alejarse para siempre. Regreso deliberado.»

Cuando el Globo Oviedo se ha ido, ya medio borracho, el Doctor Salmerón comienza la tarea de ordenar la información que le interesa: número exacto de dosis de veneno utilizadas en el curso de la cacería, empezando por las primeras tres, destinadas a los perros del vecindario de la pila de agua y administradas en compañía de Don Carmen Contreras; y luego las que, ya de noche, repartieron calle por calle, puerta por puerta, desde que subieron al coche de caballos. En su libreta, el Doctor Salmerón ajusta la cuenta total de veinte perros envenenados.

El Globo Oviedo también hubo de informarles, allí mismo, que la estricnina fue obtenida mediante orden de la policía norteamericana en la Droguería Argüello; lo cual sería confirmado al Juez por él mismo en su declaración del 17 de octubre de 1933, y por el propio farmacéutico, Doctor David Argüello, en su declaración del 19 de octubre de 1933, tal como ya se nos ha enterado.

Y al despedirse al fin los circunstantes, casi a la una de la madrugada, Rosalío Usulutlán lleva una misión de suma importancia que el Doctor Salmerón le ha confiado, razón por la cual debemos seguirlo la mañana del día siguiente, 27 de septiembre de 1933, cuando dirige sus pasos hacia la Droguería Argüello.

Ya sabemos, porque así se nos informa en el expediente, que la Droguería Argüello se encuentra en la Calle del Comercio. Más que de una calle propiamente tal, se trata de una sola cuadra de tiendas de abarrotes, farmacias, ferreterías y otros negocios establecidos en el costado sur del Mercado Municipal, un viejo edificio de adobe que ocupa toda la manzana, en la culata de la Catedral. Al costado norte, la Calle Real se prolonga hasta el atrio de la Iglesia del Calvario.

La Droguería Argüello se ubica a mitad de la cuadra, entre la Ferretería «El Kaiser», en cuya acera llena de aserrín hay siempre cajones de pino a medio desembalar, y la fábrica de candelas y veladoras «La Santa Faz», que se anuncia con sus ristras de velas colgadas en lo alto de la puerta. El establecimiento «El Esfuerzo» de Cosme Manzo, exhibe el saliente de su rótulo de madera, en rojo y azul, en el extremo poniente de la cuadra.

Es muy fácil distinguir la fachada de la droguería, porque en lo alto de la pared un niño rubio y desnudo, de cabeza desproporcionada, sostiene una botella azul de Laxol, como si fuera un juguete. Delante de sus puertas, las barandas de madera, provistas de ventanillas para despachar a los clientes nocturnos, rematan en forma de triángulo.

Al empujar la baranda, Rosalío deja atrás el relente luminoso de la calle traficada en esa hora de sofocante calor por carretones de carga, coches de caballo y unos cuantos automóviles que se abren paso entre los peatones; y deja atrás también el bullicio y los gritos de las mercaderas, el olor de frutas y verduras podridas, y el olor aún más intenso a cebo frío que viene de los tramos al aire libre nublados de moscas, donde cuelgan los tasajos de cecina.

Dentro de la droguería, como a la sombra de una gruta, hay frescor, y se respira un aroma no menos fresco a citrato de magnesia, esencia de vainilla y eucalipto. Los anaqueles maqueados en color vino, con entorchaduras de catafalco; se alzan hasta casi el límite del cielo raso. Tras los cristales de sus tramos superiores se ven bacinicas y artefactos para lavativas; y frascos oscuros, pomos de porcelana y tarros de medicamentos ocupan en nutridas filas el resto de los bien surtidos estantes.

Un muchachito descalzo saca brillo con un lampazo empapado de kerosene al piso de rombos azules y verdes; y cauteloso de no resbalar, Rosalío se acerca al dependiente más próximo, que acodado en el mostrador repasa las páginas del Almanaque Bristol. De acuerdo a las instrucciones del Doctor Salmerón, debe solicitar un frasco de estricnina para matar perros; y tal como ha sido previsto la noche antes en la mesa maldita, tras pedirle que espere, el dependiente desaparece a través de una estrecha puerta practicada en medio de los estantes. Los venenos los despacha personalmente el dueño de la droguería, quien habita los interiores junto con su familia, como ya lo sabemos.

El Doctor Argüello acude a los pocos minutos y en señal de saludo levanta el vaso de cebada rosada, su refresco de las diez de la mañana.

—Ajá, Don Chalío —el Doctor Argüello mastica el hielo que después devuelve al vaso—. ¿Conque quiere pasar de las palabras a los hechos?

—No se aguantan los perros en La Españolita —Rosalío no puede con su cara de mentiroso, y desvía la mirada hacia la calle.

—Necesita una orden. Usted es el primero que debería saberlo —el Doctor Argüello pasa la lengua por todo el interior de la boca en busca de granos de cebada—. Usted, que me acabó el negocio de los polvos amarillos.

—De verdad, no servían —Rosalío toma el sombrero por las dos alas para hundirlo en su cabeza, como si quisiera ocultar el rostro.

—Reconozco que no servían —asiente sin ninguna molestia el Doctor Argüello.

—Y de un vasito de esos de estricnina, ¿cuántas dosis de veneno para perros salen? —Rosalío se aleja un poco del mostrador y pone las manos en el cuadril, con aire de ignorancia.

El Doctor Argüello, complacido y con ganas de ayudar, busca en el pesado llavero que maneja en la cintura, y escogiendo una llavecita va a una de las gavetas en la parte inferior del estante. La abre, y saca un pequeño frasco cilíndrico que eleva frente a sus ojos para comprobar el contenido.

Ya sabemos, porque así lo explicó él mismo en su declaración judicial del 19 de octubre de 1933, que el frasco tiene la misma forma y apariencia de un vasito de píldoras rosadas del Doctor Ross, reconocidas por sus rápidos efectos laxantes.

Después de mirar a trasluz el tubo, lo lleva a su oído y lo suena como si fuera un chischil, tratando de formular un cálculo a fin de responder a la pregunta del periodista. Pero después de un momento de vacilación, se decide de una vez a romper el sello pegado en la boca del frasco, y llama a Rosalío para que se acerque con él al gabinete de preparaciones, situado junto a la monumental caja registradora.

A través de la ventanilla de confesionario del gabinete, Rosalío lo ve ponerse los anteojos, y después los guantes de hule de color rojo. Saca el pequeño tapón de corcho y vacía el polvo blanco en uno de los platillos de la balanza. Toma una espátula y lo divide cuidadosamente en montoncitos.

—Veinticinco dosis, de un gramo y medio cada una —el Doctor Argüello dicta el dato, sin quitar la vista de la balanza—. El frasquito contiene treinta y siete gramos y medio.

—Veinticinco. Cada dosis es suficiente para un perro adulto, me imagino —Rosalío se mantiene inclinado, apoyando las manos en las rodillas, para que el farmacéutico lo vea a través de la ventanilla.

—Más que suficiente —el Doctor Argüello coloca ahora un pequeño embudo en la boca del tubito—. Si le da más, está desperdiciando el veneno.

—¿Y una persona? —se ríe Rosalío con una risa que a él antes que a nadie le suena falsa.

El Doctor Argüello lo mira por encima de la montura de los anteojos que se le han resbalado por la nariz, y su gesto ceñudo atemoriza por momentos al periodista.

—¿Una persona? A una persona la mata la misma cantidad que a un perro. Gramo y medio —el Doctor Argüello muele con los dientes, como si siguiera masticando el hielo del vaso—. Sólo que una persona tarda más en morir, unas tres horas. El perro fallece en menos tiempo.

—Debe ser por el aparato digestivo del perro, que es más débil —vuelve a retroceder Rosalío, y de nuevo se lleva las manos al cuadril.

—Debe ser —acepta el Doctor Argüello, mientras termina de recoger con la espátula el veneno para devolverlo al tubo a través del embudo.

El Globo Oviedo, cuando declara el 17 de octubre de 1933, asediado e importunado por el nutrido público presente en el recinto judicial, se muestra nervioso, al grado de temblarle la mano en que sostiene el vaso de agua que le llenan constantemente; pero no vacila en responder que del frasco de estricnina adquirido bajo autorización del Capitán Wayne en la Droguería Argüello resultaron sólo veinte dosis. Y el propio farmacéutico, lejos de su balanza y de su espátula, dio en su declaración el mismo dato.

Sin embargo, en la libreta de la Casa Squibb que el Juez de la causa nunca vio, como tampoco pudo tener acceso a las otras piezas del expediente secreto levantado por el Doctor Salmerón, aparece el informe de Rosalío Usulután concerniente a las averiguaciones de esa mañana. Allí se consigna la importante diferencia en cuanto al número de dosis.

El Doctor Argüello puso llave a la gaveta donde guardaba los venenos, y le comunicó al periodista que había escrito un acróstico dedicado a su madre, el cual quería ver publicado en «El Cronista» con motivo del primer aniversario de su fallecimiento, el 3 de octubre; deseo que Rosalío se mostró dispuesto a satisfacer.

Mientras esperaba a que el Doctor Argüello volviera de los interiores con el acróstico, el periodista detuvo su mirada en el cartelito de las cuchillas de afeitar Gillette colocado sobre el mostrador; y sonrió, pensando en lo mucho que el farmacéutico se parecía al hombre del anuncio, con su grueso bigote bien cuidado.

Sus ojos, vale decirlo, fueron atraídos también por otro anuncio: desde la calcomanía adherida al vidrio esmerilado del gabinete, a través de cuya ventanilla siguiera atentamente las operaciones del farmacéutico cuando calculaba las dosis de veneno, Maureen O'Sullivan lo miraba nostálgica. El cabello cortado a navaja y untado sobre el cráneo, la estrella de la Metro, protagonista de «Castigo Divino», recomendaba la Cafiaspirina Bayer para los cólicos femeninos. Y, entusiasmado, se golpeó la frente.

—Fue entonces que me acordé, Doctor —entusiasmado, Rosalío se golpea la frente—. Es a Maureen O'Sullivan que se parece Doña Flora de Contreras. Sólo que mucho más joven, claro.

—Hay cinco dosis que sobraron —anota de prisa el Doctor Salmerón, y después mira fijamente a Rosalío—. Todavía le quedan cuatro a Charles Laughton.

16. Una campanada de alerta que nadie escucha

En 1933, el invierno fue copioso como nunca en la región del Pacífico de Nicaragua, afectando principalmente a los departamentos de occidente. Entre los meses de julio y octubre las lluvias causaron constantes interrupciones del tráfico de trenes entre León y Corinto, al producirse socavamientos en la vía férrea, sufriendo daños de consideración los postes del tendido telefónico y telegráfico paralelos a la vía. Los caminos de herradura de algunas comarcas aledañas a León quedaron cortados por las inundaciones; y los cultivos agrícolas, especialmente los siembros de maíz y caña de azúcar, resultaron seriamente perjudicados, ahogándose asimismo un importante número de cabezas de ganado vacuno y caballar. Cuando las aguas se retiraron al fin a mediados de noviembre, el pluviómetro del Ingenio San Antonio, en Chichigalpa, había registrado una notable precipitación de veinte pulgadas.

En la ciudad de León, las nubes de zancudos invadían con su persistente zumbido patios, cocinas y corredores desde la hora del ángelus vespertino; las casas del cuadro central olían a Flit y no se podía dormir sino bajo mosquiteros de punto, lo que volvía aún más insoportable la atmósfera de los aposentos cerrados durante las noches, tan calurosas como siempre, pues las lluvias no conseguían mitigar el rigor de las altas temperaturas.

La mañana del sábado 30 de septiembre, cuando el Doctor Darbishire se encontró con el Doctor Salmerón en el vestíbulo del Hospital San Vicente, saliendo el primero de pasar revista a sus pacientes del pensionado, y viniendo el segundo de su habitual visita a la sala general, las amenazas de lluvia se mantenían en el cielo, nublado hacia el poniente, aunque había escampado desde el amanecer. Hablaron por un rato de la intensidad de los temporales y de la plaga de zancudos; pero el Doctor Darbishire no se engañaba, pues el tema principal de conversación quedaba aún por ser abordado.

Sólo pocos días antes, el Doctor Salmerón había vuelto a presentarse al caer la noche en el consultorio de la Calle Real, llevando en la bolsa del saco su libreta de la Casa Squibb. Traía nuevos datos y supuestas evidencias, producto de sus más recientes investigaciones sobre lo que él llamaba ya «el caso Castañeda», algo que sorprendió al Doctor Darbishire; tras todos esos meses, consideraba el asunto completamente olvidado.

Armándose de paciencia, oyó a su discípulo exponerle sus pesquisas; el número de perros envenenados el 18 de julio de 1932, la cantidad real de dosis que contenía el frasquito de estricnina adquirido por los envenenadores en la Droguería Argüello; y lo oyó hablarle de cartas de amor secretas y otros enredos. Y aunque se despidieron en buenos términos, el Doctor Salmerón no pudo obtener otra cosa que la cortés reluctancia del anciano frente a su tesis de que Oliverio Castañeda se había reservado una parte del veneno.

Ahora, el Doctor Darbishire sentía que su discípulo, para nada satisfecho con la conversación anterior, trataba de volver al mismo punto, pero no se atrevía a ser explícito; y con la capa cordobesa doblada en su brazo y el sombrero entre sus manos, pensaba cuán divertido era que la fama de maniático se la adjudicaran a él, y no al Doctor Salmerón. Cuando agarraba de encargo un tema, no lo soltaba jamás.

Pero el anciano se sentía animado esa mañana, y con ganas de chancear. Lo que se proponía contarle a su colega le chocaba, como le chocaba la personalidad de Oliverio Castañeda; antipatía esta última fijada en su espíritu, como no podía dejar de reconocerlo, al enterarse por boca del mismo Doctor Salmerón de la complicidad de aquel individuo, petulante y pretencioso, en el envenenamiento de Esculapio.

No obstante, seguía sin dar crédito a las fantasías detectivescas de su amigo galeno, por mucho que las adornara con detalles y las supiera ordenar a través de razonamientos lógicos. Consideradas de manera abstracta tenían sentido, pero lo perdían cuando se aplicaban a la realidad; y la realidad supina de León, tan pobre de acontecimientos, nada tenía que ver con asonadas amorosas y crímenes tejidos por el misterio, tan populares desde el advenimiento del cinema sonoro, como era el caso de la película «Castigo Divino», cuya exhibición había presenciado la noche misma de la muerte de Esculapio.

—Tengo un nuevo paciente —el Doctor Darbishire hizo girar el sombrero entre sus dedos—: su querido amigo, el Doctor Oliverio Castañeda.

El Doctor Salmerón se aflojó la corbata, y no le respondió.

—Bueno, si quiere oírme, siéntese aquí conmigo —el Doctor Darbishire lo tomó por el brazo para conducirlo a una de las bancas del vestíbulo, todavía desierto de pacientes y visitantes—. Se apareció ayer, en mi consultorio.

—No me diga que Oliverio Castañeda tiene paludismo —el Doctor Salmerón se dejó llevar, y se sentó en la banca, con indolencia.

—No, de ninguna manera. El galán padece de halitosis, y eso lo atormenta —el Doctor Darbishire cruzó la pierna y compuso con esmero los pliegues de su pantalón—. Le mandé unas sales hepáticas, y lavados bucales de Listerine diluida al veinte por ciento.

—¿Mal aliento? —se sorprende de manera jocosa el Doctor Salmerón—. ¿Y lo consulta por eso?

—Eso no es lo que quiero contarle, que Oliverio Castañeda padece de mal aliento —el Doctor Darbishire imprime un alegre movimiento a la pierna que tiene cruzada—; sino que en honor suyo, colega, yo le toqué el asunto de la familia Contreras.

El Doctor Salmerón gira la cabeza lentamente, y frunce el ceño. Sus ojos achinados parecen ahora ranuras de alcancía.

—Le di un consejo sano —el Doctor Darbishire se coge la rodilla con las manos—: Que se case con María del Pilar. Porque al vivir de nuevo en esa casa, tanto rumor está perjudicando el honor de sus anfitriones. Y así se lleva, además, un buen partido.

—¿Me reconoce Usted al fin que esos amores existen? —el Doctor Salmerón cambia de posición en la banca y se vuelve hacia el anciano—. Acuérdese que la última vez le conté la historia del hombre del bacalao.

—Despacio, colega, espérese, no estamos en la mesa maldita —se ríe el Doctor Darbishire al tiempo que descruza la pierna—; eso de cartas en las iglesias, a mí no me consta. No soy ducho en ardides sentimentales. Pero sí sé que hay muchos comentarios en León.

—Entonces, exima de culpa a la mesa maldita —el Doctor Salmerón se lleva la manga a la boca para limpiarse la saliva—; o acépteme que todo León es una mesa maldita.

—No sé —el Doctor Darbishire se encoge de hombros sin abandonar su risa juguetona—; los comentarios los he oído en el Club Social, mis pacientes también me comentan. Yo no puedo dar crédito a todo lo que oigo; pero el regreso del joven viudo a esa casa, ha sido una imprudencia suya, y de quienes lo acogen. Se lo hice ver.

—¿Y entonces, qué le respondió? —el Doctor Salmerón lo mira con apremiante fijeza.

—Que esas son habladurías de las gentes ociosas de este pueblo, que no tiene cosas trascendentales de qué ocuparse —el Doctor Darbishire reproduce en sus gestos el desdén de Oliverio Castañeda—. Y que habiendo perdido hace tan poco a una esposa ejemplar, bella, rica, educada en Europa, no iba ahora a venir a casarse con una muchacha ignorante, de pelo ensortijado, a la que no podría presentar sin sonrojo delante de la sociedad de Guatemala.

El Doctor Darbishire, pese a la ligereza con que sigue abordando el tema, no deja de asustarse del plan atrevido de sus confidencias, y se molesta consigo mismo por irrespetar de tal manera el secreto profesional.

—Esa es María del Pilar. ¿Y sobre Matilde? ¿Qué le dijo de Matilde? —el Doctor Salmerón, desbordado ahora por la avidez, atropella las palabras.

—Él mismo fue quien la trajo al caso. Me advirtió que estaba enterado del rumor de sus amores con Matilde, pero igual —el Doctor Darbishire, aunque todavía risueño, evita mirar a su colega—. Matilde es para él una muchacha culta, espiritual, pero sin ningún atractivo físico. Tampoco le interesa.

El Doctor Darbishire va a continuar, pero como quien se acerca de manera imprudente al borde de un precipicio, retrocede, y no osa revelarle a su discípulo lo más chocante de aquella plática: también oyó decir a Castañeda, con gran descaro, que no ignoraba los chismes sobre sus relaciones con Doña Flora. Ante semejante atrevimiento, él lo cortó en forma tajante, y de ninguna manera se prestó a escuchar sus explicaciones al respecto.

—Se cotiza alto el muchachito —el Doctor Salmerón afirma sus palabras con movimientos sentenciosos de la cabeza.

Lo único que le da lástima es decepcionar a Don Carmen —el Doctor Darbishire vacila, arrepentido de haber dado pie a aquella conversación.

—¿Decepcionarlo? —el Doctor Salmerón busca instintivamente su libreta de la Casa Squibb en el bolsillo, pero no la tiene consigo—. ¿Por qué?

—Porque es obvio que Don Carmen, un hombre de recursos intelectuales limitados, gustaría de tener a alguien como él al frente de sus negocios, en calidad de yerno —el Doctor Darbishire revisa con embarazo sus uñas limpias y bien pulidas—. Pero que no iba a caer en esa trampa, y más bien no halla las horas de salir de esa casa, donde lo único que cuenta es el interés por el dinero.

—Maestro, Usted sabe que cuando se trata de secretos entre nosotros dos, yo soy una tumba —el Doctor Salmerón, que lo conoce como nadie, ha notado su cambio de ánimo; y le aprieta cariñosamente la mano en un arranque de intimidad—; no es la primera vez que hablamos de nuestros pacientes.

—Terminó con esta frase —el Doctor Darbishire saca su reloj de leontina, como si al demostrar prisa tratara de distanciarse de sus propias palabras—: «Allí tienen entronizado el becerro de oro, y yo no rezo ante ese altar.»

—El becerro de oro… el muy hipócrita también reza en ese altar —el Doctor Salmerón, sin quitar la cariñosa presión sobre la mano del anciano, llena su boca con un gesto de desdén—, lo primero que hizo, apenas volvió, es tratar de comprar la conciencia de los munícipes, para lograr el contrato de la Aguadora. Ese contrato es un verdadero robo.

—En eso yo no me meto —el Doctor Darbishire se pone de pie, listo a envolverse en su capa cordobesa—. De negocios, yo no entiendo nada. Y si le he tocado todo este asunto, no es para alarmarlo, sino para tranquilizarlo.

—¿Tranquilizarme? —el Doctor Salmerón no se mueve de la banca.

—La próxima semana se marcha definitivamente para Managua —el Doctor Darbishire ajusta el broche de la capa, alzando el pescuezo como un gallo que va a cacarear—. A ocuparse de la preparación de un libro, algo así sobre la geografía de Nicaragua. No piensa regresar a León.

—Eso de que se va y no vuelve, está por verse —el Doctor Salmerón restriega el zapato, como si borrara un salivazo—. Todavía le queda trabajo por hacer aquí. Y estricnina, tiene suficiente.

Otra vez, la estricnina. Y otra vez el anciano siente lástima de su alumno tan brillante, vestido con tanta pobreza a pesar de su título de médico; siente lástima de sus zapatos raspados, de sus calcetines de golletes flojos, volteados sobre los zapatos.

—¿Lo llevo? —el Doctor Darbishire se inclina y le pone la mano en el hombro, dejándola allí hasta que su discípulo hace el movimiento de incorporarse.

La mayoría de las veces, al salir del hospital, viajaban juntos en el coche hasta las vecindades de la estación del ferrocarril, donde el Doctor Salmerón se apeaba para desayunar en cualquiera de los tramos de comida de la plazoleta, entre los arrieros, aurigas y carretoneros que aguardaban los trenes de la mañana. Después, daba inicio a sus visitas matinales, yendo a pie por las calles llenas de zanjas, islas de monte y charcos malolientes de la Ermita de Dolores, el barrio de las prostitutas.

Sin responderle, el Doctor Salmerón lo siguió hasta el pórtico. Los caballeros arrastraban el coche, mordisqueando indolentemente la hierba que reverdecida por las lluvias crecía en el patio, cerca de la escalinata.

—Me deja en el parque San Juan —el Doctor Salmerón puso el pie en el estribo—, hoy me toca revisión de damiselas en la Sanidad.

—No, de ninguna manera. Lo dejo en la puerta de la Sanidad, voy por ese camino —el Doctor Darbishire desató las riendas del pescante.

—¿Adónde se dirige? —el Doctor Salmerón acomodó su valijín en el piso. Preguntaba, solamente por preguntar algo.

—A la casa de los Contreras. Matilde tiene un cuadro palúdico que no me gusta mucho —el latigazo poco enérgico del Doctor Darbishire pegó sobre el arnés, pero aun así los caballos apresuraron el paso—. Me la llevó don Carmen al consultorio. Fiebres vespertinas. Escalofríos, pérdida de peso, coloración amarilla de los ojos.

—¿Cuándo fue eso? —el Doctor Salmerón, agarrado fuertemente a la varilla de sostén de la capota de lona, miró a su maestro con ojos de sorpresa.

—Hará una semana. Le mandé la prueba de sangre, y me dio positivo. Paludismo, para variar —el Doctor Darbishire manejaba las riendas con displicencia, mientras el coche saltaba sobre los baches.

—¿Qué le recetó? —el Doctor Salmerón lo interrogó ansioso, olvidándose de todo miramiento.

—El preparado habitual, sólo que puse doble dosis de sulfato de quinina —el Doctor Darbishire aflojó las riendas, ahora que los caballos habían tomado su trote habitual.

—¿En cápsulas? —el Doctor Salmerón no podía creer lo que estaba oyendo, y se exaltó, hasta casi gritar.

—Claro, preparadas por mi mano, en mi botica —el Doctor Darbishire reaccionó molesto, ante el tono descortés de la pregunta.

—¿Quiere decir que cuando lo visité hace tres días, ya le había recetado? —el Doctor Salmerón, la voz descompuesta, se atoró de saliva.

El Doctor Darbishire, la vista fija en el tiro de caballos, endureció el rostro, y no le respondió.

—¿Cuántas cápsulas? —lo conminó el Doctor Salmerón. Su saliva pringaba el rostro del Doctor Darbishire.

—Una caja conteniendo sesenta cápsulas, para tomar seis al día, dos después de cada comida —el Doctor Darbishire, agitando las riendas con una mano, llevó la otra a la mejilla para limpiársela. El coche apresuró de nuevo la marcha—. Si es necesario, pienso poner más quinina en el compuesto. Y, por favor, no me levante la voz.

De reojo, el Doctor Darbishire vio que su colega hacía cuentas apresuradas con los labios, poniendo los ojos en la lona de la capota, como si rezara.

—Sesenta, seis diarias. Siete días: entonces, le quedan cápsulas para tres días —el Doctor Salmerón se dio vuelta tan bruscamente en el asiento, que el coche se bamboleó—. Retírele hoy mismo las cápsulas que quedan. ¡Hoy mismo, carajo!

—¡Ningún carajo! Yo no puedo andar jugando con mis pacientes —el Doctor Darbishire, dispuesto a pegar un nuevo fustazo a los caballos, enredó el látigo—. Y ya olvídese de una vez de esas pendejadas.

—¿Pendejadas? —el Doctor Salmerón se agarró el sombrero, que con la marcha forzada del coche el viento amenazaba arrebatarle—. Acuérdese de mí cuando lo llamen de urgencia de esa casa en los próximos tres días. ¡Acuérdese de mí!

—Siempre me acuerdo de Usted, Doctor —el Doctor Darbishire, fingiendo dulzura en la voz, enrolló el cabo del rebenque en el puño, para no errar el latigazo.

—¡Déjeme aquí! —el Doctor Salmerón recogió con ademán violento su valijín, y sin esperar a que el coche se detuviera, se lanzó a la calle, logrando guardar apenas el equilibrio al caer.

Una cuadra más adelante, ya cerca de la Estación del Ferrocarril, el Doctor Darbishire sosegó el tiro con las riendas y miró hacia atrás, pero ya no pudo distinguir a su discípulo. La locomotora del tren de las siete y treinta, proveniente de Chinandega, entraba dando largos pitazos. La calle, apenas separada de la carrilera por un cerco de piñuelas, se había llenado de humo.

Y el coche del Doctor Darbishire siguió entonces su rumbo previsto, hacia la casa de la familia Contreras.

17. Una carta consoladora

León, a 4 de octubre de 1933.
Señor Bachiller
Don Carmen Contreras Guardia.
San José, Costa Rica.
Querido Mito:

No tengo tiempo para extenderme mucho, pues tiempo es lo que me hace falta para consolar a sus papás y hermanita, profundamente consternados por la desgracia funesta que cual rayo en seco ha venido a sacudir nuestra casa. Y ese rayo, si cayó en un lugar preciso, fue sobre mi propia cabeza. Para mí, el viaje sin retorno de Matilde constituyó pesar igual al que sufrí al irse mi Martita. Con eso le digo todo. ¿Qué otra cosa me hará falta perder en esta vida, qué otro dolor semejante me aguarda emboscado en el camino? ¡Atolondrado de mí, al pensar antes que los infortunios solamente se acumulan al cabo de la edad, cuando ya nada se espera!

La sociedad de León ha cooperado eficazmente para distraer nuestra pena, con su proverbial consideración y oportunidad. Don Carmen y Doña Flora están satisfechísimos de las elevadas muestras de condolencia y de sincera compenetración espiritual que han venido a llevar buena parte de nuestro inmenso sufrimiento. Pero ya puede Ud. decir con justa razón: no hay bálsamos suficientes a mitigar tan lacerante herida. En efecto, no los hay.

¿Cómo empezar la relación de hechos tan crueles? La tarea es ingrata, más en beneficio suyo debo intentarlo. El 2 de octubre vine a cenar con retraso, porque he estado muy ocupado con el Alcalde y Regidores en el arreglo del nuevo contrato de la Compañía Aseguradora de León, que dicho sea de paso, va en camino de ajustarse en la mejor forma a los intereses de su papá.

Matilde, la que fue Mati entre nosotros, querido Mito, me esperaba en el corredor, y después de llamarme la atención por llegar tarde, ordenó que me sirvieran la cena y se quedó acompañándome sentada a la mesa. Pasada la cena, Don Carmen se sentó también a platicar con nosotros; le relaté todos los pasajes de la sesión municipal, que fue muy acalorada y difícil, y luego leímos y comentamos los periódicos de la noche. Doña Flora y Ma. del Pilar, que habían ido a visitar a la Niña Monchita Deshon, estaban a esas horas ya de regreso y se incorporaron a la conversación. ¡Tranquila sobremesa, dulce regalo de un hogar dichoso! Pero… ¿por cuánto tiempo dichoso?

Cuando nos levantamos, Mati se retiró conmigo, como a dos varas de ellos, en el mismo corredor, sentándonos en las mecedoras negras. ¡Quién había de decirme que aquélla iba a ser nuestra última conversación! Tan ansiosa siempre de instruirse, tan enemiga de la frivolidad, tan interesada en la filosofía, en la política, en la religión, en la trascendencia del ser…, en la sublimidad de la música, en las armonías de la poesía…; no me abochorna decírselo, Mito, pero una de mis grandes satisfacciones, si alguna me queda, es haber sido algo así como su preceptor, brindándole los cuidados que se da a una bella planta, gala del jardín de esta casa, como ninguna.

Cerca de las diez y media p.m. todos fuimos a la cama, yo el primero, seguido de Ma. del Pilar, después Doña Flora y Mati, y por último Don Carmen. Yo estaba muy cansado porque había andado todo el día citando a los miembros del Municipio para que asistieran a discutir conmigo las bases del anteproyecto de contrato preparado cuidadosamente por mí, copia del cual remitiré muy pronto a Ud. para su conocimiento y estudio.

Serían las once y cinco minutos p.m., cuando en medio de mi profundo sueño oí las voces fuertes de Don Carmen que me decía: «¡Oli, Oli, levántese luego, vístase, abra la puerta, que Mati está mal!» Ya puede Ud. calcular mi alarma y la presteza con que me vestí. No tardé en salir al corredor, poniéndome a las órdenes de su papá, y él me indicó la necesidad de ir a traer de urgencia al Doctor Darbishire. Caía a esas horas un aguacero de los más fuertes que ha habido durante el presente invierno, al grado de ser menester acercarse para que se oyeran las palabras.

Al principio, Doña Flora me dijo que todavía no fuera a llamar al Doctor Darbishire, pues al malestar convulsivo que de manera inesperada turbara el dulce sueño de Mati, parecía terminado. Platicábamos sobre posibles causas del mismo, dando ya por superado el percance, cuando un nuevo ataque nos alarmó. Ahora sí, no había tiempo que perder. Frenético, luché con el manubrio del teléfono, tratando de conseguir la central para que me diera con el número del Doctor Darbishire, pues los minutos eran preciosos, y quería pedirle que se alistara mientras yo iba por él. Al fin respondió el telefonista, pero no me oía nada, era tal la furia del agua. Entonces, y en vista de que el automóvil de su papá se encontraba descompuesto, me lancé a la calle bajo el diluvio, olvidándome de paraguas o capote; y saltando por las calles inundadas, con el corazón palpitándome en la boca, corrí al Garage Buitrago en busca de un automóvil de alquiler.

Dejo de lado las peripecias, y paso mejor a decirle que llego finalmente al consultorio. Golpeo desesperadamente la puerta. Logro que el Doctor Darbishire, tras mucha insistencia, me abra. Va a vestirse, a buscar su valijín. Se tarda un mundo. Angustiosa espera. Reloj cruel…, ¿quién hubiera poseído a esas horas el poder de detener tus fúnebres manecillas…? Sale, volamos en el automóvil, creo que a más de 60 km/h… trasponemos la puerta. Don Carmen entra también con el Doctor Alejandro Sequeira Rivas, quien vive donde antes vivía Chepe Chico, es decir, frente a esta casa. Aparecen, empapados de lluvia, otros médicos. Estudian todos el caso. Sobreviene otro ataque. Sentencian: fiebre perniciosa fulminante. La vida de nuestra bella enfermita, se nos comunica, es imposible de salvarse.

Más no se dan por vencidos. Recetan. Mantengo el automóvil alquilado a mis órdenes; se necesitan medicamentos, alguien debe ir por ellos, y ese soy yo. Se presenta el Capitán Anastasio J. Ortiz, ofrece amablemente su automóvil, para servir en todo; pago al chofer y lo despido. Vamos en busca de una botica de turno, la Droguería Argüello, volvemos con las medicinas. Noticias: las mismas, el caso es desesperado. Corremos a llamar a su abuelo, tíos, a la Niña Monchita Deshon, a Doña Alicia, Nelly, luego a Noel Pallais y Sra., Don Esteban Duquestrada, esposa e hijita, y varios otros amigos y allegados. El aguacero no cede, pero unos tras otros, van acudiendo.

Cuando yo regresé con Tacho Ortiz, tras cumplir estas diligencias, Dios se llevaba ya a Mati. Ella, consciente de que la hora estaba próxima, rezaba fervorosamente y exclamaba llena de piedad cristiana: «¡Me muero, me muero, Corazón de Jesús, Virgen Santísima, con gusto muero, pero dame tiempo de prepararme!»

Falleció a la una a.m. Ma. del Pilar fue la primera en sentir que Mati se quejaba. Corrió al dormitorio de sus papás, y avisó. Escribo a Ud. mientras que esta casa todo es dolor, llanto, confusión, y mucha, mucha gente, llena la sala, el corredor, etc. Excuse el alboroto de los detalles y encárguese Ud., por Dios, de ordenarlos. Doña Flora ha estado muy valiente, igual cosa digo de Ma. del Pilar, no así Don Carmen; impresionadísimo, se niega a probar alimentos y su desconcierto es notorio, pues para él existe solamente el recuerdo de su gentil muchachita. Considero, y así se lo haré ver a Doña Flora, que debe ponerse inmediata atención a la salud del papá de Ud.; ya no queremos más desgracias en esta casa tan desconsolada.

Ya vestida, la tendimos en su propia camita, en su cuarto, donde falleció, mientras llegaba el ataúd solicitado a la Funeraria Rosales. La fosa se hizo al día siguiente, con precaución para levantar después hermoso mausoleo. El 3, por la mañana, hubo misa de cuerpo presente. Dobles, todo el día, y a las cuatro y media p.m., en medio de selecta y nutrida concurrencia, la llevamos a la S. I. Catedral. Se cantó un solemne responso, oficiando el propio Obispo, Monseñor Tijerino y Loáisiga, y dijo la oración fúnebre el Canónigo Oviedo y Reyes, quien estuvo inspiradísimo, recordándonos las virtudes de Mati, a la que comparó con los lirios del campo del Cantar de los Cantares. El cielo había pasado nublado todo el día, como si quisiera acompañarnos con su tristeza; apenas llegábamos a la catedral, empezó a llover con gran fuerza, y así siguió en todo el recorrido hasta el cementerio, sin parar el aguaje un solo instante.

De la casa salió a hombros de Don Leonte Herdocia, no sé de quiénes otros, y míos; de la Catedral salió a hombros de Guillermo Sevilla, Raúl Montalván, míos, y no sé de quiénes otros. A la fosa la bajamos entre Bernabé Balladares, su papá de Ud., yo, y no sé quiénes más.

Telegramas, del Señor Presidente, ministros, amigos y familiares de Managua, Granada, Chinandega; cartas, actas de condolencia del Club Social, Municipio, Curia Arzobispal, etc. Estoy coleccionando todo para un álbum, o Corona Fúnebre; ya su papá aprobó el gasto, la haremos imprimir en la tipografía de su abuelo. Se pondrá también una fotografía de Matilde, pensamientos y poesías, una que he compuesto yo, y otra de Lino de Luna. El pidió leerla en el entierro, antes de bajar a Mati al sepulcro, pero la lluvia no lo permitió.

La mía, se la copio aquí. No se fije en sus méritos, que no los tiene, sino en el doliente afecto con que la escribí:

Un incendio de rosas el blanco ataúd cubre,
enfermas sus corolas de tanto sollozar.
Llorad, rosas postreras, esa lágrima lúgubre;
mas para llanto, el mío. No ceso… de llorar.

Entró la muerte pálida con paso veleidoso
y sorprendió a Matilde en plena ensoñación.
Yo escuché con angustia ese andar misterioso,
hollando, dulce niña, mi propio… corazón.

Pero había otros pasos, más suaves y piadosos
que en la hora suprema también puede escuchar.
Pasos de medianoche: tus ángeles dichosos
venían ya, Matilde, tu envoltura… a tomar.

Un incendio de rosas, blancas rosas de octubre,
cual nieve desprendida del ala angelical.
Ramillete de plumas que el albo ataúd cubre
de quien nunca supo en vida conocer… el mal.

El teclado del piano para siempre ha callado.
No volverá en la tierra nunca más a sonar.
Pasos de medianoche. La música ha volado.
Silencio…
En el cielo de octubre, un ÁNGEL… va a tocar.

En estos momentos ingresan procedentes de Chinandega: Don Juan Deshon, Doña Lola, su esposa; María Elsa Deshon y Angelita Montealegre. Han entrado llorando mucho y han impresionado de manera increíble a Don Carmen, quien a cada pésame, a cada palabra de consuelo, ve renovada con nuevas tonalidades su angustiosa pena de padre abnegadísimo. Viera cuánto lloró cuando le mostré mi poesía. Le confieso Mito, que a él, que es tan fuerte, nunca lo había visto en semejante estado de abatimiento, tanto físico como moral.

Todas las señoritas de León, derramando cálidas lágrimas, pusieron al pie del blanco ataúd coronas y ramos de flores: Estercita Ortiz, Sarita Lacayo, Nelly y Maruca Deshon y otras. Son esas flores las que inspiraron mi poesía. Y todos los jóvenes caballeros de esta atribulada sociedad, que compartieron con ella las alegrías de la vida y saborearon la miel de su trato exquisito, la lloran también inconsolables: Noel Robelo, René Balladares, Julio Castillo, Enrique Pereira y muchos más; a unas y otros, trato como mejor puedo de consolarlos; pero ¿con qué ánimo?, si yo también estoy para consuelo. Raras veces ha habido tal cantidad de flores sobre una tumba, quizás porque ella era una virgencita adorada y adorable que mereció ascender entre aromas y músicas al cielo, tal como trato de exponerlo en mis versos. «El Centroamericano» quiere publicarlos, Don Carmen insiste; pero yo prefiero reservarlos para la Corona Fúnebre. ¿Qué opina Ud.?

Figúrese, Mito, que la noche antes de acostarse para siempre, estuvo tocando su piano con la dulzura que solamente ella sabía imprimir al teclado, por eso menciono el piano en la poesía. Y cantó mucho y rió bastante. Sucede que el domingo di en la casa un banquete en homenaje a unos amigos míos del extranjero: el caballero italiano Franco Cerutti, a quien Ud. tal vez ha oído mencionar en Costa Rica, por ser muy conocido en el mundo de los negocios, y el caballero cubano Miguel Barnet, mi socio en la publicación del libro sobre Nicaragua; proyecto que he abandonado definitivamente a ruegos de su papá, pues me ha suplicado dedicarme por completo al asunto de la Compañía Aguadora. Él no tiene ahora cabeza para tal cosa.

Pero, bueno, le estaba contando que ella interpretó delicadamente al piano, y además de eso estuvo feliz oyendo hablar de paseos, de fiestas, de política, y de sus propias virtudes, constantemente alabadas por mis invitados. Le incluyo trece recortes de periódico sobre el funeral. Cuando esto esté más sereno y la atención que dispenso de tan buen grado a sus señores papás me dé el tiempo necesario, le escribiré con más detalles. Ya el cable de Ud. ha sido leído por todo el mundo y aún no se secan las lágrimas que le han caído encima. Yo me propongo distraer lo más posible a Don Carmen, para que no se deje abatir por la pena; pero debe Ud. reconocer que ésta es una tarea pesada sólo para mí. Si sucumbe él, ¿de dónde sacará fuerzas esta familia ejemplar?

Haga Ud. un baluarte de su corazón y escriba una carta enérgica a su papá; levántele el espíritu. Mientras yo esté aquí no me separaré de él un solo instante, se lo prometo. Yo me iba hoy a Managua, como lo tenía planeado antes de este terrible percance; allá pensaba estar un mes y después visitar otras ciudades recogiendo los datos para mi libro; pero no se preocupe, todo eso queda olvidado ahora que el deber me llama al lado de su papá. Aquí me quedo. Ya buscaré las excusas pertinentes para aliviar el disgusto de mi socio.

Reconstruya Ud. con valor de hombre esta escena jamás sentida en su juventud. Sufra solo, y escriba cartas de consuelo a su papá, distraiga con solicitud filial la nerviosidad que se ha apoderado de él. Es necesario conjurar el peligroso vacío que atormenta su alma de padre cariñoso.

Aquí me despido ya, Mito, su papá me reclama a su lado. Era de Dios, y Dios se la llevó. Así es la muerte, un fenómeno que sólo el corazón alcanza a interpretar. Una vez en calma los vientos amargos del dolor, y cuando estos nuestros corazones logren reposar ya tranquilos en nuestros pechos, vendrán las reflexiones. Ojalá su corazón de hermano, y el mío que no lo es menos, hoy enzarzados en sangrantes espinas, sean liberados un día de su lacerante prisión, y logren curar sus heridas. Pero cuánto tiempo habrá de pasar, cuánto…

Le abraza cordialmente, lo acompaña con fraternidad verdadera y le ruega paciencia y resignación, éste su apesaradísimo amigo, que queda.

Suyo, afectuosamente.

OLI.

P.D. Le insisto en no olvidar mi recomendación de escribir a su papá. Perdone la necedad de mi preocupación, pero es mejor prevenir que lamentar. Vale.

18. Secretos de la naturaleza

SEÑORITA MATILDE CONTRERAS G.

La sociedad leonesa no se repone aún de la dolorosa conmoción causada por la infausta noticia de tu fallecimiento, virtuosa y gentil Srta. Matilde Contreras Guardia. Tu tránsito definitivo, lo sabes tú mejor que nadie, acaeció a la una de la madrugada de ayer, resultando vanos los ingentes esfuerzos de los competentes médicos congregados junto a tu lecho. El cruelísimo mal que de forma tan artera te sorprendió mientras dormías, derrotó a la ciencia; y así, una vez más, la fiebre perniciosa, que ha sentado sus reales en esta ciudad, pudo cantar victoria.

Tan luego se iban conociendo las tristes novedades, los numerosos amigos de tu ejemplar familia, sin tomar en cuenta el fortísimo aguacero, abandonaron sus lechos para concurrir sin dilación a tu acongojado hogar, deseosos de hacer patente el testimonio de su justo dolor por tu partida, dulce niña de alma prístina que horas antes te hallabas tan feliz, sin sospechar que la muerte tejía ya tu blanco sudario, y que pronto tu frente inmaculada recibiría la corona de lirios reservada a las doncellas elegidas.

Al partir hacia la morada del Creador, nos legas sólo dulces recuerdos, porque eras pura y porque de ti emanaba el perfume exquisito de tu alma pletórica de encantos, la música entre ellos; pues fuiste una delicada intérprete del piano.

Hoy, ya te encuentras dormida para siempre, sin que de tu sueño virginal logren despertarte los sollozos de gran cantidad de personas que, inconsolables, lloran la desgracia de tu partida; y cómo no habrían de llorarte, si al irte de este mundo dejas sembrado tu corto camino con las rosas inmarcesibles del bien y los jazmines de la virtud.

En la Santa Iglesia Catedral se dijo solemne responso por el descanso de tu alma, y tus despojos fueron conducidos al Cementerio de Guadalupe, bajo la recia lluvia que no pudo impedir la cumplida presencia de un nutrido y selecto cortejo de más de una cuadra, el cual marchó contrito en pos de tu albo féretro, blanco porque no existió mancilla alguna en tu juventud truncada.

Al boscaje de ramos y coronas con que te regalaron, hasta agotarse, los jardines de León, agregamos humildes una flor más, siempreviva que depositamos reverentes sobre tu sepulcro.

Por tan sensible acontecimiento, damos nuestro pésame a tu atribulada familia, y de manera especial a tus padres, el reconocido hombre
de negocios Don Carmen Contreras, y la estimable dama Doña Flora
Guardia de Contreras; haciéndolo extensivo a tus hermanos, el joven estudiante Don Carmen Contreras Guardia, actualmente en Costa Rica;
y a la Srta. María del Pilar Contreras Guardia, consuelo ambos de tus
amantísimos progenitores en estos momentos aciagos.

(«El Cronista», 4 de octubre de 1933.)

Bajo el cielo oscuro que anunciaba la inminencia de la lluvia,
Rosalío Usulutlán se apostó desde antes de las cuatro de la tarde en
la acera de la tienda «La Rambla», esquina opuesta a la Catedral, en
espera del paso del entierro de Matilde Contreras. Era su intención
recoger, de primera mano, impresiones suficientes para la esquela
fúnebre que se proponía insertar ese mismo día en «El Cronista»; y
si bien se preparaba a cumplir un deber profesional, debemos decir
que sus sentimientos no eran ajenos a la tragedia.

Sin embargo, cuando el cortejo había entrado en la Catedral
y él se dirigía hacia las oficinas del periódico, pegándose a las paredes para capear el aguacero desatado ya con gran intensidad, su decisión emocionada de antes no le parecía tan sólida; y una sensación
de vergüenza y conmiseración por sí mismo pugnaba por dominarlo.

Don Carmen, escoltado por su parentela, arrastraba los pies
detrás del coche fúnebre, las manos en el cristal de la urna, renuente
a apartarse del ataúd en forma de zepelín que escondía su silueta
blanca entre los tumultos de flores. Y cediendo a una inexplicable
urgencia, él había cometido la torpeza de lanzarse a la calle desde la
acera llena de curiosos, abriéndose paso entre los concurrentes vestidos de luto que marchaban de prisa atisbando el cielo cerrado, para
darle el pésame.

El sombrero en alto en señal de respeto, había tenido que buscar su mano, apartarla del cristal, para poder estrechársela. Y al tiempo
que el entierro seguía hacia la Catedral, se había quedado en mitad
de la calle, sonriendo de manera estúpida, hasta que los últimos concurrentes, la gente de camisa, los empleados de contabilidad, los dependientes y mandaderos de «La Fama», pasaron bordeándolo. Los
truenos estallaban ya entonces, rodando sobre los techos.

No podía dejar de sentirse humillado. Ese ricachón no era su
amigo, nunca lo había sido, no tenía por qué haberle dado el pésame. Para los días de su campaña contra la Compañía Aguadora,
si se encontraban en la calle, le volteaba la cara; había intrigado su

despido con el dueño del periódico, y tras muchas presiones y maniobras logró que al menos le prohibieran seguir tocando el tema. Él se vio obligado entonces a recurrir al expediente de las papeletas de denuncia, ya impresas para los días de enero cuando recibió su sorpresiva visita, la única vez en muchos años en que habían conversado.

Después, había aceptado dinero de manos de Oliverio Castañeda por entregar las papeletas; era dinero de Don Carmen, lo sabía, y él mismo evitó encontrárselo a partir de entonces; evitaba la calle de su casa, donde generalmente se le veía en la puerta, o la acera del Club Social, donde se sentaban en las tardes con otros socios, porque no quería leer en su mirada ningún mensaje de burla, o desprecio.

Pero mientras saltaba el caudal de las corrientes arremolinadas en las bocacalles, también trataba de reconciliar su conciencia. Aquél había sido un acto de piedad cristiana, no de servilismo; y el hombre, era obvio, iba demasiado abatido como para agradecer su pésame; por tanto, su propósito de botar alguna gacetilla de la primera plana ya armada sobre la mesa del taller, e incluir el obituario que se proponía escribir, no debía avergonzarlo. Además, era una decisión tomada con anterioridad; anularla sería mezquino de su parte. Se tocó el pecho bajo el capote ahulado, y confirmó que el pesar sentido por la muchacha desde temprano de la mañana, al escuchar los dobles de las campanas, permanecía intacto.

Y ya frente a la máquina Underwood examina por última vez su conciencia. Su propósito es legítimo, no mentirá al lamentar que esa vida fuera arrancada en la flor de su juventud. Y escribe con dos dedos, como las gallinas que picotean maíz, el obituario destinado a aparecer sin falta en el periódico. Entrega el escrito al cajista que trabaja silenciosamente en el corredor azotado por el agua; y todavía va al cajón de los clichés en busca del retrato de debutante de Matilde Contreras.

Revuelve un buen rato las placas claveteadas en tacos de madera y, cuando lo encuentra, sopla el polvo pegajoso que cubre la lámina. Reconoce muy bien el rostro, aunque solamente la hubiera visto algunas veces desde lejos, sentada en una mecedora de mimbre en la puerta esquinera de su casa, mirando caer la tarde, o conversando con su hermana; y también cuando había tocado el piano en una velada de caridad en beneficio de los huérfanos del Padre Mariano Dubón, en el patio del Palacio Episcopal.

Es entonces que escucha en la puerta de la calle los golpes dados con el canto de una moneda, confusos entre el sostenido ruido del aguacero. El cajista ha ido a abrir, ahora oye las voces. Al llamado del cajista, llega hasta la puerta con el cliché en la mano. El dependiente de la tienda «El Esfuerzo» tirita de frío bajo el saco de bramante que a manera de capucha sostiene sobre la cabeza: Cosme Manzo le manda a decir que se vaya de inmediato a la tienda, que lo están esperando.

Y de pronto, ante la urgencia de aquel llamado, recuerda las pesquisas del Doctor Salmerón, y siente miedo. Ve otra vez a Oliverio Castañeda, sinceramente abatido, al lado del coche fúnebre, cuando él se dispone a bajar de la acera para presentar su pésame a Don Carmen; y lo ve también de lejos, apresurándose a cargar el ataúd blanco entre la aglomeración de paraguas, cuando el cortejo se detiene frente a la Catedral y se ha quedado solo en la calle, detrás del rastro de cajagones de los caballos de la cuadriga, enjaezados con gualdrapas de luto.

Sesión de emergencia en la abarrotería de Cosme Manzo. El Doctor Salmerón ha llegado seguramente de primero a la trastienda llena de sacos de arroz, latas de kerosene y rollos de alambre de púas, donde también se guarda el bacalao de cartón, y se lo imagina, excitado, revisando su libreta de la Casa Squibb, y en la que hay ahora nuevos apuntes, mientras Manzo se pasea impaciente, esperándolo a él… En el obituario ha escrito que Matilde Contreras falleció víctima de un ataque de fiebre perniciosa. Ahora, cuando debe ir a encontrarse con ellos, ¿debe suprimir esa afirmación? Y también ha exaltado su pureza de virgen, algo que tampoco va a gustarles.

Asomándose por la puerta entreabierta, cavila frente al dependiente que espera su respuesta. No, no iba a quitar nada. Tampoco se sentía con ánimo de entrar en dilucidaciones sobre envenenamientos. Todas esas historias le parecían completamente absurdas, y además, Oliverio Castañeda no era su enemigo. ¿Con qué necesidad iba a buscar cómo perjudicarlo? En otro punto, la sesión urgente para la cual lo estaban convocando se volvía peligrosa; el Doctor Salmerón no se conformaría, a estas alturas, con alardear de que sus predicciones y cálculos se seguían cumpliendo; de seguro les presentaría algún plan para denunciar a Castañeda. ¿Y si se abría una investigación y lo llamaban a él a declarar?

Despidió al dependiente, diciéndole que aún tenía trabajo pendiente en el periódico, y que llegaría más tarde, si podía; pero que no lo esperaran. Volvió al corredor, tras cerrar la puerta, e instruyó al cajista a responder que no estaba, si volvían a buscarlo.

Como podemos ver por la lectura del obituario que aparece en el encabezado de este capítulo, Rosalío Usulutlán no suprimió la mención específica de que Matilde Contreras había muerto de fiebre perniciosa; en este punto, además de cumplir con su resolución de no alterar en nada lo que ya había escrito, se ajustaba al dictamen de los médicos que atendieron el caso, a la cabeza de ellos el Doctor Darbishire. Y tampoco eliminó, debemos reconocerlo, ninguna de las repetidas referencias a la castidad de la difunta.

Sin embargo, dejó sin efecto su resolución de no asistir a la sesión de emergencia para la cual lo citaba Cosme Manzo, pues media hora más tarde, bajo el aguacero que todavía no cedía, iba camino de la Tienda «El Esfuerzo». Y es más: envuelto en un pliegue del capote ahulado llevaba consigo un libro que Oliverio Castañeda le había dado a guardar una noche del mes de enero de 1933, cuando fueron a sacar los paquetes de papeletas a la imprenta de los Hermanos Cristianos, pidiéndole entonces mucho celo en su conservación.

Se trata del libro «Secretos de la Naturaleza», escrito por el Doctor Jerónimo Aguilar Cortés, y editado por la vda. de Ch. Maunier, París, 1913. No es propiamente un tratado de toxicología, pero se refiere a las propiedades, unas veces salutíferas, y otras mortales, de ciertas plantas que contienen alcaloides.

El libro tiene en la contratapa el sello del Hospital de Chiquimula. El nombre de Oliverio Castañeda figura en la portadilla, debajo del título, y con la misma letra está escrita, a renglón seguido, una fecha, 4 de abril de 1920, y, muy seguro, fue el mismo Castañeda el que puso entre sus páginas una fotografía de su madre, Luz Palacios de Castañeda, quien de acuerdo a la información de que disponemos, murió en el mes de mayo de 1920, en el mismo hospital.

Ya para abandonar las oficinas de «El Cronista» con destino a la cita, Rosalío Usulutlán recordó que Oliverio Castañeda no le había reclamado el libro al volver a Guatemala, y que lo conservaba en una gaveta de su escritorio. Para el Doctor Atanasio Salmerón iba a ser de un incalculable valor tenerlo en sus manos, ahora que aparecía una nueva víctima del veneno fatal. Y, sin duda, la fotografía iba a resultarle también de gran interés.

Digamos, por último, que este libro pasó igualmente por las manos de Doña Flora de Contreras, quien en su segunda declaración del 31 de octubre de 1933 nos habla del mismo y nos describe, además, la fotografía, tal como ya la oiremos más adelante.

19. Sus dedos recorren el teclado por última vez

La noche del domingo 1 de octubre de 1933, Matilde se sentó por última vez al piano de cola Marshall & Wendell para deleitar a los forasteros, invitados de Oliverio Castañeda, según relata él mismo en su carta del 4 de octubre, dirigida a Carmen Contreras Guardia. Por su parte, la cocinera Salvadora Carvajal, en su declaración rendida en las cárceles de la XXI el 14 de octubre de 1933, requerida a informar con detalle acerca de los alimentos que se prepararon en la mesa y quiénes intervinieron en tal preparación, se extiende sobre ese particular, de interés del Juez por tratarse de un caso de envenenamiento; pero además, al referirse a la velada de sobremesa, algo nos deja saber sobre las piezas ejecutadas por Matilde:

> Esa noche darían en la casa una cena con personas extrañas llevadas a la casa por Don Oliverio, para lo cual llegaron desde temprano a la cocina Doña Flora y la Niña María del Pilar a dirigirme. Se hicieron dos pollos fritos comprados vivos en el mercado y que yo maté y desplumé; un puré de papas, unos chayotes, arroz, con petit-pois de una lata traída de la tienda, frijoles fritos y tres plátanos horneados con canela en raja. Tomaron café con leche y dulce de papaya verde. Supongo bebieron vino sin yo saberlo, pues yo no serví la mesa, sino que lo hicieron la empleada Leticia Osorio y Bertilda Cáceres, la de adentro.
>
> Leticia empezó a traer de vuelta los platos y trinchantes a la cocina, como a eso de las diez de la noche. De la sala venían pláticas, y después hubo un como aplauso; entonces se oyó aquel piano que la Niña Matilde tocaba tan bello, siendo las piezas de esa noche una cosa bien triste, como de un gran sentimiento. Bertilda, que ayudaba en ese momento a lavar los platos, y yo, nos salimos a asomar a la puerta de la cocina, quedándose Leticia sentada en la banca, oyendo y diciendo a cada rato «qué lindo», «qué lindo», hasta doblarse dormida, por lo cual tuve que llevarla a acostar, casi de arrastrada.

No era muy usual que los Contreras recibieran huéspedes en su mesa, nos advierte la misma Salvadora Carvajal. Pero, según ya sabemos, se trataba de invitados de Oliverio Castañeda; uno de ellos, su socio en la edición del libro de datos sobre Nicaragua, el cubano Miguel Barnet, y el otro, un amigo de este último, y hasta entonces desconocido de Castañeda, el ciudadano italiano residente en Costa Rica desde hacía ya varios años Franco Cerutti, dueño de un negocio de marmolería en el Paseo de los Estudiantes, y quien solía visitar León para colocar pedidos de monumentos funerarios entre las familias adineradas.

Los periódicos costarricenses se ocuparon ampliamente de Castañeda mientras duró el proceso; y a fin de contribuir al debate, Cerutti tomó la iniciativa de escribir un artículo con su firma, publicado por el diario «La República», en su edición del 27 de noviembre de 1933. Un ejemplar del periódico fue agregado en el expediente, como anexo documental al escrito de defensa presentado el 6 de diciembre por el reo, quien se decidió a hacer allí mismo, tal como ya adelantamos, serias revelaciones sobre hechos que antes había persistentemente ocultado.

El artículo de Cerutti, abundante en detalles sobre la cena de aquel domingo, se titula «Testigo casual», y en sus partes sustantivas dice:

Me encontré a Barnet a la hora del desayuno en el comedor del Hotel Metropolitano, donde yo había tomado como siempre hospedaje, y abrazarlo fue para mí agradabilísima emoción, pues no había vuelto a mirarle desde que nos despedimos en el puerto de La Habana, en julio de 1929, después de disfrutar venturosa travesía iniciada en Génova. Me explicó la razón de su presencia en León y prometió presentarme de inmediato a su socio en el proyecto que al presente le ocupaba, mandando al punto a buscarle a la casa de enfrente, con uno de los camareros. Súbito llegó el socio, e iniciamos alegre plática, despertándose entre los dos una natural simpatía. Se prolongó la tertulia, y fueron ordenadas algunas copas.

Se trataba del joven guatemalteco, abogado de profesión, Oliverio Castañeda. Gustaba declamar poesías y lo hacía muy concentradamente, apretando las manos y poniendo intensa emoción en su voz, sobre todo versos de amores desgraciados; recuerdo uno tocante a dos rivales masculinos que terminaba en un duelo a machete, algo que me pareció horrible y escalofriante. También, y con mucha más emoción aún, tanto que llegó al borde de las lágrimas, recitó una composición dedicada a la madre muerta, la que según me parece recordar era un madrigal, o soneto, de su propia inspiración. Pero sabía sazonar su recital intercalando décimas de tono muy subido, propias de las algaradas estudiantiles de su patria, Guatemala, en las que no faltaban picantes referencias a frailes, monjas e invertidos; repertorio picaresco de innegable aunque irreverente ingenio.

Ya al calor de la animación propuso continuar más tarde aquel encuentro, dándonos cita por la noche cuando nos ofrecería una cena en la casa donde vivía como huésped, pues al momento debía ocuparse de algunos asuntos profesionales que concernían a su anfitrión quien, a la vez, era su cliente. Y sin más demora, dio órdenes al mozo para que cruzara la calle y fuera a llamar al referido señor.

El señor hubo de llegar sin tardanza; el joven Castañeda me lo presentó cuando nos despedíamos; y de una manera bastante atrevida le comunicó la invitación a cenar, que ya nos había hecho. El señor, azorado, balbuceó algo, y sonrió un tanto mohíno. Luego, él y su joven huésped se retiraron juntos, hablando de los asuntos profesionales que ya dejo mencionados.

Le comenté entonces a mi amigo Barnet que mucha confianza debía tener aquel simpatiquísimo joven en esa casa para tomarse la libertad de convidarnos a cenar, notificándolo con posterioridad y de manera tan desabrida al dueño de familia. Y Barnet me respondió, con harta picardía, que yo tenía razón; sólo Oliverio Castañeda era capaz de obligar a poner sus manteles largos a aquel hombre de puño tan cerrado, rico tendero de abolengo en León, pero con quien no perdían su tiempo las monjas de la caridad. Y que, además, estaba de por medio otro motivo: se avizoraba boda en el horizonte.

Esa noche pude yo comprobar, personalmente, que el joven Castañeda se sentía allí a sus anchas, como en su propia casa, siendo sus palabras órdenes para la familia y para la servidumbre. El dueño, aunque reservado de modales, parecía vigilar los pensamientos del huésped, a fin de adelantarse a satisfacerlos, en forma tímida yo diría, pero casi servil. Y todos se reían de sus bromas y de su ingenio, poniendo exagerada animación al celebrarlo. Ejercía, a ojos vistas, una especie de señorío mental sobre cada uno de sus anfitriones.

Barnet me había hablado de matrimonio a la vista. Me pareció lógico, pues según mi amigo me informara, se trataba de un joven que recientemente había enviudado. Pero a la mesa eran dos las señoritas hijas del matrimonio anfitrión las que se sentaban; y él, de manera muy sutil, repartía sus cuidados entre ambas, manteniendo el equilibrio como un verdadero artista en el trapecio de las galanterías; y sin ahorrar, tampoco, lisonjas de muy exquisita naturaleza para la dueña de casa.

Cuando una de las dos señoritas, la mayor de ellas, aceptó, a instancias del propio Castañeda, ejecutar algunas piezas al piano, instrumento que tocaba con aceptable habilidad, vino él a colocarse a su lado, llevando el compás como si dirigiera toda una orquesta. Disfrutaba la señora, por las señales de contento que hacía a su marido, instándolo a observar la bufonada; pero la más joven, sentada sola al otro extremo del salón, miraba la escena con evidente enojo, pues aunque él trataba de aparentar un juego, parecía arrobado con la música ejecutada por la pianista.

Más en cierto momento, y tal si volviera en sí de su transporte, sonrió a la enojada, y con la punta de los dedos le envió un beso casi imperceptible. Los ojos de la muchacha, húmedos ya de lágrimas, tornaron a iluminarse, como si aquel beso insinuado desde lejos hubiera tenido el poder de disipar la peligrosa tormenta que se acumulaba en sus pupilas.

Después, se trataron otros temas en la conversación de sobremesa, y el joven Castañeda me hizo ir hasta mi habitación del hotel a buscar mis catálogos de monumentos funerarios para que se los mostrase al señor; cosa que yo hice con no poco disgusto, pues estimé aquello inoportuno. El señor ojeó las fotografías con atención muy cortés, sin que se hablara de ningún pedido. Como a las once menos cuarto, nos despedimos a instancias de Barnet, quien debía viajar muy temprano a Managua.

Al amanecer del martes 3 de octubre me disponía a abandonar el hotel, pues debía tomar el tren de la mañana rumbo a Corinto, cuando noté al salir, cosa extraña, filas de sillas alineadas en las aceras de la casa de la familia, y un inusitado entrar y salir de gente por las puertas iluminadas. Indagué, y por parte de la servidumbre del hotel se me informó de la muerte repentina de una de las dos jóvenes hijas de aquel matrimonio que tan gentilmente nos había acogido; y lleno de sincero pesar, fui a ofrecer mi condolencia antes de partir.

Presente en el velatorio se encontraba mi muy íntimo amigo el hábil florista Rodemiro Herdocia, a quien, debo decirlo de paso, admiro por su gracia singular en los arreglos florales, vero artista que rivalizaría bien con otros del oficio en Padua, Florencia o Roma, además de poseer garbo y una muy atractiva estampa física. Me informó Rodemiro que los señores se habían recostado un momento, conduciéndome entonces delante de la más joven de las hermanas, quien se encontraba en el corredor rodeada de un grupo de otras señoritas; de este modo, pude enterarme de que era la otra, la pianista, la fallecida.

No pareció ella reconocerme, tan atribulada como estaba, aunque el joven Castañeda, quien salió en ese momento de uno de los aposentos, tuvo la gentileza de recordarle las circunstancias en que tan recientemente nos habíamos conocido. Allí me despedí de él, y desde entonces, hasta ahora que encuentro su nombre en los periódicos, no había vuelto a tener noticias suyas.

Escribo estas líneas porque no comprendo cómo un joven tan fino y de excelentes maneras pueda ser responsable de una cadena de crímenes horrendos, y ojalá la justicia brille con suficiente luz en este caso y pueda exonerarlo si no es él, como yo lo pienso, culpable.

Cuando la cocinera Salvadora Carvajal es dejada en libertad, y Rosalío Usulután la visita con afán investigativo en su casa del Barrio de Subtiava, a finales de octubre de 1933, ya se conoce por parte del público el contenido del equipaje de Oliverio Castañeda, requisado por orden del Juez; y los periódicos divulgan con insistencia los títulos de las piezas musicales de los discos encontrados en el baúl, con lo que vuelven a ponerse de moda en León y el resto de Nicaragua.

Las orquestas las incluyen en sus repertorios bailables; se silban, se tararean, y el vals «El amor sólo aparece una vez en la vida» se llega a ejecutar en el concierto de la Banda Municipal, en la Plaza Jerez, el domingo 29 de octubre de 1933, siendo retirado de programas sucesivos ante la protesta que el Pbro. Isidro Augusto Oviedo y Reyes dirige al Alcalde Municipal, Doctor Onesífero Rizo. Esta protesta aparece consignada en una carta abierta firmada por el Canónigo y publicada en el semanario católico «Los Hechos», bajo el título «Dolor Burlado».

Entre otras instrucciones que el Doctor Salmerón diera a Rosalío para conducir la entrevista con la cocinera, estaba la de preguntarle si la noche del domingo 1 de octubre de 1933, al sentarse Matilde al piano por última vez, había tocado el vals «El amor sólo aparece una vez en la vida».

La cocinera no recuerda esa canción, porque no conoce las canciones por sus nombres; entonces, Rosalío saca de la bolsa trasera del pantalón una armónica, y aplicándola a los labios, toca allí, en la casa forrada de caña brava e inundada por el humo del fogón, la melodía que sigue poniendo a todas horas la Estación LeFranc.

—Esa es —sonríe desdentada Salvadora Carvajal—. Esa noche fue la última vez que se la oí…

Y repite la melodía con un zumbido, la boca cerrada, como si tratara de dormir a un niño en su cuna.

20. Conversación clandestina en la trastienda

Era ya de noche cuando Rosalío Usulutlán llegó a las vecindades del Mercado Municipal. Comenzaba a escampar, aunque las correntadas fluían aún impetuosas sobre el empedrado de la Calle del Comercio, empujando hojas de plátano y otros desperdicios. Los truenos, lejanos, arrastraban sus ecos broncos hacia el mar. En la cuadra de comercios cerrados, solamente una de las puertas de la Tienda «El Esfuerzo» permanecía entreabierta, filtrando una ceja de luz amarillenta que teñía de reflejos temblorosos la acera encharcada. Se asomó. El dependiente que antes había ido a buscarlo el periódico despachaba un paquete de Sal Epsom a un solitario comprador empapado de lluvia.

El muchacho le hizo una discreta señal de pasar a la trastienda, desde la que se oían venir toses apagadas; y al encaminarse a los interiores notó sobre la plancha de un mostrador cercano al pasadizo el sombrero y la capa del Doctor Darbishire. Tal descubrimiento lo llenó de no poca sorpresa, pues el anciano jamás se aventuraba tan lejos; además, su coche de caballos no estaba en la puerta y, por tanto, debió haberse venido a pie, bajo la lluvia.

Mayor sorpresa se había llevado Cosme Manzo cuando, pocos minutos antes, el dependiente llegara a informarle a la trastienda que el anciano estaba en la puerta de la calle y preguntaba por el Doctor Salmerón. Lejos de asustarse, el Doctor Salmerón se mostró alegremente excitado, indicándole a Manzo, a través de señales mudas, que lo hiciera pasar; y ante su renuncia, hubo casi de empujarlo a salir a su encuentro.

Manzo lo trajo al fin. Y para mostrarse solícito fue por su taburete de sentadero de baqueta a la jaula de cedazo que le servía de oficina en un rincón de la tienda. Se lo ofreció, muy cortado, limpiándolo él mismo con su pañuelo, mientras el Doctor Salmerón se quedaba deliberadamente de pie.

Allí los encontraba ahora Rosalío. El Doctor Darbishire, sofocado por el ambiente de la trastienda que olía a kerosene y manteca de cerdo, se había quitado el saco del traje oscuro de casimir, el mismo del entierro, y utilizaba su pañuelo para secarlo, aplicándose a secar con igual comedimiento las perneras de su pantalón y los zapatos.

Al aparecer el periodista, alzó a verlo con aire despreocupado, sin saludarlo. No debía ocurrírsele a nadie juzgar su presencia en aquel cubil como un misterio, o complicidad de ninguna clase: había buscado a su colega en su consultorio y, al informársele que se encontraba en este lugar, se vio obligado a visitarlo aquí. Eso era todo.

El Doctor Salmerón, igualmente despojado del saco, pero arremangado como si se preparara a sajar un absceso, se mantenía a unos pasos del Doctor Darbishire, y volviendo constantemente la mirada hacia los otros, les reclamaba cautela: si el anciano se había aventurado a coger un catarro caminando bajo el agua por las calles del Mercado Municipal, era porque no quería que vieran su coche en la puerta de la abarrotería; y al ser ésta la primera vez que tomaba la iniciativa de buscarlo, después de la agria despedida de pocos días atrás, algo nada despreciable debía traerse entre manos.

Midiendo sus pasos, Rosalío Usulutlán fue a buscar lugar junto a Cosme Manzo, quien había tomado por asiento una caja de jabón de lavar «La Estrella», en el rincón donde se guardaba el bacalao de la Emulsión de Scott, lejos del resplandor de la bujía que colgaba sobre las cabezas de los dos colegas. Con un gesto del dedo en los labios, Manzo le advirtió, mientras le hacía sitio, que no fuera a decir ni media palabra.

—Deseo consultarle algunos asuntos referentes al joven Castañeda, colega… —la voz del Doctor Darbishire alcanzaba apenas a los dos testigos en la penumbra, obligados a adelantar el torso a fin de oír mejor. Su tono era deliberadamente profesional, adecuado a tratar un caso clínico entre médicos.

—¿Sí, maestro? —el Doctor Salmerón continuó inmóvil, con respetuosa indiferencia.

—Usted ya me conoce, yo no soy alarmista. Pero tampoco soy irresponsable —el Doctor Darbishire alisó el saco extendido sobre sus piernas—; yo quería comentarle, si me permite, algunas cosas que en este último caso me han llamado la atención.

Aunque quisiera disimular, el anciano tenía un semblante verdaderamente preocupado. En su rostro sanguíneo, cruzado por enjambres de venas azulinas a flor de piel, aparecían pliegues profundos, sobre todo en la frente.

—¿Qué cosas, por ejemplo? —el Doctor Salmerón se restregaba los brazos desnudos, como para aliviar una picazón.

—Los síntomas, en primer lugar —el Doctor Darbishire sentía que iba a estornudar. Entrecerró los ojos y se llevó la mano a la nariz—; la jovencita Contreras me presentó un cuadro muy semejante al de la Señora Castañeda. ¿Se acuerda de esos síntomas?

—Los dos fueron casos de fiebre perniciosa. Es lógico que se parezcan —los labios del Doctor Salmerón, esponjados de indiferencia, brillaban, grasosos, bajo la luz del foco.

—Dejémonos de pantomimas, colega —el Doctor Darbishire mantenía los dedos en la nariz, pero el estornudo se había frustrado—. No me esté haciendo papel de ofendido. Reconozco que Usted me hizo una advertencia, que yo no atendí. Por eso quiero examinar ahora, seriamente, el caso con Usted. A lo mejor estamos viéndonoslas con un maniático.

—Muy bien, veamos el caso —el Doctor Salmerón se mordió la cutícula de la uña del dedo pulgar.

—Ya le dije lo de los síntomas —ahora sí, el Doctor Darbishire conseguía estornudar, cubriéndose la boca con las manos—: ataques repetidos, in crescendo. Rigidez de las extremidades inferiores, insensibilidad, propulsión de los globos oculares, trismus de la mandíbula. Traté de separar los dientes con una espátula; me fue imposible.

—Estricnina —sentencia el Doctor Salmerón, sin dejar de morderse la uña.

—Estas son las cápsulas sobrantes del tratamiento que le preparé a Matilde —el Doctor Darbishire registra el bolsillo del saco que tiene doblado sobre las piernas—; pienso que debe examinarse su contenido. Quedan dos.

El Doctor Salmerón, sin moverse de su sitio extiende la mano para tomar la cajita de cartón que se abre en forma de gaveta; extrae las dos cápsulas y las examina sin demostrar curiosidad.

—¿Qué se puede hacer con las cápsulas? —el Doctor Darbishire levanta el saco como si buscara un mejor lugar donde colocarlo, pero al fin lo mantiene sobre sus piernas.

—Yo tengo quien pueda examinarlas con toda confidencialidad —el Doctor Salmerón deja caer una por una las cápsulas y cierra la cajita—; el Bachiller Absalón Rojas, en el laboratorio de la Facultad de Farmacia.

—No. Eso no sería conveniente —el Doctor Darbishire estira la mano en demanda de la cajita—. ¿Y si da positivo? ¿Si hay estricnina?

—Pues ya tendríamos pruebas. ¿Qué más quiere? —el Doctor Salmerón, con un golpe enérgico, le pone la cajita en la palma extendida.

—¿Pruebas contra quién? Contra mí, que he preparado el mismo medicamento para las dos pacientes, muertas en iguales circunstancias —el Doctor Darbishire se señala el pecho con el pulgar.

—Usted sí que es divertido, maestro. ¿Quién va a sospechar de Usted? —el Doctor Salmerón baja la cabeza, como si buscara algo en el suelo, y se ríe—. Usted sólo ha sido un agente pasivo de ese criminal.

—Mejor se las voy a entregar al Juez —el Doctor Darbishire devuelve la cajita al bolsillo del saco—. Que él decida si las sospechas son vanas o no. Así acabamos con todas estas especulaciones.

—¿Y si no tienen nada? —el Doctor Salmerón lo desafió con un movimiento de la barbilla.

—Entonces, quiere decir que me dejé sugestionar por Usted —el Doctor Darbishire, al pasear otra vez la vista en busca de un estornudo perdido, se detuvo en la cola plateada del bacalao, alumbrada apenas por los reflejos de la bujía. El resto del pescado se sumergía en las sombras, igual que los dos testigos sentados en la caja de jabón.

—No, quedaríamos peor —el Doctor Salmerón siguió la vista del anciano; y más que en la cola del pescado, se entretuvo en adivinar las siluetas de sus dos amigos que permanecían muy quietos, acurrucados en la oscuridad—. Para que el Juez pueda ordenar el examen, debe levantar primero un autocabeza de proceso criminal.

—¿Y no es eso lo que Usted quiere? —el Doctor Darbishire estimaba la longitud del bacalao. Guardado allí, cabeza abajo, sin movimiento, parecía más pequeño que en la calle.

—Si dentro de las cápsulas no hay nada, el criminal se va a sentir más seguro para seguir envenenando, ya sin riesgo —el Doctor Salmerón, atento al escondrijo, vio la mancha café del sombrero de Rosalío Usulután aproximarse al bulto de Cosme Manzo—; y Usted perdería para siempre la confianza de la familia Contreras, sometida a un escándalo, provocado nada menos que por su médico de cabecera.

—Pero es que si hubo mano criminal, necesariamente el veneno está en las cápsulas —el Doctor Darbishire levantó el saco, agitándolo—. O Usted mismo se contradice.

—No me contradigo —el Doctor Salmerón vio resplandecer la lumbre de un fósforo. Cosme Manzo le daba fuego a Rosalío Usulutlán—. ¿Quién le ha dicho que Oliverio Castañeda, siendo tan talentoso como es, no iba a tomar la precaución de poner el veneno en una sola de las cápsulas?

—¿Una sola? No le entiendo —el Doctor Darbishire notó la brasa roja del cigarrillo, fija en la boca invisible de Rosalío, y señaló hacia el rincón—. ¡Ustedes! Le van a pegar fuego al pescado. ¿Que no saben que el cartón arde rápido?

La brasa se agitó en la oscuridad. El Doctor Salmerón alcanzó a ver a sus dos amigos que se levantaban asustados, desapareciendo tras la estiba de cajas de jabón. Se oyó el ruido de algo que se resbala y cae, y la cola del pescado desapareció también.

—Cuando envenenó a su esposa, no hubo cápsulas sobrantes —el Doctor Salmerón quiere reírse, porque Manzo vuelve a aparecer y le hace gestos a Rosalío, echándole la culpa de la caída del pescado—. Ahora las hay. Pero casi estoy seguro de que no tienen veneno.

—¿Entonces? —el Doctor Darbishire frunce el ceño, preocupado por su falta de comprensión. Se da cuenta también de que su discípulo se esfuerza en contener la risa, y eso le disgusta—. Y póngame atención, que esto no es un juguete.

—Ya le dije, el veneno va nada más en una cápsula, la mortal —el Doctor Salmerón procura sosegarse, pero sigue pendiente de los percances en el rincón. Rosalío trata ahora de enderezar el pescado—. La ruleta rusa, maestro. Sólo hay una bala en el tambor del revólver.

—En ese caso —el Doctor Darbishire levanta el saco y lo sostiene como un trapo inútil—. ¿De qué sirve examinar estas cápsulas, aunque sea confidencialmente?

—Sólo para que Usted y yo quedemos seguros de que no estamos lidiando con un aficionado, sino con todo un artista de su oficio. De todos modos, las pruebas en el caso de Matilde ya se perdieron —el Doctor Salmerón ve elevarse la cola del bacalao. Se oye otro ruido, el de alguien que tropieza; y ya no puede contenerse.

—¿Cuál recurso? —el Doctor Darbishire se pone de pie, enojado—. Si no puede atenderme, dejemos esto para otro día.

—Siéntese, maestro. El examen de los jugos gástricos, de la orina, la saliva —el Doctor Salmerón se seca las lágrimas de risa con el dedo—. ¿Por qué no extrajo Usted anoche los jugos gástricos de la paciente? ¿Por qué no usó la sonda?

—No iba preparado —el Doctor Darbishire vuelve a sentarse mientras se mete una manga del saco.

—Y si anoche mismo tenía sospechas, ¿por qué no ordenó entonces la autopsia del cadáver? —el Doctor Salmerón se coloca de espaldas al rincón del bacalao para evitar la risa—. ¿Por qué se le ocurre venirme a contar todo esto hasta después del entierro? Tuvo toda la madrugada, toda la mañana de hoy para encontrarme. Yo no andaba escondido. Y si me halló aquí, me pudo haber hallado en cualquier parte.

—Para usted todo es fácil. ¿Usted sabe lo que es hablarle de destazar un cadáver a esta gente timorata? —el Doctor Darbishire se mete la otra manga del saco, sin levantarse del taburete—. ¿El cadáver de una muchachita virgen? Menos mal que no me está pidiendo una exhumación. Eso sí que sería maravilloso.

—Pues es lo único que queda para detener a ese hombre. Y me corta las dos manos con su bisturí si no se encuentra estricnina en el cadáver —el Doctor Salmerón extendió las manos muy juntas hacia el anciano.

—Con Usted no hago nada —el Doctor Darbishire se puso de pie y se estiró las faldas del saco—. Que el Juez decida lo que quiera hacer con las cápsulas.

—Magnífico. La próxima víctima es Don Carmen Contreras —el Doctor Salmerón se desenrolló enérgicamente las mangas de la camisa, como si ya hubiera terminado de sajar—. ¿Está palúdico Don Carmen?

—¡Quién no está palúdico en este botadero de basura! —el Doctor Darbishire se agachó para no chocar con la bujía al dirigirse a la puerta.

—Pues no le vaya a recetar quinina preparada por Usted —le advirtió el Doctor Salmerón de manera burlona, mientras se abotonaba los puños.

Sin voltearse, el Doctor Darbishire hizo un ademán airado, como si se espantara un mosquito del oído. Y se fue.

Desde la penumbra, Cosme Manzo se acercó cauteloso al Doctor Salmerón.

—¿Usted cree que le va a entregar las cápsulas al Juez? —Cosme Manzo se volvió hacia la puerta por donde había desaparecido el anciano.

—No está entregando nada —el Doctor Salmerón miró una vez más hacia el pescado. La cola estaba otra vez en su sitio, contra la pared—. Y ustedes dos son unos payasos. Están buenos para el Circo Atayde.

—Sólo a éste se le ocurre ponerse a fumar. Nunca fuma, y ahora jodió como una ladilla hasta que le di un cigarrillo y le encendí el fósforo —Cosme Manzo acusó con el dedo a Rosalío, que se acercaba renqueando.

—¿Y por qué Don Carmen es el próximo? —adolorido, Rosalío se sobó la rodilla.

—Por dos razones —el Doctor Salmerón lo volvió a ver de mal modo—. Porque duerme sin mosquitero. Y porque estorba.

21. Inútiles remordimientos

El Doctor Darbishire salió tan molesto de la trastienda a causa del inútil resultado de la discusión, que olvidó recoger su capa y sombrero depositados sobre la plancha del mostrador; pero mientras caminaba de vuelta a su casa, a lo largo de la Calle Real, al calmarse su disgusto comenzó a apretarse otra vez en su pecho el mismo viejo sentimiento de lástima por su discípulo.

Desde sus días de estudiante había pretendido apartarlo, sin éxito, de aquellas compañías perdularias de las que disfrutaba en rodearse, individuos resentidos y pésimamente educados, cuyo único entretenimiento era el cuento y la calumnia. ¿Por qué un médico de tanto talento como el Doctor Salmerón se complacía en ponerse la corona de rey de semejante muladar?

Y él mismo, que al acudir a la trastienda de Manzo se había sometido voluntariamente a esa contaminación de impurezas. Con grandes esfuerzos reprimía el impulso de olerse las ropas, como si las sintiera impregnadas de un persistente tufo a excusado; y lo peor, ni aun a ese precio había logrado disipar los remordimientos que lo atormentaban desde la medianoche anterior. Por el contrario, su entrevista con el Doctor Salmerón solamente consiguió exacerbarlos.

¿Cuál era la causa de esos remordimientos, que al irse calmando su disgusto compartían lugar en su pecho con la ya vieja lástima por su discípulo? Ya sospechará el lector: la agonía de Matilde Contreras, su muerte a medianoche, que de estar en lo cierto el Doctor Salmerón él pudo haber evitado.

Y, todavía, algo más. En su presencia, tras el paroxismo del penúltimo ataque, la moribunda había pedido perdón a su madre y a su hermana, mientras sus dedos se aferraban al borde de la cobija. Aquel ruego, ahogado por la violencia del aguacero que golpeaba con rudeza sobre el techo del aposento, lo persiguió a lo largo del día mientras escuchaba cada hora, desde su consultorio, los dobles de la campana mayor de la Catedral; y el almuerzo, frente al plato de sopa del que sólo había probado un par de cucharadas, la súplica se le volvió insoportable.

¿Y si aquella joven, que pedía perdón exhalando las frases como suspiros de pena, hubiera sido realmente envenenada? ¿Y si el envenenador se quedaba ahora con la hermana como fruto de su crimen? ¿No se volvían entonces aquellas palabras aún más atroces? ¿Y no se lo había advertido el Doctor Salmerón? Y él, que por su flojera venía a convertirse en cómplice de semejante iniquidad.

Por eso había buscado infructuosamente a su discípulo en su casa después del entierro, y al saberlo en la tienda de Manzo no había vacilado en ir hasta allí, aunque esa visita lo rebajara. Y lo halló al fin, escondido en un cubil mal alumbrado, como si no fuera otra cosa que el caporal de una cuadrilla de ladrones preparando en secreto algún asalto nocturno con sus paniaguados.

¿Qué palabras son esas, con las que Matilde Contreras pedía perdón en su lecho de muerte, y que tanto turbaron el ánimo del Doctor Darbishire? Oliverio Castañeda le cuenta a Carmen Contreras Guardia, en su carta del 4 de octubre de 1933, que Matilde sólo alcanzó a pronunciar palabras de resignación cristiana. Pero el testimonio de la niña Leticia Osorio, rendido el 19 de octubre, nos arroja la luz necesaria sobre este particular:

> Afirma la declarante haber sido despertada a eso de las doce de la noche, siendo la Niña Ma. del Pilar quien la llamó, pues estaba grave la Niña Matilde y debía levantarse a ayudar en todo lo necesario; que la dicente se metió su bata y se fue directo al aposento, donde encontró a la Niña Matilde en medio de un ataque muy feo, brincando en la cama, con la cara morada y con los ojos abiertos y fijos; y que ya recuperada, pudo oírle las siguientes palabras: «Virgen Santísima, con gusto muero, pero dame un poquito más de vida para prepararme.»
>
> Que después entró el Doctor Darbishire traído por Don Oliverio, dándole entonces a la enferma otro ataque, más fuerte que el anterior; y habiéndole pasado, recuerda que dijo estas otras palabras: «Mamá, me muero, les pido perdón a las dos. Le pido perdón a Usted. Y vos, hermanita, perdóname.»

Tener dudas le molestaba al Doctor Darbishire, y remordimientos, peor. Para aliviar su ánimo es que hubiera querido reconstruir paso a paso con el Doctor Salmerón los incidentes de esa medianoche, tan trágica para su conciencia desde que los golpes habían sonado contra la puerta de la calle bajo la intensa lluvia. Sentarse tranquilamente los dos en el corredor del consultorio como

otras veces, sin la presencia de aquellos mequetrefes, y contarle todo
lo que sabía, todo lo que sospechaba, y todo lo que había hecho.

En el testimonio que el Doctor Darbishire rindió ante el Juez
el 17 de octubre de 1933, y partes del cual ya hemos citado con anterioridad, relata, entre otras cosas, los hechos de esa noche del 2 de
octubre. Pero, muy al contrario de lo que podríamos esperar, su declaración oculta sus sospechas y oculta asuntos fundamentales; y no
refleja tampoco las dudas y remordimientos que antes lo atormentaban.

Tampoco mencionó al Juez que había intentado buscarlo en
su domicilio particular el sábado 7 de octubre con intenciones de
revelarle esas sospechas, intento frustrado porque el Juez estaba ausente; ni nada acerca de su larga conversación de ese mismo sábado
con el Doctor Salmerón, que ya reseñaremos luego. Y muy poco, en
fin, sobre la agitada trama de acontecimientos en que de alguna manera se había visto envuelto la mañana del 9 de octubre, al producirse el deceso de Don Carmen Contreras.

Las razones de su silencio ya las conoceremos más adelante. Por
el momento, he aquí sus respuestas brindadas al Juez el 17 de octubre, en lo que se refiere a la agonía y muerte de Matilde Contreras:

JUEZ: Diga Ud. a qué horas del 2 de octubre de 1933 fue llamado para
atender a la paciente Matilde Contreras, y quién efectuó ese llamado.
TESTIGO: Serían cerca de las once y treinta de la noche, cuando escuché golpes en la puerta de la calle, difíciles de determinar a causa del
ruido de la lluvia que caía sobre la ciudad a esas horas. Acudí al llamado,
pero al asomarme no encontré a nadie, regresando al dormitorio. Siguieron los golpes, y cuantas veces me presentaba a la puerta ocurría lo mismo,
por lo cual pensé que se trataría de algún chusco. Decidido a abrir por
última vez, me encontré entonces con el joven Oliverio Castañeda, envuelto en un capote de hule y bajo un inmenso paraguas, con una piedra
en la mano. Me explicó que como no le respondían, se había cruzado el
parquecito de la Iglesia de San Francisco en busca de una laja, para gol-
pear más duro.
JUEZ: ¿No había un automóvil de alquiler esperando a la puerta?
TESTIGO: Debo confesar que sí estaba el automóvil, pero al tener sus
focos apagados y ser su color oscuro, la lluvia me había impedido notarlo,
además de haberse situado no frente al consultorio, sino al lado de la casa
del Doctor Juárez Ayón. Solamente se aproximó al momento de abordarlo.
JUEZ: ¿Cuánto tiempo calcula Ud. que habrá tomado esa secuencia
de golpes?
TESTIGO: Unos diez minutos en total.

JUEZ: ¿Considera Ud. que diez minutos era un tiempo precioso en el caso para el que Ud. fue llamado esa medianoche a casa de la familia Contreras?

TESTIGO: Honradamente, no podría decirlo. Entre el tiempo que tomaron los llamados, lo que necesité para vestirme, y el viaje en el automóvil que Oliverio Castañeda tenía a su disposición, puede haber pasado una media hora. El caso, por otra parte, era fatal.

JUEZ: ¿Le hizo Oliverio Castañeda algún comentario durante el trayecto a bordo del automóvil?

TESTIGO: Se mostraba afligido y asustado, relatándome la alarma con que Don Carmen había llegado hasta su cuarto a llamarlo; ante lo cual, pensando que se trataba de un ladrón, había salido armado de su revólver. Pero que ya en el corredor, Don Carmen le dijo que volviera a acostarse, pues, no era nada, sólo que Matilde estaba durmiendo del lado del corazón y eso le había causado una opresión en el pecho. Aunque momentos después, cuando ni siquiera se había desvestido, hubo una nueva alarma, y lo enviaron en busca mía. «Esto es muy horrible, Doctor», me repetía. «Temo por la vida de Matilde, porque la veo en el mismo estado en que estaba Marta cuando la perdí.»

JUEZ: ¿Puede Ud. asegurar si efectivamente la paciente presentaba síntomas iguales a los de la difunta Marta Jerez de Castañeda?

TESTIGO: Puedo decir que se presentaban, como en aquel caso, los síntomas de la fiebre perniciosa, razón por la cual dictaminé en consecuencia. Me basé, además, en los antecedentes clínicos de la enferma, que también, como en el otro caso, yo conocía, pues traté a las dos por paludismo. Los demás médicos llamados por los familiares esa medianoche, entre ellos el Doctor Sequeira Rivas, estuvieron perfectamente de acuerdo con mi criterio.

JUEZ: ¿No sospechó Ud. que pudiera haber mano criminal?

TESTIGO: No tenía por qué sospecharlo. En mi vida profesional he visto y tratado muchos casos de fiebres palúdicas que degeneran en esa clase de crisis, por lo general mortales. La muerte de mi propia esposa es un ejemplo cabal.

JUEZ: En su declaración del día 14 de octubre del año corriente, Doña Flora afirma que Ud., en su última visita médica a la enferma, se refirió al propósito de sustituir las cápsulas de quinina preparadas de su mano, por un medicamento de patente, lo cual finalmente no se consumó. ¿Puede explicar la razón que tuvo para pensar en este cambio?

TESTIGO: Se trató de una referencia hecha a la ligera, pero no de una determinación de mi parte. Considero que mi tratamiento, en base a las cápsulas prescritas, era el más adecuado.

JUEZ: También afirma Doña Flora que la medianoche del deceso Ud. se mostró interesado en averiguar si la paciente había tomado esa noche las cápsulas; solicitándole, además, la cajita donde se conservaban aún dos de esas cápsulas. ¿Cuál era su intención al proceder así?

TESTIGO: Mi intención era comprobar si la paciente había tomado regularmente las cápsulas. A veces se presentan descuidos de parte de los familiares.

El Doctor Darbishire, determinado como estaba a callar, como ya vemos por sus esquivas respuestas, tampoco le informó al Juez que se había metido subrepticiamente en el bolsillo la cajita de cápsulas solicitada a Doña Flora, quien corrió a buscarla con gran diligencia, pese al apuro y confusión reinantes en el aposento, tal si de eso fuera a depender la salvación de su hija.

Es Doña Flora, quien en su declaración del 14 de octubre de 1933 nos revela, junto con otros detalles, la preocupación del médico por las cápsulas. Y la mala memoria de la testigo, o su lógica ofuscación del momento, habrían de ayudar al Doctor Darbishire a salir del paso:

Preguntada por esta autoridad sobre las circunstancias que rodearon la muerte de su hija Matilde, la declarante responde: Que su referida hija estaba padeciendo de paludismo, por lo cual recibía tratamiento del médico de la familia, el Doctor Darbishire. Que la declarante misma cuidaba de hacerle tomar la medicina, pues Matilde era muy descuidada; procurando darle sus cápsulas con algún alimento que le fortaleciera el estómago, como un vaso de avena, o de leche tibia. Este tratamiento eran seis cápsulas al día, preparadas por el Doctor Darbishire en su botica, dos después del desayuno, dos con el almuerzo, y dos al acostarse.

Que a raíz de la última visita hecha a la paciente, y como las calenturas se mantenían rebeldes, el Doctor Darbishire habló de sustituir las cápsulas por un medicamento de patente recién importado, muy efectivo; no llegándose a consumar tal cambio, pues el médico se fue sin volverlo a mencionar.

Que el día lunes puede decir que su hija lo pasó bien, muy contenta, comentando a sus amigas la cena que había tenido lugar la noche anterior en la casa, satisfecha de las alabanzas que recibiera de los invitados por su magnífica ejecución al piano, y puede afirmar que la vio mejor de su salud y más animada, pues cuando le sobrevenían las fiebres se mostraba alicaída y buscaba cómo abrigarse con un suéter aunque hiciera calor, cosa que no hizo ese día.

Que como a las siete de la noche decidió la declarante ir a visitar a la niña Monchita Deshon quien se encontraba enferma, y esta visita se la debía desde hacía varios días, pidiéndole a sus dos hijas que la acompañaran; sin embargo, Matilde le dijo que mejor esperaría el regreso de Oliverio, a fin de servirle su comida, pues por andar ocupado desde el mediodía en las gestiones de la Aguadora, con los munícipes, llegaría seguramente tarde; por lo cual se fue a la visita acompañada solamente de Ma. del Pilar.

Que al volver, como a las nueve y media de la noche, encontró sentados en el comedor a su marido, Matilde y Oliverio, quienes leían y comentaban los periódicos, acabando de cenar este último; recibiéndola su marido con la noticia de que todas las discusiones del contrato ya habían terminado, y que se firmaría pronto, en muy buenos términos para los intereses de la Compañía Aguadora.

Que como a las diez de la noche, antes de retirarse todos a dormir, la declarante dio a Matilde una píldora de Alófeno, y las cápsulas contra las fiebres palúdicas recetadas por el Doctor Darbishire, pues ya le tocaban; todo junto con un vaso de avena que fue ella misma a preparar a la cocina, ya retiradas a dormir las del servicio.

Que cuando le llevó las medicinas y la bebida, Matilde platicaba en el corredor con Oliverio, quien bromeó diciendo que esas cápsulas eran también buenas para embellecer, pues le habían hecho mucho efecto a la belleza de Matilde y le convenía que el Doctor le aumentara la dosis; riéndose su hija mientras se tomaba las cápsulas, una por una.

Que fueron a acostarse, siendo su marido el último en hacerlo, pues siempre recorría la casa, incluyendo la parte de la tienda, para asegurarse de que no hubiera nada anormal y que todas las puertas estuvieran bien cerradas. Que cuando la declarante entró al aposento, ya estaba lloviendo muy fuertemente.

Expresa que sería un cuarto antes de las doce cuando Ma. del Pilar los llamó alarmada porque Matilde había dado un terrible grito, dirigiéndose de inmediato ella y su marido al aposento de sus hijas, donde encontraron a Matilde rígida y sin conocimiento. Que su esposo le hizo diligencias de respiración artificial; y apenas volvió en sí, cogió las manos de la declarante, diciéndole: «Mamá, mamá, me muero.»

Que su esposo, asegurándole que no era nada, le recomendó ponerse del otro lado para que no oprimiera el corazón; pero apenas había vuelto a acostarse, Ma. del Pilar llegó corriendo otra vez a llamarlos. Vieron entonces que el caso era grave, porque ahora convulsionaba apretando la mandíbula y los puños; y sin perder más tiempo, su esposo mandó a Oliverio en busca del Doctor Darbishire.

Refiere la declarante que mientras venía el Doctor, entre ella y Ma. del Pilar se dedicaron a frotarle con Vick Vaporub las piernas y el pecho, haciendo despertar a las sirvientas para que hirvieran agua por cualquier necesidad. Que cuando el Doctor Darbishire llegó al rato, traído en automóvil por Oliverio, dictaminó perniciosa violentísima, y en eso estuvo de acuerdo el Doctor Sequeira Rivas, quien entró casi al mismo tiempo.

Que el Doctor Darbishire insistió mucho en preguntarle a la declarante si Matilde había tomado sus cápsulas de quinina esa noche, respondiéndole ella que se las había dado con su propia mano; y tras preguntárselo repetidas veces le solicitó llevarle la cajita, en la cual ya sólo quedaban dos que eran las del desayuno; y así lo hizo ella, para que viera que no había fallado en su diligencia de medicinar a Matilde.

A preguntas del Juez, la declarante responde que cree haber visto la cajita en la mesa de noche, donde el Doctor Darbishire la abandonó; pero como después el aposento fue ordenado a fin de tender el cadáver mientras llegaba el ataúd, no puede responder sobre el destino que habrá tenido.

El destino de la cajita ya lo conocemos. El Doctor Darbishire la lleva en el bolsillo del saco cuando regresa a su consultorio la noche del 3 de octubre de 1933, después de la cita clandestina con su discípulo en la trastienda de Cosme Manzo. Pero en el maletín, que ha dejado en el consultorio, conserva algo quizá más importante.

El lector, justamente intrigado, se preguntará: ¿de qué se trata? Pasamos a satisfacerlo. Se trata de una pinza, entre cuyas tenazas está atrapado un apósito de algodón. El Doctor Darbishire, sin revelar a nadie sus intenciones, había enjugado la boca de Matilde Contreras con el apósito, propuesto a recoger una muestra de su saliva; algo que, dada la mala fortuna de la plática, terminó por ocultar a su discípulo. Y ahora, si como éste aseguraba, sólo una cápsula contenía el veneno, en la saliva se encontraría sin duda la prueba del asesinato.

Cuando entra al consultorio y enciende la luz, va directamente al maletín y saca la pinza, cuyas tenazas siguen aprisionando el apósito. La coloca sobre el vidrio del escritorio y extrae del bolsillo del saco la cajita, poniéndola al lado. Se sienta, y medita largo rato con los brazos cruzados en el pecho, contemplando gravemente los objetos.

Y al dirigirse a su aposento ha adoptado ya la firme decisión de buscar al Juez muy temprano del día siguiente, al sólo regresar de su visita al pensionado del Hospital San Vicente. Va a hablarle con toda franqueza, y a entregarle la pinza con el apósito y las cápsulas sobrantes.

Se desviste, tirando las ropas sobre una silleta. Que sea la justicia quien decida. Y ya acostado, se sobresalta al recordar que dejó abandonados su capa y su sombrero en la tienda de Cosme Manzo; y su disgusto es tal, que vuelve a sentarse en la cama.

Apenas amanezca va a mandar a Teodosio a recuperarlos, se acuesta de nuevo buscando el sueño. Pero es inútil. La cama le parece erizada de espinas.

22. Extraña conducta durante una vela

Bajo el aguacero que caía sobre la ciudad de León la media-noche del 2 de octubre de 1933, fueron llegando a la casa de la familia Contreras parientes y amigos convocados gracias a la diligencia de Oliverio Castañeda, quien se dedicó a recorrer, en compañía del Capitán G. N. Anastasio J. Ortiz, los domicilios de aquellos que él mismo juzgó los más allegados, según lo narra en su carta a Carmen Contreras Guardia.

Mientras su acompañante lo aguardaba en el automóvil, él golpeaba con urgencia las puertas y hacía resonar los aldabones de los zaguanes. Los declarantes lo recuerdan trémulo, bajo un inmenso paraguas, comunicándoles, apresuradamente, en las salas a oscuras y en los corredores anegados que los relámpagos iluminaban de cuando en cuando, la noticia de que Matilde se moría.

Algunos de esos testigos aseguran que Castañeda, adelantándose a los acontecimientos, les dio por consumado el deceso; lo cual contribuyó, posteriormente, a aumentar las sospechas en su contra. Tal es el caso, por ejemplo, de la señorita Graciela Deshon, Presidenta de las Hijas de María, quien en su testimonio del 16 de octubre de 1933, afirma:

> Castañeda me tomó fuertemente por los hombros, en un gesto de confianza que a mí me chocó, diciéndome: «Sea fuerte, Niña Chelita, ante lo que va a oír: Matilde, el ángel que nos alegraba con su música, ha volado al cielo, de donde había venido.» Pero el muy lépero me estaba mintiendo, pues cuando llegué a la casa encontré a Matilde con vida y los médicos se esforzaban todavía en salvarla.

En su confesión con cargos del 1 de diciembre de 1933, Oliverio Castañeda responde al Juez sobre este particular:

> JUEZ: La medianoche del fallecimiento de la Srta. Matilde Contreras, sin que nadie se lo solicitara, Ud. se dedicó a llamar a diferentes personas en

sus domicilios para hacerlas concurrir a la casa de la familia; y a algunas de estas personas Ud. les manifestó que Matilde ya había muerto, cuando tal cosa no había ocurrido aún. De lo anterior concluyo que Ud. se encontraba absolutamente seguro de que, de todos modos, ella iba a sucumbir a consecuencia del veneno.

REO: Es cierto que por un deber de amistad me dediqué a convocar a las personas más cercanas a la familia, iniciativa que nunca consideré fuera de lugar, sino todo lo contrario. Tanto Don Carmen como Doña Flora me agradecieron más tarde, durante la vela, que así hubiera procedido; y ella misma podría confirmárselo, si no se encontrara tan predispuesta contra mí, como ahora desdichadamente lo está.

En cuanto a lo otro, jamás me adelanté a manifestar a ninguna de esas personas que Matilde hubiera ya fallecido, y miente quien así lo afirme, seguramente bajo la influencia del odio que se ha creado en el ambiente social de esta ciudad en contra mía. Lo único que yo podía decirles es que Matilde se encontraba muy grave, víctima de terribles ataques. Y esta era la verdad.

JUEZ: ¿Y en qué se basaba Ud. para asegurar que Matilde se encontraba en tal estado de gravedad? ¿Había Ud. penetrado en el aposento y presenciado por sí mismo esos ataques?

REO: Lo sabía porque así me lo manifestó Don Carmen cuando llegó a mi dormitorio para pedirme que fuera en busca del médico; y el segundo ataque la sobrevino cuando todavía platicábamos en el corredor, dispuestos a volver a nuestros lechos creyendo todo una falsa alarma. Después, los deudos y médicos que entraban y salían del cuarto de Matilde se referían a esos ataques, y se me envió por medicinas necesarias a combatirlos. Yo, por delicadeza, no entré ni una sola vez al cuarto, limitándome a cumplir con todas las diligencias desde afuera.

JUEZ: En su declaración del 14 de octubre de 1933, afirma Doña Flora que ya se habían acostado cuando sobrevino el segundo ataque. ¿Por qué insiste Ud. en decir, como lo hizo en su carta a Carmen Contreras Guardia, que aún platicaban en el corredor al producirse esa nueva crisis?

REO: Porque es la verdad, y no estimo de ninguna importancia ese detalle; y mejor debía atribuir Ud. al estado anímico de Doña Flora el lógico hecho de olvidar la secuencia correcta de lo ocurrido.

JUEZ: En esa carta de fecha 4 de octubre de 1933, que Ud. escribió al joven Carmen Contreras Guardia, y la cual tengo a la vista, Ud. manifiesta haber oído a Matilde pronunciar frases en su lecho de moribunda. ¿Cómo pudo ser, si ahora asegura Ud. que no penetró en ningún momento al dormitorio?

REO: No necesitaba haberlas oído directamente, pues me fueron comentadas por los familiares de ella que se encontraban allí. Recuerde que para entonces, cuando la maquinación en mi contra no se había puesto todavía en marcha, yo era objeto de estima y confianza en esa casa.

Alicia Duquestrada, íntima amiga de Matilde, en su declaración del 19 de octubre de 1933, evacuada en su propia casa por deferencia del Juez, al referirse a esa medianoche, nos dice:

> Después que nos llegaron a llamar, nos alistamos, pero mi papá quería esperar a que escampara algo, porque las corrientes en las calles eran muy fuertes y tenía miedo de que arrastraran el carro; y como no pasaba el agua yo amenacé con irme a pie y sólo así lo convencí, llegando sin ningún percance.
>
> Era ya avanzada la una y hallamos la casa encendida, igual que si fuera a empezar una fiesta. Yo corrí llorando al cuarto de Matilde, y vi que habían sacado todo, solamente estaba su cama y ella en la cama, vestida con un vestido blanco de opalina que nunca se ponía porque le quedaba muy holgado de los hombros; y sobre la cara tenía un velillo de punto, como una novia lista para casarse.
>
> Las mujeres del servicio hervían café en la cocina y lavaban tazas y escudillas que estaban siendo sacadas de los anaqueles de la tienda con ayuda de Oliverio Castañeda, por la parte de adentro. Se me acercó él, viniendo de uno de sus viajes a la cocina, y abrazándome muy fuerte, entre sus lágrimas me dijo: «¿Ya fue a verla, Alicia? Vaya, contémplela por última vez. Parece que va a sonreír a causa de una broma mía.»

No habiendo más preguntas de parte del Juez, la declarante expresa el deseo de agregar un punto informativo; y a este efecto, dice:

Oliverio Castañeda solía aconsejar a Matilde lecturas de libros de su propiedad, los cuales en ocasiones también me facilitaba a mí; libros que, ahora entiendo porque me lo ha explicado mi papá, trataban de pervertir nuestra virtud y nuestras creencias religiosas.

Días antes de fallecer Matilde, él le había entregado uno de esos libros, copiado a máquina. Según sus palabras, lo conservaba en esa forma, pues, era de circulación prohibida por el Santo Papa y perseguido por «los curas». Yo visitaba a Matilde una tarde, y presentándose Castañeda le preguntó: «¿Ya leíste el librito? Préstaselo a Alicia.» Así lo hizo Matilde, trayéndome yo el tal libro para mi casa, sin haberlo leído hasta el día de hoy, gracias a Dios.

Esa noche de la vela, y durante la misma plática que ya dije, me recordó el librito, expresándome: «Léalo, Matilde, y cuide de devolvérmelo. Es una lectura que Ud. debe hacer sin testigos, en la intimidad.» Ahora, por decisión de mi papá, lo entrego a Ud., Señor Juez, pues afirma mi papá que se trata de algo muy corruptor, escrito en Francia, lleno de perversiones y cuadros inmorales que a mí me cuesta imaginarme.

(En este punto, el padre de la testigo, presente en las diligencias testificales, hace entrega de la pieza en referencia, la cual consta de ciento treinta y dos páginas escritas a máquina, a una sola carilla, teniendo anotado por título «Gamiani» en la primera página libre, sin ningún aviso del contenido en el forro, que acusa, por el contrario, una leyenda diferente: «El martirio de Santa Águeda y otras poesías de Santiago Argüello.»

Tanto el suscrito Juez, como el secretario que autoriza las diligencias, y sin que esto se tome en calidad de peritaje, son conscientes de que se trata de una traducción libre al español de la obra «Gamiani», original del escritor francés Alfred de Musset.)

El último de sus viajes en automóvil, lo hizo Oliverio Castañeda en busca de Rodemiro Herdocia, florista de profesión, soltero y de cuarenta años de edad, cuyo arte y talante físico son admirados, según ya oímos por el marmolero italiano Franco Cerutti. Rodemiro dedicaba el amplio traspatio de su casa en el barrio de San Felipe a cultivar araucarias, calas, lirios, y toda clase de flores para la preparación de ramos fúnebres y coronas; y se ocupaba, asimismo, de montar catafalcos para velas y alquilar silletas.

En su declaración, rendida el 18 de octubre de 1933, el florista se expresa así:

Preguntado acerca de todo lo que recuerde en relación al velorio de la Srta. Matilde Contreras, el declarante responde así:

El Doctor Oliverio Castañeda llegó a despertarme en plena medianoche. Me contó las terribles novedades de la casa Contreras, y me solicitó alistarme a levantar catafalco para Matilde, y llevar cien silletas plegadizas de las que yo alquilo. Yo desperté a los dos jovencitos que viven conmigo en la casa, y me ayudan en los menesteres del jardín, para que ensillaran el carretón y empezáramos a hacer el transporte de las sillas y cosas necesarias.

Me extrañó una barbaridad que mientras yo le manifestaba mi congoja por el fatal desenlace, el Doctor Castañeda se dedicara a darme toda clase de bromas picantes subidas de tono, lo cual estaba en contra de la circunstancia de pesar. Así se lo hice ver, pero él me contestó con otras chanzas de doble sentido, muy particulares en su modo de ser.

Ya puestos en la casa mortuoria, y después de haber preparado todo, sólo esperábamos la caja que se iba a traer de la Funeraria Rosales. Me dirigí entonces al corredor, donde se encontraba el Doctor Castañeda charlando en compañía de otras personas, interesado en preguntarle si habría necesidad de bouquets para el catafalco, para así mandar de una vez a mis dos jóvenes a cortar las flores a mi jardín; pregunta que le dirigí a él, porque parecía ser quien llevaba la batuta en cuanto a instrucciones.

No me contestó de inmediato, pues acaloradamente discutía con uno de los señores del grupo, Don Esteban Duquestrada, sobre la hora del entierro; Don Esteban alegaba que ya estaba decidido, con la aprobación de Don Carmen, que el funeral fuera a las cuatro de la tarde, con responso de cuerpo presente en la Catedral, para lo cual se hablaría muy temprano con Mons. Tijerino y Loáisiga; pero el Doctor Castañeda insistía en enterrarla por la mañana, porque esa era la voluntad de Doña Flora.

El otro señor de los presentes en la rueda, Don Evenor Contreras, opinaba a favor de Castañeda; pero Don Esteban volvía a decir muy enérgico que no. Como yo andaba precisado, hice de nuevo la pregunta de las flores; y después de mirarme de una manera extrañísima, que hasta me asustó, la respuesta del Doctor Castañeda fue: «Flores son las que te adornan, Rodi», y se tiró una carcajada tal, que provocó el disgusto de quienes estaban con él. Entonces, Don Esteban me dijo con mucha seriedad: «Sí, amigo, ordene que vengan las flores.»

También, durante esa misma plática, el Doctor Castañeda insistía en meter a Matilde en el ataúd sin pérdida de tiempo, apenas lo trajeran de la Funeraria Rosales, clavando bien la tapa. «Doña Flora tiene repugnancia de que la gente se esté asomando a ver el cadáver», dijo; «y yo estoy de acuerdo; esa es una curiosidad morbosa.»

Aprovechándonos de la escampada, cortamos en la oscuridad del jardín, como a las tres de la mañana, todas las flores que pudimos, alumbrándonos con unas lámparas tubulares; y por brazadas las bajamos del carretón en la puerta principal de la casa mortuoria, no dándose abasto floreros y recipientes. Y, cansado y todo rendido, fui a sentarme a la fila de sillas que habíamos abierto en el corredor, donde se encontraban ya muchos concurrentes a la vela, tomando tazas de café negro y platicando. Y gracias a estas pláticas me di cuenta de rumores que andaban ya corriendo esa noche de boca en boca, relativos al Doctor Castañeda.

Esos rumores señalaban al Doctor Castañeda como gran envenenador, pues había dado estricnina a su difunta esposa, quien mucho lo atormentaba con sus reclamos de celos, siendo justos esos celos, ya que al matarla él quería quedar libre a fin de contraer nuevas nupcias; y como Matilde se estaba interponiendo en su camino, no sería nada raro que también la hubiera envenenado.

Yo me quité del lugar para no seguir oyendo, horrorizado de que a poca distancia del cadáver de Matilde se estuvieran repitiendo semejantes cosas mientras la familia doliente, ignorante de que pudiera haber mano criminal por motivos de pasión carnal en su deseo, se encontraba muy tranquila a ese respecto.

Cuando el Juez inquiere a Rodemiro Herdocia sobre los nombres de las personas presentes al momento de repetirse estos rumores durante la vela, el testigo cita al Doctor Alejandro Sequeira Rivas. En su declaración del 20 de octubre de 1933, preguntando por el Juez sobre las afirmaciones del florista, manifiesta el médico:

Puedo decir que, en efecto, se criticaba de manera muy agria entre los presentes a la vela el hecho de que Oliverio Castañeda se estuviera comportando de modo poco apropiado, ya que recorría los grupos tratando de dar a las conversaciones un tono jocoso; y a pesar de no haber confianza entre los dos, tuve que acercármele para recomendarle moderación, porque tal actitud podía caerle mal a la familia de la cual era huésped.

Me pareció excitado y como bajo los efectos de la bebida, aunque no se le sentía olor a licor.

No obstante, debo ser honesto al afirmar que rumores sobre una causa distinta en la muerte de Doña Marta Jerez de Castañeda, a quien yo atendí en su gravedad, solamente se los escuché a Rodemiro Herdocia, que los estaba repitiendo en una rueda de personas del vecindario, en la calle; rumores a los que no di en ese momento ningún crédito, porque Herdocia es muy afecto a los cuentos. Sobre mano criminal en la muerte de la Srta. Matilde Contreras, a quien tuve también la oportunidad de atender profesionalmente durante su fatal enfermedad, no oí a nadie comentar nada, ni siquiera al mismo Herdocia.

Ese mismo 20 de octubre, el Juez procedió a llamar de nuevo a Rodemiro Herdocia para que aclarara sus afirmaciones anteriores, respondiendo el florista de la siguiente manera:

El suscrito Juez Primero para lo Criminal del Distrito procede a interrogar al testigo Rodemiro Herdocia de generales ya descritas en autos, previniéndole de los cargos de perjurio que pueden ser incoados en su contra si no dice verdad, a fin de que explique a satisfacción la procedencia de los rumores que, según testimonios de toda seriedad, él mismo propaló durante la vela de la Srta. Matilde Contreras Guardia.

Al efecto, reconoce el testigo haber sido él mismo quien comentó, en presencia de algunos de los asistentes a la vela, ciertas afirmaciones que le había hecho días antes en su tienda el comerciante Cosme Manzo, cuando el testigo llegó a comprar unas yardas de zaraza para confeccionar una cortina del altar de Jesús del Rescate, imagen que tiene entronizada en su casa.

En esa ocasión, Manzo le aseguró que el Doctor Castañeda era un experto envenenador, que disfrutaba envenenando perros, pero sólo como práctica, pues su verdadera dedicación era eliminar personas para resolver los líos amorosos en que a menudo se veía enredado, razón por la cual había dado estricnina a su esposa; y no sería raro que después diera a beber veneno a cualquiera de las Contreras, pues los de esa familia estaban en su lista; y hasta que no se quedara con una de ellas, y con el capital de Don Carmen, no iba a estar contento.

Según afirma el testigo, Manzo le comentó, también, que al Doctor Castañeda se le facilitaba su tarea criminal, porque era un verdadero brujo del amor, manteniendo a todas las mujeres de esa casa bajo su poder sensual, rendidas completamente a sus pies. Y que existían ciertas cartas escritas por ellas al envenenador, no precisamente cartitas al Niño Jesús; y que cuando se conocieran las dichas cartas, iban a hacer temblar a todas las beatas de León que todavía andaban creyendo en la virginidad.

Cosme Manzo compareció a declarar el día siguiente, 21 de octubre de 1933. El hecho de que uno de sus contertulios fuera llamado a dilucidar rumores escabrosos, y sobre todo el asunto de las cartas, debió haber sido motivo de alarma para el Doctor Salmerón. No se arredró, sin embargo, y de todas maneras indujo a Rosalío Usulutlán a publicar el reportaje escandaloso de «El Cronista», aparecido pocos días después, el 25 de octubre de 1933.

El Juez se dio aparentemente por satisfecho de las negativas de Cosme Manzo aunque nos las creyera, pues bien lo conocía como socio de la mesa maldita; y no ignoraba, por tanto, que la fuente última de todas aquellas aseveraciones recogidas por el florista era el propio Doctor Salmerón, a quien ya interrogaría después.

He aquí el testimonio de Cosme Manzo, cuyos términos fueron consultados de previo con el Doctor Salmerón:

> El declarante rechaza con toda energía las imputaciones del testigo Rodemiro Herdocia, a quien emplaza a probarle su dicho, el cual estima calumnioso en cada una de sus partes; reservándose el derecho de acusarlo ante los tribunales por falsario. Reconoce que el mencionado Herdocia ha llegado algunas veces a su tienda en calidad de cliente, pero no tiene ningún grado de intimidad con él para hacerle confidencias, menos sobre asuntos alrededor de los cuales el declarante no tiene conocimiento, por ser una persona seria, que vive dedicada a sus negocios, y no suele ocuparse de habladurías.
>
> Sostiene el declarante que no conoce ni tiene trato con Oliverio Castañeda y sólo a través de la prensa escrita, y de lo que se repite en León, se ha enterado de los cargos formulados en su contra; así como tampoco tiene trato con la familia Contreras, ni sabe nada acerca de su vida privada. Siendo todo cuanto tiene que decir.

Los testimonios citados, y otros que aparecen en autos, coinciden en señalar la conducta impertinente observada por Oliverio Castañeda durante la vela de Matilde Contreras. Por otra parte, Don Esteban Duquestrada, en su declaración del 18 de octubre de 1933, confirma la insistencia del acusado en poner el cadáver en el ataúd de manera inmediata, y en realizar el entierro muy temprano de la mañana.

Así lo reconoce el mismo Castañeda, bajo sus propias razones, en su confesión con cargos del 1 de diciembre:

> JUEZ: Diga Ud. cuál era su interés en sepultar el cadáver de la occisa muy temprano de la mañana, cosa fuera de la costumbre, en lugar de esperar a la tarde, como era el deseo de la familia. Yo debo presumir que Ud. trataba de ocultar las evidencias de su delito, impidiendo que el cadáver fuera objeto de una posible autopsia.
>
> REO: Y yo debo decir que su autoridad presume mal. En primer lugar, no se trataba de ninguna imposición de mi parte, sino de una simple

opinión que di a Don Esteban Duquestrada, quien había sido encargado por Don Carmen de todo lo relativo al funeral. Yo temía que fuera a llover de manera intensa por la tarde, como en efecto sucedió. No necesito aportar a Ud. pruebas de que esa tarde hubo un gran aguacero sobre León.

JUEZ: Ud. también insistió en que la Srta. Contreras fuera metida de inmediato en el ataúd. De esa insistencia suya hay testigos. Y debo creer que tal premura de su parte obedecía a los mismos fines: evitar que alguien pudiera sacar de la observación del cadáver conclusiones comprometedoras contra Ud., como autor del crimen.

REO: No encuentro cómo, de la observación de un cadáver, se halle dentro de un ataúd, o fuera de él, se pueden extraer esa clase de conclusiones. Pero debo repetirle que, también a ese respecto, no hice más que un simple comentario, y la declaración de Rodemiro Herdocia, que Ud. me ha citado, es maliciosa a todas luces; y me extraña que su autoridad tome por serias las afirmaciones de una persona sometida a los vaivenes de la volubilidad a causa de sus muy particulares costumbres.

Cuando Rodemiro se acercó para preguntarme sobre las flores, yo a mi vez le pregunté si ya había llegado el ataúd de la Funeraria Rosales; y al contestarme que ya venía, me volví hacia Don Esteban, y le dije: «Entonces, sería conveniente pasarla de una vez a su ataúd.» Y Don Esteban estuvo de acuerdo. Ni en este caso, ni en lo que se refiere a la hora del entierro, tenía yo por qué mencionar a Doña Flora, cuyo criterio no había consultado. Por lo visto, Señor Juez, todo lo que yo dije o hice esa noche, por demás tan dolorosa, hasta una simple sonrisa mía, o la palabra más inocente, afirmar que llovía o hacía calor, va a ser empleado en mi contra.

En el Juzgado, lleno hasta colmarse, se escuchan los vivas y atronadores aplausos de los fervorosos partidarios de Oliverio Castañeda. El Juez se ve entonces obligado a ordenar el desalojo del recinto, tal como lo había hecho la primera vez ese mismo día al producirse el violento incidente de palabra entre el acusado y el testigo Carmen Contreras Guardia.

Oliverio Castañeda saca su pañuelo de lino del bolsillo, se enjuga el cuello y, quitándose los anteojos, se enjuga la frente. Luego, aparta la silleta que le está destinada, se pone calmadamente de pie, y volteándose hacia la barra agradece los aplausos y los vítores con una cortés inclinación de cabeza.

23. Fallida búsqueda de un juez que se encuentra ausente

La tarde del sábado 7 de octubre de 1933, el Doctor Atanasio Salmerón salía por el portón de la casa del Juez Primero del Distrito del Crimen, Doctor Mariano Fiallos Gil, poniéndose el sombrero, cuando divisó en la otra acera a su maestro, el Doctor Darbishire, quien se disponía a cruzar la calle. Ostensiblemente, se dirigía también al domicilio del Juez; sin embargo, al ver a su discípulo retrocedió azorado, y envuelto en el revoloteo de su capa emprendió a toda prisa el camino de regreso. El Doctor Salmerón, esbozando una sonrisa de gozo, apretó el paso, y lo alcanzó.

Desde la noche del entierro de Matilde Contreras, el martes anterior, cuando conversaron en la trastienda de Cosme Manzo, no habían vuelto a verse; pero ahora, aquel encuentro fortuito les demostraba que no podían seguir posponiendo la oportunidad de una entrevista exhaustiva.

—No está, se fue a su finca en El Sauce —el Doctor Salmerón cogió por el codo a su maestro.

—¿Y hasta cuándo regresa? —el Doctor Darbishire se detuvo, y ajustándose los quevedos, miró con aire preocupado a su discípulo.

—El lunes, en el tren de las siete de la mañana. ¿Va de vuelta para su consultorio? Entonces, lo acompaño —el Doctor Salmerón lo tomó del brazo para caminar con él las dos cuadras que los separaban del consultorio en la Calle Real.

En este punto es necesario volver unas cuantas hojas del calendario de los acontecimientos:

El día siguiente al entierro de Matilde Contreras, el Doctor Darbishire había salido para el Hospital más temprano que de costumbre, sin tomar su acostumbrado baño matinal de agua hervida con hojas de romero. Abrigaba la esperanza de encontrar al Doctor Salmerón antes del comienzo de las visitas de sala; pero no lo vio ni en los pasillos ni en el locutorio, donde se sentó a aguardarlo por un buen rato en una de las bancas, haciendo que consultaba algunos expedientes médicos.

Regresó cerca de las ocho a su consultorio, perturbado por la idea de que su discípulo lo estaba rehuyendo. Pero más perturbado se sintió al descubrir que la pinza con el apósito de algodón, dejada sobre su escritorio la medianoche anterior, había desaparecido.

Salió en busca de Teodosio y lo encontró en el fondo del patio, ocupado en tirar sobre las plantas el agua sucia utilizada en remojar el lampazo. Por medio de señas atemorizadas, dada la furia con que lo increpaba, el muchacho le informó que cumpliendo sus propias instrucciones de lavar y desinfectar los instrumentos encontrados fuera de sitio, había procedido de esa manera con la pinza, devolviéndola a la vitrina correspondiente. El algodón, junto con otros apósitos, gasas y vendas sucias, lo había tirado ya al excusado.

Sólo le quedaba la cajita con las dos cápsulas del preparado de quinina; y para asegurarse de que no fuera a ocurrir otro accidente, la guardó con llave en una de las gavetas del escritorio. Sin embargo, aquello resolvía poco; no olvidaba la afirmación tan tajante de su colega durante la discusión de ambos la noche anterior, y que si entonces le había parecido otra de sus necedades, ahora le resultaba muy cuerda: sólo una de las cápsulas contenía el veneno. Su visita al Juez, perdía así todo sentido.

Como los días siguientes pasaron sin que recibiera ningún llamado en solicitud de sus servicios médicos de parte de la familia Contreras, no dejó de tranquilizarse; al menos, ningún asesino potencial utilizaría los medicamentos preparados por él para eliminar a una nueva víctima; y ya que el Doctor Salmerón tampoco había vuelto a aparecer, se alegraba de no tener que pensar más en truculencias.

El viernes por la mañana, mientras realizaba su ronda de visitas domiciliares, y sólo para sentirse aún más tranquilo, enrumbó su carruaje hacia la casa de los Contreras, concibiendo el pretexto de bajarse a saludarlos, como a la pasada. Mas, contra todo lo esperado, esa visita volvió a ponerlo en estado de alarma. Así, pues, esa tarde del sábado se encaminó al fin a la casa del Juez, la cajita con las cápsulas en el bolsillo del saco. Pero estaba visto que el destino iba a dejarlo siempre en manos del infaltable Doctor Salmerón.

Satisfechas las anteriores explicaciones, regresemos al lado del maestro y su discípulo:

Al desembocar en la Calle Real, se toparon con el coche del Doctor Darbishire que trotaba alegremente, a capota descubierta, conducido por Teodosio el mudito quien llevaba a pasear a los alsacianos como todos los sábados por la tarde. El anciano saludó a sus perros con amplios movimientos del sombrero; pero ellos, sentados muy orondos sobre sus cuartos traseros en el piso y en los asientos del coche, no le hicieron caso.

Apenas entraron, el Doctor Darbishire invitó a su discípulo a pasar al comedor. El viejo galeno era poco aficionado a los licores, pero conociendo al Doctor Salmerón como bebedor sabatino, sacó del bufete dos copitas y una garrafa de guaro lija curado con nancites, que un paciente de Malpaisillo le había llevado hacía tiempo de regalo; fue después a la cocina abandonada en busca de sal y un cuchillo y, finalmente, se acercó a la ventana para alcanzar las ramas del limonero y cortar unos limones.

—Tengo muchísimas cosas que contarle, maestro —el Doctor Salmerón parte los limones con avidez, arrugando el entrecejo al recibir el zumo en los ojos.

—Déjeme empezar a mí —el Doctor Darbishire sirve un trago para su discípulo y otro para él en las copitas ochavadas. El fondo turbio de la garrafa, donde se depositan los nancites, se agita en una densa nube—. Más tengo que contarle yo.

—Ya sé, estuvo ayer de visita en la casa de los Contreras. Y se encontró con el Doctor Segundo Barrera —el Doctor Salmerón, risueño, lo señala con el cuchillo.

—¿Ahora se dedica al espionaje, colega? —sonríe también el Doctor Darbishire mientras vuelve a colocar el tapón de olote en la boca de la garrafa.

—Mi versión es de primera mano, él mismo me enteró del incidente, hoy en la mañana, en el quirófano —el Doctor Salmerón deja a un lado el cuchillo, como quien deposita el escalpelo en la mesa de instrumentos.

—Ningún incidente —el Doctor Darbishire adelanta las manos con las palmas vueltas hacia su discípulo—; además, mis pacientes son libres de cambiarme cuando quieran. Yo no los tengo encadenados.

El Doctor Salmerón va a reírse, pero se contiene. El anciano se nota verdaderamente dolido y no quiere provocarlo.

En beneficio del lector, al llegar aquí es necesario retroceder de nuevo por un momento, y acompañar al Doctor Darbishire en su deliberada visita de cortesía a la casa de la familia Contreras:

Ese viernes, cerca de las once de la mañana, cuando había penetrado con la confianza de siempre hasta el corredor de la casa, Doña Flora vino apresuradamente a su encuentro como si quisiera cortarle el paso. Le ofreció asiento con mucha afabilidad y ordenó que le trajeran un refresco; pero, a pesar de su urbanidad de siempre, no era capaz de ocultar su embarazo. Y antes de que él pudiera preguntar por la salud de todos los de la casa, como era su intención, oyó toses y voces tras la puerta entornada del último de los dormitorios, donde una vez había entrado a atender a Marta Jerez. Oliverio Castañeda, sentado a la cabecera de la mesa del comedor, escribía a máquina muy diligentemente y apenas había hecho el ademán de levantarse, saludándolo con una ligera inclinación de cabeza.

—Me explicó Doña Flora, con mucho nerviosismo en la voz, que aquel cuarto lo compartían ahora Don Carmen y Castañeda —el Doctor Darbishire arrimó con cuidado la copita llena hasta los bordes—; y que María del Pilar se había pasado a dormir con ella.

—Qué decisión más sabia para alejar las tentaciones; salud, maestro —el Doctor Salmerón vació de un solo trago su copita.

—Imagínese cuál era el motivo de su nerviosismo —el Doctor Darbishire se encogió de hombros, prolongando el gesto para acentuar su desdén—: el Doctor Barrera estaba allí. En ese momento, apareció en la puerta del dormitorio, con su maletín en la mano. Avanzó hasta donde estaba Castañeda, y se detuvo a hablar con él.

—¿Se acercó usted a saludar al Doctor Barrera? —el Doctor Salmerón, que se había vuelto a servir, sostenía la copita pegada a los labios.

—No pierda tiempo en sonseras, colega —el Doctor Darbishire, mostrando severidad, se peinó el bigote con los dedos—. Vamos a lo que es delicado en este asunto: como Don Carmen había empezado a acusar calenturas vespertinas, su hermana mayor, María, decidió buscar por su cuenta al Doctor Barrera. Don Carmen no quería, pero la hermana le impuso la visita. Hasta allí Doña Flora.

—Ya lo sé, paludismo —el Doctor Salmerón apuró la copita arrugando la cara—. Otra vez hay que prepararse para un caso de fiebre perniciosa.

Enemistados desde hacía años a causa de rivalidades profesionales, los dos colegas no se habían saludado, todo eso lo sabía el Doctor Salmerón. El Doctor Segundo Barrera, insuflado de vanidad, pasó al lado de su enemigo sin dignarse a mirarlo; y tampoco se despidió de Doña Flora, por no detenerse.

Y el Doctor Darbishire, aunque herido ante el hecho de que su principal detractor en el gremio médico hubiera sido llamado a sustituirle en la cabecera de uno de sus pacientes, al advertir que Doña Flora pretendía darle excusas, no lo permitió.

—Como comprenderá, mi primer impulso fue abandonar la casa inmediatamente —el Doctor Darbishire levanta el mentón en un gesto de orgullo—; pero la sirvienta trajo el refresco y no iba a desairar a la señora. Me lo tomé reposadamente, aunque me supiera a hiel.

—No quiero estar alimentando rencillas, maestro —el Doctor Salmerón se limpia la boca con el dorso de la mano—; pero la situación es muy grave, y no voy a ocultarle nada: el Doctor Barrera se siente muy ufano de su triunfo al quitarle a Usted un paciente; y sobre todo, un paciente de categoría como Don Carmen Contreras.

—Vea qué hombre más pendejo —se sonríe el anciano, parpadeando con evidente amargura.

—No haga caso de eso. Cuando le digo que la situación es grave, es porque va a ser difícil que alguien lo persuada de cambiar la receta —el Doctor Salmerón pone sal en la mitad de un limón, y se lo lleva a la boca—; para eso habría que arriesgarse a explicarle las sospechas que tenemos.

—¿Cambiarla? ¿Por qué? —salta muy sorprendido el Doctor Darbishire.

—No me diga que no sabe lo que el Doctor Barrera terminó recetando —el Doctor Salmerón se sirve otra vez de la garrafa, extremando sus cuidados para no derramarla—. ¿Y no era por eso que iba Usted a buscar al Juez?

—No, mis razones son otras, después le explico —negó con notoria preocupación el Doctor Darbishire—. Pero ¿qué medicina le mandó?

—Cápsulas con un preparado de quinina y antipirina, igual a las que Usted recetó a Matilde Contreras. Y a Marta Castañeda —el Doctor Salmerón observaba muy atento los nancites que bajaban a aposentarse al fondo de la garrafa.

—¿Un tratamiento de cuántas cápsulas? —el Doctor Darbishire, al adelantar el cuerpo, extendiendo las manos sobre la mesa, escapó de derramar la copita de la que hasta ahora no había bebido.

—Nueve diarias, durante quince días. Debe haber empezado a tomárselas ayer mismo —tras vacilar un momento, como si le costara resolverse, el Doctor Salmerón tornó a servirse.

—Y todos esos detalles ¿se los dio el Doctor Barrera por su iniciativa, o Usted lo interrogó? —las manos extendidas del Doctor Darbishire recorrían con inquietud la superficie de la mesa.

—Por su propia iniciativa. ¿No le he dicho? Se siente feliz de tener a ese paciente —el Doctor Salmerón cerró los ojos al beber de nuevo, echando atrás la cabeza—. Me contó todo el examen clínico, paso por paso. Está como un niño con juguete nuevo.

—Vea qué vaina. Ese hombre es capaz de todo —el Doctor Darbishire levanta la copita y se moja apenas los labios.

—¿El Doctor Barrera? —el Doctor Salmerón se restriega enérgicamente el rostro que ha adquirido ya un tinte encendido. Se desabotona el cuello y se afloja la corbata, acalorado.

—No joda. Le estoy hablando de Oliverio Castañeda —el Doctor Darbishire chasquea los labios en reproche—. Usted todo lo agarra a juego. Cuando le digo que estoy convencido de que es capaz de todo, es por lo que él mismo me manifestó.

—¿Tuvo oportunidad Usted de hablar con Castañeda? —lo mira con ojos vidriosos el Doctor Salmerón. Ya ha rebajado casi en un cuarto la garrafa.

—Castañeda fue el que me abordó —el Doctor Darbishire aproxima disimuladamente la garrafa para quitarla del alcance de su discípulo—; se acercó a Doña Flora, diciéndole que iba por la medicina, y yo aproveché para despedirme. De modo que juntos nos dirigimos a la puerta. De pronto, me cogió del brazo, y me llevó a un rincón de la sala, en plan de confidencia.

—¿Qué confidencia fue ésa? —el Doctor Salmerón se abre el saco, y resopla, dándose aire con las solapas.

—Me dijo que sentía mucho lo que me estaba pasando; que el Doctor Barrera no gozaba de ninguna simpatía de parte suya, ni de parte de Doña Flora —el Doctor Darbishire tapó la garrafa de manera enérgica, como si la cerrara para siempre—; que eran cosas de los familiares de Don Carmen que en todo se entremetían, tanto en asuntos de médicos como en lo referente a negocios.

—Sabe cuidar bien sus intereses —el Doctor Salmerón se apoderó de pronto de la garrafa, pero la dejó a medio camino—; ya habla como dueño y señor.

—Me puso de ejemplo el contrato de la Aguadora —el Doctor Darbishire vigilaba la garrafa sin atreverse a recuperarla—; y se me quejó de que ahora todos querían opinar, meter las narices, y cambiar lo que a él, como abogado y consejero de Don Carmen, tanto le había costado.

—¿Pero a qué tanto cuento? —el Doctor Salmerón quitó el tapón a la garrafa, y lo olió disimuladamente—. Ni que fuera Usted socio de esos negocios.

—Para terminar pidiéndome un favor —el Doctor Darbishire tamborileó sobre la mesa, distrayendo la vista en el movimiento de sus dedos—, ya que Doña Flora no se había atrevido a hacerlo.

—¿Qué favor? —el Doctor Salmerón, aprovechando el descuido del anciano, se sirvió con gran premura.

—Que me devolviera a examinar a Don Carmen, y así Doña Flora iba a quedar tranquila —el Doctor Darbishire puja desdeñosamente.

—Y Usted, ¿se devolvió? —el Doctor Salmerón bebe ahora a sorbos lentos.

—¡De ninguna manera! ¿Qué piensa Usted que soy yo acaso? ¿Y mi dignidad? —el Doctor Darbishire, en su agitación, da un manotazo imprevisto a los quevedos, que se desprenden de su nariz—. Le contesté que le agradecía la confianza, pero que andaba muy apurado. Entonces, sin soltarme el brazo, me empujó más hacia el rincón. Y mirando hacia todos lados, bajó aún más la voz.

El Doctor Salmerón se recuesta en la silleta, y parpadea intensamente; pero el Doctor Darbishire no está seguro si aquello es una señal de interés, o el efecto de los muchos tragos que a esas alturas ya se ha bebido.

—Me dijo que el problema no era físico, sino psíquico —el Doctor Darbishire examina a trasluz los cristales de los quevedos, y vuelve a ponérselos—; según él, Don Carmen se halla en un estado muy serio de postración moral, víctima de una crisis de desesperación peligrosa.

—¿Desesperación peligrosa? —el Doctor Salmerón entrecierra los ojos, y arrastra pesadamente la lengua.

—Ahora que duermen juntos, lo ve levantarse a cada rato para pasearse en lo oscuro del corredor —el Doctor Darbishire se incorpora a medias, y aleja la garrafa hacia un extremo de la mesa—; la noche anterior, al notar que no volvía fue a buscarlo, y lo encontró sollozando, acostado en la cama de Matilde, en el aposento que ahora está vacío.

—Suicidio —con los ojos cerrados, el Doctor Salmerón balanceó lentamente la cabeza—. Prepara la coartada de un falso suicidio.

—Ahora ya ve: por eso consideré que no debía esperar más, y que era necesario comunicar mis sospechas a la autoridad —el Doctor Darbishire se estremeció en un suspiro prolongado.

—Fíjese bien qué clase de filigrana nos está bordando, maestro —el Doctor Salmerón ya no abrió los ojos, y hablaba a grandes pausas—; tiene otra vez a un enfermo de paludismo. Tiene las cápsulas y en una ya puso seguramente la estricnina. Arregla todo para que haya una nueva víctima de la fiebre perniciosa.

—¿Y entonces? ¿Suicidio para qué? —el Doctor Darbishire alzó la voz, con la intención de despertar de la modorra a su discípulo.

—Por cualquier duda, también alista el escenario del suicidio —el Doctor Salmerón se esforzaba, sin éxito, en abrir los ojos—: un padre, destruido moralmente por el fallecimiento de su hijita, que se toma un veneno.

—Bueno, acepte que en este caso el mérito no es todo de Castañeda —el Doctor Darbishire tomó el cuchillo, y lo dejó caer deliberadamente sobre la escudilla de la sal—; la hermana de Don Carmen, al entremeterse, le sirvió en bandeja la oportunidad.

—Se equivoca, maestro —el Doctor Salmerón parece al fin despertarse, al golpe del cuchillo, y lo primero que hace es poner los ojos en la garrafa.

—¿Me equivoco? —el Doctor Darbishire lo busca por encima de los quevedos.

—Quien llegó en busca del Doctor Barrera, en nombre de la hermana de Don Carmen, fue el propio Castañeda —el Doctor Salmerón estira los brazos, como si fuera a bostezar, y atrae hacia su pecho la garrafa—. Él mismo lo condujo personalmente a la casa, cargándole el maletín.

—Entonces, ¿la hermana nada sabe? —el Doctor Darbishire reacciona alarmado, tanto porque el Doctor Salmerón derrama copiosamente el licor al tratar de servirse, como por lo que está oyendo.

—Sí, claro que sabe —el Doctor Salmerón sostiene la garrafa sin abandonar su intento de llenar la copita—. Fue Castañeda el que le pintó como grave el caso. Y él mismo le recomendó buscar al Doctor Barrera.

—¿Por qué al Doctor Barrera? —el Doctor Darbishire, pese a su enojo porque su discípulo no desiste de la garrafa, se la quita de buen modo, y le sirve él mismo.

—Porque al sacarlo a Usted del caso, se cuida de que no haya ya una sola mano en la receta de las cápsulas. Así, la pista se pierde más fácilmente —el Doctor Salmerón alzó ceremoniosamente la copita, en señal de brindis.

—Pero… a mí me pidió que fuera a ver al enfermo. ¿Y si yo hubiera aceptado? —el Doctor Darbishire se puso de pie, y tapando la garrafa, la devolvió al bufete.

—Bien sabía que Usted no iba a aceptar jamás, maestro —el Doctor Salmerón movió torpemente la cabeza, divertido al ver que el Doctor Darbishire se llevaba la garrafa—. Está enterado de la enemistad suya con el Doctor Barrera. A sabiendas, le proponía un imposible. Por ese lado, el muy mañoso también se cubre.

—Bueno, pero él no contaba con lo de las cápsulas. El Doctor Barrera pudo haber recetado una medicina de patente —el Doctor Darbishire cerró con el pasador la puerta del bufete.

—De nuevo se equivoca, maestro —el Doctor Salmerón lo miró con ojos en los que la borrachera había puesto un brillo impúdico de lástima y de cariño—; él mismo convenció al Doctor Barrera de que el tratamiento fuera a base de un preparado, y no de una medicina de patente, como estaba en la receta original.

—¿Él le pidió al Doctor Barrera que preparara cápsulas? —el Doctor Darbishire se acerca de nuevo a la mesa con pasos rápidos.

—En lugar de dirigirse a la farmacia, se fue directo al consultorio del Doctor Barrera —el Doctor Salmerón asiente con abandono—; lo convenció, y se instaló a presenciar la preparación de las cápsulas, haciéndole mil alabanzas por su precisión al mezclar los ingredientes. Su amigo el Doctor Barrera estaba halagadísimo, poniendo más diligencia que de costumbre en la operación.

—Pobre ingenuo —el Doctor Darbishire quiere mostrarse compasivo, pero en su voz hay un temblor de susto—; cayó en su red como un pajarito.

—Ya todo lo tengo resuelto, no se preocupe —la lengua crecida parece no caberle en la boca al Doctor Salmerón.

—¿Resuelto? ¿En qué forma? —el Doctor Darbishire se apoya en la mesa buscando sentarse, sin dejar de observar a su discípulo.

—Ya le informé de todo esto al Capitán Ortiz. Va a ponerle vigilancia discreta a la casa —el Doctor Salmerón se ríe solo, como si se tratara de una gran picardía—; y yo me comprometí a montar guardia permanente, desde la cantina del Hotel Metropolitano.

—¿Qué son todas esas cosas que está Usted diciendo? —el Doctor Darbishire se levantó bruscamente, y rodeando la mesa se le encaró.

—Sí, vigilancia disimulada, con agentes secretos. Y yo, al primer aviso corro, con una sonda que ya ando aquí —el Doctor Salmerón se palpó el bolsillo interior del saco—, para extraerle los jugos gástricos a la víctima.

—Usted está hablando disparates —lo sacudió por los hombros el Doctor Darbishire—. ¿Cómo se le ocurre que va a evitar un crimen involucrando a la soldadesca?

—Nada de disparates, maestro. Es un plan. Así agarraron a Charles Laughton. ¿Qué no se acuerda? —el Doctor Salmerón volvió a reírse, y pasó remorosamente la lengua por los labios. Quiso incorporarse, pero su cabeza cayó sin fuerzas sobre el espaldar de la silleta.

—Y entonces, si ya está Usted de acuerdo con la Guardia Nacional, ¿para qué necesitaba al Juez? —el Doctor Darbishire le dio la espalda, y se alejó, ofuscado.

—Porque yo soy como Oliverio Castañeda, maestro, no ando por un solo camino —el Doctor Salmerón parecía divertido de su propia risa.

El Doctor Darbishire volvió sobre sus pasos. Iba a decir algo, pero se dio cuenta que su discípulo roncaba plácidamente, el mentón salpicado por los troncos entrecanos de la barba mal rasurada, descansando sobre el pecho.

—¡No se ha visto un disparate más grande! —el Doctor Darbishire miró con desaliento en distintas direcciones, como buscando apoyo—. ¡Hasta detective de películas se ha vuelto ya!

III. Acumúlense las pruebas:

¡Déjame, triste enemigo,
malo, falso, ruin traidor,
que no quiero ser tu amiga
ni casar contigo, no!

Romance de Fonte-Frida

24. El rumor público señala mano criminal

El lunes 9 de octubre de 1933, al fallecer de manera repentina Don Carmen Contreras, se abrió en León el proceso criminal más sonado en toda la historia judicial de Nicaragua, a cuyas diversas y complejas incidencias debemos el presente libro.

El hecho acaeció cerca de las nueve de la mañana del día mencionado, exactamente una semana después de haber corrido igual suerte Matilde Contreras. Las circunstancias fueron sumamente parecidas en ambos casos, e igualmente extrañas; sólo que ahora la muerte sobrevenía de manera aún más fulminante, apenas a la media hora de presentarse los primeros síntomas fatales.

El Juez Primero del Distrito del Crimen, Doctor Mariano Fiallos Gil, se apersonó en la casa una hora más tarde, acompañado de su secretario, el poeta Alí Vanegas, quien procedió a levantar el autocabeza del proceso en la misma mesa del comedor, donde hasta hacía poco Oliverio Castañeda pasaba a máquina los mensajes de condolencia destinados a aparecer en la Corona Fúnebre de Matilde:

> Habiendo el suscrito Juez Primero del Distrito del Crimen tomado conocimiento de que el Señor Carmen Contreras Reyes, mayor de edad, casado, negociante y de este domicilio, falleció el día hoy, al ser aproximadamente las nueve de la mañana, en circunstancias no esclarecidas; y ante el insistente rumor público que circula en esta ciudad, señalando mano criminal en el deceso, por tanto:
> Bajo las facultades que le otorga el artículo 127 del Código de Instrucción Criminal, ordena que se abra el sumario correspondiente para la debida investigación de los hechos; y ordena, asimismo, se practiquen todas las diligencias conducentes a facilitar tal investigación.

Como primera providencia, el Juez dispuso el traslado del cadáver a la morgue del Hospital San Vicente, donde debía serle practicada la autopsia, cumpliéndose su mandamiento hacia el mediodía. Cuando el cuerpo, cubierto de pies a cabeza por una colcha atigrada, fue subido por los camilleros a la plataforma del camioncito de transporte de víveres de la Guardia Nacional, facilitado al efecto, ya se había congregado en todos los alrededores de la casa una verdadera multitud.

Esta medida, juzgada bárbara e innecesaria por Doña Flora, hubo de provocar demostraciones de protesta y consternación de su parte, como ya se nos relatará luego. Pero no sería lo único en despertar su oposición.

A las doce del día, y apenas el cadáver había salido hacia el hospital, el Capitán Anastasio J. Ortiz se presentó acompañado de dos alistados de la Guardia Nacional, armados de fusiles Springfield, a fin de proceder a la captura de Oliverio Castañeda. Se lo impidieron, tanto Doña Flora como María del Pilar, primero con súplicas y manifestaciones de llanto, y después, interponiéndose físicamente entre Castañeda y sus captores.

No fue sino hasta las seis de la tarde, cuando el Capitán Ortiz pudo al fin detenerlo, aunque la oposición de la viuda y de su hija tuvo la misma tenacidad del mediodía. Ya el cadáver había vuelto del hospital, y la casa, llena de dolientes, se encontraba invadida, además, por un sinnúmero de curiosos, por lo que el nuevo incidente adquirió proporciones de escándalo.

El Capitán Ortiz, que llegaba ahora acompañado de una escuadra de soldados, según relata él mismo en su declaración del 27 de octubre de 1933, desplegó a varios de ellos en las puertas y, sin mayores miramientos para con las dos mujeres, penetró hasta el fondo de la casa en busca de Castañeda, a quien encontró encerrado en el baño, completamente ebrio, debiendo ser sacado casi a rastras.

Si el Juez justificó la apertura del proceso criminal en base al rumor público, es porque no contaba con indicios suficientes a inculpar a Castañeda. De manera que su captura por parte de la Guardia Nacional, bajo el cargo de sedición, no era más que ardid para impedirle escapar mientras las investigaciones avanzaban; un ardid al que el Juez, ya lo veremos, no se opuso en aquel momento.

Luego se nos explicará, también, cómo el mismo Juez llegó a ser testigo de la inusitada fuerza con que esa mañana se extendía por la ciudad el rumor. Citemos, de momento, al contador Demetrio Puertas, empleado de C. Contreras & Cía., quien posteriormente sería llamado a responder sobre hechos de mayor importancia, revelados al final del proceso. En su primera declaración del 17 de octubre de 1933, el contador afirma:

Se dirigía el declarante, pasadas las nueve de la mañana, a su casa en el Barrio del Calvario, pues la oficina y tienda fueron cerradas de inmediato al producirse el fallecimiento de su patrón, cuando al pasar por el Mercado Municipal oyó a las vivanderas, comentando de un tramo a otro, que a un señor, de los ricos de León, lo acababa de envenenar su yerno, en su propia mesa, disimulando la estricnina en el chocolate del desayuno, porque el chocolate es algo amargoso; y que hacía una semana le había puesto la estricnina a la hija del mismo señor en un sorbete, dándoselo en la boca con una cucharita mientras le decía: «Cómetelo, que está bien rico. Y si querés más, más te doy.»

Doña Flora de Contreras, al ver fracasados sus intentos de impedir la captura de su huésped, dirigió, esa misma noche, un telegrama urgente al Jefe Director de la Guardia Nacional, General Anastasio Somoza García:

Abatida suficientemente pena perder mi marido y no consolada aún muerte mi hija injusta prisión joven Oliverio Castañeda sólo viene aumentar dolor y zozobra mías y mis familiares. Suplícole encarecidamente ordene su inmediatísima libertad. Atentamente
    Flora vda. de Contreras.

Ya despachado el telegrama, mientras transcurría el velorio y el rumor público seguía creciendo, Oliverio Castañeda recibía, en su celda de las cárceles de la XXI, la cena que se había preparado para él en la cocina de la casa, bajo la dirección de María del Pilar. Los platos y escudillas, depositados en una bandeja de electroplata y cubiertos por un mantelito bordado, fueron llevados hasta la prisión por la niña Leticia Osorio, tal como lo relata ella misma en su declaración del 19 de octubre de 1933:

Mientras Don Carmen estaba tendido en su caja, en la sala, y en la casa había un gentío por todos lados, la Niña María del Pilar apuraba en la cocina a las mujeres, que también estaban ocupadas con el café, para que alistaran la cena de Don Oliverio. El chofer, Eulalio Catín, ya me estaba esperando, afuera, para llevarme en el carro, y yo me fui sentada con la bandeja de la comida en el asiento de atrás, sosteniéndola. También le mandaba, metida en una funda de almohada, su ropa de cama, y sus cosas de tocador; y colgada en una percha, una mudada limpia que ella dio a planchar. En la bolsa del saco puso una carta que escribió, sentada en la cama de él, mientras yo la aguardaba a que me entregara todos los encargos.

Según el registro de entradas de la cárcel, cuya certificación Oliverio Castañeda solicitó agregar al expediente en su revelador escrito del 6 de diciembre de 1933, estos envíos continuaron en los días posteriores; como remitente aparece anotado unas veces el nombre de María del Pilar Contreras, y otras el de Doña Flora vda. de Contreras.

Además de los tres tiempos de comida, los refrescos y las piezas de ropa aplanchada, así como un jarrón de china y ramilletes de flores, la lista incluye los siguientes objetos, recibidos en diferentes fechas:

3 pares de calcetines nuevos, marca «Pirámide».
1/2 docena de pañuelos nuevos, marca ídem.
1 pluma fuente «Esterbrook», nueva.
1 pomo de tinta «Parker», color azul.
1 block de papel rayado, de escribir.
1 frasco de agua de colonia «4711».
1 frasco loción capilar de 3 oz, marca «Murray».
1 frasco de «Listerine» para enjuagues bucales.
6 sobrecitos de polvos dentífricos, del «Doctor Kemp».
3 pastillas de jabón de olor «Reuter».
1 pote de talco perfumado, marca «Heno del Campo».
1 navaja de afeitar de acero inoxidable, en su estuche, marca «Fígaro», y su correspondiente brocha.
3 rollos de papel higiénico, marca «Scott».

Doña Flora había reconocido la existencia de tales envíos, en su primera declaración judicial del 14 de octubre de 1933, aun antes de que Oliverio Castañeda solicitara la certificación de los registros de entrada:

La declarante señala que, de su casa, se estuvo enviando a la cárcel, por varios días, alimentos a Oliverio Castañeda, así como otras cosas y utensilios necesarios para su confort y aseo personal; pero que tales envíos tuvieron que suspenderse el día de ayer, pues, según se le notificó, la autoridad lo había prohibido.

Que si procedió de esta manera fue porque consideraba injusta la prisión del joven Castañeda, como aún la sigue considerando, por tratarse de una persona honorable y de buenas costumbres, a la cual se está causando daño moral irreparable.

¿Cómo y por qué se suspendieron estos envíos? El Capitán Anastasio J. Ortiz, en su declaración judicial del 27 de octubre de 1933, ya antes citada, lo explica de la siguiente manera:

Por consideración a la familia Contreras, que se empeñaba en asistir al reo, enviándole sus tiempos de comida y otros regalos, autoricé al Alcaide de la XXI a dejarlos pasar, previo registro de los mismos. Se había permitido, incluso, la entrada de ramilletes de flores, cosa, esta última, nada común.

Pero el 13 de octubre, por la tarde, el Alcaide me llamó por teléfono al Comando Departamental para informarme que en el portón de la prisión se encontraba un carretón de caballos cargado con dos baúles, un chifonier con espejo y una mesa con sobre de mármol, destinados al reo Oliverio Castañeda, que venían también de la casa Contreras. Frente a esta situación, tuve que consultar a mis superiores en Managua, quienes me dieron órdenes terminantes, no sólo de devolver al carretón con los muebles que traía, sino de prohibir, en adelante, la entrada de toda clase de comidas, flores y perfumes.

Al ser notificado de estas órdenes, el reo amenazó con declararse en huelga de pulcritud y, efectivamente, pasó dos o tres días sin bañarse, afeitarse, ni cambiarse de ropa, manteniéndose en mangas de camisa, de lo cual estuvieron hablando los periódicos. Pero, él mismo, por su propia voluntad, puso fin a huelga tan peculiar.

El periodista Rosalío Usulutlán fue despedido de su puesto de redactor de planta del diario «El Cronista», tras haber publicado, en la primera página de la edición del día 25 de octubre de 1933, el reportaje «Cuando el río suena, piedras lleva», ilustrado, de manera temeraria, con el fotograbado de Doña Flora de Contreras; reportaje que, como ya hemos observado, y más adelante detallaremos, desató un gravísimo escándalo social en la ciudad.

Aunque Rosalío encubrió su reportaje con nombres supuestos, algunos de los elementos utilizados en el mismo eran ya del dominio público: la oposición, por ejemplo, de Doña Flora y su hija a la captura de Castañeda, y las flores, perfumes y otros presentes que ambas le hacían llegar hasta la cárcel. Pero, más que nada, y pese a la imprudencia de haber publicado la foto, el escándalo fue provocado por la categoría de noticia que se atrevió a dar a las conjeturas y rumores sobre los entretelones amorosos del drama, que, para entonces, habían desbordado el temido mentidero de la mesa maldita.

Para justificar su proceder, el periodista escribió un artículo que «El Cronista» ya no quiso publicar, como no quiso tampoco publicarlo «El Centroamericano»; pero que recogió el diario «La Nueva Prensa» de la capital, el 29 de octubre de 1933.

El poeta Manolo Cuadra, destacado en León por «La Nueva Prensa» para cubrir las incidencias del proceso, envió el artículo a Managua con una breve nota suya de respaldo, la cual fue impresa en el encabezado, alabando la valentía de su colega, entonces bajo amenaza de cárcel.

El artículo se titula «En mi propia defensa: el mérito del rumor público»:

Un Juez, investido con toda la majestad de la ley, ha iniciado un sensacional proceso, basándose en las disposiciones pertinentes del Código de Instrucción Criminal de 1894, que lo autorizan a proceder cuando la fuerza del rumor público señala la comisión de un delito, o de una sucesión de delitos. Y razón tiene. A partir del fallecimiento de Don Carmen Contreras, el rumor ardió como la pólvora seca en la antes tranquila ciudad de León.

Ese rumor se olía en el aire, se sigue oliendo. Es palpable, puede cortarse con un cuchillo. De lejos, si se va por la calle y se divisa a dos personas hablando en una esquina, en una puerta, ya se sabe que están entreteniendo conversación sobre la causa de ese fallecimiento, y sobre la causa de los anteriores que se encadenan a este último; pero, también, se conjetura ampliamente sobre la trama pasional que hay, o puede haber, detrás de esas muertes violentas y misteriosas: amoríos reprimidos, celos infortunios sentimentales… y es allí donde el rumor se alza con sus mil dedos, señalando nombres y percances del corazón que hasta ahora habían permanecido ocultos bajo el velo, no tan denso, de la clandestinidad.

¿Debió el periodista callar o, por el contrario, proteger el derecho de sus lectores a enterarse, a través de la letra impresa, de lo que públicamente se repite en sorbeterías, billares, cantinas, palenques galleros, boticas y mercerías, en la estación de trenes, y hasta en las iglesias? ¿Callar, y privar de las bondades de la información reporteril a lo que, con holgura de detalles, va de boca en boca, y comentan con prolijidad aurigas, barberos, mozos de cordel, dependientes de comercio, porteros de oficinas públicas?

Callar, sí. Callar aquello que, mejor que nadie, saben los gamonales hoy tan ofendidos, pues ellos mismos lo repiten, no sin delicias, cuando concurren a sus tertulias vespertinas del Club Social; callar, pero sea yo quien calle, lo que es objeto de sus nada edificantes comentarios —a «sotto voce» en los salones aristocráticos. ¡Escándalo es amordazarme, como castigo infamante por el solo hecho de haber trasladado a las planas unos hechos que este cronista está lejos de haber inventado, señores míos!

En mi reportaje, ahora tan censurado, y por el que se me amenaza hasta con la excomunión —y se me dice que quizá con la cárcel— yo no hice sino certificar la virtud del rumor público. El Juez mismo, al abrir el proceso, se permitió recogerlo para iniciar la investigación de un delito. ¿Alguien va a perseguirlo por su celo, cuando no tenía a mano más elementos de prueba? No, más bien se le alaba.

En virtud de mi oficio, yo me apersoné el mismo día del deceso del Señor Contreras en su casa, y fui testigo presencial de escenas que, después, mi pluma describió y supo enlazar con otras opiniones, comentarios y revelaciones que, por anónimas, no son menos valederas; todo lo cual, tuve la prudencia de cubrir con un piadoso manto de nombres supuestos. Las relevaciones han sido muchas; las conjeturas, numerosas. Todos en la ciudad, todas las clases sociales, hasta los párvulos escolares, conocen al dedillo las historias que se cuentan sobre este sonado caso. Escabrosas, sí, no lo niego. Pero escabrosa no ha sido mi pluma, sino la conducta de sus protagonistas.

No miente Rosalío Usulutlán cuando describe la fuerza del rumor público, tema de otras publicaciones suyas que ya leeremos. Durante todo el día, y hasta ya avanzada la noche, la ciudad de León arde consumida por los rumores. Los grupos que comentan los sucesos, y su trasfondo sentimental, son numerosos en todos los parajes públicos, y nutrida la multitud en las aceras vecinas a la casa de los hechos, lo cual llega a provocar la queja del propietario del Hotel Metropolitano, Don Lorenzo Sugráñez, al estimar tal desorden perjudicial al libre tráfico y tranquilidad de su clientela, según expresa en su petitorio dirigido a las autoridades de policía.

Gente que recibe y transmite rumores y novedades frente al Juzgado, frente a la casa del Juez, frente a la prisión de la XXI. Pero la mayor multitud se congrega en los alrededores de la Universidad, a eso de las seis de la tarde, cuando son traídos de la morgue del Hospital San Vicente los frascos que contienen las vísceras del occiso, para su examen en el laboratorio de la Facultad de Farmacia.

Apenas una hora después, Doña Flora de Contreras redacta de su puño y letra el telegrama urgente, pidiendo la libertad de Oliverio Castañeda. Ella misma lo anularía, el 17 de octubre de 1933, en un nuevo mensaje, siempre dirigido al Jefe Director de la Guardia Nacional, General Anastasio Somoza García:

> Deseando ahora no entorpecer investigaciones realizan Tribunales de Justicia causas muerte mi marido e hija y embargándome antes tal manera mi dolor el grado verme impedida razonar acerca probabilidad mano criminal ruégole tener no escrito mi mensaje telegráfico días anteriores solicitaba libertad en reo. Atentamente
> Flora vda. de Contreras.

Este último telegrama, recuerda la niña Leticia Osorio en su declaración del 19 de octubre de 1933, María del Pilar, partida en llanto, se lo quita dos veces de las manos a su madre, para romperlo. Y, dos veces, la madre tiene que volver a escribirlo.

25. No tiemble ni llore

1. El día de su muerte, Don Carmen Contreras se levantó aun antes del amanecer, como era su costumbre. La sirvienta Salvadora Carvajal se afanaba en la cocina, atizando la lumbre del fogón de leña para calentarle el agua del baño, cuando lo vio pasar en dirección al excusado, envuelto en una sábana y arrastrando los zapatos viejos, sin cubo, que usaba a manera de chinelas, según recuerda ella en su declaración del 19 de octubre de 1933:

> Me esperé a que terminara de hacer sus necesidades y le llevé la porra de agua, que él me recibió en la puerta de la caseta sin dignarse a darme los buenos días, porque no saludar a las del servicio estaba en su ser.
>
> Don Oliverio, que también era muy madrugador, llegó a la cocina a pedirme café. Se me quejó de desvelo, porque Don Carmen había pasado pésima noche, levantándose a cada rato y dando brincos en la cama cuando lograba quedarse dormido. «Hoy en la noche, me hace Usted un lugarcito en su cama, Doña Yoyita», me dijo en chanza; «así me calienta, y duermo tranquilo.»

En el interrogatorio a que el Juez sometió al reo en la confesión con cargos del 1 de diciembre de 1933 abundan las preguntas sobre el transcurso de esa noche:

> JUEZ: ¿Es verdad que manifestó Ud. a la sirvienta Salvadora Carvajal que se sentía desvelado, porque Don Carmen había pasado muy mal esa noche anterior a su muerte, levantándose a cada rato y dando brincos en la cama?
>
> REO: Le manifesté, efectivamente, que me sentía desvelado, pues es verdad que Don Carmen se había levantado varias veces; pero, en ningún momento, le dije nada sobre brincos en la cama. Debe ser que ella se confunde en este punto, y sería conveniente plantearle de nuevo la pregunta.
>
> JUEZ: ¿Cómo duerme Ud. por las noches? ¿Duerme bien, o padece de insomnio?

REO: Duermo bien, y no padezco de insomnio, por la simple razón de que tengo mi conciencia tranquila.

JUEZ: ¿Cómo se dio cuenta entonces que Don Carmen había pasado mala noche?

REO: Porque, para asegurar mejor la puerta que da al corredor, Don Carmen tenía la costumbre de arrimar una banca pesada, y cada vez que se levantaba y salía al patio, retiraba la banca, con mucho ruido. La puerta tiene, además, una celosía, cuyos resortes y bisagras rechinan al empujarla. Y mientras se levantaba y salía, hasta que volvía a acostarse, la luz del cuarto permanecía encendida. No se necesita tener mala conciencia para despertarse con semejante alboroto.

JUEZ: Hago constar que los comentarios acerca de su tranquilidad de conciencia, los hace Ud. a su propia iniciativa. Ahora, responda: ¿Qué piensa Ud. que se proponía él al levantarse?

REO: Exactamente, yo no puedo afirmar qué se proponía, pero supongo que se sentía sofocado, y salía a tomar aire al corredor; o bien a satisfacer alguna necesidad física apremiante. O, simplemente, estaba angustiado, y no podía conciliar el sueño. Yo no se lo pregunté, y le dejo a Ud. la escogencia.

JUEZ: ¿No se le ocurrió a Ud., que es tan servicial, levantarse tras él, para ver qué le pasaba?

REO: Gracias, Señor Juez, por concederme, al menos, la virtud de ser servicial.

JUEZ: Le ruego abstenerse de formular comentarios que no le son requeridos, y responder directamente a mis preguntas.

REO: Entonces, mi respuesta es que no me levanté tras él porque no me lo pidió, como lo había hecho en ocasiones anteriores. Otras noches, Doña Flora, enferma de los nervios por la muerte de su hija, se despertaba sollozando; y yo lo acompañaba, a su propia solicitud, al cuarto donde dormía ella con María del Pilar, esperándolo en la puerta hasta que la hacía tomar un licor sedante.

Esa última noche, al notar que abría la primera vez la puerta, le pregunté: «¿Está mala Doña Flora?». Y él me respondió: «No, amigo, duérmase, gracias», deduciendo yo de aquí que era él, a lo mejor, el enfermo.

JUEZ: ¿Qué clase de enfermedad, si puedo saberlo?

REO: Pudiera Ud. saberlo, si lo supiera yo. He dicho «a lo mejor», lo cual no representa una afirmación categórica. Si alguien se levanta constantemente de su lecho, sin poder conciliar el sueño, no será porque quiere contemplar si en el cielo brillan las estrellas, en busca de solaz y esparcimiento.

2. Podemos referirnos a esa mañana del lunes 9 de octubre de 1933, como tranquila, el comienzo normal de un día doméstico en una casa en duelo, donde todavía se habla a media voz y hasta los oficios de la cocina se hacen sin ruidos. Oliverio Castañeda acepta que antes del desayuno acompañó a la madre y a la hija a la misa

del séptimo día del novenario de Matilde en la Iglesia de la Merced, a dos cuadras de la casa. No era nada extraño para los transeúntes de esa hora ver caminar con paso reposado por las aceras, rumbo a la iglesia, a las dos mujeres de luto, cubiertas con sus chalinas de encaje, entre ambas el joven extranjero que también iba de negro, según su costumbre.

Regresan para desayunar; y la cocinera Salvadora Carvajal nos dice en este punto:

Volvieron de oír misa, y Don Carmen los esperaba en el comedor. Comieron naranjas, que yo misma les había pelado, y se les sirvió, también, pan con mantequilla, y leche, la que tomaron con unas gotas de esencia de café. La Niña Ma. del Pilar llegó a la cocina a traer un vaso de agua, ya cuando se recogían los trastos, para darle a su papá las pastillas de quinina recetadas por el Doctor Barrera.

En su confesión con cargos, Oliverio Castañeda responde así al Juez sobre el transcurso del desayuno:

Juez: Doña Flora vda. de Contreras, en su segunda declaración testifical rendida el día de ayer, 31 de octubre de 1933, expresa que, durante el desayuno, Ud. se dirigió a ella en los siguientes términos, para lo cual cito textualmente: «Veo a Don Carmen sumamente enfermo, y tenga valor para lo que va a oír: no creo que dure mucho tiempo. Pero no tiemble ni llore, que a su lado tiene a un hombre dispuesto a defenderla y apoyarla.» Puede Ud. leer el texto de la declaración que le cito, si así lo desea.

Reo: No es necesario, Señor Juez, porque creo en la fidelidad de su lectura; aunque no pueda decir lo mismo de la fidelidad de Doña Flora en cuanto a su memoria, o intención; y antes de nada, permítame manifestarle cuánto me cuesta reprimir el asombro. Si semejantes afirmaciones, que nunca salieron de mis labios, tuvieran algún viso de veracidad, ella nunca debió tardar tanto en denunciarlas.

Es cierto que, igual a todas las mañanas, la acompañé ese día a la misa de novenario por el alma de Matilde, junto con Ma. del Pilar; e igual a todas las mañanas, desayunamos juntos, conversando sobre temas muy variados. Pero digo, e insisto, que nunca pudo salir de mis labios semejante desatino, por una elemental razón, y es que Don Carmen se encontraba presente.

Interróguela a ella, interrogue a la servidumbre, y comprobará que Don Carmen nos esperaba para desayunar, y se sentó a la mesa con nosotros. Hubiera sido más fácil para ella hacer creíble su mentira, si citara otra oportunidad más verosímil, de las tantas en que solíamos encontrarnos a solas. Pero, según puede verse, no la aconsejaron bien.

JUEZ: También, afirma Doña Flora que en la misma mesa del desayuno Ud. le manifestó lo siguiente, para lo cual, otra vez, cito: «Don Carmen me pidió, anoche, que me haga cargo de su escritorio y de todo su trabajo, y me quiere otorgar poder generalísimo. Pero para aceptar, tengo que contar con el consentimiento de Ud.» Tal propuesta, según la declarante afirma, Don Carmen jamás se la hizo a Ud.

REO: Nunca he mencionado tal cosa de Doña Flora, e insisto en que Don Carmen se encontraba presente en la mesa del desayuno. Pero en una cosa sí tiene razón Doña Flora, y es cuando dice que esa propuesta nunca existió. Lo que él me propuso, el domingo por la noche, en presencia de ella misma, fue que yo montara mi escritorio enfrente del suyo, en el corredor donde funcionan las oficinas de la Compañía, pues quería dejar el asunto del contrato completamente en mis manos; y me solicitó, de manera encarecida, que no me fuera a Managua.

Como Don Carmen era hombre de pocas palabras y de pocos amigos, yo le comenté a Doña Flora, cuando regresábamos de misa, que me había halagado mucho la oferta, no por lo que en sí significaba, pues al abandonar el proyecto de mi libro yo salía perdiendo; sino por venir de él, en quien era rara una muestra de confianza semejante.

3. Poco antes de las ocho de la mañana, Don Carmen se fue a trabajar a su escritorio; Castañeda sacó del aposento su máquina de escribir, la instaló en una de las cabeceras de la mesa del comedor, mientras aún las sirvientas levantaban el servicio, y se dedicó a trabajar en la confección de la Corona Fúnebre.

Es entonces cuando llega de visita Don Enrique Gil, mayor de edad, casado, industrial de aguardientes, y vecino de la ciudad de Chichigalpa, quien en su declaración del 21 de octubre de 1933 nos ofrece la información siguiente:

Expresa el testigo que el día nueve de octubre del año en curso tomó el tren de la mañana para dirigirse a esta ciudad, a objeto de dar su pésame a Don Carmen Contreras y familia, con quienes ha guardado desde hace mucho tiempo estrecha relación de amistad; habiéndose retrasado en el cumplimiento de este deber por contratiempos que no es del caso señalar.

Agrega que llegó a la casa después de las ocho de la mañana, produciendo su presencia mucha impresión en su íntimo amigo, quien vino de inmediato desde su escritorio a recibirlo en el corredor; que conversaron sobre la desgracia sucedida, y el testigo procuró consolarlo, hablándose de otros temas y haciendo gratos recuerdos sobre la reciente visita que le había hecho en Chichigalpa, en compañía de Don Esteban Duquestrada, hacía algunos días.

Cuando el testigo se disponía a retirarse para cumplir con algunas diligencias que debía hacer en la ciudad, relacionadas a la distribución del «Ron Campeón», Don Carmen le expresó su deseo de mostrarle un álbum que se estaba preparando con recuerdos de su hija fallecida. Acto seguido se levantó, encaminándose a la mesa del comedor, donde se encontraba Oliverio Castañeda escribiendo a máquina; y después de cruzar unas palabras con él, regresó trayendo el álbum en sus manos.

Que habrían transcurrido unos pocos minutos, el tiempo preciso para hojear el álbum, entre cuyas páginas mecanografiadas figuraba una poesía dedicada a Matilde escrita por Castañeda, cuando Don Carmen se quejó de sentir un malestar muy extraño en el cuerpo. Que el declarante llamó a Doña Flora, quien entraba en ese momento de la tienda, y le participó lo que sucedía; disponiendo ella llevarlo a acostar a la cama, como en efecto hicieron, ayudándolo entre los dos, pues acusaba rigidez en las piernas y se le hacía difícil caminar.

Recuerda, en este punto, que al dirigirse hacia el dormitorio pasaron junto a la mesa del comedor donde Oliverio Castañeda escribía a máquina, sin que éste demostrara ninguna clase de alarma, pues ni siquiera volvió la cabeza, continuando con toda tranquilidad su trabajo.

Que cuando lo colocaron en el lecho, Don Carmen se quejó de mayor rigidez en las piernas, al grado de no sentírselas al tacto, sobreviniéndole enseguida una fuerte convulsión. Que tal cosa afligió a Doña Flora, quien, muy angustiada, pidió al testigo salir de inmediato en busca del Doctor Darbishire.

El testigo abandonó de prisa el aposento, rumbo a la calle, y al pasar de nuevo junto a Oliverio Castañeda notó que seguía dedicado a escribir a máquina, sin darse aún por enterado de nada. Que ya en la calle, divisó acercarse un coche, dándole el alto; y ya iba a subirse al carruaje, cuando desde la acera del Hotel Metropolitano vino corriendo, valijín en mano, el Doctor Atanasio Salmerón, a quien conoce de vista.

El Doctor Salmerón le preguntó, muy sofocado, si había algún enfermo de gravedad en la casa, ante lo cual el testigo le respondió afirmativamente, informándole de lo que estaba ocurriendo y de la misión que llevaba; diciéndole, entonces, el Doctor Salmerón estas palabras: «Váyase Ud. en busca del Doctor Darbishire, que yo me ocuparé del caso mientras él llega.»

4. El juez se interesa en averiguar por qué Oliverio Castañeda no se movió del sitio donde escribía a máquina, en ninguna de las situaciones mencionadas por el testigo. Y el reo, en la confesión con cargos del 1 de diciembre de 1933, responde:

JUEZ: En base a anteriores afirmaciones suyas, debo concluir que Ud. se contaba entre los pocos amigos de Don Carmen, aun existiendo una apreciable diferencia de edad entre los dos.

REO: Así es, y lo tengo a honra. Nuestra confianza llegaba al estremo de darle a guardar yo las remesas de dinero que me venían de Guatemala. Cuando murió, en su caja fuerte conservaba trescientos pesos de mi propiedad, que por delicadeza no he reclamado a la familia.

JUEZ: ¿Puede Ud. afirmar que Don Carmen era un hombre fuerte para soportar los sufrimientos?

REO: Puedo afirmarlo, sin lugar a equívocos. Jamás he conocido a un hombre de tanto estoicismo como él. Nunca se quejaba de nada; y sólo la muerte de su hija fue capaz de afectar su ánimo, hasta abatirlo. Pero su fortaleza física continuó igual.

JUEZ: ¿Por qué, entonces, no se levantó Ud. a ayudarlo cuando la mañana de su muerte pasó en brazos de Doña Flora y de Don Enrique Gil? Ud., a pocos pasos, continuó escribiendo a máquina, como si nada. Si eran tan amigos, estaba Ud. faltando a un deber elemental. Y si lo consideraba tan fuerte como dice, el hecho de que lo condujeran en brazos le debió hacer suponer a Ud. un mal gravísimo.

REO: Debo confesarle que no me di cuenta, tan embebido estaba en el trabajo de copiar los mensajes de pésame recibidos con motivo del deceso de Matilde. En esa tarea ponía tanto empeño y cariño que olvidaba por completo la atención de las demás cosas.

JUEZ: Don Enrique Gil salió en busca de auxilio médico, y muy apresurado pasó de nuevo al lado suyo, cuando a Don Carmen le había dado ya el primer ataque convulsivo. ¿Tan embebido seguía Ud. que en nada reparó? ¿Ninguna alarma era capaz de llamar su atención?

REO: Tampoco me di cuenta que Don Enrique Gil saliera del aposento hacia la calle. Y más bien debía Ud. preguntarle a él la razón que tuvo para no advertirme de nada. Si tan cerca pasó de mí, y tan alarmado iba, ¿no hubiera sido lógico que se detuviera a solicitarme ayuda, al menos para usar el teléfono y no perder tiempo?

Doña Flora, en su declaración del 14 de octubre de 1933, había afirmado que si bien Castañeda continuó escribiendo a máquina cuando ella conducía a su esposo hacia la cama, con la ayuda de Don Enrique Gil, su falta de reparo se debió, seguramente, a su defecto de vista; justificándolo, además, porque cuando trabajaba en la máquina se mostraba siempre muy distraído, al grado de no darse cuenta de la hora en que le llevaban el refresco, dejándolo largo rato sin tomárselo.

Pero en su segunda declaración dice sobre este episodio, al cual el Juez concede una importancia clave en el sumario:

JUEZ: Usted ya había manifestado, anteriormente, que Castañeda no se movió de la silla en que estaba escribiendo a máquina, cuando Don Carmen era conducido al aposento. ¿Puede ratificar esa afirmación?

TESTIGO: La ratifico. Y digo, además, que le era imposible no advertir que llevábamos a mi esposo al aposento, casi de arrastrada, porque pasamos rozándolo, ya que la mesa del comedor se interpone en el camino, como puede Ud. verlo por la posición en que está colocada. Y no fue sino hasta que entró el Doctor Salmerón, que él aparentó darse cuenta de lo que estaba ocurriendo, ya cuando a mi esposo le había dado el primer ataque.

5. Y hay otras correcciones. Doña Flora, en su primera comparecencia, dio al Juez una versión de los acontecimientos de esa mañana que, en general, coincide con la de los demás testigos, salvo en algunos detalles: afirma, por ejemplo, que la cajita de cápsulas de quinina, recetadas por el Doctor Segundo Barrera a su esposo, se encontraba bajo llave en un aparador; y que cuando María del Pilar fue por la medicina, al terminar el desayuno, le pidió las llaves, que sólo ella guardaba.

Sin embargo, en su segunda declaración, del 31 de octubre de 1933, rectifica esa afirmación de la siguiente manera:

JUEZ: ¿Ratifica que se encontraba Ud. presente cuando Don Carmen solicitó a Ma. del Pilar su medicina, al terminar el desayuno?

TESTIGO: Sí, me encontraba presente; fui yo quien le recordó que ya le tocaba, y él pidió entonces a mi hija Ma. del Pilar, traerle del aposento la cajita de cápsulas. La cajita no estaba en ningún aparador, como equivocadamente dije antes, sino sobre la mesita de noche, a la cual tenían acceso tanto Castañeda como mi marido.

6. En su primera declaración, Doña Flora no se refirió a la autopsia del cadáver ordenada por el Juez; pero ahora, responde así sobre el particular:

JUEZ: Al presentarme en esta casa, el día del fallecimiento de su marido, Oliverio Castañeda me aseguró que Ud. se oponía a la autopsia del cadáver. ¿Cuáles eran sus motivos?

TESTIGO: Razones, yo no tenía ninguna, solamente las que él me dio. Cuando Ud. se presentó esa mañana, y explicó que el cadáver debía ser conducido al hospital, él llegó al aposento y me dijo: «Señora, el cuerpo de su esposo será víctima de una salvaje profanación. Le romperán el cráneo, con una sierra, para extraerle los sesos, le abrirán el estómago y sacarán los intestinos, bazo, hígado. Quedará irreconocible. Lo llenarán de aserrín y de papeles de periódico, y así ya relleno, lo zurcirán con una aguja de coser sacos.» Fue por este motivo que, en un primer momento, yo me opuse a la autopsia, tan necesaria, según comprendo ahora.

Ante la afirmación anterior, el reo responde en la confesión con cargos:

JUEZ: El día que me presenté a la casa de los hechos, Ud. vino a comunicarme que Doña Flora era contraria a la autopsia ordenada por mí. Por la declaración de ella misma, que puede Ud. leer en este punto, se establece que fue Ud. el instigador de esa oposición de la viuda. Y el objetivo perseguido por Ud. es más que claro, ya que la autopsia llevaría a establecer el cuerpo del delito.

Reo: Cuerpo del delito que de ninguna manera ha sido establecido, pues las pruebas de laboratorio a que han sido sometidas las vísceras, son nulas, por precarias y anticientíficas. Y en cuanto a la decisión de Doña Flora de oponerse a la autopsia, fue en todo suya, y jamás instigada por mí. Yo solamente transmití a Ud. el criterio de ella, que basó entonces en sus sentimientos cristianos. Sus afirmaciones de ahora, sobre el miedo que yo le metí en cuanto al tratamiento que iba a recibir el cadáver, son una pobre invención de su parte, y yo la compadezco.

7. Todavía quedaban a Doña Flora algunas cosas por agregar. Habiendo el Juez dado por concluido su cuestionario, el abogado acusador, Doctor Juan de Dios Vanegas, presente en el trámite, solicita la admisión de un pliego de preguntas a serle sometido a la testigo en su calidad de agraviada. La petición se acepta:

Pregunta n°. 1. Diga la agraviada ser cierto, como en verdad lo es, que el reo vertió ciertas expresiones junto al lecho del occiso, y explique cuáles fueron esas expresiones.

Respuesta: Dijo que no debíamos hacer ningún ruido, para no molestar a mi marido, a lo cual no di importancia en aquel momento; pero después he sabido que los envenenados con estricnina son muy sensibles a los ruidos; de lo cual, concluyo que él ya conocía la causa de su gravedad.

Pregunta n°. 2. Diga la agraviada ser cierto, como en verdad lo es, que el reo observó una conducta despreocupada, con posterioridad al fallecimiento del occiso.

Respuesta: En efecto, su conducta fue de completo abandono, como si nada hubiera ocurrido. No manifestó ninguna clase de pena, y esa conducta la mantuvo todo el tiempo, aun al momento que el Capitán Ortiz llegó a capturarlo al mediodía, pues, mostrándose indolente no se resistió, diciéndonos que lo buscaban por política y no le preocupaba, ya que con sus entronques en Managua, lograría su inmediata libertad. Más tarde, siguió en el mismo estado de yoquepierdismo, y lo que hizo fue ponerse a beber licor; y cuando la autoridad al fin lo tomó prisionero, estaba completamente ebrio, encerrado en el baño. Yo nunca lo había visto en un estado semejante.

Pregunta n°. 3: Diga la agraviada ser cierto, como en verdad lo es, que al oponerse a la captura del reo, Ud. solamente defendía la tranquilidad de su hogar.

Respuesta: Es cierto. Yo me opuse a su captura por el atropello que significaba llevar a efecto tal cosa en mi domicilio, e ignorante por completo de su culpabilidad, de la cual no tengo ahora ninguna duda.

Regresamos a la confesión con cargos de Oliverio Castañeda, para escucharlo referirse a las afirmaciones de Doña Flora frente a las preguntas de su abogado:

JUEZ: Ud. pidió, afirma Doña Flora, que no se hiciera ruido en el aposento de Don Carmen, de lo cual, se concluye que conocía Ud. el hecho de que el agonizante había ingerido estricnina. Me baso en distintos tratados de toxicología para amparar mi dicho de que la estricnina provoca en la víctima hipersensibilidad a los ruidos y a la luz.

REO: Debería Ud. explicarme, en primer lugar, bajo qué recurso legal se dio audiencia al abogado acusador, no estando presente yo en el trámite en mi calidad de reo, según manda el Código de Instrucción Criminal en vigencia; lo cual es más que suficiente para anular, tanto las preguntas, como las respuestas.

Pero quiero ser bondadoso con su encuesta, Señor Juez. Y le digo: una vez que entré al aposento del moribundo, extremé mis cuidados y atenciones para con él, y no exagero al afirmar que exhaló su último aliento en mis brazos. Hubiera deseado no sólo que no se hiciera ruido, sino haber tenido en mis manos el poder suficiente para salvarlo, pues moría sin ningún auxilio médico, ya que no puede llamarse tal a las manipulaciones del Doctor Salmerón.

Y digo más: ¿En qué cabeza cabe que un asesino, si ya dispuso de la vida de una persona, envenenándola, va a ocuparse de librarla de los ruidos?

JUEZ: Dejo de lado lo referente a la conducta anormal observada por Ud. después del fallecimiento de su víctima, según hace también mención Doña Flora. Pero quiero preguntarle: ¿Por qué se dedicó Ud. a beber licor, en circunstancias tan graves? ¿Quería, acaso, viéndose perdido, huir de la responsabilidad de su delito a través del auxilio del alcohol?

REO: No bebí una sola gota de licor ese día, y tampoco es cierto que me haya encerrado en el baño, en estado de ebriedad, como leo en las ilegales respuestas de Doña Flora, y lo he leído ya en la declaración del Capitán Ortiz. Acuda mejor al testimonio de la niña Leticia Osorio, válido porque su inocencia la defiende del cálculo y la mentira, y se dará cuenta de que cuanto digo a este respecto, es verdad.

En efecto, la niña Leticia Osorio, en su declaración del 19 de octubre de 1933, ampara el dicho de Castañeda, al tiempo que ofrece su propia versión sobre las circunstancias de la captura:

Llegaron unos guardias, como a las doce del día, preguntando por Don Oliverio, y cuando él oyó las voces en la sala, se metió a su aposento. Los guardias vinieron hasta el corredor, y en eso salió la Niña Ma. del Pilar, reclamándoles qué buscaban allí, y quién les había dado permiso de entrar. Don Tacho Ortiz, que era el jefe de ellos, dijo que Don Oliverio debía entregarse, por órdenes superiores, apareciendo en ese momento Don Oliverio, el sombrero en la mano, diciendo al Capitán: «No haga alboroto, Don Tacho, yo los acompaño»; y volviendo a ver a la Niña Ma. del Pilar, le dijo: «Éstos me buscan por política, tal vez quieren sacarme a la fuerza de Nicaragua. Adiós.»

La Niña Ma. del Pilar se le abrazó, agarrándose de él muy duro, y vino en eso Doña Flora, diciendo: «Qué es este atropello, respeta mi dolor, Tacho.» «Nada de atropello, señora, este individuo debe darse reo por su gusto, o no respondo», dijo Don Tacho. Y la Niña Ma. del Pilar lloraba más, y Doña Flora, repetía: «De aquí no sale», y ya también estaba llorando. Entonces, Don Tacho llamó a los guardias, que ya tenían rodeado a Don Oliverio con los rifles, diciéndoles: «Vámonos, no quiero comedia.» Y a Don Oliverio, le dijo: «De nada te valdrá escudarte en naguas de mujeres.»

En la tardecita, volvió Don Tacho, con más guardias, y otra vez, salieron Doña Flora y la Niña Ma. del Pilar a discutir con él. «Si es por política, esa es política de Guatemala», le alegaba Doña Flora. «Esto no es política, este hombre es un criminal, y no lo estén defendiendo, que a Uds. también las va a matar», les dijo Don Tacho, ya muy bravo. «Baja la voz, que la gente te está oyendo», le suplicó Doña Flora, y ya lloraba otra vez. «Pues déjeme que me lo lleve, que si no, va a ser más grande el escándalo, porque a como sea, lo saco», gritó más fuerte Don Tacho, «¿dónde está ese desgraciado?»; y ya los guardias andaban cateando toda la casa. «Aquí está», se oyó a uno que había entrado hasta el fondo, «está encerrado en el baño». Y después, ya lo traían, agarrado entre dos soldados, y los otros soldados apartaban a la Niña Ma. del Pilar con los rifles, y a Doña Flora, hasta que pudieron sacarlo, en medio del gentío. Ellas se metieron a un aposento, llorando, Doña Flora diciendo que iba a quejarse a Managua y que el preso iba a ser Don Tacho, cuando supiera el General Somoza lo que le había hecho a ella.

Preguntada por el Juez, afirma la testigo que ella no vio beber licor a Don Oliverio, y no sabe si iba picado cuando se lo llevaron, pero oyó decir a Doña Flora que nada de picado iba, siendo una calumnia de Don Tacho, pues al ver que ya lo traían del baño, él había dicho: «Ebrio viene, algo ha estado celebrando.»

8. Y ya para concluir, he aquí la respuesta de Doña Flora a la última pregunta del cuestionario del abogado acusador, acerca de la cual, extrañamente, el Juez no interrogó al reo en la confesión con cargos:

Pregunta n° 4: Diga la agraviada ser cierto, como en verdad lo es, que si el reo sabía todo acerca de los efectos de los tóxicos mortales, es porque estaba en posesión de por lo menos un libro sobre ese tema. Y relate la forma cómo vino a su conocimiento la existencia de tal libro.

Respuesta: Es cierto que tenía en su poder ese libro. Como unas dos semanas antes del fallecimiento de Marta, y viviendo el matrimonio todavía con nosotros, noté que Castañeda salía de su cuarto con un libro en la mano, y que se dirigía hacia mi hija Matilde, quien se encontraba sentada en el corredor, zurciendo unos calcetines, para entregárselos. Me acerqué, con el objeto de indagar de qué libro se trataba, y él me respondió: «No se imagina qué libro más interesante es éste. En sus páginas se enseña la manera de suprimir a las personas y hacerles toda clase de daño, sin dejar huella.» Alarmada, tomé aquel libro que se llamaba «Secretos de la Naturaleza», según me acuerdo, y le reclamé por el hecho de facilitar a Matilde esa clase de lecturas. Guardé yo misma el libro, pero ahora que lo he buscado para entregarlo a Ud., no lo encuentro.

Entre las páginas del mencionado libro había un retrato de la madre de Castañeda, muy amarillo y descolorido por el tiempo. Es una fotografía que no se olvida fácilmente, Señor Juez. La señora, aún joven pero muy demacrada, aparece en una cama de hospital, recostada en unos almohadones; y su pelo, liso y muy largo, cae sobre las sábanas. De pie, junto a ella, aparecen también unos Doctores con delantales blancos, y una monja sosteniendo una bandeja con jeringas y medicamentos.

Rosalío Usulutlán, se acordará el lector, conoce esa foto, que al momento de declarar Doña Flora, por segunda vez, está ya en poder del Doctor Atanasio Salmerón, entre las páginas del mismo libro que el periodista le llevó a la trastienda de Cosme Manzo, al anochecer del día en que habían enterrado a Matilde Contreras.

26. Una presencia sorpresiva e inoportuna

Cuando el Doctor Atanasio Salmerón apareció en la puerta de la sala, que daba al corredor, Oliverio Castañeda seguía imperturbable escribiendo a máquina. Levantó al fin la cabeza para escrutar al imprevisto visitante, y sin dejar de mirarlo continuó su tecleo hasta que sonó la campanilla que llegaba al final de una línea.

El Doctor Salmerón avanzó, valijín en mano, hacia los aposentos, sin saber a cuál de ellos penetrar, porque jamás antes había estado en aquella casa; y Castañeda, saltando de la silla, se le interpuso.

—¿Usted lo notó que estaba asustado, o sólo sorprendido? —Rosalío Usulután tuerce el cuello, sin dejar de sostener el anuncio de latón del «Anís del Mono», que el Capitán Prío se prepara a clavar en la pared, a un costado del mostrador. Es la noche del 11 de octubre de 1933.

—Agarró la silleta en que estaba sentado, y la puso delante de él —el Doctor Salmerón observa desde la mesa a los otros, atareados en fijar el anuncio—. Me preguntó, con altanería, qué buscaba allí, como si yo fuera un ladrón, o algo parecido. Me dio tanta rabia, que lo empujé. Pero él me siguió, y volvió a cortarme el paso. Y a las voces, porque yo, entonces, le grité que se apartara, salió del aposento Doña Flora.

—Y ella, también se sorprendió —Cosme Manzo hace señas a Rosalío de que el anuncio está mal alineado—. Bajalo un poquito más, a la derecha.

—Se sorprendió de verme en la casa, se sorprendió de los gritos y del forcejeo, pero no iba a sacarme a esas horas. Yo era el ángel salvador. «Pase, pase, que se muere», fue lo que me dijo —el Doctor Salmerón se levanta ligeramente de la silla y dirige una rápida mirada al anuncio—. Lo bajaste demasiado.

—¿Y Castañeda? —el Capitán Prío, con la boca llena de clavos, se dispone a dar el primer martillazo—. ¿Qué hizo entonces?

—Ese hombre es un verdadero artista. Se quitó los lentes y se restregó los ojos, como si hasta entonces no se estuviera dando cuenta de lo que estaba pasando —el Doctor Salmerón apoya las manos en la mesa, sin volver las nalgas al asiento, esperando el martillazo—. Se acercó a ella, y la abrazó, reclamándole: «¿por qué no me llamó? Yo mismo hubiera ido a buscar al Doctor Darbishire». Y en dos zancadas, entró de primero al aposento.

—Mientras escribía, estaba al tanto de todo —Cosme Manzo va en auxilio de Rosalío, y sostiene el anuncio por la parte de abajo—; calculaba cuánto le iba a tomar a Gil llegar hasta el consultorio de Darbishire, y cuánto necesitaba para volver con él. Si es que lo encontraba en el consultorio.

—No tenía por qué preocuparse; la dosis de veneno que había puesto en la cápsula era más fuerte. Ya no iba a haber tiempo de nada —el Doctor Salmerón se estremece al martillazo.

—¿Y María del Pilar Contreras? —alcanza a preguntar Rosalío, antes de dar un alarido. El anuncio cae al suelo, y el ruido de la lata tarda en aplacarse.

—Vos sí que sos niñón. A ver, enseñá el dedo —Cosme Manzo le agarra la mano a Rosalío—. A ella tiene que haberla visto entrar al aposento. ¿Cómo no iba a verla? Si es la luz de sus ojos.

—Yo me la encontré ya en el aposento. Le frotaba las piernas a Don Carmen, pero no se notaba agitada; en sus cuentas sólo era un malestar pasajero —el Doctor Salmerón viene desde la mesa para examinar el dedo de Rosalío, que no quiere mostrárselo a Cosme Manzo—. Me preguntó si no creía yo que pudiera ser una congestión. Pero fue el propio Don Carmen el que le respondió que no podía ser congestión, si no había comido nada dañino en el desayuno, y tampoco había cenado más que una taza de leche y un pan dulce.

—Entonces, estaba consciente —el Capitán Prío recoge el cartel del piso y lo agita para limpiarlo—. ¿Se veía tranquilo?

—No es que se notara alarmado, pero sí afligido. «No sé qué es la cosa, siento algo horrible en las piernas, como calambre que se me sube», dijo, cuando yo le desabotonaba la camisa para ponerle el estetoscopio —el Doctor Salmerón le abre la mano a la fuerza a Rosalío—. Pero no se dirigía a mí, ni a su mujer, ni a su hija, sino a Castañeda, que lo sostenía por la cabeza. Chocho, por nada te arranca la uña. Tráigase alcohol, Capitán.

—Y en eso, le agarró el ataque —Cosme Manzo asoma la cabeza para ver el dedo de Rosalío, que se ha puesto encarnado—. Si no hay alcohol, hay que ponerle Anís del Mono.

—Comenzó a estremecerse. Fue tremendo. Las convulsiones eran de una violencia espantosa. Brincaba en la cama como endemoniado —el Doctor Salmerón suelta la mano de Rosalío, y vuelve a la mesa—. Ni clavar un clavo saben ustedes.

—¿Fue el último ataque? —Rosalío Usulutlán se protege el dedo con la otra mano—. Mejor me voy a poner hielo.

—Le había dado uno muy leve, cuando lo llevaron a la cama. Y éste era el segundo, y el último —el Doctor Salmerón arrastra la silla debajo de sus nalgas—. Ponete lo que te dé la gana, mucho jodés.

—¿Y cómo hizo con la sonda? —el Capitán Prío examina de cerca el anuncio, antes de llevarlo de nuevo a la pared—. Venga a agarrarme el cartel, Don Chalío.

—Andá, arrancale el dedo a otro —Rosalío, agachado sobre el cajoncito de hielo, se voltea, haciendo la guatuza con la mano buena.

—Me quité rápidamente el saco, y me arremangué para dar la batalla —el Doctor Salmerón se incorpora en ademán de despojarse del saco—. Tenía que buscar cómo meterle la sonda, así hubiera que quebrarle los dientes. Al fin, tras mucha lucha, logré destrabarle la quijada con la ayuda de una espátula. Pedí un pichel, y María del Pilar corrió, y lo trajo de la cocina.

—¿Y Castañeda? ¿No trató de impedirlo? —Cosme Manzo sostenía, ahora, él solo el anuncio—. Cuidado, me da a mí, Capitán.

—No. Sólo me reclamó, mientras yo manipulaba con la sonda, que con eso no estaba ayudando en nada al enfermo. Era para que lo oyera Doña Flora. Y no se quitaba de la cabecera, sobándole la frente a Don Carmen —el Doctor Salmerón se encogió, ante la inminencia del martillazo.

—Pero eso, realmente, no lo salvaba —Rosalío se sopló el dedo, antes de ponerse el pedacito de hielo que había envuelto en su pañuelo.

—¿Quién iba a salvarlo, a esas horas? No jodás —el Doctor Salmerón midió a Rosalío con reproche—. Cuando le saqué la sonda, le puse el estetoscopio en el pecho. Ya los latidos del corazón se escuchaban lejanos, desperdigados. A los pocos instantes, murió.

—¿Y en qué momento fue que Castañeda pidió que no le hicieran ruido al moribundo? —Cosme Manzo cerró apretadamente los ojos mientras el Capitán Prío clavaba.

—Eso fue antes de meterle yo la sonda —el Doctor Salmerón parpadeaba a cada martillazo—. Le acuñaba las almohadas, exigiendo silencio. «Te conozco, mosca», pensé yo. Ya sabés lo que le diste.

—Murió. Y entonces, vino la lucha por el pichel —Cosme Manzo sostenía el cartel con sólo una mano, ahora que ya estaba clavado de un lado.

—En realidad, no fue una lucha —el Doctor Salmerón se puso de pie. El mono iba quedando en su sitio—. Mientras me abotonaba las mangas y buscaba mi saco para ponérmelo, Castañeda, muy calmo, cogió el pichel y se lo entregó a una de las sirvientas que habían entrado al aposento a los gritos de las dos mujeres. Le dio instrucciones en voz baja, de manera muy natural, para que fuera a botar el contenido al excusado. Yo, también muy calmo, cogí mi maletín y la seguí hasta el corredor.

—Castañeda se vino entonces detrás de Usted —Rosalío, balanceando la mano como si llevara un incensario, se acercó a contemplar el anuncio, ya fijo en la pared—. Qué mono más terco. No suelta la botella.

—Se vino detrás de mí. Pero yo ya tenía otra vez el pichel; la sirvienta me lo había entregado sin ninguna dificultad —el Doctor Salmerón se acercó, también, a ver el mono que protegía la botella contra el pecho, y acarició con los dedos la superficie esmaltada del latón—. Me increpó con aires de dueño de la casa: ¿por qué no dejaba que fueran a botar esas cochinadas?

—Pero no hizo intento de quitárselo —Cosme Manzo pasó, a su vez, la mano sobre el latón, y la detuvo en la etiqueta de la botella, que el mono defendía entre los brazos. En la etiqueta, otro mono protegía otra botella.

—Ningún intento. Yo le respondí que iba a entregar el pichel a la autoridad, porque aquel señor había muerto envenenado —antes de volver a la mesa, el Doctor Salmerón retrocedió unos pasos, sin dejar de admirar al mono que lo desafiaba desde el anuncio, con decisión y orgullo—. Él giró la cabeza, como para oírme mejor, dándome a entender que no creía lo que oía. Me dijo que yo era no sólo un intruso, sino también un impertinente, y que ya mi presencia era innecesaria. Le contesté que sí, que ya me iba, que no se preocupara, pero que me llevaba el pichel. Estaba dispuesto a pegarle una patada, si trataba de arrebatármelo.

—Y no se lo arrebató —Cosme Manzo vino a sentarse al lado del Doctor Salmerón, y se enjugó la nuca con su pañuelo de zaraza roja—. Me debe un trago de Anís del Mono, Capitán.

—Anís del Mono no hay aquí —el Capitán Prío guardó el martillo en la gaveta del mostrador—. Si querés, una cerveza.

—¡Qué iba a atreverse! —el Doctor Salmerón se llevó las manos al pecho y esquivó el cuerpo, como si aún defendiera el pichel—. Y menos en ese momento, en que entraba al Doctor Darbishire. Al verlo, cambió de actitud, y fue a su encuentro, muy compungido. «Fíjese qué desgracia, Doctor», le dijo, abriendo los brazos como para abrazarlo. «Otra muerte en esta familia. Debía ordenar Usted que nos examinen la sangre a todos, porque aquí en esta casa pareciera que hay un microbio maligno». El Doctor Darbishire nada le contestó. Vio el pichel en mis manos, y se dio cuenta que yo estaba decidido a no soltarlo.

—Si no tiene Anís del Mono, ¿para qué jodido clavó entonces el anuncio, Capitán? De balde mi uña —Rosalío le enseñó la uña amoratada al Capitán Prío.

—¿No le dijo nada el Doctor Darbishire a Usted? ¿Nada para que se sintiera apoyado? —el Capitán Prío ahuyenta a Rosalío, con un ademán de fastidio—. Lo puse porque me gusta el mono, y mía es la pared.

—Me dirigió estas precisas palabras: «siéntese, Doctor. El Juez ya viene para acá. Entréguele a él ese recipiente. Y haga lo que él disponga» —el Doctor Salmerón se alejó de la mesa, con paso muy tranquilo, como si fuera el propio Doctor Darbishire encaminándose hacia el aposento de donde seguían saliendo los lamentos—. Para rajarse después, el viejo cobarde.

—Entonces, los dos se volvieron a quedar solos. Castañeda y Usted —Cosme Manzo acerca la boca al vaso de cerveza, y sopla la espuma.

—No. Él se fue tras el Doctor Darbishire, como si no hubiera oído mencionar la palabra Juez, sacudiendo la cabeza, y repitiendo: «vea usted qué desgracia más grande, un hombre tan noble y tan bueno, morirse así, de repente» —el Doctor Salmerón volvió sobre sus pasos, deteniéndose frente al mono, y se llevó las manos al pecho. Otra vez, protegía el pichel.

Pero, de pronto, se siente agobiado y extraño en el corredor de aquella casa, en la que nunca antes en su vida había penetrado, y a la que, seguramente no volvería jamás. Todas las cosas le parecen ajenas y hostiles. Se arrecuesta a un pilar, y su desamparo aumenta a la vista de las sillas mecedoras, arrimadas contra la pared, que le muestran sus balancines, vueltos hacia arriba, porque la tarea de lampacear ha quedado interrumpida, pero que le niegan, de todos modos, el derecho de sentarse. Su valijín, depositado sobre la mesa del comedor, es, también, extraño allí, y son extraños sus zapatos, raspados y llenos de polvo; y el agrio olor a sudor de su camisa lo ofende, como si ese olor le dijera que tienen razón quienes lo rechazan. Oye venir, otra vez, desde el dormitorio, los lamentos de la madre y la hija, y esos gritos desconsolados tienen la fuerza de un viento que sopla empujándolo fuera de la casa, como un intruso.

Aprieta el pichel contra el pecho, y afianza sus zapatos, humildes, sobre el piso de mosaicos. No va a perder ahora esta batalla, y no se va a ir de allí antes de que llegue el Juez.

«Sos un pendejo de mierda si te corrés, ahora que ya tenés en tus manos a este hijo de puta», alza el mentón en un gesto de decisión y orgullo, que nadie ve en el corredor desierto.

27. Un novel juez entra en acción

La mañana del 9 de octubre de 1933, el tren proveniente de El Sauce llegó a la estación de León con más de una hora de retraso. Eran cerca de las ocho y treinta, cuando el Juez Fiallos, a quien sin saberlo le esperaba el día más agitado de su vida, descendió del vagón, acomodándose en el hombro sus alforjas de vaqueta; un mozo de su finca le seguía, cargando unas cabezas de plátano, envueltos los dos en el humo de la locomotora.

El Capitán Anastasio J. Ortiz, vecino de muchos años atrás, lo aguardaba desde hacía ratos en el andén. Se le acercó, abriéndose paso a empujones entre los pasajeros y vendedores que, al advertirlo, se apartaban con temor: vestido de caqui, el sombrero stetson de los marinos embutido hasta las orejas, el barbiquejo amarrado al mentón, el Capitán Ortiz tenía la catadura de un oficial rezagado de las tropas de ocupación que sólo pocos meses atrás habían abandonado el país. Sus ojillos azules y la tez rubicunda, ayudaban a confirmar tal apariencia.

Conversaron allí mismo, alejándose hacia la puerta de la bodega de carga, y salieron luego apresuradamente, el Capitán Ortiz a la zaga del Juez Fiallos que tenía un paso más largo y enérgico. El Juez Fiallos despachó al mozo con las alforjas y las cabezas de plátano en un coche de caballos, sacando el portamonedas para pagar al cochero el pasaje, y abordó el Ford descapotable del Comando Departamental, también herencia de los marinos, a cuyo volante lo esperaba el Capitán Ortiz con el motor encendido. Iban a ser las nueve de la mañana.

No debe olvidar el lector que a esa hora el Doctor Atanasio Salmerón, había entrado ya de manera intempestiva en la casa de la familia Contreras en cumplimiento del plan supuestamente acordado con el Capitán Ortiz. Decimos supuestamente, porque en su declaración judicial del 27 de octubre de 1933, la cual conocemos en otras de sus partes, este último niega haber sido parte del mismo:

El sábado 7 de octubre se presentó a mi casa, en horas de la mañana, el Doctor Atanasio Salmerón, interesado en exponerme una serie de sospechas en contra de Oliverio Castañeda, a quien responsabilizaba de la muerte de su propia esposa, y de igual manera, de la muerte de la Srta. Matilde Contreras. Yo encontré sus argumentaciones bastante incoherentes, y como me habló de pruebas que decía tener, pero que sólo revelaría en su momento, no le di mucho crédito.

Me propuso, también, montar un plan de espionaje sobre la casa de la familia Contreras donde, según su creencia, iba a producirse otra muerte, plan del cual él mismo quería participar. Yo me negué con cortesía, sin darle una negativa tajante. Y mi falta de receptividad a su plan se debió, además de lo poco conveniente de sus argumentaciones, a que lo considero un fabricante de rumores y decires sobre personas de reconocida honorabilidad, falsedades que se da maña en hacer circular como si se tratara de verdades irrefutables. Así lo prueba la sarta de calumnias publicadas sobre el presente caso en el periódico «El Cronista», suscritas por Rosalío Usulutlán, pero que yo estoy seguro fueron inspiradas por su íntimo compinche, el Doctor Salmerón.

Por las razones anteriores, no quise involucrarme en ninguna clase de compromiso con él, aunque esto no significara que yo no estuviera dispuesto a tomar medidas por mi cuenta, para lo cual esperé prudentemente el regreso de Ud., Señor Juez, a fin de discutir entre los dos la situación, tal como en efecto a Ud. le consta que hicimos.

Me movió a actuar de esta última manera el hecho de que el Doctor Salmerón me mencionara al Doctor Darbishire como sabedor de los graves peligros que ante las maquinaciones de Oliverio Castañeda corrían los miembros de la familia Contreras, pues tengo al Doctor Darbishire por persona de reconocida solvencia moral. Fue así que al encontrarnos en la Estación, aconsejé a Ud., Señor Juez, después de haber cumplido con informarle sumariamente del caso, que nos dirigiéramos en su busca.

A esa misma hora, cuando van a ser las nueve de la mañana, encontramos al Doctor Darbishire en su consultorio, concentrado en una operación de cirugía menor que le ha resultado más complicada que de costumbre: saja una golondrina en la axila izquierda al Canónigo Isidro Augusto Oviedo y Reyes, y a pesar de haber aplicado repetidas veces un apósito de cocaína, el sacerdote se queja con pujidos dolorosos, porque la raíz se halla muy profunda. La insistencia de los golpes, que hacen vibrar la puerta de vidrio esmerilado del consultorio, lo obliga a dejar al paciente en la camilla e ir a abrir, muy molesto, escalpelo en mano. Va a increpar al inoportuno, cuando descubre que se trata de Don Enrique Gil.

Perplejo, escucha el mensaje que le trae, y tras vacilar un instante vuelve sobre sus pasos, tirando el escalpelo a la bandeja, en la mesita de instrumentos, con tan mala puntería que la cuchilla cae al piso; sin reparar en el accidente, coge con las tijeras una gasa, la empapa en mercurio cromo y la pone en la herida abierta del sacerdote que sigue pujando; pidiéndole solamente, ya desde la puerta, que mantenga la gasa prensada con la axila, mientras regresa. Ni siquiera se despoja del batón blanco; y olvidándose de Don Enrique Gil, sale por el patio hacia la cochera.

No es sino frente a la esquina de la Casa Prío que el Capitán Ortiz lograr detener el coche que corre a toda rienda, a pesar de haberle venido pitando a lo largo de la cuadra, desde la esquina del consultorio. Citamos en este punto, otra vez, la declaración del Capitán Ortiz:

> En la acera del consultorio nos encontramos a Don Enrique Gil, siendo él quien nos puso al tanto de los últimos acontecimientos y de la salida apresurada del Doctor Darbishire, cuyo coche alcanzamos a ver alejarse por la Calle Real. Puesto en su persecución, logré al fin darle alcance; él, muy molesto, y ahora reconozco que con toda razón, protestó de que lo detuviéramos, impidiéndole llegar cuanto antes a su destino. Le ofrecí llevarlo en el automóvil por ser un medio de locomoción más veloz, pero no queriendo aceptar, opté por dejarlo seguir.
>
> Apenas retomaba el Doctor Darbishire la marcha, tanto Ud. como yo, Señor Juez, oímos comentar a unas vendedoras de semitas y pan dulce que caminaban por la acera de la Casa Prío con sus bateas en la cabeza, que Don Carmen Contreras acababa de morir envenenado. Me apresuré yo a interrogarlas, respondiendo ellas que tal cosa se repetía en todas las esquinas; lo cual, como recordará Ud., nos convenció de que se hacía más que necesario concertar nuestras acciones, de la manera más expedita.

Pese a que el Juez Fiallos tenía dos días de no afeitarse ni cambiarse de ropa, y su traje de lino gris, sumamente ajado, mostraba manchas de leche de plátano y pringues de lodo, no dudó en solicitar al Capitán Ortiz que lo llevara directamente al Juzgado, a fin de disponer algunas diligencias urgentes antes de presentarse en el lugar de los hechos.

Durante el breve trayecto, el Capitán Ortiz le comunicó que, por su parte, se proponía telefonear de inmediato a Managua en demanda de autorización para proceder a la captura de Oliverio Castañeda, y recluirlo en las cárceles de la XXI bajo el cargo de sedicioso, ardid que, aunque no del todo injustificado según su criterio, tenía por objeto impedirle escapar mientras avanzaban las investigaciones. Sólo más tarde de ese día, al verse asaltado por dudas, cuyos fundamentos ya explicaremos, el Juez Fiallos se reprocharía su ligereza al no haberse opuesto a aquella medida, a todas luces ilegal.

Cuando el automóvil que conducía al Juez Fiallos apareció en la calle del Juzgado, sonando el claxon con gran alboroto, su secretario, el Bachiller Alí Vanegas, quien se encontraba en la acera comentando las noticias al centro de un grupo de personas que habían salido de la Barbería «Amores de Abraham» y de los Billares «Titanic», bajó hasta la calle para recibirlo. Apenas entraron, el Juez Fiallos comenzó por dictarle un requisitorio dirigido al Médico Forense, Doctor Escolástico Lara, instruyéndole a trasladarse a la morgue del Hospital San Vicente, donde debía esperar la llegada del cadáver para practicar la autopsia.

No había puesto todavía el autocabeza del proceso, pero esas diligencias previas se agregarían después al expediente, según los consejos que no cesaba de darle Alí Vanegas, más versado que él en las artimañas de los instructivos judiciales, y entusiasmado, desde el principio, con la perspectiva del caso, que prometía ser sensacional.

El Juez Fiallos se apersonó en la casa acompañado de su secretario, poco antes de las diez de la mañana. Abriéndose campo entre el gentío que llenaba la sala, penetró al corredor en busca de los deudos, y antes de poder inquirir por alguno de ellos, se encontró allí con el Doctor Atanasio Salmerón, inmóvil junto a un pilar y en actitud de defender el pichel que sostenía contra el pecho, sin que nadie pareciera reparar en lo extraño de su presencia. Al ver al Juez Fiallos, el Doctor Salmerón se encaminó hacia él, con paso solemne, entregándole el pichel como si se tratara de una ofrenda.

El Doctor Darbishire, quien en ese momento salía del aposento dispuesto a retirarse ya de la casa, participó de las rápidas explicaciones sobre el valor probatorio del contenido del pichel; y el Juez Fiallos ordenó a su secretario extender al Doctor Salmerón un recibo, cuya copia se agregó al expediente que se abriría formalmente pocos minutos después, mediante el autocabeza redactado por el mismo secretario en la mesa del comedor.

El Doctor Darbishire y su discípulo salieron juntos, tras ser informados de que quedaban a disposición de la autoridad para presentarse a testificar al momento de ser requeridos. Acto continuo, el Juez Fiallos solicitó a Don Esteban Duquestrada, a quien ya conoce el lector como amigo íntimo de Don Carmen, comunicar a la viuda que el cadáver sería trasladado de inmediato a la morgue, a fin de proceder a la autopsia.

Este sería, ya se nos dijo, el primer momento de grave tensión en la casa. Doña Flora se excusó de abandonar el aposento donde el cadáver estaba siendo vestido, y Don Esteban volvió sin respuesta. Un rato más tarde, fue el propio Oliverio Castañeda quien salió para informar al Juez Fiallos que la viuda recibía con mucha extrañeza la noticia de su presencia en la casa, donde era bienvenido como amigo de la familia, pero no para practicar diligencias que ella no había autorizado. El Juez Fiallos, tomando por testigos a Don Esteban y a Don Evenor Contreras, hermano del occiso, advirtió a Castañeda, tras ordenar a Alí Vanegas leerle el artículo pertinente del Código de Instrucción Criminal, que de seguir interfiriendo con las providencias, lo dejaría bajo arresto, por desacato.

Mientras Castañeda se retiraba hacia el fondo del corredor y se sentaba hosco y con cara de resentimiento frente a la máquina de escribir, Don Esteban penetró otra vez al aposento para persuadir a Doña Flora de la conveniencia de aceptar de buen grado la autopsia porque, de todas maneras, el Juez Fiallos estaba facultado a ordenar el traslado del cadáver por la fuerza. Se escucharon algunos sollozos, pero Don Esteban no tardó en aparecer en la puerta del aposento, haciendo con la cabeza una señal de que la anuencia estaba concedida.

Un cuarto antes de las doce del día, el cadáver fue subido al camioncito de transporte de víveres de la Guardia Nacional, puesto a disposición del Juez Fiallos por el Capitán Ortiz, quien ya se encontraba en la casa, y sólo esperaba la salida del cuerpo para introducir a los soldados y proceder a la captura de Castañeda. El Juez Fiallos, acompañado siempre de su secretario, abordó el automóvil de Don Esteban, que a paso muy lento, debido a lo nutrido de la multitud aglomerada en la ruta, siguió al camioncito rumbo al Hospital. Cuatro alistados, armados de fusiles, viajaban de pie en la plataforma, custodiando el cadáver.

Ya el pichel que contenía los jugos gástricos había sido cerrado, bajo la vigilancia del Juez Fiallos, en las oficinas de C. Contreras y Cía., utilizándose en la operación la mitad de un pliego de papel fiscal, el cual fue asegurado a la boca del recipiente con una banda de hule, de las que servían para amarrar billetes de banco. Sobre el pliego, el Juez Fiallos puso su firma, y con él firmó Alí Vanegas, quien trasladó personalmente la pieza probatoria a la Facultad de Farmacia de la Universidad. El Bachiller Absalón Rojas, Director del Laboratorio Químico, la recibió junto con el mandamiento judicial que lo habilitaba, a partir de esa hora, como perito químico.

A las tres y treinta de la tarde se dio por finalizada la autopsia, practicada por el Médico Forense, Doctor Escolástico Lara. El acta correspondiente, levantada en la morgue, expresa:

Despojado por completo de sus ropas y colocado sobre la losa de disección de la morgue un cadáver, que el suscrito Médico Forense tiene a la vista, se procedió al examen físico-exterior. Se trata de una persona del sexo masculino, de la raza blanca, de una edad aproximada de cincuenta años. No presenta mutilaciones, ni otros defectos físicos, ni cicatrices, acusando el cuerpo rigidez completa. El color de la piel es marcadamente amarillo, y se notan puntuaciones cianóticas en la región torácica anterior, como del tamaño de un centavo de córdoba cada puntuación. La cara muestra el mismo tinte cianótico; y las pupilas, dilatadas, presentan las conjuntivas oculares congestionadas, según se observa al estudio de la lámpara voltaica.

Llevando personalmente la cuchilla, inicié la disección del cadáver, para lo cual tracé una incisión desde la región torácica superior hasta la región abdominal inferior, disecando toda la región comprendida hasta llegar a los órganos internos; procedí inmediatamente al examen físico del estómago, sin encontrar ninguna anormalidad, extrayendo luego este órgano con la técnica operativa que recomienda P. Marcinkus.

Exploré luego el bazo, comprobando su normalidad. Llevé después a efecto el examen de la masa intestinal, encontrándola sin daño ni lesiones, y extraje como un pie de largo del duodeno; a continuación, examiné el hígado y la vesícula biliar, estableciendo igualmente su normalidad; extraje la vesícula entera y un pedazo del lóbulo derecho del hígado, siguiendo siempre a Marcinkus. Procedí entonces a la extracción del riñón derecho, el cual se apreciaba sano en sus tejidos.

Pasando al examen de los órganos contenidos en la caja torácica, pude notar que el corazón, y los grandes vasos sanguíneos que a él pertenecen, estaban normales, y extraje la mencionada víscera para su correspondiente examen posterior, de acuerdo a la técnica de M. Sindona; los pulmones, el derecho y el izquierdo, presentaban en su parte anterior y posterior una región cianosada, atribuible a asfixia.

Procedí luego a ocuparme de la masa encefálica, utilizando la sierra de Calvi para extraerla de la cavidad craneal. Encontré normal el cerebro al examen superficial y a los cortes longitudinales practicados, guardando un fragmento correspondiente al hemisferio izquierdo, para su ulterior examen.

Del examen exterior de los órganos descritos no puede inferirse de manera definitiva una causal de muerte, excepto por las señales de asfixia que muestran los pulmones; por lo cual debe procederse, con posterioridad, a la disección interna de los mismos, previo a las pruebas químicas de carácter toxicológico que el suscrito Médico Forense estima necesario practicar.

Concluida que fue la disección, ordené a mis ayudantes que procedieran a rellenar de materias inertes las cavidades así trabajadas, y a suturar las incisiones. Se hace constar, también, que se inyectó finalmente

al cadáver con una solución de formalina, suficiente para una preserva-
ción de cuarenta y ocho horas. Todos los órganos y pedazos de órganos
extraídos fueron puestos en vasos de cristal sin agregárseles ninguna solución preservativa.

Hasta ya avanzada la noche, la multitud se mantuvo en vigi-
lia por varios puntos de la ciudad, según se nos ha dejado noticia.
En su crónica del día siguiente, publicada con gran despliegue en la
primera página de «El Cronista», bajo el título «Conmoción sacude
a la vieja metrópoli», Rosalío Usulutlán encontró esas movilizacio-
nes similares a las de los días de fiestas religiosas:

> La crin anciana del amado León se agita, se eriza, se conmueve… Jueves
> Santo, Corpus Christi… este redactor recibe la misma impresión de fer-
> vor y masividad propias de las magnas celebraciones católicas, cuando
> los fieles visitan en nutridas romerías los altares levantados en distintas
> partes de la ciudad. El público, presa de una extraña voluntad, es empu-
> jado de un lado a otro; y no conformándose a permanecer en un solo lu-
> gar, esa misma voluntad común lo compele a trasladarse a un nuevo sitio,
> donde una nueva noticia, un nuevo acontecimiento puede llegar a pro-
> ducirse.
>
> Pero la fe cristiana ha sido sustituida por un ardor pagano, corriente
> de muchos voltios que sacude la pesada modorra del zafio devenir coti-
> diano… la sensación está de moda, y lo mismo el preguntar que el res-
> ponder; y en la ansiedad de saber y comentar, se unen el grande y el
> pequeño, los de saco con los de camisa, el pudiente y el mengalo, porque
> así es la noticia cuando electriza…

El Juez Fiallos se encontraba todavía en la morgue, donde las
diligencias de la autopsia acababan de concluir cuando, poco antes
de las cuatro de la tarde, se presentó el Bachiller Absalón Rojas para
hacerle entrega de los resultados del examen químico de los jugos
gástricos, que ya estaban listos. Estos resultados causaron honda
turbación en su ánimo, y como veremos luego, apenas tuvo oportunidad llamó por teléfono desde el mismo hospital al Doctor Darbishire, para comunicárselos.

El Bachiller Rojas aprovechó esa ocasión para presentar al
Juez un oficio en el que solicitaba la requisición de la refrigeradora
de la Casa Prío, por no contar el laboratorio con medios adecuados
a conservar en buen estado las vísceras. En lugar de una requisitoria
formal, el Juez Fiallos entregó al Bachiller Rojas una nota a mano
dirigida al Capitán Prío, cuya copia aparece agregada en los autos,
y que dice:

León, a 9 de octubre de 1933

Capitán:
Le ruego encarecidamente poner a disposición del Br. Absalón Rojas la refrigeradora de su establecimiento, que será regresada a más tardar pasado mañana. Cuento con su gentil cooperación. Affmo.

Mariano Fiallos Gil

A las cinco de la tarde, la refrigeradora de dos puertas, marca Kelvinator, alimentada con quemadores de kerosene, previamente vaciada de su contenido de botellas de cerveza Xolotlán, fue subida a un carretón de caballos para ser trasladada a la Facultad de Farmacia, adonde llegó acompañada de una nutrida procesión de curiosos.

28. Los perros se muestran poco amables con el Doctor Salmerón

Un murmullo de expectación se alzó entre la multitud que llenaba la calle, cuando el Doctor Darbishire apareció en la puerta vestido con el batón blanco, que debido a la premura no había alcanzado a quitarse esa mañana. El Doctor Salmerón se mantuvo a su lado mientras atravesaban por la valla que les abrían los curiosos, subiendo con él al coche de caballos. Y sin cambiar una sola palabra hicieron el trayecto hasta el consultorio de la Calle Real, perseguidos a la carrera durante un trecho por una parvada de niños.

Los perros saltaron de manera festiva hacia la acera, cuando Teodosio el mudito abrió la puerta, pero esta vez el anciano no se entretuvo en hacerles ninguna caricia. El Presbítero Oviedo y Reyes ya no estaba allí, le comunicó por señas Teodosio: sus dos hermanas, Adelina y Midgalia, las solteronas que vivían con él, habían llegado a buscarlo para darle la noticia del envenenamiento; y al encontrarlo abandonado en la camilla, optaron por llevárselo con el apósito debajo del brazo, envolviéndolo en la capa pluvial porque no pudieron meterle la sotana.

El silencio se prolongó por mucho tiempo mientras maestro y discípulo se mecían, sentados frente a frente en el corredor recalentado por la lumbre del mediodía, mirándose furtivos, de vez en cuando. Sólo se escuchaba el rechinar de las mecedoras y el revoloteo de los zanates que bajaban desde las ramas de los limoneros del jardín para pasearse tranquilamente por las baldosas del corredor, indiferentes a la presencia de los perros que dormitaban ahora en la sombra.

El Doctor Salmerón sabía que el silencio de su maestro era un silencio de culpa. Si hubiera sido más enérgico, si se hubiera amarrado los pantalones, la mano del criminal hubiera podido ser detenida a tiempo. Y él, tentado por la soberbia, callaba porque quería comportarse con la nobleza del vencedor frente al vencido. Desde su mecedora examinaba al anciano, y lo veía más decrépito que nunca, empequeñecido moralmente por su derrota; sentía el impulso de terminar de rematarlo, pero conteniéndose, sólo imprimía con las suelas de sus zapatos más energía al movimiento de los balancines.

Entró el salonero de la Casa Prío con el almuerzo, y el Doctor Darbishire le hizo señal de dejar la bandeja sobre una mesita que había junto a la pared, debajo del retrato de su segunda esposa. No comería nada, ni hizo el intento de invitar al Doctor Salmerón a compartir las viandas. Se daba cuenta de que su discípulo estaba catándolo bien: se sentía abrumado, avergonzado. Todo el peso de los hechos le caía encima, y hacía y deshacía en su cabeza el discurso que quería empezar para desahogarse, proponerle tal vez un escrito muy detallado, dirigido al Juez, suscrito por los dos, en el cual enlistarían todas las presunciones, todas las deducciones lógicas que el Doctor Salmerón había venido planteándole de manera tan inteligente, desde la muerte de Marta Jerez, y que él completaría con sus propias conclusiones, ahora que todo lo veía tan claro. El Doctor Salmerón llevaba cuenta minuciosa de los hechos en su libreta, no sería nada difícil componer ese escrito.

Y le molestaba, además, pensar que debía prepararse para responder el interrogatorio del Juez con toda exactitud porque, sin duda, sería llamado a declarar. Lo atormentaba, desde ahora, la idea de tener que comparecer en un Juzgado atestado de curiosos donde, de alguna manera, se vería forzado a confesar su negligencia; pero por su posición, y por su edad, al menos podría reclamar que la declaración se le tomara en su propia casa.

Teodosio el mudito, que apostado en la acera recogía las noticias de la calle, se asomó al corredor para darles cuenta de que el cadáver de Don Carmen Contreras había sido trasladado ya al hospital, y que los guardias no habían podido llevarse preso a Oliverio Castañeda, debido al alboroto provocado por las mujeres de la casa. El anciano casi no quiso oírlo, y lo despidió de mal modo; pero el Doctor Salmerón, alentado por aquellas novedades que seguían dándole la razón, dejó la mecedora y se acercó a las viandas; retiró el mantel que cubría la bandeja y se puso a picotear la comida con los dedos, chupándoselos tras cada bocado. Mientras se retiraba, y volvía a acercarse, uno de los zanates voló hasta la mesita y se colocó a prudente distancia de los platos.

—Siéntese y coma en toda forma —el Doctor Darbishire encontró, al fin, una oportunidad de aliviar el silencio, y se extrañó del sonido de sus palabras, como si fueran las primeras que balbuceara en su vida.

—No, no tengo hambre —el Doctor Salmerón tragaba animadamente. Se limpió los dedos a rastrillazos en el pelo, y sacó el reloj del bolsillo del pantalón para mirar la hora. Era pasada ya la una.

—¿Ya se tiene que ir? —se sobresaltó el Doctor Darbishire. Lo último que deseaba era quedarse solo por el resto de aquel día.

—A estas horas, deben estar trabajando la cavidad torácica —el Doctor Salmerón masculló con la boca llena—. ¿Por qué no llama al hospital para averiguar?

El Doctor Darbishire se incorporó, muy obediente, y fue hasta el pasillo de entrada, donde estaba la caja del teléfono adosada a la pared. Al rato volvió con la noticia de que la autopsia iba por la mitad, terminaría a eso de las tres. El Doctor Salmerón, de vuelta en su mecedora, tenía ya la libreta de la Casa Squibb abierta sobre las piernas.

—Hay un dato que se refiere al primer asesinato, el de la esposa, y que es bueno tener en cuenta ahora que el Juez va a necesitar de nosotros —el Doctor Salmerón seguía las líneas de la página, con el dedo grasiento.

El anciano se acomodó los faldones del batón, y cruzó los brazos. Volvía a entrar en aquel terreno pantanoso que tanto le repugnaba, pero todos sus argumentos para negarse a una plática semejante se habían extinguido.

—Cuando el asesino, alarmado, salió a la calle en busca de sus amigos, la víctima quedó tranquila en la casa, entregada a los quehaceres domésticos —el Doctor Salmerón iba de la libreta a los ojos del anciano—. Eso lo oímos comentar muchas veces aquel día. Doña Flora insistía en asegurar que cuando entró con sus hijas, la encontró bien. Fue hasta después que sufrió el primer ataque.

—Pero Usted se acuerda, también, que si salía a llamarlos a todos, era por un caso de menstruación, no de fiebre perniciosa —el Doctor Darbishire se daba cuenta del tono servil con que repetía los viejos argumentos de su discípulo.

—Pero ¿qué mejor si esa alarma se hubiera visto justificada desde el principio por un cuadro convulsivo? —el Doctor Salmerón punteaba ahora el aire con su lápiz de dos cabos—. ¿Qué cosa mejor que una sirvienta que sale desesperada a recibir a Doña Flora a la puerta, y le dice: «¡Mi patrona tiene un ataque!»?

—Lo cual quiere decir que el asesino calculó mal la hora en que el veneno debía comenzar a producir sus efectos —el Doctor Darbishire se recogió en la mecedora, extremando su actitud sumisa;

y ni siquiera se sorprendió de oírse él mismo llamar «asesino» a Castañeda.

—Correcto, maestro —el Doctor Salmerón sacudió con energía la libreta—; ésta es una falla que ahora le va a costar caro, porque se tiene que hacer evidente en las declaraciones de todos los que llegaron a la casa, llamados por él.

—Raro para un asesino profesional, hacer tan mal ese cálculo —el Doctor Darbishire parpadeó, con afán de demostrar interés—; cuando su intención era dejar justificada la alarma con que llamó a sus amigos.

—Al mejor mono se le cae el zapote, maestro —el Doctor Salmerón se meció triunfalmente a grandes enviones—. Castañeda es un experto en venenos. Y no se olvide que esa vez, deliberadamente, no usó el sistema de la ruleta rusa. Cuando esa mañana le dio a tomar las últimas tres cápsulas a la esposa, sabía que una iba envenenada. Porque preparaba una pantomima, que le falló parcialmente.

—Ya ve, un experto que puede equivocarse, porque no ha estudiado esa profesión en los libros. Ni siquiera es farmacéutico —el Doctor Darbishire sonrió del modo más afable.

—Pues, precisamente en los libros es donde ha aprendido a envenenar —el Doctor Salmerón acercó la cabeza con aire de misterio—; para preparar los tóxicos que administra a sus víctimas toma en cuenta la edad, el peso, el sexo, la contextura física. Yo tengo en mi poder el primer libro sobre tóxicos mortales que cayó en sus manos.

—¿Un libro? ¿Qué libro es ése? —el Doctor Darbishire acercó, también, la cabeza.

—Se llama «Secretos de la Naturaleza» —el Doctor Salmerón buscó en la libreta y le señaló una anotación al anciano—. Le pidió a Rosalío Usulutlán, a principios de este año, que se lo guardara, vaya Usted a saber por qué. Y cuando se fue para Guatemala, se le olvidó reclamárselo.

—Entonces, ¿qué razón halla Usted para semejante error? —el Doctor Darbishire no alcanzó a leer la anotación, pero se dio por satisfecho—. Se supone que si conocía mejor que nadie a su esposa, debió prepararle una dosis de estricnina que hiciera efecto en el momento que él quería.

—La juzgó menos resistente de lo que en realidad era —el Doctor Salmerón se encaminó de nuevo a la mesita y espantó con la libreta a los zanates que se habían apoderado de los platos—. Por eso es que ya no quiso correr riesgos. La agonía de Matilde Contreras fue de una hora exacta; y en el caso de Don Carmen, como se trataba de un hombre entero y robusto, la cantidad de estricnina que puso en la cápsula mortal se lo llevó en media hora.

—Debe ser que cuando envenenó a su esposa, todavía no tenía experiencia —el Doctor Darbishire, meditabundo, sigue detrás de los pasos de su discípulo, las manos enlazadas a la espalda.

—Claro que tenía. Ya había envenenado a varios —el Doctor Salmerón pone una cucharada de frijoles en un pedazo de tortilla—. Empezó a los catorce años, envenenando a su propia madre.

El Doctor Darbishire se para en seco y vuelve a la mecedora, como un convaleciente que teme aventurarse demasiado.

—El libro de que le hablo lo sustrajo del Hospital de Chiquimula —el Doctor Salmerón coloca una mano debajo de la tortilla, de manera que pueda recoger los frijoles que caen en su boca al comer—. Su madre estuvo internada allí varios meses, en 1920, enferma de cáncer. Y en el hospital la envenenó, para que no siguiera sufriendo.

—¿Cómo sabe que tenía cáncer? ¿Cómo es eso de que la envenenó? —el Doctor Darbishire siente que la mecedora es demasiado frágil, y mantiene los balancines inmóviles.

—Entre las páginas del libro hay una foto de ella, retratada en la cama del hospital —el Doctor Salmerón ocupa las dos manos en meterse el resto de tortilla en la boca.

—¿Y de ahí saca Usted que la envenenó para que no siguiera sufriendo? —el Doctor Darbishire entrecierra los ojos y retrocede la cabeza, incrédulo.

—No, eso lo saco de las confesiones que le hizo a su amigo, el Globo Oviedo, y que el Globo Oviedo le repitió a Cosme Manzo —el Doctor Salmerón se chupa los dientes con la lengua, después escupe—. Cuando me vi en posesión del libro, lo estudié, y analicé su posible relación con la foto. Entonces, mandé a Manzo a averiguar qué sabía el Globo Oviedo sobre la madre.

—¿Me va a decir que Castañeda se atrevió a confesarle a Oviedo que envenenó a su madre? —el Doctor Darbishire, impaciente, golpea con los puños los brazos de la mecedora.

—De ninguna manera —el Doctor Salmerón extiende el mantelito sobre los platos—. Pero sí le confesó que nunca ha podido apartar de su mente los terribles sufrimientos de su madre. Tenía un tumor maligno alojado en la vértebra lumbar, y ni con altas dosis de morfina podían calmarle los dolores.

—Y todo lo demás, lo pone Usted —el Doctor Darbishire no quiere discutir, no quiere violentarse, y el eco de su voz es más bien triste.

—Uno: la madre sufría, y él no quería verla sufrir —el Doctor Salmerón eleva un dedo para iniciar la cuenta de sus argumentos—; dos: se apropia de un libro que describe propiedades, dosis y efectos de los alcaloides vegetales; y tres: guarda la foto de la madre en el mismo libro.

—¿Y la envenenó a los catorce años? —el Doctor Darbishire hace una mueca, como si le estuvieran obligando a tragar un purgante—. Tome Usted en cuenta que estamos hablando de un niño.

—Un niño sumamente inteligente, y desprovisto de moral —el Doctor Salmerón se sirve agua de la garrafita que han traído en la bandeja con la comida—. El criminal nato de que nos habla Lombroso, maestro.

El Doctor Darbishire lo ve llenarse la boca con una buchada de agua y caminar hasta el pretil del corredor, enjuagándose, para tirar la buchada sobre un macizo de begonias del jardín.

—Ese libro tiene, además, un capítulo destinado a justificar la eutanasia, por medio de alcaloides, que evitan el sufrimiento provocando un sueño letal —el Doctor Salmerón está todavía inclinado sobre las begonias—. El alcaloide se lo debe haber robado en la botica del hospital. La durmió, como un gorrioncito.

—Qué asunto más repulsivo —el Doctor Darbishire vuelve a arrugar la cara—. Perdóneme, pero mi mente se resiste a dar crédito a semejante barbaridad.

—Mañana le voy a traer el libro para que lo lea, y se va a convencer —el Doctor Salmerón viene a buscar su mecedora, palpándose el vientre, satisfecho.

—Ni se moleste. Ese libro lléveselo al Juez. ¿Yo para qué lo quiero? —el Doctor Darbishire agita las manos, apartando la cabeza.

Las campanillas del teléfono repiquetearon en ese momento. El Doctor Salmerón consultó de nuevo su reloj de bolsillo, y el Doctor Darbishire se abrió la bata, sacando el suyo: iban a ser las cuatro de la tarde. Alejándose con pasos presurosos, fue a atender.

Cuando regresó, el Doctor Salmerón lo esperaba, con la libreta abierta, otra vez, sobre las piernas, dispuesto a seguir remachando los pocos clavos que quedaban sueltos. Pero no dejó de asustarse al notar que en el semblante del anciano ya no había ninguna expresión de repugnancia por lo que había estado escuchando. Al contrario, su gesto era de una extrema severidad.

—Era el Juez —el Doctor Darbishire hundió las manos en las bolsas del batón.

—¿Qué dice el Juez? —cerró la libreta el Doctor Salmerón.

—Le tengo malas noticias —el Doctor Darbishire fue hasta su mecedora y se detuvo, agarrándose al espaldar.

—¿No hubo autopsia? —el Doctor Salmerón se puso de pie, extrañado.

—La autopsia ya terminó. Están en el acta. Después, van a trasladar las vísceras al laboratorio de la Universidad —el temblor de las manos del Doctor Darbishire se comunicaba a toda la mecedora.

—¿Y esas son las malas noticias? —el Doctor Salmerón soltó una carcajada nerviosa.

—El examen de los jugos gástricos de su pichel da resultados negativos. Completamente negativos. No hay trazas de veneno —las manos del Doctor Darbishire presionaban el espaldar de la mecedora, como si quisiera quebrarla.

—No le lucen las bromas, maestro —el Doctor Salmerón, haciendo un esfuerzo, volvió a carcajearse.

—Ríase de sus propios disparates, yo no lo atraso —el Doctor Darbishire apartó la mecedora hacia un lado, arrastrándola por el espaldar—. Se ha cagado en mí. Ríase también de eso.

—No se deje partir por la primera, maestro. Siéntese —el Doctor Salmerón, con gran dificultad, dio un abundante trago de saliva—. Lo importante ahora es la autopsia. El examen de las vísceras nos va a decir la verdad.

Los perros habían terminado su larga siesta y se lanzaban al jardín persiguiendo a los zanates que huían espantados. El anciano les gritó, llamándolos al orden.

—¿Sentarme a seguir oyendo babosadas? Por su culpa me fui hasta las cachas. ¿A qué horas me metí con Usted, si ya lo conozco? —la voz del Doctor Darbishire temblaba, igual que sus manos—. Cometí la imprudencia de apoyarlo ante el Juez para que se examinara el contenido del pichel. Y ahora quedo haciendo papel de pendejo en su argumento de cine.

—Apenas estamos empezando, maestro —el Doctor Salmerón, agotado de pronto, dejó que uno de los perros se le metiera entre las piernas, sin moverse siquiera.

—Vaya a comer mucha mierda. Estará empezando Usted —el Doctor Darbishire se encaminó hacia la entrada del pasillo y se colocó allí, muy rígidamente, sin decir nada más.

—¿Se da cuenta de que me está insultando, maestro? —el Doctor Salmerón recogió azoradamente su sombrero.

—No, lo estoy despidiendo. ¿Qué no ve que le estoy enseñando por dónde es la salida? —el Doctor Darbishire, empujado por los perros que habían acudido a cerrar guardia a su alrededor, se tambaleó.

El Doctor Salmerón se puso de cualquier modo el sombrero y se dirigió apresuradamente hacia el pasillo; y cuando pasó junto al anciano, no lo volteó a ver.

—¡Y eso de que Castañeda envenenó a su madre, no se lo van a volver a creer ni en la mesa maldita! —le gritó el Doctor Darbishire ya cuando alcanzaba la salida.

—¡Viejo pedorro! —le gritó a su vez el Doctor Salmerón al abrir la puerta.

Y tuvo que cerrarla tras de sí a toda carrera porque la jauría amotinada venía ladrando por el pasillo en su persecución.

29. Un día agitado y de muchas preocupaciones

Ya se habían encendido las luces del alumbrado eléctrico, aunque todavía no oscurecía por completo, cuando la multitud congregada en las calles vecinas al edificio de la Universidad avistó el automóvil de Don Esteban Duquestrada que se aproximaba por el rumbo de la Iglesia de la Recolección. La gente rodeó el vehículo, impidiéndole el paso, toda la curiosidad concentrada en los frascos esmerilados que el Juez Fiallos, y su secretario Alí Vanegas, custodiaban en el asiento trasero; y sólo después de muchas dificultades, pudieron estacionarse y bajar frente a la puerta de la Facultad de Farmacia, cerrada desde dentro, y puesta bajo la custodia de un alistado de la Guardia Nacional.

Mientras Alí Vanegas quedaba a cargo de la operación de bajar los frascos, auxiliado por los bedeles de la Universidad, el Juez Fiallos penetró al edificio con paso rápido, acosado a preguntas; y en medio de la agitación reinante nadie fue capaz de percibir la grave preocupación reflejada en su rostro.

Tenía ya en su mano el dictamen pericial, en el que se establecían los resultados negativos del examen de los jugos gástricos contenidos en el pichel. Una vez concluida la autopsia, cuando al fin pudo alejarse de la morgue, había ido hasta la oficina del Director del Hospital, a fin de pedir una comunicación telefónica con el consultorio del Doctor Darbishire, a quien comunicó el dictamen, como ya lo sabemos, pidiéndole, además, guardar el secreto.

Este dictamen, fuente de sus primeras preocupaciones, dice en su parte medular:

> El sello de la boca del pichel fue roto en presencia de los testigos que al final de esta acta se detallan. Medido el contenido en una probeta, previamente esterilizada, resultaron 250 cc. de jugos gástricos, de apariencia bastante clara, y de reacción ácida.
>
> Se tomaron 100 cc. del referido líquido, y se dio principio a la extracción de alcaloides por medio del método de F. Carlucci-Schultz, obteniéndose resultados negativos.

Se tomaron 60 cc. y se efectuó el ensayo de la estricnina con los reactivos de Casey-Bush, en muestras más o menos neutras. El ensayo resultó negativo para la estricnina.

El resto del líquido se conserva para lo que disponga la autoridad judicial competente.

Y cuando, pasadas las diez de la noche se interrumpieron los experimentos para ser continuadas al día siguiente, nuevos elementos de preocupación vinieron a agregarse a los que ya había expresado por teléfono al Doctor Darbishire. El Doctor Escolástico Lara, auxiliado por el Bachiller Absalón Rojas, había procedido a practicar el examen físico del contenido de cada uno. Y este último adelantó algunas pruebas al microscopio que resultaron igualmente negativas, como se consigna en el acta levantada al efecto:

Sometidos los órganos que abajo se detallan al corte del escalpelo para apreciar su estado interno, y sometidos igualmente a la comprobación de sus reacciones ácidas, se obtuvo el siguiente resultado:

Frasco nº. 1: Riñón derecho. Muy congestionado, presenta olor particular, no de almendras amargas, ni amoniacal. Color rojo bermellón, sangre roja. Reacción ácida.

Frasco nº. 2: Estómago y parte del intestino (duodeno). Olor particular, no de almendras amargas, ni amoniacal. Color blanquecino; contiene líquido filante con restos de un jugo cítrico. Reacción fuertemente ácida. La mucosa casi desprendida en su totalidad, en parte atacada la cerosa, y con esquimosis en algunos lugares. El intestino no presenta ningún contenido, y mucosa no había. Su color es rojizo, su olor particular, y la reacción fuertemente ácida.

Frasco nº. 3: Corazón y parte del bazo, muy congestionados. Olor particular, sangre roja, y reacción fuertemente ácida.

Frasco nº. 4: Vesícula biliar: olor particular, y color «sui generis». Sangre morena, y reacción ácida.

Frasco nº. 5: Hígado: muy congestionado. Olor particular, color «sui generis», y sangre morena; la reacción es fuertemente ácida.

Frasco nº. 6: Parte del cerebro: moderadamente congestionado, algo reblandecido; su olor es particular, y su color «sui generis». Sangre roja, y reacción moderadamente ácida.

Sometidos los órganos a un examen preliminar a la lente, para lo cual se utilizaron proporciones adecuadas de tejidos de cada una de ellos, no se encontró cristalización alguna que mostrara la presencia de estricnina, ni de ningún otro alcaloide. A este fin, se hizo uso de las técnicas de demostración de J. Kirkpatrick, corregidas por su discípulo Eagelburger.

¿Qué se había probado a lo largo del día? Nada. Ignorante por completo del asunto al llegar a León esa mañana, la decisión de buscar de inmediato al Doctor Darbishire le pareció correcta: si el médico de la familia llega a confirmarles que, de verdad, existía un inminente peligro, podían haberse ordenado acciones precautorias, incluso, secuestrar los medicamentos que se estaban administrando a Don Carmen Contreras.

Sin embargo, ante la muerte repentina de Don Carmen, un decir escuchado en la calle había precipitado su ligereza de conducta, y no alcanzó a reflexionar sobre las consecuencias del procedimiento de captura ideado por el Capitán Ortiz. Así se lo haría ver, ahora que conversaban en el corredor interior de la Universidad, vecino al laboratorio. El Capitán Ortiz se había presentado en su busca, cerca de las nueve de la noche, para informarle de que Castañeda se encontraba, al fin, recluido en una celda de la XXI.

—Nada en los jugos gástricos —el Juez Fiallos le alcanza al Capitán Ortiz la hoja rosada de papel manifold, donde está escrito el dictamen—; y hasta ahora, allí dentro, nada en las vísceras.

—Ya Rojas debe estar cansado. Hay que esperar a mañana —el Capitán Ortiz le devuelve la hoja, doblándola en cuatro.

—No es cuestión de cansancio —el Juez Fiallos se pasa la mano por los ojos; él mismo se siente agotado—; si las pruebas siguen siendo negativas mañana, el caso queda cerrado. Castañeda tiene que ser puesto en libertad.

—Te estás apresurando demasiado, apenas estamos empezando —el Capitán Ortiz se echa hacia atrás el sombrero stetson para rascarse la cabeza—; a ese hablantín no lo voy a soltar así no más.

—Por hablantín no se puede meter a la reja a nadie —el Juez Fiallos se guarda la hojita del dictamen en el bolsillo de la camisa.

—Hablantín y calumniador. Según sus cuentas se ha cogido a todas las mujeres de este pueblo, casadas y solteras —el Capitán Ortiz se quita el sombrero stetson y lo sacude con golpes enérgicos—. Qué clase de alacrán se nos había metido en la camisa.

—Estamos hablando de pruebas, y las pruebas se siguen esfumando —el Juez Fiallos se pasa los dedos por el mentón áspero—. Hasta el Doctor Darbishire se lavó las manos cuando le leí el dictamen, y le echó la culpa de todo al Doctor Salmerón. No quiere saber nada más de este asunto.

—Ese farsante de Salmerón es otro calumniador —el Capitán Ortiz se azota la pierna con el sombrero stetson—. Preso debería estar también.

—Precisamente. Si fuera por la palabra del Doctor Salmerón, nunca me hubiera atrevido a mover un dedo —el Juez Fiallos entre-

cerró los ojos para recibir un soplo de brisa que llegaba del patio en-
claustrado. El olor ocre de los reactivos seguía pegado a sus narices.

—Que inyecten mañana a los perros —el Capitán Ortiz revisó el nudo del barbiquejo, antes de ponerse de nuevo el sombrero
stetson—. Si mueren los perros, es que las vísceras tienen el veneno.

—Así se va a proceder —el Juez Fiallos hizo a Alí Vanegas
un gesto, pidiéndole esperar, cuando vio aparecer su cabeza por la
puerta del laboratorio—; pero si no hay nada, Usted y yo quedamos
en ridículo.

—Ridículo es el de la viuda, que se exhibió delante de todo
el mundo —el Capitán Ortiz alzó el cuello para acomodarse el barbiquejo—. Ya dio suficiente motivo para que sigan hablando mal
de ella en este pueblo.

—Si Castañeda resulta inocente, ella tiene sobrada razón de
haberse opuesto a que lo sacaran de su casa, a la fuerza —el Juez Fiallos agarró el huevo de marfil que servía de manija a la puerta—. Y el
culpable del escándalo sería Usted, y no ella. Me necesitan adentro.

—¿Culpable yo? Si lo que hice es ayudarte a vos, vea qué lindo
—el Capitán Ortiz avanzó hacia la puerta, deteniéndola antes de
que el Juez Fiallos pudiera cerrarla tras de sí—. Y en fin, si no hay
nada, a ese individuo por lo menos hay que deportarlo a Guatemala.
Que lo joda allá Ubico.

—Ese es otro asunto. Pero si yo sobreseo el caso, Usted me
lo tiene que dejar libre —el Juez Fiallos empujó suavemente la
puerta, y el Capitán Ortiz no tuvo otro remedio que apartarse.

Finalizada la jornada, Alí Vanegas acompañó a pie al Juez
Fiallos las dos cuadras que distaban hasta su casa, perseguidos aún,
durante un trecho por grupos de curiosos. En el trayecto, advirtió
a su secretario que no debía comentar con nadie los resultados obtenidos hasta ahora; si se desataban especulaciones contradictorias
esa noche en León, los experimentos del día siguiente no iban a tener ya ninguna credibilidad.

Y mientras cenaba, rodeado de familiares y vecinos que se
apretujaban alrededor de la mesa del comedor, él mismo fue sumamente comedido en sus explicaciones sobre el sumario, cuidándose
de negar que los experimentos hubieran siquiera comenzado.

Pero los presentes se ocupaban con más entusiasmo de comentar las circunstancias de la captura de Oliverio Castañeda, arre-
batado, al fin, de manos de Doña Flora y su hija por la fuerza
pública; y daban por descontado que en los jugos gástricos y en las

vísceras había veneno, certeza que el Juez Fiallos, mirando al tenedor antes de cada bocado, dudaba en compartir, por las razones arriba explicadas.

Y avanzada ya la noche, mientras se desviste y su esposa trajina todavía junto a la cuna donde duerme su primer hijo, sus pensamientos siguen ocupados por Oliverio Castañeda. Compañeros de estudio en la Facultad de Derecho, se habían graduado con pocas semanas de diferencia. Era, ciertamente, un petulante, muy amigo de divulgar historias en las que aparecía como el héroe amoroso, asediado constantemente por las mujeres. Y sin rechazarlo por completo, procuró siempre tomar distancia de él, en el aula y en los pasillos.

Se había sorprendido de encontrárselo en la sala de billar del Club Social, hacía pocos días, porque lo creía definitivamente de regreso en Guatemala; y recordaba, ahora, que entre muy pocos de la clase, había asistido al entierro de su esposa, y que Castañeda le envió, antes de partir, una tarjeta de agradecimiento por aquel gesto, ensalzando su caballerosidad.

En sus pláticas habituales del despacho, Alí Vanegas le había comentado alguna vez, en términos bastante escabrosos, acerca de las relaciones sentimentales que se rumoraban entre Castañeda y las Contreras, aun en vida de su esposa, y cómo disfrutaba enfrentándolas en sus celos, sin respetar que todos compartían el mismo techo. Esas historias volvieron a su mente por la mañana, cuando iba en busca del Doctor Darbishire a su consultorio; nunca les había dado mucho crédito, porque conocía a Castañeda, y conocía las aficiones de su secretario, que cuando no hablaba de literatura, se solazaba en hurgar en chismes recogidos en billares y cantinas, incubados, por regla general, en la mesa maldita del Doctor Salmerón.

Y ya echado boca arriba en el lecho, vestido sólo con el pantalón de pijama, reflexionaba en su propia situación. En la mañana, cuando tomaba las primeras disposiciones, se había sentido colmado de entusiasmo por la perspectiva novedosa que el caso le presentaba; y a lo largo del día, la imprevista notoriedad de que era objeto no había dejado de halagarle, pese a que no tenía vocación ni por el oficio de abogado, ni por la carrera judicial.

En este punto de sus incómodas reflexiones, y a fin de establecer una mejor idea sobre la personalidad del Juez Fiallos y las aspiraciones de su edad juvenil —pues nacido igual que Oliverio Castañeda en 1906, frisaba entonces en los veintisiete años— vale la pena acudir, en auxilio del lector, al despacho de Manolo Cuadra, «El Juez Fiallos y los demás poetas», publicado en «La Nueva Prensa» del 14 de octubre de 1933:

Tras un viaje por tren, que en un país más civilizado tomaría la mitad del tiempo, henos aquí, en la augusta ciudad de León, cuna del pensamiento liberal, y más aún, cuna espiritual de Rubén Darío. Nos envía, con más deberes que cumplir que pesos en el bolsillo, el director de este diario, Gabry Rivas, decidido a no dejarse tomar ventaja en el registro de los sensacionales acontecimientos que estremecen a la opinión pública desde hace varios días, y que han convertido a la orgullosa metrópoli en la meca de la prensa nacional.

El ya célebre proceso Castañeda no podía sino envolver como protagonistas del mismo a un sinnúmero de poetas, pues estamos en una ciudad de poetas: desde el reo, al juez de la causa, a su secretario, a los abogados; una lista a la que debo agregarme yo mismo, más poeta de vanguardia que cronista, aunque dispuesto a cumplir, con rigurosa dedicación, mi delicada tarea; soldado ahora del periodismo ya que, con no poca sabiduría, he colgado para siempre mis infames arreos de soldado mercenario, reclutado en mala hora por Lacedemonia para pelear en mi propia patria de Helos contra los ilotas nacionalistas…, pero esa es otra historia.

Poetas, poetas, repite el pregón… en los papeles requisados al reo en sus baúles se han hallado poesías de factura romántica. Escribe poesías, de talante vanguardista, Alí Vanegas, secretario judicial; nos las ha leído y nos informa que dará pronto a luz un libro. Su padre, Juan de Dios Vanegas, quien se prepara a asumir la acusación en contra del reo, según es el decir, pulsa también el estro, heredero de la corriente modernista que hizo de León su plaza fuerte… Y Mariano Fiallos, juez de la causa, poeta.

De él queremos ocuparnos en estas cuartillas volanderas, aunque los trágicos sucesos nos llamen con su urgente punteo eléctrico: igual nos llamaba la clave morse radial en lo profundo de la enlutada montaña segoviana, en días de vivac poco honrosos. Conocemos al Juez Fiallos desde el año pasado, cuando apadrinaba las giras del malogrado púgil leonés Kid Tamariz, aficionado como es a las artes boxísticas, y como lo soy yo, que apadriné a Kid Centella, el más peligroso contendiente de su pupilo, aunque es de caballeros reconocer que el mío le iba a la zaga.

Se alzaba ya en gloria Kid Tamariz, a punto de completar un implacable rosario de quince «knock-outs», cuando lo vimos caer, merecedor de mejor suerte, derribado sobre la lona por un mal golpe de Kid Centella que estalló en su cabeza una trágica noche, en el tinglado del Campo de Marte en Managua, privándolo de sus facultades mentales. Alucinado, deambula hoy por las calles de León lanzando sus mortíferos jabs al aire, siempre en guardia, ensayando saltos defensivos en derroche de frenética energía, aplaudido con poca misericordia por el cortejo de mozalbetes que lo sigue. De su promisorio pasado, solamente queda la prestancia y el vigor de su imagen en la etiqueta del Ron Campeón.

Alucinado Kid Tamariz, el juglar de las cuerdas, pues armonía pura fueron los hexámetros de sus uper-cuts; y alucinado Alfonso Cortés, encadenado a la reja de una ventana en la Calle Real, bullente su cabeza con el fragor de las bielas de las esferas siderales, en su infinito girar; y alucinado por el alcohol y la triste fiesta de la perpetua bohemia, Lino Argüello, «Lino de Luna», el poeta de las novias muertas que nunca han existido, «más que en sus ensoñaciones amables y enfermas», solitario y huraño por calles y ruines estancos de aguardiente; y pues en su alma encendida de fúnebres lumbres encuentra cálido amparo la tragedia, ha cantado recientemente la muerte de Matilde Contreras, la Ofelia de pálidos lirios del drama Castañeda.

Pero regresemos a Mariano Fiallos, el poeta de tono amable que canta las alegrías de la vida familiar, el narrador de historias vernáculas, enamorado del terruño y del llamado telúrico de las ardientes llanuras del Pacífico, de la altanera presencia de los volcanes que interrumpen con sus crestas milenarias el paisaje, «rudos de antigüedad y graves de mito», como los viera Rubén. Músico, artista del piano, domeñador de guitarras en largas veladas y furtivas serenatas, conoce la justa medida de la bohemia, y en su campechana compañía puede discutirse por igual a Hölderlin y a Babe Ruth, a García Lorca y a Primo Carnera, a Juan Sebastián Bach y María Grever, el pesimismo de Nietzsche y la longitud de las piernas de Greta Garbo...

La última vez que nos vimos, tras la caída del Ícaro del box, Kid Tamariz, me confió que había aceptado el puesto de Juez al graduarse, porque debía hacer frente a sus necesidades de recién casado; y sólo esperaba el nombramiento de catedrático de Filosofía del Derecho, prometido por el Decano de la Facultad, padre de su secretario-poeta, para renunciar.

A su Juzgado, en las pocas semanas que tenía de ejercer el cargo, no llegaban sino pleitos de gallina; riñas a machete en las vecindades comarcanas de León, provocadas por litigios de cercos, peleas en galleras y garitos de juego que terminaban, a veces, a balazos; robos de menor cuantía en alguna tienda de comercio, alcancías violentadas en alguna iglesia. Y para que se vea que no está dispuesto a abandonar sus verdaderas inclinaciones, en la pared del Juzgado, detrás de su escritorio, ha hecho enmarcar un pensamiento de Terencio que considera su divisa, y que Alí Vanegas se ofreció a copiar en letras góticas: NADA DE LO QUE ES HUMANO ME ES AJENO.

Los expedientes de los sacos que pasan por sus manos, si útiles en algo, lo son para bucear los personajes y los temas de sus cuentos; y sus viajes de fin de semana a la finca «El Socorro», heredada de su padre en el Valle de las Zapatas, cerca de El Sauce, sirven el mismo fin. La propiedad no rinde más que gastos, pero tiene la oportunidad de tratar allí con peones, campistos y caporales, y aprender así, de ellos, los secretos del habla vernácula, como los aprendí yo de Calibán en la guerra segoviana, escuchando, al mismo tiempo, el torvo lenguaje de Ariel.

Ya tiene escogido un título para el libro de cuentos, que alguna vez publicará: «Horizonte Quebrado»; como tengo yo el mío, «Contra Sandino en la montaña». Y en la soledad de su Juzgado, cuando no hay litigantes, o en los viajes de inspección a las comarcas, a bordo de su maltrecho Ford, bautizado «El Pájaro Azul» en homenaje a Maeterlinck, él y su secretario suelen hablar de libros y preferencias literarias, más que de códigos. Y «El Pájaro Azul» toma también otros rumbos... yo he sido su pasajero.

Este es el hombre que juzga el caso Castañeda, tal como he querido introducirlo al lector. Apenas sacudido el polvo de mi gorra de viaje, y guardadas mis magras pertenencias en la pieza de la pensión «Chabelita», cuyas paredes deberán acostumbrarse durante las próximas semanas al rasgar de mi estilográfica y al spleen de mis soliloquios nocturnos, me encaminé directamente al Juzgado en busca de primeras noticias y de la mano franca de Mariano Fiallos.

Fue breve el encuentro, pues salía él a cumplir diligencias del proceso. A manera de entremés, he sostenido ya un ameno palique con Alí Vanegas; pero confío en que la gravedad de las circunstancias no impedirá tener con el Señor Juez un primer match conversatorio... y disfrutar de un raid placentero a bordo de nuestro cómplice «in fraganti», «El Pájaro Azul».

El Juez Fiallos no conseguía todavía dormirse pese a la fatiga. Oyó cantar a los gallos del vecindario, y se incorporó para comprobar la hora en las manecillas fosforescentes del reloj despertador, colocado sobre la mesita de noche. Aún estaba lejos el amanecer, apenas iba a ser la una.

Y volvía a acostarse, cuando en el portón de la casa sonaron golpes muy fuertes. Se levantó alarmado y salió al corredor poniéndose la quimona, mientras su esposa se quedaba consolando el llanto del niño que se había despertado con el alboroto. El mozo de la finca, que dormía por esa noche en una tijera de lona en el zaguán, vino a su encuentro alumbrándose el camino con un foco de pilas, y le entregó un sobre que acababan de dejar en la puerta. Rasgó el sobre y pidió al mozo acercarle el foco para poder leer el papel:

León, 9 de octubre 1933
Señor Juez Primero de lo Criminal del Distrito.
S. M.
Apreciado Doctor Fiallos:
Mi honra y mi seriedad profesional están en juego. Si el examen de los jugos gástricos que extraje a la víctima antes de morir ha dado un resultado negativo, es necesario que Ud. determine que esos mismos jugos sean inyectados a un perro, cosa a la cual todavía no se ha procedido. Según los informes que tengo, esos experimentos claves empezarán hasta mañana, en la mañana. Inyéctese al perro. Si el perro muere, de lo cual

estoy más que seguro, se confirmará que yo tenía razón, como en efecto la tengo. Si no, caiga el desprecio de la vindicta pública sobre mi cabeza. Proceda así; y mientras tanto, yo quedo a sus órdenes, y me suscribo de Ud. Affmo.

Atanasio Salmerón
Médico y Cirujano

P. D.: Su Secretario, el Bachiller Vanegas, le ha informado, además, a nuestro común amigo Rosalío Usulutlán que aún quedan 90 cc. del líquido. Eso es suficiente para practicar el experimento que solicito. Vale.

El Juez Fiallos sintió el impulso de romper el papel y tirarlo al patio, disgustado por el abuso; y más disgustado aún con Alí Vanegas, a quien había advertido expresamente no comentar a nadie los resultados de las pruebas. Pero sabía que su deber era conservar todos los documentos relacionados con el caso, para agregarlos al expediente, aunque se tratara de una impertinencia como aquella.

En el expediente hemos encontrado ese papelito, cosido al legajo, una hoja del recetario del Doctor Salmerón, con su membrete, en el que figuran la dirección de su clínica y las horas de atención al público.

—¿Qué es lo que pasa? —la esposa del Juez Fiallos viene hasta la puerta del aposento, cargando al niño que aún llora.

—Nada —el Juez Fiallos guarda el papelito en el bolsillo de la quimona—. Un loco, de los que andan sueltos en este pueblo, que me escribe a medianoche.

30. Sensacionales experimentos en la Universidad

El 10 de octubre de 1933 amaneció nublado y con evidentes amenazas de lluvia, no impidiendo tal cosa que la gente comenzara a reunirse desde temprano en las vecindades de la Universidad, viejo edificio de taquezal de dos plantas, contiguo a la Iglesia de la Merced. Allí funcionaban la Facultad de Derecho, la Facultad de Medicina, Cirugía y Obstetricia; y la Facultad de Farmacia, cuyas aulas y laboratorios ocupaban el ala occidental del primer piso.

En las aceras, y alrededor de la plazoleta de entrada al Paraninfo, donde el cadáver de Rubén Darío había sido velado a lo largo de diez días en 1916, se instaló un nutrido contingente de vivanderas con sus tinglados, toldos y carretones, dando a la augusta y centenaria casa de estudios el ambiente de un activo mercado. Así lo señala Rosalío Usulutlán en su crónica «Sensacionales experimentos en la Universidad», publicada en «El Cronista» de fecha 11 de octubre.

Por el contrario, la casa de la familia Contreras, donde seguía expuesto el cadáver de Don Carmen, y cuyo entierro se realizaría a las cuatro de la tarde, permanecía ahora solitaria y como alejada de los acontecimientos a pesar de encontrarse a sólo una cuadra. No se veía entrar, sino a pocas personas, especialmente mujeres de luto, y ni los graves dobles de las campanas de la Catedral, repetidos cada hora bajo el cielo de lluvia, parecían recordar a los curiosos que la casa mortuoria existía.

La ya mencionada crónica de Rosalío Usulutlán nos ofrece los siguientes detalles sobre los sucesos iniciales de esa mañana:

> Fue primero en llegar el Juez, Doctor Fiallos, quien hizo su ingreso a las siete y veinte minutos, armado de paraguas y un capote ahulado; y con minutos de diferencia se presentaron después su secretario, el Bachiller Alí Vanegas, y el Médico Forense, Doctor Escolástico Lara. Y se encontraba en el interior del laboratorio el Bachiller Absalón Rojas, dedicado a ordenar y desinfectar las probetas y demás instrumentos que utilizaría en las pruebas, auxiliado por un grupo de sus estudiantes.

En el corredor interior, y al cuido de un bedel, estaban ya, amarrados a las pilastras y convenientemente separados, los perros y gatos a usarse en los experimentos, según las noticias recibidas en la calle por este cronista, quien igual al resto de los representantes de la prensa fue impedido de entrar al edificio, clausurado por demás en todas sus puertas y ventanas. Se sabía también de ranas, recogidas al amanecer en las márgenes del río Chiquito por los activos bedeles.

A partir de las ocho horas comenzaron a arrimar carruajes y automóviles a motor, de los cuales descendían conocidos personajes de la vida pública y social. Debían aguardar a que el alistado G. N., en custodia de la puerta, golpeara la misma con la culata del fusil; tras de lo cual se entreabría una de las ventanas y el Bachiller Alí Vanegas asomaba la cabeza. Consultaba al Juez, y si éste daba autorización, se ordenaba abrir la puerta.

Tal procedimiento dio lugar a que se creara un ambiente de chacota, llegándose a extremadas faltas de respeto por parte de gandules y vagabundos para con las personas que debían aguardar en la acera, antes de ser permitido su ingreso; con voces atipladas se les señalaba por sus motes y apodos, y aquellos en no recibir el úkase, eran despedidos con agudas silbatinas. En cierto momento, una semilla de mango, disparada por manos anónimas, fue a estrellarse a la cabeza del Bachiller Vanegas, al asomarla de manera desprevenida por la ventana.

Entre los ciudadanos cuyo acceso fue autorizado por el Juez, recordamos al Señor Alcalde Municipal, Doctor Onesífero Rizo; al Presidente de la Corte de Apelaciones de Occidente, Doctor Octavio Martínez Ordóñez; al Canónigo Pbro. Isidro Augusto Oviedo y Reyes; al Director del Hospital San Vicente, Doctor Joaquín Solís; y al Jefe de la Sanidad de León, Doctor Rigoberto Sampson; además de conocidos médicos y farmacéuticos de la ciudad. Fue a través de estas personas que el público se fue enterando del progreso de los experimentos, pues no pudo el Juez evitar que dieran noticia de lo que ocurría, las más de las veces entreabriendo las ventanas para comunicarse con amigos y familiares apostados afuera. De tal circunstancia se sirvió este cronista, e igualmente sus demás colegas del cuarto poder.

Los primeros análisis practicados por el Bachiller Absalón Rojas aparecen descritos así en el acta judicial agregada al expediente:

ANÁLISIS QUÍMICO DE LAS VÍSCERAS:

Al ser las ocho y cuarenta minutos de la mañana, procedí a iniciar el análisis químico de las vísceras, a cuyo efecto se trituraron finamente todos los órganos, dividiéndose la pasta en cuatro partes iguales: la primera, para la investigación de venenos volátiles (alcohol, éter, cloroformo, anilina, etc.); la segunda, para ácidos (sulfúrico, nítrico, oxálico, pícrico, fénico); y metales (cianuro, arsénico, antimonio, mercurio, etc.); la tercera, para alcaloides (ej. estricnina); y la cuarta, para conservarla en la refrigeradora y repetir algún ensayo en caso necesario.

Como consecuencia de las pruebas efectuadas sobre las dos primeras porciones, pude constatar que no había trazas de volátiles, aplicando el método de destilación de E. Abrahms; ni de ácidos ni metales, al seguir los procedimientos de reacción orgánica de Secord y Allen, en cada caso; quedando demostrado que la acidez que presentaron el día de ayer todos los órganos fue consecuencia natural de la acción de los jugos gástricos del estómago, diseminados por error de manipulación.

Utilizando la tercera porción, probé a extraer alcaloides por medio del éter, siguiendo el método North-Singlaub; obtuve así, una substancia tan amarilla como el ácido pícrico, que no me dio las reacciones características de los alcaloides. Tampoco obtuve con esta substancia las reacciones particulares de la estricnina, al sublimarla en la retorta de Poindexter; pero la conservé para un ensayo químico posterior, y otros de carácter biológico.

Era cerca ya del mediodía. La multitud, informada de estos resultados por medio de los testigos que se asomaban a las ventanas, comenzó a agitarse; abundaban los comentarios, y hubo incluso quienes llegaron a reclamar, con gritos estentóreos, la libertad de Oliverio Castañeda, según apunta Rosalío Usulutlán en su crónica:

Una de las mujeres que hacía su agosto con la venta de tasajos adobados, avanzó cuchillo en mano hasta una de las ventanas, amparada de los débiles rayos solares bajo las alas de su enorme sombrero de palma, y demandó, en lenguaje no digno de repetirse en la letra impresa, que se abrieran las puertas de la cárcel al reo, y se metiera a la misma a todos los Doctores y sabihondos; exclamando, en son de burla, que ella se ocuparía de llevarles suficiente comida para que no pasaran hambre en su encierro. La ocurrencia fue saludada con muchas carcajadas, y el oficioso heraldo, temeroso de ser víctima de algún proyectil, cerró prestamente la ventana.

Los experimentos continuaron sin pausa para el almuerzo. Recurrimos otra vez al acta:

Procedí a buscar la estricnina por medio del percianuro de hierro, el ferrocianuro de potasio, el ácido sulfúrico y el biocramato de potasio, según el método de V. Walters, y la reacción fue negativa.

A través de una evaporación de extracto clorofórmico efectué a continuación las pruebas que prescribe el método de Gavin-Tamb. El resultado fue en este caso, de trazas para la estricnina, al observarse a la lente, tras la evaporación, cristales de este alcaloide.

Tales noticias, comunicadas de manera confusa a través de las ventanas, volvieron a agitar a la multitud; se escucharon gritos a favor y en contra del reo, rechiflas y aplausos, y los perros, amarrados en el corredor interior, comenzaron a ladrar; «ladridos que fueron saludados con risas chabacanas», relata Rosalío Usulutlán, «pues bien se sabía la suerte que aguardaba a los pobres canes».

Se pasó entonces a iniciar los esperados experimentos con animales, de cuyos resultados se ocupa el acta:

PRUEBAS BIOLÓGICAS CON UNA RANA:

Procedí a efectuar ensayos biológicos en una rana, de la manera siguiente: se maceró en la probeta la cantidad de 25 gramos de la tercera porción de vísceras, reservada para la prueba de alcaloides, disolviendo la pasta en 10 cc. de agua ligeramente acidulada con ácido sulfúrico al 0,30 por 100, con lo cual se preparó una inyección intramuscular de 2 cc.

Inyectada la rana a la una y diez minutos, presenta la región escapular, donde ha recibido la inyección, tumefacta y húmeda. A la una y doce minutos, da muestras de náuseas; se le deja en libertad, y no se mueve; se encoge, vomita. A la una y trece minutos, continúa el vómito, ya sin esfuerzo. Cesa la náusea. A la una y quince minutos, reacciona al tacto con pequeños movimientos. Al sentir golpes en la mesa, se mueve poco. Respiración agitada. A la una y diecisiete minutos, convulsiones francas. Ya no puede saltar. Al tocarla, le sobrevienen más convulsiones. A la una y diecinueve minutos, patas traseras estiradas. Se le pincha, y no se mueve. No puede recuperar su posición anterior. A la una y veinte minutos, patas posteriores rígidas, tórax y abdomen hinchado, ligero sudor. Patas delanteras rígidas. A la una y veintiún minutos, patas posteriores fláccidas, vientre fláccido. Patas anteriores menos rígidas. A la una y veintidós minutos, reflejos muy atenuados. A la una y veintitrés minutos, no reacciona. Ligeros movimientos respiratorios. Agonía. A la una y veinticuatro minutos, colapso final. Muerte de la rana.

PRUEBAS BIOLÓGICAS CON UN PERRO:

A la una y cincuenta minutos, procedí a inyectar 6 cc. de la misma extracción a un perro de 6 kilos de peso, observándose las reacciones siguientes: a la una y cincuenta y dos minutos, presenta dilatación pupilar y nerviosidad a los ruidos y a la luz. A la una y cincuenta y cuatro minutos, el perro se muestra triste, sin ánimo. A la una y cincuenta y siete minutos, se le insta a moverse, y no obedece. A las dos cero minutos, el perro vomita; respiración agitada. A las dos y dos minutos, aullidos apagados y lastimeros; vuelve a vomitar. A las dos y tres minutos, primer ataque. Latidos cardíacos acelerados al estetoscopio. Rigidez de la mandíbula (trismus). A las dos y cuatro minutos, cesa el ataque. Agotamiento, rigidez de las extremidades inferiores al tacto, e insensibilidad al pinchazo de una aguja. A las dos y siete minutos, segundo ataque. Rigidez de las cuatro extremidades. A las dos y nueve minutos, cesa el ataque. Flaccidez total, señales vitales menos acentuadas, y ausencia de reacciones; el perro no atiende llamados, y se niega a abrir los ojos. A las dos y doce minutos, tercer ataque. Propulsión ocular (estrabismo); rigidez de la mandíbula, que no da paso a la pinza (trismus). A las dos y catorce minutos, cesa el ataque. Respiración leve, latidos cardíacos muy tenues al estetoscopio. A las dos y diecisiete minutos, agonía. A las dos y dieciocho minutos, muerte del perro.

El tercero de los experimentos se efectuó con un gato de un kilo de peso. Inyectado a las dos y treinta minutos de la tarde con 4 cc. de la misma solución, falleció a las dos y cincuenta minutos, tras acusar síntomas muy parecidos, por lo cual no tiene caso copiar aquí la descripción que de esta prueba hace el acta ya citada.

La noticia de que los animales inyectados con extracciones de las vísceras iban muriendo envenenados, produjo un desorden mayor. He aquí lo que anota Rosalío Usulutlán:

En distintos puntos de edificio las ventanas dieron en abrirse de manera simultánea, de par en par y con gran ruido de picaportes y aldabas, lo cual hacía que los espectadores corrieran de un lado a otro buscando agruparse bajo las mismas, ávidos de noticias.

Enterada del percance fatal sufrido en cada turno por los animales, la multitud mugía, cual mar embravecido, y no eran pocos quienes solicitaban, a pleno galillo, un castigo ejemplar para el culpable, formándose grupos dispuestos a marchar a la prisión de la XXI con el objeto de hacer sentir al reo, de cerca, la fuerza de la opinión ciudadana. Y otro partido hablaba de la necesidad de recoger firmas para calzarlas en un acta pública dirigida a las autoridades supremas, exigiendo que se le aplicara, sin más trámite, la pena de muerte; aunque ninguna de las iniciativas llegó a prosperar.

Las pruebas deberían haber concluido allí; pero el Juez Fiallos, aliviado para entonces de sus preocupaciones, tomó una decisión de último minuto que no dejó de sorprender a Alí Vanegas, quien aún no se reponía de la fuerte reprimenda recibida a causa de su infidencia: ordenó al Bachiller Absalón Rojas que inyectara a un perro utilizando la porción restante de los jugos gástricos extraídos a Don Carmen Contreras por el Doctor Atanasio Salmerón.

Aquel era un acto de justicia. El Doctor Salmerón se había presentado a la puerta de la Facultad, temprano de la mañana, solicitando su ingreso; y ante la rotunda negativa del Juez Fiallos a dejarlo entrar, el médico había tenido que sufrir la rechifla de la multitud, una rechifla que el Juez oyó tras las ventanas cerradas y que Rosalío Usulutlán presenció, guardándose sin embargo de mencionar por su nombre al Doctor Salmerón al reseñar el episodio en su crónica.

El perro fue inyectado a las tres y quince minutos de la tarde, y murió a las tres y cuarenta y cinco minutos, tras experimentar tres crisis de agudas convulsiones.

A continuación se procedió a elaborar el acta judicial, la cual fue firmada a las cinco de la tarde. Todas las personalidades presentes la suscribieron en calidad de testigos, excepto el Canónigo Oviedo y Reyes, quien hubo de retirarse antes de las cuatro, como concluye relatando Rosalío:

Fue el primero en abandonar el edificio, el Reverendo Canónigo, Deán Mayor de la S. I. Catedral, Pbro. Isidro Augusto Oviedo y Reyes, pues debía pronunciar la oración fúnebre en la misa de cuerpo presente que oficiaría Su Ilma. Mons. Tijerino y Loáisiga, Obispo de la Diócesis de León, en memoria de Don Carmen Contreras; y ya se aproximaba la hora de salida del entierro.

El Canónigo parecía impartir bendiciones con el brazo en alto, y algunos de los presentes cayeron en el error de arrodillarse; pero este cronista supo, de buena fuente, que la posición de su brazo se debía más bien a una reciente intervención quirúrgica debajo de la axila, lo cual le impedía plegar debidamente la adolorida extremidad.

31. El Doctor Salmerón vuelve por sus fueros

Alí Vanegas tenía la costumbre de mantener abierta la puerta de su pieza de estudiante hasta las altas horas, en parte debido al calor sofocante de las noches leonesas, y en parte porque le gustaba espiar a los trasnochados para buscar con quién platicar. La pieza era parte de la casa solariega de su padre, el Doctor Juan de Dios Vanegas, y se abría hacia la Calle Real, pared de por medio con otra casa solariega donde viviera los años de su adolescencia Rubén Darío, y donde ahora permanecía encadenado a la reja del balcón el poeta Alfonso Cortés desde que se había vuelto loco, según sabe el lector.

Magra de mobiliario y abandonada a los indolentes vientos del desorden, la habitación solamente se aseaba cuando Alí Vanegas, cediendo a los reclamos de su madre que lo acusaba, desde el otro lado, de solazarse en vivir en un nido de gallinas, terminaba por abrir la puerta medianera para que entraran las domésticas. Desconfiada de entregarlas a merced de su compañía, la madre se apostaba entonces a vigilarlo, cincho en mano, mientras las mujeres empujaban a la acera la basura con las escobas; y por esa única vez, lo obligaba a meterse los pantalones. El catre de fierro, custodiado por cuatro cabezas de querubes en el remate de los pilares, y vestido de cortinas de gasa oscurecidas por el polvo, su más notable pertenencia, dejaba ver su imponente armazón desde la calle.

Ya sabe también el lector, que debido a la costumbre más arriba anotada, Alí Vanegas había visto pasar, a trote apurado, el coche de caballos en el que huían los envenenadores de perros la noche del 18 de julio de 1932; y que poco después aparecería a la puerta de la pieza Rosalío Usulután, refiriéndole el episodio de los bastonazos. De todo eso habrían de dar cuenta los dos, en sus respectivas declaraciones judiciales, al convertirse la cacería en una pieza esencial de las investigaciones del proceso abierto el 9 de noviembre de 1933.

Conviene ahora no separarnos de Alí Vanegas, cuando al cabo de la febril jornada de este último día, y tras haberse despedido del Juez Fiallos en el zaguán de su casa, regresa a la pieza. Después de desvestirse, quedándose como siempre en calzoncillos, se propone repasar algunas materias descuidadas; pero después de un rato, imposibilitado de concentrarse, abandona su silla playera y va al baúl donde guarda libros y papeles en busca del legajo de sus poesías para ocuparse de pasar en limpio la más reciente de ellas, «Elegía a la mujer ignota». Y apenas ha vuelto a sentarse, aparece una vez más en la puerta Rosalío Usulutlán, quien llega en esta oportunidad como mensajero del Doctor Atanasio Salmerón.

Habíamos visto por última vez al Doctor Salmerón cerrando abruptamente la puerta del consultorio del Doctor Darbishire, atemorizado ante la jauría que se desbocaba por el pasillo en su persecución. Ahora debemos acompañarlo cuando, al ganar la calle, dirigió desde allí sus pasos de perro apaleado hacia la Casa Prío. Ya regresaremos a la pieza de Alí Vanegas.

La Casa Prío se hallaba colmada de parroquianos en una tarde de tanta agitación como aquella; y al atravesar por entre las mesas, donde sólo se bebía cerveza tibia porque la refrigeradora había sido vaciada en espera de su traslado a la Universidad, el Doctor Salmerón oía repetir, sin ninguna alegría, los más vaciados comentarios en torno al tema único que exaltaba a todos: la captura del envenenador Oliverio Castañeda tras la muerte de su última víctima.

Fue directamente al rincón, a sentarse en su sitio habitual; y sacando su libreta de la Casa Squibb la puso a un lado, sin ganas de abrirla. A medida que se enfriaba su cabeza, crecía su desmoralización: había sido corrido, como un hijo de casa cualquiera que ha perdido los favores del gamonal; y cosa extraña a sus modales, el anciano le había gritado de manera soez, para que no quedaran dudas de que el rompimiento era definitivo.

Mucho rato después, Cosme Manzo entró al establecimiento, deteniéndose en las mesas, otra vez llenas tras la desbandada en pos de la refrigeradora que ya había partido, para divulgar los detalles de la captura. Venía de la casa de la familia Contreras, había visto cómo sacaban al envenenador, totalmente borracho, en medio de un gran aparato militar, había escuchado los gritos y las expresiones de protesta de las dos mujeres que de nuevo trataban de impedir que se lo llevaran. Contaba la escena fingiendo lloriqueos y gestos de súplica, ante el regocijo de todos los presentes; pero su acto sólo arrancó una leve sonrisa de los labios del Doctor Salmerón.

Manzo no se mostró alarmado cuando el Doctor Salmerón lo puso al corriente del fracaso del examen de los jugos gástricos. Para él, que había pasado todo el día yendo de un lugar a otro, y había sido testigo presencial de muy diversos acontecimientos, en la casa de los hechos, en el hospital, las cosas apenas empezaban; y un resultado preliminar, como el que el Doctor Salmerón le transmitía con tanta congoja, no era de ninguna manera motivo para preocuparse. Faltaba el examen de las vísceras, faltaban los experimentos con los animales, faltaban las declaraciones de los testigos claves. Y las pruebas más contundentes seguían anotadas en la libreta de la Casa Squibb: la adquisición del veneno, la porción de estricnina que Castañeda se había guardado, después de matar a los perros; la historia del hombre del bacalao, el libro «Secretos de la Naturaleza». Nadie iba a atreverse a contradecir semejantes evidencias cuando fueran reveladas en toda su magnitud.

—La reserva del alto mando —el Capitán Prío colocó, ostentosamente, dos cervezas heladas sobre la mesa—. Tengo escondido el cajoncito de hielo, por si acaso quieren más.

Cosme Manzo bebió, ávidamente, a pico de botella. El Doctor Salmerón retiró la suya, de manera desganada.

—Oigame Doctor —Cosme Manzo se limpió la espuma de los labios con el puño de la camisa—, no se olvide de una cosa: tenemos metido en el aro al Doctor Darbishire. Todo lo que él declare, es carne.

El Doctor Salmerón pasó el dedo sobre el rastro húmedo dejado por la botella, y no le respondió. Le daba vergüenza confesar a Manzo que el anciano lo había corrido, que hasta los perros lo habían perseguido, con claras intenciones de morderlo.

—No me diga que el viejito se rajó —Cosme Manzo lo miró, sin apartar la botella de los labios.

—De ese petulante no podemos esperar nada —una oleada de cólera subió a la cabeza del Doctor Salmerón—. Ahora me echa a mí la culpa de que no encuentren veneno en el pichel.

—Y se peleó con Usted por eso —Cosme Manzo puso la botella cuidadosamente, como si no quisiera molestarlo con ningún ruido—. Ese viejo ensarrado siempre ha sido un gran orgulloso.

El Doctor Salmerón asintió, apartando la vista. Su quijada temblaba. Orgulloso, y desconsiderado; nunca en su vida volverá a poner los pies en su casa, ni como médico, así le diera un ataque de apoplejía.

—Y hasta lo debía haber corrido de su casa —Cosme Manzo vigilaba al Doctor Salmerón, que seguía sin darle la cara y se mordía ahora los nudillos, con el puño cerrado—. Y es muy capaz de haberle echado los perros.

—Me los echó —el Doctor Salmerón siente salirse las lágrimas, y aprieta la mandíbula.

—Les ha herido el orgullo, Doctor —Cosme Manzo lo coge con fuerza por el brazo—. En fin de cuentas, todos esos ricos tienen puesta la nariz en la misma bacinilla.

—¿Dónde está Rosalío? —el Doctor Salmerón agarra, de pronto, la botella de cerveza por el gollete, dando un gran trago. Manzo tenía razón. Eran los mismos, él se les había asomado la bacinilla—. Necesito hablar con él.

—Así me gusta Doctor, estamos en lo que estamos —Cosme Manzo apura, risueño, el resto de la cerveza—. Ese debe andar por la Universidad. Las vísceras están por llegar y hay un gran molote afuera.

—Andá buscámelo —el Doctor Salmerón urge a Cosme Manzo, apretándole la rodilla—. Necesito que trate de hablar con Alí Vanegas, que se informe de todo lo que sucede en el laboratorio. Y que le diga que es de vida o muerte que inyecten a los animales con los jugos gástricos.

—Quiero hacerle una propuesta, Doctor —Cosme Manzo, ya de pie, balancea la botella vacía en su mano—. A ver qué le parece.

El Doctor Salmerón, que se ocupa ya con gran diligencia de los apuntes de su libreta, lo alza a ver.

—La bacinilla hay que destaparla —Cosme Manzo apoya las manos en la mesa; y se acerca tanto al oído del Doctor Salmerón, que lo roza con el ala del sombrero—. Una buena crónica de Rosalío, contando todo lo que sabemos. Las cartitas, las razones, los llantos. Que los pringue la mierda del bacín.

—Me gusta —el Doctor Salmerón, tras reflexionar un momento, asiente convencido—; pero hay que arreglar primero lo del pichel.

Manzo partió con las instrucciones al tiempo que el salón se vaciaba otra vez de manera apresurada. Los parroquianos acudían a la Universidad porque llegaban las vísceras y los experimentos iban a comenzar. Una hora después, volvió: Rosalío no había logrado comunicarse durante todo ese tiempo con Alí Vanegas; las puertas estaban clausuradas, y el acceso a los periodistas había sido prohibido por el Juez.

Cerca de las diez, Manzo y Rosalío regresaron juntos, con la noticia de que los experimentos, suspendidos por lo avanzado de la hora, no empezarían sino a las ocho de la mañana del día siguiente; y no les fue posible acercarse a Alí Vanegas a la salida, porque había acompañado al Juez hasta su casa.

De modo que se tomó la decisión de enviar a Rosalío a buscarlo a su pieza. Y es así que Alí Vanegas lo ve asomar la cabeza en la puerta, elevando el sombrero con ademán gentil para darle las buenas noches.

—No se dan entrevistas a la prensa —Alí Vanegas deja a un lado el legajo de sus poemas.

Rosalío, con el cuerpo inclinado, va en busca de un taburete sin respaldo, muy presuroso, como si persiguiera el asiento; lo arrastra y se coloca junto a la silla playera de Alí Vanegas.

—Se le va a enfriar la inspiración por andar en paños menores, panida —le musita al oído Rosalío.

—La inspiración la tengo en los huevos y no quiero que se me cocinen —Alí Vanegas se sopla con el abanico de palma—. El Juez me ha prohibido terminantemente hablar nada del proceso. Si has venido a averiguar algo, da por prescrita tu misión.

—Si querés saber algo del proceso —Rosalío arrima más el taburete—, mejor pregúntame a mí, que sé más de lo que sabe el Juez.

—Entonces, mi estimable cronista, ¿a qué me buscáis, a tan altas horas de la noche? —Alí Vanegas le da un toque en la pierna con el abanico.

—Sólo quiero que ayudemos a un amigo —Rosalío se quita el sombrero y se cubre la boca.

—Depende del amigo, y depende de la ayuda —Alí Vanegas lo mira de reojo. El sudor brilla entre los cabos de su pelo, rasurado al rape.

—El Doctor Atanasio Salmerón ha aportado una prueba importantísima para agarrar al criminal. La sociedad debe estarle agradecida —Rosalío aparta el sombrero de su boca, y se la vuelve a cubrir.

—Qué clase de prueba —Alí Vanegas se sopla ahora con mucha energía—. Se metió en la casa de los Contreras, sin permiso. Lo que se puede sacar es que lo acusen por violación de domicilio. En su pichel no había veneno.

—¿No murió, entonces, el perro? —Rosalío deja el sombrero sobre las piernas y repasa con el dedo el polvo acumulado en el brazo de la silla playera.

—¿Qué perro? —Alí Vanegas arranca un pelo que se asoma por la portañuela del calzoncillo, y lo mira a trasluz.

—El perro al que inyectaron hoy, en el laboratorio, con los jugos gástricos —Rosalío traza una cruz en la capa de polvo—. Y no sea cochino, panida.

—Cochino sería si te arrancara el vello púbico a vos —Alí Vanegas avienta el pelo al aire con un golpe de la uña y lo sigue en su trayectoria hasta el piso—. No se ha inyectado ningún animal, sólo se empezó a examinar las vísceras. Mañana es el día de los perros, los gatos y otras alimañas. La prueba química del famoso pichel se hizo antes, y fue la que salió negativa.

—Eso el Doctor Salmerón ya lo sabe —Rosalío estiró el pescuezo, tratando de leer lo que Alí Vanegas estaba escribiendo—; pero él dice que la prueba química no es lo importante. Es el perro lo que le interesa.

—Entonces, si ya lo sabe, no es por mi boca —Alí Vanegas cubrió la hoja de un manotazo—. Y cuando te vayas de aquí, acordate que yo no te he dicho ni mierda de todo ese asunto.

—Lo que él te manda a pedir, es que inyecten a un perro con los jugos, para que resplandezca la verdad —Rosalío le apartó la mano y deletreó el título de la poesía—. ¿Esta es la elegía que me dijiste?

—Yo sólo soy un simple escribano —Alí Vanegas ya no insistió en cubrir la hoja y lo dejó leer—. Cualquier cosa que quiera, que se la pida el Juez, a ver si se atreve. El Juez anda arrecho, por el cuento del pichel. Pero que hable con él, todavía quedan noventa centímetros cúbicos del líquido.

—Noventa centímetros cúbicos —Rosalío recogió el taburete y lo llevó al sitio donde lo había encontrado al entrar.

—Vos has venido aquí a ver qué me sonsacás —Alí Vanegas le alcanzó la elegía desde largo—. Y a espiar lo que estoy escribiendo. Pero lea, deléitese. Vea refulgir esta joya vanguardista.

—Leeme mejor vos —Rosalío se acercó de nuevo, y se puso las manos en el cuadril—. El soneto para Sandino que te publiqué, estaba regular.

—¿Regular? Decí mejor perfecto, ignorante —Alí Vanegas hizo una última corrección antes de empezar a leer.

—Regular, no sea vanidoso, panida —Rosalío se sacó el pliegue del pantalón, que se le había quedado prensado entre las nalgas—. Al que no le debe haber gustado del todo, es a Somoza.

—Me vale verga Somoza —y Alí Vanegas comenzó a declamar con entonaciones guturales, como si le apretaran la nariz—: «Tú, la desconocida de cuerpo trémulo que llamas a mi puerta, dispuesta a encender de tibio calor las albas sábanas de mi lecho, velas estremecidas por el huracán del deseo…»

—Alguna puta será esa desconocida —Rosalío corrió hacia la salida—; ¡para eso es que mantenés abierta la puerta!

—¡Tu madre! —Alí Vanegas saltó tras él, pero Rosalío ya había desaparecido. Todavía le oyó reírse en la calle.

Esta conversación explicará convenientemente al lector por qué a la medianoche de ese 9 de octubre de 1933 se escucharon golpes alarmantes en el portón del zaguán de la casa del Juez Fiallos.

Apenas regresó Rosalío Usulutlán a la Casa Prío, portador de una información tan valiosa como esperanzadora —todavía quedaban noventa centímetros cúbicos de los jugos gástricos, suficiente para inyectar a un perro—, el Doctor Salmerón garrapateó la nota de marras en la hoja de su recetario. Y Cosme Manzo se ofreció a entregarla personalmente.

—Y mañana, Doctor —Cosme Manzo dobló la hoja y se la metió en la badana del sombrero—, tiene que presentarse en el laboratorio cuando empiecen los experimentos. Usted es el primero que tiene derecho a estar allí.

—Vamos a ver —el Doctor Salmerón se sonrió, envalentonado.

—Y vos —Cosme Manzo le dio una fuerte palmada en el hombro a Rosalío—, preparate para tu reportaje del siglo.

—De eso voy a hablar yo con Rosalío —el Doctor Salmerón despidió a Cosme Manzo, con un ademán de impaciencia.

32. Princesa de las flores negras

Los inequívocos síntomas de envenenamiento en la muerte de la rana y los perros y gatos inyectados en el laboratorio convencieron a la opinión pública de la culpabilidad de Oliverio Castañeda; y si bien las firmas para el acta reclamando que se le aplicara la pena de muerte no llegaron a recogerse, un editorial del diario «La Prensa» de Managua, publicado el 11 de octubre de 1933 bajo la firma de su director, el Doctor Pedro Joaquín Chamorro Zelaya, con el título «Enemigo Público n°. 1», expresa:

> Tiempos malos vive la república, cuando los cimientos de la moral se ven desafiados por ataques tan viles y arteros a la primera y más sacrosanta de nuestras instituciones: la familia, como en el horrendo caso que conmueve a la sociedad de León. Y no debemos solamente alabar el celo de la Guardia Nacional por su oportuno proceder al haber ordenado, in continenti, la pronta detención del culpable de tan salvajes crímenes, comprobados ya gracias a los ingentes progresos de la ciencia; debemos reclamar, también, sin cataplasmas, que se alce con presteza la sombra vindicativa del cadalso para cubrir la ignominia de la traición y la barbarie.
>
> Así lo exige «La Prensa», y no por falta de sentimientos cristianos, al interpretar en su justa medida al clamor de la ciudadanía. El termocauterio es doloroso, pero necesario, pues si se deja supurar la pústula, inficionada de humores malignos, el cuerpo social se verá pronto cubierto de llagas y expuesto a su lacerante desmembración.

El mismo 11 de octubre, el Juez Fiallos recibió desde Managua un telegrama firmado por el Presidente de la Corte Suprema de Justicia, Doctor Manuel Cordero Reyes, que se mandó agregar al expediente, y que dice:

> Nombre unánime Magistrados este alto Tribunal recogiendo sentir vindicta pública ordénole utilizar todos los recursos ley pone su disposición y proceder sin ninguna clase miramientos o vacilaciones investigación hechos relacionados muerte Don Carmen Contreras (q.e.p.d.) y otros le sean conexos de modo hágase recaer culpable peso inequívoco justicia

todo aras paz social y beneficio protección honra y seguridad ciudadanos de bien. Cooperación que Ud. requerida autoridades judiciales el país debe serle concedida sin demora. Acuse recibo.

Sin llegar a los periódicos, las voces de censura se levantaban airadas en contra de la viuda y su hija, quienes seguían enviando al reo alimentos, ropa de cama y toda clase de obsequios, no obstante el resultado de las pruebas de laboratorio. Estos envíos, como ya vimos, el Capitán Ortiz se vio precisado a interrumpirlos mediante instrucciones recibidas de la Jefatura de la Guardia Nacional, decisión premiada con aplausos en un nuevo editorial de «La Prensa» que, sin embargo, se cuida de mencionar por su nombre a las frustradas remitentes.

Las críticas contra Doña Flora subieron de punto, cuando en su declaración del 14 de octubre de 1933 se convirtió, de manera velada, en defensora de la inocencia del reo; declaración que en los círculos sociales de León sirvió para remover la vieja antipatía que ya pesaba contra ella, desde su llegada a la ciudad como recién casada, muchos años atrás, y acerca de lo cual se ha dejado antes noticia.

El Doctor Atanasio Salmerón, pese a su mala fama, ganada como mentor de la mesa maldita, pasó de la noche a la mañana a disfrutar de crédito como hombre inteligente y sagaz; y su acción espontánea de presentarse a la casa de los hechos, armado de la sonda para extraer a toda costa los jugos gástricos de la víctima, era ampliamente alabada. Por esta razón, y porque todo el mundo tenía ya conocimiento de la existencia de su libreta de apuntes, en cuyas páginas se daban por anotadas las pruebas de los crímenes de Oliverio Castañeda, se había empezado a crear una justa expectativa alrededor de su declaración.

Su comparecencia tuvo lugar el 28 de octubre de 1933, cuando la ciudad estaba dominada por el escándalo provocado por el reportaje de Rosalío Usulutlán. El Juez Fiallos, como ya veremos posteriormente, no pudo sustraerse a la influencia del escándalo, entrando en una agria confrontación con su testigo; y debido a ésta, y otras circunstancias posteriores que ya se nos darán a conocer, los preciosos datos no fueron nunca del dominio de la justicia.

Pero no hemos llegado aún a ese punto. Por el momento, el crédito del Doctor Salmerón se encontraba en alza; y así se permitió dar ciertos consejos al Juez Fiallos en una interview, arreglada con Rosalío Usulutlán, que apareció en «El Cronista» del 14 de octubre de 1933, bajo el título «Opiniones de un galeno»:

Reportero: ¿Considera Ud. que el Juez, Doctor Fiallos, debe dar algunos otros pasos decisivos en su investigación?

Entrevistado: Con todo respeto, me permitiría sugerir al Señor Juez, sin que esto signifique intromisión en las delicadas funciones que le están confiadas, que debe procederse a la pronta exhumación de los cadáveres de la Sra. Marta Jerez de Castañeda y de la Srta. Matilde Contreras.

Reportero: ¿En qué se basa Ud. para hacer esta sugerencia?

Entrevistado: En el hecho de que nos encontramos en presencia de un agente común, un solo sujeto, que ha estado cerca de las tres personas, cuyas muertes ocurrieron en diferentes fechas, pero en circunstancias y bajo síntomas muy parecidos. Si se ha determinado que la última de estas tres personas falleció a consecuencia de un tóxico que se le dio a ingerir de manera alevosa, disfrazado de medicamento, cabe averiguar si las otras dos no fueron, también, víctimas del mismo tóxico.

Reportero: Una de las dos personas que Ud. señala, la Srta. Matilde Contreras, falleció no ha mucho. Pero la primera, la Sra. Marta Castañeda, tiene ya varios meses de sepultada. ¿Será posible encontrar en su cuerpo, tras tanto tiempo, las trazas del veneno?

Entrevistado: Es posible. Los venenos ingeridos se conservan por muchísimo tiempo en los despojos mortales de las víctimas. Tenemos el famoso caso Bouvard, ocurrido en el mediodía de Francia, en 1876. La esposa de un escribano, M. Bouvard, falleció de pronto, y años después se descubrieron indicios de que el escribano la había envenenado, celoso de su compañero de bufete, M. Pécuchet. La exhumación se practicó en 1885, y el examen de las vísceras, por el método de J. Barnes, determinó la existencia de estricnina.

Reportero: ¿Y no considera Ud. que constituye una profanación perturbar el reposo de los cadáveres? ¿No contradice este procedimiento las reglas de la S. M. Iglesia?

Entrevistado: De ninguna manera. La justicia, de mano con la ciencia, debe colocarse por encima de las gazmoñerías y el oscurantismo. La medicina forense prevé el procedimiento, y el Juez, con la ley en la mano, debe aplicarlo.

El Juez Fiallos contemplaba ya, dentro de sus planes, la exhumación de los cadáveres, prefiriendo mantenerlo en secreto para evitar que se creara un nuevo foco de escándalo y curiosidad. Concluidos los experimentos, había comunicado, esa misma tarde, su determinación al Capitán Ortiz, solicitándole poner bajo vigilancia discreta las sepulturas; y al recibir el telegrama del Presidente de la Corte Suprema de Justicia, respondió con otro, en que formulaba el acuse de recibo, y al mismo tiempo solicitaba una partida especial de gastos por 240 córdobas, destinada a cubrir las diligencias, la cual desglosaba así:

Dos facultativos auxiliares del Médico Forense: 150 córdobas.
    Dos practicantes: 40 córdobas.
    Fajina de cuatro sepultureros: 12 córdobas.
    Licores para los sepulteros: 10 córdobas.
    Alcohol y otros desinfectantes: 10 córdobas.
    Automóviles: 8 córdobas.
    Imprevistos: 10 córdobas.

Esta vez, no se molestó con los consejos del Doctor Salmerón, aunque vinieran a arriesgar un debate sobre el asunto, como en efecto ocurrió. Y las opiniones del médico, sumadas al hecho de que el propio Oliverio Castañeda se atreviera a asegurar en la interview concedida en la cárcel a Rosalío Usulutlán, que él mismo le había ya solicitado la exhumación del cadáver de su esposa para demostrar su inocencia, lo obligaron a confirmar públicamente la decisión.

Así aparece en las declaraciones que ofreció a Manolo Cuadra para «La Nueva Prensa», y que se publicaron el día 16 de octubre, como parte del despacho «Princesa de las flores negras»:

Hemos encontrado taciturno y melancólico a Mariano Fiallos esta mañana de temporal cuando lo buscamos en el afán de confirmar los rumores que corren sobre la exhumación de los cadáveres de dos de las presuntas víctimas del veneno en el caso Castañeda.

Una ciega de raída túnica nazarena a quien apodan Miserere los rábulas y litigantes, cantaba un pasillo al pie de una pilastra en los corredores del Juzgado, su lugar habitual, el rostro de ida belleza donde sólo queda el rescoldo sin vida de sus extraños ojos verdes, pegado a la caja de su bronca guitarra de mala encordadura. Y le hemos preguntado al Juez si acaso lo turbaba el arpegio de la canción, que en verdad arrastra una cauda de tristeza en su letra: «piensa que en el fondo de la fosa, llevaremos la misma vestidura…».

Nos ha dicho que no, pero la constancia de la magra lluvia que chorrea también su débil cantilena desde los húmedos tejados, aprieta con igual melancolía el alma del más fiero mortal, y el Juez no está entre los fieros. El caso que lleva, por otra parte, podrá ser escandaloso, más no deja de ser triste. El manto de la lluvia, la desgraciada letanía de la canción, ir a romper los sepulcros de mujeres que amaron, y tal vez sucumbieron por amar… en verdad, la mañana gris aún tiene para más.

Me aparto de estas reflexiones, paso a interrogarlo, y me responde: «Efectivamente, me propongo llevar a cabo la exhumación de los cadáveres de Marta Jerez y Matilde Contreras, para lo cual ya he solicitado a la Corte Suprema el auxilio económico correspondiente. Este procedimiento no debe sorprender a nadie, pues es muy normal en estos casos, y no se trata, de ninguna manera, de excitar la morbosidad del público.

Y téngase por seguro que no permitiré la presencia de ninguna persona ajena a las diligencias, para que la exhumación no se convierta en un espectáculo de circo romano.»

«No quiero entrar en dilucidaciones científicas antes de tener a mano los resultados», nos dice ante una nueva pregunta; «si existe estricnina en los cadáveres, y si la estricnina permanece o no en cuerpos enterrados, al cabo del tiempo, eso solamente nos lo dirán los exámenes y pruebas de laboratorio. La justicia no opina, comprueba.»

La estricnina. El público lector no dejará de agradecer algunas referencias útiles sobre el origen de su señorío y su secreto poder de estragos. Para ello hemos acudido a las bibliotecas del Instituto Nacional de Occidente, guiados de la mano del Padre Azarías H. Pallais, director del plantel educativo, y cuando no, poeta, «que vive en Brujas de Flandes», donde se ordenó de sacerdote, y lugar desde el que firma siempre sus versos, transido de reminiscencias, aunque se encuentre hoy tras los muros del antiguo convento de San Francisco, sede de su colegio.

Origen y naturaleza:

Del griego strychnos —sombra de la noche—, la princesa nocturna de los alcaloides, princesa de las flores negras, es capaz de paralizar con su oscuro abrazo las palpitaciones del más recio o el más angustiado de los corazones; mas dueña también de dones salutíferos, su hálito encantado apaga la fiebre y se dispensa en bálsamo emético, igual a sus hermanos heráldicos, el tartrato y el antimonio; y vivifica, si así lo dicta su capricho, pues es hábil en templar las sutiles cuerdas del sistema nervioso, tal un laúd entre sus dedos invisibles, poderes que comparte con otros de su casta, el láudano y la belladona.

La princesa de las flores negras deja su ramo de luto prendido en las mortajas, madrina piadosa de los afligidos y de los tristes, consuelo en la tortura mental de los suicidas, dispensadora de las venganzas de amor, soberana de las envidias, auxilio de las ambiciones, señora de los odios, mater admirabilis de la traición, mater dolorosa... hay en su nombre, que sólo con reverente temor se nombra, engañosos acentos de glicina, buganvilla, magnolia, camelia, azalea, nomeolvides, coroles tempranas que el temporal estará deshojando inclemente en los canteros ahogados de los jardines nebulosos en esta mañana de pesadumbre...

Oculta duerme en las entrañas del haba de San Ignacio y de la nuez vómica, frutos prohibidos de las Filipinas y de Oceanía, hasta que turbado su sueño sale a volar por el mundo con sus alas funerales, regalando el silencio como remedio del hastío, la melancolía sin remedio y los fatales quebrantos de la pasión sin fortuna, y solícita, se ofrece cómplice del traidor rencor y la callada mano del desquite y la revancha.

El haba de San Ignacio despunta en la primavera del trópico engalanando los setos a la vera de los caminos con sus manojos colgantes de campánulas negras de delicado cáliz alargado y perfumando el aire de un olor más embriagante que el de los jazmines, portador del letargo aún se le aspire en la distancia. Caen tierra sus flores, arrebatadas por las brisas, y las recogen las doncellas desprevenidas para entrelazar guirnaldas festivas con que adornan sus cabelleras en las nocturnalias de San Ignacio, como si más bien celebraran a la noche y su cortejo de sueño, desvelos y sombras.

Su fruto carmesí, de pulpa carnosa, se asemeja en su forma y tamaño a la pera, aunque no en su dulzura, pues es repelente su amargor; y sus semillas, apretadas en las entretelas, son de corteza córnea y color leonado, del volumen de la avellana.

La nuez vómica pende entre las hojas nervadas del frondoso y encumbrado árbol que le da vida, defendiéndose entre las espinas como si advirtiera de su riesgosa intimidad; aplastada, dura, redondeada, de color gris su corteza, de olor acre y oscuro tinte su almendra sin sabor, que sólo cobra su amargo intenso al calor del fuego, cuando cambia del negro al blanco deslumbrante.

Efectos mortales:

La princesa de las flores negras llega con paso silencioso y su presencia se anuncia porque en el pecho del poseído se acumula una terrible sensación de angustia que se rompe en un grito desesperado, como si ese grito resumiera la premonición de todas las catástrofes y los dolores del mundo.

El cuerpo queda entonces inmóvil a su abrazo, rígidos los músculos, la cabeza echada hacia atrás, el rostro pálido, la palabra entrecortada. Poco a poco se cierran las mandíbulas. Se agitan a la par los miembros, sacudidos con mayor violencia cada vez, empeñada la víctima en librarse de los implacables brazos que la ahogan.

Viene un momento en que los miembros se contraen al igual que el resto del cuerpo. La víctima, clavada de espaldas, no puede cambiar de posición, la facies tumefacta e inyectada, su respirar breve y convulsivo. La muerte parece inminente, pero después de un tiempo variable se relajan los músculos y cae la cabeza, cesando las contracciones y la rigidez para iniciarse un ominoso período de calma: la princesa concede una tregua en su abrazo, y se aparta.

Poco dura, sin embargo, este instante de remisión, ya que sobreviene un nuevo abrazo más violento que el anterior. Las sacudidas convulsivas pueden ser tan fuertes que levanten el cuerpo como una sola pieza, lanzándolo a cierta altura sobre el lecho. El epístonos alcanza su grado máximo y el trismo acaba de exagerarse, poniéndose rígidos y convulsos los miembros, con la planta de los pies vueltos hacia adentro.

Imposible articular sonidos y cada vez más penoso el respirar, irregulares los latidos del corazón, salientes y fijos los ojos, dilatada la pupila, lívida y azulada la piel. Raramente se conserva la inteligencia en tan extremo paroxismo, inmóvil e insensible la víctima, a semejanza de la muerte.

Este segundo estertor no es el último, con todo, sino que aparece un nuevo intervalo de calma que permite restablecer la circulación, y recobra la víctima los sentidos, pero no la libertad de movimientos. Entre tanto, una sed ardiente tortura su garganta, hasta aparecer nuevas convulsiones, más aproximadas unas de otras, y más formidables. Es más estrecho ahora el abrazo.

Se halla tan excitada la sensibilidad, que el menor ruido o contacto provoca, otra vez, convulsiones. Por fin, un inútil intento postrero, más corto que los demás, por librarse del abrazo. La princesa se despide, y abandona su ramo de flores negras en el pecho de la víctima. Han caído, irremisibles, sus sombras.

He leído a Mariano Fiallos mis notas sobre la princesa de las flores negras, ya listas en mi cuaderno para zurcirlas a este despacho, y me ha escuchado silente y sombrío. La lluvia sigue chorreando su agorera cantilena, los arpegios de la canción han callado. Me voy, y cuando atravieso los corredores, la ciega Miserere yace dormida al pie de la pilastra, abrazada a la caja de su bronca guitarra de mala encordadura.

La confirmación del Juez Fiallos, sumada a las opiniones anteriores, dio paso a que se encendiera una acalorada polémica a través de los periódicos, en la cual despuntó el Canónigo Isidro Augusto Oviedo y Reyes con un artículo titulado «¡Alto a la profanación sacrílega!», que recoge «El Centroamericano» del 17 de octubre de 1933:

Ya era suficiente que un librepensador empedernido al que nunca hemos visto poner un pie en el sagrado recinto de un templo católico, se atreva a dar la temeraria opinión de que los despojos mortales de dos estimables devotas de la fe de Cristo, quienes entregaron su alma confortadas por los auxilios de la S. M. Iglesia, deben ser removidos de sus sepulcros, perturbando así la paz de que disfrutan en el seno del Altísimo. El lector avisado sabe a quién me refiero, aunque calle yo el nombre de este ahijado de Voltaire, que no de Galeno, erigido en dómine tronante del caso que aflige a la sociedad de León, al permitirse decidir, por sí mismo, cómo debe investigarse el tal caso, aunque sea a costas de los valores y creencias de la grey y de los mandamientos de sus pastores.

Ya era suficiente. Pero es inaudito hasta la saciedad que el extranjero reo de la justicia, que más bien haría en callar por respeto a la sociedad y a la familia que le diera generoso asilo, exprese públicamente, a preguntas del periodista, que el cadáver de su dulce y abnegada esposa, suya bajo la ley de Dios, debe ser profanado, diz que para que el susodicho pueda probar su inocencia. ¡Oh, Señor, qué tiempos los que nos toca vivir, y qué cosas debemos oír!

No, pero no era suficiente. No salgo de mi estupor, ahora que leo en «La Nueva Prensa» las terminantes declaraciones del Doctor Fiallos, concedidas a un plumífero que considera gracia convertir en chacota las letanías de la Virgen Madre. Allí asegura que su autoridad ordenará, y sancionará, la exhumación.

No quiere espectáculo de circo romano, dice, como si eso bastara. La barbarie no necesita testigos para consumarse, y es suficiente que un proceder impío sea observado por el único Testigo, y que Él lo repruebe, para que se convierta en indigno.

A tiempo está el Señor Juez de hacer en lo íntimo de su conciencia un acto de contrición, y revocar sus intenciones. ¿O debemos tenerlo como aliado de la masonería y apóstata de la fe que heredó de sus mayores, como el más preciado don? Que responda el Juez, y sepamos así a qué atenernos.

El Doctor Juan de Dios Darbishire rindió su declaración al mediodía del 17 de octubre de 1933, en su propio consultorio de la Calle Real, cuando ya circulaba el artículo del Canónigo. No sospechaba el Juez Fiallos que el anciano se sumaría pronto a la polémica en los periódicos; y menos podía sospechar que iba a mostrarse, desde el principio, cerrado y evasivo al responder a sus preguntas, ocultando de manera deliberada hechos sobre los cuales, el Juez Fiallos lo sabía, tenía conocimiento directo.

Si bien la muerte del perro inyectado con los jugos gástricos daba la razón a su discípulo, el Doctor Darbishire no habría ya de variar la posición asumida al momento de la abrupta despedida de los dos, la tarde de la muerte de Don Carmen Contreras, como se reflejó en su declaración; por el contrario, su afán sería en adelante confrontativo.

Así se desprende de la lectura de su artículo «En busca de la verdad científica», publicado en «El Centroamericano» de fecha 19 de octubre, y que ya había entregado a las cajas del periódico, ocultándolo también, cuando compareció ante el Juez Fiallos:

En el ánimo de tomar distancia de apasionamientos, siempre perniciosos se trata de hacer resplandecer la verdad científica, me permito expresar algunos criterios que, ojalá, sirvan al propósito de una recta aplicación de la justicia.

En los análisis toxicológicos practicados en el laboratorio de la Facultad de Farmacia en días recientes, y cuyos resultados han causado tanta polvareda al hacerse públicos, considero que se ha empezado por donde no se debía. Eso de hacer experimentos con animales es un método muy antiguo; data del año 1863, y ha sido eliminado ya de los más modernos tratados de toxicología, como puede fácilmente comprobarse si se tiene el cuidado de consultar a F. Moreau y S. Arnoux, para no mencionar sino dos nombres ilustres en este campo, profesores ambos del Institute de Hautes Études de Criminologie de Bordeaux.

Semejante práctica se presta a errores descomunales. Es un principio trivial, y extraña en el caso que nos ocupa el que se lo ignore tan olímpicamente, que al morir una persona se forman de manera inmediata en el cadáver, sustancias tóxicas llamadas tomaínas, las cuales, si son inyectadas en otras personas o animales, producen efectos venenosos, con síntomas igualmente convulsivos.

Las tomaínas poseen, además, propiedades químicas comunes con las alcaloides vegetales, circunstancia propicia para que los pocos avisados en la materia, sufran graves equivocaciones. De allí que en los sistemas de investigación no deba hacerse mucho mérito de los resultados obtenidos a través de tales experimentos fisiológicos con animales; de lo contrario, se podría incurrir en dolorosos errores, como sucedió, por ejemplo, en el caso del General Calvino, muerto en Roma en 1886, cuando los peritos tomaron por delfina a una simple tomaína, y se dio falsamente al asunto el carácter de un complot político; o el caso del crimen de Monterau, ocurrido en 1893, cuando los análisis confundieron morfina con una tomaína, y el inocente Deslauriers pagó en el cadalso la muerte de su amante, una tal Mme. Moreau.

En ambos casos, los perros inyectados murieron a consecuencia de recibir inyecciones preparadas con sustancias provenientes de vísceras en las que supuestamente se había identificado tales venenos, cuando no se trataba más que de tomaínas. Pero en el nuestro, la sustancia se torna más grave, pues los análisis previos de las sustancias con los cuales se inyectó a distintos animales, resultaron dudosos y contradictorios.

Todavía hay más. Aun en los métodos antiguos a que me refiero, y ya desechados por la ciencia moderna, se contemplan pasos que aquí no se dieron; pues es sabido que la estricnina sólo opera sobre la sustancia gris del bulbo raquídeo y la médula espinal, mientras que, por ejemplo, la veratrina actúa en los músculos, sin afectar al sistema nervioso-espinal. De manera que, en todo caso, la substancia preparada para inyectar a los animales debió tomarse del cerebro, y no de una maceración común de los órganos extraídos. ¿Bajo qué argumento científico se puede asegurar, entonces, que tanto Don Carmen Contreras, como los animales inyectados, murieron víctimas de la estricnina?

Quiero referirme, ahora, al examen de los jugos gástricos extraídos a Don Carmen, momentos antes de su muerte, por el Doctor Atanasio Salmerón. Debo recordarle a mi colega, pues aparentemente lo ha olvidado, que la estricnina produce el efecto del trismus; o sea, la contracción de la mandíbula, no siendo posible, en tal caso, la introducción de la sonda por la boca, a menos que se proceda a quebrar la dentadura del paciente, algo que mi estimadísimo discípulo de antaño estuvo lejos de hacer.

Tengo la mejor opinión del Bachiller Absalón Rojas, y creo que procede de buena fe, no estando en mi ánimo el tratar de causar daño a su prestigio profesional. Pero debe recordarse que en León no disponemos de un laboratorio convenientemente dotado, ni contamos con los aparatos e instrumentos necesarios, lo cual no habla mal de Bachiller Rojas, sino del atraso científico de nuestro país.

Y ahora, una última palabra sobre la anunciada exhumación de los cadáveres de la Señora Castañeda y de la Señorita Contreras. La historia clínica nos cita, por boca del famoso toxicólogo Lautréamont, un ejemplo precioso que es sano tener en cuenta para no caer en crasos errores. Se trata de un juicio ocurrido en Baviera en 1896, en el que se acusó al veterinario F. J. Strauss de haber envenenado con estricnina a su hermana, para quedarse con la herencia familiar. Exhumado el cadáver, cuatro meses después de la muerte, el farmacoquímico Kohl hizo el análisis y, supuestamente, halló estricnina. Pero los profesores Blüm y Biedenkopf cuestionaron el hallazgo; y para demostrar que era falso, decidieron envenenar a diecisiete perros con estricnina. Los animales fueron enterrados y exhumados a los ocho meses, y una vez analizados los restos, la estricnina no fue encontrada en ninguno de ellos por reacciones químicas. ¡Y habían sido envenenados con estricnina pura! Muy tarde, sin embargo, para el veterinario, que ya había pasado su cabeza por la guillotina.

De manera que el Juez Fiallos debe meditar sobre este aleccionador ejemplo y guardarse de inquietar sentimientos religiosos, muy arraigados en nuestra sociedad; no vaya a ver después su conciencia empañada si se deja llevar por los consejos irresponsables de ciertos individuos, que bajo pretextos científicos tratan de dar pábulo al sensacionalismo propio de las farsas fabricadas en Hollywood, a las cuales, desgraciadamente, son afectos.

La noche en que apareció el artículo, Cosme Manzo lo leyó en voz alta a los circunstantes de la mesa maldita reunidos en la Casa Prío.

—Vea cómo se firma: «Ex residente del Instituto Pasteur de París, Francia. Miembro ad honorem de la Sociedad Médica de Filadelfia, Estados Unidos. Tres veces Presidente del Protomedicato de León.» —Cosme Manzo imitaba el acento afrancesado del Doctor Darbishire.

—Y pusieron su retrato de primera comunión —Rosalío Usulutlán le quitó el periódico de las manos, para pasárselo al Doctor Salmerón—. Ese microscopio que tiene allí, debe ser el primero que vino a Nicaragua.

El Doctor Salmerón extendió el periódico, y acercando la cabeza, empezó a subrayar con el cabo rojo del lápiz los párrafos del artículo que más lo escocían.

—Contéstele en «El Cronista» —Rosalío Usulutlán hizo el ademán de escribir, con trazos enérgicos, en la palma de la mano.

—¿Para qué vamos a gastar pólvora en zopilote? —Cosme Manzo se mueve impaciente en la silleta—. Lo que hay que hacer es destapar de una vez el bacín. Eso es lo que le va a arder al viejo beato. Milagro no se acordó en su retahíla de la cofradía del santo sepulcro.

—El reportaje está listo —Rosalío Usulutlán dirige la mirada al Doctor Salmerón, pidiendo su consentimiento—. Cuando Usted diga, lo saco.

—Las dos cosas, las dos cosas —el Doctor Salmerón dobla cuidadosamente el periódico y se lo embolsa—. Primero le voy a contestar. A ese viejo, quien se lo harta vivo soy yo.

33. Dos ataúdes son llevados al cuartel de la Guardia Nacional de manera subrepticia

La mañana del 20 de octubre de 1933, el Juez Fiallos se levantó con un humor de perros. Tenía dos días de estar sufriendo un fuerte resfrío, y sin poderse bañar otra vez, se vistió lleno de incomodidad. Hasta el roce de la ropa en el cuerpo quebrantado por la calentura de toda la noche, le estorbaba.

En la mesa del desayuno dio apenas unos sorbos de café con leche y mordisqueó un pedazo de pan francés; y para no entrar en una discusión inútil, dejó sin responder los argumentos de su esposa que lo urgía a comer, porque con el estómago vacío iba a sentirse peor. El olor de los huevos fritos que quedaban servidos en el plato le producía repugnancia; y el pan que terminaba de masticar mientras se levantaba de la mesa, le sabía a estopa.

Ya en el portón de la casa, el mensajero de la Oficina de Telégrafos, que arrimaba sonando la campanilla de su bicicleta, le entregó un telegrama 22. Dejó atrás a su esposa firmando el recibido en la libreta y, mientras caminaba, leyó el mensaje: la Corte Suprema de Justicia reunida en pleno a fin conocer solicitud gastos exhumación cadáveres, autorizaba únicamente cincuenta córdobas, que debía proceder a retirar en la Administración Departamental de Rentas.

También ese telegrama, que no mejoraba para nada su estado de ánimo, debía agregarlo al expediente; y con un gesto de impaciencia se lo metió en el mismo bolsillo del saco donde había puesto una tira de papel higiénico para limpiarse las narices: ante semejante pichicatería, sólo le quedaba pararse en las esquinas a pedir contribuciones a los transeúntes.

El resfrío tenía que ver con el humor del Juez Fiallos, pero no era su causa principal. El proceso entraba en una etapa de serias dificultades, y la exhumación, ya próxima en sus planes, era la más notable de ellas; no porque la Corte Suprema de Justicia le redujera drásticamente los recursos solicitados para llevarla a efecto, lo cual apenas estaba sabiendo, sino por las interferencias de la Guardia Nacional que se extendían a otros aspectos, de no menor gravedad.

De todo ello se había enterado la tarde anterior, por boca de Alí Vanegas, y ése era el asunto que debía dilucidar de inmediato. De manera que en lugar de acudir al Juzgado, donde antes de las ocho se dedicaba a examinar la lista de testigos y a preparar los interrogatorios del día, encaminó sus pasos al Cuartel de Policía de la Guardia Nacional en busca del Capitán Ortiz, como ya lo tenía decidido.

No sin esfuerzo subió las escaleras del segundo piso del edificio ubicado en la Plaza Jerez, frente al Teatro González. Desde lejos, oyó al Capitán Ortiz que maltrataba de palabra a unos matarifes de Telica capturados por destazar ganado hembra, violando la veda. Al ver al Juez Fiallos en el vano de la puerta, el Capitán Ortiz apresuró el trámite; terminó imponiéndoles una multa y los envió a la Administración de Rentas a pagarla. Los matarifes salieron acompañados de un alistado al que debían entregar la boleta fiscal; sólo así quedarían en libertad.

Después, limpiándose el sudor de la frente con la manga de la camisa caqui de su uniforme, el Capitán Ortiz recogió del escritorio el plato del desayuno que todavía humeaba, y se puso a comer de pie. El Juez Fiallos tampoco se sentó.

—Te veo jodido —el Capitán Ortiz se paseaba por la oficina con el plato en la mano—. Debías estar acostado.

—Sólo me levanté porque tengo que hablarle —el Juez Fiallos esforzó la garganta enronquecida.

El Capitán Ortiz, con la boca llena, dejó de masticar. Sus ojillos azules casi desaparecieron al fruncir el ceño.

—Quiero saber quién autorizó a Usulutlán para que entrevistara en la cárcel a Castañeda —el Juez Fiallos se llevó la tira de papel higiénico a la nariz, y el festón quedó colgando mientras se sonaba—. Yo sólo lo he interrogado una vez como testigo, y él sale dando opiniones caprichosas sobre el proceso.

—Es un reo de la Guardia Nacional, no un reo tuyo —el Capitán Ortiz masticaba ahora tranquilamente—. Allí tengo la copia del telegrama de Doña Flora, donde le pide al General Somoza que lo mantenga preso. Si no te lo pide a vos, es porque no te corresponde.

—Lo cual quiere decir que ustedes pueden hacer lo que les dé la gana con él. Y yo estoy pintando en la pared —el Juez Fiallos vaciló sobre sus pies. Frente al escritorio había dos silletas metálicas, pero rechazó la idea de sentarse.

—Yo cumplo órdenes de Managua —el Capitán Ortiz metió un pedazo de pan en la yema de uno de los huevos estrellados—; Castañeda está a la orden del General Somoza, y quien decide es él.

—Entonces, Somoza escribió las preguntas que Usulutlán le hizo al reo —un acceso de tos pugnaba por estallar en el pecho del Juez Fiallos, pero tampoco quería toser.

—Nadie le ha pasado ninguna pregunta a Usulutlán —el Capitán Ortiz pone el plato sobre el escritorio, con un golpe sordo.

—Claro que se las pasaron. Y fueron escritas de puño y letra de Usted. Usulutlán se las enseñó ayer a Alí Vanegas en el Juzgado, cuando llegó a declarar —el Juez Fiallos estruja la tira de papel. En algún momento, no iba a quedarle más remedio que sentarse—. Y fueron preparadas con la mira de desprestigiar las pruebas de laboratorio.

—Vos tenés que reconocer que aquí no hay ni aparatos ni sustancias químicas que te den garantía —el Capitán Ortiz observa detenidamente el plato, como si le costara resolverse a seguir comiendo—. Ya ves lo que dice el Doctor Darbishire en su artículo.

—Darbishire sale ahora con otra cosa. ¿También habló con él para que escribiera ese artículo? —el Juez Fiallos avanza hacia una de las silletas y se queda al lado, retrasando el movimiento de agarrarse al respaldo herrumbroso.

—No, hasta allí no he llegado —el Capitán Ortiz examina a trasluz su vaso de limonada, antes de dar un sorbo—; ése es un viejo terco y ahora quiere desquitarse con Salmerón, porque se pelearon. Pero eso no quita que lo que dice es cierto.

—Esas son opiniones, como puede haber muchas —el Juez Fiallos no puede apartar los ojos del plato, embadurnado de amarillo por la yema destripada. No tiene más remedio que agarrarse de la silleta—. Lo único cierto es que la Guardia se quiere llevar las investigaciones para Managua. Y que se está planeando una exhumación ilegal de los cadáveres.

—¿Quién dice eso? —el Capitán Ortiz acerca el tenedor y lo revuelve con energía en la yema del otro huevo.

—Usulutlán se lo dijo también a Alí Vanegas —el Juez Fiallos aflojó el cuerpo. Por qué no iba sentarse; no podía evitar que aquella sustancia viscosa le recordara el pus—. La guardia mandó a comprar dos ataúdes a la Funeraria Rosales, y los trajeron aquí el Comando, anteanoche.

—Y vos le crees a Usulutlán —el Capitán Ortiz chupó el tenedor embebido en la yema, y ya limpio lo depositó en el plato—. De repente te voy a ver sentado con esos cafres en la mesa maldita.

—Yo estoy obligado a oír todo lo que tiene que ver con este proceso. Y no recojo rumores, tomo declaraciones —el Juez Fiallos sacudió la cabeza sin soltar la silla, tratando de no dejarse dominar por la náusea—; por eso es que voy a llamar a declarar al dueño de la funeraria.

—El General Somoza lo que quiere es ayudar, para que haya pruebas de verdad —el Capitán Ortiz se alejó hacia la ventana. Se apoyó en el marco, abriendo las piernas, y se pedorreó sonoramente—. El laboratorio del Ministerio de Sanidad en Managua tiene aparatos modernos, aquí no hay nada. En eso tiene razón Castañeda, aunque no nos guste.

—Lo cual quiere decir que este es un ejército de ocupación, igual que el de los yankis —al Juez Fiallos le sobrevino un escalofrío y se protegió con los brazos—; y Somoza se siente autorizado a limpiarse las nalgas con las leyes.

—Te estás ahogando en un vaso de agua. Acordate que si no es por la Guardia Nacional, Castañeda ya estaría tranquilo en Guatemala —el Capitán Ortiz regresó de la ventana, con paso aliviado—. ¿Qué se te quita con que los exámenes de los cadáveres se hagan en Managua?

—El que decide lo que se va a hacer en este juicio, soy yo —el Juez Fiallos avanzó, y golpeó el escritorio con el puño. Los cubiertos tintinearon sobre el plato, y se sintió sorprendido de su energía—. Y si ustedes desentierran esos cadáveres, yo los denuncio en los periódicos.

—Hagamos un trato —el Capitán Ortiz aparta unos legajos de papeles y se sienta de un salto en el escritorio.

El Juez Fiallos tose ahora libremente, sosteniéndose el pecho. Va a tener que buscar un coche para volver a su casa.

—Vos hacés la exhumación, y no me meto en eso —el Capitán Ortiz, al balancear las piernas, descubre que los cordones de una de sus botas se han aflojado, y sube el pie al escritorio para amarrárselos—; pero las vísceras las dividís por partes iguales. Una parte la mandás a Managua, y otra la examinás aquí.

—¿Y qué es lo que quiere Somoza? —el Juez Fiallos rodea el escritorio, y sin pensarlo más, se deja caer en el sillón del Capitán Ortiz—. ¿Quiere sacar de la reja a Castañeda, o verlo condenado?

¿Qué pasa si los resultados de la autopsia son negativos en Managua? Castañeda va libre, aunque aquí se demuestre que hay veneno en las vísceras.

—Te voy a hacer una confidencia —el Capitán Ortiz se amarra ahora el cordón de la otra bota—. Ubico le mandó un mensaje a Somoza, pidiéndole la cabeza de Castañeda. Lo considera su enemigo político. Y además, cree que Castañeda asesinó a su sobrino en Costa Rica.

—Por eso la pregunta sobre Rafael Ubico está también entre las que recibió Usulutlán —el Juez Fiallos se encuentra a gusto en el sillón. Por nada del mundo volvería a levantarse.

—Digamos que sí —el Capitán Ortiz se baja del escritorio y da unos pasos, comprobando que los cordones estén bien amarrados—; Don Fernando Guardia te va a entregar las pruebas de ese caso, ya las pidió a Costa Rica. Él fue el que influyó en su hermana para que mandara el nuevo telegrama. Es un hombre muy serio.

—Pero no me ha contestado mi pregunta —el Juez Fiallos se palpa las mejillas, encendidas por la fiebre—. Llevarse las vísceras a Managua es precisamente lo que quiere Castañeda. Y la Guardia, en lugar de hundirlo, acaba ayudándolo.

—No seás sencillo —el Capitán Ortiz abrió una gaveta del escritorio y metió los platos y los cubiertos del desayuno—. Allá en Managua, Somoza puede hacer que los exámenes salgan positivos. Para eso manda.

En los oídos del Juez, aturdidos por el catarro, las palabras del Capitán Ortiz resonaron huecas y borrosas. El sillón le resultaba, de pronto, incómodo y duro. Recordó la penumbra de su aposento y le sobrevino el deseo de verse acostado en su cama, cobijado por sábanas limpias, recién planchadas. Se tumbaría de una vez, sin desvestirse.

—¿Hacemos entonces el trato? —el Capitán Ortiz fue tras él, porque caminaba ya, con agilidad forzada, en busca de la salida.

—Yo no hago esos tratos —el Juez Fiallos había traspuesto la puerta y llegaba a la escalera—; pero me alegro de que me haga este favor.

—¿Favor? ¿Cuál favor? —el Capitán Ortiz se adelantó para cerrarle el paso.

—Librarme del Juzgado. Así renuncio de una vez —el Juez Fiallos lo bordeó, y empezó a bajar. La escalera le parecía mucho más empinada. Sus pies no alcanzaban a tocar las gradas, como si flotara sobre ellas.

—¡Mariano! —el Capitán Ortiz se asomó por el parapeto.

El Juez Fiallos no se volvió y siguió descendiendo, sin intentar agarrarse del pasamanos. Pronto estaría en la calle, en la Plaza Jerez siempre había coches.

—¡No hemos hablado nada! —el Capitán Ortiz bajó de dos en dos las gradas—. ¡Y olvidate de esa locura de renunciar!

El Juez Fiallos cruzaba ya el vestíbulo, cuando el Capitán Ortiz lo alcanzó de nuevo.

—Jodido, con vos ya no se puede ni bromear —el Capitán Ortiz lo coge por el brazo.

—Mande a devolver, entonces, esos ataúdes a la funeraria —el Juez Fiallos se detiene, exhausto, frente a la reja del portón. La bocanada de aire caliente que barre el vestíbulo desde la calle es capaz de derribarlo—. Y otra vez no sean tan ignorantes. Los cadáveres hay que volverlos a enterrar; lo que se deja para la autopsia son las vísceras.

—¿Para cuándo tenés planeada la exhumación? —el Capitán Ortiz modera la voz. Las bancas están llenas de solicitantes.

—Para el veinticinco de octubre. Y necesito vigilancia. No quiero a ningún curioso cerca —el Juez Fiallos hace visera con las manos. El deslumbre calino en el hueco del portón es demasiado intenso para sus ojos.

—¿Ni siquiera yo? —el Capitán Ortiz aleja con gesto altanero a una mujer que se acerca y trata de abordarlo.

—Invite también a Somoza, si quiere —el Juez Fiallos se sonríe por primera vez. Aunque ahora siente como si fuera a estallarle la cabeza.

34. Estricnina para envenenar una lora

A medida que avanzaba, el proceso fue despertando pasiones cada vez más encontradas, llegándose a formar verdaderos bandos a favor y en contra del reo. Las declaraciones tomadas a los testigos, y recogidas íntegras por las crónicas periodísticas en la mayoría de los casos, eran objeto de no poca curiosidad y debate en todas las ciudades de Nicaragua.

La interview de la cárcel lograda por Rosalío Usulutlán, se reprodujo en diversos diarios de Centroamérica; y sus crónicas sobre las incidencias del proceso no estuvieron a la zaga, mientras pudo publicarlas, de las que traían los periódicos de Managua, cuyos reporteros estrella, entre ellos Manolo Cuadra, habían sido destacados de manera permanente en León. Ya sabemos que Rosalío fue abruptamente despedido de «El Cronista» a raíz de la publicación de su escandaloso reportaje del 25 de octubre, de lo cual nos ocuparemos por aparte.

Dado que todo el mundo se ocupaba del proceso, al Juzgado llegaban, a menudo, mensajes en suministro de informaciones y muy variados consejos; unas veces anónimos, y otras firmados con nombres verdaderos o supuestos. El Juez Fiallos se veía en la obligación de investigar, en cada caso, su procedencia y autenticidad. Declarantes espontáneos se presentaban a ofrecer datos, que también era necesario esclarecer. En los periódicos aparecían las más diversas interpretaciones sobre el móvil y circunstancias de los crímenes, cuando no se negaba con extremada vehemencia que tales crímenes hubieran existido; y en remitidos de lectores y gacetillas se pretendía descubrir otros envenenamientos, hasta entonces ocultos, urgiéndose al Juez a sumarlos a la cuenta del acusado.

Y hasta cartas de videntes, espiritualistas y quiromantes, encontramos en los legajos del expediente, como ésta, del 23 de octubre de 1933, firmada por el conocido médium de León, el Maestro Abraham Paguagua:

En presencia de reconocidas personas que están dispuestas a jurar la verdad de lo que vieron y oyeron, convoqué a comparecer al espíritu de Don Carmen Contreras, que tras repetidos llamados no se presentó. Sí se presentó el espíritu de su hija Matilde, muy llorosa y acongojada. Dijo claramente que la envenenó Oliverio Castañeda, dándole a beber estricnina en una taza de café. Que echó el polvo en el café cuando nadie lo veía y que estos polvos los manejaba en un sobrecito en la bolsa del reloj del pantalón. Y dijo: hay que registrar el pantalón de Oliverio. Pidió orar por su alma, y comunicar a su mamá que no sufra, que ella se encuentra bien; que le mande a celebrar misas rezadas todos los días, no quiere misas cantadas. Que entregue limosnas para las obras de caridad del Padre Mariano Dubón.

Una carta depositada en la estafeta central de la Oficina de Correo de León, el 25 de octubre de 1933, firmada por una supuesta Rosaura Madregil, señala:

El Doctor Castañeda se encontraba hastiado pues en la casa Contreras todas las mujeres lo pretendían y la situación ya no podía continuar de esa manera. Se lo advirtió a María del Pilar la última vez que se vieron en secreto en la quinta de la finca de Don Carmen en la carretera a Poneloya, es la finca «Nuestro Amo», allí se citaban siempre. Iban en el automóvil de Don Carmen, manejado por el Doctor Castañeda, diciendo ella que iba a visitar amigas pero mentiras, él la esperaba en la esquina de las Balladares para montarla y no le dijo esa vez que daría veneno a su hermana pero le dijo ya no aguanto más y mejor no tener estorbos, eso fue antes de matar a Matilde, averigüen. Y a Don Carmen le dio veneno para que no se supieran unos fraudes con los libros dobles de la contabilidad en que Don Carmen y el Doctor Castañeda estaban metidos, búsquense esos libros en la caja de hierro de la oficina y se va a hallar el chanchullo.

El Juez Fiallos no daría importancia a la misiva en aquel momento, sobre todo después de determinar que el nombre de su remitente era falso; pero cuando Oliverio Castañeda presentó su escrito del día 15 de diciembre de 1933, en el que variaba de manera radical su actitud respetuosa y comedida respecto a la familia Contreras, haciendo una serie de revelaciones que darían un vuelco dramático al proceso, salieron a relucir sus encuentros clandestinos con María del Pilar Contreras en la quinta de la finca «Nuestro Amo», como saldrían a relucir los libros dobles de contabilidad. De todo esto, materia también del escandaloso reportaje de Rosalío y de la frustrada comparecencia del Doctor Salmerón, se nos informará más tarde.

Algunas de las acusaciones espontáneas contra el reo, surgidas en este período, debemos decir, desde ahora, que resultaron falsas. Por ejemplo, en su declaración del 18 de octubre de 1933, el florista Rodemiro Herdocia aprovecha para decir:

> Al ser preguntado el testigo si tiene algo que agregar a su deposición, manifiesta: que ha sabido que el Doctor Castañeda acostumbraba ir a almorzar a la cantina del Negro Williams en las Cinco Esquinas; y que allí, mientras almorzaba, llamaba a los perros que andaban entre las mesas para darles pedacitos de carne envenenada; y que de eso fueron testigos, varias veces, los clientes de la cantina y el propio dueño de la misma, siendo tendaladas de perros envenenados los que dejó el Doctor Castañeda en ese establecimiento.

Sinclair Williams, originario de Bluefields y antiguo primera base del equipo de béisbol «Esfinge», dueño de la cantina, dice al responder a las preguntas del Juez Fiallos, el 21 de octubre de 1933:

> Que jamás Oliverio Castañeda, a quien sólo conoce por las referencias que se hacen de él en estos días, ha llegado a almorzar a su negocio; y que por lo tanto, nunca ha envenenado ninguna clase de animales en ese lugar, donde tampoco el declarante permite la entrada de perros callejeros que importunen a su clientela, ni tiene él perros de su propiedad porque nunca ha gustado de su compañía.

En el diario «La Prensa», de fecha 28 de octubre de 1933, se dio la información de que el joven poeta masayés Julio Valle Castillo había fallecido repentinamente en la Estación del Ferrocarril de Managua, en enero de 1930, al disponerse a abordar el tren, de regreso a Masaya, después de haber pasado todo el día tomando tragos en la cantina del Hotel Lupone, en compañía de Oliverio Castañeda. Ante esa publicación, el Doctor Fernando Silva dirige al Juez una carta, el 30 de octubre, en la cual leemos:

> Al respecto, creo un deber manifestarle que conocí a Julito, y si venía a Managua era para ser atendido profesionalmente por mí, como médico. Se trataba de un joven de buenas costumbres, sin vicios, endeble, víctima de una afección cardíaca desde su niñez, la cual le impedía el ejercicio físico y hasta el trabajo rutinario; por tales razones no podía abusar del fumado, ya no digamos del alcohol, que nunca probó.
> Sirva por lo tanto la presente, para desvirtuar el vago rumor que pretende envolver el caso de mi difunto con el nombre del Doctor Oliverio Castañeda, con quien no cultivó amistad alguna. Si falleció en la

Estación de Ferrocarril, fue porque su corazón cansado le falló; pero eso pudo haber ocurrido en cualquier otro lugar.

En el mismo diario «La Prensa», del 3 de noviembre de 1933, aparece la siguiente información que fue igualmente agregada al expediente:

Se sabe que de Costa Rica vienen unas diligencias, certificadas legalmente a solicitud de Don Fernando Guardia, hermano de Doña Flora vda. de Contreras, en las que se prueba que Oliverio Castañeda envenenó en la capital de ese país a los caballeros Don Juan Aburto, de origen nicaragüense, y a Don Antonio Yglesias, perteneciente a la buena sociedad josefina. Dichos crímenes fueron cometidos en 1929, cuando Castañeda era attaché de la Legación de Guatemala en Costa Rica.

La muerte de Aburto ocurrió después que había andado tomando licor en compañía de Castañeda, en varias cantinas de San José. A eso de la una de la mañana volvieron a la pensión donde ambos vivían, propiedad de una cierta condesa alemana de La Pomerania, muy rica por cierto; sábese que ambos pretendían los favores de la condesa y, para Castañeda, eliminar a Aburto fue la forma de deshacerse en silencio de su rival: al día siguiente, amanecía muerto en el aposento que compartían.

El caso del Señor Yglesias se registró de una forma muy parecida al de la Srta. Matilde Contreras. Sucedió que Yglesias ofreció en su casa un banquete, celebrando el primer aniversario de su boda. Al sentarse a la mesa, y después de haber ingerido varias copas, Yglesias manifestó sentirse muy mal del estómago; entonces, Oliverio, que era uno de los convidados, con la gentileza y la sociabilidad que lo caracterizan, le dijo: «Mire, mi amigo Yglesias, yo tengo un remedio que nunca falla.» Y levantándose, agregó: «ya regreso, voy a traerle un poco. Hagan el favor de no comer todavía, señores».

Minutos más tarde, Castañeda estaba de regreso con su «remedio infalible» y dio de beber un poquito a su amigo Yglesias. El banquete empezó y, al terminarse, cada uno se encaminó a su casa.

Al otro día, la sociedad josefina iba a lamentar un doloroso suceso: Don Antonio Yglesias amaneció cadáver al lado de su joven y bella esposa.

Sobre la presunta muerte de Yglesias no se tuvo en el Juzgado de León ninguna otra noticia; pero el mismo periódico que había dado esta información publicó, dos días después, un telegrama fechado en Managua, que decía:

Dr. Pedro J. Chamorro Zelaya
Director de «La Prensa»
Calle del Triunfo.
Ciudad.

Sorpréndeme sobremanera noticia servida su periódico dándome por muerto bajo efectos veneno. Encuéntrome aún en mundo de los vivos gozando excelente salud. Cuando residí Costa Rica cuidéme siempre no beber fuera mi casa. Jamás conocí Castañeda ni pretendí condesas europeas. Soy hombre gustos simples y caséme joven virtuosa originaria Cartago encontrándome plenamente satisfecho mi matrimonio. Invítole pasar mi oficina comercial a fin brindemos mi salud y la suya.

Juan Aburto.
Agente Murray & Lahmann.
Del Arbolito 1 cuadra abajo.

El telegrama hizo que el Juez Fiallos desechara ambas versiones, por fantasiosas. Pero ya sabemos, porque el Capitán Anastasio J. Ortiz se lo ha informado así, que Don Fernando Guardia se preparaba a presentar pruebas del asesinato del joven Rafael Ubico, atribuido a Castañeda; y que el propio Capitán Ortiz había inducido a Rosalío Usulutlán, al facilitarle la interview, a preguntar al reo sobre el caso.

El 23 de noviembre de 1933, a solicitud de Don Fernando Guardia, el Juez Fiallos manda agregar al expediente los documentos autenticados que, efectivamente, llegan desde Costa Rica. Copiamos aquí partes sustanciales de tres de ellos, por ser los que revisten mayor importancia, y como el lector notará, reflejan algunos de los elementos recogidos por «La Prensa» en la historia relativa a Aburto:

a) La declaración de la Señorita Sophie Marie Gerlach Diers, de cuarenta años de edad, soltera, de nacionalidad alemana, y de ocupaciones domésticas, propietaria de la Pensión Alemana, quien comparece el 31 de octubre de 1933 ante el Notario Público Licenciado Daniel Camacho:

El joven Rafael Ubico, quien fungía como primer secretario de la Legación de Guatemala, vivió en mi pensión durante varios meses, captándose las simpatías de todos los huéspedes, y las mías propias, por su conducta irreprochable y su trato distinguido.

En el mes de noviembre de mil novecientos veintinueve, sin poder precisar el día, el joven Ubico asistió a la boda de la Srta. Lily Rohrmoser, regresando a la pensión aproximadamente a las tres de la mañana. Pude oír, desde mi habitación, que conversaba con otra persona, y le decía: «Voy a buscar el dinero.» No escuché lo que le contestó esa otra persona, la cual se retiró en el automóvil en que antes habían llegado. El

Señor Joe, quien dormía en la habitación contigua, me informó, después, que el joven Ubico se había acostado tranquilamente, y que nada anormal había podido notar en su habitación.

Muy temprano del día siguiente salí al mercado; nada se oía en el cuarto. Mientras yo me encontraba fuera, el joven Ubico llamó a una camarera de nombre Victoria, y le dijo que no se sentía bien, que no iba a desayunarse y que le trajera solamente un vaso de jugo de naranja; pidiéndole, también, que llamara por teléfono a su amigo, el joven Oliverio Castañeda, segundo secretario de la Legación, para que acudiera a su cuarto, pues no tenía ánimos de presentarse al trabajo esa mañana y debía tratar con él ciertos asuntos.

Cuando regresé del mercado, como a las nueve y media de la mañana, oí desde mi habitación que el joven Ubico se quejaba y llamaba al salonero José Muñoz. Yo envié inmediatamente al salonero, y éste me informó que el joven Ubico se encontraba más calmado; pero como sus quejidos continuaban, me dirigí a su cuarto a averiguar por mí misma su verdadero estado.

Me llevé gran susto al entrar, pues lo encontré en medio de terribles convulsiones, la sangre aglomerada en la cabeza, cambiando de color, desde el azul al pálido o blanco. Comencé a friccionarlo enérgicamente, y mientras esto hacía, me dijo: «Ay, Fräulein Sophie, me muero, me envenenaron.» Yo le pregunté qué había tomado, y él me contestó: «Mandé a Oliverio a que me trajera citrato de magnesia y me ha dado un veneno.»

En esos precisos momentos llegaba Castañeda, quien venía de buscar a un médico guatemalteco, cuyo nombre no recuerdo. El joven Ubico, en mi presencia, le preguntó entonces: «¿Qué me has dado, hombre? Me envenenaste.» Simultáneamente, le pregunté yo qué le había dado, y él respondió muy serenamente: «Traje Bromo Seltzer. ¿Cómo te voy a envenenar?»; y tomó de la mesa de noche el frasquito azul de la medicina para enseñármelo a mí. El joven Ubico agregó muy débilmente: «Y en las cápsulas, ¿qué me diste?» «Era bicarbonato de sodio, las dos cosas las recomendó el boticario», riéndose Castañeda al responderle esto último, lo cual no me gustó.

Minutos después, entró el médico guatemalteco llamado por Castañeda, poniéndole al enfermo una inyección de aceite alcanforado. Se calmaron de momento las convulsiones, pero como su estado siguió empeorando, yo mandé a buscar al Doctor Mariano Figueres, quien tras examinarlo, me manifestó que se trataba de una intoxicación en grado agudo, y recomendó un lavado de sal purgante, lo cual el otro médico aceptó. Pero le dio una nueva convulsión, esta vez peor, y el Doctor Figueres me comunicó que veía el caso perdido. El médico guatemalteco le aplicó una última inyección de alcanfor, y al poco momento, tras una corta convulsión, expiró. Sus últimas palabras fueron: «Ay, Fräulein, me muero. Mi pobre padre...» Y me apretó la mano. Eso fue entre once y doce del día.

Yo no olvidé las palabras del joven Ubico, referentes al veneno, y decidí llamar a la Oficina de Detectives, que mandó a unos agentes a la pensión; tomaron varias declaraciones, y ya no supe más. Y aunque pasaban los días, cada vez que me acordaba del pobre joven me encolerizaba, pues Castañeda se paseaba tranquilo por las calles y nadie se preocupaba de comprobar su delito. Me lo encontré en varias ocasiones y siempre me miraba provocativo y desafiante, a lo que yo respondía encarándomele sin miedo, sintiendo el deseo de gritarle ¡asesino!

Al día siguiente de la muerte del joven Ubico, me visitó el sacerdote Dieter Masur, compatriota mío, y hablando del caso me expresó su deseo de visitar el cuarto de la víctima. Sobre la mesa del lavatorio encontramos regado un poquito de polvo medicinal, recogiéndolo con mucho cuidado en un papel. Aquel polvo fue llevado al Hospital San Juan de Dios de esta ciudad por el referido sacerdote, entregándolo a una hermana de la caridad de nombre Anselma, para que se lo diera a un perro que llegaba todos los días al Hospital en busca de alimento. Me contó, después, el padre Masur que el tal perro nunca había vuelto al Hospital, por lo que presumimos había muerto envenenado.

Debo referir también, que dos días antes de ocurrir la desgracia, se presentó a la pensión, como a las siete de la noche, un muchacho a quien atendió el salonero José Muñoz; éste me informó que el muchacho venía a buscar al joven Ubico; y como no estaba en casa, le dejó dicho que tuviera mucho cuidado con las envidias de sus amistades cercanas. Como era hora de comida, yo no salí, pero desde el fondo del comedor pude apreciar su tamaño, siendo bajo, como de dieciocho años, en mangas de camisa; me parece que descalzo, vestido como persona humilde; no le vi sombrero.

Ahora, cuando me dicen que Castañeda está preso en Nicaragua por haber envenenado a toda una familia honorable, ya no me caben dudas de que él fue responsable de la muerte del joven Ubico; y si las autoridades hubieren procedido entonces con energía, allí hubieran terminado sus crímenes.

b) La declaración del Licenciado Samuel Rovinski, casado, de treinta años de edad y de profesión farmacéutico, rendida ante el mismo Notario Público:

Fui amigo personal del joven diplomático originario de Guatemala, Don Rafael Ubico Zebadúa, quien a su vez me puso en relación con su compatriota, y también diplomático, Oliverio Castañeda; ambos eran proclives a la bohemia y muy dados a las bromas chabacanas, de las cuales solían hacer víctimas a personas de consideración.

En esa época, en que terminaba mis estudios de Farmacia, tenía un empleo en la Botica Francesa; y cuando estaba de turno en el mostrador me tocaba atender a ambos, pues hacían allí sus compras de artículos de toilette y remedios para las gomas, que padecían de manera frecuente.

En varias de esas ocasiones, Ubico me solicitó estricnina, aduciendo que la necesitaba para envenenar a gatos del vecindario que le interrumpían el sueño; suministrándole yo hasta tres gramos, cada vez. Dejaba sin anotar tales entregas en el libro que la botica estaba obligada a llevar, por tratarse de cantidades pequeñas, y porque no se las cobraba. En esta tarea de envenenar gatos participaba el propio Castañeda, llevando ambos la cuenta de los gatos muertos y sabiendo de memoria sus nombres y los de sus respectivos dueños.

El día de la muerte de Ubico, se presentó Oliverio Castañeda entre ocho y nueve de la mañana, pidiéndome que le vendiera bicarbonato para Ubico, que otra vez estaba muriéndose de goma; le recomendé que mejor llevara Bromo-Seltzer, por ser un producto patentado, nuevo y muy efectivo, lo cual así hizo; pero insistió en el bicarbonato, el cual le despaché en cápsulas nº. 4.

Cuando ya me había pagado las medicinas, Castañeda me dijo: «también me vas vender un poquito de estricnina para matar a la lora de la alemana»; explicándome que la referida lora amanecía haciendo escándalo desde muy la mañana y mucho molestaba a Ubico. Para este fin le facilité, gratis, cuatro gramos del referido veneno, suficiente para matar a dos personas adultas; pues como la lora tendría que repetir dos o tres picotazos, al encontrarlo tan amargo, se necesitaba mayor cantidad. Tampoco en este caso hice la anotación respectiva, envolviéndole la estricnina en papel espermado. No noté nerviosidad ni alteración alguna en su conducta, mostrándose desenfadado y comunicativo como siempre.

Venía yo de almorzar, de regreso a la botica, cuando un amigo en la calle me contó que había fallecido Ubico. Alarmado, me fui inmediatamente a la Pensión Alemana. No pude ver su cadáver porque no me dejaron entrar al cuarto, pues ya estaban allí los detectives, investigando. Las novedades eran de que había muerto envenenado. Yo pensé, ipso facto, en la estricnina que le había entregado horas antes a Castañeda, y me asaltó la duda, aunque por tratarse de una cosa tan grave no me atreví a informarle del asunto a los agentes apersonados en la casa.

Iba a retirarme, cuando salió Castañeda; al verme, se acercó a mí, diciéndome: «Vio, Samuel, se salvó la lora. Si ya no va a molestar a Ubico, para qué darle el veneno que me envió. Se lo devolveré.» Estas palabras me chocaron, como fue chocante su actitud en los días siguientes; pues, para todos las amistades del finado constituyó motivo de pena, y casi diré de escándalo, su conducta despreocupada durante las exequias que se efectuaron en la Iglesia de la Merced de esta ciudad, previas al viaje en ferrocarril que hicimos acompañando al cadáver hasta Puntarenas; conducta que persistió en observar durante el viaje mismo.

Conversaba en el tren con una tranquilidad asombrosa, con una indiferencia increíble, y casi diría, con un irrespeto jamás imaginable. Todos los amigos lo censuramos: charlaba, fumaba, daba bromas, reía en ocasiones, y con mucha frecuencia alternaba, más que con nosotros, con la hija del señor embajador de Guatemala, una señorita llamada familiarmente «Coconi», a la cual ofrecía refrescos y golosinas, como si se tratara de un alegre paseo y no de un viaje fúnebre, no ocultando las intenciones de flirt que lo llevaban constantemente al escaño ocupado por ella.

Más tarde se presentó Castañeda a la botica, en varias ocasiones, para comprar jabón de tocador y polvos dentífricos, sin mencionarme nunca la devolución del veneno, que ahora, al saber las noticias que vienen de Nicaragua, estoy seguro le dio a Ubico para asesinarlo, porque aspiraba a sustituirlo en su puesto de primer secretario en la Legación.

c) El acta de la autopsia practicada en el cadáver por el Médico Forense, Doctor Abel Pacheco, el día 22 de noviembre de 1929, en la morgue del Hospital San Juan de Dios, la cual expresa en su parte concluyente:

Efectuada la autopsia de ley de la manera que se deja descrita, puede llegarse a la siguiente conclusión, en cuanto al estado de los órganos: fuerte congestión del bazo, del hígado y de los riñones; sangre líquida y negruzca en las vísceras indicadas y espuma sanguinolenta en los pulmones, todo lo cual hace probable la muerte por intoxicación aguda.

Una vez practicado el examen histológico de los órganos, se encontró tumefacción turbia en los tubos contortos de los riñones y gran congestión de la pulpa blanca del bazo. Hígado igualmente congestionado. Descarto intoxicación alcohólica aguda. La presencia de venenos debe determinarse por los procedimientos químicos respectivos.

Estos exámenes químicos ya no se efectuaron, o al menos no constan entre los documentos remitidos desde Costa Rica al Juzgado de León. No obstante, el acta de la autopsia, y los testimonios recogidos, fueron relacionados por el Juez Fiallos entre los antecedentes del auto de prisión dictado el 28 de noviembre de 1933, por medio del cual ordenó indiciar formalmente a Oliverio Castañeda bajo los cargos de parricidio en la persona de su esposa, Marta Jerez de Castañeda; y de asesinato atroz en las personas de Matilde Contreras Guardia y Carmen Contreras Reyes.

Al concluir la lectura del auto, se alzó una voz entre la multitud que llenaba los corredores del Juzgado, exclamando: «¡Ha subido el primer peldaño del cadalso!»

Pero fue una voz solitaria, tal como apuntara Manolo Cuadra. El resto de la concurrencia vivaba con gran entusiasmo a Oliverio Castañeda.

35. ¡Cave ne cadas, doctus magister!

El atardecer del 25 de octubre de 1933, una vez concluida la exhumación de los cadáveres, el Capitán Anastasio J. Ortiz abandonó el Cementerio de Guadalupe decidido a escarmentar de una vez por todas al Doctor Atanasio Salmerón, metiéndolo sin más trámite en la cárcel.

Ya estaba en las calles la edición de «El Cronista» que traía el escandaloso reportaje de Rosalío Usulutlán, y no le cabían dudas de que si alguien debía pagar por el atrevimiento, era el propio jefe de la partida de entretenidos de la mesa maldita.

Sus empeños de lograr comunicación con la Comandancia de la Guardia Nacional en Managua resultaron frustrados, pues las líneas estaban interrumpidas debido a la lluvia, y no pudo conseguir la autorización necesaria, ni ese día ni en los siguientes. Otras circunstancias se sumaron al atraso con que al fin recibió las órdenes, y no fue sino hasta el 12 de noviembre que consumó sus propósitos. Esa tarde, el Doctor Salmerón fue capturado frente a su consultorio con gran lujo de violencia.

Toca, en este punto, ampliar las referencias que el Capitán Ortiz hace sobre la persona del Doctor Salmerón en su testimonio del 27 de octubre, ya antes citado, a fin de que el lector aprecie, de manera más completa, el rumbo que habrían de tomar sus intenciones:

> Repito, por lo tanto, que muy poca confianza podía inspirarme el Doctor Salmerón, metido en el caso como acostumbra meter las narices en cuanta cosa atrae su afán de cabecilla de falsarios, como bien ha dado en llamarlo desde el púlpito, en estos días, el Rvdo. Canónigo Oviedo y Reyes; pues lo que tiene montada en la Casa Prío es una fábrica de pasquines. Es un individuo de costumbres peligrosas y disolventes, que de muy poca clientela debe gozar, por cuanto consume el tiempo, junto a sus paniaguados, en diversiones procaces.
>
> Sé, porque estoy obligado a saberlo, que son ellos los que elaboran de manera clandestina el Testamento de Judas, que aparece metido de-

bajo de las puertas cada Sábado de Gloria, una papeleta irrespetuosa, sin pie de imprenta, en cuyas coplas picantes se patentan apodos para los ciudadanos honrados de León, haciéndose mofa de sus defectos físicos e injuriándoseles de manera sarcástica, no importándoles sacar a la luz pública detalles escabrosos y comprometedores de sus vidas privadas, aun a riesgo de llevar a la tumba a las víctimas de su insidia, como sucedió en el caso de Doña Chepita vda. de Lacayo, quien enfermó mortalmente después que expusieron en uno de sus libelos los supuestos amores de su esposo con una criada, vieja de servir en su hogar.

Igualmente obscenos, son los manifiestos de los candidatos a Rey Feo, emitidos durante los carnavales universitarios, preparados bajo el consejo oficioso de estos mismos que digo, y de los que no se escapan ni los sacerdotes más virtuosos, ni las matronas de las cofradías católicas. Muchas veces, las alusiones peligrosas a adulterios y amancebamientos contenidas en estas hojas, han traído como consecuencia graves distanciamientos entre familias, cuando no desafíos a balazos.

Es por eso que digo, y repito, que estos gángsteres de la moral, el Doctor Salmerón a la palestra de ellos, no tienen otro interés en el caso que Ud. examina, Señor Juez, que el de volcar toda la furia de sus rencores sociales sobre la honra de la familia Contreras, a la que han convertido en presa de sus inquinas miserables, tal lo han demostrado con el «reportaje» aparecido en «El Cronista», al cual me he referido ya en el curso de esta declaración. Y que semejante desacato a la decencia no debería quedarse impune bajo ningún concepto, pues verdaderamente el Doctor Salmerón se ha pasado de la raya.

Pero antes de estallar el escándalo, ya sabemos que el Capitán Ortiz, decidido a restar validez a las investigaciones que el Juez Fiallos conducía en León, no había tenido empacho en servirse de Rosalío Usulutlán, uno de los paniaguados de la mesa maldita. La tarde del 13 de octubre se presentó en «El Cronista» en su busca, a fin de ofrecerle la oportunidad de entrevistar a Oliverio Castañeda en la XXI. Una oferta, que bien lo sabía, estaba haciendo, en fin de cuentas, al propio Doctor Salmerón.

Esa noche, Rosalío llegó muy entusiasmado a la Casa Prío con la noticia de la sorpresiva visita. El Doctor Salmerón lo escuchó, no sin perplejidad. Adivinaba la intención de las preguntas que el Capitán Ortiz imponía como condición para facilitar la interview; pero sin más pensarlo, autorizó al periodista a concurrir a la cita del día siguiente en la cárcel, calculando serenamente los riesgos.

Para él, las pruebas realizadas en el laboratorio de la Universidad, que habían afirmado su prestigio científico, no dejaban lugar a dudas; y estaba seguro de que los mismos resultados arrojarían los exámenes de las vísceras, una vez practicada la exhumación de los cadáveres sugerida por él mismo al Juez Fiallos en la breve interview publicada en «El Cronista» de esa misma tarde.

Nada le hacía sospechar que su viejo mentor, el Doctor Darbishire, saldría pocos días después con su artículo en «El Centroamericano», cuestionando tan rotundamente los procedimientos, y llevándoselo a él de encuentro. Si algo esperaba era la oportunidad de una nueva reconciliación, y había venido preparando su espíritu para dar por olvidada la ofensa recibida, seguro de que el anciano, pese a su terquedad y a su orgullo, acabaría, como en otras ocasiones, por reconocerle la razón.

Revisó junto con Rosalío el cuestionario completo, introduciendo aquellas preguntas que de alguna manera favorecían sus planes de poner a la defensiva al reo; pero se cuidó de no tocar asuntos que reservaba para su propia declaración, cuando fuera llamado a comparecer. Las cartas furtivas y demás intríngulis amorosos que formaban el trasfondo del caso, serían tratados de antemano en el reportaje.

Pero el 18 de octubre de 1933, ya publicada la interview de la cárcel, y en sus manos el ejemplar de «El Centroamericano» con el artículo del Doctor Darbishire que acababa de leer en voz alta Cosme Manzo, el Doctor Salmerón, gravemente ofendido por la mordacidad con que su maestro lo trataba, se sentía, sobre todo, desconcertado.

La coincidencia de opiniones entre Oliverio Castañeda y el anciano era peligrosa para el curso futuro del proceso; pues si la validez de las pruebas de laboratorio caía en desprestigio, el ánimo del Juez Fiallos podía flaquear, como bien podía llegar a flaquear el de la propia familia Contreras. Apenas el día antes, Doña Flora se había decidido a revocar su solicitud de libertad para el reo; e influenciada ahora por su propio médico, no sería extraño que se echara atrás de nuevo.

El artículo le demostraba que el anciano había meditado durante varios días el paso serio que iba a dar; que se había documentado ampliamente, sacando datos de sus libros, y que los ataques que le dirigía, presentados de manera falsamente ponderada, eran ya los de un enemigo a muerte. Ahora, no sólo su prestigio profesional volvía a ponerse en juego, sino toda la validez del proceso; y no le quedaba más que contestarle.

—Su maestro le cierra otra vez la puerta en el hocico —Cosme Manzo se esculcaba cuidadosamente la nariz—. Es como si lo estuviera corriendo otra vez de su casa.

—No es del primer lugar que me corren —el Doctor Salmerón continuó subrayando en rojo los párrafos del artículo—. Ya había tenido el honor de ser corrido de la casa de los Contreras, nada menos que por Oliverio Castañeda.

—Del nido de tórtolos —Cosme Manzo, de un rastrillazo, se limpió el dedo en la pernera del pantalón—. Allí era él dueño y señor. Y usted se cagó en sus idilios. No lo olvide, Doctor.

—Y el Juez Fiallos, también me corrió de la puerta de la Universidad —el Doctor Salmerón subrayó una línea con tanta fuerza, que rompió el papel—; no podés negar que soy el campeón de los corridos, aquí en León.

—Todos hacen una sola mancuerna, y a Usted nunca lo han querido, porque no es de los de ellos —la voz de Cosme Manzo tembló, con emoción verdadera—. El Juez está asustado, y no haya qué hacer con la brasa que tiene en las manos. Y el viejo ése, como es un asunto de ricos, le quiere echar tierra a las averiguaciones.

—Pero Tacho Ortiz es de los mismos —el Capitán Prío abrió el archivo de fuelle donde guardaba los vales de cantina—; ¿por qué querrá hacer más grande el escándalo, llevándose el asunto para Managua?

—En eso hay gato encerrado —Cosme Manzo cogió uno de los vales para leerlo—. Lo van a quebrar, Capitán. Todo mundo quiere beber fiado.

—Yo creo que la Guardia, si pudiera, se llevaría para Managua a Oliverio Castañeda. Lo fusilan allá, y se acabó todo el alboroto —Rosalío Usulutlán volvía de los retretes con la faja suelta, abotonándose la portañuela.

—La Guardia puede todo —el Doctor Salmerón alza a ver a Rosalío con el lápiz en la mano—; Somoza quiere quedar bien con los ricos de León. A lo mejor, Rosalío no anda desencaminado.

—Porque Somoza es mengalo, aunque esté casado con una Debayle —el Capitán Prío rompe uno de los vales—. Éste me lo dejó de recuerdo el Doctor Ayón. Ya murió, se fue sin pagar.

—Mengalo como yo —el Doctor Salmerón hace una mueca triste, tratando de sonreír.

—Pero Usted no tiene charreteras —le devuelve la misma sonrisa triste Cosme Manzo—; ni tiene los fusiles de los yankis. No los rompa, Capitán. Guárdelos, para hacer un museo de vales de hombres ilustres.

—No tengo galones, es cierto. Pero aquí están todas mis balas —el Doctor Salmerón enseña, con un gesto de los labios, su libreta de la Casa Squibb.

—La verdad es que si la Guardia quiere ver fusilado a Oliverio Castañeda, nosotros no nos quedamos atrás —Rosalío Usulutlán, las manos en las rodillas, revisa el piso; uno de los botones de su portañuela se ha desprendido.

—Yo no fui quien lo mandó a andar envenenando gente —el Doctor Salmerón se asoma en busca de Rosalío, que ahora anda a cuatro patas debajo de la mesa—. ¿Tiene allí vales de Castañeda, Capitán? Apúrese a cobrarle.

—Si los tuviera, se los perdonaría. A como van las cosas, no va a correr lejos —el Capitán Prío rompe otro vale—. Los vales del Globo Oviedo son los que ya no alcanzan aquí. Voy a tener que cobrarle a su papá.

—A como van las cosas —el Doctor Salmerón se embolsó el periódico, después de doblarlo— pronto lo sacan de la cárcel a hombros. Y el primero que lo va a cargar en procesión es el Doctor Darbishire.

Rosalío Usulutlán vio que el Doctor Salmerón se preparaba a irse. Dejó de buscar el botón, y todavía de rodillas, sacó del interior de la camisa unas hojas de papel de oficio que desenrolló apresuradamente.

—Allí está ya el mentado reportaje —Cosme Manzo estiró la mano—. Pásemelo, mi estimado. Yo lo leo.

—Otro día. Ahora, quiero dedicarme a prepararle las cuentas a mi querido maestro. Ése no se me va a mí sin pagar —el Doctor Salmerón ya estaba de pie, y se frotaba las manos—. Y los vales del Globo Oviedo, que se los cancele Manzo, Capitán.

—Ya tengo pensado el título: «El amor sólo aparece una vez en la vida» —Rosalío Usulutlán se guarda de nuevo los pliegos dentro de la camisa y los mira a todos desde el suelo, satisfecho de su hallazgo.

—No me gusta —Cosme Manzo agita la mano, como si quisiera borrar el título en el aire—. Se necesita algo más de impacto. ¿Cuánto le debe el Globo Oviedo, Capitán?

—Aquí suman más de sesenta pesos —el Capitán Prío extrae el manojo de vales depositados en el compartimento de la letra O del fuelle.

—Ya vamos a ver eso del título después —el Doctor Salmerón le palmea el hombro a Rosalío—. Hay más tiempo que vida.

—Para algunos —Cosme Manzo arrastra la silleta al incorporarse—. Deme esos vales, Capitán. Yo se los cobro al Globo Oviedo. Pero me paga en guaro la comisión.

Ya de vuelta en su casa, el Doctor Salmerón trabaja de manera febril hasta la madrugada, preparando su respuesta al Doctor Darbishire; y en los días siguientes la pule y corrige muchas veces, acudiendo a la biblioteca de la Universidad para buscar en libros de toxicología y manuales de química analítica referencias de peso.

La respuesta podemos leerla en la edición de «El Cronista» de fecha 21 de octubre de 1933.

INGENUAS EQUIVOCACIONES DE UN GALENO

Honda extrañeza me han causado las opiniones vertidas por mi distinguido colega, y sabio maestro, el Doctor Darbishire, quien abandonando el refugio de su proverbial modestia, ha salido a los campos de Montiel, pluma en ristre, emprendiéndola de manera desaforada contra los molinos de viento que él, en su confusión, cree gigantes aborrecibles; y en tan supino atolondramiento derriba, quizá sin proponérselo, a nuestros profesionales de la química, por demás, serios, honestos y dedicados.

Así golpea, adarga al brazo, al esforzado Bachiller Absalón Rojas, quien si no estudió su ciencia en Londres o París, es porque su humilde familia no pudo llevarlo más allá de los claustros de nuestra máxima casa de estudios: privilegio que sí tuvo mi querido y nunca bien ponderado maestro, envuelto desde su cuna en placenteros pañales de seda.

Mi querido y nunca bien ponderado maestro, convertido también en Zeus tronante, se digna bajar desde el Olimpo a la llanura donde residimos los mortales, y asegura, por sí y ante sí, que es propio de profanos e ignorantes confundir un alcaloide con una simple tomaína: dixit. ¡Como si aquí en Nicaragua no supiéramos que los cadáveres generan por sí mismos sustancias tóxicas, gracias al proceso de descomposición orgánica!

Tal vez un caso baste para airear su memoria, perínclito maestro: el reconocido sabio masayés Doctor Desiderio Rosales, educado en las mismas universidades europeas frecuentadas tiempo ha por Ud. —y quien igualmente tomó por esposa a una joven francesa, sin poder aclimatarla en estas tierras— vivió la experiencia de herirse un dedo con el escalpelo que le servía para practicar la autopsia de un cadáver, y no vaciló en solicitar a su ayudante que procediera a la inmediata amputación de la falange, inoculada por las tomaínas. Esto ocurrió en 1896, en el quirófano del Hospital San Vicente de Masaya, que el mismo Doctor Rosales fundó; pero mi querido maestro parece haber olvidado este episodio, repetido tantas veces por él mismo en su añeja cátedra.

Desde bien atrás, los profesionales de la medicina hemos sabido en Nicaragua de la existencia de las tomaínas, porque no somos curanderos, sino científicos; y podemos distinguirlas muy bien de los venenos de procedencia vegetal, por lo cual estamos lejos de sorprendernos ante semejante novedad. ¿Ha olvidado mi maestro de ayer, que él mismo me enseñó que las tomainas son fáciles de identificar, y eliminar, por medio del éter, por ser generalmente volátiles?

Afirma el muy prominente galeno que en León no contamos con los reactivos adecuados para practicar pruebas toxicológicas; nada más alejado de la verdad. Todo médico o químico sabe entre nosotros, y lo saben nuestros estudiantes, que el arsénico o la estricnina se precipitan fácilmente por medio del reactivo de M. Tatcher, y aquí tenemos sustancias de esa clase. Además, la precipitación de la estricnina es tan específica que no permite confundirla con una tomaina u otra sustancia alcaloidea. La prueba para localizar la estricnina, según el método LePen, que consiste en su hidrolización, tratándola luego con el nitrito de soda, sigue siendo irrefutable, aquí y en la Cochinchina, Doctor Darbishire.

No encuentro, por otra parte, ningún peso en la opinión de mi maestro de ayer, relativa a que a un estricnizado que se halla con el trismus, no se le puedan extraer los jugos gástricos, introduciéndole la sonda de hule por la boca; es cierto que se requiere gran esfuerzo y habilidad, como me tocó hacerlo a mí en el caso del Señor Contreras (q.e.p.d.). Pero si el Doctor Darbishire duda de las enseñanzas que él mismo me transmitió, junto a la cabecera de los lechos del Hospital San Juan de Dios, recurra a Fraga, quien en su «Tratado General de Toxicología Aplicada» (y cito a un autor español, porque no domino como mi maestro las lenguas extranjeras), nos señala doce casos tomados de los anales de los pnesocomios de Madrid, en que la sonda pudo ser introducida en la boca de envenenados, sin recurrir al salvaje procedimiento de quebrarlos con un cincel los molares.

Y en cuanto a la solapada burla que mi doctísimo maestro hace de los experimentos practicados en el laboratorio de la Universidad con diversas especies de animales, sólo deseo señalarle dos cosas: la primera, que no esperaría el Doctor Darbishire que tales experimentos se practicasen en seres humanos, por lo cual, necesariamente, deben emplearse animales: y en segundo lugar, que si los animales fueron inyectados, y sucumbieron bajo los estragos del veneno, era porque la sustancia tóxica existía, tal como lo demostraron los síntomas convulsivos, provocados no por tomainas, sino por un alcaloide legítimo, la estricnina, localizada de previo en las vísceras por reacciones químicas, de lo cual el Doctor Darbishire duda, de manera caprichosa. Y no me salga ahora con que uno de los dos resultados fue negativo; pues al dividirse la prueba de la verdad, pesa la evidencia, y no la negación de la verdad, según una simple regla de lógica.

Por último, mi maestro trata de hacer un alarde de sabiduría, con la intención de desvirtuar, de antemano, la exhumación de los cadáveres que el Juez se propone realizar; y cita un famoso caso en que diz que un ejército de perros fue envenenado y posteriormente enterrado, no encontrándose ningún veneno al ser examinados sus restos.

De seres humanos hablamos, y no de perros, mi ilustrísimo, que no todos padecemos de la afición a capitanear ejércitos caninos. Sepa que la potencia estomacal del perro no puede compararse a la del hombre, por ser más fuerte aquélla, preparada a asimilar rápidamente los venenos, y sus organismos a eliminarlos con igual prontitud a través del sudor, la orina y las excretas. Lo mismo ocurre con otros animales. Por ejemplo, el topo se come la cabeza de la víbora y no le pasa nada; la cabra se come la nuez de la belladona y no se envenena, a pesar de la atropina que contiene; y, finalmente, tenemos al avestruz, que puede tragarse una nuez vómica y la digiere como si fuera aguacate.

Pero no ocurre lo mismo con los humanos; y si tanto la Señora Castañeda como la Señorita Contreras murieron envenenadas, el químico avisado encontrará el veneno en sus vísceras, así pasen mil años; mientras que en el perro, en el topo, en la cabra, en el avestruz, la huella del tóxico no perdura.

No se trata de que aquí en León estemos atrasados, y vivamos en la edad media de la ciencia. Se trata de ser responsables, de opinar como profesionales: y de cuidar nuestros juicios para que no confundan ni desorienten.

Tome mi consejo, en pago de los tantos que Ud. me brindó en mejores tiempos, y así evitará, también, seguir favoreciendo los intereses del hábil criminal, contento muy de seguro, después de leer sus parrafadas, pues no hubiera esperado, jamás, encontrar en Ud., médico de cabecera de sus víctimas, a un defensor de oficio tan útil a abrirle las puertas de la cárcel. Albricias para él, mientras tanto.

Y aquí me despido, con la gratitud de siempre por sus sabias y nunca desaprovechadas enseñanzas.

¡Cave ne cadas, Doctus Magister!

36. La exhumación de los cadáveres tiene lugar con retraso de un día

La exhumación de los cadáveres, fijada para las ocho de la mañana del 24 de octubre de 1933, debió ser postergada por un día debido a la intensa lluvia que cayó sobre la ciudad de León desde las horas del amanecer y que solamente amainó hasta ya entrada la noche.

El sigilo de las diligencias, cuidadosamente defendido a fin de evitar una avalancha de curiosos, se perdió por causa del atraso. La primera advertencia al respecto la tuvo el Juez Fiallos cuando al salir de su casa muy temprano rumbo al cementerio, envuelto en su amplio capote de hule, se encontró a los vecinos agolpados en las aceras, pendientes de verlo subir al automóvil de alquiler donde ya lo esperaba Alí Vanegas.

A lo largo del trayecto, desde la Catedral hasta la Iglesia de Guadalupe, una verdadera romería marchaba hacia el cementerio; y al llegar, debieron abrirse paso con el claxon entre las vendedoras de fritangas y bebidas, instaladas desde el amanecer en el frontispicio, otra vez con sus carretones, toldos y timbiriches.

Igual agitación reinaba en las vecindades de la XXI, donde se esperaba la salida de Oliverio Castañeda, obligado por mandamiento judicial a hacerse presente en las diligencias a fin de reconocer los cadáveres. Así lo anota Rosalío Usulután en una parte de su extensa y última crónica «Triste exhumación bajo cielo enlutado», publicada en «El Cronista» de fecha 27 de octubre, ya cuando había sido despedido:

> El pueblo allí presente, y al que nadie había convocado, parecía responder a la actitud recogida del reo, cuando le abrió valla para que descendiera las gradas del portón del presidio bajo la pertinaz llovizna. Todos guardaban silencio, un silencio hasta diríamos respetuoso, y no exento de piedad. Vimos a algunos hombres, carretoneros quizá, mozos de cordel, quitarse los sombreros al paso del prisionero, quien vestía su típico atuendo de luto, camisa y corbata impecables, los botines, también negros, muy bien lustrados. Pero lucía pálido, ojeroso y macilento, tal si el insomnio le hubiera hecho perder la lozanía y el entusiasmo de que siempre hizo gala; y cosa extraña en él, mostraba una barba de varios días, lo

cual le daba el aspecto de un viejo. Cabe el brazo portaba una sábana de lino, que según explicó al pasar, ante una rápida pregunta de este reportero, iba destinada al cadáver de su esposa; y en sus manos febriles apretaba un ramillete de gardenias, ya ha tiempo marchitas.

Una de las mujeres del pueblo, como por arte de encantamiento, sacó del envoltorio de una toalla un manojo de dalias muy frescas, y entregándoselo al reo, le quitó el ramillete marchito. Y cuando el automóvil de la G. N. partió a marcha lenta, llevándolo a él, al Capitán Anastasio J. Ortiz y a dos soldados, prestos sus fusiles de reglamento, el populacho, siempre silencioso, lo siguió a pie, camino del cementerio.

Pese a la vigilancia de los piquetes de la Guardia Nacional, algunos periodistas lograron colarse en el cementerio, saltando por la parte más alejada del muro, entre ellos el propio Rosalío y el poeta Manolo Cuadra. Haremos uso, en adelante, de las crónicas de ambos para informarnos del curso de las diligencias que se prolongaron por casi diez horas; y nos serviremos, también, del texto de las dos actas judiciales, la última de las cuales fue cerrada después de las seis de la tarde.

Como peritos facultativos para asistir al Médico Forense, Doctor Escolástico Lara, el Juez Fiallos nombró a los Doctores Alejandro Sequeira Rivas y Segundo Barrera, quienes concurrieron, no sin renuncia, a la cita; presentes estaban también dos estudiantes de medicina, los Bachilleres Sergio Martínez y Hernán Solórzano, para ayudar en los menesteres de la autopsia; el Bachiller Absalón Rojas, Perito Químico, quien debía recibir los frascos conteniendo las vísceras, debidamente sellados; el conserje del Cementerio de Guadalupe, Bachiller Omar Cabezas; el reo y sus custodios, al frente de ellos el Capitán Anastasio J. Ortiz; y una cuadrilla de enterradores y albañiles, previamente designados; además del propio Juez Fiallos y su secretario Alí Vanegas, quien levantó las actas.

Ninguna otra autoridad sanitaria o judicial quiso hacerse presente, pese a la notificación que recibieron del Juez, como consta en la primera de las dos actas, en la que también se relata:

Al efecto, el suscrito Juez recibió el juramento de ley a los peritos médicos y practicantes, al conserje del cementerio y al Dr. Oliverio Castañeda, en calidad de testigo, previas las amonestaciones del caso sobre el falso testimonio en materia criminal.

Se solicitó al conserje el libro de terrajes a objeto de localizar, en primer lugar, la tumba donde está sepultada la Sra. Marta Jerez de Castañeda. Según consta en dicho libro, que se tuvo a la vista, tal enterramiento, anotado en los folios ocho y nueve, se efectuó el día 14 de febrero del año en curso en el lote número 15 sureste, primera fosa norte número 113, lote propiedad del Gral. Carlos Castro Wassmer; todo lo cual confirmaron, tanto el conserje como el propio Dr. Castañeda, al serles mostrada la sepultura.

Se hizo la excavación, extrayéndose un ataúd en forma de zepelín, color vino, en buen estado de conservación. Se procedió entonces a separar la tapa, apareciendo un cadáver envuelto de pies a cabeza en una colcha de hilo blanco. Una vez descubierto el mencionado cadáver, se llamó al Dr. Castañeda, quien ante la pregunta de rigor formulada por el suscrito Juez, afirmó que se trataba del cadáver de su finada esposa, Marta Jerez de Castañeda.

Rosalío Usulutlán relata, por su parte, en la crónica «Triste exhumación bajo cielo enlutado»:

Momentos antes de comenzar los trabajos de romper el sarcófago que guardaba los restos de Marta, los médicos distribuyeron a los espectadores y a cuantos iban a tomar en la exhumación, algodones impregnados de una sustancia antiséptica para ser colocados en boca y narices. Al reo le fueron entregados también tales algodones; mas tomándolos en sus manos, tras mirarlos en silencio, exclamó: «Muchas gracias, no los necesito»; y optó por tirarlos al suelo.

Los contados periodistas allí presentes recibimos nuestra provisión de algodones sin que el Juez Fiallos se opusiera a ello; y debo, en este punto, expresarle públicamente mi agradecimiento por su actitud caballerosa, pues sé que nuestra presencia no era de su agrado; bien pudo, entonces, no sólo negarnos los algodones, sino ordenar, con todo derecho, nuestra expulsión del campo santo. Ese gesto yo lo retribuyo, en mi caso, con el comedimiento de este reportaje; pues barullo sensacionalista es, precisamente, lo que el Señor Juez deseaba evitar.

Propiamente a las nueve y cincuenta de la mañana fue rota la tapa del ataúd que guardaba los restos de Marta. La pata de cabra usada por el albañil penetró en la juntura, haciendo crujir la madera; y el cadáver, envuelto en el sudario, apareció a la vista de los presentes. A la altura del pecho tenía prendido un escapulario de la venerable Orden Terciaria y algunas medallas benditas.

Expuesto el cadáver, el Juez Fiallos hizo llamar al Doctor Castañeda, que aguardaba detrás del mausoleo de la familia Debayle. Acudió en compañía del Capitán Ortiz, y se colocó al pie de féretro demostrando, hasta ese momento, presencia de ánimo. «¿Reconoce Ud. este cadáver»?, le preguntó con voz grave el Juez, quien debido al fuerte hedor se había amarrado un pañuelo sobre la nariz a manera de antifaz, colocando previamente el apósito de algodón debajo del pañuelo. «Sí, lo reconozco», respondió, aturdido, el reo, tras tender una mirada no excedente de ternura hacia el cuerpo inerte de la esposa. Y una lágrima furtiva corrió entonces por su mejilla, sin que lo viéramos hacer intento de enjugársela.

Una vez practicado el reconocimiento de rigor, el cadáver fue extraído del ataúd por los operarios, siendo trasladado al mausoleo de la familia Debayle, pues la mesa de mármol que sirve en su interior para oficiar misa, había sido destinada por el Médico Forense a los menesteres de la autopsia.

La penumbra del mausoleo se volvía más intensa y sobrecogedora en el ambiente de lluvia; y resultaba extraño el cuadro de los médicos y practicantes vestidos con sus batas blancas, afanándose en sus preparativos cual sacerdotes de un oculto rito. Dos ángeles de mármol custodiaban el recinto, mudos y severos desde la altura de sus pedestales.

El acta judicial describe el resultado de la primera autopsia en la siguiente forma:

El cadáver se halla en posición normal, acusando un avanzado grado de putrefacción, como corresponde al tiempo transcurrido desde el deceso. Todas las partes blandas de las extremidades superiores e inferiores han desaparecido. Los órganos del abdomen y tórax se encuentran separados y son identificables. El cerebro y bulbo están transformados en una pasta semisólida. El color de la cara, en la que todos los músculos aparecen fundidos, presenta un color café ahumado. Las cavidades de los globos oculares se muestran vacías.

Una vez extraídos los órganos, se procede a colocarlos en seis frascos de vidrio esmerilado, distribuyéndose de la siguiente manera:

Frasco n°. 1: Hígado y vesícula biliar.
Frasco n°. 2: Estómago y primera porción del duodeno.
Frasco n°. 3: Útero y vejiga.
Frasco n°. 4: Corazón.
Frasco n°. 5: Riñón derecho.
Frasco n°. 6: Cerebro y bulbo.

Cerca de las dos de la tarde, el camioncito Ford de la G. N. salió pitando por el portón del cementerio, con su mugido de vaca. El Bachiller Absalón Rojas iba sentado en la cabina junto al chófer, y en la plataforma, bajo la vigilancia de dos alistados, viajaban los frascos con destino al laboratorio de la Universidad, donde serían depositados en la refrigeradora prestada otra vez por la Casa Prío.

El Capitán Ortiz vino hasta la calle en el momento en que el portón se abría para dar paso al camioncito, avisado de la presencia de Don Evenor Contreras, quien llegaba en representación de la familia a atestiguar la exhumación del cadáver de Matilde Contreras. Allí encontró también al Doctor Darbishire. El anciano, a pesar de haber sido citado a participar de todas las diligencias en su condición de médico de las dos difuntas, se presentaba con deliberada tardanza.

314

Sentado en el pescante de su coche de caballos, leía «El Cronista» comprado poco antes. El periódico circulaba atrasado debido a la intensa lluvia de la tarde anterior, y la multitud de curiosos concentrada en el frontispicio arrebataba los últimos ejemplares de manos de los voceadores: el reportaje de Rosalío Usulután, «Cuando el río suena piedras lleva», ya estaba en la calle.

El Capitán Ortiz hizo pasar a los dos; y mientras caminaban por la alameda principal, el Doctor Darbishire le entregó, con una sonrisa de prevención, el ejemplar de «El Cronista».

A las dos y treinta de la tarde se iniciaron las diligencias en la tumba de Matilde Contreras. La segunda acta identifica la fosa con el número trescientos uno, lote número dieciocho suroeste, zona occidental, de acuerdo a la entrada correspondiente del libro de terrajes, folios setenta y seis y setenta y siete.

Manolo Cuadra releva ahora a Rosalío Usulután, para ofrecernos sus propias impresiones. He aquí parte de su despacho del 27 de octubre, «La misma vestidura»:

La ciega Miserere no entona aquí su treno de aquel día en el Juzgado, pero el trémolo penitente de la canción parece restallar con el viento frío en las ramas de los altos cipreses cuando los despojos de Marta Jerez son devueltos para los enterradores al fondo de la fosa, amortajados en el lienzo que Oliverio Castañeda ha traído consigo, y que él mismo ha desplegado antes de entregarlo a los practicantes.

Hundiendo los pies en los suaves terrones se arrima al borde de la sepultura y lanza a la profundidad un ramillete de dalias mientras musita una oración que va al viento como la canción en mi memoria. Imposible asomarse a la sima de sus pensamientos en esta hora grave, sólo su cabeza abisma las claves del misterio. Y otra vez lo hemos visto llorar con lágrimas ardientes que difícilmente podrían fingirse. ¿Pena de añoranzas removidas, remordimiento de severas culpas? Nadie más conoce el oscuro venero de esas lágrimas.

Los enterradores se quedan paleando el barro humedecido sobre la caja que va desapareciendo de nuevo, ahora para siempre. Y nosotros seguimos al reo hasta la tumba de la otra, adonde lo conducen sus custodios.

Don Evenor Contreras, tío carnal de la occisa, y el Doctor Juan de Dios Darbishire, médico de la familia, arriban al sitio de la nueva excavación, acompañados por el Capitán Ortiz. Contreras y Castañeda no se saludan ni se cruzan palabra al encontrarse; la actitud de Contreras es en todo momento reposada; la de Castañeda, huidiza e incómoda, pero sin reflejar grosería. Tampoco hay saludos para el reo de parte del Doctor Darbishire, ni Castañeda los busca.

Enseguida llega Mariano Fiallos, acompañado de los médicos, practicante y trabajadores; se notan ya en estos últimos los efectos de las bebidas alcohólicas que deben ingerir para hacer más llevadera su ingrata tarea. Con el auxilio del libro de terrajes se procede a la identificación de la tumba, como en el caso anterior. Esta vez, sólo hay un cúmulo de tierra fresca sobre la que se amontonan guirnaldas y ramilletes de flores marchitas, dejadas allí el día del reciente entierro. A petición de Mariano Fiallos, tanto Contreras como Castañeda reconocen, por separado, la precisión del sitio del sepulcro, ubicado junto a la verja de lancetas de hierro que rodea el panteón familiar.

Los operarios alistan sus palas para excavar en el lugar señalado. Y a los sordos golpes va descubriéndose, poco a poco, el ataúd blanco manchado por el contacto de la tierra vegetal. Al retirarse la tapa, aparece el cadáver de la muchacha, sobre el rostro irreconocible las gasas de un velo de tul.

Contreras se acerca, identificando a su sobrina con un asentimiento de cabeza; y Castañeda, convocado luego junto al féretro, dice con voz apenas perceptible: «Es ella.» Y otra vez, los alones del ministerio palpitan en torno a su cabeza, encubriendo los secretos que ninguna encuesta judicial será capaz de develar. ¿Existió alguna vez amor en el prisionero, pasión oculta, o solamente deseo carnal?; o por último, ¿nada más daño y engaño? ¿Sucumbió la engañada porque él la apartó de su camino, insensible a sus desventuras y enamorada? ¿O no la dejó ya la enfermedad, si es que no hubo veneno en su muerte, saberse vencedora o vencida en su querella de amor? También mis preguntas, estremecidas como los ramajes de los fúnebres cipreses, van al viento y se quedan en el viento.

Está por concluir el trabajo de los médicos y practicantes. Mariano Fiallos, a quien no he osado arrimarme, descansa de su propia pesadumbre sentado en soledad sobre el túmulo de cemento de una tumba. He leído antes las inscripciones, y sobre esa losa está escrito el nombre de otra Matilde Contreras (1878-1929); murió de tisis, recluida en una quinta, fuera de la ciudad, me informa el colega de «El Cronista» Rosalío Usulutlán.

El Doctor Escolástico Lara se acerca con paso cansado, las minutas de la autopsia en la mano para entregarlas a Alí Vanegas, quien escribe la última de las actas sentado en otra de las tumbas del predio familiar. Apoyando los folios en su viejo cartapacio de cuero de lagarto se esfuerza en terminar lo más pronto posible para que todos firmen. Aunque las amenazas de lluvia ya han desaparecido, el cielo de León se tiñe de un arrebol de sangre y pronto sobrevendrá la oscurana.

Se procederá, otra vez, al entierro. El reo se ha retirado, seguido de sus custodios, pues ha alegado fuerte dolor de cabeza, y su presencia no es ya necesaria. Y nosotros también nos retiramos, para no retrasar el envío de este despacho que deberá irse consignado en el tren de la mañana.

Y mientras tanto, no cesa en la calle, al otro lado del muro, la algarabía de feria creada por la multitud vocinglera.

El acta de la autopsia del cadáver de Matilde Contreras, firmada con algún retraso tras ser enmendada, como se verá enseguida, expresa en su parte introductoria:

El cadáver se encuentra en ligera posición de decúbito dorsal, la cabeza inclinada hacia la derecha. La coloración de la cara es negra, con desfiguración considerable de los rasgos faciales; ojos un poco saltados de las órbitas, boca y párpados abiertos, cabello reseco pero intacto. Grado de putrefacción normal para el tiempo de la inhumación, bastante avanzada en la fase enfisematosa. El tórax y el abdomen, así como las extremidades, se presentan en buen estado de conservación. Las manos, cruzadas sobre el pecho, aparecen fundidas.

Rosalío Usulutlán, a pesar de que a esas alturas tenía muchas razones para temer y ninguna para quedarse, estaba todavía en el cementerio cuando se iba a proceder a la firma del acta, y presenció así el breve episodio provocado por la imprevista petición del Doctor Darbishire, tal como lo relató esa misma noche en la mesa maldita.

—Entonces, la solicitud la hizo el viejo loco —insistió con aire divertido el Doctor Salmerón—. Pero eso no es posible, en un cadáver.

—Yo creo que sólo llegó para eso —Rosalío, preocupado, no había querido sentarse. En sus manos tenía los apuntes de su crónica sobre la exhumación—. Él mismo dictó el párrafo: «Al examen externo de los órganos genitales se comprobó la completa integridad de los mismos, de lo cual se concluye que la occisa murió en estado de virginidad.»

—¿Y el Médico Forense? ¿Y los otros médicos, qué cara pusieron? ¿Se quedó callado su enemigo, el Doctor Barrera? —el Doctor Salmerón volvió a reírse, golpeando la mesa con entusiasmo—. ¡Hay que vivir para oír!

—Nadie soltó palabra. Y el Juez le ordenó entonces a Alí Vanegas que corrigiera el acta —Rosalío agitó las hojas de los apuntes—. Y obedeció. Le alumbraron con un foco para que pudiera escribir.

—Ya el Capitán Ortiz te había amenazado —Cosme Manzo dejó recluir, de manera ostentosa, su dentadura de oro.

—¿Qué fue lo que te dijo? —el Capitán Prío permanecía de pie al lado de Rosalío. Era el único en compartir su alarma.

—Desde que había vuelto con el periódico, se apartó a leerlo —Rosalío, afligido, dejó los papeles sobre la mesa—. Cuando terminó, se vino directo donde mí. «Te fuiste hasta la mierda», me sentenció; «alistate».

—Claro —los dientes de oro de Cosme Manzo relumbraron con destellos de perfidia, cuando echó hacia atrás la cabeza para reírse—, ahora va a resultar que como la niña era virgen, todo lo demás que dice el reportaje es mentira.

—Pero a mí ya me corrieron del periódico —Rosalío no dejaba en paz el botón de cobre de su camisa, moviendo el pescuezo como un chompipe al que van a degollar—. «Esto de la exhumación es lo último que te público, sólo porque ya está escrito», me acaba de notificar el dueño. Me estaba esperando en la puerta.

—¿Y a quién más sentenció el Capitán Ortiz? —el Capitán Prío rodea cautelosamente a Rosalío.

—A todos nosotros —Rosalío suelta el botón y los envuelve con un giro de la mano—; «allí van a ver lo que es cajeta todos esos hijos de puta falsarios de la Casa Prío», dijo en voz alta, cuando salíamos del cementerio, para que nadie se quedara sin oírlo.

—Esas son patadas de ahogado —Cosme Manzo zapatea debajo de la mesa, de manera festiva—. Capitán, si están con esa jodedera, mande a quitarles la refrigeradora, y que se les pudran todas esas menudencias.

—Nos pueden joder —el Capitán Prío no se separa del lado de Rosalío y no cesa de mirarlo, como si lo tuviera de frente por última vez—. Yo creo que se les fue la mano con ese reportaje.

—Si es un cuentecito, ni nombres propios tiene —Cosme Manzo menea la cabeza, despreciando todos aquellos temores—. Eso sí, este idiota fue a poner allí la foto de Doña Flora. ¿Quién te mandó?

—Así que era virgen, por decreto judicial —el Doctor Salmerón mira con socarronería a Cosme Manzo, cerrando un ojo.

—¿Y qué nos van a hacer? ¿Nos van a fusilar? ¡Uyuyuy! —Cosme Manzo se estremece en la silleta, jugando a que tiembla de miedo.

—A mí ya me corrieron del periódico, y ahora, voy a vivir de la limosna —Rosalío agacha la cabeza y se mete las manos en los bolsillos del pantalón—. Y aunque te parezca juego, podemos ir presos todos.

—Más hermosa que sus dos hijas juntas —el Doctor Salmerón toma el periódico y lo acerca al rostro—. Tenía razón Rosalío.

—¿Quién te mandó a poner esa foto en el reportaje? —Cosme Manzo se levantó, encarándose con Rosalío—. Los nombres van disfrazados y vos salís con la foto.

—Y a vos, ¿quién te mandó a contarle lo de las cartas a un cochón? —Rosalío, enojado, se cogió la faja para acomodarse los pantalones—. Además, no es por la foto que vamos a ir presos.

—A mí que me metan en la misma bartolina de Castañeda —el Doctor Salmerón se abanicaba con el periódico—; así lo confieso con calma, y averiguo lo que me falta. Faltan las visitas clandestinas a la finca «Nuestro Amo».

—Eso lo tenía que averiguar este caballero —Cosme Manzo le dio unas palmaditas en el hombro a Rosalío—. Ya es hora de que lo hubieras averiguado.

—Sí, estás atrasado, Chalío —el Doctor Salmerón se le acercó también. Ahora Rosalío estaba rodeado—. ¿Cuándo vas a ir a la finca? Necesito esos datos antes de mi declaración.

—Cuando encuentre trabajo —Rosalío se colocó las manos en la cintura, desafiándolos—. Tal vez como barrendero del municipio me dan chamba.

—No sea pendejo, mi muchachito, ya le tengo un trabajo —Cosme Manzo empurró la boca y le sobó la espalda a Rosalío.

—¿Qué trabajo? —Rosalío lo miró de reojo, desconfiado.

—Me va a baylay el bacalallo, mi niño. Un cóydoba la hoya, y la comiya —Cosme Manzo lo cogió por los cachetes.

—Que lo baile tu madre —Rosalío Usulután lo apartó, con gesto brusco, y también bruscamente se refundió el sombrero.

Y cuando estallaron las risas, sus ecos repercutieron en la Plaza Jerez ya casi vacía de paseantes. Desde la otra esquina también llegaban a la plaza los sonidos distantes de la proyección de cine en el Teatro González. Una voz plañidera, una música de violines y, después, un llanto sosegado.

IV. Vistos, resulta:

¡Ay!, un galán de esta villa,
¡ay!, un galán de esta casa,
¡ay!, de lejos que venía,
¡ay!, de lejos que llegaba.
—¡Ay!, diga lo que él quería,
¡Ay!, diga lo que él buscaba.

Romancero asturiano

37. Escándalo de ribetes insospechados conmueve a la sociedad metropolitana

El 25 de octubre de 1933 no fue un día de gloria en la carrera periodística de Rosalío Usulutlán, tal como Cosme Manzo se lo había profetizado, sino el más negro de su vida, sólo comparable en infortunio a los que vendrían después, cuando se vio obligado por la fuerza de las adversas circunstancias a refugiarse en la clandestinidad, temeroso de ser puesto tras las rejas; y cuando sus salidas a la calle para comprar sus alimentos en el mercado y cumplir algunas otras diligencias urgentes, debió hacerlas disfrazado con una sotana de cura.

Es cierto que ese atardecer, al regresar al periódico en el coche que abordó en el portón del cementerio, había sido testigo presencial de su propio éxito. La desordenada procesión de gente, de vuelta a sus casas, seguía peleándose en rebatiña «El Cronista» ofrecido a esa hora por los voceadores a un córdoba, precio exorbitante nunca alcanzado por el diario ni cuando las columnas sandinistas se habían tomado la ciudad de Chichigalpa; y en el atrio de la Iglesia de Guadalupe, sobre la plataforma de un carretón que le servía de tribuna, un hombre leía el reportaje a la luz de una lámpara de gasolina sostenida a su lado por una anciana, mientras un grupo de pasantes se apretujaba alrededor del carretón para oír mejor, conteniendo todos la risa.

Pero también era cierto que llevaba clavada en el pecho, como una estaca, la amenaza del Capitán Ortiz; y su orgullo de periodista, exaltado por las lisonjas del éxito, naufragaba con impotencia de ahogado en el mar proceloso del miedo.

Se bajó del coche, impregnado aún del olor a cadáver que lo obligaría por días a olerse constantemente las ropas, sin sospechar que pronto sobrevendría para él otra grave desdicha. A pesar de la urgencia de comunicarse con sus contertulios de la mesa maldita, debía escribir primero la crónica de la exhumación, dejándola en manos de los cajistas para la edición que se imprimiría el día siguiente. Solamente después, se trasladaría a la Casa Prío.

El Director-Propietario de «El Cronista» era el médico Absalón Barreto Sacasa, primo hermano del Presidente Juan Bautista Sacasa. Retirado de su clientela, vivía dedicado a sus fincas lecheras y nunca ponía los pies en el periódico, permitiendo que Rosalío manejara las informaciones y los temas editoriales a su discreción. Únicamente a la hora de zanjar algún conflicto lo mandaba a llamar a su casa, como había sucedido con el asunto de los ataques contra la Compañía Aguadora Metropolitana, y si se lo encontraba en la calle, o en la puerta del cine, se limitaba a recomendarle echar flores de cuando en cuando a su primo y al Partido Liberal.

Dados estos antecedentes, Rosalío se sintió inquieto al ver aparecer al Doctor Barreto cerca de las siete, todavía asoleado y con las sobrebotas de montar embadurnadas de cagajones de vaca.

Interrumpiendo su afanado picoteo con dos dedos en las teclas de la máquina, se incorporó para darle, afablemente, las buenas noches, pero el otro no se dignó contestarle. Lo vio instalarse en la penumbra de los talleres y empezar a dar órdenes en tono de regaño a los cajistas, ocupados a esa hora en desarmar las planas y devolver los tipos a los cubiletes. Después entraron unos voceadores en busca de más ejemplares de la edición fatídica, ya para entonces agotada por completo, y los despidió a gritos, arreándolos con las manos.

Rosalío no se atrevió a sentarse de nuevo y terminó de teclear de pie el párrafo que le faltaba. Sacó la página del carro y con paso cauteloso se acercó al jefe de cajistas para entregarle el escrito; iba a indicarle que le diera todo el encabezado de la primera página cuando el Doctor Barreto vino desde atrás y le arrebató las hojas, que volaron por el piso.

Desistiendo de agacharse a recogerlas, cosa que hizo uno de los cajistas, optó por retirarse a orinar a la oscuridad del patio. Su prudencia no le sirvió de mucho. Empezaba a desabotonarse la portañuela cuando oyó a sus espaldas la notificación: estaba despedido y aquella era la última crónica que se le publicaba, sólo porque ya estaba escrita y entraba de todos modos en su sueldo de ese mes. Cuando volvió al corredor, sin haber podido orinar porque el chorro se negaba a salir, el Doctor Barreto ya se había ido, llevándosele secuestrada la máquina de escribir.

Los cajistas salieron en procesión hasta la puerta para despedirlo, y uno por uno lo abrazaron estrechamente. Fue su único consuelo de ese día, porque ya en la calle iban a continuar sus desgracias: las tertulias nocturnas se deshacían en las aceras cuando lo divisaban acercarse, desapareciendo a su paso las sillas mecedoras detrás de las puertas aventadas con gran premura; y para colmo, una vieja solterona, en lugar de huirle, lo esperó emboscada y alzando los brazos al cielo se puso a rezar a grandes voces una jaculatoria, como si espantara al diablo. Cuando al fin arrimó a la Casa Prío casi corría ya, sintiéndose en el pellejo de un perro con rabia al que persiguen a palos.

En la mesa maldita, ya vimos que sus prevenciones fueron desoídas; y más afligido que antes se retiró a su casa en la Calle de la Españolita, en la mano el sombrero con el que cada vez y cuando se embozaba el rostro, tratando de defenderse de las miradas hostiles. Trancó la puerta con una mesa, y sobre la mesa colocó bancas y silletas, temeroso de un asalto nocturno por parte de la Guardia Nacional.

Los acontecimientos que empezaron a desencadenarse al día siguiente vendrían a confirmar la justicia de los temores de Rosalío en cuanto a la inminencia de una represalia.

«La Nueva Prensa» trae el 27 de octubre de 1933 un despacho titulado «Blumers y tiros al aire, crecen disturbios», en el que Manolo Cuadra narra así estos acontecimientos:

León (por el hilo telefónico). Un hecho insólito, presagio de otros más graves, ocurrió muy temprano de esta mañana. Los transeúntes, habituados a encontrarse a esas horas a las dependientas de la Tienda «La Fama» regando polvos amarillos de Bayer en la acera para ahuyentar a los perros vagabundos, se detenían a observarlas, según se nos informó, en la extraña tarea de bajar con una pértiga tres blumers de mujer, de distintos colores, colgantes del gollete de la botella de Vichy-Celestins, que sirve de propaganda al agua medicinal del mismo nombre.

La novedad de los blumers pendulantes, de tonos agua, fucsia y malva, según quienes alcanzaron a admirarlos, atrajo a una parte de la multitud congregada alrededor de la Universidad en espera del comienzo de los exámenes de las vísceras de los cadáveres exhumados; y aun cuando los blumers ya habían desaparecido de la vista pública, la gente se quedó poniéndole sitio a la casa, mientras se gritaban toda clase de expresiones obscenas dirigidas contra la viuda y su hija, y se les llamaba con voces fingidas y melosas a salir, dándoles en aquellos llamados los nombres supuestos con que un reportaje de nuestro colega «El Cronista» las designa.

Aunque el reportaje de «El Cronista», firmado por Rosalío Usulutlán, disfraza nombres verdaderos, es obvio que la trama de la historieta, muy al estilo de Don Ricardo Palma, el célebre autor de las «Tradiciones Peruanas», envuelve a los actores del drama Castañeda.

Cerca de las doce, a medida que se sabía de la muerte de nuevos perros y gatos entre estertores de envenenamiento, las mofas de los manifestantes que iban y venían de la casa de la familia a la Universidad en ruidosas bandadas, eran ya incontenibles, e igualmente incontenibles eran los reclamos de libertad para el prisionero.

Como la turbamulta se mostraba ya díscola y se habían lanzado piedras y otros proyectiles contra las ventanas del Alma Mater, y por igual contra la referida casa de habitación y tienda de comercio adyacente, la cual hubo de cerrar sus puertas a su habitual clientela, no tardó en presentarse el Capitán Anastasio J. Ortiz al mando de un pelotón de soldados, procediendo a prevenir a los manifestantes a retirarse de inmediato.

Lejos de ser atendida la prevención, se recibió a los milites con burlas y denuestos, por lo que la tropa, en forma imprudente, hizo uso de sus armas, disparando varias salvas al aire; con esto, las calles se despejaron de inmediato. A partir de ese momento, tanto la Universidad como la casa de la familia Contreras quedaron bajo la vigilancia de la Guardia Nacional, cuyos centinelas apostados en las esquinas no permiten a nadie el paso. Según fuimos informados, el bloqueo de las calles se mantendrá, en lo que respecta a la Universidad, hasta la conclusión de los experimentos, previstos a durar hasta el día de mañana. Y en lo que respecta a la casa, hasta segunda orden.

Pese a que el reportaje de «El Cronista» no exonera al reo, no hay duda de que el público llano ha comenzado a ponerse abiertamente de su parte, resistiéndose a dar crédito a los cargos que se le formulan, como puede verse por la crudeza de las manifestaciones callejeras; y celebrando más bien las artes amatorias que en tal reportaje se le atribuyen.

En referencia a lo anterior, el Capitán Ortiz dirigió el siguiente telegrama al Director de «La Nueva Prensa», Gabry Rivas:

Considero noticias su periódico incidentes ocurridos ayer en León irrespetuosas y sumamente exageradas. Es falsa alusión prendas íntimas colgantes botella y periodista ese diario debería informarse mejor antes dar pábulo semejantes obscenidades. Es cierto reducido grupo antisociales trató provocar disturbios lanzando piedras edificio Universidad y hogar familia Contreras pero mayoría público congregado guardó compostura y rechazó tales manifestaciones inspiradas escritos calumniosos debían llenar vergüenza periodismo nacional. Autoridad intervino finalidad evitar confrontación personas honestas y vagos perturbadores siendo inexacto yo haya ordenado disparar al aire pues semejante medida fue en todo momento innecesaria. Puede Ud. estar seguro gente de bien no apoya aquí desmanes favorables asesinos ni considérales héroes como tampoco apaña calumnias propias almas bajas y resentidas. Leoneses tenémonos por cultos y civilizados.

Los experimentos de dos días concluyeron a las dos de la tarde del 27 de octubre de 1933, con la emisión del dictamen que confirmó la presencia de estricnina en las vísceras de ambos cadáveres, tras la muerte violenta de los animales inoculados. Por la lectura del acta nos damos cuenta de que el número de ciudadanos distinguidos, interesados en presenciar las pruebas, al contrario de la vez anterior, fue muy exiguo. Aunque se trataba de repetir iguales experimentos, con lo cual se perdía la novedad científica, tal ausencia, motivada en parte por el lógico desagrado de acercarse a despojos putrefactos, como sucedió a la hora de la exhumación, debe atribuirse, principalmente, a que los notables de León se ocupaban en esas fechas de menesteres muy urgentes.

Aquella misma tarde, tras ingentes preparativos, se celebraba en el Palacio Episcopal una concurrida junta convocada por el Obispo Monseñor Tijerino y Loáisiga, donde se acordó iniciar de inmediato una «Cruzada de Sanidad Moral». La comisión responsable de llevar adelante la cruzada quedó constituida de la siguiente forma:

Rev. Canónigo Pbro. Isidro Augusto Oviedo y Reyes, Deán de la S. I. Catedral, en representación de Su Ilma. Mons. Tijerino y Loáisiga, Obispo de León.
Doctor Onesífero Rizo, Alcalde Municipal.
Don Arturo Gurdián Herdocia, Presidente del Club Social.
Doctor Juan de Dios Darbishire, Presidente de la Cofradía de Caballeros del Santo Sepulcro.
Doña Rosario de Lacayo, Presidenta de la Asociación de Matronas de León.
Doña Matilde de Saravia, Presidenta de las Damas de la Caridad.
Señorita Graciela Deshon, Presidenta de las Hijas de María.
Señorita María Teresa Robelo, Prebosta de la Orden Terciaria de San Francisco.

La cruzada se inició con la recolección de firmas para un «Acta de justo desagravio y adhesión cristiana», publicada por los dos periódicos de León en sus ediciones de esa misma noche, tal es la celeridad con que las más de doscientas firmas que figuran al pie del documento fueron reunidas:

Los abajo firmantes, miembros de la sociedad de León, rechazamos de la manera más enérgica los conceptos a todas luces calumniosos vertidos en un escrito irresponsable que se ha tenido el inaudito atrevimiento de publicar en un periódico de esta localidad; y en el cual se pretende mancillar en forma soez el honor de la distinguida familia Contreras Guardia, ya afligida suficientemente con los infaustos sucesos que la autoridad judicial investiga.

Sólo el resentimiento social y la disolución de costumbres que tantos peligros entrañan en estos tiempos para el orden y la tradición familiar, así como para nuestras creencias religiosas, pudo haber llevado al autor, o a los autores del susodicho pasquín, a rebelarse de tal manera en contra de la decencia y en favor de la calumnia desmedida y el escarnio.

Semejante atentado ha rendido ya sus primeros frutos; pues con desazón y espanto hemos visto al populacho, azuzado por tales infamias, agitarse frente a las puertas del hogar de tan honorable familia, tal si insuflara su rencor el hálito ponzoñoso de Moloch, o de Satanás.

Es por ello que en esta hora de decisiva prueba, no dudamos en cerrar filas alrededor de la intachable Dama Doña Flora Guardia vda. de Contreras y de su hija, a quienes instamos a refugiarse en la fe de nuestro Salvador, el Único capaz de juzgar la bondad o la maldad de nuestros actos.

Llamamos a todas las personas honradas de esta ciudad creyente a repudiar la deleznable bastardía de los calumniadores, participando en la Solemne Misa que se celebrará a las 4 p.m. del día 28 de octubre en la Santa Iglesia Catedral; y en la procesión del Santísimo Sacramento que saldrá a continuación, para culminar con un Oficio Eucarístico en el hogar de la familia Contreras Guardia.

¡Viva Cristo Rey!

¡Viva María Inmaculada!

Al publicar el acta, «El Cronista» la hizo acompañar de la siguiente nota explicativa, firmada por su Director-Propietario, el Doctor Absalón Barreto Sacasa:

Con muchísimo gusto brindamos nuestras páginas de manera gratuita al acta que antecede, respaldada con las firmas de las más importantes y representativas personas de ambos sexos de esta noble ciudad, aunque se nos solicitó imprimirla en campo pagado. Creemos que es lo menos que podíamos hacer para sumarnos a la justa manifestación de desagravio provocada por la publicación, en este mismo periódico, de un libelo difamatorio, cuyos conceptos y afirmaciones de ninguna manera respaldamos y con el cual fuimos sorprendidos de manera artera.

Ya «El Cronista» ha tomado las medidas correctivas del caso, y podemos prometer con toda seguridad que nunca volverá a repetirse descuido semejante. Sólo nos resta sumar nuestra voz a la de los distinguidos firmantes del acta, para exclamar a todo pulmón con ellos: ¡Viva Cristo Rey! ¡Viva María Inmaculada! Agregando por nuestra parte: ¡Arriba la moral de nuestros mayores! ¡Sursum Corda!

La celebración de la Misa Solemne y la procesión del Santísimo Sacramento, así anunciados, constituían los actos magnos de la cruzada. De ellos nos da cuenta «El Centroamericano» de fecha 30 de octubre, en crónica suscrita por su propio Director, el General Gustavo Abaunza:

La S. I. Catedral se encontraba colmada por una selectísima concurrencia, al comenzar a las cuatro de la tarde el Sagrado Oficio, celebrado por el Señor Obispo con el auxilio de todo el Cabildo Eclesiástico. Subió al púlpito el Rev. Canónigo, Pbro. Isidro Augusto Oviedo y Reyes, quien haciendo gala una vez más de su verbo encendido, denostó al firmante del libelo y a sus inspiradores. Es raro que se escuchen aplausos dentro de las naves de la Sagrada Basílica, pero esta vez así sucedió, cuando el predicador alzó su voz para amenazar con la excomunión a «los réprobos impuros», como bien acertó en llamarles.

Al terminar la Misa, el Señor Obispo condujo al Santísimo Sacramento en solemne procesión hasta el hogar de la familia Contreras Guardia, cuyas puertas se abrieron por primera vez en varios días, para dar paso a la sagrada forma. El acompañamiento era nutrido; haciendo valla junto al palio iban los miembros del Cabildo Eclesiástico, revestidos con sus ornamentos; las autoridades civiles departamentales, inmediatamente detrás del palio; y enseguida, en orden de desfile, las diferentes cofradías y asociaciones religiosas, integradas por demás, caballeros y señoritas; portaban las banderas y estandartes de las mismas, sus respectivos presidentes y presidentas.

Todos los miembros de la familia, a excepción de la jovencita María del Pilar, quien se encontraba indispuesta en su recámara, recibieron con actitud devota la Eucaristía de manos del Señor Obispo, habiéndose preparado previamente un altar dentro de la casa para depositar la Custodia. La Honorable viuda agradeció al final por medio de palabras muy sentidas, leídas a ruego de ella por su hermano, Don Fernando Guardia; tuvimos el agrado de solicitárselas, a fin de incluirlas aquí: «Doy las gracias en nombre mío y de mis hijos al Señor Obispo, sacerdotes, y a toda la concurrencia católica, por traer hasta mi casa la fortaleza de Cristo Vivo, presente en el Pan Eucarístico. Y agradezco también de manera muy sentida todas las demostraciones de apoyo de que hemos sido objeto. Con igual sentimiento, suplico a la sociedad de León mantenerse unida y no desmayar hasta conseguir un justo y ejemplar castigo para el culpable de los bárbaros crímenes cometidos en mi esposo e hija; él sólo es el responsable de toda la tragedia de mi hogar, pues amparándose con cruel alevosía en las ventajas de la confianza que le ofrecimos a manos llenas, vino a destruir la paz y felicidad de esta morada ejemplar. También suplicóles mantenerse unidos en esta «Cruzada de Sanidad Moral», muy bien bautizada así por el Señor Obispo y demás mentores de la misma, para que la calumnia que hoy trata de mancharnos a nosotros, como parte de esta sociedad, no extienda su repugnante suciedad a otros hogares íntegros. Mis hijos y yo nos sentimos amparados en la bondad de Dios Nuestro Señor. Estoy más que segura de que el cariño de todos Ustedes también nos protege, especialmente a mí, que sin ser originaria de acá, me considero parte de la gran familia leonesa, como nos dicen las Escrituras que se sintió Ruth en la tierra de su esposo. He dicho.»

Pese a la exhortación final contenida en las palabras leídas por su hermano, los vientos del escándalo llegarían a remecer de tal modo a la viuda, que acabó por quedarse sola frente a la maledicencia. El 29 de octubre de 1933, Don Carmen Contreras Largespada retiró los poderes otorgados al Doctor Juan de Dios Vanegas, y sometió al Juez un escrito en el cual daba por no presentada la acusación contra Oliverio Castañeda, sin preocuparse de explicar sus motivos, y dejándola como única agraviada.

Las manifestaciones piadosas que siguieron dándose, comenzaron a volverse contra ella de una manera sutil. Las diarias aspersiones de agua bendita del Canónigo Oviedo y Reyes en las paredes de su casa, acompañadas por los rezos penitentes del coro de beatas Hijas de María, pasaron a convertirse ante los ojos de todos en un exorcismo contra el pecado. La necedad de estos continuos desagravios acusatorios la obligó a cerrar de nuevo sus puertas, acosada también por los rumores incubados entre la misma beatería, de que su hija iba a hacerse monja, como única manera de lavar la mancha de su culpa. El propio Canónigo escribió sobre este tema un artículo, que ya citaremos.

Y las mismas paredes rociadas con agua bendita eran manchadas por las noches con leyendas procaces, escritas en letras de carbón, que las dependientas de «La Fama» debían borrar todas las mañanas. El 12 de noviembre de 1933, cuando el Juez Fiallos se presentó a la casa para interrogar a María del Pilar Contreras, todavía podía leerse junto a la puerta de la esquina: AQUI AY UNA CASA DE SITAS.

Extranjera siempre aunque no lo quisiera, la viuda tenía motivos suficientes para mostrar flaqueza ante el asedio que venía ahora no sólo de la calle, sino también de sus propios conocidos, y hasta de su misma parentela política. Y tomó la decisión de abandonar el país. En «El Centroamericano» del 3 de noviembre de 1933 aparece un aviso pagado que dice:

OCASIÓN

A precios muy favorables ofrezco en venta todo el mobiliario de mi casa de habitación.

Hay en él un magnífico piano de cola marca Marshall & Wendell y un precioso juego de sala estilo Luis XV que consta de 12 piezas. Incluye también finos muebles de dormitorio y comedor, y un receptor de radio marca Philco.

Pueden verse todos los días de 9 a 12 y de 4 a 5 p.m.

Próximamente abriré también un baratillo de mercaderías en la Tienda «La Fama», cuyos detalles avisaré oportunamente. Se rematará también la estantería y mostradores a precio de oportunidad.

Flora vda. Contreras.
Tlf. 412.
Esq. opuesta al Hotel Metropolitano.

Pero aquellos que se presentaron a la casa, interesados verdaderamente en adquirir los muebles o atraídos por la curiosidad, encontraron cerradas las puertas en las horas señaladas por el aviso; y el baratillo de mercaderías de la Tienda «La Fama» ya no se efectuó.

Hubo de resistir finalmente y no se fue, convencida por su hermano de que su lugar estaba en Nicaragua. Aparecía de por medio la sucesión testamentaria, y él mismo se había quedado para dirigir la defensa de los intereses de la viuda y de sus hijos en el litigio familiar por los bienes de C. Contreras & Cía. El pleito judicial promovido por Don Carmen Contreras Largespada ya se avecinaba para entonces, y habría de estallar en los tribunales civiles pocos meses después de que el proceso contra Oliverio Castañeda llegara a su fin.

Concluyamos recordando que el 28 de octubre de 1933 era la fecha fijada para la comparecencia del Doctor Atanasio Salmerón ante el Juez Fiallos. Fue citado al Juzgado, para su desgracia, a la misma hora en que la procesión del Santísimo Sacramento salía de la Catedral, envuelta en el humo de los incensarios y entre las voces de los notables de León, que se elevaban en coro vindicativo cantando «Tú reinarás por siempre, por siempre mi Salvador», un coro al que se sumaba la voz trémula del Doctor Darbishire, el estandarte morado de la Cofradía de los Caballeros del Santo Sepulcro en sus manos.

El Doctor Salmerón ha perdido la desenfadada seguridad y el aplomo mostrados en la mesa maldita la noche en que Rosalío Usulutlán le advirtiera, vanamente, de los graves peligros que se cernían sobre sus cabezas. Sentado en el borde de la silleta, al otro lado del escritorio, mira cohibido al Juez Fiallos, quien momentos antes ha mandado desalojar por completo el recinto.

Y que ahora, mientras ordena sus minutas con expresión severa, comienza por preguntarle su nombre, edad, estado civil, ocupación y domicilio, como si no lo hubiera visto nunca en la vida.

38. Cuando el río suena, piedras lleva
(Reportaje en XV cuadros, original de Rosalío Usulutlán)

Los nombres a que se refiere este drama son fingidos, y motivos tiene el autor para alterarlos; la villa donde discurre la acción duerme en algún lugar, más cerca de aquí que de allá, bajo sus aleros y campanarios. En cuanto al argumento, es de indispensable autenticidad. Y no digo más en este preambulillo porque… no quiero, ¿estamos?

I

Laurentina llamábase la hija menor, y la más mimada, de Don Honorio Aparicio, castellano viejo y rico. Era la niña un fresco y perfumado ramillete de diecisiete rosas primaverales. Y tenía una hermana, un tanto mayor, Ernestina… cuyos dedos sabían arrancar dulcísimas melodías al clavicordio. No era Ernestina la preferida, pero tenía un lugar asignado en el corazón de metal de Don Honorio; pues si bien es cierto que el caballero encontraba el mejor solaz para su oído en el tintineo argentino de las monedas, no despreciaba por eso las delicias del cariño paternal.

Frisaba su señoría en las cincuenta navidades; y el mundo no se extendía para él fuera de las paredes de su casa, conduciendo desde allí, con sabia y nunca equivocada mano, los avatares de sus negocios. Guardaba sus libros de contabilidad en fuerte y bien defendida caja de hierro, libros dobles en los que sus cuentas mostrábanse cual eran en unos, lejos de la impertinencia de los ojos humanos las cifras donde se hacían patentes sus abultadas ganancias; y falsificadas en otros, únicos que enseñaba a los alguaciles de impuestos, poniéndoles larga cara. En estos últimos, las ganancias presentábanse flacas, o bien reflejaban pérdidas; y Don Honorio tampoco dejaba patente en ellos ciertas transacciones de almoneda, a la sazón prohibidas, que él dábase maña en ejecutar en secreto, proveyendo así a su tienda de ricas telas y abalorios importados del extranjero, sin molestarse en abonar al erario público las tasas de aduana.

Había aprisionado Don Honorio en acueductos las fuentes de la villa, reservándoselas como patrimonio particular suyo; y siendo como son un don del Altísimo, los moradores debían pagarle a él para abreviar la sed. Mas no satisfecho todavía con las leoninas tarifas que ya cobraba, quería elevarlas aún más, para lo cual no paraba mientes en seducir con sobornos y regalías a las autoridades del Real Ayuntamiento. ¡Hete aquí a un alma poseída por los insaciables apetitos del dios Mammón!

II

Había su señoría tomado esposa en tierra extranjera, Doña Ninfa era el nombre de la dama, cuyo novedoso y despierto donaire no logró conquistar nunca los ánimos de las viejas familias señoriales de la villa, encerradas en sus añejas y católicas costumbres. Y Don Honorio, ya en la edad otoñal y desmejorado en lo físico tras negarse por tantos años a ventilar su envoltura terrenal en otros aires que no fueran los del encierro de su prosaico cubil, reparaba poco en su gracia y donosura. Parecía Doña Ninfa hermana de sus hijas, más hermosa aún que las dos juntas, lo cual envidiaban a rabiar las damas de la villa. ¡Qué brete para el vejete, tres flores lozanas en su jardín cercado!

Ayudábale Doña Ninfa al marido en sus negocios, entregándose al cuido de la tienda de telas y abalorios donde se mostraba diestra y grácil con la vara de medir, muy experta en recomendar afeites y perfumes a su selecta y rencorosa clientela femenina. Mientras tanto, las dos hijas, Laurentina y Ernestina, languidecían en los aposentos de la casa señorial con ambición de conocer los placeres y novedades del mundo, sin más diversión que asomarse en las horas vesperales a la puerta de la calle, sentándose allí a matar las horas del estío, y del hastío... mas llegó un aciago día en que...

III

... Apareció de pronto en la plácida villa un mancebo de nombre Baldomero, venido de allende las fronteras a estudiar jurisprudencia. Gallardo y apuesto era, de talante seductor y fácil sonrisa, pero libertino de oficio. Si de sitiar corazones se trataba, no había quién lo superase en perseverancia y ardides; mas una vez rendida la fortaleza, íbase con la música a otra parte, y si te vi, no me acuerdo.

Y no vaya a creérsele soltero y sin compromisos; de ninguna manera. Traía esposa de su propia tierra, Rosalpina se llamaba. Y Rosalpina no cedía un ápice en donaire y belleza a las tres rosas del jardín cercado de Don Honorio.

Galán y consorte hospedáronse en la mejor posada de la villa, para desgracia de Don Honorio situada frente a su propia morada. Y Baldomero, no tardando en avistar tras la empalizada a las tres rosas, bañadas noche y día por el poco propicio rocío de la soledad, alistó su aparato de guerra para cogerlas… ya sabemos que no le valían muros, fosos ni empalizadas: superó bien pronto las poco prevenidas defensas. Logró penetrar al jardín. Tomó por asalto la casa, y sentó sus reales adentro… con todo y consorte.

Cómo organizó los recursos de su ingenio para proclamarse victorioso en tan poco tiempo, siendo Don Honorio tan parco a la hora de disponer los cubiertos de su mesa, es algo que debería asombrarnos. Pero no olvidemos, toda plaza se conquista más fácilmente desde dentro; y no otra que Doña Ninfa sirvió sus propósitos, entregándole con tierna solicitud las llaves… fue ella, sí, la primera en caer en las redes tendidas sutilmente por Baldomero, curtido cazador de mariposas y libélulas… libélulas vagas de una vaga ilusión.

IV

Pero diose cuenta bien pronto la pobre y desamparada Rosalpina de que su galán muy pocas energías reservaba ya para cumplir de buena gana sus obligaciones conyugales, pues merodeando por los aposentos, no a salto de mata, sino a salto de lecho, descuidaba el legítimo. Engañaba a su consorte y las engañaba a todas, sea dicho que engañaba a las cuatro; y aunque el mancebo fuese tan versado en las artes de Eros, encontraba dificultades en llevar adelante sus deliquios sin agotarse. Rosalpina no estaba dispuesta a ser apenas una esquina del cuadrángulo, cuando por derecho propio sentíase dueña del cuerpo y del alma de Baldomero… y hasta de sus calcetines, que siempre estaban sucios por andar descalzo a deshoras, ocupado en sus visitas clandestinas.

V

No descuidó Baldomero a Don Honorio; y fabricando gruesa venda, urdida con los hilos de sus artes y solicitudes, cubrióle convenientemente los ojos. Ciego se tornó el caballero al saqueo de los tesoros de su alma; y ciego se encontraba cuando mostró al salteador sus libros de cuentas, los falsos y los verdaderos. Prometióle Baldomero enseñarle reglas de contabilidad aún más sabias y consagrar su ingenio a la consecución de un nuevo contrato para la explotación de las fuentes de agua; y muy pronto veríamos al mancebo convertido en gestor de sobornos y regalías, a fin de que las tarifas fueran aumentadas según los deseos y los apetitos de su señoría. ¡Poderoso caballero es Don Dinero!

Don Honorio, contentísimo por la presteza con que el mancebo se ocupaba en colmar de sonoras piezas su ya rebosante caja de hierro, seguía ciego. La gruesa venda no le dejaba ver que su casa habíase convertido en un verdadero infierno de crepitantes llamas, muy bien atizado por el combustible tan inflamable de los celos... celos entre hermanas, celos entre la madre y las hijas, celos de la esposa hacia la madre y las hijas, y viceversa, viceversa...

VI

Pero triunfó de momento la desgraciada Rosalpina; pues tras muchas lágrimas vertidas sobre las almohadas de su lecho abandonado, tras muchas protestas y reclamos, logró comprometer al mancebo en el juramento de abandonar el jardín y partir los dos en busca de un nido soberano donde pudieran ¡al fin! consumar las delicias de Himeneo, sin tropiezos ni rivales.

La casa de Don Honorio llenóse de congoja y muchos lloros cuando el mancebo se despidió, empujado hacia la puerta por su dichosa cara mitad, o cuarta parte de la mitad. Sólo Rosalpina reía ¡y cuán equivocada su risa! mientras tres pares de ojos íbanse tras él, pretendiendo alcanzarlo con las enlutadas flechas de sus miradas. Duelos y quebrantos quedaron tras de sus pasos, mientras Rosalpina saboreaba su pírrica victoria: aquel adiós, provocado por su implacable resolución de partir, iba a costarle demasiado pronto... la vida.

VII

Sí, la vida. Baldomero no tardó en quitársela a su infeliz consorte, valiéndose de la mortal ponzoña del veneno, en cuyas artes era ducho, pues bien conocía los «secretos de la naturaleza». Asómbrese si quiere el lector, pero sepa que siendo todavía un adolescente, había decidido librar a la autora de sus días de los tormentos de una enfermedad de todos modos mortal, apresurando con el tósigo la liberación de sus dolores.

Solía Baldomero ejercitarse en el oficio exterminando perros por las calles de la villa; e inocentes de sus ardides, las mismas autoridades procurábanle los venenos, entregando así las llaves de la muerte al ladrón de vidas, como Doña Ninfa entregárale antes las de su casa. Mediante tal ardid obtuvo la pócima, que disimulada bajo el disfraz de una medicina, dio a beber a su consorte. Pretendía curarla de una enfermedad muy común en la villa, infectada para ese tiempo de zancudos anofeles, cuya traidora picadura era causa del endémico mal.

Al hipócrita llamado de Baldomero, Doña Ninfa y sus dos hijas volaron solícitas junto al lecho de la agonizante Rosalpina, quien con cristiana resignación despedíase del mundo cuyos goces la crueldad del inconstante marido le negaba. Y apenas echábanle la última palada de tierra cuando ya se disputaban las tres el privilegio de cerrar para siempre las puertas del fugaz hogar de Rosalpina, volviendo el mancebo el mismo día del funeral a la casa. Don Honorio, henchido de dicha, bendecía la vuelta de su inteligente consejero de artimañas.

Ansiosas de hacerle olvidar a la muerta, procuráronle las tres cuidados suficientes y oportunos; y el mancebo, ni corto ni perezoso, aceptaba el consuelo, pues a males, remedios; y si un clavo saca otro clavo, ¿qué diremos de tres? La desgraciada Rosalpina yacía bajo tierra, pero quedaba sin deshilvanar aquel ovillo amoroso. ¡Peligroso ovillo, incauta Doña Ninfa!

VIII

Pues debe saber el lector, en este punto, que aun ausente, Baldomero no había soltado los hilos, dándose maña en mantener correspondencia secreta con Laurentina, el más tierno capullo del jardín de Don Honorio. Una sirvienta de su nueva casa, cual improvisada Celestina, llevaba y traía las cartas hacia un templo vecino donde Laurentina concurría diz que a orar, pero en verdad, a esperar noticias de su amante. (Hubo testigos en la villa, y aún los hay, dispuestos a declarar sobre esta correspondencia prohibida.) Y la última de esas cartas, pletórica de promesas, recibióla Laurentina en el templo ¡el mismo día en que Rosalpina iba a sucumbir entre horrendos estertores! Baldomero prometíale volver muy pronto al rosal, que lejos de sus caricias bienhechoras amenazaba marchitarse. ¡Y con cuánta presteza cumplió lo prometido!

Volvía, pues, Baldomero a su paraíso; pero digo mal: volvía al infierno, decidido a seguir atizando las llamas de la concupiscencia, que ausente, habíase contentado en inflamar de lejos. Sabemos de las cartas entregadas en el templo; pero no dude el lector de la existencia de otras cartas, despachadas por mano de otros secretos correos a las dos otras destinatarias.

IX

¡Insensata y más insensata Doña Ninfa! ¡Insensatas sus dos hijas! ¡Y más insensato aún el ambicioso Don Honorio! Las tres mujeres siguieron disputándose los favores del avisado galán de sus tormentos; las tres reclamaban iguales privilegios y eran sus pechos, por igual, venero de celos impetuosos. Los arpegios volaban otra vez de los dedos de Ernestina en las horas nocturnas, empeñada como antes en halagar los oídos del mancebo. Pero no escuchaba más Baldomero los insistentes reclamos del clavicordio, pues desde su vuelta, requiebros y halagos estaban sólo destinados a la grácil y tierna Laurentina; y no sabía la hermana mayor de aquellas sonatas desesperadas, lejos de llamar al amor, apresuraban la infausta hora de su propia muerte.

Acompañaba Ernestina todas las tardes a Baldomero a enflorar la tumba de la esposa. Aquellas visitas, cuando el crepúsculo coloreaba con sus tintes de malva y grana los tristes y solitarios parajes del campo santo de la villa, daban paso a febriles e impotentes reclamos amorosos; y más de una lágrima de amargura vertió Ernestina sobre la tierra que en no lejano día daría abrigo y reposo a sus quebrantos.

X

Y Doña Ninfa, ¿qué hacía mientras tanto, viéndose de igual manera postergada? Ocupábase, llena de ahínco, aunque cavilosa, de los menesteres de su tienda. Callaba y aguardaba, aguardaba y callaba. Pues creía saber, que más sabe la diablesa por vieja, que por diablesa.

XI

Partió un día Baldomero de vuelta a sus lejanas tierras, prometiendo a cada una de las tres, en secreto, que volvería; y diciendo a las tres, a la vez, a la hora de la despedida, que no volvería más. Si te vi, no me acuerdo, como estaba escrito en la divisa. Ernestina, la más desdichada, escribíale cartas apasionadas que ella misma depositaba en la estafeta postal de la villa; y a la estafeta iba en busca de las respuestas que tardaban en llegar, pero llegaban. Y mientras ella mojaba en sus lágrimas los pliegos de sus cartas, Doña Ninfa partía en viaje de placer y negocios a su país de origen, vecino al de esta historia, haciéndose acompañar de la pequeña Laurentina.

Mas el truhán de Baldomero, aprovechándose de las noticias recibidas sobre este viaje, por intermedio de la desavisada Ernestina, se hizo a la vela en el primer bergantín en que pudo tomar pasaje, llegando pronto a las costas del país de Doña Ninfa. ¿Dónde había quedado tu divisa, Baldomero? Volvías sobre tus pasos, porque podía más la ambición que la prudencia...

¡Oh, qué de alegrías y festejos al aparecer Baldomero! Generoso fue otra vez con las dos, repartiéndoles contento a brazos llenos; y si alguna queja exhalaron... fue de dicha colmada.

Y ¡ay! tristeza y desencanto para ti, Ernestina. Tarde te diste cuenta de haber favorecido con la imprudencia de tus cartas aquella nueva migración imprevista del milano; y no supiste ni cómo, el milano retornaba pronto a la villa ¡y pasajero del mismo balandro venía acompañando a tus dos rivales! Amargura, desconcierto... postergada, engañada; pero tu amor, aunque maltrecho, no flaqueaba; a tus celos imponíase, otra vez, la terca esperanza. Confiabas en recuperarlo, por mucho que en el extranjero, y lejos de tu vigilancia, tus rivales hubieran ganado terreno... ¡Desgraciada Ernestina! ¿No alcanzabas a adivinar que ya sobrabas?

XII

Valiose el pérfido de fatal circunstancia, pues la enamorada Ernestina, picada por los anofeles, dio en presentar síntomas de la misma enfermedad. Y no tardó en procurarle la ponzoña, oculta en el consabido brebaje medicinal.

Convidó Baldomero a unos forasteros amigos suyos, un domingo por la noche a la casa de Don Honorio, bien valido de la pleitesía que allí se le rendía, pues rey y señor, a todos había puesto la librea del sometimiento. Fueron bien regalados los forasteros con suculento banquete, cuyas viandas las manos de las tres rivales esmeráronse en aderezar; y mientras se disfrutaba de los exquisitos vinos traídos de los estantes de la tienda de comercio regentada por Doña Ninfa, pidió el traidor a Ernestina que tocara el clavicordio. Atendió ella, muy solícita, sentándose la vez postrera al instrumento; y los suaves arpegios tejidos por sus dedos ensalzaron como nunca las penas y vicisitudes del amor no gratificado, igual que el cisne, querido lector, que si canta es porque se despide.

Y sucumbió a la noche siguiente Ernestina; una noche en que el cielo, apiadado de su trágico fin, lloraba a lágrima viva entre truenos y relámpagos; y cuando los estertores provocados por el veneno cruel dábanle tregua, de sus labios sólo brotaban súplicas de perdón dirigidas a su madre y hermana: ¡sus rivales!

XIII

Partió la carroza funeraria hacia el campo santo, escondido en perfumado caudal de flores el albo féretro reservado sólo a las doncellas que ven cerrarse sus ojos sin haber conocido otras delicias que las de la virginidad más pura… piadoso artificio, pues ya el hábil doncel escalado había los muros de su virtud, tan mal resguardada por la imprevisión de Don Honorio. Y cabe el duelo, los incautos corazones de Doña Ninfa y de su hija Laurentina, al ver deshilvanado por los hábiles dedos de las Parcas otra hebra del tejido de sus rivalidades, henchíanse de renovadas esperanzas.

Y ahora, más que antes, Baldomero era objeto de cuidados, zalemas y atenciones en la casa solariega de Don Honorio; disponíanse las contendientes a dar la batalla final, vestidas con sus yelmos más relucientes y sus cotas de malla mejor trenzadas, armadas de aceradas picas y pesadas mazas. Una de las dos quedaría al final dueña de la presea. ¿Pero cuál de las dos? ¡Ignorantes! No adivinaron que en la siniestra lista del victimario, quien seguía era Don Honorio; pues antes de decretar su escogencia final, Baldomero debía prescindir del dueño de los caudales. Si él había ayudado a engrosarlos con sus sibilinos consejos, ¡suyos serían y de nadie más!

Ataviada de riguroso luto por la muerte de su hermana, ocupábase solícita Laurentina en mantener a punto el ajuar de Baldomero; vigilaba el almidonado de puños y gorgueras y la pulcritud de sus camisas; servíale ella misma bebidas refrescantes en la mesa donde trabajaba, ocupado con gran celo en preparar el villano contrato de las fuentes de agua. Y deslumbrantes de amor las pupilas, esperaba contrita a que el mancebo apurara la vasija para retirarla, y si tardaba en apurarla, igual esperaba, sirviente fiel de sus deseos.

Es fama que Doña Ninfa había dicho una tarde en presencia de ambos: «Baldomero, ida es quien os arreglaba vuestra cama y tanto gusto ponía en hacerlo. Ahora os toca a Vos, Laurentina, tal obligación.» ¡Y bien que Laurentina cumplía con el encargo de arreglarle la cama a Baldomero!

No esa cama, por cierto. Buscando evitar desaguisados nocturnos que conspiraran en contra de sus propios deseos y pretensiones, destinó Doña Ninfa a su marido a compartir el aposento con Baldomero, llevándose a dormir a su recámara a Laurentina. Pero mejor avisados, el milano y la paloma dejaban la jaula y volaban lejos en las tardes, buscando refugio en una alquería propiedad de Don Honorio, situada a pocas leguas, camino de un balneario marino. Y entregábanse allí en perfecta soledad a las dichas profanas del amor, una dicha emponzoñada ¡y de qué manera! por el veneno. (Aún quedan en la villa testigos de estos encuentros furtivos, testigos que siguen dispuestos a confirmarlos, con noticia de fechas y horas precisas.)

XIV

Enfermó del mismo mal endémico Don Honorio, y aprestose Baldomero a medicinarlo, pereciendo al poco tiempo entre los consabidos estertores. ¡Pero hete aquí que había un médico perspicaz, el hábil Teodosio, consagrado a seguir desde antes, paso a paso, las maquinaciones del artero doncel! Y sabiendo ya que golpearía de nuevo, y a quién golpearía, tuvo tiempo de llegarse hasta el lecho de muerte de Don Honorio, e introduciéndole una sonda logró extraer, tras arduos y hábiles trabajos, los jugos gástricos de la víctima. Al ser examinados por los químicos de la villa, probaríase la presencia del veneno, y por tanto, el delito.

Don Honorio había muerto, víctima de sus mezquinas ambiciones y de su ingenuidad de aldea. El criminal, quedaba al desnudo. Sin embargo, cuando los alféreces, arcabuces en mano, presentáronse en la casa a fin de poner al hechor a buen recaudo, madre e hija, gritando a cual más en forma desabrida, pretendían arrebatarlo de manos de sus captores. Patético, horrendo, fue el espectáculo; y la real autoridad hubo de mostrarse enérgica para no ser impedida de cumplir su cometido.

¿Cómo no reparar, insensata Doña Ninfa, en que la feliz acción del médico Teodosio preservaba a Vuestra Merced de la suerte de morir también envenenada? El galán, una vez a su alcance la herencia paternal, contraería nupcias con vuestra Laurentina. Pero ¿cómo consumar tal boda, si Vuestra Merced, aún formidable rival, permanecía viva? Vuestra pronta muerte, por la expedita vía del veneno, sería la ineluctable respuesta.

Pero no cejasteis en vuestro terco empeño. Y allá iban flores, perfumes y viandas a la cárcel, presentes enviados al prisionero unas veces por Vos, y otras por vuestra hija, las dos renuentes a abandonar el cortejo; y reclamasteis Vos su libertad sin sonrojo ni templanza, proclamando así a los vientos el vuestro jurado compromiso. No lograba haceros parca la Parca, Doña Ninfa...

XV

Los habitantes de aquella villa tranquila, jamás antes inquietada por sucesos tan infaustos, viéronse librados del peligro gracias al hábil y desinteresado galeno Teodosio. El atractivo y disputado doncel, que un día arribara llevando en su equipaje las fórmulas mortíferas de su veneno, fue sometido a pronto juicio. Y en las mazmorras le dejamos, librado a su suerte, la cual no podrá ser otra que el cadalso.

Otros galenos, envidiosos enemigos del sabio Teodosio, ya seniles y muy apagadas por el tiempo las luces de su ciencia, tratarían en vano de negar validez a las pruebas del crimen; pero esperamos no equivocarnos al afirmar que esos criterios obsoletos, jamás llegaron a prevalecer en el recto ánimo de los magistrados.

Y sirva de lección oportuna este humilde reportaje, basado en sucesos realmente acaecidos. Los nombres, repito, son fingidos. Los perfiles de la historia, el reportero ha querido disimularlos con luces y sombras, alumbrándolos unas veces y oscureciéndolos otras, para no violentar el deber de piedad ni herir susceptibilidades.

Sáquense las enseñanzas necesarias. Y con esto, querido lector, hago mutis por el foro.

39. Un testimonio clave que fracasa

La noche del 27 de octubre de 1933, el Teatro González cambió sorpresivamente su programación, para sumarse a la «Cruzada de Sanidad Moral» iniciada ese mismo día. En lugar de «El enemigo público», protagonizada por James Cagney y Jean Harlow, iba a presentarse «El Milagro de Bernardette».

El Globo Oviedo, desprevenido de la sustitución de la película, llegaba puntual como siempre, y antes de poder acercarse a la cartelera, atraído por el imprevisto afiche celeste pálido que mostraba a Bernardette de rodillas, en lugar del adusto gángster James Cagney emergiendo de un fondo rojo sangriento, la ametralladora de boca fulgurante en mano, su hermano el Canónigo le cortó el paso. Apostado en las gradas, revestido de sobrepelliz y estola, como si se preparara a oficiar, entregaba botellitas de agua bendita a los asistentes, a la cabeza de un enjambre de damas de la Cofradía del Santísimo, todas de punta en blanco y cintas celestes al cuello, tocadas con chalinas de encaje.

—¡Vade retro, Satanás! —el Canónigo tomó una botellita de la caja de cartón que portaba, enarbolándola como si fuera a rociarlo—. Se espera tu generoso óbolo.

—Primero quiero saber por qué pusiste mi firma en tu acta de desagravio —el Globo Oviedo se llevó la mano al bolsillo interior de la pechera—; a mí nadie me consultó si yo quería afirmar.

—Tu esposa firmó por vos —el Canónigo le presentó la botellita—; debías agradecer que no quedaste omitido.

—Este es dinero de Satanás —el Globo Oviedo sacó al fin su cartera y depositó un billete de dos córdobas en el limosnario, pendiente de la punta de un palo, que una de las cofrades le extendía—. Te advierto que me lo gané jugando dados.

—Las ganancias que te da el maligno, el Señor te las quita —el Canónigo le hizo el signo de la cruz en la frente—. De donde el Señor no va a poder sacarte es de la reja.

—¿De la reja? ¿Y a mí por qué? —el Globo Oviedo se acercó a los ojos la botellita de Laxol, de color azul. En la caja había también botellitas de Agua Florida, de Tricófero de Barry y de Tiro Seguro, el remedio más eficaz para las lombrices, todas rellenadas de agua bendita.

—Por andar en malas juntas —el Canónigo hizo sonar la caja—. La guardia sigue los pasos de tus compinches. Van a caer presos, por falsarios.

—Menos mal —el Globo Oviedo volvió a poner en la caja la botellita, por la que ya había pagado—. Yo creí que me iban a llevar preso por ser amigo de Oliverio Castañeda. Vos has dicho en el púlpito que es delito visitarlo en la cárcel.

—También es delito envenenar almas —el Canónigo saludaba con inclinaciones de cabeza a los que entraban, entregándoles su respectiva botellita—. No volvás donde Prío. El Doctor Salmerón y sus cómplices están en capilla.

—Voy a dársela al Doctor Salmerón —el Globo Oviedo vuelve a tomar de la caja la botellita de Laxol—. Para que lo proteja de todo mal. Amén.

—Aunque seas tan réprobo, deberías ir mañana a la procesión del Santísimo —el Canónigo lo retiene por la manga del saco porque ya sube las gradas, en busca de la taquilla—. Nada se te quita. ¿O es que estás en favor del escándalo?

—Con aguantar otra vez las babosadas de Bernardita, quedo santificado. Ya la he visto tres veces en matinée con mis hijos —la papada del Globo Oviedo, resentida por la navaja, porque acaba de afeitarse, se agita con la risa—. Y déjense de tanta payasada. El escándalo lo están haciendo ustedes.

—¿Te estás refiriendo a toda la sociedad de León cuando decís «ustedes»? —el Canónigo, obligado a mostrarse enérgico porque la beata del limosnario se ha persignado al oír aquella risa irrespetuosa, se compone el alzacuello—. ¿Hasta eso has llegado, a renegar de los tuyos?

—Todos ustedes, los que sean —el Globo Oviedo se quita con el dedo el sudor que baja por su frente desde los rizos envaselinados—. Con sus actas y sus procesiones, no están desagraviando a las Contreras. Se desagravian ustedes mismos. ¿O es que quieren desquitarse con Doña Flora? ¿Quiénes son ustedes para perdonarle en público a María del Pilar sus amoríos?

—Dejá a esa pobre niña descarriada —el Canónigo inclina la cabeza y empuña la mano, llevándosela al pecho—; ya purgará sus pecados. Dicen que va a hacerse monja de la caridad, en Costa Rica. Es un paso digno de alabanza.

—Ajá, vos creés que pecó, ¿verdad? —el Globo Oviedo se huele el dedo, oloroso a brillantina, y después señala al Canónigo—. Entonces, ¿de qué van a desagraviarla?

—Te oigo y no te conozco —el Canónigo cierra los ojos y se aprieta el entrecejo—. Olvidate del desagravio, pero haceme caso. Alejate de esos falsarios.

—Y yo te conozco y ya no te oigo, porque va a empezar la película —el Globo Oviedo se apura en subir las gradas, enseñando desde lejos el billete a la taquillera.

Aunque no quería aparentarlo así delante de su hermano, el Globo Oviedo recibió con suma preocupación las advertencias; y en contra de sus reglas, se salió del cine antes de que la virgen de Lourdes se apareciera por segunda vez a Bernardita, yéndose directamente a la Casa Prío a buscar a los circunstantes de la mesa maldita.

No encontró a ninguno de ellos. El Doctor Salmerón estaba en su casa, preparándose para su declaración del día siguiente, según le informó el Capitán Prío: ya conocía, además, las amenazas del Capitán Ortiz, y las tomaba como bravuconadas, no iba a atreverse a cumplirlas; a los vigilantes apostados frente a su consultorio, había mandado a ofrecerles con la sirvienta, incluso, silletas para que se sentaran en la acera.

Rosalío Usulutlán no compartía aquella confianza temeraria, y seguía escondido. Cosme Manzo, tras muchas renuncias, había tomado también sus precauciones y no salía de la trastienda; los dependientes informaban a la clientela que se encontraba en Managua, ocupado en asuntos de sus negocios.

El Globo Oviedo se decidió entonces a escribirle una misiva al Doctor Salmerón, enviándosela a su casa con uno de los saloneros. Y junto con el recado, le hizo llegar la botellita de agua bendita. La nota, que aparece entre los legajos del expediente secreto, dice así:

Estimado Doctor Teodosio:

Se le busca para ponerlo en cautiverio, como seguramente será de su ilustrado conocimiento, debido a la historieta de Baldomero y las tres rosas del jardín cercado de Don Honorio. Me lo han asegurado esta noche, de fuente insospechable. Tenga mucho cuidado, y no lo tome más a la ligera. El Alférez Mayor no se anda con peros. Por la botellita de agua bendita adjunta, adivinará cuál es mi fuente. La procesión de desagravio de mañana en la tarde va a poner peor las cosas. Affmo,

O.O.R.

El Capitán Ortiz no tenía intenciones de capturar ni a Manzo ni a Rosalío, aunque informado constantemente por sus espías, conocía el paradero de ambos. Sabía que Cosme Manzo no había salido de León y que dormía en la trastienda de «El Esfuerzo»; y que Rosalío permanecía escondido en el cobertizo del molino de aceite que su padre, el filarmónico Don Narciso Mayorga, tenía en el traspatio de su casa. Solamente quería al pez gordo, el Doctor Salmerón, pero la venia solicitada a Managua para encarcelarlo como subvertor del orden público, tardaba en llegar; el General Somoza se encontraba en Bluefields, de gira por la costa atlántica, y no había medio de comunicarse con él.

El Doctor Salmerón seguía confiado y seguro, cuando se preparaba a salir para el Juzgado la tarde del 28 de octubre de 1933, y no dejó de tararear su canción preferida, «Por si no te vuelvo a ver», de María Grever, mientras se aplicaba en dar betún a sus botines. Se cambió de camisa y se puso el traje de casimir azul a rayas, de tres piezas, que reservaba para los entierros y los exámenes de Doctoramiento en la Facultad de Medicina, metiéndose el reloj en el bolsillo del chaleco, de manera que la leontina de oro quedara visible. Sacó el instrumental de su maletín y acomodó adentro la libreta de la Casa Squibb, los folios del expediente secreto, y el libro «Secretos de la Naturaleza».

Tampoco había hecho mucho caso a la misiva de alerta del Globo Oviedo; su declaración, cuidadosamente preparada, era su mejor garantía, y una vez rendida ante la presencia de los periodistas y curiosos que siempre llenaban el recinto, se proponía solicitar protección al Juez, de manera pública, en su calidad de testigo clave del caso. Y que se ahogara en su bilis el Capitán Ortiz.

Pero la primera mala sorpresa la recibió cuando el Juez Fiallos ordenó desalojar el recinto, ya lo sabemos. La tensión se hizo evidente desde el comienzo; y esa tensión, que de algún modo venía de la calle, porque la procesión de desagravio estaba por salir de la Catedral, condujo a un profundo desacuerdo entre Juez y testigo, dando como resultado el fracaso de la declaración. Los golpes de la campana mayor, graves y espaciados, marcaron de manera admonitoria el comienzo del interrogatorio.

El Juez Fiallos cometió el error, que más tarde reconocería ante Alí Vanegas, de no conducir debidamente el trámite, desde las primeras preguntas, tal como lo había preparado toda la mañana a través de sus minutas. Sabía que a esas alturas, como también se lo diría después a Alí Vanegas, era inevitable chapotear sin asco en los albañales del proceso, y el testimonio del Doctor Salmerón era la clave para adentrarse en esas aguas negras. Mas, actuando de forma irreflexiva, se apartó de las minutas.

El interrogatorio, tal como aparece transcrito en el expediente judicial, se desarrolló de la siguiente manera:

Juez: Seguramente estará Ud. enterado de la grave agitación que reina en esta ciudad, como consecuencia de un libelo escandaloso publicado bajo la firma de Rosalío Usulutlán en la edición de «El Cronista» de fecha 25 de octubre de 1933. ¿Lo ha leído Ud., por casualidad?

Testigo: Lo he leído, como he leído otras muchas informaciones que se han publicado sobre el caso Castañeda en diferentes periódicos, tanto en Managua como de esta ciudad. He leído, incluso, periódicos del extranjero, que contienen datos de interés para Ud., y que he ordenado entre mis documentos, para ponerlos a su disposición.

Juez: ¿Reconoce Ud., por tanto, que el libelo en mención alude, de manera disfrazada, a hechos que esta autoridad tiene a su cargo investigar?

Testigo: No tengo por qué reconocerlo, pues no soy el autor del referido escrito. Como lector, he encontrado similitudes, que otras personas menos informadas que yo, también han notado. Me he dedicado, con la sana y desinteresada intención de contribuir con la justicia, a recabar datos sobre el caso, desde antes que su autoridad interviniera en el mismo; y esos son, y no otros, los que vengo dispuesto a exponer a Ud.

Juez: En ese libelo se hace mención de un médico, bajo el nombre de Teodosio. ¿Acepta Ud. ser ese médico de que allí se habla?

Testigo: Repito a Ud. que no estoy familiarizado, ni tengo por qué estarlo, con las afirmaciones de ese escrito. Sin embargo, sí puedo afirmar, tal como a Ud. mismo le consta, que me presenté en la casa de la familia Contreras, por mi propia iniciativa, la mañana del 9 de octubre de 1933, con el propósito de practicar un lavado estomacal a la víctima, el Señor Carmen Contreras; pues de acuerdo a mis propias reflexiones e investigaciones, tenía fundadas sospechas para pensar que había sido envenenado, como lo habían sido su hija Matilde Contreras, y antes, la Sra. Marta Jerez de Castañeda. Esas sospechas, tal como lo demostraron las pruebas de laboratorio ordenadas por Ud. mismo, resultaron ciertas. De manera que no fue ningún ficticio Teodosio el que ayudó a Ud. a traer luz sobre el caso, sino quien aquí comparece hoy como testigo, armado de nuevas e irrefutables evidencias.

Juez: ¿Es Ud. amigo del periodista Rosalío Usulutlán?

Testigo: Soy su amigo, y es mi paciente.

Juez: La «vox populi» señala que el libelo a que ya he hecho alusión, fue preparado de consuno entre Ud., Rosalío Usulutlán, y el comerciante Cosme Manzo, en reuniones sostenidas en la Casa Prío. Ese libelo contiene graves afirmaciones enderezadas contra el honor de Doña Flora vda.

de Contreras y de sus hijas; sin haberle importado a los autores del mismo que una de ellas, la Srta. Matilde Contreras, esté ya fallecida, y no pueda, por tanto, defenderse de tales infundios.

Testigo: Rechazo esa imputación que Ud. me hace sin tener para ello ningún fundamento. Y respetuosamente le informo que, independientemente de lo que en ese escrito se afirma, dispongo de datos que ayudarán a Ud. a esclarecer los móviles del criminal, móviles de carácter amoroso, si así pueden llamarse; y también de carácter pecuniario. Una vez en sus manos estas evidencias, que aquí traigo conmigo, podrá juzgar Ud. si se trata de infundios, o de pruebas de mérito para el proceso. Incluso, dispongo de otras que pueden llevar a demostrar que ese hombre fue capaz de envenenar a su propia madre.

Juez: Debo asumir entonces que son ésas las evidencias que fueron usadas para confeccionar el libelo aludido; y debo asumir, también, en ese caso, que tales evidencias, si de verdad existen, han sido descalificadas por Ud. mismo, con semejante proceder.

Testigo: Con lo cual asume Ud. mal, dicho sea con todo respeto. Si su autoridad está interesada en averiguar de qué manera se fraguaron, paso por paso, los crímenes, cómo se utilizó el veneno y cómo se disfrazó en medicamentos recetados de manera inocente, cómo el delincuente se aprovechó de la similitud del cuadro morboso de la fiebre perniciosa con la sintomatología de la intoxicación por estricnina, proceda a interrogarme sobre las evidencias de que dispongo. Y si quiere Ud. conocer los móviles de esos crímenes, proceda también a interrogarme. No he inventado yo cartas amorosas, fechas de citas clandestinas, nombres de personas que sirvieran de correos sentimentales, nombres de testigos presenciales dispuestos a comparecer ante Ud. para corroborar lo que yo afirme. De esta manera quedará patente el trasfondo amoroso del caso; y quedarán patentes ciertos manejos fraudulentos relacionados con la firma C. Contreras y Cía. que no son ajenos al mismo. En beneficio de la recta aplicación de justicia, a la cual está Ud. obligado, no atrase más mi testimonio y renuncie a inculparme de la autoría de ese escrito, la cual niego, y seguiré negando.

Juez: Ud. no ignora que existe el delito de injurias y calumnias, y que la difamación en contra de la honra de las personas debe ser perseguida, conforme a la ley.

Testigo: No lo ignoro, y tampoco ignoro que es un delito privado, sólo perseguible mediante acusación de la parte que se considere ofendida. Pero ya veo, porque Ud. me lo advierte, que seguramente se intentará alentar a la familia Contreras a que me acuse, como premio a mi celo.

Juez: Dejo expresa constancia de que yo no estoy advirtiéndole nada, porque no me corresponde.

Testigo: El haber hecho desalojar este recinto, y la intención de sus preguntas, son suficiente advertencia para mí. Ya se me ha avisado que la Guardia Nacional pretende capturarme como sedicioso, responsabilizándome también del escrito publicado en «El Cronista», lo cual no me extraña, por el poco respeto que ese cuerpo armado, entrenado por bárbaros, tiene para con la ley. Veo, por tanto, que lo que se quiere es encontrar un chivo expiatorio para satisfacer a los huele sotanas que se han soltado por todo León, bajo el pretexto de vindicar el honor de la familia Contreras. Y veo que se pretende silenciarme, para que no se conozcan las pruebas sobre el trasfondo del crimen. Con lo cual, tampoco se conocerán las pruebas sobre el crimen mismo. Justo ahora, Ud. se niega a oírme.

JUEZ: Si Ud. se siente amenazado, como afirma, debe proceder a introducir una denuncia formal. Nadie se lo impide.

TESTIGO: De poco serviría, según puedo ver, ninguna denuncia de mi parte. Que se me lleve a la cárcel, estoy dispuesto a afrontarla. Soy un hombre honrado, que obtuve mi título de médico no porque me lo regalaran, ni por tener cuna de abolengo. Se pondrá tras las rejas a quien ha hecho posible descubrir el crimen, y se dejará libre al criminal, lo cual habla claramente de la justicia que se imparte en este país.

JUEZ: Proceda en este punto a relatar todo lo que Ud. conoce del caso que este Juzgado averigua, sin omitir ningún detalle o evidencia.

TESTIGO: No tengo ninguna evidencia ni detalle que ofrecer a Ud.

JUEZ: Ud. mismo ha manifestado aquí, con anterioridad, que cuenta con esas evidencias en su poder. Por tanto, proceda a exponerlas sin más tardanza.

TESTIGO: Repito a Ud. que no tengo nada que declarar.

JUEZ: De acuerdo al Código de Instrucción Criminal, estoy en la obligación de prevenirle que, en base a su reiterada negativa, tengo la facultad de iniciar, en este mismo momento, causa contra Ud. por los delitos de perjurio y falso testimonio, y por el delito de retención de pruebas en la investigación de un caso perseguible de oficio.

TESTIGO: Será otro motivo más para que se me meta en la cárcel. Por última vez, repito que no tengo nada que declarar sobre este asunto, y quiero que así conste en el acta.

JUEZ: Es todo lo que tengo que preguntarle.

TESTIGO: ¿Quedo detenido?

JUEZ: Le he dicho que es todo. Una vez que firme, puede retirarse.

En este estado se suspende la declaración del testigo, quien una vez leída y cotejada el acta, procede a firmarla sin más trámite. M. Fiallos. A. Salmerón. Alí Vanegas, srio.

Mientras el Doctor Salmerón revisa de manera escrupulosa los pliegos, antes de firmar, Alí Vanegas manipula nerviosamente su abanico de palma, soplándose de cuando en cuando el rostro. El Juez Fiallos, las manos en el mentón, finge leer unos pliegos que ha sacado de la gaveta del escritorio. El calor pegajoso llena la pequeña oficina cerrada, tan pequeña que cuando se atesta de curiosos muchos deben permanecer afuera, empinándose, para captar a duras penas la voz de los declarantes, o esperar que quienes están más cerca les pasen noticia.

Cae ya la noche y el rostro congestionado del Doctor Salmerón parece a punto de estallar bajo la luz del foco eléctrico, alrededor del cual se congrega una nube de jejenes. El traje de casimir le pica en las entrepiernas y le estorba el roce del cuello almidonado de la camisa. Cuando termina de leer, Alí Vanegas le extiende un empatador, pero rechazándolo, saca su pluma fuente del bolsillo y desenrosca la cachucha con gran dignidad. Firma, con trazos enérgicos, y se va, sin despedirse, recogiendo del suelo el maletín cargado con todas sus pruebas.

Los curiosos se han ido. La ciega Miserere, la guitarra en bandolera, deambula por los corredores desiertos, martajando su túnica con los pies descalzos, como si no pudiera encontrar el camino de salida que conoce de memoria. Y ya en la puerta la oye cantar, como si su voz gangosa llegara desde extrañas soledades: «Tú, la que eres tan orgullosa, por saber que eres hermosa, no me dejes de querer... tú, la que al hablar tiene el dejo, de la tierra que me alejo, para quizá no volver...». Era su canción preferida.

En la calle se encontró todavía a un grupo de beatas vestidas con los hábitos café de la Orden Terciaria, las camándulas de gruesas cuentas atadas a la cintura, que volvían de la procesión. Una de ellas cargaba un estandarte del que pendían, sueltas al aire tibio de la noche creciente, numerosas cintas celestes. Con un rictus de desprecio dibujado en los labios, las observó mientras se alejaban; y andando después de manera apresurada, emprendió el camino de su consultorio.

Atravesó la Plaza Jerez y se detuvo a comprar los periódicos al tullido que estacionaba su carretón tirado por un cabrito, al lado de uno de los leones de cemento del atrio de la Catedral. En la primera página de «El Centroamericano» estaba el nuevo artículo del Doctor Darbishire, adornado otra vez con su foto de juventud en que aparecía de perfil, asomándose al lente de un microscopio:

LE ENSEÑÉ, PERO NADA APRENDIÓ

El Doctor Atanasio Salmerón, médico de pacotilla, me hace el honor de llamarme maestro en su artículo que nos trae «El Cronista» del 21 de octubre corriente; pero su tozudez en endilgarme mote semejante, no me convierte a mí en apañador de los graves desatinos que él se empeña en cubrir, con tozudez digna de mejor causa, bajo el exiguo velo de sus precarios conocimientos científicos, mal digeridos y mal masticados. Debe, por tanto, exonerarme el paciente lector de toda responsabilidad en lo concerniente a la severa indigestión que aflige a mi pretérito discípulo, pues no lo alimenté yo con tan pesadas viandas, por mucho que se haya arrimado a mí en el quirófano, y por mucho que lo haya tenido sentado en el aula de clase durante seis largos y estériles años.

Me acusa el Doctor Salmerón de no saber distinguir entre un alcaloide y una tomaina. Y aunque sus magras entendederas le dejen otra vez en el limbo, yo le contesto: las tomainas poseen las mismas reacciones químicas de los alcaloides vegetales; como éstos, aquéllas dan un precipitado con la solución de yoduro de potasio, presentando reacciones idénticas a las de tal o cual alcaloide. Tienen los mismos efectos venenosos y se comportan de manera similar, y examinadas al microscopio, la lente no logra distinguir unas de otros.

La tomatropina, por ejemplo, es un alcaloide cadavérico, una tomaina que produce efectos semejantes a los de la atropina, alcaloide artificial extraído de la belladona; y todos sabemos, o deberíamos de saberlo, que los seres humanos somos un laboratorio viviente de alcaloides naturales, segregados por los millones de cuerpos bacterianos que viven en nuestro organismo, y que con la muerte, pasan a convertirse en venenos temibles. (Théophile Gautier, «Toxines microbiennes et animales», París, 1887.)

Dada la identidad arriba explicada, es preciso utilizar la centrífuga espectográfica de Mérimée, único medio válido de análisis, introducido en Francia en 1892, y que según me dicen ha sido traída recientemente a los laboratorios del Ministerio de Sanidad en Managua, cosa que dudo, pero no niego. De modo que sin someter primero las sustancias cadavéricas a la centrifugación en este aparato moderno, comprobando de este modo si se trata de una tomaina, alcaloide animal, o de un alcaloide vegetal (artificial), no se puede, ni se debe, inyectar animales con las mismas, pues los resultados serán letales, es cierto, pero equívocos. Repito: nada de eso se ha hecho. El pretendido alcaloide (estricnina) obtenido de las vísceras de Don Carmen no fue seriamente identificado, por la pobreza de los procedimientos; y abona mis afirmaciones el hecho de que la alegada identificación fue dual, dando resultados negativos en un primer intento, y positivos sólo en el segundo. ¿Y con qué aparatos? Lo mismo digo de las pruebas con las vísceras de los cadáveres exhumados.

Hay que estar al día en la ciencia, y mi antiguo discípulo no parece asomarse a esa luz ni de lejos, para saber que la lista de tomainas aumenta cada día; y debería saber también, pero igualmente lo ignora, que las tomainas son bases formadas por el metabolismo, al producirse en la materia orgánica ya muerta —en ese laboratorio viviente que somos— la separación entre el bióxido de carbono y los aminoácidos. (G. Grass, «Zur Kennis der Ptoma», Berlín, 1895.) De allí surge la putrecina, que no por ser una tomaina simple deja de comportarse como un tóxico letal, de propiedades idénticas a la estricnina, según lo ha demostrado palmariamente Mallarmé. («Documentos de Toxicologie Moderne», París, 1893.) Si estos descubrimientos aquí no se conocen aún, mía no es la culpa; pero la ignorancia no puede conducirnos a irresponsabilidades. Y digo, y lo repito, que los animales sacrificados en el laboratorio, incluyendo los que sucumbieron al inyectárseles substancias provenientes de los cadáveres recientemente exhumados, procedimiento al que me opuse en su momento, parecieron envenenados, sí; pero por la acción de las tomainas.

Por eso mismo hubo de perder su dedo en el quirófano del Hospital de Masaya el eminente Doctor Rosales; temía, precisamente, morir envenenado por las tomainas. Y no era necesario que el Doctor Salmerón me recordara el caso, aunque ahora se lo agradezco, porque así no hace más que darme la razón; no logro explicarme, sin embargo, a qué trae a cuento el matrimonio del Doctor Rosales con dama francesa, comparándolo con mi propio frustrado matrimonio. ¿Será que a falta de argumentos que la ciencia le niega, debe recurrir siempre al cotilleo, como es su inveterada y perniciosa costumbre? Júzguelo el lector, pues yo no me ocupo de tales sandeces.

No deseo abusar de la paciencia del lector, refiriéndome a la extraña y poco valiente incursión del Doctor Salmerón en la casa de Don Carmen Contreras, para extraerle unos jugos gástricos que, insisto, estaban lejos de contener estricnina. De haber sido así, jamás hubiera logrado cumplir la hazaña de meterle la sonda por la boca; y hasta donde yo sé, nunca intentó hacerlo por la nariz. Dejemos, pues, aparte este episodio, por inútil, y pasemos a abordar su peregrina teoría sobre la potencia estomacal de los perros.

Con esto, mi desaprovechado discípulo pretendía curarse en salud, dando ya por seguro que la presencia de la estricnina quedaría establecida en los cadáveres exhumados el día 25 de octubre, sólo porque los animales inyectados iban a morir, víctimas de los mismos procedimientos profanos. Murieron, pero eso no demuestra nada, tampoco, sobre la pretendida permanencia de la estricnina en despojos humanos, por los siglos de los siglos.

Muy bien, Doctor Salmerón: los animales que Ud. me cita, más como el dueño de un circo de atracciones que como un profesional de la medicina, VIVEN debido a su potencia estomacal, y no MUEREN por causa de esa potencia; o llamémosla, como lo hace el Doctor William Styron, Presidente de la Surgeon American Society, en su famoso opúsculo de 1897, «refractary idiosyncrasy» (idiosincrasia refractaria). Esos animales, al seguir campantemente viviendo, pese al veneno ingerido, nos muestran que no solamente lo digieren y transforman, sino que son capaces de eliminarlo por los pulmones, saliva, orines y fecas. Pero, por favor, no meta a los perros en el mismo costal que a las avestruces, los topos, las cabras y otras especies de su espectáculo circense. El perro NO tiene idiosincrasia refractaria; y si la estricnina no perdura en su organismo, después de muerto, es por la misma razón que TAMPOCO perdura en los despojos humanos, como sí perduran las tomainas.

Si los perros tuvieran idiosincrasia refractaria, y estuvieran de este modo, protegidos de los tóxicos, como lo están los topos, cabras y avestruces, explíqueme entonces: ¿Por qué mueren envenenados los perros, procedimiento poco gentil que tan brutalmente se utiliza en sociedades aldeanas como la nuestra, para prescindir de ellos, haciéndolos víctimas inocentes de la barbarie pueblerina? ¿Y no se les usa, como ahora mismo en este caso, para probar teorías atrabiliarias, en laboratorios que en Londres, apenas servirían a satisfacer la curiosidad de los párvulos de una escuela primaria?

Creo que es ya suficiente. Aquí termino con mi ex discípulo y ex colega, quien pierde la compostura llamándome ingenuo, a la vez que se atreve a llamarme maestro, insinuando, de paso, que soy cómplice de criminales, sólo porque en base a argumentos irrefutables trato de defender la augusta majestad de la ciencia, tan maltrecha y vituperada en nuestros lares. Lo de ingenuo, pase, lo abono a la cuenta de sus desatinos. En cuanto a lo de maestro, le ruego no seguir llamándome con ese título, pues si algo me esforcé en enseñarle, ya se ve que ni un ápice aprendió.

No arguyo ante Ud. para favorecer a Oliverio Castañeda, pues no soy zorro del mismo piñal, Doctor Salmerón. Otros lo son, amigos del rumor irresponsable, del cuento negro y de la calumnia solapada, a lo cual es dado por inclinación patológica el Señor Castañeda, como puede verse a través de las numerosas declaraciones de personas honorables que han comparecido ante el Juez.

Al Doctor Salmerón me empeñé en enseñarle el arte de la medicina, pero nunca el arte de la calumnia, que aprendió por su propia cuenta y riesgo. Y si él se parece en esto al Señor Castañeda, será por empatía consustancial, y no por idiosincrasia refractaria. Ya los llegaremos a ver juntos, comiendo en el mismo plato. No olvide el lector esta profecía.

El Doctor Salmerón leyó el artículo, arrimado a un riel del alumbrado público, y no emprendió de nuevo su camino hasta haberlo repasado dos veces.

En el recibidor del consultorio lo estaba esperando, desde hacía rato, Rosalío Usulutlán, disfrazado de cura.

40. La declarante confiesa haber sido objeto de ciertas atenciones especiales

Desde el día en que el féretro de su padre había salido rumbo al cementerio, nadie vio más a María del Pilar Contreras. Dejó de asistir a sus clases en el Colegio La Asunción y ya nunca volvió a sacar, como todas las tardes, su mecedora de mimbre a la puerta esquinera, cerrada por lo demás casi todo el tiempo; y al estallar el escándalo provocado por el reportaje de Rosalío Usulutlán, las voces en la calle daban por sabido que tras leer el periódico había corrido a encerrarse en su aposento, sin mostrarse a partir de entonces ni para tomar los alimentos, que su madre le dejaba en una bandeja junto al dintel.

De manera que la tarde del 28 de octubre de 1933, cuando el Obispo Tijerino y Loáisiga llegó a la cabeza del desfile, portando la custodia para ofrecer la comunión a todos los habitantes de la casa, los participantes en la procesión se apresuraron a situarse cerca del altar improvisado en el corredor, ansiosos por verla recibir la hostia de rodillas, y atestiguar si su rostro velaba de verdad las marcas del arrepentimiento, que según los mismos rumores, la había llevado a tomar la decisión de hacerse monja. Pero no apareció, como bien menciona la crónica del General Abaunza en «El Centroamericano», y la puerta de su aposento, a pocos pasos del altar, se mantuvo cerrada mientras duró la ceremonia.

El rumor de que pronto iba a tomar los hábitos circulaba especialmente entre la beatería, alentado por el Canónigo Oviedo y Reyes; ya lo oímos hacer mención del asunto a su hermano el Globo Oviedo. Y al anunciar Doña Flora el remate de sus haberes, era porque se iba a Costa Rica para tener cerca a su hija, prometida en votos perpetuos a las monjas de la orden de San Vicente de Paúl, regentes de un sanatorio para tuberculosos en las faldas del volcán Irazú.

En el artículo «Se necesitan vocaciones santas», publicado en el semanario «Los Hechos», correspondiente a la primera semana de noviembre, el Canónigo toca de manera indirecta el tema:

Las vocaciones femeninas están en crisis y es fácil advertirlo. Se necesitan legiones de monjas piadosas, dispuestas a prestar consuelo a quienes sufren; nunca será suficientemente alabada la muy benéfica labor de esas santas mujeres, que habiendo renunciado a las vanidades del mundo se entregan a mitigar, con el bálsamo de sus cuidados, los sufrimientos de los enfermos en hospitales, casas de salud, leprocomios, sanatorios de tuberculosos, etc.

El camino de la piedad, muchas veces azaroso, está señalado, también, muchas veces, por el arrepentimiento. El arrepentimiento purifica, cual fuego vivificador, almas y cuerpos un día descarriados, sobre todo cuando tal descarrío asoma en la temprana juventud o adolescencia. Y nada mejor que el lecho de un enfermo, de un moribundo; sanar y limpiar llagas, para consumar tal purificación, cara a los ojos del Señor.

Se me dirá que las tales no son entonces verdaderas vocaciones, sino artificios para dar escape a tormentos anímicos. «Mi pecado está siempre delante de mí», nos dicen las Sagradas Escrituras; la contemplación incesante de la culpa en el espejo de nuestro propio pasado, bien que perfecciona. Nosotros, como pastores, nos alegramos de las vocaciones cuando provienen de un llamado puro y sin mengua; pero no despreciamos las que dictan las fatales equivocaciones de un corazón descarriado.

Debido, precisamente, a estos y otros rumores que giraban en torno suyo, y porque no había vuelto a vérsele, la declaración de María del Pilar Contreras era aguardada con verdadera ansiedad. Y cuando compareció ante el Juez el 12 de noviembre de 1933, no pocas personas, entre ellas los periodistas de León y Managua, se apostaron frente a su casa, donde la diligencia tuvo lugar. Manolo Cuadra, en su despacho para «La Nueva Prensa», publicado el 14 de octubre bajo el título «Nada en dos platos... ¿o todo en dos platos?», en el que también incluye la declaración completa, nos ofrece al respecto el siguiente relato:

No se dio acceso a la prensa a la hora en que la Srta. Contreras debió deponer, pues debido a una cortesía judicial tal trámite se cumplió en su propia casa, cuyas puertas sólo se abrieron un instante para dar paso a Mariano Fiallos y a su secretario, el poeta Alí Vanegas. En una ciudad que como ésta se alimenta noche y día de los más variados rumores provocados por los lances ocultos del caso Castañeda, la noticia de la inminente declaración produjo revuelo desde temprano de hoy. Nadie ha visto a la joven, no sale de su domicilio, y como se comprenderá, las suposiciones están a la orden del día.

Aprovechamos la oportunidad de la espera, que prometía ser larga, para visitar la Tienda «La Fama», cuyas puertas han vuelto a abrirse de manera regular al público; íbamos en busca de algunas impresiones que pudieran ofrecernos las dependientas de la misma, y ya se verá que valió la pena, pues tales impresiones resultaron de sumo interés para nuestros ávidos lectores.

Liliam García se llama la grácil morena de facciones subtiavas que no duda en atendernos, mientras las otras damiselas huyen, entre risas pudibundas, de la cercanía del reportero. La interrogamos: aseveraciones corrientes en León indican que la joven Contreras está a punto de partir hacia la hermana república de Costa Rica, donde tomará hábitos religiosos.

Con mucha soltura contesta: lo ha escuchado así en la calle, pero no ha advertido en la casa ninguna preparación en este sentido. Doña Flora ya no se va finalmente del país, pues ha dado marcha atrás en el baratillo de las existencias de la tienda, previamente anunciado a través de la prensa local. Esto lleva a pensar a la simpática Liliam, que la noticia sobre la toma de hábitos carece de veracidad.

¿Sabe ella algo de María del Pilar? ¿Puede darnos razón de su talante actual, de su ánimo? ¿La ha visto alguna vez desde que ella misma decretó su encierro?

Atisba hacia los interiores, pues la tienda tiene comunicación con la casa a través del corredor, y afirma: alguna vez, en fecha no muy reciente, la ha visto caminar con paso vacilante por entre los canteros del jardín, vestida de riguroso luto, los rizos rebeldes de sus cabellos, prematuramente encanecidos, los labios exangües continuamente en movimiento, como si a los diecisiete años fuera ya una anciana que hablara a solas con sus recuerdos. ¿Después? No, después no ha vuelto a verla.

Eran las doce y treinta del día cuando el Juez Fiallos entró a la casa. Carmen Contreras Guardia lo recibió en la puerta y lo condujo al corredor, donde esperaban su madre y su tío, Fernando Guardia, y el abogado acusador, Doctor Juan de Dios Vanegas. Dos vienesas habían sido dispuestas para el Juez y su secretario en el rincón ocupado por el camerino del Niño Dios de Praga, de cara a cuatro mecedoras de mimbre, acomodadas muy juntas; y en medio, una mesita de altas patas que serviría para escribir la declaración. Cuando el Juez Fiallos y su secretario estuvieron ya en sus sitios, Doña Flora fue al aposento en busca de María del Pilar, conduciéndola de la mano hasta la mecedora del centro. A un lado se sentó ella y al otro su hermano; vecino a este último, el Doctor Vanegas. Carmen, armado de un revólver, iba del corredor a la sala vigilando la puerta cerrada de la esquina.

La muchacha hizo una ligera reverencia al Juez Fiallos antes de ocupar la mecedora, y se quedó después muy quieta, las rodillas juntas y las manos sobre el regazo, estrujando un pañuelito bordado, como si aguardara el comienzo de un examen de fin de curso; y sólo su atuendo de luto, blusa de cuello cerrado y puños de matrona, falda abajo de la rodilla y medias de hilo negro, parecía forzar su aspecto de colegiala. No había una sola cana en sus rizos ni movía los labios hablando a solas con sus recuerdos, le diría después Alí Vanegas a Manolo Cuadra, acusándolo de haber fabricado él mismo la truculencia.

El Juez Fiallos se había preparado anímicamente antes de acudir a la cita, a fin de no mostrar vacilaciones; y mientras revisaba sus minutas, no queriendo equivocarse otra vez, pugnaba por no sentirse cohibido dentro de aquella atmósfera cargada de rigor y compostura familiar. Necesitaba ir hasta el fondo del más sórdido de los aspectos del proceso, a riesgo de parecer despiadado, y la declaración de la muchacha debía revelarle mucho de lo que no había podido obtener del Doctor Salmerón. En el expediente constaban ya testimonios suficientes para indiciar a Oliverio Castañeda por los crímenes que las pruebas de laboratorio determinaban que efectivamente se habían cometido; pero aún, a pesar del escándalo, cuyos ecos repercutían todavía en León, era necesario esclarecer los móviles.

Sin embargo, cuando terminó la espinosa comparecencia, la frustración lo llenaba de nuevo. Otra vez, como en el caso del Doctor Salmerón, no lograba nada. Y si entonces se mostró enérgico, al grado de frustrar la declaración, ahora lo había perdido la flaqueza, dejando que interviniera la madre, alentada por el abogado acusador, en contra de las reglas judiciales; y permitiéndole, al final, interrumpir el interrogatorio.

La declaración de María del Pilar Contreras está registrada de la siguiente manera en el expediente:

JUEZ: ¿Qué relación encuentra Ud. entre las muertes de su hermana Matilde Contreras, la de su padre Carmen Contreras, y la de Marta Jerez de Castañeda?

TESTIGO: Son unos crímenes cometidos por la misma persona. Y la persona que los cometió se llama Oliverio Castañeda. A mi hermana Matilde la envenenó dándole el veneno de la estricnina en una pieza de pollo que le pasó de su plato, cuando estaban juntos en la mesa. Ella no quería cogerla, pero él le decía: «Está sabrosa, está sabrosa.» A mi papá le puso el veneno en su medicina, que él dejaba en una mesa del cuarto donde dormían los dos. Yo fui a buscar la medicina porque mi papá me mandó, diciéndome: «traeme ya mi medicina» y allí estaba la cajita donde mi papá la dejó en la noche y Oliverio Castañeda podía tocarla desde su cama con sólo estirar la mano. A su esposa Marta no sé cómo la mataría, pero debe haber sido con medicina o alimento envenenados por él.

JUEZ: ¿Cuál es el fundamento de esa convicción?

TESTIGO: Que esas personas, está probado, murieron envenenadas, sucediendo esas muertes alrededor del mismo Oliverio Castañeda, que siempre estuvo a la orilla de las tres. Y él manejaba veneno porque se dedicaba a envenenar a los perros y a las personas y ya había envenenado a Rafael Ubico en Costa Rica. Mi mamá le quitó una vez un libro sobre envenenamientos que le quería prestar a mi hermana Matilde para que lo leyera, quién sabe con cuáles intenciones.

JUEZ: ¿Qué objeto perseguía Oliverio Castañeda, según Ud., para cometer esos crímenes?

TESTIGO: El objeto de Oliverio Castañeda era apoderarse de los bienes de mi papá con un plan, y ese plan era que debía morir primero su esposa, y después ir matando a mi hermana y a mi mamá, hasta dejarme a mí sola para proponerme matrimonio y quedarse de heredero. Por eso es que siempre andaba pendiente de averiguar los manejos de los negocios de mi papá, y sin que lo llamaran se le ofreció para arreglarle los asuntos de la Aguadora. Y decía que mi papá lo había nombrado para sustituirlo en sus asuntos, poniéndolo en su escritorio, lo que era mentira.

JUEZ: ¿Por qué considera Ud. que dentro de ese plan él iba a proponerle matrimonio? ¿Le hizo él alguna vez requerimientos amorosos?

TESTIGO: No me los hizo, porque yo era bien seria con él. Pero yo notaba que tenía atenciones conmigo y no con mi hermana Matilde, aunque directamente no se me declarara. Sólo esas atenciones de él, especiales.

JUEZ: Esas atenciones especiales, ¿se las brindaba desde antes de que su esposa falleciera?

TESTIGO: Sí, recuerdo que me las brindaba delante de su esposa. Pero hasta ahora es que me doy cuenta que llevaba segundas intenciones de querer eliminar a todos, hasta llegar a mí. Y yo tenía cuidado de no aceptarle esas atenciones, poniéndome seria.

JUEZ: ¿Dice Ud. que a su hermana Matilde no le brindaba esas mismas atenciones?

TESTIGO: No recuerdo que nunca se las brindara. Mi hermana era muy católica, y si le hubiera hablado de esas cosas de enamoramiento, ella le hubiera contestado que no.

JUEZ: Antes de que el matrimonio Castañeda saliera de esta casa, Marta se mostraba molesta y llorosa, según refiere en su declaración del 19 de octubre de 1933, la empleada doméstica, Leticia Osorio. ¿Usted sabe si Marta tenía celos de alguien?

TESTIGO: No supe que Marta anduviera celosa ni me di cuenta que llorara. Con nosotras se llevaba divinamente, y me acuerdo que de aquí salió bien contenta para ir a formar su nuevo hogar, ayudándole nosotras, entre todas, a arreglar su casa. Más bien agradecida debió irse porque mi mamá les dio donde vivir, siendo ellos extranjeros que no conocían a nadie y no creo que fuera tan malagradecida.

JUEZ: Entonces, ¿Ud. cree que ella no se daba cuenta de esas atenciones especiales de Oliverio Castañeda para con Ud.?

TESTIGO: No eran atenciones correspondidas, esas atenciones especiales que digo, y por eso no se daba cuenta, y no me hizo a mí reclamos de celos. Ella no tenía motivo para estar celosa con nadie en esta casa, donde veía que todas nosotras éramos serias con su esposo.

JUEZ: ¿Podría indicarme qué clase de atenciones especiales eran ésas a las que Ud. se refiere?

TESTIGO: Eran atenciones de educación en la mesa, retirándome siempre la silla para que me sentara; me explicaba también las lecciones del colegio, cuando yo no entendía, porque él es bien inteligente; y sólo a mí me daba bromas cariñosas que a Matilde nunca le daba, ni bromeaba a su esposa como a mí me bromeaba. Pero ahora veo que eran intenciones de noviazgo las que tenía, aunque él nunca me las comunicó a mí, porque yo me daba mi lugar y era seria.

JUEZ: ¿Usted solía hacerle regalos a Oliverio Castañeda?

TESTIGO: Le regalé una botella de loción perfumada con el conocimiento de mi mamá, que me la dio de la tienda porque tocaba su cumpleaños. Pero si no era cumpleaños no le regalaba yo nada porque no tenía por qué regalarle.

JUEZ: Leticia Osorio dice, en su declaración ya citada, que Ud. le preparó a Oliverio Castañeda ropa y comida el día que fue hecho prisionero, y que ella llevó todo esto a la cárcel con el chofer. Y afirma que también le llevó una carta escrita por Ud.

TESTIGO: No le mandé ninguna carta y lo que escribí fue la lista de la ropa que Leticia le llevó, para que supiera las piezas que iban y así pudiera enviarlas de vuelta cuando ya estuvieran sucias. Y la comida y la ropa, fue por disposición de mi mamá que se le mandaron ese día.

JUEZ: En los días siguientes, y mientras no lo prohibió la autoridad, tales envíos a la cárcel continuaron, y en ellos iban incluidos diversos artículos, como perfumes, pañuelos, flores. ¿Puede Ud. decirme cuál era la intención de tales obsequios? ¿Y cuál la intención de hacerle llegar muebles, incluyendo un chiffonnier?

TESTIGO: Eran cosas que él nos pedía, diciendo las necesitaba, y era a mi mamá que se las pedía, y si se le mandaban era porque estábamos confundidas de si era culpable o no era culpable. Ahora no se le manda nada porque él es culpable y tenía segundas intenciones conmigo, de dejarme sola y robarnos todo.

JUEZ: ¿No sabe Ud. si su hermana le escribió alguna vez cartas a Oliverio Castañeda, mientras él vivió en esta casa?

TESTIGO: No sé si se las escribiera, pero yo no creo. Si estábamos en la misma casa todos juntos, no había necesidad de que se mandaran cartas entre ellos. Y tampoco había motivos de decirse cosas secretas de amor entre los dos, porque él no estaba enamorado de mi hermana.

(A esta altura el Juez procede a mostrarle a la testigo una carta, sin fecha ni firma, requisada en el equipaje de Oliverio Castañeda, el día 13 de octubre de 1933.)

JUEZ: ¿Reconoce Ud. la letra de esta carta?

(La testigo procede a examinar la pieza y la devuelve al Juez.)

TESTIGO: No reconozco la letra de esta carta y nunca la he visto, y por eso no sé quién pueda ser la que la escribió.

Juez: Fíjese bien otra vez, y contésteme con sinceridad. Tome en cuenta que las iniciales de la tercera persona a quien se menciona en esa carta, M. P., corresponden a las suyas.

(El Juez procede a alcanzarle de nuevo la pieza, que la testigo devuelve tras un segundo examen.)

Testigo: Pueden ser que correspondan, pero no es a mí a la que se refiere esa carta. Allí dice que la que escribe está celosa, y mi hermana no tenía por qué ponerse celosa de que él tuviera conmigo atenciones especiales, pues él no era su enamorado. Y allí dice que esa persona M. P. vino después a quitárselo a ella, y yo no se lo quité, porque sus atenciones especiales conmigo fueron desde el principio, cuando se pasó a vivir aquí, y sólo conmigo era atento, y con ninguna más.

(En este punto, la madre de la deponente interviene para aclarar que la referencia «yo no se lo quité» tiene un carácter figurado, y debe constar así en el acta; a lo cual el Juez responde que las aclaraciones sólo pueden provenir de la deponente. Interrogada al respecto, la deponente confirma que, en efecto, lo ha dicho en sentido figurado, para dar énfasis a su afirmación de que las atenciones especiales de parte del reo las recibió desde un comienzo, cuando éste se pasó a vivir a la casa.)

Juez: La Srta. Rosario Aguiluz, Jefe de la Estafeta de Correos, ha declarado, con fecha 17 de octubre de 1933, que su hermana Matilde le enviaba cartas a Oliverio Castañeda cuando se fue a Guatemala; y que ella recibía cartas del mismo. ¿Puede Ud. decirme cuál es su opinión sobre tal correspondencia?

Testigo: Si él le escribía, tal vez ella le contestaba, y con seguridad eran cosas de amigos las que se decían, consolándolo porque había muerto su esposa, ya que él se había ido triste después de la muerte de Marta. Mi hermana era bien católica, y le habrá escrito consuelos de la religión. Yo no le veo nada de malo, porque a mi mamá le escribía, también, cartas que decían en los sobres: «Tienda La Fama», apartado postal número tal.

(En este punto, la madre de la deponente pide aclarar que se trató de cartas de negocios, pues había encargado al reo indagar en Guatemala sobre ciertas mercaderías que se vendían allá a precios favorables. El Juez debe insistir en que el acta sólo puede recoger afirmaciones de la deponente; quien pide entonces agregar como propio el dicho de que se trataba de cartas de negocios.)

Juez: En una ocasión, Oliverio Castañeda le enseñó a Octavio Oviedo y Reyes, según consta en la declaración rendida por este último el 17 de octubre de 1933, una carta, que de acuerdo a lo asegurado por aquél, provenía de Ud. ¿Cuándo escribió Ud. esa carta?

Testigo: Jamás ni nunca le mandé cartas a él, y no me extraña que lo anduviera diciendo a sus amigos porque es un mentiroso y un calumniador que ha dicho cosas falsas sobre muchas señoritas de esta ciudad. Si andaba enseñando cartas de mí para él es porque las inventó, imitando mi letra para perjudicarme en mi honor.

Juez: Cuando Oliverio Castañeda llegó a Costa Rica en el mes de julio de este año, ¿se había comunicado con Ud. con anterioridad, avisándole de su llegada?

Testigo: No se había comunicado conmigo, porque no nos escribíamos cartas. Nos dimos cuenta, mi mamá y yo, de que venía para Costa Rica, porque le puso un telegrama de la Tropical Radio a mi hermano Carmen, y fue una sorpresa para nosotras el radio, pues pensábamos que ya no íbamos a volverlo a ver, debido a que cuando se fue de aquí para Guatemala nos dijo: «ya no volveré más».

Juez: Estando en Costa Rica, ¿él la visitaba a Ud.?

Testigo: Sí, nos visitaba en la casa de mi tío en el Barrio Amón, porque era amigo de la familia, y se sentaba en la sala a platicar cosas de amigos conmigo, y cosas con mi mamá y mi tío, de que si estaba húmedo el tiempo en San José y hacía mucho frío, de un accidente de tranvía que hubo, y cosas de política y de religión, estando siempre en contra de la religión; y se dedicaba también a hablar mal de personas que yo no conocía, y comentaba asuntos de huelgas en las fincas de banano de Costa Rica, poniéndose a favor de las huelgas, y cuestiones comunistas que mi tío siempre le contradecía.

Juez: ¿Salía Ud. con él mientras estuvieron en Costa Rica?

Testigo: Salíamos en grupos de amistades a paseos y a fiestas donde estaban personas de respeto acompañándonos. Fuimos a ver funciones de canto al Teatro Nacional y fuimos al cine, siempre con esas amistades, y otras veces con mi tío y mi mamá, pero jamás andábamos solos él y yo, porque mi mamá no lo iba a permitir.

Juez: Su hermana Matilde sufría mucho con las noticias que Ud. le daba por carta, sobre su constante relación con Oliverio Castañeda en Costa Rica, y se mostraba opuesta a que él volviera a vivir en esta casa. Así se lo manifestó a su íntima amiga Alicia Duquestrada, tal como asegura esta última en su declaración del 19 de octubre de 1933. ¿Qué tiene Ud. que decir sobre este particular?

Testigo: No creo que sufriera porque yo le contara que andaba feliz en paseos y fiestas y en teatros y cines, pues si ella no tenía interés en Oliverio Castañeda, no debía estar con celos; y si yo se lo contaba en las cartas es porque no había motivo de ocultarle nada. Y si ella no quería verlo más en la casa era porque pensaba que tal vez no convenía, por las habladurías de la gente sobre las atenciones especiales que él tenía conmigo. Aunque si le dijo a su amiga que lo iba a correr, no fue así, recibiéndonos bien a los dos al volver.

Juez: Esas atenciones especiales de que Ud. ha hablado, ¿continuó Oliverio Castañeda dispensándoselas en Costa Rica?

Testigo: Las atenciones las mantuvo y eran: como quitarme el abrigo con mucho cuidado cuando entrábamos al lugar adonde íbamos, pedirme piezas de primero en los bailes, y si yo tenía sed, me iba a buscar un refresco con una pajilla, diciéndome, también a cada rato, que andaba arreglada bonita y muy elegante. Pero esas cosas se las decía también a mi mamá, porque también tenía atenciones especiales con mi mamá, y yo no veía nada malo que las tuviera.

(En este estado la madre de la declarante solicita al Juez se suspenda la declaración para continuarse otro día, por el motivo de que su hija se encuentra bastante cansada y nerviosa. El Juez procede a consultar a la testigo sobre su estado de ánimo, y habiendo confirmado ella misma que siente fatiga, accede a la petición, dejándose abierta el acta.)

Ya no hubo una segunda oportunidad de interrogar a María del Pilar Contreras, pese a que el acta quedó abierta. Y si el Juez Fiallos pensaba en un fracaso, Alí Vanegas era del criterio contrario; el trasfondo sentimental había quedado establecido suficientemente en las respuestas, aunque no de manera explícita. Manolo Cuadra se acerca a esta opinión en su despacho para «La Nueva Prensa», «Nada en dos platos... ¿o todo en dos platos?», antes citado:

La tan esperada declaración de la Srta. María del Pilar Contreras deja muchas interrogantes abiertas, pero más interrogantes dejan aún la forma de conducir el procedimiento. Mariano Fiallos tocó con pinzas demasiado delicadas los asuntos más escabrosos, y se dejó en el tintero preguntas cruciales, quizás porque el ambiente no favoreció su encuesta, al verse sometido a lidiar con la testigo en su propio domicilio, rodeada de sus familiares más allegados, quienes se permitieron el lujo de intervenir cuando así lo creyeron de su conveniencia.

Preguntado al respecto el poeta Vanegas, secretario judicial, nos explica que semejante cortesía está consagrada en las propias leyes penales, ya que el Código de Instrucción Criminal establece en uno de sus artículos: «Cuando se trate de testigos que por su posición, rango o investidura merezcan tal trato; o cuando el Juez de la causa lo estime conveniente y oportuno, eximirá al deponente de la obligación de concurrir al Juzgado, quedando facultado a cumplir el trámite en el domicilio particular de éste.» No goza de igual suerte un hijo de vecino cualquiera, y la tal prerrogativa se presta a la coacción, como se nos muestra claramente en este caso.

No obstante, los más avisados podrán encontrar en la lectura de la declaración, que aquí transcribimos, elementos suficientes para sacar conclusiones definitivas. Una intrincada historia de amor y de celos, motivo ya de escándalo en una ciudad que se apega a su pasado colonial, no deja de asomar a la superficie: «Mirad bien la punta del iceberg, y de allí podréis calcular las dimensiones y la solidez del témpano que subyace debajo de las estólidas ondas marinas...», tal como le dice el Padre Brown, el aguzado cura detective de Chesterton, a su amigo Flambeau.

Mariano Fiallos se mostró parco, como de costumbre, ante las preguntas que el reportero le hizo cuando abandonaba la casa de la familia Contreras, y nos remitió al texto de la declaración, que pudimos copiar más tarde del expediente; y mostrando su franca sonrisa, nos pidió hablar mejor de Jack London, cazador de focas en el ártico y navegante en el salvaje oleaje de los mares del sur..., del «new deal» de Franklin Delano Roosevelt, de la llegada a la cancillería alemana de un oscuro austríaco surgido de ruidosos mítines en las cervecerías de Munich, Adolf Hitler, del incendio del Reichtag..., nimiedades que trae el cable; o de

boxeo, tema que siempre le apasiona: no daba un comino por el ragazzo
Primo Carnera, que ahora ha destronado a Sharkey arrebatándole la corona de monarca de todos los pesos. Como buen referee, sabe que no ha
sonado todavía la campana del último round en este proceso… y hemos
aprovechado la ocasión para ofrecerle nuestros parabienes, porque hoy
está de cumpleaños. ¡Albricias, Mariano Fiallos!

Efectivamente, aquel día era el cumpleaños del Juez Fiallos.
En su casa le esperaba una tenida sorpresiva, preparada por su esposa, para la cual había convidado a algunos amigos y vecinos.
Cuando llegó al zaguán, acompañado de Alí Vanegas, un viejo
marimbero que dormitaba sentado en una banca, empezó a tocar
«La última carcajada de la cumbancha», sonando con gran energía
los bolillos. Los invitados, que se agrupaban alrededor de una mesa
en medio del corredor, donde había botellas de «Ron Campeón»
y platones de bocas, se dispersaron a la señal de la música para venir a su encuentro.

El Capitán Anastasio J. Ortiz fue el primero en abrazarlo, entregándole una cartulina enrollada y amarrada con una cinta de
seda, entre las sonrisas de complicidad de los demás. Era una reproducción de la alegoría impresa en las cajas del Cholagogo de Lahmann & Kemp, hecha con crayones de colores: un enorme zancudo
aprisionaba bajo las patas delanteras a un hombre enflaquecido por
las fiebres palúdicas que, impotente, luchaba en el suelo, tratando
de librarse del insecto. En una leyenda desplegada en arco sobre el
dibujo se leía: «Felicidades a Mariano Fiallos que acabará en León
con la fiebre perniciosa».

El Juez Fiallos sonrió también, aunque sin entusiasmo, y ex-
cusándose, le pasó la cartulina a Alí Vanegas, antes de penetrar a su
aposento. Alí Vanegas volvió a enrollarla, dejándola sobre la mesa
de las botellas y las bocas.

—¿Cómo les fue con la declaración? —el Capitán Ortiz se
quitó el fajón en que cargaba la pistola y, apartando las botellas, lo
puso también sobre la mesa.

—Bien aleccionada parecía la interfecta —Alí Vanegas ahu-
yentó las moscas, y levantó el papel espermado que cubría uno de
los platones donde había huevos de tortuga y yuca cocida. Tomó un
palillo y recogió un pedacito de yuca—. Sabía de memoria lo que
debía contestar.

—Lo que quieren ellas es salir ya de todo esto: Están nervio-
sas, y con razón —el Capitán Ortiz metió los dedos en el mismo

platón, cogió un huevo y lo frotó entre las manos—. Hasta del país se quería ir la Flora.

—La dulce niña no estaba nada nerviosa —Alí Vanegas tragó casi sin masticar, y se dejó el palillo entre los dientes—; recitó con aplomo la lección que le tenían ensayada. Pero como se estaba saliendo del libreto, la mamá la corregía; y, al final, tuvo que callarla.

—No hay ningún derecho de estarlas jodiendo tanto —el Capitán Ortiz rompió la cáscara del huevo con la uña, y roció de chile la abertura—; no las quieren dejar en paz. Y alguien tiene que volver por ellas.

—Todavía andan en la calle los estandartes de las cofradías —Alí Vanegas, mordisqueando el palillo, veía al Capitán Ortiz succionar con avidez—. Demasiada agua bendita y demasiados rezos.

—No me estoy refiriendo a los curas y a las beatas —el Capitán Ortiz recogió de la mesa una servilleta de papel para limpiarse la barbilla—. Te estoy hablando del Doctor Teodosio y sus cómplices.

—No olvide Vuestra Merced, que a no ser por el Doctor Teodosio, no apresáis a Baldomero —Alí Vanegas descubrió otro platón, y con el mismo palillo ensartó un pedacito de cerdo enrojecido de achiote.

—No me vas a decir ahora que vos también defendés a ese agitador —el Capitán Ortiz estruja la servilleta manchada y la tira debajo de la mesa—. Yo sólo soy el amanuense de Su Señoría Justicia Mayor, y no oso defender a nadie —Alí Vanegas se saca el palillo de la boca y lo deposita delicadamente sobre el mantel—. Dejad a Su Señoría cumplir con lo que compete, y no interfiráis más.

—Bonita justicia. Ya le hicieron justicia a la Flora y a sus hijas con la calumnia —el Capitán Ortiz toma de la mesa el fajón y sopesa la pistola—. Y ahora que han lampaceado las calles con ellas, ¿quién las va a indemnizar?

—Bien pueden las ofendidas desfacer el agravio, presentando acusación por injurias y calumnias contra el sabio Teodosio —Alí Vanegas toma el tubo de cartulina para ahuyentar las moscas de la mesa, ahora más numerosas.

—Qué gran babosada, para que se rían de ellas todavía más —el Capitán Ortiz se amarra el fajón, acomodándose ostentosamente la pistola—. Y Salmerón es el que más se anda riendo. Ya vamos a ver cuánto le dura el gusto.

—¿Cómo? ¿Daréis acaso un bando prohibiendo la risa? —Alí Vanegas oye un aplauso, y se vuelve. El Juez Fiallos sale del aposento luciendo un corbatín rojo de pintas blancas, regalo de cumpleaños de su esposa. Es ella misma quien aplaude—. Más, no podéis.

—Decís vos que no puedo. Ya tengo la autorización de Managua para meterlo a la reja —el Capitán Ortiz termina de amarrarse al muslo la correa del taliz de la pistola—. De hoy no pasa ese cabrón.

Cuando el Juez Fiallos se acerca, el Capitán Ortiz camina ya hacia el zaguán, azotándose la pierna con el sombrero de marino que ha pasado recogiendo de una silleta. Otra vez suena la marimba. El marimbero intenta sacar con los bolillos «El amor sólo aparece una vez en la vida», repitiendo varias veces las primeras notas.

—¿Qué mosca le ha picado? —el Juez Fiallos busca un vaso, terminando de componerse el corbatín—. Va arrecho.

—Ninguna mosca, lo ha picado el zancudo anofeles —Alí Vanegas sopla en el tubo de la cartulina—. ¡Los bárbaros, cara Lutecia! Al fin se va a dar el gusto de meter en el cepo al sabio Teodosio. Hoy lo echa preso.

41. El Packard negro llega a la quinta abandonada

Pese a su calamitoso estado de ánimo, el Doctor Atanasio Salmerón fue presa de una risa convulsiva que hubo de sacarle abundantes lágrimas, cuando al volver a su consultorio la noche del 28 de octubre de 1933 se encontró a Rosalío Usulutlán vestido con una sotana de larga abotonadura, enlodada en todo el guardapolvo igual que sus botines; las duras costras resecas se habían ido desmoronando sobre el piso en las vueltas de su inquieto paseo, pues esperaba desde hacía ratos.

Rosalío, envarando la nuca, muy serio, le echó la bendición con los dedos, sumándose al festejo que el Doctor Salmerón hacía de su disfraz; y sin dejar de enseñarle las cruces se acercó furtivamente a la pequeña ventana enrejada que daba a la calle. Señaló, estirando los labios, y el Doctor Salmerón se asomó también. En la acera de enfrente había dos hombres de catadura sospechosa, apostados junto al riel de la luz.

—Eso es, viejo —el Doctor Salmerón se retiró de la ventana, enjugándose los ojos con el gonce del dedo—. Están allí desde hace días. Son guardias vestidos de civil. ¿No te pudiste buscar otro disfraz?

Rosalío gesticulaba frente al Doctor Salmerón, con ademanes de sordomudo, y movía los labios sin emitir palabra.

—¡Pues esos son los sicarios que me van a agarrar cuando les den la orden, para eso los puso allí Tacho Ortiz! —el Doctor Salmerón hizo bocina con las manos, volviéndose hacia la ventana.

Rosalío, asustado, se apresuró a taparle la boca.

—¿Ideay? —el Doctor Salmerón lo miró de arriba abajo—. ¿Por qué tenés miedo? Yo ya tengo lista mi almohada y mi atado de ropa, para cuando me vengan a sacar.

Rosalío bajó la cabeza y juntó las manos, suplicante, como si fuera un verdadero cura.

—Te hubieras ido a meter a la procesión de las beatas con esa sotana —el Doctor Salmerón se reía otra vez, pero con menos ganas—. Hasta la primera comunión le podías haber dado a la angelical María del Pilar.

—He averiguado que es cierto que ha fornicado —le sopló al oído Rosalío, retrocediendo de inmediato.

—Eso ya no sirve de nada —el Doctor Salmerón se despojó del saco, y en ademán de derrota fue a colgarlo de uno de los ganchos de la capotera del recibidor, un pilar negro con patas de araña, donde ya había colgado antes su sombrero—. El muy pendejo del Juez pareciera más cura que vos, sin necesidad de disfrazarse de sotana.

—¿Y todas las pruebas? Yo tengo ya más pruebas —retrocedió aún más Rosalío, llevándose las manos al cuadril.

—Te podés limpiar el ano con tus pruebas —el Doctor Salmerón sacó su pesado llavero y abrió la puerta del consultorio—. Ya certificaron la virginidad de Matilde Contreras. Ahora sólo falta que el Doctor Darbishire certifique la virginidad de María del Pilar. Y la de Doña Flora.

—El Packard negro llegaba a la finca —Rosalío sigue al Doctor Salmerón hacia la puerta del consultorio, mientras busca en lo hondo de la bolsa de su sotana las hojas de papel donde tiene anotada la información—. El anónimo que recibió el Juez es del mandador. Está resentido porque lo hicieron pagar unas cabezas de plátanos que se robaron en la propiedad.

El Doctor Salmerón tantea en la pared, buscando el switch. Cuando hace girar la perilla, el consultorio se ilumina con una claridad sucia y amarillenta; y la camilla, la vitrina de instrumentos, las palanganas, aparecen más desvencijados y pobres que nunca.

—Pasame el periódico que tengo en la bolsa del saco —el Doctor Salmerón rodea el escritorio—. Para acabarla de joder, el viejo mequetrefe me vuelve a insultar en «El Centroamericano».

—Ya no le siga haciendo caso al viejito —Rosalío vuelve con el periódico y lo tira sobre el escritorio. El retrato de juventud del Doctor Darbishire, de perfil frente a su microscopio, va quedando expuesto mientras el periódico se desenrolla.

—Aunque sea desde el cepo le voy a contestar —el Doctor Salmerón empieza a vaciar el valijín—. Tengo que bajarle los humos de una vez por todas.

—Debería oír mi informe —Rosalío sube por las gradas de madera y se sienta en la camilla—. Son cosas nunca vistas.

—Dámelo, de todos modos —el Doctor Salmerón saca del valijín la libreta de la Casa Squibb y la deja a su alcance.

—¿Y qué vamos a hacer ahora con todas estas evidencias? ¿Publicar un folleto? —Rosalío alisa sus papeles en las piernas.

—Cuando salga de la reja, vamos a ver —el Doctor Salmerón busca una página en blanco. La libreta está ya casi llena.

Debe saber el lector que esa madrugada, el Doctor Salmerón le había hecho llegar a Rosalío un enérgico recado hasta su escondite en el molino de aceite de su padre, apremiándolo a cumplir con la misión de buscar al mandador de la finca «Nuestro Amo», pues las informaciones que esperaba obtener de esa entrevista debía utilizarlas en su comparecencia de la tarde ante el Juez. Rosalío obedeció al fin, pero se puso en camino con retraso, porque tuvo dificultades en conseguir un caballo de alquiler. De manera que regresó tarde de su incursión, llegando al consultorio cuando ya el Doctor Salmerón había salido para el Juzgado.

Vale la pena detenerse a examinar en este punto, si el lector lo permite, los hilos que el Doctor Salmerón tenía hasta ese momento en sus manos, y cómo pretendía terminar de conectarlos antes de comparecer ante el Juez Fiallos.

Ya sabemos que Olegario Núñez, el hombre del bacalao, había visto a Oliverio Castañeda entregar una carta a la sirvienta Dolores Lorente en el atrio de la Iglesia de la Recolección, la mañana del 13 de febrero de 1933, según el relato que antes de morir acuchillado en una cantina le hizo a Cosme Manzo. La mujer confirmaría más tarde al mismo Manzo que esa carta estaba destinada a María del Pilar Contreras, quien aguardaba, como todos los días, en la Iglesia de la Merced. Pero Dolores Lorente, al comparecer ante el Juez el 17 de octubre de 1933, atemorizada, se abstuvo de referirse a este hecho, pese a que Manzo, quien la tenía ahora a su servicio, la había instruido repetidas veces sobre la forma en que debía declararlo.

Y hay otro hecho importante, del cual Dolores Lorente estaba enterada, pero que no reveló a Cosme Manzo, sino después de su declaración, y cuyos elementos, antes de ser confirmados plenamente, los circunstantes de la mesa maldita decidieron usar en el reportaje de Rosalío Usulutlán: las citas clandestinas de Oliverio Castañeda y María del Pilar Contreras en la finca «Nuestro Amo».

En febrero de 1933, Dolores Lorente estaba trabajando como cocinera de la finca, ubicada al lado de la carretera al balneario de Poneloya, como ya estamos enterados; de allí se la trajo Doña Flora Contreras para que quedara al servicio del matrimonio Castañeda en su nueva casa, ofreciéndole cinco córdobas al mes en lugar de los cuatro que ganaba en la finca.

Vivía para ese tiempo a media legua de la propiedad, en el caserío de San Caralampio; llegaba antes de que aclarara el día, y una vez terminados los oficios del almuerzo, la carreta que llevaba leña a León la dejaba en la puerta de golpe, desde donde volvía a pie a su casa. De modo que cuando los amantes aparecían a bordo del Packard negro de Don Carmen, al caer de la tarde, ya no se encontraba allí. Pero el mandador, Eufrasio Donaire, con quien hacía vida marital, sí había sido testigo de esos encuentros furtivos, y sólo a ella se los había relatado.

El Packard negro entraba cerca de las cinco de la tarde por el camino real, que se abría en medio de una alameda de palmeras polvorientas, cuando solamente el mandador quedaba ya en la quinta abandonada, pues tenía permiso de dormir en la planta baja, donde se guardaban pichingas de leche y aperos de labranza. Allí abría todas las noches su tijera de lona a la luz de un candil.

La quinta, de dos pisos, con un balconcito de madera que miraba hacia la lejanía del mar, estaba en completo abandono, tal como Rosalío Usulutlán lo comprobó ese mediodía del 28 de octubre de 1933. En octubre de 1929, la hermana mayor de Don Carmen, Matilde Contreras Reyes, había muerto de tuberculosis en uno de los aposentos del segundo piso, después de un confinamiento de varios años, según hay ya noticia; y por esta razón, la familia no había vuelto a utilizar la quinta como sitio de recreo.

Eufrasio Donaire no puso ningún reparo en contarle toda la historia a Rosalío Usulutlán, confesándole también que la carta con nombre falso recibida por el Juez la había enviado él, por consejo del contador de la oficina de C. Contreras & Cía, Demetrio Puertas, con quien tenía trato porque cada sábado recibía de él, en las oficinas, el pago de la planilla de la finca; y el mismo Puertas lo había aleccionado sobre los fraudes en los libros de contabilidad de la compañía.

Los encuentros habían tenido lugar en muy diversas ocasiones, según recordaba Eufrasio Donaire: los dos primeros en diciembre de 1932; otros, durante enero de 1933, a finales de febrero y mediados de marzo; y los últimos, más recientemente, al terminar septiembre y a principios de octubre. El mismo cuarto donde había muerto la tísica, y que Rosalío subió a reconocer, había servido para las citas. Por todo mobiliario tenía un anciano catre de hierro, el cromo de los pilares y la armazón del dosel trabajados por la herrumbre; dos enclenques silletas de junco de sentaderas desfondadas, y un aguamanil de loza.

He aquí lo que vio y oyó Eufrasio Donaire, de acuerdo a la transcripción que el Doctor Salmerón hace de las notas de Rosalío Usulutlán, en su libreta de la Casa Squibb, de donde copiamos:

La primera vez, Donaire volvía de los corrales adonde había ido a encerrar una vaca overa que los campistos dejaron suelta en el potrero. Se extrañó de oír de lejos el ruido de un motor de automóvil, pensando ser Don Carmen quien llegaba a esas horas tardías, aunque no era así su costumbre. Era un enlutado, al que ya conocía por haberlo visto otras veces en la casa de Léon, Oliverio Castañeda, el que venía manejando. Al lado de él estaba sentada María del Pilar, la menor. Trataba de convencerla de que se bajara, pero ella, uniformada con el uniforme de rayas negras de su colegio, se negaba. Cree haber oído que lloraba. Bajito, pero lloraba.

Se acercó Donaire, inocente del percance. Castañeda, el de luto, se bajó al verlo, diciéndole venían a buscar limones dulces para una Purísima, y si podía cortárselos. Donaire obedeció, entró a la quinta a sacar un canasto, y se fue al limonar. Cuando regresó, ya no había nadie; el automóvil, con sus puertas de adelante abiertas en pampa. Pensó andarían dando una vuelta por allí cerca, aunque extraño, ya estaba cayendo la oscurana y sólo se oía alborotar a las chicharras. Volvió a la quinta, el canasto cargado de suficientes limones, a esperar que volvieran. Estaba en eso, cuando acató voces venir de arriba y pasos sobre el tabanco. Chirriaron después los resortes del catre, un ruido como de chicharras. Pero no iban a ser chicharras, ésas estaban afuera.

Se salió Donaire con el canasto en la cabeza, no fueran a pensar que los espiaba. Metió el canasto en el automóvil, en el asiento de atrás. Se sentó en las varas del corral en espera, lo más lejos posible del acontecer. Seguía espesándose la oscurana y ya costaba ver los penachos de las palmeras del camino real. Muy avanzadas las seis, casi las siete, vio a salir a la menor, María del Pilar, que corriendo se metió al automóvil. Detrás, sin apurarse del todo, venía el de luto, Castañeda. Donaire dudaba si acercarse, llamándolo entonces Castañeda con un grito, como si ningún suceso hubiera pasado. Le alargó la mano con un billete de dos córdobas, demasiado por un trabajo de cortar limones de unos palos, y le dijo que gracias, iban a estar viniendo así de tardecita a traer limones para las Purísimas. Pero que a nadie de la casa allá en León fuera a contárselo, querían dar la sorpresa de los limones hasta no acabar las Purísimas.

Volvieron a la semana. Demetrio tenía ya cortados los limones, esperándolos. No se los llevaron porque habían acabado las Purísimas. Igual le dio Castañeda los dos córdobas.

—Limones para una Purísima —el Doctor Salmerón sacudió la pluma fuente porque se había acabado la tinta—. En una purísima fornicadera es en lo que andaban. ¿Está dispuesto el hombre a declarar?

—Dispuesto, está —Rosalío se acostó en la camilla, con las manos detrás de la nuca, dejándose las hojas de sus apuntes sobre el pecho. La luz de la lámpara de extensión lo bañaba por completo—; que le quieran recibir la declaración, es otra cosa. Ahora anote: enero, tercera llegada.

—Esperate —el Doctor Salmerón se esforzaba en abrir el tintero, pero la tapa no cedía—. ¿Se tragó que eras cura, o te descubrió?

—Me reconoció de un viaje —Rosalío se apoyó en los codos—. Es un hombre muy leído. «Don Chalío, qué buena su historia de Laurentiana y Baldomero» fue lo primero que me dijo, cuando ni me había apeado del caballo.

—«Tercera vez, más llantos». Castañeda se iba de la casa —el Doctor Salmerón succionaba la tinta con la bomba de la pluma—. ¿O fue después esa cita, ya viviendo aparte?

—«Dejaron el Packard detrás del cobertizo de la leña, escondido. Traían ahora una sábana, el catre sólo tenía un petate sobre los alambres». El petate, lo tuve a la vista —Rosalío recoge los papeles y se los pone frente a los ojos, sin alzar la cabeza—. Debe haber sido antes, Doctor. ¿Cómo la iba a llevar en el Packard de Don Carmen, si ya no vivía allí?

—Por eso vinieron las cartas en la iglesia —el Doctor Salmerón arrancó una hoja del recetario para limpiarse los dedos llenos de tinta—. Tenés razón.

—«Se llevaron su sábana. Donaire se preocupaba de barrer el cuarto. Diario ponía agua en el pichel de loza, esperándolos. Volvieron otra vez en enero, y después, hasta finales de febrero» —Rosalío hizo sombra con el brazo al leer, defendiéndose de la luz de la lámpara de extensión—. Ya había muerto Marta. «Donaire sabe de la muerte. Piensa darle el pésame al viudo, pero como no lo ve triste, no lo cree conveniente».

—Sólo eso faltaba, que le diera el pésame —el Doctor Salmerón aplica sobre la página un secante, cortesía de las Píldoras del Doctor Witt: «¿Dolores de cintura? Medicamento útil en su casa, de pronta cura»—. Vamos a la que sigue. La despedida antes del viaje.

—«Se tardaron más que nunca.» Fue la primera vez que ella se atrevió a darle la cara a Donaire, cuando salieron —Rosalío deja colgar la mano en que tiene los papeles—. «Le sonrió, triste, al subirse al Packard; y de pronto se bajó a regalarle la sábana.» Donaire me la enseñó, la tiene guardada en su cofre. Una sábana bordada en colorines, con gorriones que chupan flores.

—El cuerpo del delito —el Doctor Salmerón desentume la mano con que escribe, abriendo y cerrando los dedos—; quisiera ver esa sábana, con pajaritos bordados, en manos del pendejo del Juez. Se la habrá bordado su hermanita, la difunta Matilde.

—Quedan las dos últimas, antes de los sucesos criminales —Rosalío se da vuelta, recogiendo los pies, y acomoda las manos debajo de la mejilla—. «Se bajaron del Packard, corriendo, de la mano. Alegres, saludaron a Donaire.» Los llantos de antes, quedaban lejos, Doctor.

—Los llantos esperarían para después —el Doctor Salmerón interrumpe su escritura y, socarrón, sonríe a Rosalío—. ¿Allí acaba?

—Allí acaba. Hasta platicones con Donaire se mostraban ya. «Tanto tiempo, ¿y ese milagro?», los saludó él al verlos aparecer la primera de esas dos veces finales —Rosalío sigue de perfil, y su relato tiene ahora un tono remoroso—. «Falta que Usted nos había hecho», le contestó ella.

—Falta les había hecho el catre —el Doctor Salmerón cierra la libreta y enrosca la pluma—. Suficiente, señor cura.

—Sólo queda el beso que vio el contador, Demetrio Puertas —Rosalío se acurruca mejor, y cierra los ojos—. Demetrio Puertas los divisó besándose, desde su escritorio del corredor.

—No se me duerma, reverendo —el Doctor Salmerón golpeó repetidamente el tintero contra la madera—. Puertas ya declaró, y no dijo nada. ¿Eso cuándo fue?

—Hace poco, después que volvieron de Costa Rica —Rosalío se incorporó, y cubriéndose la boca, bostezó—. Tampoco dijo nada de los libros falsos de contabilidad. Pero aquí tengo lo que le contó Donaire.

—Besándose a plena luz del día —el Doctor Salmerón bostezó a su vez, mordiéndose los nudillos—; ¿quién besó a quién?

—Ella lo besó primero, en la puerta del aposento de él. Venía saliendo con la ropa sucia —Rosalío se bajó de la camilla, recogiéndose la sotana; los rastrillazos de lodo de sus zapatos quedaron en la sábana—. La jineteada del caballo me dejó molido, Doctor. Tuve que volver casi en pareja, y ni así vine a tiempo.

—Está bien, esas ya son minucias. Besos hay de sobra —el Doctor Salmerón metió el secante en la libreta y la cerró—. Te podés ir a dormir. Dejame los papeles, para copiar lo de los libros de contabilidad.

—No le va a entender a mi letra, mejor vengo mañana —Rosalío caminó hasta la ventana que daba a la calle, y la entreabrió muy despacio.

—Mañana puede ser tarde, pasame los papeles —el Doctor Salmerón se acercó con la mano extendida.

—Allí siguen los dos espías —Rosalío le alcanzó los papeles, sin dejar de asomarse—. ¿Y si me agarran al salir?

—Si te agarran, deciles que me andabas santoleando —el Doctor Salmerón intentó reírse, pero la risa se quedó en un estertor en su pecho.

42. El expediente secreto va a dar al plan del excusado

El Doctor Atanasio Salmerón regresaba a su consultorio a bordo de un coche de caballos, cerca de las siete de la noche del 12 de noviembre de 1933, cuando los espías apostados en la acera de enfrente procedieron a rodear el carruaje, pistola en mano, para capturarlo, cumpliendo así las órdenes que el Capitán Anastasio Ortiz les había transmitido después de salir de la fiesta de cumpleaños del Juez Fiallos. Fue obligado violentamente a bajar, y uno de los captores le dio un pomazo en la cabeza con la cacha del revólver, abriéndole una herida en el parietal derecho, que si bien no necesitó de sutura, le hizo manar abundante sangre.

En el coche traía varios paquetes de papeletas que contenían su respuesta al último artículo del Doctor Darbishire, publicado en «El Centroamericano» de fecha 29 de octubre de 1933, impresas al fin en una pequeña tipografía del Barrio de San José, después de haber acudido infructuosamente a todas las imprentas de León; y después que tanto «El Cronista» como «El Centroamericano» se habían negado a admitirle el escrito, aun en campo pagado.

Veamos lo que dice Manolo Cuadra en su despacho «Captura y escarnio», aparecido en «La Nueva Prensa» del 14 de noviembre:

Un nuevo suceso ha venido a caldear más el ambiente que rodea al caso Castañeda, cuando el día 12, por la noche, se produjo la violenta captura del Doctor Atanasio Salmerón, quien pese a su anterior negativa a presentar sus pruebas ante la justicia, sigue siendo un testigo clave, pues es sabido que sus pesquisas llevaron a las autoridades a dar con las primeras pistas de los alegados crímenes que se investigan. El conocido galeno fue golpeado y ultrajado al momento de la detención, de manera innecesaria, si nos atenemos al testimonio del auriga que lo conducía a su domicilio, Santiago Mendoza, al que buscamos en su habitual parada de la Estación de Ferrocarril con el objeto de recoger sus impresiones.

El hombre, de unos sesenta años de edad, padre de ocho hijos, muestra valentía cuando nos relata: «fue un verdadero salvajismo, yo vi todo.

El Doctor me buscó para ir a hacer unos mandados, recogiéndole como a las cinco en su consultorio. Lo llevé a la Tipografía «El Sol de Occidente» del «Burro» Lindo, en el Barrio de San José, donde le estaban imprimiendo unas papeletas, teniendo que esperar a que estuvieran listas. Me obsequió una, que yo guardé y aquí tengo», nos dice, mostrándonos la papeleta. «Al volver al consultorio, ya de noche, me pidió ayudarle a bajar los paquetes de papeletas, y ya íbamos a hacerlo cuando unos hombres armados nos rodearon.»

Le preguntamos a Mendoza si es cierto que el Doctor Salmerón opuso resistencia, y si le exigió a él poner de nuevo el coche en marcha y huir a toda rienda, según la versión escuchada por este reportero en el Comando Departamental de la G.N.; a lo cual nos contesta: «Eso es falso. Les solicitó, con mucha educación, que lo dejaran meter los paquetes; y por respuesta, uno de los hombres lo agarró del pelo, bajándolo violentamente del coche. Como se cayó, ya en el suelo el otro le descargó un golpe con el pomo del revólver, conminándolo a levantarse. Herido, les pidió que le permitieran entrar a vendarse, pero tampoco atendieron, llevándoselo encañonado. Yo recogí de la calle su sombrero.»

Otros testigos presenciales, vecinos de la cuadra, relatan que fue conducido a pie al Comando Departamental, debiendo arrancarse durante el trayecto una tira del faldón de su camisa para vendarse la cabeza. Enterado de la captura, este reportero alcanzó a llegar hasta el pórtico del Comando, pudiendo divisar al profesional a través de la reja, pues se me impidió la entrada. Después de una larga espera en la sala de guardia, fue trasladado al segundo piso, donde el Capitán Anastasio J. Ortiz le aplicó, sin más trámite, la pena de treinta días de arresto y obras públicas, por incitación al desorden y atentado contra la moral ciudadana, de acuerdo a lo estipulado en el artículo 128 del Código de Policía.

Quienes salían a esa hora de la función de cine del Teatro González, vieron pasar al Doctor Salmerón cuando era conducido entre varios soldados a las cárceles de la XXI, siempre a pie, como también lo vio este reportero. Comprobamos que llevaba la cabeza vendada y el saco de su traje de dril profusamente manchado de sangre. «¡Doctor Salmerón!», le grité, mientras trataba de acercarme: «¿Qué nos puede decir de su captura?». Pero él no se atrevió a volver la vista, menos a responder.

Las lógicas preguntas que surgen sobre los verdaderos motivos de esta detención no han sido respondidas. ¿Se le habrá capturado por imprimir en una hoja volante sus opiniones científicas sobre el caso, las que la prensa local se negó a publicarle? Es dudoso este extremo, pues las papeletas no fueron requisadas, según nos informa el auriga Santiago Mendoza, ya que él mismo se encargó de bajar los paquetes, entregándolos a la empleada doméstica, una vez que los captores se habían llevado al prisionero. Y el volante empezó a circular profusamente por León, desde esa misma noche.

¿Otros motivos? ¿Qué dicen las autoridades militares? ¿Se trata de una venganza, como ya se rumora? Al Doctor Salmerón achacan la responsabilidad de ser instigador del reportaje suscrito por nuestro colega Rosalío Usulután, al cual ya hemos hecho referencia en anteriores despachos, y ante cuya publicación ha habido aquí reacciones encontradas: las familias de postín, lo juzgan escandaloso; la plebe, divertido, pues Usulután supo darle el carácter de una historieta tragicómica.

El Globo Oviedo, que salía de la función de cine, estuvo entre los espectadores que vieron al Doctor Salmerón pasar escoltado hacia las cárceles de la XXI; y en las horas siguientes se dedicó a dar la voz de alarma: desde una de las ventanas de la Casa Prío informó al Capitán, para que pusiera sobre aviso a Cosme Manzo y a Rosalío; buscó en su domicilio al Doctor Escolástico Lara, Presidente de la Sociedad Médica de León, quien esa misma noche procuró reunir de emergencia a la Junta Directiva, aunque sin resultados; y fue a sacar a Alí Vanegas de su pieza en la Calle Real, dirigiéndose los dos a la casa del Juez Fiallos. Lo levantaron de su cama, pues la celebración de su cumpleaños ya había concluido, y aparentemente se había tomado algunos tragos de más.

El Juez Fiallos trató de comunicarse por teléfono con el Capitán Ortiz en el Comando Departamental, pero el oficial de guardia negó que se encontrara allí, alegando desconocer su paradero; y lo negaron también en su casa, adonde fue a buscarlo personalmente. No tuvo entonces otro recurso que dirigirle un oficio, instruyendo a Alí Vanegas de entregarlo en el Comando, y pedir un recibo del mismo. El oficio aparece transcrito en el expediente:

Mi autoridad ha sido informada que el Doctor Atanasio Salmerón fue capturado esta noche bajo cargos que desconozco y por órdenes que no provienen de ningún Juez de competencia civil, según he podido determinar; por lo cual concluyo que esas órdenes han sido impartidas por la Guardia Nacional. El referido Doctor Salmerón ha comparecido como testigo de la causa que este Juzgado instruye contra Oliverio Castañeda, y se encuentra a mi disposición para ulteriores declaraciones, por lo que su captura constituye una injustificada invasión de mi fuero, la que debe cesar inmediatamente. La reiterada interferencia de la Guardia Nacional en este proceso es no sólo a todas luces improcedente, sino también ilegal. Exijo la presentación del detenido, mañana a primera hora, ante el suscrito. En caso contrario, me veré obligado a recurrir de queja ante la Corte Suprema de Justicia.

Lejos de hacer caso de este oficio perentorio, el Capitán Ortiz sacó al Doctor Salmerón muy temprano del día siguiente a barrer las calles. Manolo Cuadra da a sus lectores una descripción del episodio en la continuación de su despacho:

¿Venganza? La interrogante parece banal. El Doctor Salmerón fue sacado la mañana del día 13 de la prisión, entre una cuadrilla numerosa de reos comunes, provistos todos de escobones, palas y rastrillos, a ejecutar trabajos de limpieza y ornato público bajo el ojo vigilante de soldados armados de fusiles. Es cierto que la sentencia autoriza a la Guardia Nacional para obligarlo a sufrir semejante escarnio, pues fue condenado a obras públicas; pero pocas veces se ha visto a un médico respetable, que ya peina canas, en el tren de barrer las cunetas, las aceras y el pavimento de la Calle Real, la más transitada de León.

La Sociedad Médica calla hasta ahora frente al atropello de que se hace víctima a uno de sus miembros; calla la Facultad de Medicina, y calla la prensa local. Mañana, se nos dice, será llevado a trabajar en la chapoda y desmonte del Cementerio de Guadalupe, y se le dedicará, especialmente, el aseo de la tumba de la Señorita Matilde Contreras: venganza de poco mérito. Y hoy, se le ha compelido a barrer la acera del consultorio del Doctor Juan de Dios Darbishire, sito en la Calle Real: venganza también de poco mérito, que estamos seguros el proyecto anciano no ha pedido ejecutar; y asombra la chabacanería con que se ha querido hacer tragar al Doctor Salmerón sus propias palabras.

¿Qué opinión le merecen estas medidas a Mariano Fiallos, en cuyas manos se encuentra el proceso Castañeda? Confiamos en su rectitud y hombría de bien, y le dejamos la palabra.

Manolo Cuadra nos habla de una venganza que, da por seguro, el Doctor Darbishire no ha pedido ejecutar, cuando informa que el Doctor Salmerón, obligado a tragarse sus palabras, ha debido barrer la acera del consultorio de la Calle Real. La clave a esta referencia la encontramos en el artículo impreso en las papeletas que los captores olvidaron secuestrar, y que comenzó a circular esa misma noche.

El artículo, con el cual se cerraría definitivamente la polémica entre maestro y discípulo, dice textualmente:

AGUAS DEL MISMO ALBAÑAL

Mi antiguo maestro, el Doctor Darbishire, me solicita en su escrito último que nos trae «El Centroamericano» del 29 de octubre del año corriente, que no vuelva a llamarle con el título de maestro; y al satisfacerlo, pues no volveré a nombrarlo así nunca más, se me viene a mente la tentación de llamarlo, en cambio, «Doctor Tomaina», por la insistencia que muestra en referirse a ellas; aunque no dudo que, algún chusco, de los que no faltan, preferiría adornarlo con el sobrenombre de «Doctor Putrecina», el cual, quizás, le calce mejor.

Nada tengo que objetarle al sabio Doctor en lo concerniente a las propiedades de sus socorridas tomainas, ni en lo que se refiere a que se precipitan por los mismos reactivos generales de los alcaloides; con lo cual pareciera estar descubriendo el agua azucarada. Pero no es cierto que todas ellas sean venenos mortíferos; pues, por ejemplo, la colina, que es una tomaína, posee propiedades curativas si se la aplica en solución al 5 por 100 sobre las placas diftéricas, debido a su virtud de disolver las membranas fibrosas. Y si no me cree a mí, sabio Doctor, vea al Profesor Emérito Oswaldo Soriano: «Noticias sobre las propiedades curativas de los alcaloides animales» (Buenos Aires, 1901).

Pero bien veo que controversia tan larga no vale la pena, si no nos queremos entender; y si, como hace el sabio Doctor, nos limitamos a citar parrafitos bonitos y escogidos, arreglados a gusto y antojo, para lucirnos y demostrar que sabemos arameo y esperanto, echando parrafadas en otros idiomas.

Pero yo le hablo en español, sabio Doctor. Y en español le digo: si Ud. confunde las tomaínas con uno o varios de los únicos cuatro (óigase bien: únicos) alcaloides estricnínicos, las confunde porque quiere, o no sabe. Y es peor cuando no se quiere porque no se sabe, pues se incurre en una forma de ignorancia que ya no tiene remedio. A la cual llamaría yo ignorancia refractaria.

Si en el caso que ocupa a la justicia de León se hubiera usado un veneno como la salanina, la delfinina, la nicotina, la cebadina, o la muscarina, muy bien: entonces sí, se necesitarían pruebas muy delicadas y aparatos que tal vez no los haya en todo Centroamérica. Pero tratándose de un caso de envenenamiento vulgar por estricnina, ¿se puede dudar de la validez de las pruebas honradas, que con pulcritud científica se practicaron en nuestra Universidad? No se puede, a menos que existan por detrás propósitos inconfesables.

Yo lo reto a Ud., sabio Doctor, a que me pruebe, de una vez por todas, tres puntos sencillos delante de un tribunal formado por cinco profesionales médicos de esta ciudad, aunque a Ud. le parezcan tan poca cosa nuestros científicos; y podemos escogerlos de común acuerdo, si es que queda aún alguna posibilidad de acuerdo entre nosotros. Y si ellos, después de oírnos, resuelven que Ud. tiene razón, me comprometo solemnemente a barrer la acera de su consultorio el día que Ud. me señale. Estos tres puntos, que me debe probar delante del criterio del tribunal, son:

1. Que existen tomaínas procedentes de cadáveres humanos que producen los mismos efectos fisiológicos que alguno de los cuatro alcaloides estricnínicos. Yo le demostraré que no las hay.

2. Que la estricnina se desintegra por la putrefacción del organismo humano. Yo le demostraré que no se desintegra: después de veinte años se ha encontrado en cadáveres, como lo demuestran Bryce Echenique, Skarmeta, Monsivais, etc.

3. Que la estricnina es soluble en alcohol o éter, como sí lo son la mayor parte de las tomaínas. Yo le demostraré que no lo son, y jamás lo han sido desde que la ciencia es ciencia.

Pruébeme estos tres puntos elementales, y será suficiente. Si no, no sigamos discutiendo y dese por vencido, que yo no le voy a exigir barrerme la acera de mi consultorio, muy humilde para su gusto y prosapia. Cese Ud. en su pertinacia de querer demostrar lo indemostrable, y mejor que a la discusión científica, para la cual ha perdido ya brillos y bríos, dedíquese a concurrir, como buen penitente, a las procesiones donde ahora lo vemos con harta frecuencia, pues si algo le reconozco es que sabe llevar muy bien su estandarte con caduco porte de beato, aunque no sepa llevar esta discusión.

Comulgante más que piadoso, no tiene empacho de defender con sus argumentos fosilizados a un criminal, asesino de sus pacientes. Sí, sabio Doctor, a un criminal, aunque no le guste que se lo recuerden. ¡Acúseme a mí de ser zorro del mismo piñal de Castañeda, cuando es Ud., y no otro, quien lo favorece, negando lo que está claro para la justicia! Sólo le queda proponer que eleven a Castañeda a los altares; allí iría a rezarle de seguro, con el mismo fervor que ahora canta en coro por las calles, acompañado, y en buena compañía, de otros que hipócritamente se golpean el pecho. Ud. y ellos, son, en fin, aguas del mismo albañal.

Y ya para ir terminando, dado que los laureles que con su sabiduría ha cosechado en esta ciudad están ya demasiados resecos, le doy un consejo de gratis: escriba un opúsculo en el que explique su reciente descubrimiento de que se puede certificar clínicamente la virginidad de un cadáver; y mande el opúsculo a París, Roma, o Berlín, para que reciba allí los aplausos que aquí no le han dado, y reverdezcan de nuevo sus laureles de utilería.

Y aquí me despido de Ud., confesándole que si bien fui su alumno, es cierto que nada aprendí, y más me valió; ya se ve que Ud. no tenía nada que enseñarme. Y me despido porque los esbirros andan detrás de mis pasos con el afán de meterme en la cárcel, como ya se me avisa que me tienen prometido, diz que por falsario y calumniador; delitos que Ud. también me imputa en su escrito de marras, por lo cual le doy mis más expresivas gracias. Me apresuro, porque no quiero ir a las mazmorras antes de haber acabado con Ud.

Adiós de una vez por todas, Doctor… Putrecina. Y tenga por fracasada su predicción de quiromante, de que terminaré aliado con Oliverio Castañeda… ¡Qué desdicha! Ya sólo le falta colocarse el turbante de sajurín, y trasladarse, con todo y capa de seda, a la carpa de los saltimbanquis… que disfrute allí de la grata compañía de los chivos, cabros, micos y demás animales amaestrados.

Post Scriptum: Después de gestionar infructuosamente la publicación de mi respuesta en los dos diarios de esta ciudad, he tenido que acudir al expediente de hacerla imprimir en hoja suelta, porque se me aplica la ley del bozal, como un castigo más por atreverme a hacer uso de la verdad, en un lugar en donde los gamonales y mercachifles tienen el control de la mentira. Así que coloque Ud. este escrito en un marco y cuélguelo en su consultorio, como prueba de que, pese a todo, pude responderle; como a su debido tiempo sabré responder a todos mis gratuitos detractores y perseguidores. Vale.

La mañana del 15 de noviembre, envalentonado por la indignación, el Capitán Prío tuvo la ocurrencia de visitar en su consultorio a su padrino, el Doctor Darbishire. Pretendía que el anciano intercediera en favor del Doctor Salmerón, a quien habían sacado por tercer día consecutivo, en medio de la cuadrilla de prisioneros, esta vez a barrer las veredas de la Plaza Jerez. El Capitán vio llegar a la cuadrilla cuando recibía el hielo en la acera, e intentó enviarle al Doctor Salmerón un pichel de naranjada, pero los guardianes no dejaron acercarse al salonero, decomisando entre burlas el refresco para bebérselo ellos.

El Doctor Darbishire estaba ya de vuelta de su visita diaria al Hospital San Vicente, y atendía en ese momento la visita del Doctor Escolástico Lara, quien llegaba en demanda de su firma para el acta que la Sociedad Médica de León se proponía al fin publicar, pidiendo el cese de todo trato infamante contra el colega detenido, y su inmediata libertad.

Mientras aguardaba en el pasillo, el Capitán alcanzó a oír la discusión que se producía dentro del consultorio, alternada con fuertes martillazos. Cuando el Doctor Escolástico Lara salió, con cara descompuesta, llevando en la mano los pliegos del acta, el mudito Teodosio lo hizo pasar. El Doctor Darbishire, ya listo el clavo, colgaba de la pared el marco de vidrio donde había hecho poner la hoja suelta del Doctor Salmerón.

—¿Viene a cobrarme la mesada de la comida? —el Doctor Darbishire descubrió al Capitán cuando se volvía, otra vez, en busca del martillo—; todavía no es fin de mes, ahijado.

—No, padrino —el Capitán Prío se había quedado al lado de la puerta de vidrio esmerilado, sin soltar el huevo de la perilla—; sólo vengo a decirle que no es justo lo que están haciendo con el Doctor Salmerón.

—¿Y Usted cree que es justo lo que hizo conmigo? Acérquese, vea este pasquín insolente —el Doctor Darbishire dio todavía un martillazo para asegurar el clavo—. Eso mismo le pregunté al Doctor Lara, ¿es justo? Claro que no. Pero cumplo con la voluntad del mequetrefe, aquí queda el pasquín.

—Yo sé que yo no soy nadie para venir a pedirle nada, padrino —el Capitán Prío eleva los tacones, empinándose para divisar el cuadro, sin moverse de su sitio—; pero a un profesional como él, ¿cómo van a tenerlo barriendo la basura en las calles?

—Un profesional desprestigiado. Sólo ocho médicos, de más de cuarenta que hay en León, han querido firmar el acta —el Doctor Darbishire se golpea la palma de la mano con el mazo del martillo—; y yo tampoco firmo. Si ese individuo estuviera libre, yo hubiera recurrido ya a los tribunales. Y de todos modos, iría a dar a la cárcel.

—Padrino, esas son polémicas científicas, entre médicos —el Capitán Prío empuja suavemente la puerta, terminando de cerrarla—; el que perdona, es el que gana.

—¿Perdonarlo? Eso nunca —el Doctor Darbishire sopesó el martillo, dejándolo después sobre el escritorio—. Ese señor me ha ofendido. Nadie me había ofendido nunca de esa manera.

—Pero ¿cómo va a admitir Usted que ande en la calle, con una escoba? —el Capitán Prío se acercó, abriendo los brazos—. Vendado, todo sucio de sangre.

—¿Y qué quiere Ud. que haga yo, ahijado? —el Doctor Darbishire se acomodó los quevedos con altivez.

—Si Usted reclama su libertad, Somoza le hace caso —el Capitán Prío saca el paquete de cigarrillos Esfinge del bolsillo de la camisa—; y la ciudadanía entera va a aplaudirle su nobleza.

—Yo no ando buscando aplausos —el Doctor Darbishire cruza los brazos sobre el pecho, alzando el mentón—; ¿una petición mía al General Somoza? Ni loco. Ni siquiera acepté firmar el acta de la Sociedad Médica. Y no fume en mi presencia, ahijado.

—Padrino, perdone que se lo diga. Pero si se niega, Usted se hace responsable por su vida —el Capitán Prío repone en el paquete el cigarrillo que ya tenía en la mano.

—No me diga que la Guardia va a fusilarlo por calumniador —el Doctor Darbishire torció la boca en una sonrisa de desprecio, balanceando el torso con los brazos cruzados.

—Lo metieron en la misma celda con Oliverio Castañeda, por eso corre peligro —el Capitán Prío se guardó de nuevo el paquete de cigarrillos—. Lo tienen a merced del tigre, en su propia jaula.

El Doctor Darbishire deja de balancear el torso, y entreabre los labios, sorprendido.

—No me vaya a decir que son inventos míos, es verídico —el Capitán Prío afirma solemnemente con la cabeza—. Todavía estamos a tiempo de rescatarlo.

—No le habrán permitido a Castañeda tener estricnina en su celda —el Doctor Darbishire se despoja del saco y camina hacia el perchero—. No se preocupe, ahijado, Castañeda no lo va a envenenar.

—Entonces, cuando lo pongan otra vez a barrerle la acera, por lo menos pásele agua, padrino —el Capitán Prío se adelantó para quitarle el saco de las manos, y lo llevó él mismo al perchero, trayéndole el batón blanco de las consultas.

—Ya le advertí al Capitán Ortiz que eso no debe volver a repetirse —el Doctor Darbishire recibió el batón y lo sacudió antes de empezar a metérselo por la cabeza—. No necesito que nadie se tome venganzas en mi nombre. Yo no tengo pasta vengativa.

—Bueno, allí perdone, padrino —el Capitán Prío se detuvo, ya cerca de la puerta, con intención de agregar algo, pero desistió.

—Ahijado —el Doctor Darbishire lo llama, la cabeza oculta por el batón, las mangas colgando fuera de los brazos—. No se vaya sin mi bendición.

—Sí, padrino —el Capitán Prío se acerca, y baja humildemente la cabeza.

—Para que el Señor te libre de malas compañías, amén —lo bendice el Doctor Darbishire—. Y al malagradecido ése, lo perdono. Pero no estoy firmando ni mierda a su favor. Decile a Teodosio que me pase al primero que haya venido.

Apenas el Doctor Salmerón había sido conducido a las cárceles de la XXI, el Capitán Ortiz se trasladó al consultorio del barrio San Sebastián para dirigir personalmente el cateo. Allí se encontraba cuando el Juez Fiallos comenzó a buscarlo. Iba a en busca de los paquetes de papeletas que los policías habían olvidado secuestrar del coche a la hora de la captura, al darse cuenta de que las primeras circulaban ya por la ciudad; pero sobre todo, iba tras la libreta de la Casa Squibb y de los legajos del expediente secreto, cuya existencia conocía de sobra.

No quedaba una sola papeleta. La empleada doméstica, sometida a interrogatorio, se cerró en que las había regalado a personas desconocidas que se presentaron al consultorio después de la captura, porque para regalarse eran. De la libreta y los legajos no se encontró ni rastro, por mucho que los guardias voltearon al revés el mobiliario, forzando las gavetas del escritorio y las vitrinas de instrumentos. Al terminar el cateo, los destrozos eran múltiples en toda la casa, porque entraron también al aposento para abrir a culatazos el ropero y desfondar la cama, y hasta en la cocina escurcaron, revolviendo los trastos del bufete. Los travesaños y el colchón de la cama, desflorado a bayoneta, platos quebrados y cazuelas, libros de medicina, instrumentos de cirugía, palanganas y silletas, fueron finalmente lanzados al patio.

El Capitán Ortiz no podía sospechar el paradero de lo que buscaba con tanto encono. El Doctor Salmerón había tomado varios días atrás la previsión de meter el libro «Secretos de la Naturaleza», los legajos del expediente secreto y la libreta de la Casa Squibb, dentro de una lata de galletas de soda que amarró a un cordel para hacerla descender al plan del excusado, atando el otro extremo de la cuerda a un gancho que claveteó en la parte interior del banco donde se sentaba a hacer sus necesidades.

Cuando salió de la cárcel el 28 de noviembre de 1933, el mismo día en que Oliverio Castañeda era indiciado formalmente bajo los cargos de parricidio y asesinato atroz, corrió a recuperar su tesoro del fondo del excusado; y aunque el libro, los legajos y la libreta se habían conservado en perfectas condiciones, no pudo quitarles el olor que los impregnaba, por mucho que tratara de desinfectarlos con carbolina.

43. ¿Qué se hizo aquel caballero galante?

Como ya sabemos, Oliverio Castañeda fue indiciado formalmente bajo los cargos de parricidio y asesinato atroz el día 28 de noviembre de 1933; con esto terminaba el período de instrucción que se había abierto el 9 de octubre, fecha de la muerte de Don Carmen Contreras. A partir de entonces el proceso pasó a la fase plenaria, destinada a acumular las pruebas contra el acusado, en preparación del juicio por jurados para el cual debía convocarse un tribunal compuesto de trece ciudadanos escogidos al sorteo. No obstante, la vista del jurado ya nunca tuvo lugar, por las razones que se nos explicarán después.

El reo compareció en el Juzgado el 1 de diciembre de 1933 para rendir su confesión con cargos, el primer procedimiento de la fase plenaria. El minucioso interrogatorio comenzó a las ocho de la mañana y concluyó a las diez de la noche, sólo interrumpido cerca del mediodía para que el Juez Fiallos pudiera recibir el testimonio aún pendiente del joven Carmen Contreras Guardia; y fue en esta ocasión que se produjo entre el reo y el testigo el incidente que ya hemos mencionado atrás.

A lo largo del interrogatorio, que también ya hemos citado en algunas de sus partes medulares, el reo negó todas las acusaciones y rechazó los cargos que se le hacían; pero insistió, además, ante las preguntas del Juez Fiallos, en desmentir que hubiera tenido alguna vez relaciones amorosas con ninguna de las Contreras, mostrándose caballeroso en sus respuestas y reflejando continuamente una actitud de respeto y consideración para todas las mujeres de la casa, como lo había hecho hasta entonces en anteriores oportunidades.

No dejaba de llamar la atención semejante insistencia, pues a esas alturas ya no podía esperar nada de sus antiguas protectoras, decidida como estaba la viuda a llevar hasta el final la acusación, después de su amago de abandonar el país; y si bien es cierto que en su propia declaración María del Pilar desmentía a su vez cualquier trato sentimental con él, por otro lado lo sindicaba abiertamente como responsable de los crímenes.

Pero el 6 de diciembre de 1933, a los pocos días de haber rendido la confesión con cargos, el reo compareció ante el Juez Fiallos para dar lectura a un inesperado y explosivo escrito en el que no quedaban ni trazas de su comedimiento y pulcritud de trato hacia ellas.

Este escrito, la defensa más completa que Castañeda llegó a hacer de sí mismo en el curso del proceso, contiene aspectos diversos que estamos seguros serán del interés del lector. Lo copiamos enseguida de manera íntegra:

Yo, Oliverio Castañeda Palacios, de generales conocidas en autos, ante Ud., Señor Juez Primero Criminal del Distrito, respetuosamente comparezco y expongo:

Fui apresado de manera arbitraria e ilegal el día 9 de octubre de 1933, sin que mediara orden alguna de autoridad judicial competente, y no se me informó del proceso que se seguía en mi contra, sino el día 15 de octubre de 1933, cuando el expediente constaba ya de más de ciento cincuenta folios útiles, oportunidad en que Ud. procedió a notificarme auto de detención, procedimiento a todas luces singular, si se toma en cuenta que la dicha notificación se me hizo en la cárcel, donde yo estaba ya detenido.

Antes de entonces, y después de entonces, he permanecido incomunicado en una bartolina de la prisión de la XXI de esta ciudad, privándoseme de todo lo necesario para ejercer mi legítimo derecho a la defensa, sin disponer siquiera de tinta y papel, cuyo uso me fue prohibido, y que ahora sólo el favor de amigos caritativos, que no me han volteado las espaldas en la adversidad, me ha podido proveer. Es así que puedo dirigirle el presente escrito, pese a que el 18 de octubre de 1933, al tomarme Ud. declaración «ad inquirendum», yo le notifiqué que me constituía en mi propio defensor; lo cual, contra todas las provisiones de la ley, no logró cambiar en nada mi estado de absoluta indefensión, pues jamás se me ha dado audiencia las veces que lo he solicitado.

Se trata, por tanto, de un proceso que ha venido instruyéndose en la sombra, contra toda norma de justicia, y aun en contra de todo principio humanitario; porque mientras la autoridad militar, y no sé también si Ud., Señor Juez, me ha tenido atado y amordazado, el juicio ha continuado a mis espaldas, con la clara intención de satisfacer los apetitos de aquellos que quieren verme sucumbir bajo las balas en el paredón de fusilamiento, instigados por las más diversas razones: odio personal, antipatía, sórdidos intereses, sin excluir motivos de orden político, pues es bien sabido que el dictador Jorge Ubico reclama mi cabeza al Supremo Gobierno de Nicaragua como precio de amistad.

El artículo 75 del Código de Instrucción Criminal prescribe que las diligencias de investigación del cuerpo del delito deben hacerse en presencia del reo y de su abogado defensor; y siendo yo ambas cosas a la vez, no se me ha permitido apersonarme en los interrogatorios de los testigos, ni presenciar los experimentos efectuados, que se dicen científicos, y no lo son, aquí donde no existen verdaderos laboratorios, como bien lo ha señalado el eminente galeno Doctor Juan de Dios Darbishire, de insospechable opinión por ser el médico personal de la familia Contreras. Todo esto se ha tejido muy lejos de mí, a manera de una conspiración, mientras se me mantiene recluido en la cárcel, como si fuera yo un reo en capilla ardiente, que sólo debe esperar la ineluctable hora de la ejecución.

Y mientras progresa tal conspiración, yo me he esforzado en comportarme como un verdadero caballero, soportando con espartana paciencia pellada tras pellada de lobo, y aguantándome para no herir honras que ya no son honras, confiado de que llegaría el momento en que los ánimos deberían serenarse, y que recapacitarían al fin aquellas que tienen que perder más que yo, porque cuidando con exceso de celo sus reputaciones, permiten que se barra con la mía los pisos de todos los salones de León, donde reina, cual abyecta soberana, la hipocresía. Bien veo, pues, Señor Juez, que la virtud de seguir callando no favorece, sino a mis enemigos; y entre esos enemigos, favorece más a aquellas, que si antes me prodigaron el homenaje de sus favores, hoy se muestran encarnizadas conmigo.

Abundan en el expediente del proceso las declaraciones fabricadas con pobre imaginación para tratar de pintarme con los aterradores colores de un psicópata, de un enfermo sexual, de un vil calumniador, de un mentiroso profesional; se me pone como dueño de un cerebro desquiciado, y todo lo bueno que se dice de mí, cuando se dice, mi don de gentes, mis finas maneras, mis gracias y cortesías sociales, mi simpatía y talento, sirve a mis detractores sólo para afirmar que tras esas cualidades se esconde la ponzoña del más vituperable de los asesinos.

Y Doña Flora vda. de Contreras y su hija, o han cedido de manera forzada a la violencia de las presiones, o de manera voluntaria se hacen partícipes conscientes de la conspiración en la cual se adivina la mano del costarricense Fernando Guardia, quien ha venido a sentar sus reales en León con la mira más que evidente de alzarse con la fortuna de su hermana y de sus sobrinos, acusándome, además, en forma temeraria, de crímenes que si yo hubiera cometido realmente, como afirma que los cometí en Costa Rica, allá se me hubiera juzgado y condenado; y está visto que no se me juzgó ni condenó, siendo patente que el ya dicho Fernando Guardia solamente le presenta a Ud. testimonios viciados por tardíos y porque no fueron pasados ante autoridad judicial competente, confeccionándose a la medida de sus ambiciones en el bufete de un notario que no tiene facultad legal para semejante cosa; tal es el caso de los «documentos», en base a los cuales se me trata de endilgar la muerte de mi entrañable amigo Rafael Ubico, nunca suficientemente llorado por mí. Y digo, y sostengo, que el tal Guardia, o es un ambicioso desmedido, o un agente embozado de la tiranía de Ubico, que suficientes dollars gasta en retribuir el servicio de la más variada laya de canallas en todo Centroamérica.

En los tales «documentos» son más que obvias las intenciones dolosas de quienes los suscriben, personas que jamás me dispensaron ninguna simpatía cuando tuve la desgracia de relacionarme con ellas en Costa Rica, y sobre cuyo comportamiento pudiera yo escribir todo un libro. Allí retrataría, de cuerpo entero, a la propietaria de la Pensión Alemana, dama de apetitos lujuriosos que reclamaba favores en su lecho de parte de Ubico a cambio de apetitosos almuerzos, y entregaba favores al farmacéutico Rovinski a cambio de medicamentos para el reumatismo y drogas hormonales para revitalizar su perdida juventud.

Y son ellos, déjeme reírme Señor Juez, los que me acusan de manera imprudente y poco caritativa en sus «declaraciones», dándome así el derecho de renunciar a la caridad para con ellos. Imagínese Usted la seriedad que puede haber en el dicho de una mujer que sabedora de un crimen cometido en su pensión, no lo denuncia a los jueces; y en el de un aprendiz de boticario que entrega el veneno para la comisión de ese mismo crimen, y calla, solamente porque no se lo preguntan. Si Rovinski aún visita a la Gerlach en su alcoba, en las horas nocturnas, es en la intimidad del lecho donde deben haber maquinado su pueril plan de hundirme, sabiéndome preso e indefenso; ella porque yo nunca acepté dar un paso hacia los interiores de esa alcoba; y él, porque pusilánime y envidioso como fue siempre, tiene la oportunidad de aparecer gratis en los periódicos, a costas de un inocente.

Pero vuelvo a lo que me importa de mi actual situación. En uno u otro caso, Doña Flora y su hija quieren, o conceden, que se me lleve al cadalso, para dar fin con el silencio de mi tumba a toda la pantomima; y para que esa tumba guarde los secretos que hasta ahora me he empeñado yo en guardar celosamente.

Pues bien, Señor Juez, he decidido no callar más. Y haciendo uso de las facultades que tengo como abogado defensor de mi propia causa, y de mi sagrado derecho de reo contra el que Ud. ha formulado cargos formales de parricidio y asesinato atroz en su auto de prisión del 28 de noviembre de 1933, demando que se proceda a investigar los hechos que en adelante expongo; que se llame a cada uno de los testigos que de la misma manera cito; y que se reciban las pruebas documentales que oportunamente presentaré a Ud., aunque tal cosa signifique que me expongo a hacerme culpable del delito de perjurio; pues al recurrir a la verdad, contradigo, en todas y cada una de sus partes, anteriores afirmaciones mías:

1. Manifiesto, y estoy dispuesto a probarlo, que la Señora Flora vda. de Contreras solía importunarme con requerimientos amorosos, aun antes de trasladarme a vivir a su casa en compañía de mi difunta esposa, traslado al que me vi obligado como única forma de apaciguar su insistencia; y que esos requerimientos continuaron durante el tiempo que permanecí en su casa y hasta la fecha en que busqué hogar propio, creándome en todo momento una situación molesta y embarazosa, ya que no solamente ella me requería, como explicaré a Ud. en los ítems subsiguientes del presente escrito.

Pero no cesaron con mi salida de su casa los reclamos y acercamientos que como mujer me hacía Doña Flora, pues a la muerte de mi esposa tornó a suplicarme que volviera, a fin de mantenerme en su cercanía; y cuando nos encontramos posteriormente en Costa Rica, persistió en sus empeños, mientras yo persistía en darle largas a su asunto, pues me estorbaba además en mi coloquio con su hija María del Pilar, el cual continuó mientras estuvimos en San José, como adelante lo voy a consignar; y constante en su pertinacia, la ya dicha Doña Flora volvió entonces a solicitarme que al retornar a León, como eran mis planes, viviera siempre en su casa, oportunidad en que esperaba consumar al fin lo que yo había decidido como inconsumable.

Prueba de la terquedad de su afición por mí, son los envíos que de su parte recibí en la cárcel, delicados presentes que sólo un ser enamorado puede hacer a otro, aunque ese otro no le corresponda, pues yo nunca atendí sus reclamos, sin llegar a rechazarlos de manera tajante para no provocar su encono y enemistad; indecisión en que la mantuve, no porque me disgustara en lo físico, ya que prendas y atractivos tiene suficientes, sino porque no me convenía empeñarme en las complicaciones de una lid semejante, siendo ella casada y aventajándome en edad; mas ahora veo que al fin me hace víctima de su despecho, al que siempre temí.

Sobre el ítem que corre presentaré a Ud. cartas de distintas fechas escritas de puño y letra de ella, que conservo en poder de tercera persona, y cuya lectura demostrará a Ud. la verdad de mis asertos; y le solicito, además, se mande librar certificación de los registros correspondientes del libro de entradas de la prisión de la XXI, donde consta el número y la naturaleza de los obsequios recibidos de parte de la antes dicha.

2. Manifiesto, y estoy dispuesto a probarlo, que sostuve relaciones de carácter íntimo con Matilde Contreras, las cuales se iniciaron en diciembre de 1932, cuando me trasladé a vivir a la casa de sus padres; y que fue ella la primera en manifestarme su inclinación por medio de una carta que por desdicha no conservo. Pero conservo otras cartas, también en poder de la misma tercera persona, que ella me escribió estando yo en León; y otras que me dirigió a Guatemala entre los meses de marzo y junio de 1933, que son las mismas a que se refiere la empleada de la Estafeta de Correos, Rosaura Aguiluz, en su declaración del 23 de octubre de 1933; y Ud. mismo dispone de una carta sin fecha ni firma que se encontró entre mis pertenencias al ser requisadas, y que una prueba caligráfica sencilla que Ud. ordene, demostrará haber sido escrita de su mano; carta que me dirigió en la última semana del mes de febrero de 1933, después del fallecimiento de mi esposa, y cuando se le hizo evidente la sospecha de que yo sostenía también relaciones íntimas con su hermana María del Pilar.

En este punto, demando que las empleadas domésticas de la casa, Salvadora Carvajal y Leticia Osorio, testigos de hechos que hablan claro de estas relaciones, y de las horas, lugares de la casa y circunstancias en que se dieron, sean llamadas de nuevo a declarar para que les someta el pliego de preguntas que oportunamente presentaré a su autoridad. A través de las respuestas de las testigos, y de la lectura de las cartas, quedará claro a sus ojos, Señor Juez, la naturaleza de los vínculos existentes entre los dos, lo cual invalidará, de toda invalidez, el certificado que de manera festinada se hace constar en el acta de exhumación de su cadáver, y que relaciona supuestos datos sobre la integridad de sus órganos genitales.

Asombrará a Ud. saber, Señor Juez, pero es tan veraz como todo lo que en este escrito le informo, que fue precisamente en la soledad y apartamiento del cementerio donde cumplimos en repetidas ocasiones el acto amoroso; pues insistía ella en acompañarme a visitar a la caída de la tarde la tumba de mi difunta esposa, pretexto a sus ansias carnales; y yo puedo señalarle los mausoleos adonde nos protegíamos de la impertinencia de las miradas de cualquier visitante rezagado, a fin de consumar lo que en otros sitios se nos estorbaba. A este respecto, debe proceder Ud. a interrogar al administrador del Cementerio de Guadalupe, Bachiller Omar Cabezas Lacayo, quien podrá darle razón detallada de estas visitas, y las horas tardías en que tuvieron lugar, pues no pocas veces hubo de sacar llave al portón, ya cerrado el cementerio a los visitantes, para que pudiéramos salir.

3. Manifiesto, de igual forma, que María del Pilar Contreras es mi mujer ilegítima, pues he hecho vida marital con ella; y que si Doña Flora desiste de su acusación contra mí, estoy dispuesto a tomarla en matrimonio. Tengo también en poder de la misma tercera persona, cartas que la susodicha me dirigió, y donde se hacen patentes esas relaciones; cartas que una vez en poder de Ud. deben ser confrontadas con la letra de la remitente para que no se diga que miento; siendo una de estas cartas la que el Doctor Octavio Oviedo y Reyes cita en su declaración del 17 de octubre de 1933, afirmando que yo se las mostré, siendo así en efecto.

Y en este punto, pido que se llame a declarar a la doméstica Dolores Lorente, quien mientras sirvió en mi casa de habitación, en el mes de febrero de este año, actuó de correo en mi correspondencia sentimental con la ya dicha María del Pilar; y al mandador de la propiedad rústica «Nuestro Amo», Eufrasio Donaire, quien fue testigo de nuestros encuentros secretos en la casa quinta que hay en esa propiedad, los cuales tuvieron lugar entre diciembre de 1932 y octubre de 1933, pero que también se dieron en otras fechas y en otros sitios, incluyendo San José de Costa Rica, donde acudimos varias veces, entre julio y septiembre del año que corre, a una pieza de la Pensión París, en el Paseo de los Estudiantes.

Para el mismo efecto, solicito a Ud. llamar como testigo al contador de la firma C. Contreras & Cía., Demetrio Puertas, quien presenció cuando la ya aludida me besaba sin ningún recato en la puerta del aposento que se me había asignado en la casa, en fecha que él mismo determinará.

El interrogatorio de los testigos aquí relacionados, a los cuales agrego a las domésticas de la casa, ya citadas, Salvadora Carvajal y Leticia Osorio, habrá de practicarse conforme a pliego de preguntas que también someteré a Ud., oportunamente; debiendo usarse como pieza probatoria a los efectos de este ítem, la certificación de los registros de entrada de la prisión de la XXI, ya solicitada a Ud. en el presente escrito, en los que constan regalos que igualmente me fueron remitidos de parte de la aludida.

Otrosí: Pido que se agregue al expediente el artículo de prensa que adjunto, publicado en el diario «La República» de San José de Costa Rica, de fecha 27 de noviembre de 1933, calzado con la firma del Señor Franco Cerutti, y que se titula: «Testigo Casual», a fin de que pueda apreciarse a través de su lectura la verdad sobre la disputa amorosa de las dos hermanas Contreras respecto a mi persona, lo mismo que la complaciente actitud de Doña Flora en lo que a mí respecta.

4. Demando que se proceda, por parte de peritos contables, a un examen minucioso de los libros que se encuentren en la caja de hierro de C. Contreras & Cía., examen que demostrará la existencia de dos juegos de libros, uno de los cuales se ha utilizado para consumar manejos fraudulentos; constando allí mismo los sobornos que por mi intermedio se pagaron a varios Concejales de la Municipalidad de León para lograr la firma del contrato de la Compañía Aguadora Metropolitana, en lo que Don Carmen Contreras Reyes (q.e.p.d.) tanto se empeñó.

Estos libros yo los tuve a la vista, porque el propio Don Carmen (q.e.p.d.) me pidió consejos legales sobre ocultamiento y alteración de facturaciones de mercaderías importadas, a fin de evadir el pago de impuestos, delito que estoy dispuesto a reconocer y purgar, pero que no se compara con los cargos antojadizos de envenenador, de los cuales se me quiere hacer responsable. De todo esto es sabedor, pero de ninguna manera cómplice, el mismo contador Demetrio Puertas, al que pido se llame a declarar también sobre este punto, conforme a pliego de preguntas, que por separado le someteré.

En esa caja fuerte existe, además, la prueba de que una letra de cambio presentada al cobro en el exterior, en enero de 1933, llevaba la firma falsificada del Señor José Padilla Paiz, quien nunca se enteró de semejante operación; así como hay también copia de otras letras igualmente falsas, sobre todo lo cual debe preguntarse al contador Demetrio Puertas; o recurrir al testimonio de Mister Duncan R. Valentine, Gerente General de la casa P. J. Frawley, de esta plaza, por cuyas manos han pasado esas letras, y cuyos originales deben ya haber sido devueltos por el banco corresponsal.

Declaro a Ud., con la frente en alto, que si fui consejero obligado de los fraudes antes dichos, innoble precio que hube de pagar por vivir bajo el techo de la familia Contreras, al menos no inventé yo tales procedimientos, pues eran práctica común cuando se me dio acceso a los secretos de los negocios de la compañía.

Los cargos incoados por Ud. en contra de mi persona, de acuerdo a su resolución del 28 de noviembre del año corriente, se basan en la presunción de que habiéndose cometido crímenes con uso de una misma clase de tóxico, en diferentes fechas, yo he actuado como agente común de esos crímenes, por haber estado, en los tres casos, cerca de las personas fallecidas. Pues bien: en base a su misma presunción, yo digo a Ud. que otra persona también estuvo cerca de las tres víctimas, al mismo tiempo que yo.

Por tanto, si ha habido mano criminal, y si para consumar sus crímenes el hechor, o digo mejor, la hechora, usó el veneno, una vez que

Ud. haya procedido a requerir todos los testimonios solicitados; una vez que haya examinado las cartas que le serán entregadas; y una vez que haya practicado la revisión cuidadosa de los libros de contabilidad, la más completa luz alumbrará el caso confiado a sus manos, y quedarán patentes los móviles de tales crímenes; y a lo mejor resulto ser yo el acusador por el delito de envenenamiento en la persona de mi esposa, si es que la pasión de los celos llevó a alguna a eliminarla.

Se dará Ud. cuenta que Matilde Contreras pudo también haber sucumbido víctima de los mismos celos, si alguna quiso quitarla de en medio; y que Don Carmen Contreras, pudo haber sido asesinado, de la misma manera, porque constituía el estorbo de un ardid pasional, y porque al mismo tiempo se pretendía ocultar los fraudes en los negocios de la compañía, para mejor beneficiarse de ellos posteriormente.

Y digo también que si Don Carmen Contreras Largespada, padre y abuelo de las dos personas fallecidas que menciono, decidió retirar su acusación contra mí, anulando el poder generalísimo otorgado al Doctor Juan de Dios Vanegas, es porque conoce, seguramente, la verdad de todo lo que a Ud. le informo en este escrito, y debe saber, por tanto, que los cargos de que se me hace víctima carecen de fundamento, porque es otra la única culpable, mordida por los celos de un amor no retribuido y alentada al crimen por algún cómplice de sus ambiciones, muy cercano a su sangre.

Hubiera preferido callar, Señor Juez, pero no al precio de mi cabeza. No me tiembla el pulso al redactar este escrito, aunque sé que una vez conocido, la prisión es el lugar menos seguro donde puedo encontrarme, ya que seguramente mis carceleros serán incitados a convertirse en mis verdugos.

La justicia, a pesar de la imperfección que lleva implícita por el hecho de ser administrada por seres humanos, es una razón superior a la mezquindad y a la calumnia, a las invenciones y al prurito de encontrar pecadores, vicios de la raza y de la civilización. Y a Ud., Señor Juez, al que su juventud y su hombría de bien deben servirle como las mejores defensas frente a la infamia concertada, le toca hacer de la justicia esa razón superior, mandando a oírme, como tengo derecho a que se me oiga, y no desestimando las pruebas que ofrezco, pues tienen que ver con la esencia de los asuntos objeto de su investigación. Busque a los culpables, o la culpable, por el camino que le abro, y los encontrará.

Estoy en tiempo, y estoy en derecho, y señalo mi celda de las cárceles de la XXI para oír notificaciones.

El diario «El Centroamericano» publica en su edición del 9 de octubre de 1933 un editorial de primera página, firmado por su Director propietario, el General Gustavo Abaunza, bajo el título «El último recurso de un infame», en el que urge al Juez a desechar «las necias y temerarias solicitudes de un nocivo extranjero que al escuchar los golpes con que se clava el tinglado del patíbulo, hace como los leprosos, que en su desesperación mortal quieren contaminar a los demás, envenenando todo lo que se pone a su alcance.»

Por su parte, Manolo Cuadra, al dar noticia de la presentación del escrito en su despacho titulado «Bomba de Relojería», que publica «La Nueva Prensa» del 9 de diciembre, comenta:

> Es obvio que con la presentación del sorpresivo escrito del Doctor Oliverio Castañeda, el Juez Fiallos tiene una bomba de relojería en sus manos. La ciudad de León ha vuelto a conmocionarse y no se habla de otra cosa; los ánimos se encuentran más divididos y ya el caso toma los tintes de una lucha social, pues los de abajo, deslumbrados por la sagaz inteligencia y las artes intelectuales del acusado, convertido ahora en acusador, aprovechan para descargar su resentimiento sempiterno contra los de arriba; mientras los de arriba reaccionan aún más indignados que antes frente a las atrevidas afirmaciones del reo, quien pone de nuevo en la picota a los miembros de una rancia familia, embargada por una tragedia que no cesa de herirla, tal si esa tragedia hubiera sido arrancada de las páginas de Esquilo.
>
> Que los de abajo se sienten deslumbrados por la habilidad del reo y no le escatiman sus simpatías, tuvimos oportunidad de comprobarlo a la hora en que compareció ante el Juez Fiallos para dar lectura a su escrito, pues se le aplaudió a rabiar, interrumpiéndosele a cada párrafo; y él, muy consciente de su éxito, daba entonaciones dramáticas y decididas a su voz. Al final, cuando salía del recinto, se le cargó a hombros, como ya ha sucedido otras veces, siendo acompañado hasta la cárcel por numerosa procesión; y la ciega Miserere canta ahora en los pasillos del Juzgado unas coplas con música de «El Zopilote», que se repiten también al bordoneo de las guitarras en las barriadas de León, y que empiezan:

> Ya Oliverio triunfó.
> No lo vayan a matar:
> si le envidian sus amores
> más amores puede dar...

> La pregunta que asoma a los labios de muchos de los que conocieron al Doctor Oliverio Castañeda como hombre gentil y de fácil y agradable trato social es: ¿qué se hizo aquel caballero galante? Pues ahora, acosado, y sin esperanza de salir con bien de este juicio en el que le va la vida, como señala la copla, y como él mismo lo hace de manera patética en su escrito, saca las uñas, única arma que le queda para defenderse.
>
> ¿Llamará Mariano Fiallos a los testigos? ¿Examinará las cartas que Oliverio Castañeda dice tener en manos de una misteriosa «tercera persona»? ¿Quién será esa persona, si es que acaso existe, y el reo no está mintiendo acerca de las cartas, acorralado por la desesperación? ¿Se atreverán los testigos convocados a respaldar sus graves afirmaciones, de las cuales parece tan seguro?

¿Qué mérito dará Mariano Fiallos a las veladas acusaciones que el reo endereza ahora contra una persona del sexo femenino, a la que no osa nombrar, pero cuya identidad cualquiera adivina? El Doctor Castañeda ha lanzado el boomerang, al devolver las acusaciones en su contra, para algunos en forma insidiosa, para otros, de manera sagaz, porque provoca la confusión, y pone a la justicia en un aprieto...

Estas son las interrogantes que se plantean en León en todos los corrillos, sean estos corrillos plebeyos o elegantes.

El Doctor Juan de Dios Vanegas, en su carácter de abogado acusador, introdujo, a las pocas horas, un escrito perentorio en el cual solicitaba desestimar las peticiones del reo por contener alegatos infundados, temerarios, y ajenos al proceso, y lesivos, además, a la honra y privacidad de la familia Contreras. Desoyéndolo, el Juez Fiallos resolvió esa misma noche hacer llamar a los testigos y aceptar las cartas que le fueran presentadas, sujetas a la prueba de autenticidad una vez recibidas; y solamente desechó el ítem referente a los libros de contabilidad de C. Contreras & Cía., por considerar que lo pedido en el mismo sí era extraño a los intereses del proceso.

Tal como el Juez Fiallos le confesaría al que esto escribe muchos años después, y sobre estas confesiones ya volveremos luego, no le fue fácil decidirse, porque alberga serias reservas, y no pocas dudas, sobre el escrito de Castañeda. Contenía, a su juicio, demasiados desplantes e incongruencias. Sus relevancias, brutales y jactanciosas, le habían dejado un sabor de repugnancia; y tomaba por un ardid barato la forma de devolver las acusaciones. Pero los argumentos del reo sobre su indefensión eran correctos en estricto derecho, y sentía que no debía seguir adelante en el conocimiento de la causa sin reconocer la responsabilidad que le cabía en las irregularidades procesales expuestas; y tampoco podía negarse, en estricto derecho, a rechazar a los testigos propuestos por la defensa, si debía aceptar a Castañeda como su propio defensor, ni a recibir pruebas en descargo del acusado en la fase plenaria, razones en las que fundamentó, finalmente, el auto resolutorio.

Sabía, me dijo, lo que se le venía encima; y como lo esperaba, no tardó en despertarse una abierta hostilidad en su contra. Desde el pulpito, el Canónigo Oviedo y Reyes lo amenazó airadamente con negarle en adelante los sacramentos; surgieron presiones oficiales, los dos periódicos de León lo trataron de inexperto y precipitado, y en repetidas sesiones de la Junta Directiva del Club Social se habló de expulsarlo por indeseable. Aunque si algo lo había determinado a no aguardar a una mejor reflexión, violentando su regla de consultar siempre con sus dos mejores consejeros, la almohada y su esposa, fue la visita que esa noche le hizo el Capitán Ortiz en el Juzgado.

El Capitán Ortiz se presentó muy catrín y oloroso, pues estaba invitado a una boda, los pliegues del uniforme de gala color caqui bien almidonados y las botas y las correas lustrosas, pero sin abandonar la pistola automática que, como siempre, le colgaba pesadamente al cinto. Acababan de afeitarlo y las heridas de la navaja en su barbilla pronunciante lucían marcadas con toques de mercurio cromo. El Juez Fiallos, despeinado y en mangas de camisa, tenía ratos de estar discutiendo sobre la mejor decisión a tomar con su secretario Alí Vanegas quien, un tanto soñoliento, esperaba sentado a la máquina.

—¿Qué? ¿No vas a ir al casamiento? —el Capitán Ortiz había sustituido su sombrero stetson por un quepis de visera charolada; se quitó el quepis, con prisa, y lo dejó debajo del brazo—. Ya deberías estar vestido.

—Dichosos los ojos que lo ven —el Juez Fiallos, apoyado sobre el escritorio, levantó apenas la vista de los escritos del reo y del acusador—. Al fin aparece.

—Bueno, no aparecí, pero ya te saqué a Salmerón, ¿no es eso lo que querías? —el Capitán Ortiz se unta los dedos de saliva para frotar el escudo de cobre del quepis. Después, se pasa la mano sobre la calva—. Salió antes de los treinta días que le tocaban.

—Le mandé un oficio, que no me contestó —el Juez Fiallos vuelve lentamente los pliegos sin quitar los ojos de la lectura—. No le bastó con sustraerme a un testigo. Lo metió en la misma celda del reo.

—Eso fue sólo la primera noche, para escarmentarlo —el Capitán Ortiz rechazó el asiento que Alí Vanegas le alcanzaba, no quería ajar su uniforme de gala—; pero no pasó nada. Lástima, Castañeda no se lo comió.

—No se lo comió —el Juez Fiallos remojó un empatador en el tintero para señalar el margen de uno de los pliegos—; pero ahora es su aliado. El que dirigía los aplausos y los vivas, hoy en la mañana, era él.

—Zorros del mismo piñal, Darbishire tenía razón —el Capitán Ortiz hace girar el quepis en el dedo antes de ponérselo, al desgano—. Lo puedo volver a echar preso, si querés, para que no ande agitando a la gente.

—Va a tener que echar preso a medio León —el Juez Fiallos le pasa los legajos a Alí Vanegas. Desde su lugar frente a la máquina de escribir, Alí Vanegas estira la mano para alcanzarlos—; hoy había no menos de doscientas personas aquí.

—Y si le admitís el escrito a Castañeda, va a ver quinientas, oyendo las declaraciones —el Capitán Ortiz, comprimiendo el vientre, se quitó el fajón de la pistola y lo puso sobre el escritorio—. Ese hombre es un enfermo moral, y el que le haga caso es más enfermo todavía. Bueno, pero vos no le vas a hacer caso.

—El que decide eso, soy yo —el Juez Fiallos miró al Capitán Ortiz a la cara por primera vez; la manzana de Adán le temblaba—; y quíteme esa arma de enfrente.

—Claro, el que decide sos vos. Pero si le hacés caso, te vas a meter en un berenjenal, por tu propio gusto —el Capitán Ortiz saca su pañuelo empapado de colonia, y se lo pasa ostentosamente por el cuello y la frente—; acordate, estás en León y aquí tenés enterrado tu ombligo.

—Ya me extrañaba esta visita suya —el Juez Fiallos recoge el fajón de la pistola y se lo extiende—. No tuve los huevos de quejarme por lo del Doctor Salmerón, pero ahora no estoy dispuesto a aguantar más. Voy a hacer público que la Guardia Nacional no me deja actuar. Y écheme preso a mí también.

—No te estoy hablando como militar, sino como leonés —el Capitán Ortiz, obligado de mala gana a recibir el arma, tuvo que guardarse el pañuelo—. Mañana no digás que no te lo advertí a tiempo. ¿Ya te trajeron las cartas?

—Todavía no había admitido el escrito del reo, pero ahora sí. Ya mismo me las pueden traer —en dos zancadas el Juez Fiallos fue a situarse detrás de Alí Vanegas, metiendo él mismo una hoja de papel en el rodillo de la máquina—. Poné allí: «Auto resolutorio».

—Está bien, enterrate. Las cartas te las va a traer Oviedo, el compinche de Castañeda —el Capitán Ortiz se echa el fajón al hombro, dejando colgar la pistola sobre el pecho—. Ese cabrón las tiene todas.

—«Juzgado Primero Criminal del Distrito de León. Seis de diciembre de mil novecientos treinta y tres. Las ocho y quince de la noche —el Juez Fiallos consulta la carátula de su reloj de pulsera, mientras Alí Vanegas comienza a teclear a gran velocidad—. Visto el escrito introducido a las diez de la mañana de esta misma fecha por el reo Oliverio Castañeda Palacios, constituido a la vez como parte defensora en la causa que se le sigue en este Juzgado…»

—Mientras más tierra te echés, más te va a costar salirte del hoyo —el Capitán Ortiz alargó el mentón señalado con toques de mercurio cromo, y entrecerró los ojillos azules—. Y yo, que seré pendejo, todavía aquí, hablándole a las piedras. Ya los novios deben haber salido de la Catedral.

—«… el suscrito Juez, resuelve: Primero: Admítase en lo general el escrito referido, y désele curso con las salvedades que adelante se especifican…» —el Juez Fiallos se inclinó sobre Alí Vanegas para revisar lo escrito, y no levantó la cabeza ni cuando escuchó el sonoro portazo que despegó polvo y cal de la pared.

—El centurión de Caifás ha venido perfumado como una meretriz —Alí Vanegas frunce las narices, buscando el olor que el Capitán Ortiz ha dejado en el aire—. Si quiere cautivar, loción de lujo Reuter debe usar.

—Huele a puta en Dinamarca —el Juez Fiallos se ríe, recogiéndose las mangas de la camisa, sin apartar la vista de la hoja en el rodillo de la máquina.

Sorprenderán seguramente al lector las noticias sobre la activa presencia del Doctor Atanasio Salmerón en las manifestaciones de simpatía en favor de Oliverio Castañeda; las causas de cambio tan abrupto en su conducta, nos serán desveladas pronto. Dejemos por el momento a Manolo Cuadra referirse a esta novedad, en la continuación de su despacho «Bomba de Relojería»:

Pero existen además otras interrogantes de no menos interés. El Doctor Atanasio Salmerón, relevado de su condena antes de los treinta días que le habían sido originalmente aplicados, acusa ahora una nueva y sorprendente actitud, ya que se le ve a la cabeza de las partidas de aurigas, mozos de cordel, vivanderas del Mercado Municipal, artesanos, etc., que se reúnen en el Juzgado a patentizar su adhesión al reo, siendo él quien organiza con gran ahínco las demostraciones, pues los manifestantes le consultan constantemente en su calidad de líder, tal como ocurrió al momento en que se producía la presentación del singular escrito de defensa antes referido; y como había ocurrido ya durante la confesión con cargos de días atrás.

Se trata de un cambio radical y muy sorprendente, pues hasta antes de ser apresado, el profesional médico se mostraba el más acérrimo de los enemigos del Doctor Castañeda; y ahora, en cambio, se destaca como el más ferviente de sus admiradores. Lo interrogamos al respecto en los corredores del Juzgado; pero, muy amablemente, se excusó de respondemos.

¿Qué misterio se envuelve tras esta transformación? La «vox populi» asegura que durante estuvo en prisión, se le puso en la misma celda del acusado; sobre este particular, el Doctor Salmerón también excusó respuesta. ¿Qué habrán conversado los dos en la solitaria reclusión de la celda, de ser cierto el rumor? ¿Qué pudo haber acercado, en todo caso, a los adversarios? Prometemos a nuestros lectores no perder la pista, si es que nuestro Director, Don Gaby Rivas, alentado por el incremento del tiraje de «La Nueva Prensa», nos mantiene asignados a cubrir este caso, el cual depara aún muchas sorpresas.

El Globo Oviedo, la misteriosa tercera persona en posesión de las cartas, tal como el Capitán Ortiz ya lo había averiguado, compareció ante el Juez Fiallos el 9 de diciembre de 1933, para cumplir con la entrega. Desde que se bajó del coche en la puerta del Juzgado fue recibido en ruidosa algarabía por los partidarios de Oliverio Castañeda, y el Doctor Salmerón se encargó de abrirle camino, pues no lo dejaban avanzar. Entró al recinto con paso muy solemne, portando contra la barriga la caja de hilos de coser «Ancla», donde había puesto las cartas, y con igual solemnidad, inclinando la cabeza de rizos envaselinados, la dejó en manos del Juez Fiallos.

Las cartas iban clasificadas en tres atados distintos, amarrados con cordones de zapatos, según el nombre de las remitentes, y ordenadas por fechas en cada uno de los atados. Una vez admitidas bajo reserva del examen pericial caligráfico que debía determinar su autenticidad, Alí Vanegas procedió a enlistarlas debidamente en el acta de recepción, entregándose al Globo Oviedo el recibo correspondiente.

De las cartas sólo conocemos la lista que aparece agregada al expediente. La medianoche de ese mismo día, asaltantes desconocidos penetraron al Juzgado, abriendo un boquete en el techo de la oficina del Juez Fiallos, y las sustrajeron, tras violentar las cerraduras del escritorio.

44. Un encuentro imprevisto en la cárcel

Cuando la noche del 12 de febrero de 1933, el Doctor Atanasio Salmerón, la cabeza vendada y el traje de dril sucio de sangre, fue empujado por los carceleros al interior de la celda, Oliverio Castañeda parecía haberlo estado esperando desde hacía mucho tiempo entre las sombras. Sin apartarse del hueco oscuro de la ventana se volteó un instante y lo miró, con un tenaz parpadeo, apenas alcanzado por la luz de la bujía solitaria que ardía como el rescoldo de una brasa a punto de apagarse.

El golpe metálico de la puerta resonaba todavía en los pasadizos. El Doctor Salmerón alzándose la venda descubrió, sorprendido, la figura de luto en la penumbra, y una punzada de dolor le taladró con saña la frente en aviso de alarma ante el peligro; pero sin ningún amago de amenaza, Oliverio Castañeda tornó a contemplar la oscuridad frente a la ventana enzarzada de alambre de púas.

Así, vestido de luto riguroso, tranquilo y melancólico, parecía regresar otra vez de algún entierro, como si todos los días de su vida no hubiera hecho otra cosa que asistir a entierros; el nudo de su corbata negra lucía compuesto de manera atildada, y en los puños almidonados de su camisa las dos piedras rojas engastadas en oro refulgían con el mismo resplandor de sangre del mediodía de febrero en que lo había visto por primera vez de cerca, junto al lecho de su esposa agonizante.

Oliverio Castañeda se volvió de nuevo por un momento, sus ojos de miope buscándolo otra vez, ávidamente, tras los lentes; pero no encontró en ellos ningún destello de odio, ningún asomo de sarcasmo; más bien, un rictus de misericordia insuflaba de manera dolorosa sus labios.

Aunque llevara todas las de perder, porque lo encerraban en aquella trampa herido y extenuado, y se sabía, además, más viejo y menos fuerte que su enemigo, apretó instintivamente los puños; si planeaba sorprenderlo con su impasividad y aparente abandono, y de repente se le lanzaba encima para agredirlo, estaba dispuesto a defenderse de cualquier manera; o a responder a sus burlas y ofensas, porque como buen maestro de simulaciones y dobleces, bien podía pasar, de pronto, de aquel estado de triste mansedumbre a la procacidad y a la vileza. Lo conocía de sobra.

Pero cuando tras largo rato Oliverio Castañeda le habló por primera vez, no había ninguna burla ni agresividad en su voz, era como el susurro de un viento lastimero soplando entre las tumbas del cementerio del que otra vez regresaba; y en su soplo, parecía recoger el perfume de viejas guirnaldas y coronas que se marchitan.

—Usted es el único que puede ayudarme, Doctor —Oliverio Castañeda seguía buscando algo más allá de la ventana, más allá de los muros.

—¿Ayudarte? ¿Y yo por qué? No me jodás —el Doctor Salmerón, demorándose en responder, tuvo la vana pretensión de demostrar altanería. Pero agobiado por aquel perfume malsano, sus palabras se quebraron como los trozos de un cristal turbio en su garganta reseca y terminaron de hacerse trizas en su boca.

—Porque Ud. y yo no somos enemigos. Jamás lo hemos sido —Oliverio Castañeda acercó los dedos a las espigas del alambre, probando al descuido el filo de las puntas.

El Doctor Salmerón se ajustó detrás de la cabeza el nudo de la venda fabricada con el jirón de su camisa, que otra vez floja, le caía sobre los ojos. La voz remorosa seguía entreteniéndose en la oscuridad de los mausoleos cerrados y los túmulos funerarios.

—Dígame: ¿Por qué íbamos a ser enemigos? Los que mandaron a golpearlo, los que lo encerraron aquí conmigo para que nos destrozáramos, esos son los enemigos que los dos tenemos —Oliverio Castañeda avanzó hacia él sin dejar sentir sus pasos.

El Doctor Salmerón retrocedió al verlo acercarse, y uno de sus zapatos se le zafó, porque los carceleros lo habían despojado de los cordones.

—No tiene por qué tener miedo de mí —Oliverio Castañeda le enseñó las palmas de las manos, deteniéndose a unos pasos de él. El perfume de flores marchitas parecía emanar ahora de sus ropas de luto y de su aliento.

—Y yo por qué voy a tenerte miedo, faltaba más —el Doctor Salmerón bailoteaba, tratando de meterse a tientas el zapato, sin quitarle ojo.

—Así me gusta —cabeceó pausadamente Oliverio Castañeda, las manos todavía extendidas—. Ni Usted me tiene miedo, ni yo le tengo miedo. Oigame, pues, sin temor.

—Es un abuso de esos sicarios haberme metido aquí, es lo único que yo sé —el Doctor Salmerón, procurando siempre no perderlo de vista, se agacha al fin para calzarse el zapato—; y no sé qué jodido es lo que tengo que oírte.

—Que Usted es el único que puede ayudarme —Oliverio Castañeda abandona los brazos, bajando la cabeza, como si de su enemigo sólo esperara piedad, o el golpe de gracia.

—Ve con la que me salís. ¿Ayudarte en qué cosa? Si los dos estamos igual de hechos mierda. Y yo peor, porque a mí me rajaron la cabeza, y vos hasta bien planchado te mantenés aquí —la herida vuelve a punzarle, y el Doctor Salmerón se lleva la mano a la frente. Sus dedos se humedecen con la sangre que sigue transpirando de la venda.

—Pero a Usted no lo van a asesinar, y a mí sí —Oliverio Castañeda se quita con cuidado los lentes y se restriega el entrecejo.

El Doctor Salmerón frunce los labios como si fuera a escupir, en un gesto de divertido asombro.

—Le da risa pensar que un criminal tema que vayan a asesinarlo, ¿verdad? —Oliverio Castañeda sigue con los dedos en el entrecejo, los ojos cerrados.

—Qué bien leés el pensamiento. Se ve que no solamente te pintás para seducir mujeres —el Doctor Salmerón, aturdido por el dolor de la herida se arrima de espaldas a la puerta de la celda, y deja descansar la cabeza contra la lámina.

—También entre mis cualidades está la sinceridad, Doctor —Oliverio Castañeda vuelve a colocarse los lentes, tomándolos delicadamente por las patas—. Yo no soy ningún asesino. Por eso es injusto que vayan a matarme como a un perro.

—Como al perro del Doctor Darbishire —la frialdad de la lámina traspasa la espalda del Doctor Salmerón, provocándole un repelo, como de fiebre.

—Ahí tiene —Oliverio Castañeda se alejó de nuevo, con paso cansado, hacia la ventana oscura—, su maestro el Doctor Darbishire. ¡Cuánto lo odia a Usted ese anciano! Y así lo odian todos los demás. ¿Por qué será que lo odian tanto los ricos de León, Doctor?

—Vos debés saberlo mejor que yo, que tan a gusto andabas entre ellos —el Doctor Salmerón se despegó de la puerta. Los escalofríos le recorrían todo el cuerpo, y se abrigó con los brazos—. A mí nunca me han querido, porque no soy de alcurnia. Pero vos...

—Yo soy hijo natural, Doctor, no se olvide —el susurro de Oliverio Castañeda perfumaba otra vez la celda con su aroma de ramos marchitos—; un bastardo que se atrevió a meterse al cercado ajeno, como ustedes bien dijeron en «El Cronista». Pero no he envenenado a nadie.

—Eso andá decíselo al Juez —el Doctor Salmerón se movía con cuidado, para no perder los zapatos—. Las pruebas te hunden.

—El Juez. Y Usted me lo menciona. ¿Por qué cree que no quiso recibirle las pruebas? —Oliverio Castañeda dejó la ventana y se arrimó al camastro, palpando el borde como un ciego—. Porque es un timorato, igual que todos los demás, que se llaman entre ellos aristócratas. Aristócratas que ni siquiera han evolucionado al retrete de cadena. Siguen cagando en excusados.

—Peor te hubiera ido. Esas pruebas son las que te hunden —el Doctor Salmerón fijó tímidamente los ojos en la garrafita que destellaba sobre la mesa de pino, con el vaso volteado sobre el gollete, a pocos pasos de él. Ya la había notado antes; y a la vista del agua cristalina, la sed volvía a escocerle la garganta—. Las pruebas de que usaste estricnina.

—No sea tan ingenuo, Doctor. Sus descubrimientos no valen nada —Oliverio Castañeda se había sentado pesadamente en el camastro—; es sobre mis amores con las Contreras, sobre los fraudes de Don Carmen, que el Juez no quiso oírlo. Beba, el agua no tiene estricnina.

—Tengo tan amarga la boca, que ni cuenta me voy a dar —el Doctor Salmerón arrastró los pies hasta la mesa y quitó el vaso del gollete—. Y eso de que mis pruebas no valen nada, está por verse.

—Ni las pruebas que Usted cree tener, ni los experimentos con perros indefensos, valen nada, Doctor. En eso, su maestro el Doctor Darbishire lleva razón —Oliverio Castañeda sacó debajo de la almohada una colcha amarilla de jaspes negros, igual a una piel de tigre, y la desdobló—. Pero ¿qué importancia tiene ahora? De todos modos, sus enemigos y los míos ya tienen decidido asesinarme.

—Tus víctimas ¿ya no son importantes? —el Doctor Salmerón da un sorbo, reteniendo el agua en la boca. Después, bebe ávidamente hasta agotar el vaso, y vuelve a servirse.

—Las víctimas somos ahora Usted y yo —Oliverio Castañeda viene con la colcha desplegada en las manos y la coloca cuidadosamente sobre los hombros del Doctor Salmerón.

—¿Por qué envenenaste a tu esposa? —el Doctor Salmerón deja el vaso sobre la mesa, y agarra los bordes de la colcha para arroparse. El aroma de flores marchitas ha desaparecido y la celda recobra su olor a orines, a excrementos represos y a creolina—. Hubieras podido seguirte cogiendo a todas las Contreras sin necesidad de sacrificarla a ella.

—Yo no la envenené, yo no he envenenado a nadie —Oliverio Castañeda bebe el agua que queda en el vaso—. A Usted se lo van a llevar de esta celda en cuanto amanezca, y a lo mejor ya nunca nos vamos a volver a ver. Créame ahora, que no tenemos mucho tiempo.

—Y con María del Pilar te pudiste haber casado sin necesidad de envenenar a la hermana, ni a Don Carmen —el Doctor Salmerón saca una mano de la colcha para componerse de nuevo la venda—. A él, más a que a ninguno, lo tenías en tus manos.

—Yo no andaba buscando matrimonio —Oliverio Castañeda rodea por los hombros al Doctor Salmerón—. Pero si con alguien me hubiera casado, es con Matilde; a ella siempre la respeté. Venga a sentarse a la cama.

—No me vas a decir que se tomó un veneno por vos, cuando supo que vivías con María del Pilar —el Doctor Salmerón se deja conducir, deja que lo siente en la cama—. Porque con María del Pilar sí vivías. Tengo en mi poder una declaración del mandador de la finca adonde ibas a verte con ella.

—No ofenda la memoria de Matilde achacándole suicidio, Doctor. Yo la quería, a ella sí la quise —Oliverio Castañeda se sienta junto al Doctor Salmerón en la cama, y no le quita el brazo de los hombros—. Las oportunidades que me dio fueron muchas, pero nunca la toqué. A la otra sí. Le reconozco que es mi mujer.

—Ahora va a resultar que tampoco tocaste a Doña Flora —el Doctor Salmerón, recogido dentro de la colcha mira abstraído las lengüetas de sus zapatos sin cordones.

—Menos, Doctor. A ella menos —Oliverio Castañeda quitó la mano de los hombros del Doctor Salmerón, y apoyando los codos en las rodillas, se inclinó para mirar también en dirección al piso—. Y viera cómo me acosaba.

—Entonces, de María del Pilar no pasaste —el Doctor Salmerón volvió la cabeza hacia Castañeda, y después clavó de nuevo la vista en las lengüetas de los zapatos, alcanzándolas con la mano para tratar de estirarlas—. Y Matilde murió virgen, como dice el dictamen de la exhumación. A otro perro con ese hueso.

—Pura la enterraron, como yo la conocí —Oliverio Castañeda dejó descansar la barbilla en las manos, los codos siempre sobre las rodillas—. ¿Por qué le iba a mentir sobre eso? ¿En qué me perjudica?

—Y a Rafael Ubico, ¿por qué lo envenenaste? —el Doctor Salmerón empezaba a sentir calor, y aflojando el envoltorio de la colcha, se descubrió el pecho—. No me digás que también por cariño, como envenenaste a Matilde.

—Ya le dije, no la envené. Y eso de Ubico, es el mayor invento de todos —Oliverio Castañeda hundió la cabeza entre las rodillas—. Un crimen por el que nunca me acusaron. ¿Qué clase de crimen es ése? El General Ubico le ha pedido mi cabeza a Somoza; pero porque soy su enemigo político, no porque haya matado a su sobrino. Por eso quieren fusilarme.

—¿Vos tenés todas las cartas que ellas te escribieron? —el Doctor Salmerón se levantó, dejando la colcha sobre la cama, y avanzó hacia la ventana oscura en busca de la caricia del aire.

—Las tiene el Globo Oviedo —Oliverio Castañeda lo siguió con la mirada en su camino hacia la ventana—. ¿Pero qué importan ahora esas cartas? Lo que necesito es su ayuda.

—¿Estás dispuesto a entregarme esas cartas? —el Doctor Salmerón acercó la cabeza al boquete alambrado. De lejos, con el aire, llegaban mugidos de reses, ladridos de perros, los gritos de una riña callejera.

—Son suyas. Si me ayuda, son suyas —Oliverio Castañeda se movió solícito hacia un lado para dejarle lugar al Doctor Salmerón que regresaba al camastro chancleteando con prisa.

—Sólo me falta preguntarte una cosa —el Doctor Salmerón aparta la colcha antes de sentarse.

—Todo lo que Usted quiera —Oliverio Castañeda estira los puños de la camisa y las piedras engastadas en sus mancuernillas destellan en la escasa luz del rincón del camastro con un fulgor de sangre vieja—. Ya no hay secretos entre los dos, Doctor.

—Sí, queda un secreto —el Doctor Salmerón se sienta en el filo del camastro, una nalga de fuera, volteando por completo hacia Oliverio Castañeda—. Sólo quiero que me digás si es cierto que envenenaste a tu madre.

Alguna vez el Doctor Darbishire le había mencionado que el galán padecía de halitosis; y ahora, cuando Castañeda abre la boca y se queda sin responderle, es aquel olor malsano el que el Doctor Salmerón percibe en la proximidad de su aliento.

—¿La envenenaste para que dejara de sufrir? Quiero que me digás si eso es cierto, o no es cierto. Y no me mintás —el hálito enfermo revuelve el estómago vacío del Doctor Salmerón.

—Nunca estuve en el Hospital de Chiquimula hasta que ella había muerto —la voz de Oliverio Castañeda se rompe de pronto en un sollozo—. Mi padre no quiso moverse de Zacapa para ir a recoger su cadáver a la morgue. Fui y solo. Yo le puse la mortaja, yo la metí en su ataúd. Y apenas tenía yo catorce años, Doctor.

—¿Y ese libro, «Secretos de la Naturaleza»? ¿Qué hacía la foto de tu madre enferma en ese libro sobre venenos y eutanasia? —el Doctor Salmerón acerca aún más la cabeza, reteniendo la respiración.

—El Doctor Castroviejo, el Director del Hospital, se lo prestó a mi madre, que era aficionada a la botánica —Oliverio Castañeda tiembla, estremecido por el llanto—. Yo lo metí junto con todas sus cosas en su valija, cuando llegué a traer el cadáver. Nadie me lo reclamó. Y lo he llevado conmigo, con la foto, porque son recuerdos de ella.

—Eso, ¿me lo podés jurar? —el Doctor Salmerón lo agarra por las solapas del saco, y lo sacude.

—Se lo juro —Oliverio Castañeda hizo las cruces con los dedos, y las besó.

—Bueno, te creo —el Doctor Salmerón lo soltó, los dedos mojados de lágrimas—. Te creo, pero ¡ay de vos si me estás engañando!

—No tengo por qué engañarlo —la voz de Oliverio Castañeda era de pronto dura e implacable, como un cuchillo al que acabaran de sacar filo en la piedra.

—Ahora, vamos a lo de las cartas —el Doctor Salmerón lo urgió, palmeando las manos.

—Le voy a entregar dos, que se cruzaron en el camino —Oliverio Castañeda se quitó los botines, y buscó debajo de las plantillas—. Esta es copia de una que le envié a Matilde desde Costa Rica. La otra es de ella para mí, con pocos días de diferencia. Verá en la mía cuáles son las intenciones rectas de mi cariño. Verá en la suya su pasión por mí. No me he separado de estas cartas porque son prueba del amor sincero que nos tuvimos, más allá de la muerte. Guárdelas Usted, no quiero verlas mancilladas en un Juzgado.

—¿Y las demás? —el Doctor Salmerón recibió las cartas, apelmazadas y húmedas de sudor, y se las metió rápidamente en el bolsillo del saco.

—Las demás se las va a entregar el Globo Oviedo —Oliverio Castañeda fue hasta la mesa, y de pie empezó a escribir una nota—. Pero hasta después.

—¿Cómo hasta después? —el Doctor Salmerón, sentado en el camastro, oía rasgar el empatador—. ¿Después de qué?

—Después que me haya fugado de aquí —Oliverio Castañeda agitó el papel para secar la tinta—. En la fuga es que Usted me va a ayudar. Ese es el trato.

—¿Fuga? —el Doctor Salmerón se incorpora de un brinco—. Y a mí, ¿quién me va a sacar de aquí?

—A usted tienen que sacarlo, por mucho que lo odien —Oliverio Castañeda viene con la hoja y se la entrega—. Sólo quieren escarmentarlo, por atrevido. Tenga por seguro que el cuerpo médico va a protestar. Aquí, el único condenado a muerte soy yo.

—El cuerpo médico… —el Doctor Salmerón lee el encabezado, alejando el papel de los ojos: «Querido Montgolfier:»; y, dándose por satisfecho, se lo guarda—. Esos cabrones son los peores.

—El plan de fuga comienza a marchar apenas Usted esté en la calle —Oliverio Castañeda extiende la colcha atigrada sobre las baldosas. Se despoja del saco y va a colgarlo de un clavo en la pared; se quita también la corbata y se desabotona la camisa—; lo primero, no tiene que decir nada de esto a nadie cuando salga de aquí. Es muy peligroso para los dos. Y en segundo lugar, debe seguir comportándose como el peor de mis enemigos. Atáqueme sin piedad. Nadie debe sospechar que estamos aliados. Acuéstese.

—¿Qué más tengo que hacer? —el Doctor Salmerón busca la cabecera del camastro para tenderse—. Una fuga no es juguete.

—Todas mis instrucciones va a recibirlas a través de una mujer, Salvadora Carvajal. Solamente ella y Usted saben de la fuga —Oliverio Castañeda, en paños menores, se acerca a acomodar la almohada, dura y grasienta, bajo la cabeza del Doctor Salmerón.

—La conozco —el Doctor Salmerón, echado boca arriba, abandona la cabeza en la almohada—. Sé dónde vive.

—Magnífico, Doctor. Y no lo olvide: Usted sigue siendo mi enemigo, y yo sigo siendo un caballero que calla —Oliverio Castañeda se acuesta sobre la colcha desplegada en el suelo—. Usted me sigue atacando, y yo sigo negando mis amores con las Contreras, así apaciguo en algo a la jauría. Cuando yo esté en Honduras, dese gusto publicando las cartas. Menos las dos que le entregué. Y ahora, duérmase.

—Ojalá no nos estén oyendo —el Doctor Salmerón obedece sin ninguna resistencia la orden de dormirse, invadido otra vez por la enfermiza fragancia de los ramos funerarios. Ese es, al fin y al cabo, se dice, mientras su cabeza adolorida se hunde en el sopor, el perfume dulce y embriagante de la venganza contra sus enemigos.

—No se preocupe, no van a volver hasta mañana para ver si ya nos matamos —el susurro se levanta desde el piso, indolente y lejano, arremolinando los pétalos caídos, batiendo los ramos, estremeciendo las cancelas de los mausoleos cerrados—. Pero antes de que se lo lleven de esta celda, no se olvide de meterse las cartas en el forro de la corbata. O en los calzoncillos. Duérmase.

La orden volvía en un susurro, pero penetraba en su sueño con el fulgor de un cuchillo acerado.

45. Se prepara un aventurado plan de fuga

Oliverio Castañeda ya no alcanzó a explicarle al Doctor Atanasio Salmerón qué extraño impulso de su capricho lo había llevado a presentar aquel escrito audaz y sorpresivo del 6 de diciembre de 1933, último adiós a sus soberbias amorosas, desplantes y veleidades. Pero el Doctor Salmerón tampoco pudo ya explicarle por qué no había cumplido su parte en el pacto acordado, pues en lugar de seguirse mostrando como su tenaz enemigo, desde el día siguiente a su salida de la cárcel se puso a la cabeza de las manifestaciones de apoyo y simpatía en su favor.

Ninguno de los dos cumplió con lo que le tocaba, y sin embargo, el plan de fuga siguió adelante hasta su consumación. El mismo 6 de diciembre en que se presentó al Juzgado para leer su escrito, Oliverio Castañeda hizo llegar el primer mensaje a su cómplice a través de Salvadora Carvajal, tal como había sido convenido; desde comienzos de noviembre la antigua sirvienta de la familia Contreras tenía acceso a la cárcel, habiendo recibido al fin la autorización de recoger una vez por semana la ropa sucia del reo, ocasión que aprovechaba para llevarle algunos alimentos.

Este es el escueto mensaje que ella sacó de la cárcel, escondido en su corpiño, tal como podemos leerlo en el expediente secreto del Doctor Salmerón:

> El ángel que anunció a María batirá sus alas el día en que los pesebres estén en los portales. Serán las seis de la tarde, cuando revientan los cohetes que celebran la natividad del Mesías. Tenga Ud. un caballo con buena andadura, y buena albarda, amarrado en la baranda del puente del río Chiquito sobre la calle de Guadalupe. El caballo deberá estar solo.
>
> El ángel habrá de esperarlo a Ud. a las nueve p.m. en la morada de quien le lleva este mensaje. La puerta de la morada estará cerrada con candado puesto por fuera. Ud. deberá entrar por la puerta del patio. Allí nos despediremos.

Deberá conseguir: vaqueano de confianza que conozca el camino a la frontera con Honduras; un arma, de preferencia revólver, con suficientes cartuchos; la cantidad de cien córdobas, y la cantidad de cincuenta lempiras. El ángel montará la misma bestia a la hora en que el pase del Niño Jesús sale a la Catedral (diez p.m.). El vaqueano deberá esperarlo en el camino que sale por el Hipódromo hacia Posoltega, Barrio de San Felipe.

El ángel le recuerda: no revelar nada sobre el vuelo a nadie, ni a quienes comparten su MESA, ni al amigo común (Montgolfier), para quien recibió Ud. el mensaje. El ángel sigue confiando en Ud. hasta la muerte, y en nadie más que en Ud., pero Ud. no debe confiarse en NADIE.

Suyo,
EL ÁNGEL

Tal parece que el ciego empeño de los dos aliados hubiera sido violentar, punto por punto, lo convenido en la cárcel. Ya sabemos que Oliverio Castañeda decidió poner en manos del Juez Fiallos las cartas prometidas al Doctor Salmerón, quien lejos de molestarse por esta nueva violación del pacto, se encargó él mismo de abrir paso al Globo Oviedo cuando llegó al Juzgado a depositarlas, portando solemnemente la caja de hilos «Ancla»; y el Doctor Salmerón, pese al recordatorio contenido en el mensaje, acudió a sus contertulios de la mesa maldita para auxiliarse en la preparación del plan de fuga, alejándose así del acuerdo, y de toda prudencia.

Malabares del destino, llama el Capitán Prío a este descarrío de mutuas promesas, en una grabación que el autor le hizo el 17 de octubre de 1986 en el nuevo y más modesto local de su establecimiento, pues la antigua Casa Prío, frente a la Plaza Jerez, fue incendiada durante la insurrección final contra la dictadura, en junio de 1979. He aquí parte de la transcripción del casete:

Era un 7 de diciembre, día de la famosa Gritería aquí en León. El Doctor nos citó para encontrarnos después de las seis de la tarde en la vivienda de la Salvadora Carvajal, en Subtiava, ya sabés bien quién era ella. No había vuelto a haber reuniones desde que se llevaron preso al Doctor... no, más bien desde antes dejamos de vernos. Era con el pretexto de que llegábamos a gritar la Purísima ante el altar de la Salvadora y ante otros altares del mismo Subtiava, que es muy rumboso en Purísimas, a nadie iba a extrañarle porque es una noche en que todo el mundo se lanza a las calles. Una reunión allá en la poderosa Casa Prío, ni pensarlo, con todo lo que había pasado, hubiera sido peligrosísimo.

Rosalío Usulután ya no andaba escondido. Llegó envuelto con un grupo de festejantes de la Españolita, portador de una estrella forrada de papel espermado, de esas que llevan farola adentro, todavía salen esas estrellas en días de Gritería. Pero Cosme Manzo ya no apareció, mandó a avisar que estaba postrado en la cama con topa, y tenía miedo que se le bajara a los testículos si se movía. No te puedo asegurar si fue pretexto, o era verdad, lo de la topa, la cosa es que no llegó; aunque con la traición que hizo después, no me extraña que fuera mentira.

Yo cumplí, teniendo que dejar el negocio en una hora de mucho movimiento. Nos retiramos a hablar en el patio, mientras adentro, donde estaba el altar, tronaban triquitraques, y la cantadera a la virgen, en lo fino. Le oí al Doctor lo que tenía que exponernos, pero para decir verdad, de acuerdo con aquel plan, yo no estaba. Era ya meterse en mucha aventura, y además, todo al revés ahora de como había sido antes, no. Me ayudó que para mí no había papel, se lo dije. «Su papel es callar, Capitán», me contestó él. O. K., me callé, pero ¿para qué me llamaba, entonces? Saber era correr peligro, sin necesidad. Y qué iba yo a hacerle ver su cambio, decirle: ¿cómo es posible, Doctor? Para esto que está haciendo ahora, no necesitaba haber andado buscando cómo hundir a Castañeda. Pero no: machete, estate en tu vaina, fue mi reflexión. Además, en todas las cosas que siempre se platicaban, yo no metía mucha cuchara, yo era como el anfitrión, oía, daba ciertas opiniones, pero hasta allí.

Rosalío estaba en las mismas mías. Me miraba allí en el patio, como diciéndome: ¿y éste? Este no es el Doctor, no lo conozco. Pero él era hombre leal, y agarró su parte en la propuesta que era conseguir el caballo, el mismo caballo que había alquilado para ir a la finca cuando lo mandaron al mandado aquél. «No vayás a decir para dónde va el caballo porque no lo alquilan; si no vuelve, yo lo pago» le recomendaba el Doctor, sofocado. Pobrecito, quería que todo le saliera bien.

A Manzo le mandó razón con Rosalío. Manzo tenía que conseguir los lempiras porque él comerciaba con hondureños, yo creo que de contrabando, porque Manzo no andaba con carambadas, arrancaba de donde podía. No me recuerdo ahora del revólver, creo que también lo dio Manzo, no estoy seguro. El vaqueano sí me recuerdo que el Doctor iba a conseguirlo en Somotillo, allá por la frontera de Honduras, con unos sus pacientes de esos lados.

¿Manzo? No sé qué camino cogería, el muy lépero, lo más probable es que se haya regresado a Honduras, porque de allá era él, de Tela. Aquí vendió todo, pero no creás que se fue allí nomás por vergüenza, ni nada por el estilo, tardó sus años todavía con la abarrotería «El Esfuerzo» abierta. Lo que sé es que en 1936, cuando Somoza viejo le dio el lomazo a su tío Juan Bautista, ya no estaba; moriría allá en Honduras, con el cuchumbo de los dados en la mano. Si es que ya murió.

Hay que ver cómo es la vida, hombre Sergio. Uña y carne Manzo con el Doctor, y cuando más lo necesitaba, lo traiciona. Colaboró, es cierto, dio lo que se le mandó a pedir, pero ya se había puesto en comunicación secreta con el Capitán Ortiz, eso el Doctor lo supo hasta ya después. Todo el plan lo vendió; por dinero, no creo, él no necesitaba pedir reales para eso, lo que pasa es que el traidor es traidor y el miedo es como un resorte de la traición. Si no estaba de acuerdo, se hubiera callado, como me callé yo. Pero no que fuera a alzar su pie hasta el Comando para contarlo todo; yo lo vi salir ese día del Comando y qué me iba a imaginar, todavía pasó por aquí echándose su cerveza Xolotlán. «Es que ando viendo el asunto de un permiso para que me dejen pasear el bacalao en la calle, ahora para todo quieren permiso, sólo por cobrarle a uno, ya no hallan qué cobrar», me echó la gran mentira, tan tranquilo.

De acuerdo a la misma grabación de la plática del autor con el Capitán Prío, Rosalío Usulutlán no solamente colaboró con el plan de fuga en lo que le había sido asignado; también llegó a sumarse, aunque de manera bastante tímida y temerosa, a la barra que dirigida por el Doctor Salmerón alborotaba en el Juzgado; y algunas veces se atrevió a acompañar las manifestaciones que seguían al reo hasta las gradas del portón de la XXI.

Las cartas entregadas por el Globo Oviedo fueron robadas del Juzgado en algún momento de la medianoche del 9 de diciembre de 1933; y a la mañana del día siguiente, el Juez Fiallos ya no esperó más, y envió al Presidente de la Corte Suprema de Justicia el telegrama de renuncia cuyo texto había repasado muchas veces en su cabeza:

Impedido continuar desempeñando mis labores judiciales con prontitud y esmero requeridos por causa continuas invasiones mi fuero por parte autoridades militares deliberadamente atropellan leyes y procedimiento deberían más bien estar obligadas respetar quédame no otro recurso para elevar esa Honorable Corte mi renuncia irrevocable. Mientras procédase nombramiento mi sustituto ruégole designar inmediatamente autoridad judicial subrogante debo hacer entrega mis responsabilidades. Dedícome desde ya preparar inventario muebles y útiles oficina y registro causas pendientes.

La respuesta del Doctor Manuel Cordero Reyes, Presidente de la Corte Suprema de Justicia, que llegó desde Managua por la misma vía esa tarde, podemos leerla también en el expediente del caso:

Corte Suprema de Justicia en pleno ha conocido mensaje suyo renuncia cargo Juez Primero Criminal Distrito León. Dada extrema gravedad y relevancia social caso Ud. actualmente investiga relación incalificables crímenes ha sido víctima estimable familia Contreras esa ciudad sírvase abstenerse abandonar obligaciones desempeño judicial hasta tanto esta Corte no le notifique nombramiento sucesor. Adviértole sobre responsabilidad civil y administrativa conlleva desacato ante resolución. Acuse recibo.

En 1964, cuando el Juez Fiallos llegaba al final de sus años de rector de la Universidad, muy próxima ya su muerte, como secretario suyo yo debía acompañarlo en sus visitas semanales a las Facultades que funcionaban en Managua. Durante los trayectos de ida y regreso a bordo de un viejo Oldsmobile de alquiler, y durante nuestros almuerzos en el restaurante «El Patio», la conversación se extendía sobre las experiencias de su juventud, los fracasos y desencantos de su vida política, sus concepciones frente al mundo, lo que él llamaba humanismo beligerante; sobre el arte y la literatura y sobre el oficio de escritor —ya había prologado para entonces mi primer libro de cuentos—. Yo solía introducir en las pláticas el caso Castañeda, tema de estudio en nuestra clase de Instrucción Criminal en la Facultad de Derecho, pero que me interesaba antes de nada porque el voluminoso expediente podía leerse como una novela, y porque él era protagonista de esa novela.

Valiéndome de mi propia memoria, pues no guardo notas de esas pláticas, he incluido ya en capítulos anteriores apreciaciones suyas sobre el juicio. Debo decir, sin embargo, que no era su tema preferido. Lo evocaba con nostalgia, porque estaba, al fin y al cabo, entre los episodios de su juventud; pero en sus recuerdos pugnaba siempre un dejo de amarga ironía, sobre todo cuando me hablaba de esas últimas semanas de permanente frustración, amarrado por fuerza al cargo judicial y despojado ya de motivaciones de cualquier especie, mientras se decidía a sus espaldas el verdadero curso del proceso.

Después de terminado el juicio no tardaron en salir a luz evidencias de lo que entonces era obvio: la Guardia Nacional, el verdadero poder detrás del débil gobierno del Presidente Juan Bautista Sacasa, manejaba la conspiración para impedir que los testigos nombrados por Castañeda se presentaran a declarar; y si algunos pocos acudieron, fue sólo para mostrarse deliberadamente esquivos y poco explícitos. Años más tarde, como nos lo explicará el Capitán Prío, también salieron a luz los procedimientos urdidos por la misma Guardia Nacional para asaltar el Juzgado y secuestrar las cartas.

Solamente la cocinera Salvadora Carvajal, interrogada el 10 de diciembre de 1933, respondió sin vacilaciones al pliego de preguntas, a pesar de haber sido citada el día anterior al Comando Departamental por el Capitán Ortiz, quien la amenazó, mostrándole denuncias sobre un destace clandestino de cerdos instalado en su casa. No le hizo, sin embargo, ninguna advertencia sobre su participación en el plan de fuga, pues no era del interés de la Guardia Nacional frustrarlo, como luego se verá.

La niña Leticia Osorio, a quien el Juez Fiallos todavía recordaba bien por su inteligencia despierta y la sorprendente soltura que pese a su edad exhibía en sus respuestas, se presentó a absolver el pliego de preguntas de la defensa el mismo 10 de diciembre, acompañada del Doctor Juan de Dios Vanegas, abogado acusador. De su vivacidad de antes no quedaba nada esta vez:

PLIEGO DE PREGUNTAS EN LO QUE CONCIERNE A MATILDE CONTRERAS:

Pregunta nº. 1: Diga la testigo si es cierto, como en efecto lo es, que mientras estudiábamos por las noches en el corredor de la casa, Matilde Contreras, a quien Ud. conoció, me acariciaba el pelo y la barbilla. Esto lo vio Ud. cuando llegaba a dejarnos el café, y vio también que nos tomábamos de la mano y yo besaba la suya.

Respuesta: Yo no me di cuenta de nada.

Pregunta nº. 2: Diga la testigo si es cierto, como en efecto lo es, que un día me vio salir del aposento de la ya dicha Matilde, a altas horas de la noche; y que ella estaba durmiendo sola, pues María del Pilar andaba en Chichigalpa visitando a la familia de Don Enrique Gil.

Respuesta: Yo no lo vi salir, ni me acuerdo que la Niña Matilde haya dormido sola.

Pregunta nº. 3: (Desechada por el Juez, por ser capciosa.)

Pregunta nº. 4: Diga la testigo si es cierto, como en efecto lo es, que mi esposa, Marta Jerez de Castañeda, reclamó un día en presencia de Ud. a la ya dicha Matilde, acusándola de perturbar nuestro matrimonio, llamándola prostituta desvergonzada y con otros términos fuertes.

Respuesta: Yo no oí eso que dice. No oí nada.

Pregunta nº. 5: (Desechada por el Juez, por ser capciosa.)

En este punto la defensa solicita se suspenda el interrogatorio, al ser obvio que ha sido comprada la voluntad del testigo, sacándose provecho de su corta edad, tal como puede verse fácilmente por su misma presencia, ya que viste zapatos y vestido nuevo, todo de buena calidad, atuendos que nunca se le suministraron antes en la casa donde sirve como doméstica; y además, porque el Juez ha tachado preguntas claves que inutilizan el objetivo del cuestionario.

La acusación interviene para protestar las aseveraciones del reo sobre la veracidad de las respuestas de la testigo, y pide que sean rechazadas por antojadizas.

El Juez acepta la suspensión del interrogatorio por provenir la solicitud del mismo defensor, quien preparó las preguntas; pero admite la protesta de la acusación y resuelve no dar paso a las afirmaciones sobre la voluntad de la testigo. En cuanto al reparo por la supresión de preguntas contenidas en el cuestionario, se recuerda a la defensa que el artículo 225 In. faculta al Juez para tal cosa, sin necesidad de dar explicación de sus motivos.

Eufrasio Donaire, de generales desconocidas, mencionado por la defensa como testigo presencial de ciertas citas amorosas, fue buscado por el oficial notificador en la finca rústica «Nuestro Amo», que tenía como aparente domicilio y lugar de trabajo, a fin de hacerle entrega de la citación. Nadie supo en el sitio dar razón de su paradero; y no compareció a declarar, pese a habérsele llamado por medio de cédulas colocadas por tres veces consecutivas en los tableros del Juzgado, de acuerdo al mandato de ley.

Dolores Lorente, de generales descritas en autos, mencionada por la defensa como correo de ciertas cartas sentimentales, al contestar al pliego de preguntas el 14 de diciembre de 1933, negó toda la relación con las cartas, exigiendo más bien al reo, en el curso del interrogatorio la liquidación de su sueldo correspondiente al tiempo que sirvió en su casa, y que de acuerdo a su dicho, nunca le fue pagado. Por su parte, la defensa solicitó se mandara a certificar que la declarante había sido empleada días antes como cocinera de tropa en el Comando Departamental, pidiendo además se hiciera constar en la misma certificación el monto de su salario. Requerido al efecto, el Oficial de Pagos y Suministros de la Guardia Nacional demoró en evacuar el trámite, respondiendo finalmente que ninguna persona se encontraba en planilla bajo ese nombre.

Demetrio Puertas, tenedor de libros y empleado como contador de la firma C. Contreras & Cía., introdujo el 15 de diciembre de 1933 un escrito acusando formalmente al reo de falsas imputaciones; reclamando, además, en su calidad de parte ofendida, el derecho de abstenerse de comparecer mientras no se dilucidara su acusación. El escrito se mandó a acumular al expediente de la causa, sujeto a resolución posterior.

La defensa introdujo el 21 de diciembre de 1933 un nuevo escrito, demandando que el depositario original de las cartas desaparecidas, Octavio Oviedo y Reyes, de generales descritas en autos, fuera llamado a testificar sobre el contenido de las mismas, ya que habían pasado por su vista. Admitido el escrito en la misma fecha, se mandó a citarlo; pero en el día y hora establecidos compareció su padre, Don Isidro Oviedo Mayorga, exhibiendo copia de las cartas patentes que acreditaban al testigo como Cónsul de Nicaragua en Santa Ana, República de El Salvador; y atestado del Ministerio de Relaciones Exteriores y Culto en el que constaba, que habiendo recibido pasaporte oficial No. 27, había partido ya hacia destino el día 20 de diciembre, a bordo del vapor «Acajutla», a cuyos efectos se agregó también la constancia respectiva de la Capitanía del Puerto de Corinto.

El Juez Fiallos no pudo oír a los testigos, de modo que todas las afirmaciones de Oliverio Castañeda, contenidas en su escrito del 6 de diciembre de 1933, quedaron en el aire. Y ya sabemos que al frustrarse la comparecencia del Doctor Salmerón, tampoco alcanzó a conocer las anotaciones de la libreta de la Casa Squibb, ni los legajos del expediente secreto que se referían a los mismos hechos amorosos. Esos documentos no habían llegado a mis manos para las fechas de nuestras pláticas del año 1964, pues solamente los obtuve en 1981; de modo que es imposible saber, en uno u otro caso, el papel que hubieran jugado en el proceso esas revelaciones, y la opinión que al Juez Fiallos le hubieran merecido.

Pero le recordé que el examen pericial ordenado por él mismo había determinado la autenticidad de la carta encontrada en el baúl de Castañeda, cuya caligrafía, de acuerdo al dictamen, correspondía a la de Matilde Contreras; y que las cartas presentadas por el Globo Oviedo estuvieron en sus manos antes de ser robadas. ¿Se había impuesto de su contenido? Además, al prepararse para interrogar al Doctor Salmerón, ¿quería realmente desenredar el ovillo amoroso? Sus preguntas a María del Pilar Contreras, aun cuando formuladas de manera cuidadosa, perseguían ese mismo fin.

No tengo presente ahora sus palabras exactas; aun admitiendo que detrás de todo había una sórdida historia de intrigas y de celos, como la carta de Matilde lo demostraba, no se atrevía a afirmar que las cosas hubieran pasado a más; las otras, presentadas por el Globo Oviedo, no alcanzó a leerlas. Era obvio que no deseaba entrar a fondo en esa parte del asunto; y no dejaba de ser extraño que aun para él, un hombre de pensamiento moderno y despojado de prejuicios, aquella siguiera siendo una historia prohibida, como aún lo es para la familia Contreras, todavía numerosa en León.

El autor debe juzgarlo necesariamente con benevolencia; pues como lo hizo Rosalío Usulutlán en su reportaje, he debido disfrazar a los miembros de la familia Contreras bajo apellido y nombres supuestos a lo largo de estas páginas, advertido de la sensibilidad con que, más de medio siglo después, sus descendientes reaccionan frente al caso.

Oigamos de nuevo al Capitán Prío en la grabación del 17 de octubre de 1986, hablando de aquellos momentos difíciles para el Juez Fiallos, y de otros asuntos no menos importantes:

Todo aquello sí que fue un fracaso para Castañeda, pero para Mariano Fiallos, ya no digamos fracaso. Fue peor, lo hicieron sentir el ácido del desprecio en León por haber aceptado el bendito escrito. Y vienen y se le roban las cartas del Juzgado. Cuando el Coronel Manuel Gómez se le volteó a Somoza por el fraude en las elecciones de 1947, una de las cosas que denunció en el exilio fue que a él le habían ordenado dirigir el robo: mandó a dos reos que estaban presos por ladrones a meterse por el techo del Juzgado. Las cartas se las envió Tacho Ortiz a Somoza a Managua, custodiadas en un avión.

Después, nadie aparecía a declarar, y el que aparecía, no sabía de qué le estaban hablando. Se había echado encima Mariano Fiallos a la Guardia, y al Presidente Sacasa, que era leonés; y como leonés, Sacasa se cogió el pleito de defender a las Contreras. Ya no digamos el interés de Somoza de echarle tierra al asunto porque era leonés adoptivo, y servil, por mediopelo. Había cogido el cielo con las manos casándose con una Debayle Sacasa, y los Debayle y los Sacasa estaban emparentados con los Contreras. Aunque a la hora de derrocar a Sacasa, se le olvidara que era su tío político.

Y también se había echado encima al propio Castañeda, que no hacía más que reclamarle cada vez que llegaba al Juzgado, como si él, Mariano Fiallos, tuviera la culpa de que se hubieran robado las cartas, y de que nadie quisiera hablar. Y el Globo Oviedo, que ni adiós dijo cuando lo sacaron para El Salvador. El que lo sacó fue Sacasa. Otras cosas no podía, pero nombrar a un cónsul, sí. Se lo pidió el Canónigo Oviedo y Reyes, que después fue Obispo de León, «Colocho» le pusieron de apodo ya siendo Obispo (risas), cada vez se fue poniendo más loco, ya por último sólo de los faunos y los sátiros de Rubén Darío hablaba en los sermones. ¡Que púberes canéforas te brinden el acanto! gritaba desde su pulpito (risas).

La familia entera se reunió en cónclave después que el Globo Oviedo se presentó al Juzgado con la alforja donde llevaba las cartas. ¿No fue alforja? ¿Caja? Bueno, la caja de hilos donde llevaba las cartas que siempre nos negó que las tuviera. Y en el cónclave, su papá, su mamá, «Colocho», lo sentaron como reo y tomaron la decisión: «te vas del país ya mismo, degenerado, y te llevás a tu esposa y a tus criaturas». Le alistaron su provisión de chorizos y nacatamales (risas), y desde que se subió al tren iba llorando, a moco tendido. Volvió el Globo Oviedo, claro, llegó a Magistrado de la Corte de Apelaciones de Occidente, pero después ya no era globo, se desinfló, jodido por el azúcar en la sangre; y cuando murió, era una sola bolsa de pellejo, desinflado.

Su mejor amigo lo abandonaba. Y al fin, íngrimo se quedó en media tempestad Oliverio Castañeda. ¿Y quién se lo iba a decir? Nada más el Doctor apoyándolo, el que quería verlo condenado a muerte, apoyándolo con la gente descalza, la gente de camisa, ésas son las vueltas que da la ruleta.

El Doctor le echó un discurso en el Paraninfo de la Universidad, en Darbishire, y otras muchas amistades perdió, o mejor dicho, amistades que nunca tuvo; porque vos, que has andado investigando, te habrás dado cuenta que en León lo veían muy de menos. Pero lo de mi padrino fue un golpe para él, de mi padrino se agarraba, y perdió esa amistad que era como su consuelo, en un lugar tufoso como éste, donde no lo querían; y si se enemistaron a muerte, fue por causa de Castañeda. Y dele la vuelta a la ruleta: le salió cierta la profecía a mi padrino, fue en 1960, ¿vos estabas ya aquí en León, estudiando? Claro, ya estabas para el 23 de julio, la masacre de estudiantes de 1959 que hizo Tacho Ortiz con los guardias en la calle, frente a la poderosa Casa Prío. El entierro de mi padrino fue al año siguiente, ya bien ancianito murió, no podía moverse de su silla de ruedas, hasta sin perros se había quedado, asistido nada más por Teodosio el mudito. Y lo mismo que «Colocho», el Obispo, se fue poniendo loquito, ya sólo en francés hablaba, y Teodosio contestándole por señas, como si le entendiera.

El Doctor le hecho un discurso en el Paraninfo de la Universidad, en nombre de la Sociedad Médica, una oración fúnebre de a mecate fue ésa, la imprimieron en folleto. Pasaron sin hablarse todos esos años, volteándose la cara cuando se encontraban, casi treinta años de enemigos, y en el funeral sólo elogios para él tuvo: un sabio, dijo, una eminencia científica. A eso lo llamo yo nobleza.

(Como señala el Capitán Prío, Tacho Ortiz, ya ascendido a Mayor para entonces, estaba a la cabeza de un pelotón de la Guardia Nacional que disparó contra una manifestación indefensa de estudiantes, la tarde del 23 de julio de 1959, en la calle que lleva de la Universidad a la Casa Prío, la misma calle por donde había sido conducida en procesión la refrigeradora Kelvinator hacía el laboratorio de la Facultad de Farmacia, al anochecer del 9 de octubre de 1933. Cuatro muertos y más de sesenta heridos resultaron de aquella masacre.

El Rector, Mariano Fiallos, encabezó el entierro que se convirtió en una tumultuosa manifestación de protesta contra la dictadura; y el Obispo de León, Monseñor Isidro Augusto Oviedo y Reyes, se negó a abrir las puertas de la Catedral para que se cantara una misa de cuerpo presente a los caídos. La casa de Tacho Ortiz, vecina a la Universidad, fue incendiada la noche siguiente por una multitud encolerizada.)

En la misma calle de la masacre, tal como lo recuerda el Capitán Prío, porque lo presenció desde la puerta de su establecimiento; y tal como me lo refirió el propio Juez Fiallos en 1964, tuvo lugar el mediodía del 10 de diciembre de 1933 un serio incidente, de palabras y de manos, entre él y el Capitán Ortiz.

El Juez Fiallos se dirigía hacia el Juzgado al volante de su Ford, «El Pájaro Azul», a fin de poner en orden sus papeles, después de haber depositado el telegrama de su renuncia en la Oficina de Telégrafos, ubicada entre el Comando Departamental y la Casa Prío. Alí Vanegas iba a su lado, en el asiento delantero. El Capitán Ortiz lo había visto salir, y abordó a toda prisa su automóvil para darle alcance, pitándole desde lejos hasta obligarlo a detenerse.

—¿Ya estás enterado del robo? —el Capitán Ortiz, aparejando su vehículo al del Juez Fiallos, sacó la cabeza por la ventanilla. Alí Vanegas apretó contra el pecho los legajos que llevaba en el regazo y se recostó en el asiento para no interferir entre los dos.

—Ya estoy enterado —el Juez Fiallos mantuvo las manos en el volante, dispuesto a continuar la marcha—. Supongo que ya mandó a destruir las cartas.

—Ya sabía que me ibas a echar la culpa —el Capitán Ortiz, riéndose, pone en neutro la palanca de cambios y mantiene el pie en el pedal del freno.

—Sí, es que soy muy mal pensado —el Juez Fiallos, ofendido por el sol que reverbera contra el parabrisas, busca en el asiento su sombrero; Alí Vanegas, que lo tiene prensado por el ala debajo de las nalgas, se lo entrega—. Pobrecitos ustedes, los guardias, tanto que los calumnian.

—Vos ya estás como tu Médico Forense, el Doctor Escolástico Lara —el Capitán Ortiz descuidó el freno y el vehículo avanzó un escaso trecho—. ¿Ya sabés lo que le mandó a advertir a Sandino a San Rafael del Norte? Que no se atreva a volver a Managua, que la Guardia lo quiere asesinar. Tampoco él confía en la Guardia.

—Si no las ha mandado a quemar, mejor haría en devolverle esas cartas a mi sucesor —el Juez Fiallos se había puesto el sombrero, pero de todos modos el sol le pegaba duro en la cara—. Yo ya renuncié.

—Me estás acusando de robo, y ya ves, ni me arrecho. Amanecí de buen carácter —el Capitán Ortiz se unta saliva en las manos; el volante quema como una plancha—. Pero vamos al caso del Doctor Lara: qué clase de representante se ha buscado el iluso de Sandino.

—No se robó las cartas —el Juez Fiallos, ignorando al Capitán Ortiz, se dirige a Alí Vanegas mientras extiende su pañuelo para metérselo por un extremo en la badana del sombrero—. Y tampoco sabe por qué el Doctor Lara desconfía de la Guardia.

—Si encontramos a los ladrones, hoy mismo tenés tus cartas —el Capitán Ortiz trató de maniobrar la palanca del clutch al oír flaquear el motor—. Y ese cuento de tu renuncia, es más viejo que la sarna.

—La renuncia ya ha sido cursada —Alí Vanegas sacó la copia del telegrama de entre el legajo de papeles que mantenía contra el pecho.

—No seás tan melindroso y dejate de babosadas —el Capitán Ortiz termina por quitar la llave de la ignición y el motor se apaga entre sobresaltos—. Esas cartas no le quitan ni ponen nada al proceso. Lo que vos estás averiguando es un caso de envenenamiento, no de estupro, ni de mancebía.

—¿Ya viste? Ellos deciden qué es lo que yo debo averiguar —el Juez Fiallos se ajusta el pañuelo sobre las orejas—. Deciden exhumar cadáveres, me secuestran testigos, y ahora se roban pruebas del proceso. Esta es la nueva ley que hay en Nicaragua. La que le van a aplicar a Sandino, de seguro.

—Bueno, ésas son opiniones tuyas —el Capitán Ortiz abrió la portezuela, y una de sus botas apareció a los ojos de Alí Vanegas—; opiniones envenenadas como las del Doctor Lara. ¿Vos también creés que somos capaces de mandar a matar a Sandino? Se lo merece por bandolero y asesino, pero del dicho al hecho...

—Los creo capaces —el Juez Fiallos miró a Alí Vanegas, quien asintió, frunciendo los labios; el sudor brillaba entre los minúsculos troncos de su pelo—. Y también los creo capaces de matar a Castañeda.

—Me seguís ofendiendo con esas acusaciones —la otra bota del Capitán Ortiz toca el pavimento—. Lo vamos a fusilar, si tu jurado lo condena a muerte. ¿Para cuándo es el jurado? Ya este asunto hiede.

—Lo van a matar porque ellos no admiten más justicia que la de los rifles —Alí Vanegas, volteado hacia el Juez Fiallos, utiliza el legajo de papeles para soplarse con energía—. Igual les da que sea un héroe como Sandino, o un reo, como Castañeda.

—Así que este «pueta» bolchevique es el que te aconseja. De él no me extraña, porque se dedica a echarle flores a Sandino en sus versos —el Capitán Ortiz, que estaba ya en la calle, metió la cabeza por la ventanilla. Alí Vanegas se apartó—. Pero de vos...

—De versos que mejor no le hablen, poeta, que de eso los guardias no entienden nada —el Juez Fiallos quitó también la llave del motor y el automóvil dio un salto hacia adelante antes de apa-

garse—. Y yo no he estado llevando ningún proceso contra Sandino.
Estoy hablando del caso Castañeda.

—Yo no me meto con «puetas» —el Capitán Ortiz rodea «El
Pájaro Azul» y viene a asomarse por la otra ventanilla—. ¿Me querés dar a entender que si estuvieras llevando un proceso contra Sandino, por bandolero, ya lo hubieras dejado libre?

—Por lo tanto hay que matar a Castañeda antes de que yo lo
deje libre —el Juez Fiallos pone un brazo en el volante, y le sonríe,
con rostro duro, a Alí Vanegas.

—No seás malcriado, es con vos que estoy hablando —el Capitán Ortiz dio una patada contra la portezuela—. Quiere decir que
las cartas las querés para dejar libre a Castañeda. En ese caso, te vas
a quedar esperándolas.

—¿Ya oíste? Se robó las cartas para que yo no dejara libre a
Castañeda, y encima se ofende —el Juez Fiallos movió la manivela,
decidido a subir el vidrio de la portezuela—. Anótame eso, aunque
sea para la posteridad.

—Si me seguís acusando de robo, mal te va a ir —el Capitán
Ortiz mete la mano para detener el vidrio que apenas ha empezado
a subir—. Agradecido debías estar con el que se robó las cartas, un
favor te hizo.

—También anotá eso, el ladrón confiesa que me está haciendo
un favor —el Juez Fiallos, esforzándose con la manivela, prensa la
lengua entre los dientes.

—Ya te dije que no soy ningún ladrón, no me jodás —el Capitán Ortiz le tiró con dificultad un manotazo, apeándole el sombrero—. Vos sí sos cómplice de ese hijueputa, que encima se quiere
burlar de sus víctimas.

—Ahora atrévase a pegarme como hombre —el Juez Fiallos,
haciendo retroceder al Capitán Ortiz al empujar con gran violencia
la portezuela, se plantó en la calle, cuadrándose con los puños cerrados. En las puertas de los billares Lezama aparecieron varios jugadores, con los tacos en la mano.

El Capitán Ortiz, apartando la cara, trató de esquivar el golpe,
pero el puño del Juez Fiallos lo alcanzó en la nariz. Alí Vanegas corrió a interponerse entre los dos, y retuvo al Juez Fiallos por los brazos. Los jugadores de billar se bajaron a la calle, rodeándolos, y
varios transeúntes se acercaron a toda carrera.

—Usted es el que nos siguió para provocarlo —Alí Vanegas
forcejea con el Juez Fiallos, asustado al ver la abundante sangre que

mana de las narices del Capitán Ortiz, mojándole la boca y la bar-billa—. Retírese, que si no, yo no respondo. ¿No ve que Mariano es boxeador?

—Ésta la dejamos para más adelante —el Capitán Ortiz se lleva el pañuelo a la cara, y con el pañuelo manchado de sangre hace señales furibundas a los mirones para que se retiren. Todos obedecen de inmediato—. Pero de que te acepten la renuncia, olvidate. Vos empezaste el caso, y vos lo tenés que acabar.

—¿Le van a dar la orden a la Suprema? —el Juez Fiallos se soltó de los brazos de Alí Vanegas y se sacudió el saco—. Dígame también cuándo es que acaba el juicio. ¿Cuándo van a matar a Castañeda?

—El día que intente fugarse —el Capitán Ortiz, el pañuelo en las narices, fue hasta la valijera de su automóvil en busca del cran—. Porque ya tiene listo un plan de fuga. Salmerón le está ayudando.

—Y eso, ¿cómo lo saben ustedes? —Alí Vanegas, intrigado, se acerca cautelosamente el Capitán Ortiz, que se dirige a la delantera del automóvil con el cran en la mano.

—Si no lo supiera sería un desgraciado, «pueta» de mierda —el Capitán Ortiz se inclina para darle cran al motor y la sangre gotea sobre el pavimento—. Que tu boxeador le pregunte a Cosme Manzo. Él sabe. Y bien hiciste en agarrármelo, porque si no, le pego un tiro.

—Es cierto, lo van a matar. Le van a aplicar la ley fuga —Alí Vanegas, rascándose la cabeza recalentada por el sol, miraba alejarse calle abajo el automóvil del Capitán Ortiz—. Si Manzo sabe de algún plan, es muy capaz de haberle dado el soplo a la Guardia.

—Si hay fuga, que lo averigüe mi repuesto —el Juez Fiallos, bañado en sudor, luchaba con el cran tratando de encender el motor de «El Pájaro Azul», que se negaba a responder—. Yo ya no quiero saber nada de estricnina, ni de cartas, menos de fugas. Bonito testigo, Manzo.

—No están jugando. Apenas Castañeda dé un paso fuera de la celda, lo tiran —el automóvil del Capitán Ortiz ya ha desaparecido a la vuelta de la esquina, pero Alí Vanegas sigue mirando a la calle.

—¿Y quién jodido va a detener a esos salvajes si lo quieren matar? —el Juez Fiallos hace girar de nuevo la manivela con gran energía. El motor sigue muerto—. Y vos, carro cabrón, ¿aquí pensás quedarte?

46. Billete ilusionado para una dama. Respuesta de la dama

I

¿Que cómo fue señora? Pues como son las cosas cuando son del alma. El tren iba rodando hoy sobre sus rieles cuando de pronto la vi, a pocos asientos del mío, llena de su serena belleza triunfal, agua sus ojos de un vario verde y de un gris tan cambiante, que discernir no deja su ópalo y su diamante, a la vasta llama tropical.

Y volví a verla esta tarde, a su puerta, creyendo ya que se borraba en el misterio su primera aparición. El amor sólo aparece una vez en la vida. Tengo para Usted, entre mis discos, una canción. Crucé en pos suyo la calle, en busca de una palabra, del metal desconocido de su voz. Pero ya había Ud. dejado la puerta y sólo el hueco de su cuerpo en el espacio me quedó. No lo olvide: traigo conmigo de lejos una música que era sólo mía. Cuando la escuche, será de los dos.

Una simple calle nos separa, la única calle que han conocido mis pasos al llegar. Tiene dueño, me dicen. ¡Qué importa! digo yo. Ya habrá entre nosotros una cita sin testigos, porque el relámpago de sus ojos me cegó; y Ud. que tiene la luz, no me niegue la mía, que mientras tanto en tinieblas vivirá mi amargo corazón.

Guarde, donde nadie lo vea, este billete que ya alta la noche improvisa, afiebrado de ansias, su desconocido amador. Mañana será otro día, y la noche de mi fortuna, íntima y voluptuosa, vendrá. Y mientras esa noche aguardo, sueño que en el erecto término coloca Ud. una corona en que de rosas frescas la púrpura detona; y en tanto canta el agua bajo el boscaje oscuro, Ud., en ese sueño, en el celeste misterio me inicia; y yo apuro, alternando con el dulce ejercicio, las ánforas de oro del divino Epicuro.

II

Mucho he meditado antes de dar respuesta por escrito a sus palabras, y ya que cedo a la cortesía, no debe ver Ud. en tal respuesta ninguna insinuación de algo incorrecto en mi conducta. Es Ud. muy joven, según he podido apreciarlo de lejos mientras se ocupaba ayer tarde de su equipaje, junto con su también joven esposa, y a su juventud atribuyo el atrevimiento de su mensaje, cuyas alusiones e insinuaciones prefiero pasar por alto, sin terminarlas de comprender.

Soy lectora de poesías, me gustan Amado Nervo y José Asunción Silva, lo mismo Rubén Darío, porque tuve, en el Colegio de Sión en Costa Rica, profesora de literatura muy sensible y sensitiva que despertó en mí la afición por las cosas bellas y gentiles; de ahí que encuentre gracia en sus atolondradas líneas.

Espero, ya que somos vecinos, la oportunidad de alternar socialmente con Ud.; y una visita suya a nuestra casa, junto con su esposa, no sería incorrecta de su parte, para iniciar las presentaciones familiares de rigor, tal como deben hacerse.

Y no guarde Ud. este billete. Confío en su cordura.

47. Los trágicos sucesos de la Nochebuena en León

El Doctor Oliverio Castañeda muerto a manos de la Guardia Nacional. Había logrado evadirse de la prisión. Recuento oficial de los hechos. Otras versiones señalan aplicación de la «ley fuga». El Presidente Sacasa estaba en León con su familia y comitiva y participó en el pase navideño. ¿Estuvo también el General Somoza? Extrema vigilancia militar en las calles. Se esfuman los acérrimos partidarios del reo. «La Nueva Prensa», testigo del apresurado entierro del prófugo. Se cierra sensacional caso.

(De nuestro enviado especial, Manolo Cuadra.)

NOCHE BUENA, NOCHE MALA

Una aciaga Navidad le tocó vivir este año a la venerable ciudad de León, aunque las tradicionales celebraciones religiosas impidieron a la ciudadanía ocuparse de los graves sucesos que culminaron trágicamente la medianoche del 24 de diciembre, y de los que no corrió noticia, para general sorpresa, sino al día siguiente. Tales sucesos fueron igualmente sorpresivos para este reportero, quien hubo de irse a la cama ignorante de todo lo ocurrido, después de compartir la cena de pascuas en el hogar del Doctor Juan de Dios Vanegas, por gentil invitación de su hijo, el poeta Alí Vanegas.

Nochebuena en León. Dulzura del instante y pesar de las añoranzas. Las constelaciones, corozos de luz esplendente, asomaban en el abismo celeste, mirándonos con dulce mirar, como debieron mirar también a Oliverio Castañeda en su hora postrimera. El aroma fragante de los madroños, adorno gentil y humilde de pesebres, surgía desde cada puerta para traer a nuestro olfato la embriaguez de la infancia. Algo le diría ese aroma al prófugo cuando llegó al barrio de Subtiava, pletórico de altares, la primera estación de su fuga. Caramillos, panderetas, argentadas explosiones de pólvora festiva. ¿Resonarían aún esos ecos dichosos en sus oídos cuando tronaron las balas que segaron su vida azarosa?

El fatídico drama ya descorría el telón de su primer acto cuando al atardecer abandonamos la pensión «Chabelita», a fin de recorrer las calles en compañía del poeta Vanegas. Deseábamos contagiarnos de la serena alegría de los paseantes y disipar así la pena de estar lejos de los nuestros en fecha como ésta, pues el deber periodístico nos imponía la obligada permanencia en la ciudad metropolitana. Oliverio Castañeda, más lejos de los suyos que nosotros de nuestro hogar en Masaya, ¿se sentiría embargado de nostalgia y ansias por su terruño cuando dejaba a esa hora su celda? Iba disfrazado con el uniforme de guardia nacional que nosotros vestimos una vez, en mala hora, para pelear en la manigua segoviana en contra del héroe de la raza indohispana… Sandino. Pero ésa es otra historia.

PRESENCIA DEL DOCTOR SACASA Y FAMILIA. SUS OPINIONES

Se nos advirtió que el tren presidencial, que traía al Presidente Doctor Sacasa, a su familia y comitiva, estaba por arribar a la Estación del Ferrocarril del Pacífico, y hacia allá dirigimos nuestros pasos, alertados por el largo pitar de la locomotora. Bajó el Presidente acompañado de la Primera Dama, Doña María, vástagos y hermanos, ministros de estado y escolta. Nos saludó en el andén, caballero que olvida los agravios para no desdecir de sus maneras, aunque le hemos atacado, y fuerte, por ser tan dócil, desde las páginas de este diario. Y aún accedió a responder a nuestras preguntas sobre el caso Castañeda, a cuyo desenlace restaban solamente pocas horas: «el ejecutivo sigue con atención el proceder de la justicia, poder independiente y soberano en sus asuntos, y confiamos en la rectitud de los jueces encargados de resolver el caso. De ninguna manera interferiremos en sus acciones»; agregando luego: «pero no quiero ocuparme de asuntos agrios. Vengo a mi ciudad natal a pasar la Nochebuena con los míos, y como de costumbre, a participar en el pase del Niño Jesús, imagen obsequiada a la Catedral por mi abuelo».

UN PLETÓRICO PASE NAVIDEÑO

Trajo en su tren el Doctor Sacasa a la Banda de los Supremos Poderes. El cuerpo de músicos, vestidos con sus arreos militares de gala, uniformes azul y grana, se trasladó de inmediato al kiosco de la Plaza Jerez para dar un concierto de alegres villancicos y sones de pascua. También aportó el Doctor Sacasa, de su propio peculio, los artísticos juegos pirotécnicos que desparramaron su mágica alborada en la misma Plaza; y acompañado siempre de su séquito, asistió al pase durante todo su recorrido por las centenarias calles, como él mismo nos lo había anunciado; y en varios tramos, tanto el Presidente como los miembros de la familia y comitiva, se turnaron en cargar en brazos la imagen del Niño Jesús.

No es éste el espacio más adecuado para reseñar la lujosa procesión, pues es el final dramático de Oliverio Castañeda el que debe ocuparnos; pero vale la pena anotar al vuelo, en beneficio de los contrastes, que desde su salida de Catedral, a las diez de la noche, el acompañamiento popular fue nutrido; que la alta sociedad metropolitana se dio cita alrededor del Doctor Sacasa y la Primera Dama; y que la Banda de los Supremos Poderes se lució otra vez con sus aires navideños, marchando a la retaguardia de la concurrencia.

El contraste: mientras las celebraciones discurrían de esta manera, uniendo alrededor del misterio de la Natividad a todas las capas sociales, aunque fuera por esta vez, un drama, que como hemos dicho pasaba desapercibido, se estaba representando ya con tintes oscuros y siniestros, que en nada tenían que ver con el derroche de pólvora y el sonar de las panderetas: la inusitada fuga y el posterior prendimiento y muerte de Oliverio Castañeda a manos de la Guardia Nacional.

LO QUE DICE EL CAPITÁN ANASTASIO J. ORTIZ: CÓMPLICES EN EL INTERIOR DE LA CÁRCEL

A la mañana siguiente, el periodista buscó la información oportuna, decidido a ofrecer a los lectores de «La Nueva Prensa» un recuento detallado de los acontecimientos; y visitó, en primer lugar, al Capitán Anastasio J. Ortiz, Jefe de Policía de la plaza, quien aceptó atendernos en su despacho pese a ser (ayer) día feriado; fruto de tal entrevista son los siguientes datos esenciales que aquí consignamos:

Oliverio Castañeda logró abandonar las cárceles de la XXI a las seis de la tarde, hora en que desde todos los barrios de León se elevaban los cohetes y estallaban potentes las bombas de mecate en anuncio de las ya inminentes celebraciones. Ninguno de los centinelas advirtió su salida, por la razón de que uno de sus cómplices en el interior de la prisión, el sargento Guadalupe Godínez, lo había proveído del uniforme militar que utilizó como disfraz.

De este modo franqueó, sin dificultad, la galería interior donde estaba ubicada su celda, cuya puerta había sido dejada misteriosamente sin candado, responsabilidad que el Capitán Ortiz achaca al mismo Godínez. Salió al patio amurallado, donde a esas horas los demás prisioneros estaban formados en fila, esperando recibir el plato de comida que, como es ya tradición, las Damas de la Orden Terciaria les obsequian año con año para esta fecha. Y, finalmente, traspasó el portón de la calle donde presentó al centinela de posta un pase falsificado, con lo que ganó definitivamente la vía pública.

NIEGA LA G. N. HABER FACILITADO LA FUGA DE MANERA ADREDE

«Si el reo logró la proeza de trasponer los muros de la prisión sin ninguna dificultad, es porque se había ganado la confianza de no pocos clases y soldados, responsables de la vigilancia de la cárcel. Estamos investigando. Al Sargento Guadalupe Godínez, Castañeda consiguió atraérselo con sus múltiples recursos y ardides. Por ejemplo, valiéndose de su ignorancia y sencillez, se dedicó a enseñarle las primeras letras, tarea en la que iba bastante avanzado», nos manifiesta el Capitán Ortiz.

Nosotros le preguntamos: se dice en León que la fuga fue urdida con el pleno conocimiento de la propia Guardia Nacional. ¿Qué hay de eso? Nos contesta:

«Falso, señor periodista. Todavía quedan sueltos en León cómplices de Castañeda, dispuestos a excusar con mentiras su propia participación en el plan, todo porque fracasó. Castañeda disponía de una habilidad especial para preparar estratagemas, y parece no haber descansado un minuto en la meticulosa preparación de su fuga, desde que llegó como huésped forzado a la XXI. No descuidó un solo detalle. Ya le dije que contaba con aliados adentro. Estamos investigando la falsificación del pase de salida, así como la procedencia de un memorándum, también falso, que fue entregado en la mesa del Oficial de Guardia, en la sala de bandera, poco después de las seis, ya cuando el prófugo había abandonado el penal.»

EL MISTERIOSO MEMORÁNDUM

El Capitán Ortiz nos facilita el memorándum para copiarlo. Helo aquí:

CUARTEL GENERAL G. N. DE POLICÍA DE LEÓN
 León, a 24 de diciembre de 1933.
 De: Cptán. G. N. Anastasio J. Ortiz.
 A: Tnte. Rafael Parodi, Alcaide de las Cárceles de la XXI.
 Asunto: Orden Especial de permiso para reo.
 1. No debe darse ninguna alarma al ser notada la ausencia del reo Oliverio Castañeda Palacios, quien tiene permiso de esta autoridad para ausentarse de la prisión, desde las 18.00 horas de la tarde de esta fecha hasta las 24.00, o sea la medianoche. El reo sale sin custodia y bajo su palabra.
 2. El Alcaide, y en su defecto el Oficial de Guardia, se hacen responsables del estricto cumplimiento de esta orden en el mayor secreto, garantizando que nadie se dé cuenta de la ausencia del reo. Si alguien, ya sea oficial, clase, alistado, o civil, pregunta por su paradero, debe informársele que ha sido trasladado a la bartolina «La Chiquita», por medidas de seguridad.
 3. Esta Jefatura de Policía prohíbe la violación de este secreto y no debe hablarse del asunto, ni de palabra ni por teléfono, mientras el reo no regrese a su celda, ni aun después, bajo el apercibimiento de las sanciones reglamentarias correspondientes.

A. J. ORTIZ

La firma del Capitán Ortiz es muy parecida, según el original que tuvimos a la vista, notándose que fue traspasada de algún otro documento con papel carbón; y luego, siguiendo los rasgos dejados por el papel carbón, fue repintada con tinta. En el singular memorándum se notan pequeñas partículas de carbón si se lo mira con un lente, demostración que el mismo Capitán Ortiz nos hizo.

Le dejamos ver que la confección de un documento semejante podría atribuirse a las mismas autoridades castrenses, como parte de su propio plan de facilitar el escape del reo, y darle muerte. Responde:

«¿Por qué, si ésa hubiese sido la intención, necesitaríamos documentos? Un reo fugado queda fuera de la ley, y para detenerlo, la autoridad está facultada a dispararle al cuerpo. Quien falsificó el memorándum sabía que el Teniente Parodi se hallaba de permiso en Managua. Él no hubiera creído nunca en el ardid.»

UNA «CORAZONADA». SE DA LA VOZ DE ALARMA

Y continúa: «Yo me preparaba, como todos los demás padres de familia de León, para asistir al pase del Niño Dios con mi esposa e hijos, sin contemplar ninguna visita de inspección a la cárcel esa noche; pero tuve una corazonada, y ya vestido de gala, antes de dirigirme a la Catedral, decidí dar una vuelta por la XXI, aprovechando para comprobar si los prisioneros habían quedado contentos con la cena de navidad servida horas antes.»

«Cuál no fue mi sorpresa al ser llamado aparte, de manera misteriosa, por el oficial de guardia, quien me informó que mis órdenes estaban siendo cumplidas; y al indagar de qué clase de orden se trataba, me enseñó el susodicho memorándum falsificado. Fue hasta en ese momento que di la voz de alarma.»

LA FIEL DOMÉSTICA SALVADORA CARVAJAL

«Como primera providencia, puse en confesión al Sargento Godínez, el sospechoso más visible. Sabiéndose perdido, no tardó en revelarme todo lo que era de su conocimiento, empezando por la complicidad de la mujer Salvadora Carvajal en el plan de fuga. No debía perderse tiempo. Junté un piquete de quince hombres, y nos dirigimos a la casa de la mujer en el barrio de Subtiava, utilizando el camioncito del Comando Departamental y dos automóviles.

La mujer había servido en la casa de la familia Contreras y Castañeda hizo excelentes migas con ella. Por bondad mía, recibió permiso para que le lavara y planchara la ropa al reo. Por esta razón tenía oportunidad de visitarlo frecuentemente en la cárcel, actuando de enlace con los cómplices de afuera.»

UN CANDADO EN LA PUERTA DE SU REFUGIO. CAPTURADO AL TRATAR DE HUIR POR EL SOLAR

Nos relata el Capitán Ortiz que eran cerca de las diez de la noche cuando se acercaron a la casita, de manera sigilosa, dejando los vehículos estacionados bastante lejos. «Encontramos la puerta cerrada por un candado, como para aparentar que no había nadie. La patraña me puso en alerta. Castañeda podía hallarse adentro. Puse retenes en las esquinas y dejé a varios números escondidos detrás de una carreta desenyugada que estaba en la calle. Cogí cinco hombres y dimos la vuelta por el cerco de piñuelas, entrando por el lindero posterior del solar. Los soldados recibieron órdenes de poner los fusiles bala en boca.»

«Traspusimos el cerco y empezamos a acercarnos a la casa, de arrastradas. En eso, un bulto se desprendió corriendo desde el bajareque de la cocina, precisamente en dirección a nosotros. Le di la voz de alto y, al detenerse, vino a toparse con la boca de los fusiles. Era Castañeda.»

«A primera vista resultó difícil reconocerlo, pues iba disfrazado de comarcano, con sombrero de palma aludo, calzón de manta china y sobrebotas; llevaba, además, una barba postiza de color negro, confeccionada con pelo de mujer. Temblando, me suplicó que no le disparáramos y me entregó un revólver Smith & Wesson de calibre 38, que portaba.»

A esa misma hora, el pase del Niño Jesús entraba a la Catedral y el lejano repique de las campanas debió llegar hasta la oscuridad del solar donde se producía la sensacional captura.

SU INTENCIÓN ERA LLEGAR A HONDURAS, A CABALLO

La patrulla G. N. incauta allí mismo, en el solar, la bestia debidamente enjaezada, lista para la jornada hasta la frontera con Honduras. Dentro de la casa, tras un registro, es encontrado el uniforme militar, escondido en una tinaja. Se conduce al prisionero de regreso a la XXI; y durante el trayecto en el automóvil, donde viaja en compañía del Capitán Ortiz, insiste en que no tiene cómplices, y que no se culpe a nadie de su fuga. Y ya en la prisión, revela tras arduo interrogatorio, que la ruta prevista de su salida de León, buscando un camino vecinal hacia Chinandega, es por el rumbo del Hipódromo, en los linderos del Barrio de San Felipe.

«Son ya cerca de las doce de la noche cuando decido que, para completar la investigación de la fuga, es necesario llevar al reo al lugar señalado por él, a fin de averiguar si en ese punto no hay cómplices esperándolo», nos informa el Capitán Ortiz.

¿FUGA, O LEY FUGA?

He aquí la parte más comprometida del relato del Capitán Ortiz. ¿Existía la necesidad de conducir realmente al reo a ese paraje desolado, a media noche, y cuando su intento de fuga y posterior captura no habían sido informados al Juez de la causa, Mariano Fiallos? ¿No podía esperar esa inspección al día siguiente, para ser efectuada en presencia de la autoridad judicial? Se lo hacemos ver.

«Si sus cómplices lo esperaban allí, como era mi deber sospechar, no se iban a quedar en el sitio hasta el día siguiente», nos responde. «Y quien debía identificarlos, era él mismo. Yo no le estaba creyendo que no tenía cómplices, como él insistía en decirme a cada rato.»

Se procede a cumplir con el trámite. Va un solo automóvil, y dentro del mismo, el reo, el Capitán Ortiz y cuatro soldados custodios. Uno de ellos porta una subametralladora Lewis. En la campaña contra Sandino, en Las Segovias, llamábamos «la lewita», y ya por último, «la Luisita», a esta arma traída al país por los marines americanos.

Invitamos al lector a imaginar la escena. Silencio en las calles. Hace mucho se han apagado los estallidos de pólvora, la música. La luz brilla en las puertas de algunos hogares donde todavía se cena en intimidad familiar. Quizá algún perro callejero cruza frente al automóvil y se detiene momentáneamente, encandilado por los faros.

Pasan frente a la Catedral, ya cerrada. El reo habría de mirar por última vez sus macizas puertas de roble, sus muros cenicientos, insondables y sordos a la desazón que agita su pecho. Allí penetró un día cargando el ataúd de su esposa, y en una tarde de lluvia, meses después, el ataúd blanco de Matilde Contreras. La Universidad, donde los controvertidos experimentos con las vísceras de los cadáveres ayudaron a sellar su suerte, a oscuras.

El Hotel Metropolitano aparece en su trayecto. No hay celebración de Navidad en la casa de la familia Contreras, se lo dice su puerta clausurada. ¿Duerme María del Pilar Contreras a esas horas de la alta noche en su lecho, o vela? ¿Atraviesa el resplandor de los faros del automóvil, por un instante, debajo de la puerta de su aposento, y es ése el último aviso fulgente de un amor que se apaga? Preguntas que dejamos abiertas a la meditación del lector.

SUENA LA HORA SUPREMA

Se alejan ya del pavimento de las calles. Salta el vehículo en los baches, y Oliverio Castañeda, zarandeado por los vaivenes del terreno y por su propio infortunio, pega la cabeza contra el techo, apretado y silencioso entre sus custodios. Y no brillan las luces del alumbrado público. El aire frío de la noche de diciembre penetra díscolo por las ventanillas abiertas y atraviesa en ráfagas el vehículo, hiriendo su rostro. Oscuridad, los ruidos del campo… y el automóvil frena abruptamente… ha llegado la hora suprema. Va a consumarse, otra vez, una ley bárbara, la ley fuga.

«Nada de ley fuga», afirma cortantemente el Capitán Ortiz. «La Guardia Nacional respeta la vida de los prisioneros. Consulte si quiere nuestros reglamentos militares, se trata de un mandamiento expreso. Y no hacen falta reglamentos. Usted, que fue soldado, sabe que vale más el honor del uniforme que cualquier reglamento». Evitamos una sonrisa irónica, no vamos a contradecirlo; la ocasión no se presta a tal fin.

«Frente al Cementerio de San Felipe, donde están las viejas cuadras del hipódromo, di la orden de bajar para proceder a la inspección del terreno», prosigue el Capitán Ortiz. «Descendimos todos, menos él, que tardaba en salir. Lo requerí a que se apresurara. De pronto, lanzándose del vehículo, emprendió la carrera en dirección al muro del cementerio. Ya alcanzaba el muro, con la intención de escalarlo, cuando el ametralladorista, repuesto de su sorpresa, lo derribó con una certera ráfaga de tiros de la máquina Lewis. Uno le penetró en la cabeza, otro en la nuca, y dos en la espalda. Murió instantáneamente.»

Medianoche. Cementerio. El prisionero corre. Conocemos esa historia. ¿Quién no la conoce en la desgraciada Nicaragua? «Una Corte Militar de Investigación ha sido formada por órdenes expresas del General Somoza, para deslindar las responsabilidades del caso. Que sea el informe oficial el que hable, así la Guardia Nacional acallará las habladurías, que no faltan. Ya le dije, Castañeda tenía cómplices en León. Se trata de resentidos sociales, revoltosos de marca mayor. Vamos a salir al paso de sus infundios.»

DICEN HABER VISTO AL GENERAL SOMOZA EN LEÓN

El Capitán Ortiz menciona al General Somoza, y aprovechamos para preguntarle: ¿es cierto que estuvo en León ayer? Hay quienes afirman haberlo visto salir a medianoche del Comando Departamental de la G. N., con su escolta, y atravesar la Plaza Jerez, dirigiéndose a la casa de su suegro, el Doctor Luis H. Debayle, vecina a la Catedral, donde pernoctó.

«Qué disparate», es la respuesta del Capitán Ortiz. «De haber sido así, no se hubiera perdido de concurrir al pase del Niño Dios.

Además, si el Señor Presidente viaja, el General Somoza no puede abandonar la capital.»

NI MARIANO FIALLOS, NI EL MÉDICO FORENSE APARECEN

Las últimas preguntas: ¿se ha dado aviso al Juez de la causa sobre los hechos? ¿El Médico Forense ha reconocido ya el cadáver?

«Esta misma madrugada notifiqué al Juez Fiallos de lo ocurrido. Es a esta hora (diez de la mañana), y todavía no se ha comunicado conmigo. Yo no voy a forzarlo a cumplir con su deber. Tampoco se ha presentado el Médico Forense, porque es el Juez quien debe ordenarle reconocer el cadáver. Si al mediodía no aparece ninguno de los dos, vamos a proceder a sepultarlo. Y para que compruebe Ud. que la Guardia Nacional no tiene nada que esconder, vaya Ud. mismo a la XXI, y vea el cadáver con sus propios ojos. Puede presenciar el entierro, si gusta.»

He aquí, como la hemos oído, transcrita de manera íntegra, la versión de la Guardia Nacional. Buscamos al Juez Fiallos en su casa, sin lograr encontrarlo; las puertas estaban cerradas y nadie salió a atendernos por mucho que golpeamos.

LA CIUDAD LUCE TRANQUILA. OTRAS VERSIONES SOBRE LOS SUCESOS

No hubo en León ningún tumulto en las calles el 25 de diciembre. Los febriles partidarios de Oliverio Castañeda brillaban por su ausencia. Los billares, cantinas, restaurantes, no abrieron por ser día de fiesta. La ciudad lucía tranquila, despreocupada, como si aún no hubiera acabado de imponerse el drama, o no le diera importancia. ¿O era el temor el causante de la abulia? Había más soldados que de costumbre en las calles del radio central, fuertemente armados, bajo la excusa de proteger al Presidente Sacasa, quien permanecía aún en León.

Pero una versión diferente sobre la muerte de Oliverio Castañeda se escuchaba ya «sotto voce», versión que dista de coincidir con la que nos brindara el Capitán Ortiz. En León, todo se sabe, y pronto. Copio lo que se nos dice de fuentes que no podemos, ni debemos revelar:

—La Guardia Nacional conocía de antemano el plan de fuga, revelado por uno de los conjurados. Debo callar el nombre del conjurado porque ése es mi compromiso con la fuente.

—El Sargento Godínez, cómplice de Castañeda para facilitarle la salida de la cárcel, actuaba por instrucciones de sus superiores. El uniforme militar que se suministró al reo correspondía exactamente a su medida, que no es la de Godínez, un hombre más bien requeneto.

—La orden de silencio sobre la fuga, con la firma del Capitán Ortiz, fue preparada adrede, lo mismo que el pase de salida.

—La Guardia Nacional sabía que una vez en la calle, Castañeda iría directamente a la casa de Salvadora Carvajal a cambiarse de ropa, y que el vaqueano lo esperaría en las vecindades del Hipódromo, lugar donde se consumó la ejecución. El vaqueano se esfumó.

—El revólver, y un dinero que se le halló en los bolsillos a Castañeda, le fueron entregados en la misma casa por otras personas de cuya presencia la Guardia Nacional estaba enterada, pues ya se había puesto vigilancia desde temprano en los alrededores. Estas personas se habían retirado momentos antes de la llegada de la patrulla, no habiendo órdenes de prenderlas. Tampoco se prendió a Salvadora Carvajal.

—Al salir de la XXI, seguro ya de su suerte, el reo suplicó que no lo mataran por la espalda. Y que si accedían a matarlo de frente, no le desfiguraran el rostro.

—Ya en el lugar de su destino final, el reo pronunció las siguientes palabras: «Éste es un crimen político. El dictador Ubico ha conseguido al fin que me asesinen.»

—Se le ordenó correr. Se resistió al principio, pero al fin accedió, haciéndolo con desánimo. Sabía que iba a la muerte. Nadie corre en dirección a un muro, si quiere huir.

—El cadáver fue amarrado al bumper delantero del automóvil, y así fue llevado a la XXI; la cabeza, ya destrozada por los balazos, colgando contra el suelo, recibió severos golpes en la marcha.

¿Quién dice verdad y quién dice mentira? Acogiéndonos a la ley de imprenta, damos ambas versiones, con serenidad y sin temor. Que el lector juzgue.

EL CADÁVER DE OLIVERIO CASTAÑEDA. UN ENTIERRO SOLITARIO

Después de buscar infructuosamente al Juez Fiallos, hicimos uso de la autorización concedida por el Capitán Ortiz y llegamos hasta las cárceles de la XXI, donde aún permanecía el cadáver en el patio, tendido sobre una tabla. Boca abajo, descalzo, vestido con las burdas ropas ensangrentadas de comarcano con las que se disfrazara para huir, yacía allí, sin gloria, aquél que tan aficionado fue al riguroso e impecable atuendo de luto, a la pulcritud y al esmero de su apariencia, a los afeites finos y distinguidos. Sobre su cabeza, para cubrirla de los ardientes rayos del sol del mediodía, manos piadosas habían extendido la sombra de un pañuelo de zaraza roja.

Presenciamos el momento en que fue metido al tosco ataúd de tablas sin cepillar, y entonces, al caer el pañuelo, vimos su rostro, desfigurado horriblemente por el balazo que entró a la altura de la nuca y quebrantó en su trayectoria de salida el hueso maxilar, desgarrándole toda la boca y parte de la nariz. El balazo de la cabeza, abriéndole un boquete en el cráneo, hizo saltar parte de la masa encefálica.

Una vez clavada la tapa, cuatro prisioneros cargaron el féretro. En el trayecto hasta el cementerio, donde estaba ya preparada una fosa común, no tuvo más cortejo que el de los custodios de los prisioneros, al mando del Teniente Baca, y el nuestro. Ninguno de sus amigos de tantas fiestas galantes, ninguno de sus camaradas de estudio, le acompañó hasta el último viaje.

Tampoco estaban allí sus fervientes partidarios, aquellos que en las últimas semanas del proceso premiaban sus intervenciones con vítores y aplausos, convirtiéndolo en una especie de ídolo cinematográfico. Lo subieron a hombros entonces, lo siguieron en multitudinarias procesiones hasta las puertas de la cárcel. Hoy, no había quien cargara su cadáver.

¿Excepciones? Siempre las hay. Por eso se nos hizo más notable la presencia del Doctor Atanasio Salmerón, quien de manera silenciosa se sumó al pobre y exiguo cortejo en el portón del cementerio, donde esperaba su llegada bajo el castigo del sol. Y no se apartó del lado de la fosa hasta que había caído la última palada de tierra.

Lo abordamos mientras se procedía al entierro, pero se mostró reacio a hablar, indicándonos con irónico guiño la presencia de los militares. Y cuando aquéllos se habían retirado, nuestra insistencia solamente pudo arrancar de sus labios una breve respuesta: «Esto ha sido un asesinato. La ley fuga, amigo periodista. No digo más. Espere el folleto que escribiré al respecto.»

Miramos el reloj. Apenas había tiempo para recoger nuestro equipaje y llegar a la Estación del Ferrocarril, pues habiendo terminado tan inesperadamente nuestro cometido, debíamos tomar el tren de las dos de la tarde, de regreso a la capital. Ya en el tren, comenzamos a ordenar este reportaje.

Sobre el cúmulo de tierra bajo el que yace Oliverio Castañeda no queda ninguna marca, ningún ramillete de flores, ya no digamos alguna corona. El joven apuesto, enigmático y galante, parece entrar desde ahora en el olvido, mientras el ruido de sus hazañas se apaga. ¿Las recordará alguien mañana?

¿Inocente, culpable? Dejamos estas preguntas al viento que estremece en imprevisto soplo las araucarias de las salientes alamedas del campo santo donde ahora reposa.

48. Llevaremos la misma vestidura

I

San José, 23 de julio de 1933

Mi nunca olvidada Mati:

Tal como se lo había prevenido por carta aérea, que espero esté ya en sus dulces manos, hube de salir para estas tierras lúgubres forzado por las circunstancias. No quisieron darme pasaporte a Nicaragua los esbirros, frustrando así mi febril deseo de volver de una vez por todas al lado suyo y gozar del consuelo de su presencia adorada. No se aflija, que ya todo pasó, pero me las vi negras en manos de esos bandidos. Sólo les faltó ponerme las esposas para llevarme esposado al puerto, como si yo fuera un criminal y no un patriota cuyo único delito es no aceptar que su Guatemala viva mancillada por un tirano de la calaña de Ubico, un cretino que se cree Napoleón Bonaparte y llega a la ridiculez de peinarse como el gran corso, el muy zafio. Pero no es de vil política que prefiero hablarle a Ud.

Puso radio urgente a Mito antes de embarcarme y él, muy cumplidamente, me esperaba en Puntarenas desde la noche anterior a mi llegada. Ud. me ha dicho: «no le dé bebidas alcohólicas a mi hermano». Pues viera que no soy ahora yo quien se las da. Me invitó a tomar unas copas mientras aguardábamos la partida del tren, y brindamos por mi llegada y por los recuerdos de nuestra camaradería en León, insistiendo él en solicitar nuevas rondas de anís y en pagar los brindis de su propio peculio. Debo confesarle que nos subimos al tren bastante alegres, y hasta cantando nos venimos en el viaje. ¿Se acuerda de una canción que aquella ciega extraña, que le dicen Miserere, cantó un día que pasaba por la acera y yo la llamé para que entrara y le dedicara a Ud. algo?:

Te vale más cariño, que orgullosa,
te vale más cariño, que hermosura,
piensa que en el fondo de la fosa
llevaremos la misma vestidura…

Pues la canté yo en el tren, sin guitarra y seguramente sin entonación, recibiendo el inesperado aplauso de los pasajeros del vagón de primera. Nuevos brindis. Viera qué agradecido se muestra Mito por haber gestionado yo con su papá que lo mandara a estudiar a San José. Está hecho todo un caballero y ha aprovechado muy bien el tiempo en sus estudios…, y en todo, pues me contó lo solicitado que se ha vuelto entre el gremio femenino. No se ofenda, pero pienso presentarlo a viejas «amistades» que yo dejé aquí hace tiempo y que en nada me interesan ya. Que Mito aproveche, mientras yo le doy su empujoncito. Aquí las costumbres son muy diferentes a las de su León, donde hasta para ir al cine lleva uno chaperona, costumbres que no crítico, pues yo soy partidario de la moralidad, y en esto del desenfreno pienso como un viejo.

Sabe, Mati, Mito me preguntó en el tren, al calor de la intimidad: «Dígame, Oli, ¿a cuál de mis hermanitas prefiere Usted?». Y yo, sin vacilar, le respondí: «Qué pregunta, Mito. Mi elección es Mati. La ausencia de estos meses ha confirmado a mi corazón que ella es su única dueña.» ¿Qué opina Usted de esta respuesta? Puede preguntárselo a él, si quiere, para que no siga con esos tontos temores y sepa que si he venido a parar aquí, es solamente porque no me permitieron ir directamente a sus brazos, señorita descreída; pero llevo en mi cartera el itinerario de los barcos como si fuera un escapulario milagroso, para saber así cuál es el primero que sale con destino a Corinto.

Sigo contándole: arribamos a San José como a las seis y media. Caía una llovizna fría y las montañas que rodean el valle central se mostraban oscuras, como mi ánimo. Sí, Mati, me sentí invadido de pesadumbre, sabiendo que aquella ciudad no era mi destino, que mi destino es allí donde Usted lee ahora esta carta. Me despedí de Mito, triste. Triste me fui a la pensión, pensando solamente en acostarme temprano, sin cenar, para poder gozar de mi tristeza en la soledad de mi cuarto y sentarme a escribirle de inmediato una carta. Pero apenas estaba abriendo mi equipaje, cuando me avisaron que había llamada telefónica para mí, y era su mamá, saludándome e invitándome a cenar esa misma noche. Me excusé, diciéndole que me sentía con dolor de cabeza; pero como su insistencia fue tanta, ya Usted la conoce, no pude rehusar la invitación. Le cuento esto para que después no le vayan a decir otra cosa, yo quiero educar sus oídos a la verdad de mis palabras, mi Mati.

Di a planchar ropa y me vestí con desgano. No me había abandonado la tristeza cuando salí de la pensión para tomar el tranvía. ¿Por qué será que San José me pone huraño? ¿Será la lluvia, la frialdad de los cuartos, la soledad de las pensiones, el color mortecino de las luces? ¿O será que yo llevo marcada dentro de mí la tristeza? Las preguntas son inútiles, Mati. No es que en San José me sienta peor de triste, igual me sentiría en Berlín o en Bruselas, si me hiciera falta la presencia de Usted. Usted es mi tristeza personificada, su ausencia me penetra como una daga de lacerante filo en el pecho y me lo desgarra sin ninguna piedad.

¿Se acuerda Usted de San José, Mati? Estoy hospedado en la Pensión Barcelona, frente a La Sabana. Véame salir, por favor, de la pensión. Llevo paraguas, aquí se usa ese artefacto a todas horas. Camino por el pavimento húmedo de la acera, muy resbaloso porque los pies de los transeúntes traen en sus suelas la cera de los pisos de madera de las casas. Ladran los perros encadenados detrás de los muros de piedra por los que asoman los macizos de buganvilias cuajados de lluvia. En la parada frente al aeropuerto, cerrado a estas horas, espera el tranvía con sus ventanas iluminadas por un enfermo fulgor amarillo, sin pasajeros, yo soy el único pasajero. Suben después algunos pocos, parejas que van al cine, al teatro, a las confiterías, diversión para ellos, y tormento para mí si me tocara dirigirme hacia lugares de bullicio y tráfico mundano como ésos. Me molesta el olor a encierro de los abrigos, el perfume demasiado dulce de las mujeres que mascan chiclets, mientras esperan la partida del vagón, hablando en voz baja como si estuviéramos en la antesala de un hospital o en una cámara mortuoria.

Sígame en mi recorrido por el Paseo Colón hacia la Avenida Central. Rechina el vagón con acentos de duelo. Un cartelito con letras de circo anuncia la función de gala del domingo entrante en el Teatro Nacional, «Pagliaso» con el «célebre tenor costarricense Mélico Salazar, sustituto de Enrico Carusso en la Metropolitan Opera de Nueva York». Al lado, otro cartel: «jarabe de rábano yodado "Primavera", anemias, raquitismo, falta de apetito…, todo es un mito. Por favor no se sienta mal, con este efectivo producto nacional»; y otro: «no escupa en el piso ni tire colillas de cigarrillos, la administración». Me aturde todo lo prosaico, Mati; las almas soñadoras como la mía se encuentran en franca desventaja frente a la necedad de la vida… tenores de tres cuartos, jarabes «Primavera», no escupir en el suelo, señoras que mascan chiclets. Y frente a lo prosaico, Ud. que es el ensueño.

Ahora me bajo del tranvía en el Barrio Amón, y abro mi paraguas para protegerme de la lluvia que destilan los árboles de la vereda. Y pienso en Ud.: cuando mi pensamiento va hacia ti se perfuma, Mati; y avizoro la dicha que el destino nos tiene reservada cuando yo regrese a León y hable con su papá para arreglar formalmente lo nuestro. ¿Aceptará Usted que yo le hable? Aquí no pienso adelantarle nada a su mamá, pues quiero presentarles todo en León como un hecho consumado…, siempre que Usted se muestre de acuerdo con mis propósitos. ¿La merezco a Usted? ¿Me reserva ese lugar soñado en su corazón? Moje esta carta con sus lágrimas de felicidad para que el mío sepa que Usted llora, pues de seguro él oirá caer esas lágrimas bienhechoras sobre el papel. Ríase, si así lo desea, pero siento rabia de no ser yo un simple papel que tendrá la suerte de ser aprisionado por sus manitas.

Ya llego al chalet de su tío. Las luces de la sala se ven encendidas desde la vereda, y se oye una música, el gramófono toca el disco «Júrame», canta el Doctor Ortiz Tirado. ¿Y si no entrara? ¿Si me devolviera a mi pensión? Pero la escucho a Usted, diciéndome al oído que ése no sería un proceder correcto de su Oli. «Vaya, vaya, Oli, deme ese gusto, por favor.» Está bien, Mati, entraré, pero conste que solamente porque Usted me lo pide.

Presiona el timbre su Oli, y a la puerta viene a abrirle María del Pilar. La noto bastante desmejorada, el frío no le asienta, le ha quitado lozanía. Me digo: ¿cómo puede ser ésta hermana de mi tesorito, si hay tanta diferencia de encantos entre ambas? Ella parece más bien la mayor de uds. dos. A Usted espero encontrarla la misma, no quiero que cambie en nada, Mati, quiero ver sus mismos ojos divinos y su misma carita de cielo, quiero que esté peinada de la misma manera, y quiero admirarla con aquel su vestido azul que tiene los bordados blancos, de pájaros, en el corpiño. ¿Se acuerda de ese vestido que se puso el día de mi cumpleaños? ¿Y se acuerda que yo le dije: «Mati, parece que acaba de salir de las páginas del Chic Parisién»?

No me crea descortés, Mati, pero Usted sabe que es mejor demostrar los verdaderos sentimientos en las actitudes, y por eso le extendí la mano a su hermanita con cortesía, pero sin efusiones.

«Hola, María del Pilar, gusto en verla. ¿No ha sabido de Mati?» Y vino de inmediato su mamá, muy contenta de verme. «Ajá, Oli, como que no quería Usted visitarnos, ¿verdad? Ya se olvidó de sus amistades.» «Nada de eso, señora, solamente me sentía fatigado por el viaje en barco. Deme razón, ¿le ha escrito Mati?» De esta manera se desarrollaron ambos saludos, y es porque mi intención era que su mamá y su hermanita supieran, de una vez, que mis pensamientos solamente por Usted se preocupan. Así que no vaya a estar triste, Mati; y sepa que durante la cena, el tema fue exclusivamente Usted, porque yo llevé la conversación solamente hacia su persona, insistiendo en alabar sus virtudes, su inteligencia y sus encantos. Fíjese que en un momento me atreví a decir: «Mati sería aclamada por la sociedad de Guatemala, si un día fuera a vivir allá…» Contésteme, ¿fui demasiado atolondrado al afirmar tal cosa?

Acúseme de grosero, porque yo conozco la nobleza de Usted, pero María del Pilar, enojada por mi sinceridad, quiso dejarnos pronto, pretextando que debía levantarse temprano pues estaba invitada a un paseo al volcán Irazú. Su tío, que es todo un señor de su casa, adivinando la difícil situación, la retuvo; y no tardó en encontrar otros temas de conversación, sacando así del embarazo a su hermanita y a su mamá, hasta que yo mismo hallé la oportunidad de despedirme. Mito, ya no se diga, no levantó la cabeza del plato durante toda la cena, recordando la contestación que de manera muy clara yo le había dado en el tren.

Y punto final. Quiero huir de la cercanía de ellas para que Usted se sienta tranquila. Cierre ahora los ojos e imagínese mi pronta vuelta a León. ¿Qué le parece el casamiento para antes de la Nochebuena? De ahora para entonces hay tiempo de arreglar todos los preparativos, porque debe ser una boda que haga ruido. Usted me dirá: no ha pasado un año, esperemos que se cumpla un año, sólo serán pocos meses. Pero yo le respondo: dejemos las antiguas convenciones sociales y atendamos al llamado del cariño para que vivamos juntos, como Dios y la ley mandan, pues sería peor que la destrocen a Usted en su pureza tantas lenguas viperinas que hay allí, si regreso a vivir en su casa y prolongamos la situación aunque sea por unos meses más. Porque en carta anterior me ha dicho Usted que mi aposento en su casa sigue dispuesto para mí, y que lo barre y asea Usted todos los días, manteniendo sábanas limpias en la cama, y un florerito con flores frescas del jardín en la mesa de noche. ¿Conserva Usted esa disposición?

Yo haré lo que Usted me ordene. ¿No soy acaso esclavo de su voluntad? Puede mandarme a esperar en la más sucia de las pensiones de León, Mati, eso no es lo importante, pues yo aceptaría cualquier pocilga a cambio de las seguridades de su consentimiento. Lo que me aterra es que conociendo su benevolencia, Usted me diga: «yo no puedo pasar sobre mi hermana, si ella quiere a mi Oli, se lo cederé aunque se me destroce el alma». Pues vaya sabiendo de una vez, Mati, que su Oli no aceptaría nunca semejante transacción, y que esas órdenes no se le pueden dar a mi amor, aunque provengan de Usted. Esa clase de mansedumbre se convierte en verdadera altanería, y la benevolencia pasa a ser orgullo, envanecimiento. ¿Le vale más cariño, que orgullosa?

Pero perdóneme Usted semejantes digresiones que no son sino los fantasmas que acosan la mente de un ser atormentado. Ahuyente Usted a esos torvos fantasmas ofreciéndome las albricias de su «sí, acepto». Y en fin, si quiere, también estoy dispuesto a una boda discreta y a un inmediato viaje a Guatemala, donde viviríamos dichosos, lejos de cualquier presencia incómoda o desagradable. Piénselo con su cabecita adorada. Yo, por mi parte, no hago otra cosa que desvelar mi pensamiento en su persona amada. Amarla es tocar los dinteles de la gloria, Mati. Es llevar en el alma el firmamento, y es morir a sus pies de adoración. No me niegue lo que es mi derecho. Se lo suplico de rodillas.

La besa castamente en la frente, su

Oli.

P. D. Muchos saludos a su papá, Doña Yoyita, Leticia y todas las del servicio, lo mismo que a Alicia. Consulte con ella esta carta y verá cómo ella me da la razón.

II

León, 8 de agosto de 1933

Oliverio:

Después de saludarlo muy atentamente paso a decirle lo siguiente: si Ud. está muy feliz en esa capital porque ya sé que anda divirtiéndose a más no poder en bailes, teatros y paseos con otras, la que al fin le escribe esta carta después de pensarlo mucho no está nada contenta. Ud. sigue sin entender mis sufrimientos Oli, y según parece goza mucho en estar abriendo una herida que quiere sanar pero Ud. no la deja. Amor mío: no me diga que no es cierto que anda muy alegre divirtiéndose con otras porque tengo las pruebas aunque Ud. guarde silencio y nada sepa yo por medio suyo. Decídase de una vez por todas y ya deje descansar a una que anda penando ¿o es que quieres mi muerte acaso? Si es así máteme ya de una vez, se lo pido de rodillas que es preferible la muerte a esta tortura. Mándeme aunque sea un saludo en las cartas que otras que andan en tu compañía me escriben ya que parece que no sabes dónde queda el correo de esa ciudad.

Me hacen falta tus besos, desde que me besaste la primera vez fue mi perdición, no estoy contenta y quisiera que de nadie te acordaras pues tengo celos hasta del pensamiento que pueda recordarte a una «persona» amada. ¿Qué se fue a hacer a Costa Rica? Nada se le había perdido allí, si su tesoro lo tengo yo o ya se le olvidó que hizo conmigo lo que quiso, yo nunca había conocido personas crueles pero ahora las conozco, si es así mejor no vuelva a Nicaragua que aquí nadie lo está esperando y yo no pienso dirigirle ni una mirada ni una palabra si se aparece por aquí, eso ya sépalo de una vez.

Máteme, sí, si de todos modos muero en vida y no hago más que rezarle a Ud. como si fuera un santo, así como en la sacra soledad del templo sin ver a Dios se siente Su presencia yo presentí en el mundo tu existencia y como a Dios sin verte te adoré, ¿para qué viniste a mí, villano? Bien estabas lejos de mí porque yo no te conocía ni había sentido el fuego de tu cuerpo ni el calor de tus besos y si nunca hubieras venido sólo hubieras sido para mí como una fragancia que uno huele pero no sabe dónde está ni de dónde viene.

Amor mío: hace años, cuando yo ni pensaba en conocerlo a Ud., porque dichosamente no habías aparecido en mi camino, me gustaba ir al circo Ringler Brothers en San Francisco de California y el mago Krasnodar en persona venía a donde estaba el público a vender unos chiclets que traían un papelito escrito con tinta invisible y uno le acercaba un fósforo y aparecían las letras del mensaje, diciéndome las letras: serás siempre dichosa en el amor porque naciste bajo la estrella de la fortuna.

Pues ayer fuimos Alicia y yo a pasear al parque San Juan en la tarde y había un hombre manco con unos chocoyitos de amor que viven en una jaula de madera que es como un castillo con torres y ventanas, yo me saqué la suerte con uno de los chocoyitos que sale de su puerta, toca con el piquito una campana y jala después con el piquito un papelito de una gaveta donde están doblados en fila los papelitos como cartas: hay azules, verdes, amarillos; a mí me entró un amarillo que aquí lo tengo para que vea.

PARA UNA SEÑORITA SOLTERA:

El amor tocó a las puertas de su corazón y Ud. hizo bien en dejarlo entrar, no se arrepienta ni tenga dudas porque no hay motivo, y ante las dificultades, persevere. Aquel a quien ha entregado Ud. las llaves de su corazón se encuentra ausente pero volverá. No se preocupe, se halla en buen estado de salud y no corre peligro. No se desespere, que todo saldrá bien. El caballero ausente piensa siempre en ti y desea llevarte al altar. Diga tres veces antes de dormirse: «Santa Lucía, que por tu fe perdiste los ojos, ilumina los de mi galán para que encuentre el camino de regreso. San Cristóbal, patrón de los caminantes, haz que pronto esté aquí y no se distraiga de su ruta.» Cierre los oídos a voces que le hablan en cartas que llegan de lejos, no le conviene. Ud. es una persona de suerte. Vivirás muchos años. Compra lotería en el número 2784.

Si el chocoyito no me estuviera mintiendo como mentía el mago Krasnodar yo estaría tranquila, pero esos papelitos los da a imprimir el manco en la imprenta de mi abuelito y hacen muchos del color que me tocó a mí y si yo me confiara del chocoyito estaría perdida, por la misma razón no me confío de Ud. Vuelve pronto, amor mío, qué puedes tener en Costa Rica que no tengas aquí y que yo no te pueda dar o decime que el chocoyito tiene razón y no es traicionero, tal vez me podrías traer cuando vengas tres yardas de un encaje que hay en el almacén Feoli de la Avenida Central pegado a la Joyería Müller para un vestido que tengo empezado para lucirlo en tu presencia y aquí no hay de ese encaje, a M. P. no le quiero pedir nada porque me cae mal y ojalá ésa ya no vuelva y se quede en sus diversiones por esos lados, Costa Rica me cae mal, no le vaya a decir a ella ni a mamá que yo le escribí esta carta porque Dios guarde.

¿Volverá Ud., Oli? Yo quisiera ir metida en este sobre en el avión. Mi papá dice que Ud. volverá y lo mismo dicen las sirvientas, yo no sé por qué lo quieren tanto si Ud. no merece que nadie lo quiera, a veces ansío dormirme y ya no despertarme para no estar de tonta pensando en lo que Ud. está haciendo y calentándome la cabeza de puro gusto, le juro que le he pedido a Dios que llegue pronto la noche en que me acueste y ya no vuelva a levantarme.

Se despide de Ud. una que ya no sabe ni qué cosa es lo que quiere, muy atentamente,

M.

Epílogo
Cópiese, notifíquese y publíquese:

Detente, buen mensajero,
aunque te parezca tarde.
Que Dios de inscripciones guarde
de un pedante caballero.
Don Pascual soy, que ya muero
en la región de los vivos,
tras tantos imperativos.
Si quieres saber más, detente,
que harto más cortésmente
te lo dirán los archivos.

GÓNGORA, *Letrillas*

Castigo divino

Al amanecer del 28 de diciembre de 1933, día de los Santos Inocentes, se escucharon lejanos retumbos en la ciudad de León y una ardiente lluvia de arena empezó a cernirse de manera leve sobre los tejados, como si cayeran las pavesas de un formidable incendio. A medida que los vientos arreciaban la lluvia oscura se hizo más intensa, tendiendo un velo crepuscular en las calles. El Cerro Negro había entrado en erupción.

El fenómeno telúrico, que hubo de durar por varias semanas, trajo desde sus comienzos la consiguiente alarma entre la ciudadanía. Las techumbres de varias construcciones coloniales se desplomaron, agobiadas por el peso de la arena, sufriendo daños de consideración el ábside de la Iglesia de San Sebastián y la nave mayor de la Iglesia de Subtiava, así como la sala de varones y las cocinas del Hospital San Vicente. El soterramiento de la vía férrea obligó a la interrupción constante del tráfico de trenes.

La Sanidad Departamental reportó numerosos casos de afecciones respiratorias, varios de ellos fatales en niños de corta edad. Otras enfermedades generalizadas fueron: de tipo ocular, por inflamación supurante de la conjuntiva; diarreas, por irritación de la mucosa intestinal; y cefalalgias agudas, todo como resultado de la persistencia de las partículas en el aire y sus efectos insalubres sobre los alimentos y el agua potable. La contaminación del caudal de los ríos vecinos produjo la muerte de considerable número de cabezas de ganado, trayendo consigo la escasez de leche y carne vacuna; pudiendo decirse lo mismo de otras provisiones, verbigracia tubérculos y gramíneas, que empezaron a faltar en los mercados.

Al segundo día se organizaron procesiones de rogativa, sacándose en andas a la Virgen de la Merced, patrona de León, entronizada en el templo del mismo nombre, y a San Benito de Palermo, entronizado en la Iglesia de San Francisco, entre otras venerables imágenes. Pero como lejos de amainar, la erupción arreciaba, los habitantes del cuadro central empezaron pronto un éxodo obligado hacia fincas, balnearios y poblaciones vecinas no expuestas a la dañina acción de los vientos fatídicos. Amén de las interrupciones en la vía, los trenes disponibles no se daban abasto, y el transporte de los emigrantes se hizo también por otros medios. Automóviles con los faros encendidos en pleno día, coches de caballos y carretones del mismo tiro, carretas de bueyes, así como bestias mulares cargadas con enseres, se atropellaban en la oscuridad de las calles en busca de las salidas hacia los caminos vecinales.

El mediodía del 31 de diciembre todo era movimiento en la casa del Juez Fiallos. Se iba con su familia a su finca del Valle de las Zapatas, huyendo de la erupción. Debían apresurarse con las alforjas, hamacas, tijeras de lona, lámparas de kerosene y demás provisiones, para poder manifestarlas en el tren que partía hacia El Sauce a la una de la tarde.

El Juez Fiallos, la mitad de la cara oculta por el pañuelo con que se protegía boca y nariz, amarraba las correas de una de las alforjas donde llevaba los originales de su libro «Horizonte Quebrado», que ahora sí pensaba terminar. Alí Vanegas, un pañuelo también anudado al rostro y la cabeza cubierta por una toalla, prendida al cuello con una gacilla, había llegado a despedirlo.

—Cuando lo obligaron a bajarse del automóvil, le dijo serenamente al Capitán Ortiz: «Sólo un favor le pido, no me desfiguren la cara» —Alí Vanegas no dejaba de manipular su abanico. Siguió al Juez Fiallos que cargaba la alforja hasta el zaguán, y regresó con él a la mesa del comedor donde quedaban algunos libros por empacar. Arrimado a la mesa estaba el caballete de pintura del Juez Fiallos, liado con cordeles, listo para el viaje.

Los ojos del Juez Fiallos miran a su secretario con curiosidad por encima del pañuelo. Se propone decir algo pero desiste, y va por la alforja destinada a los libros, que coloca en una silleta.

—Y dijo, después de persignarse: «Es ese perro de Ubico el que me manda a matar. Guatemala, feliz, que tu suelo no lo manche jamás el verdugo… ¡Muera el tirano! Estoy listo» —Alí Vanegas tomó un libro de encima de la pila, «El Tesoro de la Sierra Madre», de Bruno Traben, y lo volvió a poner, limpiándose la arena de los dedos.

—Eso no se lo contaste así a Manolo Cuadra —el Juez Fiallos sacude apresuradamente los libros antes de meterlos en la alforja. —¿De dónde has averiguado tantas carajadas? Sólo la Guardia estaba allí.

—Rosalío Usulutlán me visitó muy temprano, el veinticinco. Él ya sabía —Alí Vanegas se tocó el pecho con el abanico—. Los guardias salieron a dar cuenta de todo esa misma mañana. Anduvieron vendiendo objetos que le robaron al cadáver. Un reloj de leontina, un anillo de piedra roja. Las palabras precisas de la despedida del ajusticiado se las transmití de manera textual a Manolo, pero olvidose de consignarlas en su reportaje.

—Qué memoria más buena la de esos guardias. Ya veo que sigue activa la mesa maldita, tené cuidado —el Juez Fiallos aprieta las correas de la alforja—. ¿Te vas a quedar de secretario de Ernesto Barrera?

—Si las fuerzas de la naturaleza no sepultan el Juzgado, quédome —Alí Vanegas se guardó el abanico y cargó el caballete, siguiendo al Juez Fiallos—. Y en lo que respecta a la célebre mesa maldita, diezmada ha quedado. En medio de los retumbos, tramítase la expulsión de Cosme Manzo, por traidor.

—Pues ya esta historieta para mí se acabó —el Juez Fiallos hace señas al carretonero para que cargue todo lo que queda en el zaguán, y luego se busca en el bolsillo—. Entregámele las llaves a Barrera.

—También afirma el sagaz Rosalío que la barba postiza de Oliverio Castañeda fue tejida con los cabellos de María del Pilar Contreras —Alí Vanegas recibió el llavero y lo sostuvo de la cadena, como un péndulo—. La Carvajal fue a pedírselos, y ella cortóselos gustosa. Una barba rizada. La procedencia del cabello, omitiola asimismo Manolo.

—Amplíese la declaración de la dicha María del Pilar Contreras, de generales conocidas en autos, a fin de indagar si efectivamente aceptó cortar sus cabellos con la finalidad ya expresada —el Juez Fiallos se desemboza del pañuelo, y sonríe levemente—. Te gustan esas truculencias estilo Chateaubriand a vos.

—Si aceptó cortárselos, decir quiere que seguía amándolo, con pasión desenfrenada —el aliento de Alí Vanegas inflaba el pañuelo sobre su boca—. Y hoy, más allá de la muerte, sigue amándolo. Ha encontrado su sepulcro, y osa llevarle frescos manojos de lirios al cementerio.

—Protegida de las miradas inoportunas por los velos que la erupción tiende sobre la ciudad castigada por la providencia —el Juez Fiallos abre teatralmente los brazos, entornando la mirada hacia el techo—. Llueve fuego y todos pagamos el precio del pecado. Castigo divino.

—Es una historia que tiene un extraño perfume —Alí Vanegas cerró los ojos. La arena entraba por el portón, llenando el zaguán de manera impetuosa.

—¿Perfume? —el Juez Fiallos se sube de nuevo el pañuelo, ajustándolo sobre el puente de la nariz—. ¿Perfume de qué?

—El de un ramo de magnolias maceradas en un bacín de orines —Alí Vanegas se volvió contra la pared, protegiéndose de la tolvanera.

—Un bacín de orines guardado por meses en un aposento cerrado —el Juez Fiallos se vuelve también contra la pared. En su viaje hacia el patio, la bocanada de arena pegajosa azota las espaldas de los dos.

—Algún día van a querer hacer de todo esto una novela —el remolino se disipaba, y Alí Vanegas se encaminó hacia el portón—. Y ese perfume va a seguir allí.

—Que ponga el que la escriba que todo terminó con una erupción —el Juez Fiallos le echa el brazo a Alí Vanegas; y así, abrazado, lo lleva hasta la salida.

En la penumbra, ven acercarse la luz de un farol por el centro de la calle. Rosalío Usulutlán, envuelto en un capote de hule sostiene el farol por delante, alumbrándose el paso. Detrás de él, un niño lleva una imagen de Jesús del Rescate, aprisionada tras barrotes de madera. Un burro cargado con diversas pertenencias, arriado por otro niño, los sigue.

Rosalío Usulutlán depositó la lámpara en el suelo para elevar el sombrero en señal de saludo. Después, siguió su camino, perdiéndose entre las sombras.

—Y que el periodista Rosalío Usulutlán se iba de León con destino desconocido, huyendo también de la catástrofe —Alí Vanegas atrajo hacia el rostro la toalla que le cubría la cabeza; y encorvándose, se lanzó a la calle—. Que el novelista no se olvide de ponerle ese cierre a su libro. Si con Rosalío empezó, justo es que con Rosalío termine.

Managua, septiembre 1985 - agosto de 1987

Índice

Castigo divino de Sergio Ramírez
se terminó de imprimir en enero de 2018
en los talleres de
EDAMSA Impresiones S.A. de C.V.
Av. Hidalgo núm. 111, Col. Fracc. San Nicolás Tolentino,
Ciudad de México C.P. 09850